Una parte del todo

UNA PARTE DEL TODO

STEVE TOLTZ

Traducción de Magdalena Palmer

EDICIONES B
GRUPO ZETA

Barcelona • Bogotá • Buenos Aires • Caracas • Madrid • México D.F. • Montevideo • Quito • Santiago de Chile

Título original: *A Fraction of the Whole*

Traducción: Magdalena Palmer

1.ª edición: noviembre 2009

© 2008 by Steve Toltz
© Ediciones B, S. A., 2009
   Bailén, 84 - 08009 Barcelona (España)
   www.edicionesb.com

Printed in Spain
ISBN: 978-84-666-4117-3
Depósito legal: B. 33.811-2009

Impreso por LIMPERGRAF, S.L.
Mogoda, 29-31 Polígon Can Salvatella
08210 - Barberà del Vallès (Barcelona)

A Marie

1

Nunca oiréis decir que un deportista ha perdido el sentido del olfato en un trágico accidente, por una buena razón: para que el universo nos enseñe lecciones atroces que seamos incapaces de aplicar después a nuestras vidas, el deportista debe perder las piernas; el filósofo, la mente; el pintor, los ojos; el músico, los oídos; el chef, la lengua. ¿Mi lección? He perdido la libertad y me encuentro en esta extraña prisión donde a lo que más cuesta acostumbrarse, además de a no llevar nada en los bolsillos y que me traten como un perro que se ha meado en un templo sagrado, es al aburrimiento. Puedo soportar la entusiasta brutalidad de los guardias, las erecciones desperdiciadas, hasta el calor sofocante. (Ni que el aire acondicionado ofendiese la noción de castigo de la sociedad, como si estar algo fresco equivaliera a quedar impune de asesinato.) Pero ¿qué puedo hacer aquí para pasar el tiempo? ¿Enamorarme? Hay una guardia cuya mirada de indiferencia me atrae, pero nunca se me ha dado bien eso de perseguir a las mujeres; siempre acepto un no como respuesta. ¿Dormir todo el día? Cuando cierro los ojos, veo el rostro amenazador que me ha obsesionado toda la vida. ¿Meditar? Después de todo lo sucedido, sé que la mente no se merece ni la membrana donde está impresa. No hay distracciones aquí —no suficientes— para evitar la introspección catastrófica. Ni tampoco puedo ahuyentar a palos los recuerdos.

Tan sólo me queda enloquecer; algo fácil en un teatro donde el Apocalipsis se interpreta todas las semanas. Anoche hubo una actuación particularmente estelar: estaba medio dormido cuando el edificio empezó a temblar y cien voces gritaron a una. Me puse tenso. Un motín, otra revolución mal planeada. No habían pasado ni dos minutos cuando mi puerta se abrió de una patada y entró una figura alta, cuya sonrisa era meramente ornamental.

—Tu colchón. Lo necesito —dijo.

—¿Para qué?

—Quemamos todos los colchón —se jactó, alzando los pulgares, como si este gesto fuese la joya más preciada de los logros de la humanidad.

—¿Y dónde se supone que voy a dormir? ¿En el suelo?

Se encogió de hombros y empezó a hablar en una lengua que no comprendí. Tenía unos bultos rarísimos en el cuello; era evidente que algo terrible acontecía bajo su piel. Aquí todos están mal y las desgracias que arrastran les han deformado físicamente. A mí, también; mi cara parece una uva marchita; mi cuerpo, la vid.

Indiqué al preso que se marchara y seguí escuchando el caos rutinario de la turba. Fue entonces cuando pensé que, para pasar el tiempo, podía escribir mi historia. Claro que tendría que hacerlo en secreto, agachado tras la puerta, y sólo de noche, y luego esconder el manuscrito en el húmedo espacio comprendido entre el retrete y la pared, y esperar que mis carceleros no fueran de los que se ponen a gatas. Me había decidido por este plan cuando por fin el motín desconectó las luces. Me senté en la cama, hipnotizado por el fulgor de los colchones en llamas que iluminaban el pasillo; me interrumpieron dos siniestros reclusos sin afeitar que entraron en mi celda y se me quedaron mirando como si fuera un paisaje de montaña.

—¿Eres tú que no ha dado colchón? —gruñó el más alto de los dos; tenía pinta de haberse levantado con la misma resaca tres años seguidos.

Dije que era yo.

—Aparta.

—Es que iba a echarme un rato —protesté.

Los prisioneros soltaron una risotada profunda y turbadora que sonó como unos tejanos al rasgarse. El más alto me hizo a un lado y arrancó de un tirón el colchón de mi cama, mientras el otro se quedó como si lo hubieran congelado y esperase a que lo descongelaran. Hay ciertas cosas por las que arriesgaría el cuello, pero un colchón lleno de bultos no es una de ellas. Los presos se detuvieron en la puerta, sosteniéndolo entre ambos.

—¿Vienes? —me preguntó el más bajo.

—¿Para qué?

—Es tu colchón, es tu derecho quemarlo —expuso con sencillez.

Gemí. ¡El hombre y sus códigos! Hasta en un incendio anárquico, el hombre tiene que conferirse cierto honor, desesperado como está por distinguirse de las bestias.

—Paso.

—Como quieras —dijo, un poco decepcionado.

Murmuró en una lengua extranjera a su secuaz, que se echó a reír cuando se marchaban.

Aquí siempre pasa algo; si no es un motín, será alguien que intenta escapar. Estos esfuerzos inútiles me ayudan a ver el lado positivo del encarcelamiento. A diferencia de quienes se atusan el cabello en la buena sociedad, aquí no tenemos que avergonzarnos de nuestra desdicha cotidiana. Aquí tenemos a alguien visible a quien culpar, alguien que lleva botas relucientes. Es por eso que, pensándolo bien, la libertad me deja frío. Porque ahí fuera, en el mundo real, libertad implica asumir la autoría, aun cuando tu historia acabe siendo una porquería.

¿Dónde empezar mi historia? Negociar con los recuerdos no es fácil: ¿cómo elegir entre los que se mueren por ser contados, los que aún están madurando, los que ya se marchitan y los destinados a ser tergiversados por el lenguaje y salir pulverizados? Hay algo indudable: no escribir acerca de mi padre me supondría un esfuerzo mental insuperable. Todos mis pensamientos no-papá son claras estrategias para evitar pensar en él. ¿Y por qué tendría que evitarlo? Mi padre me castigó por existir y ahora lo castigo yo por existir. Es lo justo.

Pero la verdadera dificultad es que me siento empequeñecido por nuestras vidas. Tienen un peso desproporcionado. Ambos pintamos un lienzo más amplio del que merecíamos, a lo largo y ancho de tres continentes, del anonimato a la celebridad, de las ciudades a las junglas, de los harapos a los harapos de diseño; nos traicionaron nuestras amantes y nuestros cuerpos, y nos humillaron a escala nacional y luego cósmica, sin apenas un abrazo que nos mantuviera en pie. Éramos personas perezosas de aventura, que flirtearon con la vida sin atreverse a más. ¿Cómo empezar a contar nuestra espantosa odisea? Simplifica, Jasper. Recuerda, a la gente le gusta (no, le encanta) simplificar los sucesos complejos. Y, además, la mía es una historia muy buena, y es real. No sé por qué, pero eso parece importarle a la gente. Aunque si a mí alguien me dijera: «¡Voy a contarte una historia genial, y cada palabra es mentira!», estaría expectante.

Supongo que debo admitirlo: esto tratará tanto de mi padre como de mí. Odio que todos, al contar la historia de su vida, conviertan a su enemigo en una estrella, pero es lo que hay. La realidad es que toda Australia desprecia a mi padre, quizá más que a ningún otro hombre, de la misma manera que adora a su hermano, mi tío, quizá más que a ningún otro hombre. Será mejor que deje las cosas claras acerca de ambos, aunque no pretendo minar vuestro amor por mi tío ni revertir vuestro odio por mi padre, sobre todo si es un odio expansivo. No quiero aguaros la fiesta si utilizáis el odio para descubrir a quién amáis de verdad.

También hay algo que diré para zanjarlo de una vez por todas.

El cuerpo de mi padre jamás será encontrado.

Durante la mayor parte de mi vida no supe si compadecer, ignorar, adorar, juzgar o asesinar a mi padre. Su conducta desconcertante me mantuvo dudando hasta el final. Él tenía ideas encontradas respecto a todo, especialmente en lo que a mi escolarización se refiere: ocho meses en la guardería y decidió que no me quería allí porque el sistema educativo era «tedioso, embrutecedor, arcaico y mundano». No comprendo que alguien califique de arcaica y mundana la actividad de pintar con los dedos. Sucia, sí; embrutecedora, no. Me sacó de la escuela con la intención de educarme él mismo y, en lugar de dejarme pintar con el dedo, me leyó las cartas que Vincent van Gogh escribió a su hermano Theo justo antes de cortarse la oreja, y también párrafos de *Humano, demasiado humano* para que juntos «rescatásemos a Nietzsche de los nazis». Después papá se quedaba enfrascado en la absorbente tarea de mirar al vacío y yo me sentaba en casa sin nada en los pulgares, deseando que hubiese pintura en ellos. Al cabo de seis semanas me devolvió a la guardería y, justo cuando parecía que al fin llevaría una vida normal, en la segunda semana de primero, vino a clase para sacarme otra vez de allí, porque le aterraba dejar mi impresionable cerebro «en las cojas garras de Satán».

Esta vez iba en serio, y, en la mesa coja de la cocina, mientras echaba la ceniza del cigarrillo en el montón de platos sucios, me enseñó literatura, filosofía, geografía, historia y cierta asignatura sin nombre que consistía en repasar los periódicos del día y oírle vociferar sobre cómo los medios de comunicación hacían algo que llamaba «exaltación del pánico moral» y exigía que le dijera por qué la gente se dejaba exaltar al pánico, moralmente. Otras veces me daba clases en su dormitorio, entre cientos de libros de segunda mano, imágenes de poetas muertos de expresión grave, botellas vacías de cerveza, recortes de periódico, mapas viejos, cáscaras de plátano negras y acartonadas, cajas de puros sin fumar y ceniceros llenos de puros ya fumados.

Ésta era una lección típica:

—Escúchame bien, Jasper: el mundo ya no se desmorona en silencio, ¡ahora cae con un ruido ensordecedor! ¡En todas las ciudades del mundo, el olor a hamburguesa desfila con descaro por la calle, en busca de colegas! ¡En los cuentos tradicionales, la bruja malvada era fea; en los modernos, tiene pómulos marcados e implantes de silicona! ¡Las personas ya no son misteriosas, porque nunca se callan! ¡La fe ilumina tanto el camino como una venda en los ojos! ¿Me oyes, Jasper? A veces irás de noche por la calle y la mujer con quien vas a cruzarte volverá la cabeza y cambiará de acera, ¡simplemente porque hay miembros de tu género que violan a las mujeres y abusan de los niños!

Todas las clases eran igual de desconcertantes y cubrían una amplia gama de temas. Intentó animarme a entablar diálogos socráticos con él, pero acabó haciendo monólogos consigo mismo. Si se producía un apagón por una tormenta eléctrica, papá se ponía una vela encendida bajo la barbilla para mostrarme que el rostro humano se convierte en una máscara de maldad bajo la luz apropiada. Me enseñó que, si tenía que citarme con alguien, me negase a seguir «la estúpida costumbre humana» de escoger arbitrariamente una hora basada en intervalos de quince minutos.

—¡Nunca quedes con la gente a las 7.45 o a las 6.30, sino a las 7.12 o a las 8.03!

Si el teléfono sonaba, papá descolgaba y guardaba silencio; luego, cuando la otra persona decía hola, musitaba con una vocecilla temblorosa: «Papá no está en casa.» Ya de niño comprendí que era grotesco que un adulto se hiciese pasar por su hijo de seis años para esconderse del mundo, pero muchos años después me sorprendí haciendo lo mismo, sólo que yo fingía ser él: «Mi hijo no está en casa. ¿De qué se trata?», decía con voz retumbante. Mi padre lo habría aprobado. Aprobaba esconderse más que nada en el mundo.

Estas lecciones se trasladaban luego al mundo exterior, donde papá intentaba enseñarme el arte del trueque, aunque no viviéramos en ese tipo de sociedad. Lo recuerdo tomándome de la mano para comprar el periódico, mientras chillaba al asombrado quiosquero:

—¡No hay guerras! ¡Ni crisis financiera! ¡Ni asesinos sueltos! ¿Por qué me cobra tanto? ¡No ha pasado nada!

También lo recuerdo sentándome en una silla de plástico amarillo para cortarme el pelo; para él, era una de esas cosas tan distintas a la cirugía cerebral que se negaba a creer que alguien con un par de manos y unas tijeras no pudiera hacerlo.

—Yo no me gasto dinero en el barbero, Jasper. ¿Qué hay que saber? Es evidente que te paras en el cuero cabelludo.

Mi padre, el filósofo, era incapaz de hacer un simple corte de pelo sin reflexionar sobre su significado.

—Pelo, símbolo de virilidad y vitalidad; aunque algunas personas muy débiles llevan el pelo largo y muchos calvitos vigorosos se comen el mundo. ¿Y por qué lo cortamos, a ver? ¿Qué tenemos en su contra? —decía, y cortaba con arremetidas salvajes y espontáneas.

Papá también se cortaba su propio pelo, sin usar siquiera el espejo.

—No tiene que ganar ningún premio, sólo ser más corto.

Éramos un padre y un hijo con un cabello demencial y desigual, la encarnación de una de las ideas predilectas de papá, que yo sólo llegaría a entender de verdad al cabo de muchos años: parecer loco da libertad.

Al caer la noche, las lecciones del día terminaban con un cuento inventado de antes de acostarse. ¡Puaj! Siempre eran historias siniestras y escalofriantes y, en todas, el protagonista era un claro trasunto de mi persona. Ahí va un ejemplo típico: «Érase una vez un niñito llamado Kasper. Los amigos de Kasper opinaban todos lo mismo de un niño gordo que vivía calle abajo. Lo odiaban. Como Kasper quería seguir siendo amigo del grupo, también odió al niño gordo. Entonces, una mañana al despertar, Kasper vio que se le había empezado a pudrir el cerebro, hasta que al final le salió por el culo, entre dolorosas secreciones anales.» ¡Pobre Kasper! Lo pasaba realmente mal. En esta serie de cuentos para dormir, le disparaban, lo apuñalaban, lo apaleaban, lo sumergían en mares hirvientes, lo arrastraban por campos de cristales rotos, le arrancaban las uñas, los caníbales devoraban sus órganos; desaparecía, explotaba, implosionaba y a menudo sucumbía a espasmos violentos y pérdida de audición. La moraleja era siempre la misma: si sigues la opinión pública sin pensar por ti mismo, morirás de forma súbita y espantosa. Durante mucho tiempo me aterrorizó estar de acuerdo con cualquiera, incluso respecto a la hora.

Kasper jamás triunfó de forma significativa. Bueno, ganó pequeñas batallas y eso le valía una recompensa (dos monedas de oro, un beso, la aprobación paterna), pero nunca, ni una sola vez, ganó la guerra. Ahora comprendo que era porque, a papá, su filosofía le había otorgado escasas victorias personales en la vida:

ni amor ni paz ni éxito ni felicidad. La mente de mi padre no concebía una paz duradera o una victoria significativa; no formaba parte de su experiencia. Por eso Kasper estaba condenado desde el principio. No tuvo la menor opción, el pobre desgraciado.

Una de las clases más memorables empezó cuando papá entró en mi dormitorio con una caja de zapatos verdosa bajo el brazo y dijo:

—La lección de hoy trata de ti.

Me llevó al parque que había frente a nuestro edificio, uno de esos parques urbanos tristes y abandonados que parecía haber sido el escenario de una guerra entre niños y yonquis en la que los niños se habían llevado una paliza. Césped muerto, toboganes rotos, un par de columpios de goma de cadenas enredadas y oxidadas meciéndose al viento.

—Oye, Jasper —dijo papá mientras nos sentábamos en un banco—. Ya es hora de que sepas cómo la fastidiaron tus abuelos, para que en un futuro puedas descubrir qué hiciste tú con los fracasos de tus antecesores: ¿te los apropiaste y echaste a correr con ellos bajo el brazo o te rebotaron y cometiste los tuyos propios, a lo grande, en una órbita opuesta? Todos nos alejamos a rastras de las tumbas de nuestros abuelos, con el triste acto de su muerte resonando en nuestros oídos y con el mal sabor de boca que nos deja la gravísima ofensa que cometieron contra sí mismos: la vergüenza de unas vidas no vividas. Es sólo la constante acumulación de arrepentimientos y fracasos, y la vergüenza de nuestras propias vidas no vividas, lo que abre la puerta que nos permite entenderlos. Si, por caprichos del destino, llevamos vidas maravillosas en que avanzamos con bríos de un éxito magistral al siguiente, ¡JAMÁS los comprenderemos! ¡Jamás!

Abrió la caja de zapatos.

—Quiero que veas algo —añadió, sacando un montón de fotografías sueltas—. Éste es tu abuelo.

Me mostró la fotografía en blanco y negro de un joven con barba que estaba apoyado en una farola. El hombre no sonreía; parecía apoyarse en la farola por miedo a caer.

Papá pasó a la fotografía de una joven de rostro ovalado, falto de atractivo y de débil sonrisa.

—Ésta es tu abuela —dijo antes de pasar a la siguiente fotografía, como si lo estuvieran cronometrando. Los atisbos de pasado monocromo que vislumbré me resultaron desconcertantes. Las expresiones de sus rostros eran invariables: mi abuelo mostraba una permanente mueca de angustia, mientras que la sonrisa de mi abuela era más deprimente que el más triste de los llantos.

Papá sacó otra fotografía.

—Éste es el padre número dos. Mi verdadero padre. La gente siempre cree que el padre biológico es más «real» que el hombre que te crio, pero no te cría una potente gota de semen, ¿verdad?

Sostuvo la fotografía bajo mis ojos. No sé si unas caras pueden ser el polo opuesto de otras, pero, en comparación con la cara solemne de mi primer abuelo, éste sonreía como si le hubieran fotografiado no sólo en el día más feliz de su vida, sino de toda la vida mundial. Llevaba un mono manchado de pintura, tenía el cabello rubio alborotado y sudaba a chorros.

—La verdad es que no miro mucho estas fotografías, porque todo lo que veo cuando miro fotografías de gente muerta es que están muertos. Da igual que sean Napoleón o mi propia madre, son simplemente los Muertos.

Ese día me enteré de que mi abuela había nacido en Polonia, en el desafortunado momento en que Hitler aniquiló sus delirios de grandeza haciéndolos realidad: se convirtió en un líder poderoso con dotes para el marketing. Con el avance alemán, los padres de mi abuela huyeron de Varsovia, la arrastraron por toda Europa oriental y, tras unos meses de angustia, llegaron a China. Allí creció mi abuela durante la guerra, en el gueto de Shangái. Se crio hablando polaco, yiddish y mandarín, sufrió las húmedas enfermedades monzónicas, un severo racionamiento y los ataques aéreos norteamericanos, pero sobrevivió.

Después de que las tropas estadounidenses entraran en Shangái con la mala noticia del Holocausto, muchos miembros de la comunidad judía emigraron de China a todos los rincones del planeta, pero mis bisabuelos decidieron quedarse, pues eran dueños de un popular cabaré multilingüe y de una carnicería kosher. A mi abuela, que ya estaba enamorada de mi abuelo, un actor de su teatro, le pareció perfecto. Luego, en 1956, cuando sólo tenía diecisiete años, se quedó embarazada, obligando a su familia y a la de mi abuelo a acelerar los preparativos de boda, como había que hacer en el Viejo Mundo para evitar que la gente echara cuentas. Una semana después de casarse, la familia decidió regresar a Polonia para criar al futuro bebé, el racimo de células que se convertiría en mi padre, en su tierra natal.

No les recibieron precisamente con los brazos abiertos. A saber si fue culpabilidad o miedo a represalias, o simplemente la desagradable sorpresa de una familia que llama a la puerta y dice «estás en mi casa»; la cuestión es que llevaban allí menos de diez minutos cuando, delante de mi abuela, mataron a sus padres a golpes con una tubería de hierro. Mi abuela escapó, pero su marido se quedó y le dispararon por rezar en hebreo junto a los cadáveres; aunque aún no había dicho «Amén», por lo que el mensaje no llegó a transmitirse. («Amén» es como el botón «Enviar» de un correo electrónico.)

De pronto viuda y huérfana, huyó de Polonia por segunda vez en su joven vida, ahora en un barco rumbo a Australia, y tras dos meses mirando la desalentadora circunferencia del horizonte, se puso de parto justo cuando alguien gritaba: «¡Ahí está!» Todos corrieron al costado del barco a mirar. Unos acantilados abruptos, coronados por macizos de árboles verdes, flanqueaban la costa. ¡Australia! Los pasajeros más jóvenes gritaron de alegría. Los pasajeros más veteranos, que la clave de la felicidad está en mantener las expectativas bajas. Abuchearon.

—¿Me sigues? —preguntó papá, interrumpiéndose—. Éstos son los cimientos de tu identidad. Polaco. Judío. Perseguido. Refugiado. Son sólo algunas de las verduras con que preparamos el caldo de Jasper—. ¿Lo entiendes?

Asentí. Lo entendía. Papá continuó.

Aunque apenas hablaba una palabra de inglés, mi abuela se lio con mi abuelo número dos al cabo de sólo seis meses. Es discutible si esto debería ser motivo de orgullo o de vergüenza, pero era un hombre capaz de remontar los orígenes de su familia a la última remesa de convictos ingleses descargada en suelo australiano. Si bien es cierto que a algunos criminales los mandaron allí por delitos de poca monta como robar una barra de pan, el ancestro de mi padre no fue uno de ellos; o quizá lo fuera, pero también violó a tres mujeres, y si después de violar a esas mujeres afanó una barra de pan de camino a casa, es algo que se desconoce.

El cortejo fue rápido. Sin parecer que le afectara adquirir un niño de fabricación ajena, al cabo de un mes, armado con un diccionario de polaco y un libro de gramática inglesa, pidió a mi madre que se casara con él.

—Soy un luchador, por lo que plantaremos cara al mundo y el mundo seguramente nos ganará sin problemas, pero nunca dejaremos de luchar, no importa lo que pase, ¿qué me dices? —Mi abuela no respondió—. Vamos, sólo di: «acepto». Viene del verbo «aceptar». Eso es todo lo que necesitas saber. Luego ya pasaremos a «acepté».

Mi abuela consideró su situación. No tenía a nadie que cuidase de su bebé si se ponía a trabajar y tampoco quería que su hijo creciera pobre y sin padre. Pensó: «¿Soy lo bastante despiadada para casarme con un hombre a quien no amo por el bienestar de mi hijo? Pues sí, lo soy.» Después miró aquel rostro desventurado y pensó: «Podría ser peor», uno de los pensamientos más benévolos, y también una de las frases más estremecedoras, en cualquier idioma.

Él no tenía trabajo cuando se casaron y, cuando mi abuela se mudó a su piso, descubrió consternada que un popurrí terrorífico de juguetes masculinos poblaba la casa: rifles, réplicas de pistolas, maquetas de aviones de guerra, pesas grandes y pequeñas. Cuando su marido se enfrascaba en el culturismo, el kung-fu o la limpieza de su arma, silbaba de un modo agradable. En momentos de tranquilidad, cuando le embargaba la frustración del desempleo, la ira y la depresión, silbaba de un modo siniestro.

Entonces mi abuelo encontró trabajo en el Servicio de Prisiones de Nueva Gales del Sur, en una cárcel cercana a un pueblo a cuatro horas de Sydney. No iba a trabajar en la cárcel; iba a ayudar a construirla.

Puesto que pronto se alzaría una prisión en las afueras del pueblo, una cruel publicación de Sydney bautizó el asentamiento (donde crecería mi padre) como «El lugar más desagradable para vivir de Nueva Gales del Sur».

La carretera bajaba hasta el pueblo, y desde el coche mis abuelos vieron los cimientos de la prisión en lo alto de una colina. Emplazada entre inmensos árboles mudos, la cárcel a medio construir le pareció a mi abuela medio demolida, y la idea se le antojó un mal presagio. A mí también me lo parece, considerando que mi abuelo se había trasladado allí para construir una cárcel y yo me encuentro ahora escribiendo desde otra. El pasado es un auténtico tumor inoperable que se extiende hasta el presente.

Se instalaron en una casa cuadrada de madera, y al día siguiente, mientras mi abuela exploraba el lugar, atemorizando sin querer a los residentes con su aura de superviviente, mi abuelo empezó su nuevo empleo. No sé muy bien en qué consistía, pero en los meses venideros habló sin cesar de puertas cerradas, fríos pasillos, dimensiones de celdas y ventanas con barrotes. A medida que la construcción avanzaba, se obsesionó con todo lo relacionado con las cárceles, y llegó a consultar libros sobre su construcción e historia en la recién fundada biblioteca local. Al mismo tiempo, mi abuela invirtió una energía similar en aprender inglés y éste fue el inicio de una nueva catástrofe. A medida que su conocimiento de la lengua inglesa iba en aumento, empezó a entender a su marido.

Las bromas de mi abuelo resultaron ser estúpidas y racistas. Además, algunas ni siquiera eran bromas, sino largas historias absurdas que acababan con frases como: «Y entonces yo dije: ¿ah sí?» Mi abuela descubrió que él no hacía más que quejarse de su suerte y que, cuando no era desagradable, era llanamente banal; cuando no estaba paranoico, aburría. Pronto la conversación de mi abuelo hizo que su apuesto rostro se afeara; su expresión adquirió cierto matiz de crueldad, y su boca entreabierta se convirtió en la ilustración de su estupidez. A partir de entonces, la relación fue cada vez peor, debido a la nueva barrera lingüística que se había alzado entre ellos: la barrera de hablar la misma lengua.

Papá devolvió las fotografías a la caja con expresión sombría, como si hubiera querido viajar al callejón de la memoria y, al llegar allí, hubiese recordado que era la calle que menos le gustaba.

—Bien, ésos son tus abuelos. Todo lo que tienes que saber sobre los abuelos es que también fueron jóvenes y que no pretendían encarnar la decadencia, ni tan sólo mantenerse especialmente fieles a sus ideas hasta el día de su muerte. Tienes que saber que no querían que se les acabara el tiempo. Que ahora están muertos y que los muertos tienen pesadillas. Sueñan con nosotros.

Se me quedó mirando; esperaba que dijese algo. Hoy sé que todo lo que me contó era una mera introducción. Entonces no comprendí que, después de un buen monólogo purificante, papá sólo quería que lo animase a empezar otro. Así que me limité a señalar los columpios y pedirle que me empujara.

—¿Sabes qué? Quizá te devuelva al ring para otro asalto —dijo mi padre.

Me mandó de vuelta a la escuela. Quizá supiera que allí conocería la segunda parte de la historia, que descubriría inevitablemente otro ingrediente crucial de la singular sopa de mi identidad.

Llevaba un mes en la nueva escuela y seguía sin adaptarme a estar de nuevo entre niños; decidí que nunca acabaría de comprender por qué papá pasó de ordenarme que despreciara a esta gente a ordenarme que me mezclara con ellos.

Sólo había hecho un amigo, pero intentaba acumular más, porque para sobrevivir se necesitaban dos como mínimo, por si uno se ponía enfermo. Un día, a la hora del almuerzo, estaba detrás del comedor, observando a dos niños que peleaban por una pistola de agua.

Uno de los niños decía:

—Tú eres el poli. Yo me pido Terry Dean.

El otro replicaba:

—No, tú eres el poli. Y yo, Terry Dean.

Yo también quería jugar.

—Igual yo tendría que ser Terry Dean. Llevo su apellido.

Me miraron con el sarcasmo y la superioridad con que miran los niños de ocho años.

—Soy Jasper Dean —añadí.

—¿Eres pariente?

—No creo.

—Entonces lárgate.

Eso duele.

—Bueno, entonces seré el poli.

Eso llamó su atención. Todo el mundo sabe que, en los juegos de policías y ladrones, el ladrón siempre es el héroe, mientras que los polis son carne de cañón. Y no puedes hincharte de carne de cañón.

Jugamos durante todo el almuerzo y, cuando sonó el timbre, descubrí mi ignorancia al preguntar:

—¿Quién es Terry Dean?

La pregunta asqueó a mis compañeros de juego.

—¡Mierda! ¡Ni siquiera sabes quién es!

—Es el hombre más malvado del mundo entero.

—Era un atracador de bancos.

—¡Y un asesino! —dijo el otro, antes de que se marcharan corriendo sin decir adiós, como cuando vas a una discoteca con los amigos y ellos ligan.

Esa tarde, al volver a casa, encontré a papá atizando el canto de un armario con un plátano; sonaba muy fuerte, a golpe seco.

—He congelado un plátano —dijo apáticamente—. Dale un mordisco... si te atreves.

—¿Soy pariente del famoso atracador de bancos Terry Dean? —pregunté.

El plátano cayó como un bloque de cemento. Papá se chupó los labios y, desde dentro de la boca, una voz pequeña y hueca que me costó percibir respondió:

—Era tu tío.

—¿Mi qué? ¿Mi tío? ¿Tengo un tío? —pregunté, incrédulo—. ¿Y es un famoso atracador de bancos?

—Era. Está muerto —dijo papá, antes de añadir—: Y era mi hermano.

Ésa fue la primera vez que oí hablar de él. Terry Dean, asesino de policías, atracador de bancos, héroe de la nación, orgullo del guerrero, era mi tío, el hermano de mi padre, e iba a proyectar una sombra muy alargada sobre nuestras vidas, tanto que durante mucho tiempo impidió que ninguno de nosotros lograra un bronceado decente.

Si sois australianos, habréis oído hablar de Terry Dean. Si no lo sois, no lo conoceréis, porque aunque Australia es un lugar lleno de acontecimientos, lo que aquí sucede es de tanta actualidad en los periódicos mundiales como «Una abeja muere en Nueva Guinea al picar un árbol por error». No es culpa nuestra. Estamos demasiado lejos. Es lo que un famoso historiador australiano denominó la «tiranía de la distancia». Comparaba Australia con una anciana solitaria que muere en su piso; si todos los habitantes de Australia sufrieran una trombosis coronaria masiva exactamente a la misma hora y el desierto de Simpson muriese de sed y los bosques pluviales se inundasen y el arrecife de coral se desangrara, pasarían los días y sólo el hedor que el océano arrastrara hasta nuestros vecinos del Pacífico daría la voz de alarma. De lo contrario, tendríamos que esperar a que el hemisferio septentrional comentase algo del correo sin recoger.

Papá nunca me hablaba de su hermano. Siempre que le pedía detalles, suspiraba larga y hondamente, como si éste fuera otro revés innecesario en su vida, por lo que decidí investigar por mi cuenta.

Pregunté primero a mis compañeros de clase, pero recibí respuestas tan dispares que tuve que descartarlas todas. Luego examiné la mísera colección de fotografías familiares que antes sólo había visto fugazmente, la que estaba en la caja de zapatos verdosa, en el armario del pasillo. Esta vez advertí que tres de las fotografías habían sido masacradas para eliminar la cabeza de alguien. La operación no podía calificarse de exquisita. En dos fotografías aún se veían el cuello y los hombros, y una tercera consistía en dos pedazos mal pegados con tiras irregulares de cinta de embalar. Concluí que mi padre había intentado borrar cualquier imagen de su hermano, para así poder olvidarlo. La futilidad del intento era evidente; cuando inviertes tanto esfuerzo en olvidar a alguien, el propio esfuerzo se convierte en un recuerdo. Entonces tienes que olvidar el esfuerzo de olvidar, lo cual también es memorable. Por suerte, papá no pudo eliminar los artículos de prensa que encontré en la biblioteca estatal que describían las correrías de Terry, sus asesinatos, su persecución, su captura y su muerte. Los fotocopié y pegué en las paredes de mi habitación y por la noche fantaseaba con que yo era mi tío, el criminal más temible de la historia, el primero en esconder un cadáver bajo tierra y esperar a que creciera algo del suelo.

Con el afán de potenciar mi popularidad, conté a toda la escuela mi parentesco con Terry Dean, haciendo cuanto pude por divulgarlo, salvo contratar a un publicista. Fue una gran noticia durante cierto tiempo, y uno de los peores errores que jamás he cometido. Al principio, inspiré respeto a mis iguales. Pero luego aparecieron críos de todas las edades que querían pelear conmigo. Algunos deseaban la reputación de haber dado una paliza al sobrino de Terry Dean, otros se morían por borrarme de la cara la sonrisa de orgullo: el orgullo debía de haber magnificado mis facciones de un modo poco atractivo. Conseguí librarme de varias peleas, pero un día, antes de clase, mis atacantes me engañaron saltándose el código horario de las palizas: siempre suceden después de la escuela, nunca por la mañana, antes de que un niño de ocho años se haya tomado el café. Eran cuatro, cuatro matones de expresión sombría y puño dispuesto. No tenía la menor posibilidad. Me habían acorralado: era mi primera pelea.

Una multitud se había congregado para mirar. Gritaban al puro estilo *El señor de las moscas*. Examiné los rostros en busca de aliados. No hubo suerte. Todos parecían querer verme chillando en el suelo. No me lo tomé como algo personal. Me había llegado el turno, eso era todo.

Os aseguro que la alegría que sienten los niños al presenciar una pelea es indescriptible. Para un crío, es un cegador orgasmo navideño. ¡Así es la naturaleza humana, sin diluir por la edad ni la experiencia! ¡Esto es humanidad, recién salida del horno! Quien diga que es la vida lo que convierte a las personas en monstruos tendría que echar un vistazo a la cruda naturaleza de los niños, un montón de mocosos que aún no han recibido su dosis de fracaso, arrepentimiento, decepción y traición pero que, de todos modos, se comportan como perros salvajes. No tengo nada en contra de los niños, sólo que no confiaría en que no se les escapara una risita al verme pisar accidentalmente una mina.

Mis enemigos me cercaron. Faltaban unos segundos para que empezara la pelea y tal vez otro tanto para que terminase. No tenía adónde ir. Se acercaron más. Tomé una decisión colosal: «No pelearé. No me portaré como un hombre. No me portaré como un valiente.» Ya sé que a la gente le gusta leer historias de tipos que compensan la falta de fuerza física con fortaleza de espíritu, como mi tío Terry. Se respeta a los que luchan, ¿verdad? Pero esas nobles criaturas reciben unas palizas de mil demonios, lo que yo no deseaba en modo alguno. También recordé algo que papá me había enseñado en una de sus clases en la mesa de la cocina. Me había dicho:

—Oye, Jasper. El orgullo es lo primero de lo que tienes que librarte en la vida. Está ahí para hacerte sentir bien. Es como ponerle un traje a una zanahoria arrugada y llevársela al teatro fingiendo que es alguien importante. El primer paso hacia la autoliberación es librarse del amor propio. Comprendo que pueda ser útil para algunos. Cuando la gente no tiene nada, siempre le queda el orgullo. Por eso a los pobres se les concedió el mito de la nobleza, porque la despensa estaba vacía. ¿Me oyes? Esto es importante, Jasper. No quiero que tengas nada que ver con la nobleza, el orgullo o el amor propio. Son armas de doble filo que acaban por convertir tu cabeza en una estatua de bronce.

Me senté en el suelo de piernas cruzadas. Ni siquiera erguí la espalda. Me encorvé. Tuvieron que agacharse para golpearme en la mandíbula. Alguien se arrodilló para pegarme. Se turnaron. Intentaron ponerme en pie, dejé el cuerpo muerto. Uno de ellos logró sostenerme, pero me había vuelto resbaladizo y me escurrí nuevamente entre sus dedos. Aun así recibí una buena tunda, casi quedé inconsciente por los puñetazos en la cabeza, pero los golpes eran torpes, confusos. Finalmente mi plan funcionó: desistieron. Me preguntaron qué me pasaba, por qué no peleaba. Quizá la verdad fuese que estaba demasiado ocupado luchando por reprimir las lágrimas para defenderme, pero no dije nada. Me escupieron y me dejaron contemplando el color de mi propia sangre. Contra el blanco de mi camisa, era de un rojo luminoso.

Cuando llegué a casa, encontré a papá junto a mi cama, fulminando con la mirada los recortes de prensa pegados a la pared.

—Joder. ¿Qué te ha pasado?

—No quiero hablar de eso.

—Vamos a lavarte.

—No, quiero ver qué le pasa a la sangre cuando la dejas de un día para otro.

—A veces se vuelve negra.

—Eso hay que verlo.

Estaba a punto de arrancar las fotografías del tío Terry cuando papá dijo:

—Me gustaría que las quitases.

Así que las dejé donde estaban. Luego papá añadió:

—Él no era así. Lo han convertido en un héroe.

De pronto sentí que quería de nuevo a mi degenerado tío, por lo que repliqué:

—Es un héroe.

—El padre de un niño es su héroe, Jasper.

—¿Estás seguro?

Papá se volvió y resopló ante los titulares.

—No puedes saber qué es un héroe, Jasper. Has crecido en una época en que esa palabra ha sido degradada, despojada de todo significado. Pronto nos convertiremos en el primer país cuya población está formada únicamente por héroes que no hacen más que felicitarse entre sí. Claro que siempre hemos hecho héroes de los grandes deportistas (si en la larga distancia corres bien para tu país, eres heroico además de rápido), pero ahora basta con que estés en el momento y el lugar equivocados, como ese pobre desgraciado sepultado por una avalancha. El diccionario lo calificaría de superviviente, pero Australia es proclive a llamarlo héroe, porque ¿qué sabrá el diccionario? Y a todos los que regresan de un conflicto armado también se les llama héroes. En los viejos tiempos, había que llevar a cabo actos específicos de valor durante la guerra; ahora basta con que pases por allí. Cuando hay una guerra en los tiempos que corren, heroísmo parece significar «estar presente».

—¿Qué tiene eso que ver con el tío Terry?

—Bueno, él entra en la última categoría de heroísmo. Era un asesino, pero escogió bien a sus víctimas.

—No te entiendo.

Papá se volvió hacia la ventana y, por el modo en que sus orejas subían y bajaban, supe que estaba hablando para sí de esa forma extraña, moviendo la boca pero guardándose los sonidos. Finalmente, habló como una persona:

—Nadie me entiende, Jasper. Y no me importa, pero a veces resulta irritante, porque la gente cree que sí. Aunque todo lo que ven es la fachada que uso en compañía, y la verdad es que he hecho pocos cambios al personaje de Martin Dean a lo largo de los años. Oh, claro, un retoque allí, un retoque allá, para avanzar con los tiempos, pero en esencia ha permanecido intacto desde el primer día. La gente siempre dice que el carácter de una persona no cambia, pero suele ser el personaje el que no cambia, no la persona, y bajo esa máscara invariable existe una criatura que evoluciona como loca, que muta sin control. Te aseguro que, con toda probabilidad, la persona más congruente que conoces es en realidad un completo desconocido, del que brotan y germinan toda clase de alas y ramas y terceros ojos. Puedes permanecer diez años sentado junto a esa persona en un cubículo de oficina y no ser capaz de apreciar el crecimiento desmesurado que tiene lugar ante ti. Sinceramente, todo el que diga que un amigo no ha cambiado en años es que no sabe distinguir una máscara de un rostro real.

—¿De qué demonios hablas?

Papá se acercó a mi cama y, después de doblar la almohada, se acostó y se puso cómodo.

—Hablo de que siempre he soñado con que alguien escuche de primera mano la historia de mi infancia. Por ejemplo, ¿sabías que mis imperfecciones físicas casi acabaron conmigo? Habrás oído la expresión «cuando nació, rompieron el molde». Pues bien, en mi caso fue como si alguien recogiera un molde ya usado y, pese a estar resquebrajado y combado por el sol y lleno de hormigas y meado por un viejo borracho, lo hubiera aprovechado para fabricarme. Probablemente tampoco sabías que siempre se burlaban de mí por ser inteligente. Me decían: «Eres demasiado listo, Martin, demasiado listo para tu propio bien, demasiado para lo que te conviene.» Yo sonreía, creía que se equivocaban. ¿Acaso una persona puede ser demasiado lista? ¿Eso no es como ser demasiado guapo? ¿O demasiado rico? ¿O demasiado feliz? Lo que no comprendía es que la gente no piensa; repite. No procesa; regurgita. No digiere; copia. Entonces, en un instante de lucidez, descubrí que no importa lo que la gente diga: elegir entre las opciones disponibles no equivale a pensar por uno mismo. La única forma real de pensar por uno mismo es crear opciones propias, opciones que no existen. Eso es lo que me enseñó mi infancia y es lo que debería enseñarte a ti, Jasper, si prestas atención. Así, después, cuando la gente hable de mí, no seré el único en saber que está muy, pero que muy equivocada. ¿Comprendes? Cuando la gente hable de mí delante de nosotros, tú y yo podremos intercambiar miradas cómplices y taimadas de un extremo a otro de la habitación, nos partiremos de risa, y quizás un día, cuando yo ya esté muerto, les dirás la verdad, lo revelarás todo sobre mí, todo lo que te he contado, y quizás entonces ellos se sientan tontos, o se encojan de hombros y digan «oh, qué interesante» y vuelvan al concurso que están mirando en la tele. Pero, en cualquier caso, eso depende de ti, Jasper. No quiero presionarte para que airees mis íntimos secretos, a menos que eso te enriquezca, sea espiritual o económicamente.

—Papá, ¿vas a hablarme del tío Terry o no?

—Voy a... ¿qué crees que acabo de decir?

—No tengo ni idea.

—Bueno, siéntate y cállate, que te contaré una historia.

Había llegado el momento. Papá iba a sincerarse y sacar a la luz su versión de las crónicas de la familia Dean, una versión contraria a los chismorreos mitificadores de la nación. Empezó a hablar. Habló y habló sin parar hasta las ocho de la mañana, y si respiró por debajo de todas esas palabras no pude verlo ni oírlo, aunque sin duda pude olerlo. Cuando terminó, me sentí como si hubiera viajado por la cabeza de mi padre, y en cierto modo salí empequeñecido, un poco menos seguro de mi identidad que antes de entrar. Para hacer justicia a su imparable monólogo, es mejor que lo oigáis con sus propias palabras, las que él me legó y yo me he apropiado, las palabras que nunca olvidaré. Así conoceréis a dos personas por el precio de una. Así lo oiréis como lo oí yo, sólo parcialmente como una crónica de Terry Dean y, sobre todo, como la historia de la singular infancia de mi padre, una infancia de enfermedad, experiencias al borde de la muerte, visiones místicas, ostracismo y misantropía, seguida muy de cerca por una adolescencia de delincuencia, fama, violencia, dolor y muerte.

De todos modos, ya sabéis de qué va esto. Todas las familias tienen una historia similar.

PUNTO MUERTO

Me han hecho la misma pregunta una y otra vez. Todos quieren saber lo mismo: ¿cómo era Terry Dean de niño? Esperan relatos de violencia infantil, de corrupción en el corazón de un lactante. Imaginan a un criminal en miniatura, gateando por el parque, perpetrando actos inmorales entre toma y toma de biberón. ¡Ridículo! ¿Marchaba Hitler al paso de la oca hasta el pecho de su madre? Bueno, reconozco que había indicios, si uno decide interpretarlos de ese modo. A los siete años, cuando Terry era el poli de policías y ladrones, te dejaba ir si le sobornabas con una piruleta. Al jugar al escondite, se ocultaba como un fugitivo. Pero ¿y qué? Eso no implica que la predisposición a la violencia esté impresa en el ADN de un hombre. Sí, la gente siempre queda decepcionada cuando digo que, por lo que recuerdo, Terry fue un bebé normal; dormía y lloraba y comía y cagaba y meaba y gradualmente advirtió que era una entidad diferente de, pongamos por caso, la pared (ésa es tu primera lección en la vida: no eres la pared). De niño, correteaba gritando esos sonidos agudos típicos de los niños. Le encantaba llevarse sustancias venenosas a la boca (el instinto suicida de los bebés es muy agudo) y tenía una asombrosa capacidad para echarse a llorar justo cuando nuestros padres acababan de dormirse. Es decir, un bebé más. Era yo el que destacaba, aunque sólo fuera por mis incapacidades.

Antes de que naciese Terry, nuestras vidas estaban dominadas por la enfermedad. Me sorprendo ahora de lo poco que sabía de mi estado, y lo poco que quería saber. Lo único que me interesaban eran los síntomas (fuertes dolores de estómago y musculares, náuseas, mareos); las causas subyacentes se me antojaban del todo irrelevantes. No tenían nada que ver conmigo. ¿Encefalitis? ¿Leucemia? ¿Inmunodeficiencia? Ni ahora lo sé. Para cuando se me ocurrió buscar la respuesta, todos los que podían dármela llevaban muertos mucho tiempo. Los médicos tenían teorías, pero también sé que no se aclaraban. Sólo recuerdo ciertas frases, como «anormalidad muscular», «trastorno del sistema nervioso» y «eutanasia», que a la sazón me impresionaron bien poco. Recuerdo que me pinchaban con agujas y me obligaban a tomar pastillas del tamaño y la forma de un pulgar hinchado. Recuerdo que, cuando me hacían radiografías, los médicos se apartaban y se agachaban rápidamente, como si hubieran prendido unos fuegos artificiales.

Todo esto sucedió antes de que Terry naciera.

Hasta que, un día, la cosa fue a peor. Mi respiración se volvió entrecortada y laboriosa. Tragar me costaba horrores; mi garganta era un desierto y hubiera vendido mi alma al diablo por un poco de saliva. Mi vejiga e intestinos tenían voluntad propia. Un médico de rostro pálido me visitaba dos veces al día y hablaba a mi ansiosa madre al pie de mi cama como si yo estuviera en la otra habitación:

—Podríamos llevarlo al hospital, pero ¿para qué? Está mejor aquí.

Fue entonces cuando empecé a preguntarme si iba a morir y si me enterrarían en el nuevo cementerio del pueblo. Todavía arrancaban árboles mientras yo me encontraba a las puertas de la muerte. Me pregunté: ¿lo acabarían a tiempo? Si la diñaba antes de que estuviese terminado, tendrían que mandar mi cadáver al cementerio de un pueblo lejano donde nunca había vivido, cuyos habitantes pasarían ante mi tumba sin pensar: «Me acuerdo de él.» ¡Insoportable! Se me ocurrió que si mantenía la muerte a raya un par de semanas, si esperaba al momento oportuno, sería el primer cuerpo que transformara en operativo aquel cementerio, el cadáver inaugural. Así no me olvidarían. Sí, hacía planes mientras yacía esperando la muerte. Pensé en todos los gusanos y lombrices de ese terreno y en cómo iban a darse el atracón. ¡No piquéis nada, gusanos! ¡Que viene carne humana! ¡No echéis a perder la cena!

Echado en la cama, mientras el sol se desplazaba por la rendija de las cortinas, no pensaba en otra cosa. Me levantaba y las descorría. Llamaba a la gente que pasaba por la calle. ¿Qué pasa con el cementerio? ¿Cómo van las obras? Me mantenía bien informado. Y había buenas noticias. Los árboles habían desaparecido. Una verja de hierro, engarzada a unos bloques de piedra, se había erigido como entrada al cementerio. Habían llegado de Sydney lápidas de granito; ¡lo que necesitaban era un nombre! Las palas estaban listas. ¡Todo dispuesto!

Entonces recibí una noticia terrible. Mis padres hablaban en la cocina. Según mi padre, la anciana que regentaba el pub había sufrido un derrame cerebral en plena noche. Me incorporé con dificultad. ¿Qué? Sí, dijo mi padre, su vida pende de un hilo. ¡La mujer no estaba sólo a las puertas de la muerte, encima las aporreaba! ¡Oh, no! ¡Menuda catástrofe! ¡Iba a ser una carrera hasta la misma meta! ¿Quién llegaría primero? La abuela tenía casi ochenta años, así que había estado practicando eso de morirse mucho más tiempo que yo. Tenía a la naturaleza de su parte. Yo sólo podía confiar en la suerte. Era demasiado joven para morir de viejo, pero demasiado viejo para entrar en la categoría de mortalidad infantil. Estaba atrapado en medio, ese terrible período de tiempo en que la gente no puede evitar respirar.

Al día siguiente, cuando mi padre entró en mi habitación para ver cómo estaba, le pregunté cómo le iba a la vieja.

—No muy bien. No esperan que pase del fin de semana.

Sabía que a mí me quedaba como mínimo una semana, quizá diez días de vida. Golpeé la cama. Rasgué las sábanas. Mi padre tuvo que sujetarme.

—¿Qué diantres te pasa? —gritó.

Se lo conté. Le expliqué que, si tenía que morir, quería ser el primero del cementerio. Se rio en mi cara, el muy cabrón. Y llamó a mi madre.

—Adivina lo que me acaba de decir tu hijo.

Entonces se lo contó. Mi madre me contempló con una tristeza infinita, se sentó al borde de la cama y me abrazó como si intentara detener mi caída.

—No te morirás, cariño. No te morirás.

—Está bastante enfermo —dijo mi padre.

—¡Cállate!

—Mejor prepararse para lo peor.

El día siguiente, mi orgulloso padre contó a sus compañeros de trabajo lo que había dicho. También se rieron, los muy cabrones. Por la noche, los hombres se lo contaron a sus mujeres. Y ellas también se rieron, las muy brujas. Les pareció algo adorable. ¿No dicen los niños cosas monísimas? Pronto todo el pueblo reía a carcajadas. Luego dejaron de reír y empezaron a pensar. Era una buena pregunta, decidieron: ¿quién moriría primero? ¿No debía haber una ceremonia para conmemorar el cadáver inaugural? No un funeral corriente, sino ¡un verdadero espectáculo! ¡Con mucho público! ¿Quizás una banda de música? El primer entierro es un gran momento para un pueblo. Un pueblo que entierra a los suyos es un pueblo vivo. Sólo los pueblos muertos exportan a sus muertos.

De todas partes llegaban preguntas sobre mi salud. La gente venía en hordas a ver la exhibición. «¿Cómo está?», oía que preguntaban a mi madre. «¡Está bien!», respondía ella, tensa. La apartaban para entrar en mi habitación. Tenían que verlo con sus propios ojos. Cientos de caras pasaron por mi dormitorio, mirándome expectantes. Venían a ver cómo yacía postrado, inmóvil, agonizante. Pese a ello, estaban de lo más hablador. Cuando la gente cree que tus días están contados, se vuelven muy agradables. Sólo sacan las garras cuando intentas subirte al mundo.

Eso sólo ocurría con los adultos, claro está; los niños del pueblo no soportaban estar en la misma habitación que yo. Me enseñaron algo que cabe subrayar: los sanos y los enfermos no son iguales, por mucho que tengan en común.

Por lo visto, también todos agobiaban a la pobre anciana. Oí decir que la gente se arremolinaba en torno a su cama, mirando el reloj. Yo no entendía por qué se mostraban tan interesados. Después supe que habían hecho apuestas. La vieja partía como favorita. Mis posibilidades eran más remotas. Las apuestas estaban 100 contra 1. Casi nadie apostaba por mí. Supongo que a nadie, ni siquiera en un concurso morboso como Adivina quién muere primero, le gustaba contemplar la muerte de un niño. No les parecía bien.

—¡Ha muerto! ¡Ha muerto! —gritó una voz una tarde.

Me tomé el pulso. Seguía allí. Me incorporé y grité por la ventana al viejo George Buckley, nuestro vecino más cercano.

—¿Quién? ¿Quién ha muerto?

—¡Frank Williams! ¡Se ha caído del tejado!

Frank Williams. Vivía a cuatro casas de la mía. Desde la ventana vi que todo el pueblo corría a mirar. Yo también quería mirar. Me arrastré fuera de la cama y, como una babosa viscosa, repté por del suelo de mi cuarto hasta el pasillo y salí a la luz cegadora del sol. Mantener los pantalones del pijama en su sitio no fue fácil, pero nunca lo es. Mientras me arrastraba por el césped pensé en Frank Williams, el último inscrito y vencedor sorpresa de nuestro pequeño concurso. Padre de cuatro hijos. ¿O eran cinco? Todos chicos. Siempre enseñaba a sus hijos a montar en bicicleta. Si no era un hijo el que pasaba tambaleándose bajo mi ventana con una mueca de tensión histérica, era otro. Siempre odié a los chicos Williams por ser tan lerdos. Ahora sentía lástima. Nadie debería perder a un padre por un descuido. Durante el resto de sus vidas, estos chicos dirían: «Sí, mi padre se cayó de un tejado. Perdió el equilibrio. ¿Y qué? ¿Qué importa lo que hacía ahí arriba?» Pobres críos. Desatascar canalones no es razón para que un hombre muera. No hay honor alguno en ello.

La horda de curiosos que se arremolinaba ante el muerto no reparó en el gusanito enfermo que se arrastraba hacia allí. Me abrí paso entre las piernas de Bruce Davies, el carnicero del pueblo. El miró hacia abajo justo cuando yo miraba hacia arriba. Nuestras miradas se encontraron. Pensé que alguien debía decirle que se alejara de la carcasa sin vida que era nuestro vecino. No me gustó el destello de ese ojo de carnicero.

Observé con más detenimiento. Frank tenía el cuello roto. Su cabeza estaba doblada hacia atrás en un charco de sangre oscura y le colgaba sobre los hombros. Cuando un cuello se rompe, se rompe de verdad. Me acerqué más aún. Los ojos estaban abiertos de par en par, pero no había nada tras ellos, sólo una caverna atónita. Pensé: «Esto es lo que me espera. La nada me envolverá como lo ha envuelto a él.»

Debido al concurso y a mi participación, veía la muerte de Frank no sólo como un avance de la mía, sino también como un eco. Frank y yo estábamos juntos en esto, encadenados en un matrimonio macabro para toda la eternidad; punto muerto, lo llamo ahora, la afinidad que los vivos tienen con los muertos. No les pasa a todos. Es algo que sientes, o no. Yo lo sentí entonces y lo siento ahora. Este vínculo sacro, insidioso, es muy profundo. Sospecho que esperan que me una a ellos en santo *muertemonio*.

Recosté la cabeza en el regazo de Frank, cerré los ojos y dejé que las voces de los vecinos me adormilaran.

—¡Pobre Frank! —dijo alguien.

—Tuvo una buena vida.

—¿Qué hacía en ese tejado?

—Tenía cuarenta y dos años.

—¿Ésa es mi escalera?

—Cuarenta y dos es joven. No tuvo una buena vida. Tuvo una vida de mierda.

—Cumpliré cuarenta y cuatro la semana que viene.

—¿Qué haces?

—¡Suéltala!

—Esta escalera es mía. Se la presté el año pasado y me juró que me la había devuelto.

—¿Qué pasará con los críos?

—Ay, dios... los críos.

—¿Qué será de ellos?

—Estarán bien. Tienen a su madre.

—Pero no tendrán esta escalera. Es mía.

Luego me quedé dormido.

Desperté en la cama, más enfermo que nunca. El médico dijo que haberme arrastrado medio kilómetro para ver mi primer cadáver había hecho retroceder mi salud, como un reloj que alguien hubiese ajustado al horario oficial de verano. Cuando se marchó, mi madre se sentó en la cama, su rostro desencajado a escasos centímetros del mío, y me dijo con voz casi culpable que estaba embarazada. Yo estaba demasiado débil para felicitaciones y me quedé allí acostado mientras mi madre me acariciaba la frente, algo que me encantaba y me sigue gustando, aunque acariciarse la propia frente no tenga nada de tranquilizador.

En los meses que siguieron, mientras mi estado empeoraba, mi embarazada madre se sentó a mi lado y dejó que le tocara la barriga, que se le hinchaba de un modo horrible. De vez en cuando notaba una patada o quizás un cabezazo del feto que había dentro. Cierta ocasión en que mi madre me creía dormido, la oí murmurar:

—Es una pena que no llegues a conocerlo.

Entonces, justo cuando me sentía más débil y la muerte se relamía, sucedió algo inesperado.

No me morí.

Pero tampoco viví.

De casualidad, tomé la tercera opción. Me quedé en coma. Adiós mundo, adiós conciencia, adiós luz, lo siento por ti, muerte, hola éter. Fue un infierno. Me escondí entre los brazos abiertos de la muerte y los brazos cruzados de la vida. Estaba en ninguna parte, en ningún lugar. Francamente, ni siquiera puede llegarse al limbo desde un coma.

COMA

Mi coma no se pareció a nada de lo que he leído después: he oído de gente que se queda en coma en mitad de un chiste, que despierta cuarenta y dos años después y acaba de contarlo. Para ellos, esas décadas de olvido han sido un instante de nada, como si hubieran pasado por un agujero de gusano de Sagan, el tiempo se hubiera hecho un ovillo y hubiesen salido disparados en una dieciseisava de segundo.

Describir las ideas, visiones y sensaciones que experimenté cuando estaba en coma es casi imposible. No era la nada, porque había bastante de algo (cuando estás en coma, incluso un poco de algo es bueno), pero era demasiado joven para dar sentido a la experiencia. Puedo afirmar, sin embargo, que tuve tantos sueños y visiones como si hubiera consumido un cañonazo de peyote.

No, no intentaré describir lo indescriptible. Sólo diré que oí sonidos que no pude haber oído y vi cosas que no pude ver. Lo que voy a decir parecerá de locos (o peor aún, místico, y ya sabes que no soy propenso a eso), pero lo explicaré: si consideras la mente inconsciente un gran tonel, en el devenir normal de los acontecimientos la tapa está abierta y durante las horas de vigilia entran visiones, sonidos, experiencias, malas vibraciones y sensaciones; sin embargo, cuando no hay vigilia, ninguna en absoluto durante meses e incluso años, y la tapa está sellada, es posible que la mente inquieta, desesperada por hallar actividad, se vaya al fondo del tonel, al fondo mismo del inconsciente, y saque depósitos de cosas que dejaron allí generaciones anteriores. Existe una explicación junguiana y ni siquiera sé si me gusta Jung, pero poco hay en la biblioteca que pueda explicar en modo alguno las cosas que vi y no pude haber visto, que justifique las cosas que oí y no pude haber oído.

Deja que lo exprese de otro modo. Existe un relato de Borges titulado «El Aleph». Oculto bajo el decimonoveno escalón de la escalera de un sótano, hay un misterioso portal ancestral a todos los puntos del universo (no es broma, a todos y cada uno de los puntos) y, si miras dentro, ves absolutamente todo. Planteo la hipótesis de que en algún lugar de nuestras partes ancestrales podría existir un portal similar, situado tranquilamente en una rendija o en una grieta o entre los pliegues de la memoria de nuestro nacimiento, sólo que en circunstancias normales nunca llegamos a alcanzarlo ni a verlo, porque el vivir cotidiano apila montañas de porquería encima. No digo que me lo crea, sólo te ofrezco la mejor explicación que se me ha ocurrido hasta ahora para explicar el vertiginoso revoltijo de imágenes y sonidos que brillaron y se arremolinaron ante los ojos y los oídos de mi mente. Si dicen que la mente tiene ojos, ¿por qué no oídos? Probablemente pensarás que la mente tampoco tiene nariz... Pues bien, sí. Y, como Borges en su relato, no puedo describirlo con precisión porque mis visiones eran simultáneas, y el lenguaje, al ser sucesivo, implica que deba registrarlo así. De modo que usa la imaginación, Jasper, mientras te cuento una infinitésima parte de lo que vi:

Vi todos los amaneceres salir demasiado pronto y todos los mediodías recordándote mejor que te apresures y todos los crepúsculos susurrando «no creo que lo consigas» y todas las medianoches encogiéndose de hombros y diciendo «mañana será otro día». Vi todas las manos que alguna vez saludaron a un extraño tomándolo por un amigo. Vi todos los ojos que se guiñaron para hacer saber a alguien que el insulto sólo era una broma. Vi a todos los hombres que limpiaron el retrete antes de orinar, pero nunca después. Vi a todos los hombres solitarios que al mirar los maniquíes de los grandes almacenes pensaron: «Me atrae un maniquí; esto se está poniendo triste.» Vi todos los triángulos amorosos y unos pocos rectángulos y un enloquecido hexágono en la trastienda de un caluroso café parisino. Vi todos los condones mal colocados. Vi a todos los conductores de ambulancia atrapados en un atasco en sus horas libres, deseando tener a un moribundo en el asiento de atrás. Vi a todos los que dan caridad guiñarle un ojo al cielo. Vi a todos los budistas picados por arañas a las que no matarían. Vi todas las moscas golpeándose inútilmente contra las mosquiteras y todas las pulgas riéndose, mientras entraban subidas en mascotas. Vi todos los platos rotos de todos los restaurantes griegos y a todos los griegos pensando «la cultura es una cosa, pero esto está saliendo caro». Vi a todas las personas solas asustadas por sus propios gatos. Vi todos los cochecitos de bebé, y quien diga que todos los bebés son lindos no ha visto los bebés que vi yo. Vi todos los funerales y a todos los conocidos de los difuntos disfrutando de la tarde que se habían tomado libre. Vi todas las predicciones astrológicas que aseguraron que a una doceava parte de la población mundial la visitaría un pariente para pedirle dinero. Vi todas las falsificaciones de las grandes pinturas, pero ninguna de los grandes libros. Vi todos los carteles que prohíben la entrada o la salida, pero ninguno que prohíba el incendio provocado o el asesinato. Vi todas las moquetas con quemaduras de cigarrillo y todas las rodillas con rozaduras de moqueta. Vi todos los gusanos diseccionados por niños curiosos y por científicos eminentes. Vi todos los osos polares y osos pardos y koalas utilizados para describir a alguien gordo a quien se quiere abrazar. Vi a todos los hombres feos que echaron los tejos a todas las mujeres felices que cometieron el error de sonreírles. Vi el interior de todas las bocas y lo de ahí dentro es realmente asqueroso. Vi la vista de pájaro de todos los pájaros que ven a los hombres como bastante activos, para ser una panda de zopencos...

¿Qué se suponía que debía hacer yo con todo eso? Sé que la mayoría de la gente lo habría considerado una visión divina. Incluso habrían encontrado a Dios ahí, saltándoles como de una santificada caja sorpresa. Yo, no. Todo lo que vi fue al hombre y todo su insignificante sonido y furia. Lo que vi formó mi visión del mundo, aunque no creo que fuera un don sobrenatural. Una chica me dijo en una ocasión que, al pensar así, pasaba por alto un mensaje divino, y que debería ir por ahí con el alma llena de gozo espiritual. Eso suena bien, pero ¿qué puedo hacer al respecto? No lo llevo dentro. Si su intención era decirme algo con todo ese ruido visual, Dios no escogió al tipo adecuado. La incapacidad para dar un salto de fe está inscrita en mi ADN. Lo siento, Señor. Supongo que la zarza ardiente de un hombre es un mero arbusto quemado para otro.

Pasaría seis meses en ese estado. En el mundo exterior, me bañaban y alimentaban mediante tubos; vaciaban mis intestinos y mi vejiga, masajeaban mis apéndices y mi cuerpo era manipulado del modo que más divertía a mis cuidadores.

Entonces algo pasó: el Aleph, si eso es lo que era, fue inesperada y bruscamente succionado de vuelta a su escondrijo, y todas las visiones se desvanecieron al instante. Quién sabe el mecanismo que había tras la tapa del tonel, pero el caso es que se entreabrió lo suficiente para dejar entrar sonidos; recuperé el oído y la conciencia, aunque seguía ciego, mudo y paralizado. Pero podía oír. Y lo que oí fue la voz de un hombre que no reconocí, alta y clara, y sus palabras se me antojaron poderosas, antiguas y aterradoras:

Oscurézcanse las estrellas de su alba; que espere la luz, y no venga, ni vea los párpados de la mañana: por cuanto no cerró las puertas del vientre donde yo estaba, ni escondió de mis ojos la miseria. ¿Por qué no morí yo en la matriz, o expiré al salir del vientre?

Pese a estar paralizado, sentí cómo me temblaban los órganos internos. La voz continuó:

¿Por qué se da luz al sufriente y vida a los de ánimo amargo, que esperan la muerte y ésta no llega, aunque la buscan más que tesoros, que se alegran sobremanera y se regocijan cuando hallan el sepulcro? ¿Por qué se da vida al hombre que no sabe por dónde ha de ir y a quien Dios ha encerrado?

(Descubrí más tarde que la voz pertenecía a Patrick Ackerman, uno de los concejales del pueblo, y que me estaba leyendo la Biblia de principio a fin. Como bien sabrás, Jasper, no creo en el destino, pero me parece muy interesante que en el preciso instante en que mis oídos se despejaron y se dispusieron a escuchar, éstas fueran las primeras palabras que oyeron.)

Con la recuperación de la conciencia y del oído, supe instintivamente que pronto volvería la vista, seguida del tacto. En resumen, la vida. Estaba de regreso.

Pero antes de volver me quedaba un largo camino por recorrer, y el camino estaba pavimentado de voces. Un auténtico desfile —viejas voces seductoras, jóvenes voces expresivas, voces cancerosas de garganta rasposa—, y las voces estaban llenas de palabras que contaban historias. Sólo mucho después supe que el pueblo me había tomado por una especie de proyecto comunitario. Algún médico había manifestado la necesidad de que me hablasen y, con nuestro nuevo pueblo muriendo de desempleo, todas las almas semialtruistas que no tenían nada que hacer se presentaron en tromba. Lo curioso es que después pregunté a varios y ni uno creía que yo escuchase. Pero yo escuchaba. Más que escuchar, absorbía. Y más que absorber, recordaba. Porque lo peculiar del asunto es que, quizá por el estado de ceguera y parálisis que me tenía cautivo, los libros que me leyeron durante el coma se me quedaron grabados en la memoria. Ésta fue mi educación sobrenatural: lo que decían esos libros que me leyeron en el coma te lo puedo citar palabra por palabra.

Cuando quedó claro que no iba a morirme pronto y que quizá permanecería en ese estado petrificado para siempre, las voces fueron callando hasta que sólo quedó una: la de mi madre. El resto del pueblo me tomó por un taco de madera, pero mi madre siguió leyendo. Mi madre, una mujer que sólo unos años antes había abandonado su tierra natal sin haber leído un libro en inglés en su vida, ahora los devoraba a centenares. Y la inesperada consecuencia fue que, al llenarme la mente de palabras, pensamientos, ideas y sensaciones, hizo otro tanto con la suya. Fue como si unos camiones enormes llenos de palabras entrasen en nuestras cabezas y volcasen su contenido directamente en nuestro cerebro. Toda esa imaginación desatada iluminó y expandió nuestras mentes con relatos increíbles de hazañas heroicas, amores dolorosos, descripciones románticas de tierras remotas, filosofías, mitos, las historias de naciones que nacían, declinaban, desfallecían y se precipitaban al mar, aventuras de guerreros y sacerdotes y granjeros y monstruos y conquistadores y camareras y rusos tan neuróticos que querías tirarte de los pelos. Era un prodigioso amasijo de leyendas que mi madre y yo descubrimos de forma simultánea y cuyos escritores y filósofos y narradores y profetas se convirtieron en ídolos para ambos.

Sólo mucho después, cuando la cordura de mi madre fue puesta en entredicho, imaginé lo que pudo haberle sucedido a su cabeza solitaria y frustrada al leer todos esos libros asombrosos a su hijo inmóvil. ¿Qué significaron esas palabras para ella, en la dolorosa quietud de mi dormitorio, con el producto de sus entrañas echado allí, como una pierna de cordero? Imagino su mente sufriendo los dolores del crecimiento, como un cuerpo torturado extendido en el potro. La imagino viviendo en lo que leía. La imagino rompiendo los confines de sus ideas establecidas con todas esas verdades hermosas y brutales. Tuvo que ser un tormento lento y turbador. Cuando pienso en qué se transformaría mucho después, en la tragedia perturbada en que se convertiría al final de su joven vida, puedo imaginar en mi madre el angustioso placer del lector que oye por primera vez todas las digresiones del alma y las reconoce como propias.

EL JUEGO

Poco después de mi octavo aniversario, desperté. Así de simple. Cuatro años y cuatro meses después de entrar en coma, salí de él. Mis ojos no sólo veían, también usé los parpados para pestañear. Abrí la boca y pedí un refresco; quería saborear algo dulce. Sólo en las películas las personas que recobran la conciencia piden agua. En la vida real, piensas en cócteles con trozos de piña y sombrillitas.

La semana que regresé al mundo de los vivos hubo muchas caras felices en mi habitación. La gente parecía alegrarse sinceramente de verme y todos decían «bienvenido», como si hubiera vuelto de un largo viaje y fuera a sacar los regalos de un momento a otro. Mi madre me abrazó y me cubrió las manos de besos húmedos que ahora pude limpiarme con el pijama. Hasta mi padre estaba exultante, tras haber dejado de ser el desafortunado hombre con el hijastro atracción de feria, el Asombroso Niño Dormido. La excepción fue el pequeño Terry, de cuatro años: se escondió. Mi súbito renacimiento era una impresión excesiva. Mi madre lo llamó para que viniese a conocer a su hermano, pero Terry no se presentó. Yo todavía estaba demasiado débil y cansado para ofenderme. Más tarde, cuando todo se fue al garete, me vi obligado a considerar lo que debió de suponer para la mente en desarrollo de Terry crecer junto a un cadáver, y que le dijeran: «Esa momia de ahí es tu hermano.» Tuvo que ser escalofriante, sobre todo de noche, cuando la luz de la luna me iluminaba el rostro paralizado y mis inmóviles globos oculares se fijaban en el pobre crío, como si se hubieran solidificado así a propósito, sólo para mirar.

Al tercer día de mi resurrección, mi padre entró como una exhalación y dijo:

—¡A levantarse!

Él y mi madre me agarraron de los brazos y me ayudaron a salir de la cama. Mis piernas eran tristes objetos muertos, así que me arrastraron por la habitación como si fuera un amigo borracho al que acompañaran fuera del bar. Entonces mi padre tuvo una idea.

—¡Eh! ¡Habrás olvidado el aspecto que tienes!

Era verdad. Lo había olvidado. Una vaga imagen de la cara de un niñito flotaba por mi mente, pero no estaba seguro de si era yo o alguien que me había odiado. Con mis pies descalzos arrastrándose detrás de él, mi padre me llevó al baño para que me mirase al espejo. Fue un espectáculo demoledor. Incluso los feos reconocen la belleza cuando no la ven.

Terry no podía evitarme para siempre. Ya era hora de que nos presentaran como dios manda. Poco después de que todos perdieran interés en felicitarme por haber despertado, Terry vino a la habitación y se sentó en su cama, meneando las piernas rítmicamente, las manos en las rodillas como para evitar que le salieran volando.

Yo estaba acostado mirando al techo y me tapé con la colcha. Seguí oyendo la respiración de mi hermano. También la mía, como hacía todo el mundo: el aire silbaba ruidosamente en mi garganta. Me sentí extraño y ridículo. Pensé: «Hablará cuando esté listo.» Los párpados me pesaban una tonelada, pero no les di la satisfacción de cerrarlos. Temía que el coma estuviera esperándome.

Terry tardó una hora en cubrir la distancia que nos separaba.

—Has dormido un buen rato —dijo.

Asentí, pero no se me ocurrió nada que decir. La visión de mi hermano era apabullante. Sentía una ternura increíble y quería un abrazo, pero decidí que era mejor seguir guardando las distancias. Más que nada, no lograba asimilar lo diferentes que éramos. Sé que teníamos distintos padres, pero parecía como si en todo el cuerpo de mi madre no hubiese un solo gen dominante. Mientras yo tenía la tez amarilla aceitosa, barbilla puntiaguda, cabello castaño, dientes algo prominentes y unas orejas pegadas a la cabeza como si esperasen a que pasara alguien, Terry lucía una espesa cabellera rubia, ojos azules, una sonrisa de postal y un cutis blanco salpicado de adorables pecas anaranjadas; sus rasgos tenían una simetría perfecta, como de maniquí infantil.

—¿Quieres ver mi agujero? —dijo Terry de pronto—. He cavado un agujero en el jardín.

—Después, tío. Estoy un poco cansado.

—Vamos, necesitas aire fresco —terció mi padre, con cara de enojo. Estaba en el umbral, fulminándome con la mirada.

—Ahora no puedo, me siento demasiado débil.

Decepcionado, Terry dio una palmadita a mi pierna atrofiada y salió corriendo a jugar. Lo observé desde la ventana, una bolita de energía que pisoteaba los parterres, una chispa que entraba y salía del agujero que había cavado. Mientras lo miraba, mi padre se quedó en la puerta de la habitación, con ojos encendidos y desdén paternal.

Ésta es la cuestión: me había asomado al abismo, había mirado a los ojos amarillos de la muerte y, ahora que había regresado a la tierra de los vivos, ¿quería la luz del sol? ¿Quería besar las flores? ¿Quería correr y jugar y gritar «¡Estoy vivo! ¡Estoy vivo!»? En realidad, no. Quería estar en la cama. Es difícil de explicar. Todo lo que sé es que el coma me había sumido en una pereza inmensa, una pereza que me corría por las venas y se me había coagulado en el corazón.

Aunque caminar me causaba tal dolor que mi cuerpo estaba tomando la forma de un eucalipto retorcido por el fuego, sólo seis semanas después de mi atontado despertar, mis padres y médicos decidieron que ya era hora de volver a la escuela. Esperaban que el niño que había dormido durante una parte considerable de su infancia regresara a la sociedad inadvertidamente. Al principio, los niños me recibieron con curiosidad: «¿Soñabas?» ¿Oías a quienes te hablaban?» «¡Enséñanos tus llagas!» Pero una cosa que no te enseña el coma es a pasar desapercibido (a menos que quienes te rodeen estén durmiendo). Sólo tuve unos días para descubrirlo. Es evidente que fracasé estrepitosamente, porque no habían pasado ni dos semanas cuando empezaron los ataques. Los empujones, los golpes, la intimidación, los insultos, las burlas, los tirones, las lenguas fuera y, sobre todo, el angustioso silencio: había casi doscientos alumnos en nuestra escuela y me daban doscientas espaldas. Aquella frialdad quemaba como el fuego.

Deseaba que terminase la escuela para poder volver a la cama. Quería pasar todo el tiempo allí. Me encantaba estar acostado, la lámpara para leer encendida, con sólo una sábana encima y las mantas arrugadas a los pies de la cama, como unos gordos michelines. Por aquel entonces mi padre estaba sin trabajo (la prisión se había terminado y tuvo una espléndida inauguración mientras yo estaba en coma) y entraba en mi habitación a todas horas, gritando: «¡SAL DE LA CAMA, POR DIOS! ¡HACE UN DÍA PRECIOSO AHÍ FUERA!» Su furia se multiplicaba por diez cuando la dirigía a Terry, que también se metía en la cama. Verás, te costará creerlo pero, no sé cómo, pese a ser un joven inválido, Terry me veía como un héroe. Me adoraba. Me idolatraba. Cuando yo me quedaba todo el día en la cama, Terry también se quedaba todo el día en la cama. Cuando yo vomitaba, Terry se metía los dedos hasta el fondo de la garganta. Si yo temblaba hecho un ovillo bajo las mantas, presa de la fiebre, Terry también se hacía un ovillo y se echaba a temblar. Era muy bonito.

Mi padre estaba muerto de miedo por Terry, su verdadero hijo, y concentró toda su capacidad mental en predecir futuros espantosos, todos por mi culpa.

Un día se le ocurrió una idea que, viniendo de un padre, no era mala. Si tu hijo tiene una obsesión enfermiza, el único modo de quitársela es sustituirla por otra sana. La obsesión que eligió mi padre para alejar a Terry de sus deseos de invalidez era tan australiana como una picadura de araña venenosa en la rodilla.

El deporte.

Era Navidad. A Terry le regalaron un balón de fútbol australiano. Mi padre le dijo:

—Vamos tú y yo a echar unos pases, ¿vale?

Terry no quería salir porque sabía que yo me quedaría dentro. Mi padre se mostró inflexible y lo arrastró al sol entre gritos y pataleos. Los miré por la ventana. Terry fingía cojera. Siempre que mi padre le lanzaba la pelota, Terry renqueaba miserablemente por el jardín para atraparla.

—¡Deja de cojear!

—¡No puedo!

—¡A tu pierna no le pasa nada!

—¡Que sí!

Mi padre escupió de asco y entró malhumorado en casa, tramando e intrigando como hacen los padres, por amor. Decidió que debía separar durante un tiempo a su enfermizo hijastro de su hijo sano; veía la enfermedad como una combinación de pereza y debilidad, como una inclinación, y en casa no se podía ni toser sin que él lo considerase un reflejo del repugnante interior. No es que fuera poco comprensivo, de hecho había tenido que luchar lo suyo, pero no había estado enfermo un solo día de su vida (sólo de náuseas inducidas por el impago de facturas) y jamás había conocido a nadie que hubiera enfermado. Ni siquiera sus padres habían muerto de una enfermedad prolongada (accidente de autobús). Como he dicho antes: si algo me enseñó la infancia, es que la diferencia entre ricos y pobres no es nada. Es el abismo entre sanos y enfermos lo que es realmente insalvable.

A la mañana siguiente ambos subieron al coche, mi padre arrastrando dos maletas y Terry arrastrando la pierna, y desaparecieron entre remolinos de polvo. Dos meses después, cuando volvieron, Terry me dijo que habían seguido al equipo local de fútbol australiano por todo el estado y no se habían perdido ni un partido. Tras un par de semanas el equipo había empezado a notar su presencia y, conmovido por la devoción de un niño que parecía cojo, había elegido a mi hermanito renqueante como mascota no oficial. A la primera oportunidad, mi padre contó sus problemas a los jugadores, les habló de mí y de la insidiosa influencia que ejercía en Terry, y les rogó que lo ayudaran a restablecer el jovial espíritu australiano que había abandonado la pierna izquierda de su hijo menor. Todo el equipo estuvo a la altura de las circunstancias y respondió con orgullo al llamamiento. Llevaron a Terry al inmaculado césped y, bajo el ardiente aliento del sol, lo iniciaron en los elementos más exquisitos del juego, animándole a cojear cada vez menos, con el deseo de impresionarlos. Al cabo de dos meses de gira, Terry ya no cojeaba y era un pequeño deportista. Mi padre no era tonto. A Terry le había entrado el gusanillo.

Al volver, Terry entró en el club de fútbol local. Se jugaba duro en aquella época: en los fríos anocheceres otoñales, los padres contemplaban el entrechocar de las abolladas cabezas de sus hijos y se retorcían de placer. Sus hijos demostraban su valía y, aunque abandonasen el campo con pelucas de sangre seca, estaban todos encantados. En Australia, como en cualquier otra parte, los ritos de paso no son cosa baladí.

Se hizo evidente de inmediato que Terry era un jugador nato, una estrella del terreno de juego. Verlo hacer una entrada, pasar, amagar, esquivar y avanzar entre las flacas legiones de pequeños atletas hacía que se te nublara la vista. Corría como un poseso; su concentración era absoluta. De hecho, en el campo Terry sufría una transformación de carácter y disposición. Aunque siempre hacía el payaso en cualquier situación imaginable, en el campo no tenía el menor sentido del humor; en cuanto sonaba el silbato, se tomaba tan en serio esa dura pelota oval como un cirujano cardiovascular se toma en serio los blandos corazones ovales.

Como yo, y probablemente la mayoría de los australianos, Terry mostraba una innata oposición a la autoridad. La disciplina le repugnaba. Si alguien le decía que se sentara justo cuando iba a la silla, lo más probable es que la arrojase por la ventana. Pero en el reino de la autodisciplina era un maestro zen. Imparable. Terry daba vueltas al jardín hasta cuando la luna desorbitada se alzaba en las alturas como una pompa de jabón. En días de tormenta, se ponía en forma con abdominales y flexiones y, cuando el sol se ponía tras la prisión, sus botas mascaban terrones de hierba húmeda y lagos de barro.

En verano Terry se incorporó al equipo de críquet local, donde destacó desde el primer día. Como lanzador era rápido y preciso; como bateador, mortífero y potente; como exterior, su vista precisa y de reflejos rápidos. Su talento natural era innatural. Todos hablaban de él. Y, cuando inauguraron la nueva piscina, adivina quién fue el primero en tirarse al agua. ¡El tipo que la construyó! ¿Y el segundo? ¡Terry! Y yo pregunto: ¿puede el cuerpo de una persona ser un genio? ¿Pueden serlo los músculos? ¿Los tendones? ¿Los huesos? Tendrías que haberlo visto en la piscina. ¡Y qué tranquilo! Antes de la carrera, mientras los otros chicos temblaban sobre sus podios de salida, Terry estaba ahí como si esperase el autobús. ¡Pero entonces sonaba el disparo de salida! Era tan rápido que ni recordabas verlo zambullirse; se deslizaba por el agua como si lo remolcase una moto acuática. Para que Terry recibiese los ánimos de su héroe yo siempre iba a verlo, medio escondido al fondo de las gradas y gritando más que nadie. ¡Dios, esos carnavales de natación! Como si ahora estuviese allí: el eco de los cuerpos que salpicaban y de los pies mojados trotando por las frías baldosas empapadas de la piscina cubierta, el acre hedor a cloro que pondría nostálgico a un embalsamador, el sonido del gorro succionado en una cabeza, el goteo del agua al vaciar las gafas de natación. A esos chicos les encantaba. Era como si alguien les hubiese dicho: «Los seres humanos necesitan agua para vivir, ¡así que adentro!» Y adentro iban. Y eran felices.

Terry era el más feliz de todos. ¿Por qué no iba a serlo? Estrella de fútbol, estrella de críquet, estrella de natación. El pueblo tenía su primera celebridad local, y que fuera un muchacho de siete años lo hacía aún más sorprendente. ¡Siete! ¡Sólo siete! Era el Mozart del deporte, un prodigio sin igual. El pueblo lo adoraba, todas las miradas enamoradas lo veneraban, lo animaban. No tiene sentido negar que le profesaban una adoración rotunda y absoluta. La prensa local también hablaba a lo grande del asombroso Terry Dean. Cuando uno de los periódicos de la ciudad publicó un reportaje sobre los jóvenes atletas con más probabilidades de hacer historia en el deporte y Terry fue mencionado entre ellos, mi padre casi se murió del gusto.

Por si te lo estás preguntando, no había rivalidad fraternal entre nosotros, ni una pizca de celos por mi parte, y pese a sentirme olvidado como uno de esos coches quemados en los suburbios, estaba orgulloso de mi hermano, el héroe deportivo. Pero también estaba preocupado; yo era el único que veía que entre Terry y el deporte había algo más que mero talento y un físico de atleta.

No fue su forma de jugar lo que me dio la clave, sino el modo en que miraba como espectador. Para empezar, era imposible arrancarle ni media palabra antes de un partido. Era la única circunstancia en que puedo afirmar que le veía mostrar algo parecido a la ansiedad. Y le he visto de pie ante un tribunal que iba a condenarlo a cadena perpetua, así que sé lo que me digo.

Cuando íbamos a un partido de fútbol australiano, le embargaba una profunda emoción; para Terry, un óvalo vacío era un lugar misterioso y místico. Empezaba el encuentro y Terry se sentaba tieso y expectante, la boca entreabierta y los ojos pegados a cada acción. Estaba genuinamente conmovido. Parecía escuchar un lenguaje que sólo él entendía. Permanecía sentado en intenso silencio, como si contemplase algo sagrado, como si marcar un tanto en los últimos treinta segundos fuera un acto inmortal. Después de un partido, ganado o perdido, su alma rebosaba satisfacción. ¡Sentía fervor religioso! Cuando su equipo marcaba, se estremecía. Lo vi con mis propios ojos y no me importa lo que digan; un niño que se estremece de fervor religioso es algo escalofriante. Terry no soportaba un empate. No se le podía hablar después de un empate; las malas decisiones del árbitro también lo ponían de lo más violento. Yo le decía: «¿Podemos volver ya a casa?», y él se volvía lentamente para mirarme, los ojos henchidos de dolor, la respiración entrecortada: sufría. En casa, tras partidos insatisfactorios, todos teníamos que andar de puntillas (lo que no es fácil cuando vas con muletas).

Como he dicho, Terry y yo teníamos cuerpos distintos. Sus gestos eran flexibles, fluidos, francos y ágiles, mientras que los míos eran laboriosos, dolorosos, vacilantes y torpes. Pero nuestras diferencias se hacían más palpables en nuestras obsesiones, y las obsesiones encontradas pueden dividir de verdad. Por ejemplo, si tienes un amigo con la monomanía de no haber encontrado el amor y otro que es un actor que sólo habla de si Dios le dio la nariz adecuada, un pequeño muro se alza entre ambos y las conversaciones se desintegran en monólogos que compiten entre sí. En cierto modo, esto era lo que empezaba a pasarnos a Terry y a mí. Terry sólo hablaba de héroes deportivos. Yo sentía cierto interés, pero una parte importante de tener un héroe es imaginar sus hazañas heroicas como propias. La cuestión es que yo sólo sentía un placer limitado al imaginarme marcando un gol o corriendo kilómetro y medio en menos de cuatro minutos. Las fantasías en que masas efusivas gritaban: «¿A que es rápido?» no me resultaban muy satisfactorias. Estaba claro que necesitaba otro tipo de héroe.

La obsesión de Terry acabó por apoderarse de su vida; todo, desde las comidas hasta ir al baño, era un intervalo indeseado entre las ocasiones en que podía jugar, entrenar o hablar de deporte. Los juegos de cartas le aburrían, los libros le aburrían, dormir le aburría, Dios le aburría, comer le aburría, el cariño le aburría, nuestros padres le aburrían y finalmente hasta yo le aburrí. Empezamos a discutir por tonterías, sobre todo por mi comportamiento: ahora que él salía a disfrutar de la vida en compañía de niños que no estaban gimiendo en la cama, mi negatividad omnipresente y mi incapacidad de disfrutar acabaron por cansarle. Empezó a criticarme por cualquier nimiedad: no le gustaba cómo golpeaba suavemente con la muleta el hombro de la gente para pedir paso, no le gustaba que descubriese rápidamente aquello de lo que alguien se sentía más orgulloso para después ridiculizarlo, estaba harto de mi profunda desconfianza hacia todos y hacia todo, desde las puertas de las iglesias hasta las sonrisas.

Por desgracia, al cabo de unos pocos meses, Terry acabó viéndome como lo que realmente era: un cascarrabias de once años, un niño amargado, depresivo, agresivo, orgulloso, feo, miserable, miope y misantrópico; ya conoces el tipo. La época en que me seguía a todas partes imitando mi tos y fingiendo compartir mis agudos dolores abdominales no era sino un recuerdo dulce y distante. Claro que, al mirar atrás, es fácil ver que el enfado y los reproches de Terry nacían de la frustración y del amor; no comprendía por qué no podía ser tan relajado y feliz como era él. Sin embargo, entonces yo sólo vi su traición. Me pareció que todas las injusticias del mundo arremetían contra mí, como un vendaval.

Ahora que perdía a mi único aliado sólo deseaba esconderme; pero lo jodido es que en un pueblo no existe el anonimato. La insignificancia, sí. El anonimato, no. Es una canallada no poder andar por la calle sin que alguien te salude y te sonría. La única solución es descubrir los lugares que todos odian y refugiarse allí. En efecto, hasta en un pueblo hay zonas que la gente evita en masa: hazte una lista mental y allí podrás vivir tranquilamente, sin tener que encerrarte en tu habitación. En nuestro pueblo estaba el local de Lionel Potts. Nadie ponía un pie allí porque Lionel era el hombre más despreciado de la comarca. Todos la tenían tomada con él, aunque yo no entendía el motivo. Decían que porque era un «jodido rico». Pensaban: «¿Quién se cree que es, si no tiene problemas para pagar el alquiler? ¡Vaya morro!»

Yo pensaba que en Lionel Potts tenía que haber algo secreto y siniestro. No creía que la gente lo odiase por ser rico, pues había advertido que casi todos se morían por serlo; de no ser así, no comprarían lotería ni soñarían con enriquecerse al instante ni apostarían a los caballos. No tenía sentido que la gente odiase precisamente aquello en lo que deseaba convertirse.

El café de Lionel estaba poco iluminado; las mesas de madera oscura y los largos bancos le daban el aspecto de una taberna española o de un establo para personas. Había helechos de interior, pinturas de hombres con demasiada ropa a caballo y una serie de fotografías en blanco y negro de una arboleda milenaria y majestuosa, donde ahora se encontraba la farmacia. El local estaba vacío de la mañana a la noche. Yo era el único cliente. Lionel se quejaba a su hija de que pronto se vería obligado a cerrar y dedicarse a otra cosa mientras me miraba con curiosidad, preguntándose obviamente por qué yo era el único del pueblo que no se sumaba al boicot. También su hija, a veces, se me quedaba mirando.

Caroline tenía once años, era alta y delgada; estaba siempre apoyada en la barra con la boca entreabierta, como sorprendida. De ojos verdes, su cabello tenía el color de una deliciosa manzana dorada. Era de pecho plano y de brazos y hombros musculosos: recuerdo haber pensado que probablemente me ganaría en una pelea y que sería muy embarazoso si así sucediese. A los once años, ya hacía algo que alcanzaría su máxima perfección en las pasarelas parisinas: un mohín. Yo no lo sabía entonces, pero los mohínes funcionan así: insinúan una insatisfacción pasajera y te impulsan a satisfacerla. Piensas: si pudiera satisfacer este mohín, sería feliz. Es sólo una reciente anomalía en la evolución, el mohín. El hombre paleolítico nunca oyó hablar de él.

Me sentaba en el rincón más oscuro del café y la observaba subir cajas de botellas de la bodega. Ni ella ni su padre me mimaban ni me trataban con especial amabilidad, pese a que era su único cliente; pero yo bebía batidos y Coca-Cola y leía libros y pensaba en mis cosas, y con un cuaderno en blanco ante mí me esforzaba en dar sentido con palabras a las visiones que había tenido durante el coma. Cada día Caroline me servía bebidas, pero yo era demasiado tímido para hablarle. Cuando ella decía «hola» yo decía «vale».

Un día se sentó frente a mí con una cara que parecía a punto de estallar en una carcajada cruel.

—Todos creen que tu hermano es la hostia —me dijo.

Casi me desplomé, tan poco acostumbrado estaba a que me hablasen. Luego recobré la compostura y dije, sabiamente:

—Bueno, ya sabes cómo es la gente.

—Yo creo que es un fantasma.

—Bueno, ya sabes cómo es la gente.

—Y un creído.

—Bueno... —dije yo.

Eso fue todo. La única persona del pueblo que no se desvivía por mi hermano fue la chica a la que elegí amar. ¿Por qué no? Incluso entre los Kennedy tuvo que darse cierta rivalidad entre hermanos. Caroline acudía a los partidos como todo el mundo, pero yo veía que odiaba a Terry, porque siempre que la multitud saltaba y aplaudía a mi hermano, ella se quedaba quieta como una estantería y sólo se movía para llevarse la mano a la boca, como atónita por una mala noticia. Y cuando Terry entró corriendo en el café para llevarme a casa a cenar, ¡tendrías que haberla visto! No le habló, ni le miró siquiera, y me avergüenza decir que encontré esa escena deliciosa, porque durante cinco minutos Terry probó el sapo viscoso que yo me veía obligado a tragar un miserable día tras otro.

Por eso Caroline Potts ha pasado a la historia como mi primera amiga. Hablamos en ese oscuro café todos los días y finalmente fui capaz de liberar muchos de mis pensamientos reprimidos, por lo que sentí una mejora tangible en mi estado mental. Me reunía con ella con palmas sudorosas y lujuria preadolescente, pero hasta cuando me acercaba despacio, la visión de su sonrisa, de su cara levemente andrógina, era una conmoción tan visceral como si la viese por sorpresa. Sabía que su amistad se debía a que ella tampoco tenía amigos, aunque creo que apreciaba de verdad mis observaciones maliciosas, y estábamos del todo de acuerdo cuando discutíamos compulsivamente la estupidez ilimitada, la devoción del pueblo por mi hermano. Le ofrecí el único secreto que sabía de él: su espeluznante reverencia religiosa por el deporte. Me parecía bien no ser el único en saber que había algo raro en mi hermano, pero poco después de que Caroline y yo nos conociéramos pasó algo terrible y luego todos lo supieron.

Era una fiesta de cumpleaños. El homenajeado cumplía cinco años, una gran ocasión. Me perdí el mío por el coma, pero tampoco estaba deseando ir a esa fiesta porque preveía algo sombrío; ya sabes, cuando la inocencia infantil muestra indicios de tensión y el niño de cinco años empieza, con tristeza y alarma, a cuestionarse por qué de pronto se siente dividido entre la ilusión y el deseo de dormir más. ¡Deprimente! Pero ahora no llevaba muletas y tampoco podía utilizar mi enfermedad como una excusa para evitar la vida. Por otra parte, Terry estaba tan entusiasmado que al amanecer ya esperaba en el portal vestido de fiesta. A estas alturas, tendrías que saber la respuesta a esa pregunta exasperante: ¿Cómo era Terry Dean de niño? ¿Era un paria? ¿Un gilipollas tozudo y contrario a la autoridad? No, ése era yo.

Cuando llegamos a la fiesta, el sonido de las risas nos guio por la casa luminosa y fresca hasta la parte de atrás, donde todos los niños estaban en un amplio jardín sin vallas, sentados ante un mago de ostentosa capa negra y dorada. Hacía todo tipo de trucos baratos. Cuando agotó las palomas, paseó entre el público y leyó las manos. Créeme, si no lo has vivido antes, no hay nada más estúpido que un adivino en una fiesta infantil:

—Crecerás grande y fuerte, pero sólo si te comes la verdura —le oí decir en un momento dado.

Era evidente que el farsante seguía el ejemplo de los padres y timaba a los críos con falsos futuros. Es descorazonador ver mentiras y corrupción en un cumpleaños infantil, aunque no es nada sorprendente.

Luego jugamos a pasar el paquete, un pasatiempo en que todos se sientan en círculo y se pasan un regalo chapucero envuelto en mucho papel de periódico, como si de un pescado se tratara, y cada vez que la música se para, quien tenga el paquete debe retirar una capa. Es un juego de codicia e impaciencia. Yo causé cierto revuelo cuando interrumpí el juego para leer el periódico. Había un titular sobre un terremoto en Somalia: setecientos muertos. Los niños me gritaban que pasara el paquete, sus amargas recriminaciones me silbaban en los oídos. Te lo aseguro, los juegos infantiles no son cosa de broma. No puedes tontear. Pasé el paquete al siguiente niño, pero cada vez que retiraban una capa, la recogía con la esperanza de saber más del terremoto. A los otros niños no les importaban las vidas de setecientos seres humanos; sólo querían el regalo. Finalmente se descubrió: una pistola de agua color verde fluorescente. El ganador gritó de entusiasmo. Los perdedores gritaron de entusiasmo, con los dientes apretados.

El sol de noviembre nos hacía sudar, así que algunos niños se lanzaron a la transparente piscina para jugar a Marco Polo, juego en que un niño nada con los ojos cerrados e intenta atrapar a niños con los ojos abiertos. Él grita: «¡Marco!», y los otros gritan: «¡Polo!», y si él dice: «¡Pez fuera del agua!» y abre los ojos y ve a un niño fuera de la piscina, ese niño pasa a ser el pobre infeliz que tiene que nadar con los ojos cerrados. No sé qué relación guardará con la vida y andanzas de Marco Polo, aunque intuyo cierta crítica velada en alguna parte.

Mientras Terry se unía a los demás en la piscina, yo me sometí a algo horrible llamado sillas musicales, otro juego atroz. Hay una silla de menos y, cuando la música se detiene, tienes que correr a sentarte. Las fiestas infantiles son una fuente interminable de lecciones vitales. La música es atronadora. No sabes cuándo va a parar. Te pasas todo el juego en vilo; la tensión es insoportable. Los niños bailan en círculo alrededor de las sillas, pero no es un baile feliz. Todos tienen la mirada fija en la madre que está junto a la radio, con la mano en el volumen. De vez en cuando, un niño se precipita y corre a una silla. Le gritan. Se levanta de la silla de un salto. Está destrozado. La música sigue. Las caras de los niños están contraídas por el terror. Nadie quiere ser excluido. La madre se burla de los niños fingiendo que va a bajar el volumen. Los niños le desean la muerte. El juego es una analogía de la vida: no hay bastantes sillas ni buenos momentos para todos, no hay bastante comida ni alegría ni camas ni trabajos ni risas ni amigos ni sonrisas ni dinero ni aire puro para respirar... y, pese a todo, la música continúa.

Fui uno de los primeros en perder, y pensaba cómo en la vida siempre hay que llevar la propia silla para no tener que compartir unos recursos comunes cada vez más escasos, cuando oí alboroto en la piscina. Me acerqué. Los brazos de Terry estaban sumergidos en el agua y un par de manitas se alzaban desde las profundidades cristalinas, intentando sacarle los ojos. La escena no estaba abierta a interpretación: Terry intentaba ahogar a alguien.

Ahora los otros niños estaban en tierra, todos peces fuera del agua. Un padre consternado se lanzó al agua, separó a Terry del niño y los arrastró a ambos fuera de la piscina, donde la horrorizada madre del crío medio ahogado propinó a Terry una bofetada. Más tarde, en un corro de padres indignados, Terry explicó, para defenderse, que había visto a la víctima hacer trampas.

—¡No es verdad! —gritó la víctima.

—¡Te vi! ¡Tenías el ojo izquierdo abierto! —gritó Terry.

—Aunque así fuera, chico, es sólo un juego —dijo mi padre.

Lo que mi padre no sabía era que la frase «sólo un juego» jamás tendría el menor significado para Terry Dean. Para Terry la vida era un juego y los juegos siempre serían la vida y, de no haberlo yo descubierto, no habría manipulado tal información para satisfacer mis tristes fantasías de venganza, lo que alteró inesperadamente el curso de la vida de mi hermano.

Éste es uno de esos recuerdos que ciegan de dolor al rememorarlos: el momento en que lo peor de mis impulsos se fundió durante un instante ignominioso. Fue sólo un mes después cuando, tras años de estudiar con un tutor en casa entre entrenamiento y entrenamiento, Terry empezó el colegio (un acontecimiento que me había estado temiendo, pues había conseguido ocultar a mi familia mi espectacular impopularidad). Dave y Bruno Browning, hermanos mellizos, me habían atado a la gruesa rama de un árbol, detrás del gimnasio. No eran sólo los matones oficiales del colegio, también eran ladrones, delincuentes en ciernes y asiduos a las peleas callejeras, y siempre pensé que su sitio estaba en la cárcel o en tumbas tan poco profundas que, cuando la gente caminara por encima, estuviera pisando en realidad los tiesos rostros muertos de Dave y Bruno. Mientras terminaban de atarme, exclamé:

—¿Cómo sabíais que éste era mi árbol preferido? Oh, dios, ¡vaya panorama! ¡Esto es precioso! —Seguí con mi verborrea mientras ellos bajaban—. En serio, tíos, ¡no sabéis lo que os perdéis!

Levanté el pulgar en señal de aprobación a la pequeña multitud que se había congregado en la base del tronco.

Mi fría sonrisa se fundió al ver el rostro de Terry entre la chusma. Puesto que era un adorado héroe deportivo, la multitud se apartó para dejarlo pasar. Yo reprimí las lágrimas y seguí actuando.

—Oye, Terry, esto es fantástico. ¿Por qué no subes a verme un día de éstos?

Terry subió al árbol, se sentó en una rama frente a la mía y empezó a desatar los nudos.

—¿Qué pasa?

—¿A qué te refieres?

—¡Todos te odian!

—De acuerdo. No soy popular. ¿Y qué?

—¿Por qué todos te odian?

—Tienen que odiar a alguien. ¿A quién van a odiar, si no es a mí?

Estuvimos sentados en ese árbol toda la tarde, cinco horas, durante dos de las cuales sufrí un vértigo agudo. La campana sonaba de vez en cuando y observamos a los niños que cambiaban de un aula a otra, obedientes aunque despreocupados, como soldados en tiempos de paz. Los contemplamos todo el día, sin hablarnos. En el silencio, todas nuestras diferencias se disiparon. Que Terry se balancease en una rama a mi lado era un gesto de solidaridad muy significativo. Su presencia me decía: estás solo, pero no solo del todo. Nosotros somos hermanos y nada puede cambiar eso.

El sol se desplazó por el cielo. El viento transportaba nubes tenues. Miré a mis compañeros de clase como a través de un cristal a prueba de balas y pensé: «No hay más posibilidad de comunicación entre nosotros que entre una hormiga y una piedra.»

Aun después de las tres, cuando terminaba la jornada escolar, Terry y yo nos quedamos ahí, observando en silencio un partido de críquet que había empezado debajo. Bruno, Dave y otros cinco o seis niños se habían colocado en semicírculo; corrían, saltaban y se lanzaban al barro como si no hubiese nada frágil en el cuerpo humano. Gritaban cada vez más y, de vez en cuando, los mellizos alzaban la vista al árbol y me llamaban con voz cantarina. Hice una mueca de dolor al pensar en todas las palizas que todavía me quedaban por delante y se me llenaron los ojos de lágrimas. Eran lágrimas de miedo. ¿Cómo iba a salir de esa situación? Miré a los dos matones de abajo y deseé tener poderes misteriosos y peligrosos que sintieran directamente en las entrañas. Los imaginé cantando sus pullas con las bocas llenas de sangre.

Entonces se me ocurrió la idea.

—Hacen trampa —le dije a Terry.

—¿Ah, sí?

—Sí. Odio a los tramposos, ¿y tú?

La respiración de Terry se volvió lenta e irregular. Era algo digno de ver; su cara chisporroteó como manteca caliente en una sartén.

No es melodramático afirmar que todo el destino de la familia Dean se decidió esa tarde en el árbol. No me siento orgulloso de haber incitado a mi hermano menor a que atacase a mis atacantes y, si hubiera sabido que manipular su fanatismo por el deporte era como encargar bolsas para transportar cadáveres directamente del fabricante, seguramente no lo habría hecho.

No puedo hablar demasiado de lo que sucedió a continuación. Pero sí puedo decirte que Terry bajó del árbol, le arrebató el bate de críquet a un asombrado Bruno y le golpeó en un lado de la cabeza. Y que sólo llevaban quince minutos de pelea cuando Dave, el más feo de los mellizos, se sacó una navaja de mariposa del bolsillo y la clavó hasta el fondo en la pierna de Terry. Sí puedo decirte a qué sonó el grito, porque era mío. Terry no dejó escapar sonido alguno. Guardó silencio incluso cuando manaba sangre de la herida y yo bajé corriendo para sacarlo de allí.

El día siguiente, en el hospital, un médico poco comprensivo le dijo a Terry que nunca volvería a jugar al fútbol.

—¿Y a nadar?

—Poco probable.

—¿Críquet?

—Tal vez.

—¿De verdad?

—No sé. ¿Puedes jugar al críquet sin correr?

—No.

—Entonces, no.

Oí que Terry tragaba saliva. Todos lo oímos. Se oyó bastante. Cierta blandura en su rostro de ocho años se endureció al instante. Presenciamos el momento exacto en que fue privado a la fuerza de sus sueños. Un momento después, se echó a llorar e hizo unos desagradables sonidos guturales que he tenido la desgracia de escuchar en un par de ocasiones desde entonces, sonidos inhumanos que acompañan la súbita llegada de la desesperación.

FILOSOFÍA

El antiguo deseo de Terry le había sido concedido: era un lisiado, igual que su hermano mayor. Sólo que ahora yo había recuperado la salud y Terry estaba solo. Utilizaba mis antiguas muletas para ir de aquí a allá, pero a veces prefería quedarse en el «aquí» durante días, y cuando ya no necesitó las muletas pasó a un bastón barnizado de madera oscura. Retiró de su habitación toda la parafernalia deportiva: los pósters, las fotografías, los recortes de periódico, su balón de fútbol australiano, su bate de críquet y las gafas de natación. Terry quería olvidar; pero ¿cómo iba a hacerlo? No puedes escapar de tu pierna, sobre todo de una pierna que lleva el peso de tus sueños rotos.

Mi madre intentó consolar a su hijo (y a sí misma) infantilizándolo: le preparaba su comida favorita (salchichas y alubias con tomate) a diario, le hacía carantoñas, le hablaba como si fuera un bebé y le tocaba constantemente el pelo. Si Terry se lo hubiera permitido, le habría acariciado la frente hasta despellejársela. Mi padre también estaba deprimido: se le veía enfurruñado, comía en exceso, bebía cerveza a toda velocidad y acunaba los trofeos deportivos de Terry como si fueran bebés muertos. Fue entonces cuando mi padre engordó. Devoraba cada comida frenéticamente, como si fuera la última. Durante los primeros meses, todo le salió por delante, y su estructura, delgada por naturaleza, se vio desequilibrada por la alteración súbita, pero finalmente se amplió de forma circular, de modo que su cintura y su cadera acabaron por centrarse, expandiéndose a una anchura de exactamente medio centímetro más que la puerta estándar.

Culparme de la calamidad lo animaba un poco. No fue una de esas revelaciones que tuvieron que arrancarle con psicoterapia. No reprimió que me culpaba, sino que lo expresaba sin tapujos, durante la cena, apuntándome amenazadoramente con el tenedor, como si fuera un crucifijo de exorcista.

Afortunadamente, pronto se distrajo regresando a su antigua obsesión: la prisión de la colina. Él y el alcaide solían beber juntos y durante años jugaron al billar todas las noches, apostando 100.000 dólares, en broma, en cada partida. El alcaide le debía a mi padre una cantidad astronómica de supuesto dinero. Un día, mi padre sorprendió a su amigo exigiéndole que le pagara, sólo que, en lugar de pedirle dinero, le propuso un trato extraño y siniestro: olvidaría los veintisiete millones de dólares que le debía si, a cambio, el alcaide le facilitaba copias de los archivos de los reclusos, que guardaba en el despacho. Con el futuro de su hijo echado a perder, lo único de lo que mi padre se sentía orgulloso era de haber contribuido a la construcción de la prisión, un logro tangible que podía ver desde el porche de casa. Así que se sentía con derecho a saber quiénes eran los huéspedes. El alcaide fotocopió los archivos y, noche tras noche, mi padre estudió con detenimiento los historiales de asesinos, violadores y ladrones, y se los imaginó sacudiendo los barrotes que él mismo había forjado. En mi opinión, ése fue el principio del fin para mi padre, aunque aún quedaba por delante un declive increíblemente largo. También fue entonces cuando empezó a despotricar contra mi madre en público, tanto que ella ya no soportó salir de casa con él; nunca volvió a hacerlo, nunca más, y en las raras ocasiones en que se encontraban en la calle, les embargaba una extraña incomodidad y se comportaban de un modo inquietante, educado. Sólo cuando volvían a casa reaparecía su verdadero yo y seguían hablándose de forma insultante hasta la saciedad.

También en el colegio las cosas fueron extrañas durante un tiempo. Como sabrás, yo nunca encajé, ni con calzador. A Terry, por otra parte, lo habían aceptado y estaba integrado desde el primer día, pero ahora, tras perder el uso de su pierna para fines atléticos, fue él quien decidió desencajar. Me dediqué a observar cómo renqueaba por el patio; aplastaba la punta de su bastón en los dedos del pie de sus compañeros de clase y apoyaba todo su peso encima. Personalmente, no creo que fuera sólo la decepción lo que lo volvió frío y desagradable, sino una reacción a la inagotable compasión que tenía que aguantar. Verás, todos eran muy cordiales con él debido a su desgracia, lo agobiaban con grandes dosis de empalagosa amabilidad. Eso fue lo peor para Terry. A algunas personas les repele en cuerpo y alma ser objeto de lástima. Otras, como yo, la absorbemos con glotonería, sobre todo porque al habernos compadecido durante tanto tiempo de nosotros mismos, nos encanta que por fin todos los demás se suban al carro.

Bruno y Dave miraban amenazadoramente a Terry siempre que sus caminos se cruzaban. Terry no cedía terreno y les respondía con la más ambigua de las sonrisas. Eso llevaba a un desafío visual, una de esas batallas de masculinidad que parecen muy estúpidas a todo el que pasa por allí. Más tarde, mientras seguía a Terry por los pasillos del colegio, advertí que él, a su vez, seguía a Bruno y a Dave a todas partes. ¿Qué quería de ellos? ¿Venganza? ¿Desquite? Le imploré que los dejara en paz.

—¡Vete a la mierda, Marty! —replicó.

Volví al árbol. Ahora era yo quien me subía allí. Se había convertido en mi escondrijo secreto. Había aprendido una valiosa lección: la gente casi nunca mira hacia arriba. ¿Por qué será? Quizá miren al suelo como si fuera un avance de las atracciones que vendrán. Y bien que deben hacerlo. Creo que cualquiera que diga que mira al futuro y no tiene un ojo puesto en el fango es que es corto de vista.

Un día vi alboroto abajo: los estudiantes corrían desordenadamente por el patio, entraban y salían de las aulas, llamaban a alguien. Agucé el oído, de esa forma en que los humanos pueden hacerlo si se lo proponen. Gritaban mi nombre. Me agarré tan fuerte a la rama que me clavé una astilla bien hondo. Todos los alumnos del colegio me buscaban para algo. ¿Qué sería ahora? ¿Y ahora qué? Dos niños se detuvieron bajo el árbol para recuperar el aliento y me enteré de la noticia: Bruno y Dave solicitaban mi presencia detrás del gimnasio de la escuela. Ya era hora, oí decir a los alumnos. Si apuñalar a mi hermano había sido una declaración, quizá yo fuera el signo de exclamación. La opinión generalizada era que iban a hacerme trizas. Todos querían aportar su granito de arena.

Entonces, una niña me vio; dos minutos después, una turba me llevaba a hombros como si fuese un héroe, pero en realidad entregaban carne al carnicero. Saltaban como cachorros mientras me transportaban ante Bruno y Dave, que esperaban detrás del gimnasio.

—¡Aquí está! —gritaron los niños, soltándome en el fango con escasa ceremonia.

Me puse lentamente en pie, sólo por el placer de hacerlo. Podrían haber vendido entradas. Era el espectáculo de mayor éxito en el pueblo.

—Martin —gritó Dave—, si alguien... quien sea... alguna vez... te pone una mano encima... o te pega... o te empuja... o basta que te mire raro, ¡ven a decírmelo y lo ANIQUILARÉ! ¿Comprendes?

No lo comprendía. Tampoco el público allí presente.

—Ahora estás bajo nuestra protección, ¿vale?

Dije vale.

La turba guardaba silencio. Dave se volvió para confrontarlos.

—¿Alguien tiene algún problema con eso?

Nadie tenía ningún problema con eso. Se retorcieron como si estuvieran todos atrapados en un gancho.

—Bien. —Luego Dave se volvió hacia mí—. ¿Un cigarro?

No me moví. Tuvo que ponerme el cigarrillo en la boca y encenderlo.

—Ahora traga el humo.

Tragué el humo y tosí violentamente. Dave me dio unos amistosos golpecitos en la espalda.

—Tranquilo, colega —dijo con una sonrisa que mostraba todos los dientes.

Luego se alejaron. La multitud estaba demasiado atónita para moverse. Yo me esforcé en mantener el equilibrio. Pensé que me esperaba una paliza, no la salvación. Ahora era especie protegida. Me hinché como un pez globo. Me volví a la confundida horda y la desafíe con la mirada. Todos miraron para otro lado, hasta el último ojo.

Terry Dean, de ocho años, había hecho un pacto con los diablos por su hermano de doce, eso fue lo que me salvó el pellejo. Terry me había visto encogido tras un cubo de basura un día y sufriendo la monótona esclavitud de la invisibilidad el siguiente y —como hermano leal que era— había propuesto un trato: si ellos me ofrecían protección, él se uniría a su banda de dementes. Sugirió que podía ser su aprendiz, un aprendiz de malhechor. ¿Quién sabe por qué aceptaron? Quizá les gustase su coraje. Quizá les confundiera la audacia de su petición. Fuese cual fuese la razón, cuando le pidieron que escribiera un pequeño memorando del acuerdo con su propia sangre, Terry se cortó con un cúter sin dudarlo y lo escribió claramente, de modo que el pacto quedó grabado en rojo y blanco.

Ésta fue la prematura entrada de mi hermano en la vida criminal. Durante un par de años, pasó todo el tiempo después de las clases con Bruno y Dave y, puesto que Terry era demasiado joven para estar solo a esas horas, yo tuve que pegarme a él. Al principio los hermanos intentaron coaccionarme para que les hiciera recados pero, ante la insistencia de Terry, permitieron que me quedase leyendo bajo un árbol, incluso durante las peleas callejeras. Que siempre las había. La banda no dormía bien si no le había partido la cara a alguien en algún momento del día.

Cuando ya se habían peleado con todos los candidatos posibles de nuestro pueblo, Bruno robó el Land Rover de su padre y nos llevó a los pueblos vecinos para partir otras caras. Había muchos niños con los que pelearse. Cada pueblo tiene sus tipos duros, una nueva generación de relleno carcelario a la espera.

Todas las tardes enseñaban a Terry a pelear. Habían elaborado un sistema filosófico basado en la violencia y el combate, y mientras los puños de Terry se transformaban en ladrillos de hueso, Bruno y Dave se convertían en un dúo cómico, de esos en que uno hace una pregunta y el otro la responde.

—¿Para qué sirven las manos?

—Para convertirse en puños.

—¿Para qué sirven las piernas?

—Para dar patadas.

—¿Y los pies?

—Para pisar una cara.

—¿Los dedos?

—Sacar ojos.

—¿Dientes?

—Morder.

—¿Cabeza?

—Cabezazos.

—¿Codo?

—Directo a la mandíbula.

Etcétera.

Preconizaban las virtudes del cuerpo humano no sólo como arma sino también como un completo arsenal, y mientras los miraba machacar este empalagoso evangelio en la cabeza de Terry, pensé en mi propio cuerpo en comparación: un arsenal que apuntaba adentro, hacia mi persona.

Cuando no peleaban, robaban: lo que fuera, todo lo que se les pusiera por delante. Sin discernir el valor, mangaban vehículos de desguace, partes rotas de coches, material escolar, material deportivo; entraban en panaderías y robaban pan y, si no había pan, robaban la masa; entraban en ferreterías y robaban martillos y escaleras y bombillas y alcachofas de ducha; entraban en carnicerías y afanaban salchichas, ganchos para la carne y piernas de cordero; entraban en el restaurante chino y robaban palillos, salsa hoisin y galletas de la suerte; y, de la estación de servicio, robaban hielo, que intentaban vender frenéticamente antes de que se derritiese.

Si tenías la mala suerte de estar cerca tras una de sus expediciones de rapiña, ya podías disponerte a ir de compras. Su técnica de ventas era impresionante. Para Bruno y Dave el negocio era siempre floreciente, porque habían encontrado un nicho en el mercado: niños aterrorizados.

Terry también estaba en primera línea; se colaba por ventanas y conductos de ventilación y llegaba a esos sitios de difícil acceso, mientras yo esperaba fuera y rogaba para mis adentros que se dieran prisa. Rogaba tanto que me hacía daño. A medida que pasaban los meses, mientras Terry desarrollaba músculos, agilidad y técnicas de combate cuerpo a cuerpo, yo volví a degenerar. Mis padres temían el retorno de mi antigua enfermedad y llamaron a un médico. Éste se quedó perplejo.

—Parece un problema de nervios, pero ¿por qué va a estar nervioso un niño de doce años? —El médico observó con curiosidad mi cuero cabelludo—. ¿Qué te ha pasado en el pelo? Se te ha caído parte del cabello.

Me encogí de hombros y recorrí la habitación con la mirada, como en busca del cabello perdido.

—¿Qué me dice? —gritó mi padre—. ¿Se le cae el pelo? Oh, Dios, ¡vaya niño!

Una caja de Pandora llena de angustia se abría cada vez que observaba a mi hermano en pleno robo, pero cuando había una pelea callejera me ponía nervioso con toda mi alma. Todos los días, cuando volvíamos a casa, suplicaba a Terry que lo dejara. Estaba totalmente convencido de que mi hermano iba a morir delante de mí. Debido a la edad y la estatura de Terry, Bruno y Dave lo habían armado con un bate de críquet, que él blandía en el aire mientras soltaba un grito de guerra y cojeaba rápidamente hacia el enemigo. Raras veces un oponente se quedaba a mirar lo que Terry hacía con el bate, aunque algunos no se amilanaban y, durante una pelea, a Terry lo hirieron con un cuchillo. Jadeando, corrí al centro de la reyerta y lo arrastré fuera de allí. Bruno y Dave lo zarandearon para espabilarlo y luego lo mandaron de vuelta al ring, con la sangre todavía manando. Grité en señal de protesta hasta que me quedé sin voz, después grité al aire.

Éstas no eran peleas de patio de colegio, sino guerras entre bandas. Yo observaba las caras rugientes de los jóvenes que se lanzaban a pelear; se lo pasaban en grande. Su indiferencia ante la violencia y el dolor me desconcertaba. No podía comprender a esas criaturas que, rabiosas de alegría, se machacaban en el polvo. Ni el modo en que adoraban sus heridas de guerra. Contemplaban sus heridas abiertas como amantes reunidos tras una larga separación. Era una locura.

Caroline tampoco lo entendía. Estaba furiosa conmigo por permitir que mi hermano pequeño se uniese a esos matones, aunque le alegraba que la banda me protegiese. Sus palabras airadas me dejaban un regusto placentero en la mejilla: la atención de Caroline era cuanto yo precisaba. Todavía me sorprendía nuestra amistad. Nuestras conversaciones eran lo mejor de mí y lo único que me gustaba de mi vida, sobre todo porque todas las tardes Bruno y Dave me arrojaban cigarrillos encendidos y me amenazaban con diferentes torturas ingeniosas, siendo mi favorita que me enterrarían vivo en un cementerio de mascotas. Nunca iban a más, sin embargo, porque Terry había dejado claro que, si yo sufría el menor rasguño, él lo dejaba. Estaba claro que los mellizos sabían reconocer el talento donde lo había. Comprendían que Terry era un prodigio criminal; ¿por qué, si no, iban a obedecerle? De preguntarles, habrían dicho que era una combinación de su energía, su sentido del humor, su disposición a obedecer cualquier orden y su audacia absoluta. En cualquier caso, les gustaba tener a Terry cerca, incluso aunque eso implicase aguantar al amargado hermano mayor que no hacía más que leer. Esos libros míos los sacaban de quicio. Irónicamente, me consideraban inhumano por el modo en que manejaba los libros de la biblioteca.

—¿Cómo sabes cómo elegirlos? ¿Quién te lo dice? —me preguntó Dave en una ocasión.

Le expliqué que era una cadena.

—Si lees a Dostoievski, éste menciona a Pushkin, así que vas y lees a Pushkin, y él menciona a Dante, así que lees a Dante y...

—¡Vale!

—Todos los libros tratan, en cierto modo, de otros libros.

—¡Lo he pillado!

Era una búsqueda incesante, e incesantemente fructífera; los muertos me lanzaban a través del tiempo, a través de los siglos, y aunque a Bruno le enfurecía mi reverencia por algo tan inerte e inhumano como un libro, Dave estaba intrigado. A veces se dejaba caer a mi lado después de una pelea y con la sangre corriéndole por la cara, me decía:

—Dime qué lees.

Y yo se lo contaba, sin quitarle el ojo de encima a Bruno, que bullía de odio ignorante. En más de una ocasión rompió mis libros en pedazos. En más de una ocasión vi horrorizado cómo uno de ellos volaba acantilado abajo. ¡Ahí va *Crimen y castigo*! ¡Ahí va *La República* de Platón! Al caer, las páginas se abrían como alas, pero no volaban.

Los chicos me pidieron que, mientras leía, controlase la presencia de policía y turistas. Terry me dio un codazo, como diciendo: «Haz esta tontería para mantener la paz», así que accedí, aunque era terrible como vigía. Estaba demasiado ocupado observando a la banda y llegando a conclusiones que me moría por compartir. Bruno, Dave y Terry se habían abierto camino a golpes hasta la supremacía de la comarca y ahora estaban invictos y aburridos. Tenían grandes planes; querían subir la escala del hampa —lo cual supongo que es un descenso—, pero estaban desorientados y sumidos en el tedio, y no sabían por qué. Yo sí lo sabía, y no soportaba que nadie me preguntase. Tras hacer una incursión en el cobertizo de mi padre, hasta había encontrado la solución.

Un día, muy a mi pesar, hablé y empujé a mi hermano hacia una terrible nueva dirección.

—Sé por qué estáis aburridos —dije.

—¡Pero si habla! —gritó Dave.

—Sí —dijo Bruno—. ¡Ahora cállate!

—Espera, quiero oír lo que tiene que decir —replicó Dave—. Vamos, saco de mierda, dinos por qué estamos aburridos.

—Habéis dejado de aprender. —Nadie respondió, así que

me enfrenté al silencio y lo atravesé—. Habéis llegado a lo más alto. Sabéis pelear. Sabéis robar. Hacéis lo mismo un día sí y otro también. Ya no tenéis estímulos. Lo que necesitáis es un mentor. Necesitáis a alguien del mundo criminal que os diga cómo llegar al siguiente nivel.

Todos asimilaron mi consejo. Volví a mi libro, pero sólo fingía leer. ¡Estaba demasiado entusiasmado! Un río cálido me corría por las venas. ¡Vaya sensación! Era totalmente nueva.

Bruno arrojó una piedra que me pasó rozando la cabeza.

—¡Mira esto, gilipollas! No es la ciudad. ¿Dónde coño vamos a encontrar a alguien así?

Sin alzar la vista del libro y ocultando mi satisfacción, señalé el mayor orgullo de mi padre: la prisión de la colina.

CREACIÓN

—¿Y cómo sabremos quién puede hacernos de mentor? —preguntó Dave.

—Yo ya lo sé —dije.

El cobertizo de mi padre contenía todo detalle habido y por haber de la cárcel y la vida carcelaria, incluidos, gracias a las partidas de billar que había ganado al alcaide, los historiales de los reclusos. Después de haber tenido aquella idea, había estudiado cada uno de los archivos de toda la colección de escoria que había ahí arriba, y había robado el historial del claro vencedor.

—Primero descarté a los convictos por delitos económicos, maltratadores y a cualquiera que hubiese cometido un solo acto pasional.

—¿Y?

—También excluí a los violadores.

—¿Por qué?

—Porque no hay dinero en eso.

—¿Has elegido a alguien o no, joder? —gritó Bruno.

Dejé el libro y busqué el archivo en mi bolsa. El corazón me latía con tal fuerza que me empujaba el pecho. Arrojé el archivo al césped y dije a Bruno:

—Éste es vuestro hombre.

Bruno echó un vistazo. Los otros se apiñaron a su alrededor. El nombre del recluso era Harry West; cumplía cadena perpetua. Si existía un delito, él lo había cometido: hurto, agresión con lesiones, allanamiento de morada, posesión ilegal de arma de fuego, agresión con ensañamiento, lesiones graves, posesión de drogas, tráfico de drogas, producción de drogas, intento de soborno a un funcionario de tribunales, soborno efectivo de un funcionario de tribunales, evasión de impuestos, recepción de bienes robados, venta de bienes robados, incendio provocado, robo, homicidio sin premeditación, asesinato; toda la pesca. Había incendiado burdeles. Había disparado a un hombre en la pista de baile por marcarse un fox-trot mientras sonaba un vals. Había apuñalado a un caballo en las carreras. Había roto brazos, piernas, pies, dedos del pie, ligamentos, fragmentos, partículas, materia. Su pliego de acusaciones se remontaba cincuenta años atrás.

—¿Por qué él?

Me puse en pie de un salto.

—El crimen organizado dirige los negocios de las apuestas y la prostitución. Burdeles, clubes de *striptease*, bares... ahí es donde está la acción. Necesitáis a alguien con vínculos en todos esos ámbitos. Y alguien que sea un criminal de carrera, no un cualquiera que no sea de fiar.

Reconócelo, yo sabía de lo que hablaba. Los chicos estaban impresionados. Echaron otro vistazo a la vida y andanzas de Harry West. Parecía como si se hubiera pasado media vida en una celda. Una vida en que no corres mucho.

—Es imposible saber lo alto que se encuentra en el escalafón criminal; pero, aunque se limitara a responder al teléfono, ha estado ahí el tiempo suficiente para saber cómo funciona el sistema. Os lo aseguro, ¡éste es el hombre!

Estaba electrificado. Nadie me había visto antes así. Sus ojos me escrutaban. Una vocecilla en mi cabeza desaprobó que les animase, pero había pasado casi toda mi vida consciente pensando ideas raras y nadie, salvo Caroline, había escuchado ni una, excepto ahora.

—Hagámoslo —dijo Bruno, y mi estómago se tensó de inmediato.

¿Por qué? Una extraña reacción física tuvo lugar dentro de mí. En cuanto aceptaron mi idea, dejó de gustarme. Ahora me parecía una estupidez, algo horrible. Me gustaba mucho más cuando estaba sólo en mi cabeza. Ahora que iba a salir al mundo, sería responsable de algo sobre lo que ya no tenía ningún control.

Ésta fue la primera de una vida de luchar con las ideas: la lucha de cuáles transmitir y cuáles sepultar, quemar, destruir.

Se decidió que, puesto que Bruno y Dave tenían antecedentes, fuese Terry quien visitara a Harry West y transmitiese sus conclusiones a la banda. Un mañana temprano, a mediados del invierno, acompañé a Terry a la cárcel antes de ir al colegio: me apetecía ir, no sólo porque la idea era mía, sino porque nunca había estado en el Palacio (como solíamos llamarlo en casa) que mi padre había construido.

Ese día, la cárcel no se veía desde el pueblo. Una pesada capa de niebla gris se había tragado media colina, la prisión incluida, y bajó a recibirnos cuando nos abríamos paso hacia arriba. A medio camino vimos el muro de niebla ante nosotros. Se rizaba, formando nudos. Nos metimos en el fregado. Durante unos buenos veinte minutos no logramos ver nada. Para hacer la subida más difícil, había llovido y el camino de tierra que llevaba a la cima era un río de lodo. Maldije mi cabeza durante todo el ascenso. ¡Menudo bocazas!

Cuando las pesadas puertas de la cárcel aparecieron entre la niebla, un prolongado escalofrío me recorrió el cuerpo. Terry sonrió, optimista. ¿Por qué no estaba él preocupado? ¿Cómo puede la misma situación hacer que una persona se agarrote de nervios y otra esté radiante?

Al otro lado de la verja había un guardia solitario. Nos miró con curiosidad cuando nos apoyamos en los barrotes.

—Venimos a ver a Harry West —dije yo.

—¿A quién debo anunciar?

—Martin y Terry Dean.

El guardia nos observó con desconfianza.

—¿Sois familiares?

—No.

—Entonces, ¿para qué queréis verlo?

—Un trabajo escolar —dijo Terry, guiñándome el ojo a escondidas.

Tras las puertas, una ráfaga de viento dispersó la niebla y, por primera vez, vimos de cerca la cárcel que había hecho que un suplemento dominical llamase a nuestro pueblo «El lugar más desagradable para vivir de Nueva Gales del Sur». No parecía el castillo fortificado que se veía desde el pueblo. En realidad, no era uno, sino cuatro grandes edificios de ladrillo rojo de dimensiones similares, tan inocuos y feos como nuestra escuela y, salvo por la alambrada en primer plano, de un aspecto tan vulgar como un edificio de oficinas del gobierno.

El guardia se inclinó hacia delante y apoyó la cabeza contra la fría verja.

—Un trabajo escolar, ¿eh? ¿Para qué asignatura?

—Geografía —respondió Terry.

El guardia se rascó la cabeza lánguidamente. Supongo que la fricción del cuero cabelludo le ponía en marcha el cerebro, como un motor fuera borda.

—Entonces, de acuerdo.

La verja se abrió con un ruido estremecedor. Yo también hice un ruido estremecedor cuando entré con Terry en el recinto de la cárcel.

—Seguid el camino y llegaréis al siguiente puesto —dijo el guardia a nuestra espalda.

Avanzamos despacio. Dos vallas altas adornadas con alambre de espino flanqueaban el camino. Detrás de la cerca, a la derecha, estaba el patio de cemento donde los reclusos deambulaban letárgicamente en la niebla. Con sus uniformes de tela tejana, parecían fantasmas azules flotando en el averno.

Llegamos al segundo puesto.

—Venimos a ver a Harry West.

El guardia barbudo tenía una expresión triste y cansada que

bares, en la copa de los árboles, en el fondo de los pozos, en el interior de los buzones. Porque, si os embarcáis en una vida criminal, nunca sabréis cuándo os atacarán vuestros enemigos. No podéis ir por la vida sin mirar atrás. ¿Estáis dispuestos a eso? El cuello hace mucho ejercicio, os lo digo yo. Vayáis a donde vayáis (al bar, al cine, al banco, al dentista), en cuanto entréis en una habitación, buscad una pared y pegad la espalda a ella. Hay que estar preparados. Alerta. No dejéis que nadie se os ponga detrás, ¿me oís? Ni siquiera cuando os corten el pelo: que el barbero siempre lo haga por delante.

Harry golpeó las manos en la mesa y se nos echó encima.

—Ésta es la vida que llevamos, muchachos. Haría temblar los cimientos del hombre de la calle, pero tenemos que ser duros y prepararnos para vivir contra la pared, ojo avizor y dedos crispados. Tras cierto tiempo se convierte en algo inconsciente. Se desarrolla un sexto sentido. Es verdad. La paranoia hace evolucionar al hombre. ¡Seguro que no os enseñan eso en la escuela! Precognición, percepción extrasensorial, telepatía... nosotros, los criminales, tenemos almas proféticas. Sabemos lo que vendrá antes de que suceda. Tenemos que saberlo; es un mecanismo de supervivencia. Cuchillos, balas, puños, salen de quién sabe dónde. Todos quieren vuestro nombre en una lápida, así que ¡alerta, muchachos! ¡Es un coñazo de vida! Pero tiene sus compensaciones. Vosotros no queréis ser un cualquiera. Basta que miréis por la ventana. Os diré qué hay ahí fuera: un montón de esclavos enamorados de la libertad que creen tener. Pero se han encadenado a un trabajo u otro, o a un pelotón de críos. También son prisioneros, pero no lo saben. Y también en eso se está convirtiendo el mundo del crimen. ¡Una rutina! ¡Un rollo! ¡A toda la historia le falta chispa! ¡Imaginación! ¡Caos! Está precintada por dentro. Encadenada a la rueda. No pasa nada inesperado. Por eso, si seguís mis consejos, jugaréis con ventaja. Los pillaréis desprevenidos. Lo más inteligente que podéis hacer es sorprenderlos: ésa es la clave. Cerebro, músculo, valor, sed de sangre, codicia: todas son características buenas y necesarias. ¡Imaginación! ¡De eso adolece el mundo criminal! Basta con que miréis los productos básicos: hurto, robo, allanamiento de morada, apuestas, drogas, prostitución. ¿A eso lo llamáis innovación?

Terry y yo nos miramos impotentes. Nada iba a detener esa erupción de palabras.

—Dios, cuánto me alegra veros, muchachos. ¡Me habéis llenado de energía! Justo cuando las cosas empezaban a saber a rancio, ¡me habéis dado esperanza! La organización está en ruinas. Nadie quiere nuevas ideas. Todo lo que quieren es más de lo mismo. Ellos son sus propios enemigos. Es su apetito... ¡insaciable! Eso me lleva al siguiente consejo. Controlad vuestro apetito y viviréis mil años. Acumulad lo que os haga falta para estar cómodos y luego disfrutad de la vida. Arded como un horno, luego ocultad vuestra luz al mundo. Tened la fortaleza de sofocar vuestra propia llama. ¿Comprendéis? ¡Retirarse y atacar! ¡Retirarse y atacar! ¡Ésa es la clave! Y otro consejo: mantener un equipo pequeño. Cuanto mayor es el equipo, más probabilidades hay de que un miembro os traicione y os dé por muerto en una cuneta. ¿Sabéis por qué? ¡Porque todos quieren estar arriba! ¡Todos! Bien, aquí está la siguiente lección: no estéis arriba. ¡Quedaos a un lado! Es mucho mejor. Me habéis oído bien. Dejad que sean otros quienes se pasen el día cargando contra los demás como toros. Vosotros agachad la cabeza y a lo vuestro. No hay nada, magníficos muchachos ilegales, nada más importante que lo que ya os he dicho: ¡evitar la escala de traiciones! Ése es el mejor consejo que os puedo dar. Ojalá alguien me hubiese dicho lo mismo cuando tenía vuestra edad. Ahora no estaría aquí. De haber sabido que era la escala lo que acabaría por atraparme... ¡Esa escala tiene cuchillas en lugar de peldaños!

Intenté levantarme. ¿Qué hacía hablando con este loco cuando debería estar en clase?

—Oídme bien —prosiguió—, no busquéis la fama, sed tan anónimos como podáis. Todos os dirán que lo importante es la reputación... ¡Ahí está la trampa! Todos quieren ser Capone o Netty o Squizzy Taylor. Quieren que sus nombres resuenen en la eternidad, como Ned Kelly. Pues bien, os repito que el único modo de que vuestro nombre resuene así es que os masacre una lluvia de balas. ¿Es eso lo que queréis? Claro que no. Os daré otro consejo. ¿Preparados? No dejéis que el mundo sepa quién es el jefe. ¡Eso los desconcertará! ¡Se morirán de envidia! Ser una banda sin jerarquía. ¡Que parezca que pertenecéis a una cooperativa democrática del crimen! Eso los confundirá. No sabrán a quién disparar. Es un consejo irrefutable, muchachos. ¡No fardéis! ¡Sed una entidad sin rostro! Una no entidad, demonios. Vosotros enseñaréis a esos payasos. Dejad que especulen, pero no dejéis que sepan. La paradoja del mundo criminal es que se necesita cierta reputación para hacer las cosas, pero tener una reputación hace que te maten. En cambio, si vuestra reputación es misteriosa, si estáis en una sociedad secreta como la de los Templarios... ¿Sabéis quiénes eran los Templarios? Claro que no. Pues bien...

—Los Templarios era una orden militar internacional formada en 1118 durante las Cruzadas —dije yo.

Harry fijó sus ojos en los míos.

—¿Cuántos años tienes?

—Catorce.

—¡Un muchacho culto! ¡Maravilloso! ¡Eso es lo que necesita la clase criminal! ¡Un poco de sesera!

—Sólo estoy aquí como apoyo moral. El crimen es cosa de Terry.

—Ah, una lástima, una verdadera lástima. Bien, asegúrate de que tu hermano recibe una educación. No necesitamos más cabezas huecas correteando por el negocio, eso seguro. Terry, escucha a tu hermano, ¿de acuerdo?

—De acuerdo.

—Perfecto. Está muy bien que hayáis acudido a mí. Cualquier otro os habría contado un montón de mierda refrita que habría acabado por mataros o por meteros aquí conmigo.

—¡Se acabó el tiempo! —gritó un guardia desde el pasillo.

—Bueno, parece que la primera clase ha acabado por hoy. Volved la semana que viene y os explicaré cómo obtener y mantener la lealtad de los polis.

—¡He dicho que se acabó el tiempo! —gritó el guardia. Ahora estaba de pie en la puerta, pestañeando con irritación.

—Bien, muchachos, ya lo habéis oído. Salid de aquí. Pero

volved, tengo mucho más que contaros. Y, nunca se sabe, quizás un día podamos trabajar juntos. Que esté aquí con la perpetua no significa que no vaya a salir un día de éstos. Perpetua no significa perpetua. Es sólo una forma de hablar. Significa una eternidad que en realidad es más corta que la perpetuidad, si sabéis a qué me refiero.

Harry seguía hablando cuando nos sacaron de la sala.

Bruno y Dave pensaron que los consejos de Harry eran una porquería. ¿Ser una figura anónima del hampa? ¿Una cooperativa democrática del crimen? ¿Qué era toda esa mierda? ¡Pues claro que sus nombres resonarían en la eternidad! La infamia ocupaba un lugar predominante en su lista de asuntos pendientes. No, la única parte del monólogo de Harry que interesó a Bruno y Dave fue su referencia a la acumulación y ocultación de armas.

—Sin armas no somos nada. Necesitamos pasar al siguiente nivel —recitó Bruno.

Me estremecí al pensar lo que implicaba dicho nivel y no supe cómo razonar con ellos, sobre todo porque era yo quien había sugerido ir a ver a Harry. Tampoco podía sacar a mi hermano de esa vida de violencia. Era como intentar persuadir a un hombre bajo de que fuera alto. Sin embargo, sabía que Terry no era cruel, sólo temerario. No le preocupaba su bienestar físico y extendía esa indiferencia a los cuerpos de los demás.

Visitó a Harry una vez al mes, siempre solo. Por mucho que quisiera que le acompañase, por mucho que las peroratas del recluso parecieran tener sentido, me negué a volver a la prisión. Creía que Harry era un maníaco peligroso y/o un idiota insoportable. Podía pasar sin escucharlo nunca más.

Dicho esto, a los seis meses de la primera visita regresé a la cárcel, esta vez sin Terry. ¿Por qué? Harry había solicitado mi presencia. Accedí a regañadientes porque Terry me rogó que fuera, y cuando Harry entró cojeando en la sala de visitas, noté que tenía nuevos cortes y magulladuras en la cara.

—Tendrías que ver al otro tipo. Ha salido bastante bien parado, la verdad —dijo Harry mientras se sentaba.

Me miró con curiosidad. Yo lo miré con impaciencia. Nuestras miradas tenían un carácter totalmente distinto.

—Bien, Martin, ¿sabes qué veo cuando te miro? Veo a un crío que quiere permanecer oculto. Mira. Te has tapado parte de la mano con la manga. Estás encorvado. Creo que aquí hay un crío que desea ser invisible.

—¿Es por eso que querías verme?

—Terry habla mucho de su hermano. Me lo ha contado todo sobre ti. Has empezado a intrigarme.

—Qué bonito.

—Me ha dicho que no tienes amigos.

No supe qué decir a eso.

—¡Mira cómo estrujas la cara! Muy poco, casi ni se nota. Sólo en los ojos. Estás juzgándome, ¿verdad? Bien, pues adelante, mi pequeño misántropo. ¡Está bastante claro que ya me han juzgado antes, juzgado y condenado! Dios, nunca había visto a alguien tan trastornado en su primera infancia. Eres bastante precoz, ¿verdad?

—¿Qué quieres? Ya te he dicho que no me interesa el crimen.

—Pero a mí me interesas tú. Quiero ver cómo te las apañas en ese gran mundo malvado de ahí fuera. Está claro que no como tu hermano. Él es un camaleón, extraordinariamente adaptable, leal como un perro y feliz como una alondra. Una disposición maravillosa la de tu hermano, aunque —Harry se inclinó hacia delante y añadió—: hay algo inestable en él. Ya lo habrás notado, claro.

Lo había notado.

—Apuesto a que no se te pasan muchas cosas por alto —continuó—. No, no usaré esa frase trillada de que me recuerdas a mí cuando era niño, porque, francamente, no es así. Me recuerdas a mí ahora, como hombre, en la cárcel, y esa comparación asusta, ¿no crees, Martin? Y más considerando, en fin, que eres un niño.

Entendí lo que decía, pero fingí lo contrario.

—Tú y tu hermano sois únicos —añadió—. A ninguno os han influido de forma significativa quienes os rodean. No intentáis imitarlos. Os mantenéis apartados, incluso entre vosotros. Esa vena tan encarnizadamente individualista es poco habitual. Ambos sois líderes natos.

—Terry, quizá.

—¡Tú también, Marty! El problema, colega, es que estás en medio de la nada. El tipo de seguidores que podrías tener no abundan por aquí. Dime una cosa: las personas no te gustan mucho, ¿verdad?

—No están mal.

—¿Te crees superior a ellas?

—No.

—Entonces, ¿por qué no te gustan?

Me pregunté si debía sincerarme con este lunático. Se me ocurrió que nunca nadie se había interesado por lo que yo pensaba o sentía. Nunca nadie se había interesado por mí.

—Bien, para empezar, envidio su felicidad. Y, en segundo lugar, me enfurece que parezcan haber tomado sus decisiones sin pensar antes.

—Sigue.

—Parece que se mantienen ocupados con cualquier cosa que los distraiga del impulso de reflexionar sobre su existencia. ¿Por qué iban a aplastar la cabeza del vecino por un equipo de fútbol, si no les sirviera al propósito de ayudarles a evitar pensar en sus muertes inminentes?

—¿Sabes qué estás haciendo?

—No.

—Filosofar.

—Yo no hago eso.

—Sí que lo haces. Eres un filósofo.

—¡No lo soy! —grité. No quería ser un filósofo. No hacen más que sentarse a pensar. Se ponen gordos. No saben hacer nada práctico, como arrancar las malas hierbas del jardín.

—Sí, Martin, lo eres. No digo que seas uno bueno, sólo que es algo innato. No es un insulto, Marty. Escucha. A mí me han tachado muchas veces de criminal, de anarquista, de rebelde, a veces de basura humana, pero nunca de filósofo, lo cual es una lástima, porque eso es lo que soy. He elegido vivir a contracorriente, no sólo porque la corriente me enferma, sino porque cuestiono su lógica, y no sólo eso... ¡ni siquiera sé si esa corriente existe! ¿Por qué debería encadenarme a la rueda cuando la rueda en sí quizá sea un constructo, una invención, un sueño común para esclavizarnos? —Harry se inclinó hacia delante y entonces olí su apestoso aliento a cigarrillo—. Tú también lo has sentido, Marty. Como dices, no sabes por qué la gente actúa sin pensar. Te preguntas por qué. Ésa es una pregunta importante para ti. Y ahora yo te pregunto: ¿por qué el porqué?

—No lo sé.

—Sí lo sabes. Está bien, Martin, dime: ¿por qué el porqué?

—Bueno, desde que tengo uso de razón, por la tarde mi madre me ha dado un vaso de leche fría. ¿Por qué no templada? ¿Por qué leche? ¿Por qué no jugo de coco o batido de mango? Se lo pregunté. Dijo que eso era lo que bebían los niños de mi edad. Y otra vez, durante la cena, me regañó porque apoyaba los codos en la mesa. Le pregunté por qué. Ella respondió: «Es de mala educación.» Y yo pregunté: «¿Para quién? ¿Para ti? ¿En qué manera?» De nuevo mi madre no supo qué decir y fui a acostarme «porque las siete de la tarde es la hora de acostarse para los niños menores de siete años». Comprendí que lo que mi madre seguía ciegamente eran rumores. Pensé: «Quizá las cosas no tengan que ser así. Podrían ser de otra forma. De cualquier otra forma.»

—Así que ¿te parece que la gente ha aceptado cosas que quizá no sean verdad?

—Pero ellos tienen que aceptar cosas, de lo contrario no podrían vivir su día a día. Tienen que alimentar a su familia y poner un techo sobre sus cabezas. No pueden permitirse el lujo de sentarse a pensar por qué.

Harry aplaudió de contento.

—¡Y ahora tomas la perspectiva opuesta para escuchar el argumento contrario! ¡Discutes contra ti! ¡Ésa es también la marca de un filósofo!

—¡No soy un puto filósofo!

Harry se había sentado a mi lado, su cara horriblemente aporreada junto a la mía.

—Oye, Marty, deja que te diga algo: tu vida no va a mejorar.

Piensa en tu peor momento. ¿Ya está? Bien, pues permite que te diga que es cuesta abajo desde ahí.

—Quizá.

—Sabes que no tienes la menor opción de ser feliz.

Era una noticia sobrecogedora y la encajé mal, quizá porque tenía la incómoda sensación de que Harry me comprendía. Se me llenaron los ojos de lágrimas, que reprimí. Luego empecé a pensar en las lágrimas. ¿Qué pretendía la evolución cuando hizo que el cuerpo humano fuese incapaz de ocultar la tristeza? ¿Será crucial para la supervivencia de la especie que no podamos esconder nuestra melancolía? ¿Por qué? ¿Cuál es el beneficio evolutivo de llorar? ¿Despertar simpatía? ¿Tiene la evolución una vena maquiavélica? Después de llorar, uno siempre se siente vacío, exhausto y a veces avergonzado, sobre todo si las lágrimas han llegado después de ver un anuncio de bolsas de té. ¿Es el propósito de la evolución hacernos humildes? ¿Humillarnos?

¡Joder!

—¿Sabes qué creo que deberías hacer? —preguntó Harry.

—¿Qué?

—Suicidarte.

—¡Tiempo! —gritó el guardia.

—¡Dos minutos más! —gritó a su vez Harry.

Nos quedamos sentados, fulminándonos con la mirada.

—Sí, te aconsejo que te suicides —insistió—. Es lo mejor para ti. Sin duda habrá por ahí un acantilado, o algo así, desde el que puedas tirarte.

Mi cabeza se movió levemente, aunque no fue un gesto de asentimiento ni de negación. Fue una pequeña reverberación.

—Ve solo. Cuando nadie esté contigo. No escribas una nota. ¡Muchos suicidas potenciales se entretienen tanto con sus últimas palabras que acaban muriéndose de viejos! No cometas tú ese error. En lo que a quitarse la vida se refiere, la preparación es dilación. No digas adiós. No hagas el equipaje. Simplemente pasea solo por el acantilado un atardecer; el atardecer es mejor porque se asienta firmemente al final del día, cuando nada en tu vida ha cambiado para mejor, así que no sufres la tierna esperanza que suele traer la mañana. Pues bien, estás al borde del acantilado, y estás solo, y no cuentas hacia atrás desde diez ni desde cien, y no le das importancia al asunto; sólo avanzas, no saltas, esto no son las Olimpiadas, es un suicidio, así que sólo das un paso fuera del acantilado, como si subieras el escalón del autobús. ¿Has ido alguna vez en autobús? Perfecto. Pues ya sabes a qué me refiero.

—¡He dicho que se acabó el tiempo! —gritó el guardia, esta vez desde la puerta.

Harry me dirigió una mirada que desencadenó una reacción intestinal en cadena.

—Bueno —dijo—, supongo que esto es un adiós.

No faltan lugares desde donde saltar al vacío para suicidarse si vives en un valle. Nuestro pueblo estaba rodeado de acantilados. Subí al más empinado que encontré, un ascenso extenuante, casi vertical, a una cresta flanqueada por altos árboles. Al salir de la cárcel, había reconocido que Harry tenía razón: probablemente yo era un filósofo o al menos una clase de marginado perpetuo, y la vida no se me iba a poner más fácil. Me había apartado de la corriente, había eyectado mi módulo de la nave nodriza y ahora volaba por el espacio que se extendía interminable ante mí.

El ánimo de la resplandeciente mañana era incompatible con el suicidio, pero quizás eso era lo que ésta quería que creyese. Eché un último vistazo a mi alrededor. En la brumosa distancia vi el escarpado perfil de las colinas circundantes y arriba el cielo, que parecía un ventanal alto e inalcanzable. Una leve brisa transportaba la cálida fragancia de las flores a oleadas, y pensé: «Las flores son preciosas, pero no tanto para justificar el sofocante volumen de pinturas y poemas que han inspirado, mientras que sigue sin haber apenas pinturas y poemas de niños que se arrojan por acantilados.»

Di un paso hacia el borde. Arriba, en las copas de los árboles, se oían los pájaros. No trinaban, simplemente se movían, haciendo que todo crujiera. Abajo, en el suelo, unos escarabajos marrones hurgaban en la tierra, sin pensar en la muerte. No me parecía estar perdiéndome nada. La existencia, de todos modos, es humillante. Si verdaderamente Alguien nos miraba construir, destruir, crear, degenerar, creer y marchitarnos como hacemos, seguro que no paraba de reír. Entonces, ¿por qué no? ¿Qué sé sobre el suicidio? Sólo que es un acto melodramático, así como una admisión de que hace demasiado calor, por eso me largo de esta cocina de locos. ¿Y por qué no iba a suicidarse alguien de catorce años? Los de dieciséis lo hacen continuamente. Quizá soy un adelantado a mi época. ¿Por qué no acabar con todo?

Avancé hasta donde terminaba el precipicio. Pensé que, cuando Caroline me viese después, gritaría: «Yo quería a ese puré de restos humanos.» Me asomé a la aterradora caída y se me revolvió el estómago y se me bloquearon todas las articulaciones y se me ocurrió esta terrible idea: experimentas la vida solo; puedes ser con otro todo lo íntimo que quieras, pero siempre hay una parte de ti y de tu existencia que es incomunicable; mueres solo, la experiencia es sólo tuya, y aunque haya un montón de espectadores que te quieran, tu aislamiento, desde que naces hasta que mueres, nunca lo entenderán por completo. ¿Y si la muerte es la soledad misma, para toda la eternidad? Una soledad incomunicable, cruel e infinita. No sabemos qué es la muerte. Tal vez sea eso.

Me alejé del acantilado y eché a correr en dirección opuesta, deteniéndome sólo para tropezar con una piedra enorme.

Volví a visitar a Harry West para cantarle las cuarenta. No pareció sorprendido de verme.

—Así que no lo hiciste, ¿eh? ¿Quieres esperar a tocar fondo antes de acabar con tu vida? Bien, pues permite que te ahorre cierto tiempo. No hay fondo. La desesperación es insondable. Nunca llegarás ahí y por eso sé que nunca te suicidarás. Tú, no. Sólo los apegados a las cosas triviales se quitan la vida, tú nunca lo harás. Verás, una persona que venera la vida, la familia y todo eso será el primero en meter el cuello en la soga, pero quienes no tienen en gran estima sus amores y sus posesiones, los que conocen bien el sinsentido de todo, serán incapaces de hacerlo. ¿Sabes qué es la ironía? Bien, acabas de escuchar una. Si crees en la inmortalidad puedes matarte, pero si sientes que la vida es un breve parpadeo entre dos vacíos inmensos a los que la humanidad ha sido injustamente condenada, no te atreves. Mira, Marty, te encuentras en una situación insostenible. No tienes recursos para vivir una vida plena y tampoco puedes matarte. ¿Qué vas a hacer?

—¡No lo sé! ¡Tengo catorce años!

—Tú y yo estamos en el mismo barco. Aquí, en esta prisión, un hombre no puede vivir dignamente. No puede conocer a chicas, ni prepararse su propia comida, ni hacer amigos, ni salir a bailar ni hacer ninguna de las cosas superficiales de la vida que acumulan hojas y bonitos recuerdos. Así que yo, como tú, no puedo vivir. Y, como tú, no puedo morir. Te pregunto de nuevo: ¿qué se puede hacer?

—No lo sé.

—¡Crear!

—Oh.

—¿Sabes pintar o dibujar?

—Para nada.

—¿Inventar historias y escribirlas?

—No.

—¿Actuar?

—No.

—¿Sabes escribir poesía?

—No.

—¿Interpretar música?

—Ni una nota.

—¿Proyectar edificios?

— Me temo que no.

—Bueno, ya se te ocurrirá algo. En realidad, creo que ya lo sabes.

—No, no lo sé.

—Sí que sabes.

—No, en serio.

—Sabes que sí. Ahora date prisa. Sal de aquí. Seguro que estás impaciente por empezar.

—No lo estoy, ¡porque no sé de qué me hablas!

Salí de la cárcel confuso y vacío, al borde de un síncope nervioso o de un descubrimiento maravilloso. Crear, había dicho el hombre.

¿Crear qué?

Necesitaba pensar. Necesitaba una idea. Sintiéndome espeso, entré cansinamente en el pueblo y recorrí arriba y abajo nuestras cinco calles ridículas. Cuando llegué al final de una y casi continué hasta el bosque, di media vuelta y recorrí las calles de nuevo. ¿Por qué no me aventuraba al bosque que rodeaba nuestro pueblo? Bueno, ojalá pudiera sacar mi inspiración del pozo de la Madre Naturaleza pero, para serte sincero, la muy zorra me deja seco. Siempre lo ha hecho, y siempre lo hará. Simplemente no se me ocurre ninguna idea genial mirando los árboles o a unas comadrejas follando. Es cierto que el ángel dormido de mi pecho se emociona como el que más ante una puesta de sol impresionante o un riachuelo borboteante, pero eso no me lleva a ninguna parte. Una temblorosa brizna de hierba es encantadora, pero me deja con un gran vacío mental. Sócrates pensaría lo mismo cuando dijo: «Los árboles del campo nada pueden enseñarme.» Yo sabía instintivamente que sólo el hombre y las cosas por él realizadas podían ser mi fuente de inspiración. No es romántico, pero así es como soy.

Me detuve en la encrucijada y observé a la gente que se dirigía malhumorada a cumplir sus asuntos. Miré el cine. Miré la tienda. Miré la barbería. Miré el restaurante chino. Que todos hubieran surgido de la sustancia primigenia era un misterio increíble y profundo. No hay nada desconcertante en que un arbusto frondoso evolucione del big bang, pero que una estafeta de correos exista por el carbono que estalló de una supernova es un fenómeno tan extravagante que me produce tics cerebrales.

Entonces se me ocurrió.

Lo llaman inspiración: ideas repentinas que irrumpen en el cerebro justo cuando estás convencido de que eres un tarado.

Tenía una idea, y era de las grandes. Corrí a casa pensando que Harry nos enseñaba a ambos, a Terry y a mí, lecciones distintas, pero que, sinceramente, no creía que Terry aprendiese nada de Harry. Oh, cuatro cosas prácticas quizá, ¡pero nada de la filosofía, nada de la miga!

No soy un manitas por naturaleza. Los objetos por mí construidos que pueblan el mundo son escasos; desperdigados en vertederos de todo el país hay un cenicero abollado, una bufanda inacabada, un crucifijo torcido lo bastante grande para que un gato sacrifique su vida por los futuros pecados de los gatitos nonatos, un jarrón deforme y el objeto que hice la noche después de visitar a Harry en su apestosa prisión: un buzón de sugerencias.

Lo construí con optimismo; era una verdadera caverna, cincuenta centímetros de ancho y treinta de profundidad, espacio suficiente para introducir, literalmente, cientos de sugerencias. El buzón parecía una enorme cabeza cuadrada y, después de barnizarlo, ensanché más la boca con el serrucho y alcé las comisuras unos centímetros por ambos lados, para que pareciese que sonreía. Lo primero que se me ocurrió fue atarlo a un palo y clavarlo en el suelo, en algún punto del pueblo, pero al construir algo de uso público hay que pensar en los vándalos; existen en todos los lugares del planeta, y más allá también.

Considera el trazado de nuestro pueblo: una calle principal, ancha y flanqueada de árboles, con cuatro calles más pequeñas que la cruzan en el centro. En esta encrucijada estaba el epicentro: el ayuntamiento. Era inevitable pasar por delante. Sí, el ayuntamiento era imprescindible para que el buzón de sugerencias tuviese un aire oficial.

Sin embargo, para darle permanencia, para que nadie pudiera retirarlo así como así, debía formar parte de la estructura, del mismo edificio. Tenía que soldarlo, era evidente, pero ¿cómo soldar madera y cemento? ¡O ladrillo!

En el patio trasero, encontré pedazos de chapa ondulada que habían caído del techo del cobertizo. Los corté en cuatro piezas con el esmeril de mi padre y, con el soplete, sellé la parte superior, la inferior y los laterales del buzón. Instalé un candado y, a las tres de la madrugada, cuando hasta el último habitante del pueblo dormía y las luces estaban apagadas, lo soldé al pie de la escalera de entrada al ayuntamiento.

Metí la llave del candado en un sobre y la dejé ante el portal de Patrick Ackerman, nuestro mediocre concejal. En el exterior del sobre escribí su nombre y, dentro, las siguientes palabras:

Le confío la llave que abre el potencial de nuestro pueblo. Usted es dueño y señor de la llave. No abuse de este privilegio. No sea lento, perezoso o descuidado. Su pueblo confía en usted.

Pensé que era una notita elegante. Mientras el sol se alzaba entre las colinas y la prisión se iluminaba con un siniestro resplandor naranja, me senté en la escalera y escribí las sugerencias inaugurales. Tenían que ser sublimes; tenían que inspirar, emocionar, y ser razonables. Así que me abstuve de incluir mis ideas más extravagantes e impracticables, como que deberíamos trasladar todo el pueblo de este valle tétrico a un lugar más cerca del agua; una buena idea, pero que sobrepasaba la jurisdicción de nuestro consejo municipal de tres hombres, a uno de los cuales nadie había visto desde el último diluvio. No, las primeras sugerencias debían marcar la pauta y animar a la población a seguirlas. Fueron:

1. Sacar partido de la arbitraria etiqueta «El lugar más desagradable para vivir de Nueva Gales del Sur». Debemos alardear de eso. Quizás exagerar incluso, para convertirlo en una singular atracción turística.
2. Para Jack Hill, el barbero del pueblo. Aunque es admirable que sigas cortando el pelo con la artritis atroz que sufres, el resultado es que este pueblo tiene los cortes de pelo más feos, desiguales y misteriosos de todos los pueblos del mundo. Nos estás convirtiendo en engendros. Por favor: jubila tus vibrantes tijeras y contrata a un aprendiz.
3. Para Tom Russell, propietario de la tienda Russell e Hijos. En primer lugar, Tom, no tienes ningún hijo. Tampoco tienes esposa y ahora, con tus años a las espaldas, no parece que nunca vayas a tener un hijo. Es cierto que tienes un padre y es posible que tú seas el hijo al que se refiere el

nombre de la tienda pero, por lo que sé, tu padre murió hace tiempo, décadas antes de que te mudaras a este pueblo, por lo que el nombre es inexacto. En segundo lugar, Tom, ¿quién te hace el inventario? Ayer estuve en la tienda y tienes artículos a los que ningún ser humano puede encontrarles uso. Barriles vacíos, tazas descomunales de peltre, matamoscas con forma de lengua y, por Dios, unos souvenirs de lo más curioso: lo normal es comprar réplicas de la torre Eiffel en Francia, en la torre misma, no en pueblecitos australianos. Sé que la tuya es una tienda de artículos variados, pero te has pasado. No son variados, son vagos e imprecisos.

4. Para Kate Milton, gerente del Paramount, nuestro querido cine local. Cuando has pasado una película durante ocho meses, Kate, puedes dar por seguro que todos la hemos visto. ¡Pide otras nuevas, joder! Una vez al mes no estaría mal.

Releí mis sugerencias y decidí que necesitaba una más. Una importante.

Es imposible expresar lo que creía que les fallaba a los habitantes de mi pueblo, a un nivel más profundo que unos feos cortes de pelo y unos colmados imprecisos: problemas más profundos, problemas existenciales. No se me ocurría una sugerencia que los abordase directamente. Era imposible señalar lo fundamental de la existencia, mostrar la fisura y esperar que todos reflexionásemos sobre su importancia sin ponernos excesivamente sensibles al respecto. Por lo que pensé en una forma de abordarlo indirectamente. Supuse que sus problemas estaban relacionados con unas prioridades que requerían un nuevo enfoque y, en tal caso, la causa subyacente debía estar vinculada a la visión, a qué partes del mundo incorporaban y cuáles dejaban fuera.

Mi idea era ésta: ajustar su perspectiva, si podía. Eso me llevó a la sugerencia número cinco.

5. Construid un pequeño observatorio en Farmer's Hill.

No ofrecí explicación alguna, pero añadí las siguientes citas de Oscar Wilde y de Spinoza, respectivamente: «Todos estamos en el arroyo, pero algunos miramos a las estrellas» y «Mira el mundo desde la perspectiva de la eternidad».

Releí las sugerencias y, con gran satisfacción, las deslicé por la boca expectante de mi recién construida aportación al pueblo.

El buzón de sugerencias se convirtió en el tema de conversación del pueblo. Patrick Ackerman celebró una reunión improvisada en que leyó mis sugerencias con voz solemne, como si hubieran venido de arriba, no de abajo, donde yo estaba sentado. Nadie sabía quién había puesto la caja allí. Hacían suposiciones, pero no se ponían de acuerdo. Los vecinos fueron reduciendo el número de amigos y familiares hasta llegar a una preselección de ocho posibilidades, en la que nadie era un candidato seguro. No sospecharon de mí. Aunque hacía un montón de años que había salido del coma, aún me veían como dormido.

Curiosamente, a Patrick Ackerman le entusiasmó el asunto. Era la clase de líder que deseaba a toda costa ser renovador y progresista, pero le faltaban motivación e ideas, por lo que adoptó mi buzón de sugerencias como un sustituto de su cerebro. Acalló con violencia cualquier burla u oposición y, gracias a su inesperado arrebato de entusiasmo, el ayuntamiento, sobre todo por perplejidad, aceptó cada una de mis sugerencias. ¡Fue una locura! La verdad es que no me lo esperaba. Por ejemplo, se decidió que Paul Hamilton, el hijo cojo y desempleado de diecisiete años de Monica y Richard Hamilton, fuese el nuevo aprendiz de la barbería de Jack Hill. Se decidió que Tom Russell tenía un año para retirar las palabras «e Hijos» de su cartel, o casarse y reproducir o adoptar un hijo, siempre que éste fuese blanco y de Inglaterra, o del norte de Europa. Se decidió que Kate Milton, la gerente del cine local, debía procurarnos con diligencia al menos una nueva película cada dos meses. ¡Increíble! Pero el plato fuerte estaba por llegar. Se decidió levantar de inmediato los planos para construir un observatorio en Farmer's Hill, y aunque el presupuesto destinado eran unos miserables 1.000 dólares, la intención estaba ahí. No me lo podía creer. Iban a hacerlo de verdad.

Patrick decidió que el buzón se abriera sólo una vez al mes; él mismo lo haría. Examinaría las sugerencias antes para asegurarse de que no leía inadvertidamente nada blasfemo u ofensivo, y en una reunión pública las leería al pueblo, a lo que seguirían discusiones, debates y votaciones para decidir cuáles se aceptaban y cuáles se ignoraban.

¡Fue muy emocionante! Te lo aseguro, hasta ahora he triunfado una o dos veces en la vida, pero ningún triunfo me ha dado la sensación de absoluta satisfacción que sentí con esta primera victoria.

El observatorio requería cierto tiempo de planificación, pero mi idea de utilizar el dudoso calificativo de «el lugar más desagradable para vivir de Nueva Gales del Sur» como atracción turística se puso en práctica de inmediato. Colocamos carteles en la bajada al pueblo y también al otro lado, donde la carretera subía.

Y esperamos a que llegasen los turistas.

Por extraño que parezca, vinieron.

Cuando llegaban al pueblo con sus coches, la gente ponía caras largas y caminaba arrastrando los pies.

—¡Eh!, ¿cómo se está por aquí? ¿Por qué es tan malo? —preguntaban los turistas.

—Simplemente es así —replicaban las almas en pena.

Los domingueros que paseaban por las calles veían en todos los rostros una mirada de desesperación y soledad. En el pub, los vecinos actuaban como si estuvieran deprimidos.

—¿Cómo es la comida aquí? —preguntaban los turistas.

—¡Terrible!

—Entonces, ¿puedo tomar sólo una cerveza?

—La aguamos y cobramos de más, ¿de acuerdo?

—¡Eh, sí que es el lugar más desagradable para vivir de Nueva Gales del Sur!

Cuando los turistas se marchaban, las sonrisas regresaban y el pueblo se sentía como si hubiera gastado una buena broma.

Todos esperaban con impaciencia la apertura mensual del buzón, que, por lo general, estaba a rebosar. Todos podían participar en las reuniones y casi nunca quedaban asientos libres. Solían empezar con el concejal Ackerman anunciando su decepción por las cosas halladas en el buzón que no eran sugerencias: mondas de naranja, pájaros muertos, periódicos, bolsas de patatas y chicle; después leía las sugerencias en voz alta, un sorprendente despliegue de planes de acción. Parecía que todos estaban hechizados por la marea de ideas. Las posibilidades del pueblo para alcanzar un lugar más elevado, para mejorar, para evolucionar, se imponían. Los habitantes empezaron a llevar pequeños cuadernos a todas partes; se detenían bruscamente en mitad de la calle, o se apoyaban en una farola, o se agachaban en la acera, sorprendidos por una idea. ¡Todos anotaban sus ideas, muy en secreto! El anonimato del buzón de sugerencias permitía a la gente expresar sus deseos y anhelos y, en serio, se les ocurrían cosas de lo más raras.

Primero estaban las sugerencias prácticas referentes a infraestructuras y asuntos municipales de tipo general: abolir todas las restricciones de aparcamiento, bajar los impuestos y el precio de la gasolina y fijar el coste de la cerveza en un centavo. Había sugerencias orientadas a acabar con nuestra dependencia de la ciudad: tener nuestro propio hospital, nuestro propio tribunal y nuestro propio *skyline*. También había propuestas de ocio como barbacoas comunitarias, noches de fuegos artificiales y orgías romanas, así como incontables sugerencias para la construcción: mejores carreteras, una casa de la moneda local, un estadio de fútbol, un hipódromo y, pese al hecho de hallarnos en el interior, un puente portuario. La lista seguía y seguía con propuestas esencialmente inútiles que el presupuesto de nuestro ayuntamiento no podía satisfacer.

Después, cuando los asuntos municipales les aburrieron, la gente empezó a volverse contra el prójimo.

Se sugirió que la señora Dawes no debía andar por ahí como «si fuera mejor que los demás», y que el señor French, de la tienda de ultramarinos, dejase de simular que «no era bueno con los números» cuando le pillaban dando mal el cambio, y que la señora Anderson dejase ya de sobreexponer a su nieto metiendo fotografías suyas bajo las narices de todos, porque pese a tener sólo tres años «en cuanto lo vemos nos echamos a temblar». Las cosas cambiaron tan rápidamente porque Patrick Ackerman enfermó de neumonía y su segundo, Jim Brock, se hizo cargo del tema. Jim era viejo, amargado y malicioso, y leía con voz inocente las sugerencias más irreverentes, personales, idiotas y provocadoras. Se le oía sonreír con cada palabra, aunque no pudieses verlo. A Jim le gustaba sacar los trapos sucios a relucir, y dado que el anonimato garantiza la sinceridad (como dijo Oscar Wilde, «ponle a un hombre una máscara y te dirá la verdad»), todos en el pueblo soltaban lo que les venía en gana.

Una sugerencia decía: «Linda Miller, puta. Deja de follarte a nuestros maridos u organizaremos un linchamiento para cortarte las tetorras.»

Y también estaba ésta: «Maggie Steadman, vieja cegata. No deberían permitirte aparcar el coche en ningún lugar del pueblo si eres incapaz de calcular las dimensiones de las cosas.»

Y ésta: «Que Lionel Potts deje de fardar de su dinero y de comprarlo todo en la ciudad.»

Y otra: «¡Andrew Christianson, no tienes cuello! No se me ocurren sugerencias para solucionarlo, sólo quería decirlo.»

Y ésta: «Señora Kingston, no nos moleste con sus celosas preocupaciones por la fidelidad de su marido. El aliento de su marido huele a huevos podridos salidos de un culo con diarrea. No tiene de qué preocuparse.»

Y ésta: «Geraldine Trent, pese a tus promesas de "no se lo diré a nadie" eres una cotilla redomada y has traicionado la confianza de casi todo el pueblo. Posdata: tu hija es drogadicta y lesbiana. Pero no te preocupes, no se lo diré a nadie.»

La gente llegó a temer la lectura de las sugerencias, por si eran ellos los mencionados. Se sentían vulnerables, expuestos y se miraban con desconfianza por la calle, hasta que empezaron a dedicar menos tiempo a la vida social y más tiempo a esconderse en casa. Yo estaba furioso. En el transcurso de unos pocos meses, mi buzón de sugerencias había acabado convirtiendo nuestro pueblo en el lugar más desagradable para vivir de Nueva Gales del Sur, y de cualquier otra parte.

Entre tanto, los mellizos habían cumplido dieciséis años y

lo celebraron dejando el colegio. Bruno y Dave estaban ahorrando para comprar armas y planeaban trasladarse a la ciudad; Terry quería unirse a ellos. En cuanto a mí, finalmente había conseguido zafarme de la banda. No había razón para seguir fingiendo que servía de algo vigilar a Terry, Bruno había llegado al punto de querer «vomitar todo su estómago» en cuanto me veía y, francamente, yo ya estaba más que harto de aguantarlos. El beneficio derivado de mi asociación con la banda estaba más que asegurado; mis compañeros de colegio me dejaban en paz. No despertaba cada día aterrorizado, por lo que ahora mi mente era libre de hacer otras cosas. No es hasta que desaparece cuando adviertes cuánto tiempo consume el terror.

Pasaba cada milisegundo que tenía libre con Caroline. Me fascinaba no sólo su cuerpo, cada vez más suculento, sino también sus peculiaridades. Caroline tenía la obsesión de que la gente le ocultaba cosas, e intentaba sonsacarles sin darles tregua. Creía que las personas de más edad, por haber vivido en muchos sitios y ciudades, habían experimentado todo lo que la vida tiene que ofrecer, y ella quería oírlo. No le importaban los niños del pueblo; ellos no sabían nada. Hacer hablar a los adultos era fácil: hasta parecían andar en busca de un receptáculo en el que verter todas las aguas negras estancadas en sus vidas. Sin embargo, después de escucharles, Caroline los incineraba con una mirada nada impresionada, que decía con claridad: «¿Eso es todo?»

Caroline también leía, sólo que sacaba de los libros ideas muy distintas que las que inspiraban en mí. Se obsesionaba con la vida de los personajes, con cómo comían, vestían, bebían, viajaban, exploraban, fumaban, follaban, se divertían y amaban. Anhelaba el exotismo. Quería viajar por el mundo. Quería hacer el amor en un iglú. Era cómico el modo en que Lionel Potts animaba a su hija:

—Algún día beberé champán colgada cabeza abajo de un trapecio —decía ella.

—¡Magnífico! ¡Seguro que lo conseguirás! ¡Es importante tener objetivos! ¡Pensar a lo grande! —divagaba Potts sin cesar. Su hija lo entusiasmaba.

Pero Caroline no estaba descontenta con todo lo que la rodeaba, como me pasaba a mí. Encontraba belleza en cosas que yo ni veía. Tulipanes en un jarrón, ancianos cogidos de la mano, un bisoñé más que evidente; la cosa más insignificante podía hacerla gritar de placer. Y las mujeres del pueblo la adoraban. Caroline siempre les arreglaba los sombreros y recogía flores para ellas. Sin embargo, cuando estaba a solas conmigo era distinta. Comprendí que su dulzura, la forma en que se portaba con los habitantes del pueblo, era su máscara. Era buena, la mejor clase de máscara que existe: una mentira auténtica. Su máscara era un tejido de pedazos y jirones arrancados de todas las partes hermosas de su ser.

Una mañana en que me disponía a visitar a Caroline, me sorprendió ver a Terry ante su casa; arrojaba piedras que aterrizaban en los parterres que había bajo las ventanas.

—¿Qué haces? —pregunté.

—Nada.

—¡Terry Dean! ¡Deja de tirar piedras a nuestro jardín! —gritó Caroline desde la ventana del piso superior.

—¡Éste es un mundo libre, Caroline Potts!

—¡En China, no!

—¿Qué pasa? —pregunté.

—Nada. Puedo tirar piedras aquí si me da la gana.

—Supongo.

Caroline miraba desde la ventana. Me saludó. Le devolví el saludo. Luego Terry también saludó, sólo que fue un saludo sarcástico, ya te lo puedes imaginar. Caroline saludó con ironía, que es de tono totalmente distinto. Me pregunté qué tenía Terry contra Caroline.

—Vámonos a casa —dije yo.

—Ahora no, quiero seguir tirando piedras.

—Déjala en paz. Es mi amiga —repliqué, molesto.

—No me digas.

Terry escupió, dejó las piedras y se alejó. Lo vi marcharse. ¿De qué iba todo eso? No conseguía entenderlo. Claro que entonces yo no sabía nada del amor juvenil. No tenía ni idea, por ejemplo, de que era posible expresar amor mediante el resentimiento o las agresiones pueriles.

En aquella época fui a visitar a Harry, y no lo sabía entonces, pero ésa sería mi última visita. Él ya me esperaba en la sala con expresión expectante, como si me hubiera puesto uno de esos cojines de goma que se tiran pedos debajo del colchón y quisiera saber si ya había sonado. Como no dije nada, exclamó:

—¡Vaya una has montado ahí abajo!

—¿A qué te refieres?

—El buzón de sugerencias. Se han vuelto locos, ¿verdad?

—¿Cómo te has enterado?

—Bueno, se puede ver bastante desde aquí arriba —dijo, su voz como un vals de ritmo tres por cuatro.

Mentira. No se veía una mierda.

—Todo acabará mal, por supuesto, pero no te odies por ello. Por eso te he llamado hoy; quería decirte que no te tortures.

—No me has llamado.

—¿Ah, no?

—No.

—Tampoco he llamado a las nubes, y ahí están —replicó, señalando a la ventana—. Solamente digo, Marty, que no permitas que eso te destruya. Nada reconcome más vorazmente el alma de un hombre que la culpabilidad.

—¿De qué iba a sentirme culpable?

Harry se encogió de hombros, pero fue el encogimiento de hombros más intencionado que he visto jamás.

Resultó que aquel gesto de Harry era de lo más acertado; al crear algo tan inocuo como un buzón de sugerencias, había empujado nuevamente el destino de mi familia en una dirección muy desagradable.

Empezó aproximadamente un mes después, cuando el nombre de Terry apareció por primera vez en el buzón de sugerencias.

El señor Dean debería aprender a controlar a su hijo. Terry Dean ha caído bajo la influencia de unos jóvenes imposibles de enderezar. Pero Terry es joven. No es demasiado tarde. Sólo necesita orientación paterna, y si sus padres no pueden dársela, ya encontraremos nosotros a alguien que lo haga.

Todos en la sala aplaudieron. Los habitantes del pueblo consideraban el buzón una especie de oráculo; como la sugerencia no salía directamente de la boca de los vecinos, sino que estaba escrita en un papel, la extraían ceremoniosamente del buzón y Jim Brock la leía con voz autoritaria, las palabras se tomaban con más seriedad de la debida y a menudo se seguían con una obediencia casi religiosa.

—No es culpa mía, criar a los hijos siguiendo unas estrictas directrices morales es un esfuerzo titánico cuando los niños están tan influidos por sus compañeros —dijo mi padre esa noche durante la cena—. Un amigo equivocado y tu hijo puede perderse para siempre.

Todos permanecimos sentados, escuchándole con inquietud, observando cómo las ideas giraban alrededor de su cabeza como polvo al viento.

El día siguiente, mi padre se presentó en el patio a la hora de comer. Terry y yo corrimos para ponernos a cubierto, pero no nos buscaba a nosotros. Cuaderno en mano, se sentó en los columpios y observó a los niños que jugaban; estaba haciendo una lista de los chicos que consideraba adecuados para trabar amistad con sus hijos. Los niños lo tomarían por loco (eso era antes; ahora lo tomarían por pedófilo); sin embargo, al ver cómo se esforzaba por ponernos a Terry y a mí en el buen camino, lo compadecí y admiré en igual medida. De vez en cuando, llamaba a un muchacho y charlaba con él, y recuerdo haberme sentido secretamente impresionado por su compromiso con lo que era una idea del todo extravagante.

Quién sabe de lo que hablarían en esas entrevistas informales, pero al cabo de una semana la lista de mi padre tenía quince posibles candidatos: niños agradables y rectos, de buena familia. Nos presentó los resultados de su investigación intensiva:

—Éstas son buenas compañías. Id a haceros amigos suyos.

Le dije que no podía hacer amigos así como así.

—No me vengas con cuentos —aulló mi padre—. Ya sé de qué va eso de hacer amigos. Simplemente ve y habla con ellos.

No aflojó. Quería progresos. Quería resultados. Quería ver un desfile de amigos de toda la vida ante sus ojos, ¡y eso era una orden! Finalmente, Terry hizo que su banda «persuadiera» a un par de niños libres de toda sospecha para que viniesen a jugar al jardín después del colegio. Vinieron, se pasaron la tarde temblando y durante un tiempo aquello aplacó a mi padre.

Pero no aplacó al buzón de sugerencias. Los ojos de todo el pueblo veían que Terry seguía con Bruno y Dave, como antes.

La siguiente sugerencia que llegó fue ésta: «Sugiero que, aunque sus padres no sean creyentes, Terry reciba consejo espiritual. No es demasiado tarde. Terry aún puede reformarse.»

De nuevo mi padre se puso furioso, aunque también, curiosamente, obedeció. Ésta sería la pauta. A medida que las sugerencias sobre la conducta díscola de Terry aumentaban y nuestra familia se convertía en objeto constante de atención y escrutinio, mi padre maldijo tanto el buzón como a la «serpiente» que lo había puesto ahí, pero siguió obedeciendo.

Cuando regresó a casa, después de la reunión del ayuntamiento, mi padre la emprendió con mi madre. Ella quería que un rabino hablase con Terry. Mi padre opinaba que un cura haría mejor el trabajo. Al final, ganó mi madre. Vino un rabino a casa y habló con Terry sobre la violencia. Los rabinos saben mucho de violencia porque trabajan para una deidad que es famosa por su ira. El problema es que los judíos no creen en el infierno, por lo que carecen de una cámara de los horrores de fácil acceso, como la que los católicos se guardan en la manga para envenenar el sistema nervioso de sus jóvenes. A un muchacho judío no puedes decirle: «¿Ves ese abismo de fuego? Ahí es a donde te diriges.» Tienes que contarle historias de la venganza del Todopoderoso y esperar que capte la indirecta.

Terry no la captó, así que vendrían más sugerencias, pero no creas que el buzón apuntaba sólo a mi hermano. Un lunes por la noche, a mediados de verano, se mencionó mi propio nombre.

«Alguien debería decirle al joven Martin Dean que es de mala educación mirar fijamente a los ojos de la gente —empezaba la sugerencia, lo que hizo que toda la sala estallase en aplausos—. Es un gruñón que pone nervioso a todo el mundo con su mirada. No deja a Caroline Potts en paz.» La humillación no me es ajena, ya lo sabes, pero nunca nada ha superado ese momento de bochorno.

Un mes después, salió del buzón otra sugerencia para la familia Dean, esta vez dirigida —será posible— a mi madre.

La señora Dean debería dejar de hacernos perder el tiempo con sus justificaciones de por qué su marido y sus hijos son unos inútiles. Terry no es sólo «alocado», es un degenerado. Martin no «va a su bola», es un sociópata; y su padre no tiene «mucha imaginación», sino que es un mentiroso redomado.

Es indudable que nuestra familia se había convertido en un objetivo popular, y los habitantes del pueblo parecían haberla tomado con Terry. Mi madre empezó a temer por él, y yo, a temer el temor de mi madre. Su miedo era terrorífico. Se sentaba en la cama de Terry y susurraba «te quiero» mientras él dormía, desde medianoche hasta el amanecer, como si intentase alterar su conducta de forma subconsciente, antes de que alguien la alterase por él. Mi madre veía que los vecinos consideraban la reforma de su hijo como una de sus principales prioridades: Terry había sido su mayor orgullo y ahora era su mayor decepción, y cuando se hizo evidente que Terry seguía con la banda, robando y peleando, se ofreció otra sugerencia para abordar el asunto: «Sugiero que lleven al renegado de Terry a la cárcel de la colina para que hable con uno de los reclusos y aprenda lo horrible que es la vida ahí dentro. Quizá la táctica intimidatoria funcione.»

Como medida de seguridad —por si me daba por seguir los pasos criminales de mi hermano—, mi padre me obligó a que los acompañara. Subimos a la prisión, nuestra verdadera escuela, por la pista de tierra que surcaba la colina como una herida abierta.

Dispusieron que nos entrevistásemos con el peor criminal de la cárcel. Se llamaba Vincent White. Lo había pasado mal ahí dentro: apuñalado siete veces, la cara rajada, ciego de un ojo y con un labio que le colgaba de la cara como una etiqueta que quisieras arrancar. Los tres nos sentamos frente a él en la sala de visitas. Terry había visto a Vincent una vez, con Harry.

—Me ha extrañado que quieras verme —empezó Vincent sin preámbulos—. ¿Tú y Harry tenéis problemas matrimoniales?

Terry negó imperceptiblemente con la cabeza intentando hacerle señas, pero el único ojo sano de Vincent recorría la sala, examinando a mi padre.

—¿Quién es éste que habéis traído? ¿Vuestro viejo?

Mi padre nos sacó de la prisión como si hubiese un incendio y desde entonces se prohibió que los jóvenes Dean visitaran a nadie de dentro. Regresé una o dos veces para intentar ver a Harry, pero me mandaron de vuelta a casa. Fue un golpe demoledor. Ahora, más que nunca, necesitaba desesperadamente su consejo. Sabía que las cosas estaban alcanzando un clímax que, era evidente, no iba a decantarse a nuestro favor. Quizá si hubiera tenido la suficiente presencia de ánimo, habría convencido a mi hermano para que se marchase del pueblo cuando, poco después del incidente de la prisión, aún podía escapar del horrible embrollo que yo había creado.

Era un viernes por la tarde, y Bruno y Dave aparecieron en un Jeep robado cargado con sus posesiones, y también con las posesiones de otros. Tocaron el claxon. Terry y yo salimos.

—Vamos, tío, nos largamos de este pueblo de mierda —gritó Dave a Terry.

—Yo no me voy.

—¿Por qué?

—Porque no.

—¡Serás marica!

—Nunca te la follarás, ¿sabes? —dijo Bruno.

Terry no respondió a eso.

Bruno y Dave aceleraron el coche gratuitamente antes de largarse. Los vimos desaparecer. Me sobrecogió que, después de todo el dolor y el sufrimiento y el dramatismo y la ansiedad que la gente provoca, pueda desaparecer con tan poca ceremonia de tu vida. Terry miró la carretera vacía sin emoción.

—¿A quién no te follarás? —le pregunté.

—A nadie.

—Yo tampoco.

La siguiente reunión del ayuntamiento era el lunes, y todos la temíamos. Sabíamos que el oráculo tenía una nueva sugerencia para Terry Dean. Al entrar, evitamos los ojos de todas las caras hostiles: parecían haber experimentado un acceso de ira en la infancia para luego aprovecharlo durante el resto de sus vidas. Se hicieron a un lado para dejarnos pasar. Habían reservado cuatro asientos delante y mis padres y yo ocupamos tres de ellos. Terry se había quedado en casa, boicoteando sensatamente el acto. Me senté en la incómoda silla de madera con los ojos entrecerrados, mirando a través de las pestañas una fotografía en la pared, de la reina en su veintiún cumpleaños. También parecía aterrada. La reina y yo esperamos con impaciencia mientras escuchábamos las otras sugerencias. Dejaron la de Terry para el final. Y entonces llegó.

«Sugiero que internen a Terry Dean en la institución psiquiátrica de Portland y que un grupo de psiquiatras trate su conducta violenta y antisocial.»

Salí a toda prisa de la sala, a la inesperada claridad de la noche. El cielo nocturno estaba iluminado por una luna enorme, más gorda que llena, que se cernía sobre las calles desiertas. Mis pasos eran el único sonido que se oía en el pueblo, salvo por el ladrido de un perro que me siguió un rato, excitado por mi pánico. No paré de correr hasta que llegué a casa; no, no paré ahí. Cargué contra la puerta y atravesé el pasillo, rumbo a nuestra habitación. Terry estaba sentado en la cama, leyendo.

—¡Tienes que largarte de aquí! —grité. Encontré una bolsa de deporte y arrojé su ropa dentro—. ¡Vienen! ¡Vienen para meterte en un psiquiátrico!

Terry me miró con calma.

—Estúpidos cabrones. ¿Caroline estaba allí?

—Sí que estaba, pero...

Oí pasos que corrían por el pasillo.

—¡Escóndete! —susurré.

Terry no se movió. Los pasos casi llegaban a la puerta.

—¡Demasiado tarde! —grité inútilmente.

La puerta se abrió y Caroline entró corriendo.

—¡Tienes que irte de aquí! —gritó.

Terry la miró con ojos brillantes. Eso la dejó desconcertada. Se miraron fijamente, sin moverse; parecían maniquís en una pose extraña. Me sentí del todo ajeno a la energía de la habitación. Aquello fue una conmoción. ¿Había algo entre Caroline y Terry? ¿Cuándo había sucedido? Resistí el fuerte impulso de sacarme un ojo y enseñárselo.

—Le estoy ayudando con el equipaje —dije para interrumpir.

Mi propia voz era irreconocible. A Caroline le gustaba Terry, probablemente hasta lo amaba. ¡Estaba furioso! Me sentía empapado por toda la lluvia del mundo. Tosí con impaciencia. Nadie me miró, ni pareció percatarse de mi presencia.

Caroline se sentó en el borde de la cama y tamborileó con los dedos en las sábanas.

—Tienes que irte —le dijo.

—¿Adónde vamos?

Miré a Caroline, para ver cuál sería su respuesta.

—No puedo acompañarte —dijo finalmente—. Pero iré a visitarte.

—¿Adónde?

—No lo sé. Sydney. Vete a Sydney.

—¡Y date prisa! —grité con tal fuerza que no oímos la segunda tanda de pasos.

Entraron dos hombres, los primeros miembros más que dispuestos de una turba con sed de linchamiento. Asumieron el papel de un servicio de taxis de línea dura. Terry forcejeó en vano mientras otras personas entraban en casa, todas con miradas hostiles y decididas. Lo arrastraron fuera; su cara empalideció a la luz de la luna.

Caroline no lloró, pero se llevó la mano a la boca en un grito ahogado de veinte minutos mientras yo, frenético, grité hasta quedarme ronco a mis padres, que se mantenían al margen, impotentes.

—¿Qué hacéis? ¡No dejéis que se lo lleven!

Mi madre y mi padre agacharon la cabeza como perros asustados. Temían oponerse a la orden del oráculo y a la incontenible voluntad de los vecinos. La opinión pública los tenía amilanados.

Mi padre dijo:

—Es por su bien. Está desequilibrado. Ellos sabrán cómo solucionarlo.

Dijo esto mientras firmaba los papeles necesarios y mi madre miraba, resignada. Ambos mostraban unas muecas obstinadas que no podían borrarse ni a golpe de martillo.

—¡No necesita solución! ¡Ya está solucionado! ¡Está enamorado!

Nadie me escuchó. Caroline y yo permanecimos juntos mientras arrastraban a Terry al manicomio. Miré a mis padres con incredulidad, a sus almas inexorablemente apáticas. Sólo pude agitar el puño en vano y pensar que es increíble las ganas que tiene la gente de convertirse en esclava. ¡Joder! A veces se deshacen de su libertad tan rápido que cualquiera diría que les quema.

TRASCENDENCIA

No es que la locura sea contagiosa, aunque la historia de la humanidad está plagada de casos de histeria colectiva (como cuando a todo el mundo occidental le dio por llevar mocasines blancos sin calcetines), pero tan pronto como Terry ingresó en el manicomio nuestra casa se convirtió también en un lugar oscuro, empezando por mi padre, que recuperó la cordura una semana después e hizo cuanto pudo por sacar a Terry del hospital, sólo para descubrir que una vez has puesto a alguien bajo cuidados psiquiátricos forzosos, los administradores se toman esos cuidados tan seriamente como el dinero que el gobierno les paga para llevarlos a cabo.

Mi hermano pequeño fue juzgado como peligroso para sí mismo y los demás, siendo los demás mayoritariamente el personal hospitalario del que intentaba librarse. Mi padre acudió a los tribunales y consultó a numerosos abogados, pero pronto comprendió que había perdido a su hijo en una maraña de trámites burocráticos. Estaba encallado. Como resultado, empezó a beber cada vez más y, aunque mi madre y yo intentamos aminorar la velocidad de su caída, no consigues que alguien rechace el papel de padre alcohólico diciéndole que es un cliché. Tras el internamiento de Terry, perdió los nervios dos veces y pegó a mi madre, derribándola al suelo, pero tan difícil es lograr que alguien rechace el papel de maltratador doméstico como convencer a una mujer de que huya de su hogar porque sufre el síndrome de la mujer maltratada. No sirve de nada.

Como mi padre, mi madre oscilaba entre la locura y la tristeza. Un par de noches después de que se llevaran a Terry, me disponía a meterme en la cama cuando dije en voz alta:

—Igual no me cepillo los dientes. ¿Por qué iba a hacerlo? Que se jodan los dientes. Estoy harto de mis dientes. Estoy harto de los dientes de los demás. Los dientes son un rollo y estoy harto de sacarles brillo cada noche, como si fueran joyas reales.

Al arrojar el cepillo al suelo, asqueado, vi una sombra en el umbral.

—¿Hola? —dije a la sombra.

Mi madre entró y se situó detrás de mí. Nos miramos a través del espejo del baño.

—Hablas solo —dijo ella, poniéndome la mano en la frente—. ¿Tienes fiebre?

—No.

—Estás caliente.

—Soy un mamífero —farfullé—. Somos de sangre caliente.

—Voy a la farmacia a buscarte alguna medicina.

—Pero si no estoy enfermo.

—No lo estarás si lo pillas a tiempo.

—¿Pillar a tiempo el qué? —pregunté, examinando su triste rostro.

La reacción de mi madre a haber metido a su hijo en un psiquiátrico fue convertirse en una maniática de mi bienestar. No sucedió gradualmente, sino de un día para otro, cuando descubrí que no podía pasar a su lado en la escalera sin que me estrujara con un abrazo. Tampoco me dejaba salir de casa sin abrocharme hasta arriba la chaqueta y, cuando quedaba cierta extensión de cuello expuesta a los elementos, cosía un botón más para que estuviera siempre cubierto, hasta el labio superior.

Casi cada día iba a la ciudad a visitar a Terry y siempre volvía a casa con buenas noticias que, por alguna razón, sonaban mal.

—Está un poco mejor —decía mi madre con voz desconsolada.

Pronto descubrí que eso no eran más que mentiras. Me habían prohibido ir al hospital porque asumieron que mi débil psique no estaba para un mal trago. Pero Terry era mi hermano, así que una mañana hice todos los movimientos habituales de un chico que se prepara para el colegio y, cuando llegó el autobús, me escondí detrás de un arbusto espinoso que después quemé por haberme pinchado. Luego me dirigí al manicomio en autoestop, con un reparador de neveras que se burló maliciosamente durante todo el trayecto de la gente que no descongela sus frigoríficos.

Me impresionó ver a mi hermano. Su sonrisa era un poco demasiado amplia, tenía el cabello despeinado, la mirada ida, la piel pálida. Le hacían llevar una bata de hospital para que recordase a todas horas que estaba demasiado inestable para bajar una cremallera o abrocharse la bragueta del pantalón. Sólo cuando bromeó acerca de las facturas de electricidad de su terapia de electrochoque me convencí de que la experiencia no iba a destruirlo. Almorzamos juntos en una habitación sorprendentemente acogedora, llena de macetas con plantas y un ventanal con vistas a un adolescente con manía persecutoria.

A Terry se le oscureció el semblante cuando habló del buzón de sugerencias.

—Qué gilipollas de mierda lo puso ahí, eso me gustaría saber —gruñó.

Al final de la visita me dijo que nuestra madre no había ido a verle ni una sola vez y que, aunque no la culpaba, se suponía que las madres eran mejores que eso.

Cuando llegué a casa, mi madre estaba en el patio de atrás. Había llovido toda la tarde, y vi que se había descalzado para meter los pies en el barro. Me instó a que hiciera lo mismo, porque el barro frío colándose lentamente por entre los dedos de los pies era un placer mucho mayor del que nadie podía imaginar. Y no mentía.

—¿Adónde vas todos los días? —pregunté.

—A ver a Terry.

—Hoy he estado allí. Dice que no te ha visto.

No respondió y hundió los pies en el fango todo cuanto pudo. Yo hice lo mismo. Sonó una campana. Ambos alzamos la vista hacia la prisión y la contemplamos largo rato, como si el sonido hubiese tejido un camino visible en el cielo. Allí arriba, la vida estaba regulada por campanas que se oían dentro de todas las casas del pueblo. Ésta indicaba a los reclusos que era la hora del ejercicio vespertino. Pronto se oiría otra campana para concluirlo.

—No se lo puedes contar a tu padre.

—¿Contarle el qué?

—Que he ido al hospital.

—Terry dice que no.

—No, a un hospital normal.

—¿Por qué?

—Creo que tengo algo.

—¿Qué?

En el silencio que siguió, posó los ojos en sus manos. Eran unas cosas blancas y arrugadas con venas azules del ancho de un cable telefónico. Soltó un grito ahogado.

—¡Tengo las manos de mi madre! —dijo de pronto con sorpresa y asco, como si las manos de su madre no hubieran sido en realidad manos, sino trozos de mierda con forma de manos.

—¿Estás enferma? —pregunté.

—Tengo cáncer.

Cuando abrí la boca, salieron las palabras equivocadas. Palabras prácticas, ninguna de las palabras que realmente quería decir.

—¿Es algo que puedan quitarte con un cuchillo afilado?

Negó con la cabeza.

—¿Cuánto te queda?

—No lo sé.

Era un momento espantoso que se hizo más espantoso con cada segundo que pasaba. Pero ¿no habíamos tenido antes esta conversación? Sentí un extraño *déjà vu*. No es como cuando crees haber experimentado un suceso, sino la sensación de haber experimentado el *déjà vu* del suceso.

—La cosa va a empeorar —dijo ella.

No respondí, y empecé a sentir como si me hubieran inyectado algo helado en el torrente sanguíneo. Mi padre salió por la puerta de atrás en pijama y se quedó ahí con aire sombrío y un vaso vacío en la mano.

—Quiero una bebida fría. ¿Has visto el hielo?

—Mira en el congelador —dijo ella, y después me susurró—: No me dejes sola.

—¿Qué?

—No me dejes sola con él.

Entonces hice algo increíble, que incluso hoy me parece del todo incomprensible.

Tomé la mano de mi madre en la mía y dije:

—Te juro que estaré contigo hasta el día de tu muerte.

—¿Lo juras?

—Lo juro.

Tan pronto como lo dije me pareció una idea malísima, incluso castradora; pero, cuando tu madre agonizante te pide que le prometas devoción eterna, ¿qué vas a decirle? ¿No? Sobre todo, porque yo sabía que su futuro era el contrario exacto a la prosperidad. ¿Qué supondría? Lentos períodos de deterioro interrumpidos por períodos intermitentes de falsa esperanza y convalecencia, luego de nuevo el deterioro, todo bajo el peso de un dolor cada vez más intenso y el terror de la muerte inminente, que no avanzaba con disimulo y en silencio, sino que se veía de lejos, precedida por el clamor de las trompetas.

¿Por qué hice ese juramento, entonces? No es que sintiera lástima o me embargara la emoción. Es sólo que la idea de dejar sola a una persona ante el sufrimiento y la muerte me repugna, porque yo odiaría que me dejaran solo ante el sufrimiento y la muerte, y esta repugnancia está tan profundamente arraigada en mi interior que no hubo nada hermoso en prometer devoción a mi madre, ya que no fue una elección moral, sino un reflejo moral. Resumiendo, soy un encanto, pero eso me deja frío.

—¿Tienes frío? —me preguntó ella de pronto.

Dije que no. Me señaló la piel de gallina del brazo.

—Vamos dentro —sugirió, pasándome un brazo por el hombro como si fuéramos viejos colegas de copas que entran a jugar una partida de billar. Mientras íbamos a casa y la campana de la cárcel resonaba por todo el valle, sentí que o bien un muro se había formado entre nosotros o bien había caído, y no logré averiguar cuál era el caso.

Con Terry en el hospital, yo pasaba casi todas las tardes con Caroline. No era de extrañar que hablásemos de Terry sin parar. Dios, si me paro a pensar, no ha habido un momento de mi vida en que no haya tenido que hablar de ese cabrón. Cuesta seguir queriendo a alguien, aun después de muerto, cuando tienes que estar parloteando continuamente de él.

Siempre que Caroline mencionaba el nombre de Terry, moléculas de mi corazón se rompían y disolvían en mi torrente sanguíneo; sentía que mi núcleo emocional se iba haciendo cada vez más pequeño. El dilema de Caroline era el siguiente: ¿debía ser la novia de un gánster loco? Claro que el drama y el romanticismo de eso le hacían gracia, pero en la cabeza de Caroline también existía una voz sensata que tenía la desfachatez de buscar su felicidad, y ésa era la voz que la desanimaba. La deprimía. Yo escuchaba sin interrumpir. Y pronto fui capaz de leer entre líneas; Caroline no tenía inconveniente en imaginar escapadas al estilo Bonnie & Clyde, pero era evidente que no albergaba muchas esperanzas por la suerte de Terry. Ya estaba entre rejas y ni siquiera lo habían arrestado. Eso no encajaba en los planes de Caroline.

—¿Qué voy a hacer? —lloraba, caminando de un lado para otro.

Yo estaba metido en un lío. La quería para mí. Y también quería la felicidad de mi hermano. Quería verlo seguro. Lo quería libre de crímenes y peligro. Pero, más que nada, quería a Caroline para mí.

—¿Por qué no le escribes y le das un ultimátum? —dije con inquietud, sin saber bien a qué causa contribuía. Era la primera sugerencia concreta que había hecho, y Caroline se lanzó en picado.

—¿Qué quieres decir? ¿Que le diga que elija entre el crimen o yo?

El amor es poderoso, lo admito, pero también lo es la adicción. Me apostaba que la absurda adicción de Terry por el crimen era más fuerte que su amor por ella. Era una apuesta amarga y cínica la que me hacía a mí mismo, una apuesta que no tenía forma de ganar.

Como pasaba tanto tiempo en casa de Caroline, Lionel Potts se convirtió en el único aliado de nuestra familia. Intentó sacar a Terry de la institución llamando a varios bufetes de abogados y, cuando eso falló, consiguió a través de un colega que el psiquiatra más renombrado de Sydney fuese a charlar con Terry. Ésta es la versión que los psiquiatras tienen de hacer una valoración: se presentan en pantalones informales y charlan como si fuesen viejos amigos.

Aquel psiquiatra, un hombre maduro de rostro flácido y cansado, incluso vino a nuestra casa para transmitirnos sus hallazgos. Todos tomamos té en la sala mientras él nos contaba qué había encontrado bajo la piel de Terry.

—Terry me lo ha puesto fácil, mucho más fácil que la mayoría de mis pacientes, no necesariamente por el conocimiento que tiene de sí mismo, que para ser sincero no es nada especial, sino por su franqueza y su absoluta predisposición para responder sin interrupciones o rodeos a todas las preguntas que le planteé. En realidad, quizá sea el paciente más franco que he tenido en mi vida. Me gustaría decir, al respecto, que ha hecho usted un trabajo increíble al criar a una persona verdaderamente sincera y abierta.

—Entonces, ¿no está loco? —preguntó mi padre.

—¡Oh, no!, no se hagan una idea equivocada. Está como una cabra. ¡Pero es abierto!

—No somos personas violentas. Todo este asunto es un misterio para nosotros —dijo mi padre.

—Ninguna vida es un misterio. Créanme, hay orden y estructura hasta en el cráneo más ostensiblemente caótico. Parece haber dos hechos principales en la vida de Terry que lo han marcado más que los demás. El primero no lo habría creído de no tener una fe inquebrantable en su sinceridad. —El médico se inclinó hacia delante y dijo, casi susurrando—: ¿De verdad pasó los primeros cuatro años de su vida compartiendo habitación con un niño comatoso?

Mis padres se miraron sobresaltados.

—¿Eso es malo? —quiso saber mi madre.

—No teníamos más sitio —intervino mi padre, molesto—. ¿Dónde íbamos a meter a Martin? ¿En el cobertizo del jardín?

—Terry describió la escena tan vívidamente que me dio escalofríos. No sé si los escalofríos son una reacción profesional, pero eso fue lo que sentí. Habló de ojos en blanco que giraban espontáneamente y se lo quedaban mirando. De sacudidas y espasmos repentinos, babeo incesante... —El psiquiatra se volvió hacia mí y me preguntó—: ¿No serías tú el niño que estaba en coma?

—El mismo.

Me señaló con el dedo y dijo:

—Mi opinión profesional es que ese cadáver que apenas respiraba produjo en el joven Terry Dean algo que sólo puedo diagnosticar como acojone permanente. Eso, más que nada, hizo que se replegase en una vida propia de fantasía en la que él es el protagonista. Verás, hay traumas que afectan a la gente, traumas súbitos, pero también hay traumas largos y prolongados, y suelen ser los más insidiosos porque sus efectos crecen con lo demás y son tan parte del que los sufre como sus propios dientes.

—¿Y el segundo hecho?

—Su lesión, su incapacidad de dedicarse al deporte. Muy en el fondo, y aunque era muy joven, Terry estaba convencido de que destacar en el deporte era la razón de su existencia. Y, cuando le robaron eso, pasó de creador a destructor.

Nadie habló; todos nos limitamos a asimilar aquello.

—Creo que, al principio, cuando Terry descubrió que ya no podría jugar al fútbol, ni al críquet, ni nadar, abrazó la violencia como una perversión de lo que conocía: para exhibir sus habilidades. No hacía más que fardar, así de simple. Verán, su inútil pierna coja era un insulto a la imagen que se había hecho de sí mismo y no podía aceptar la impotencia sin restaurar su capacidad de actuar. Así que actuó con violencia, la violencia del hombre al que se niega la expresión positiva —dijo el psiquiatra con un orgullo que se antojó inapropiado para la ocasión.

—¿De qué coño habla? —dijo mi padre.

—¿Y cómo dejará de sentirse lisiado? —pregunté yo.

—Bueno, ahora hablas de trascendencia.

—¿Trascendencia que podría, por ejemplo, encontrarse en la expresión del amor?

—Sí, eso creo.

Aquella conversación desconcertó a mis padres, pues nunca antes habían visto mi cerebro. Habían visto el caparazón, pero no lo que contenía en su interior. La respuesta a todo esto era obvia para mí: un médico jamás podría enderezar a Terry, ni un cura ni un rabino ni ningún dios ni mis padres ni un susto ni un buzón de sugerencias, ni siquiera yo. No, la única esperanza para que Terry se reformase era Caroline. Su esperanza era el amor.

ETERNIDAD

No había visto su construcción. No se veía desde el pueblo, por el muro de árboles frondosos que coronaba Farmer's Hill, pero la noche del sábado todos subieron el camino para acudir a su inauguración. Tendrías que habernos visto, todos saliendo en fila del pueblo como si hubiera un simulacro de incendio en el que nadie creyese. Nadie gastaba sus bromas habituales; había algo distinto en el aire. Todos lo sentíamos: expectación. Algunos ni siquiera sabían qué era un observatorio, y quienes sí lo sabían estaban emocionados, con razón. Lo más exótico en los pueblos del interior es el *dim sum* de los omnipresentes restaurantes chinos. Esto era mucho más.

Entonces lo vimos. Una gran cúpula.

Habían talado todos los árboles que había justo delante, porque en lo que a telescopios concierne, incluso la sola hoja de una rama que cuelga en exceso puede tapar la galaxia. El observatorio estaba pintado de blanco, y sus paredes, enmarcadas con tablones alargados de cinco por diez centímetros, estaban cubiertas de metal para tejados. Del telescopio en sí sabía bien poco, salvo que era grueso, largo y blanco, que tenía un sencillo espejo curvado esférico, estaba instalado en un pilar sobre una plataforma aislada para evitar la transmisión de vibraciones y se había diseñado para incluir una posible extensión, pesaba 115 kilos, se encontraba a 10 grados del horizonte austral, no podía enfocarse al baño de las chicas en el gimnasio de la escuela, estaba recubierto por una cúpula de fibra de vidrio y tenía un techo de cristal que se alzaba con una bisagra. Para mover el telescopio, si querías echar un vistazo al otro lado de la galaxia o seguir el tránsito de objetos celestes por el cielo, la idea de motores de rotación se abandonó a favor de «arrimar el hombro».

Uno a uno, todos ascendimos al gran ojo.

Había que subir una escalerilla. Cada persona se apoyó contra el ocular y, llegado el momento, bajaron en una especie de trance, como lobotomizados por la vastedad del universo. Fue una de las noches más extrañas que pasé en el pueblo.

Cuando me llegó el turno en el telescopio, aquello superó todas mis expectativas. Vi una inmensidad de estrellas: débiles, viejas y amarillas. Vi estrellas cálidas y brillantes, grupos de jóvenes estrellas azules. Vi vetas de glóbulos y polvo, sinuosos senderos oscuros que serpenteaban a través de gas luminoso y luz estelar dispersa, y me recordaron todas las visiones que había tenido estando en coma. «Las estrellas son puntos», pensé. Luego también pensé que cada ser humano era un punto, pero comprendí con tristeza que la mayoría de nosotros a duras penas lograba iluminar una habitación. Demasiado pequeños para ser puntos.

De todos modos, regresé al telescopio noche tras noche, familiarizándome así con el cielo del hemisferio sur, y al cabo de un tiempo comprendí que observar la expansión del universo es como ver crecer la hierba; de manera que preferí observar a los vecinos del pueblo. Después de subir en silencio, fisgar en los extremos más remotos de nuestra galaxia, soltar un silbido y bajar, salían fuera a fumar y charlar. Probablemente su ignorancia en astronomía les ayudó a trasladar la conversación a otros temas; ésta es una de las áreas en que la falta de conocimientos inútiles y triviales (los nombres de las estrellas, en este caso) constituye un gran beneficio. Lo importante no es cómo se llaman las estrellas, sino lo que implican.

Los vecinos empezaban con algún comentario maravillosamente comedido del universo, como: «Es grande, ¿verdad?» Aunque creo que eran lacónicos a propósito. Estaban sobrecogidos, asombrados y, como un soñador que ha despertado pero permanece inmóvil en la cama intentando volver al sueño, no querían despertar inadvertidamente. Sin embargo, poco después empezaban a hablar, despacio, y no de las estrellas ni del lugar que ocupaban en el universo. Escuché, sorprendido, cosas como:

—Debería pasar más tiempo con mi hijo.

—Cuando era joven, solía mirar las estrellas.

—No me siento querida. Sólo que gusto.

—Me pregunto por qué he dejado de ir a misa.

—Me gustaría irme de vacaciones con Carol, como hacíamos de recién casados.

—No quiero pasar más tiempo solo. Me huele la ropa.

—Quiero conseguir algo.

—Me he acomodado. No he aprendido nada desde que iba a la escuela.

—Voy a plantar un limonero; no para mí, sino para los hijos de mis hijos. Los limones son el futuro.

Era emocionante escuchar aquello. El universo incesante los había hecho mirarse a sí mismos, si no con la perspectiva de la eternidad, al menos con un poco más de claridad. Durante unos minutos se sintieron profundamente conmovidos y, de pronto, me sentí recompensado y resarcido de todo el daño causado por mi buzón de sugerencias.

También me hizo pensar.

Una noche, después de bajar del observatorio, me encontré helado en el jardín a medianoche, temiendo por el futuro de mi familia e intentando discurrir algo que los salvara a todos. Lamentablemente, el banco de ideas estaba vacío. Había hecho demasiados reintegros. Además, ¿cómo se salva a una madre moribunda, a un padre alcohólico y a un hermano menor loco y criminal? La ansiedad amenazaba con dañarme el revestimiento del estómago y la uretra.

Llené un cubo de agua en casa y lo vertí en una zanja poco profunda al fondo del jardín. Pensé: «Quizá no sea capaz de crear una vida mejor para mis seres queridos, pero al menos puedo crear barro.» La tierra se mezcló con el agua y adoptó la consistencia adecuada. Sumergí los pies dentro. Estaba frío y pastoso. Sentí un cosquilleo en la nuca. Agradecí a mi madre en voz alta que me hubiera enseñado las virtudes del barro. Es muy raro que alguien te dé consejos realmente prácticos. Por lo general, dicen cosas como: «No te preocupes» y «Todo irá bien», lo cual no sólo es poco práctico, sino también exasperante, y uno tiene que esperar a que les diagnostiquen una enfermedad terminal para repetírselo a sí mismo con cierto placer.

Hundí más los pies, con todas mis fuerzas, hasta por encima de los tobillos. Quería meterme más adentro en el frío lodo. Mucho más adentro. Pensé en ir a por más agua. Mucha más. Justo entonces oí unos pasos que corrían y vi unas ramas que se estremecían, como si sintieran repulsión. Apareció un rostro y dijo:

—¡Marty!

Harry salió a la luz de la luna. Vestía su uniforme carcelario, estaba lleno de cortes y ensangrentado.

—¡Me he escapado! ¿Qué haces? ¿Enfrías los pies en el barro? ¡Espera!

Harry se acercó y hundió sus pies descalzos junto a los míos.

—Eso está mejor. Bueno, pues ahí estaba yo, echado en mi celda, pensando en cómo los mejores años de mi vida quedaban atrás y en que no habían sido demasiado buenos. Luego consideré que todo lo que me esperaba era pudrirme y morir en la cárcel. Tú has visto la prisión; no es un buen sitio en absoluto. Pensé: «Si no intento escapar, nunca me lo perdonaré.» Vale. Pero ¿cómo? En las películas, los presos siempre escapan escondidos en el furgón de la lavandería. ¿Funcionaría? No. ¿Sabes por qué? Porque quizás antiguamente los presos mandaban la ropa a lavar fuera, ¡pero ahora lo hacemos dentro! Así que eso quedaba descartado. Segunda opción: excavar un túnel. Ahora bien, he cavado suficientes tumbas a lo largo de mi vida para saber que es un trabajo tedioso y agotador y, además, toda mi experiencia se reduce a los primeros dos metros, suficiente para ocultar un cuerpo. ¿Quién sabe lo que hay a más profundidad? ¿Lava fundida? ¿Una plataforma irrompible de mineral de hierro?

Harry se miró los pies.

—Creo que el barro se está secando. Ayúdame a salir —dijo, tendiéndome un brazo como si estuviera en venta.

Lo ayudé a salir y se desplomó en un montículo de tierra.

—Dame algo de ropa y una cerveza, si tienes. Deprisa.

Entré y rebusqué en el armario de mi padre; él dormía boca abajo en la cama, un profundo sueño de borracho con ronquidos tan estremecedores que casi me paré a comprobar si tenía un amplificador y un cable enchufado a la nariz. Saqué un traje viejo, luego fui a la nevera en busca de cerveza. Cuando volví, Harry volvía a estar metido en el barro hasta las rodillas.

—Lo primero que hice fui fingir una enfermedad: dolor abdominal agudo. ¿Qué otra cosa podía usar? ¿Dolor de espalda? ¿Infección del oído medio? ¿Iba a quejarme de que había visto una gota de sangre en mi orina? No, tenían que creer que era una cuestión de vida o muerte. Así lo hice, y me enviaron a la enfermería, a las tres de la madrugada, cuando sólo había un hombre de servicio. Así que estoy en la enfermería, doblado en dos por un supuesto dolor. A eso de las cinco, el guardia de turno se va a mear. Entonces salto de la cama, rompo el candado del botiquín y robo todos los tranquilizantes líquidos que puedo. Le doy un puñetazo al guardia cuando vuelve y salgo en busca de otro para que me ayude a salir de allí. Sabía que nunca lograría salir sin la ayuda de un guardia, pero esos cabrones eran casi todos insobornables. No es que no fueran corruptos, simplemente no me soportaban. Pero unas semanas antes pedí el pago de viejos favores y conseguí que uno de mis colegas me proporcionase información sobre la familia de un guardia. Elegí a uno de los nuevos; su nombre es Kevin Hastings y lleva sólo dos meses con nosotros, así que era al que veía con más posibilidades de no tener ni puta idea. Es divertidísimo que estos cabrones crean que son anónimos en la cárcel. Los puedes asustar de verdad, si les dices que sabes las posturas precisas que usan con sus mujeres, la duración, etc. Pues bien, Hastings resultó ser perfecto. El tío tiene una hija. Yo no hubiera hecho nada, pero tenía que acojonar al gilipollas. Y, si no picaba, ¿qué perdía yo? ¿Se molestarían en darme otra cadena perpetua? ¡Ya tengo seis! —Aquí Harry hizo una pausa para pensar y añadió con calma—: Te diré algo, Marty, hay libertad en la eternidad.

Asentí con la cabeza. Sonaba a verdad.

—Así que me acerqué a Hastings y le susurré al oído: «Sácame de aquí ahora, o tu preciosa hijita Rachael disfrutará del placer de un tío muy enfermo que conozco.» Se quedó blanco y me pasó las llaves, dejó que lo golpease en el coco para librarlo de sospechas y eso fue todo. No me siento orgulloso, pero era sólo una amenaza. Cuando esté oculto y a salvo, lo llamaré para tranquilizarlo respecto a la seguridad de su hija.

—¡Bien hecho! —dije yo.

—¿Y qué pasará contigo, Marty? ¿No querrías venir conmigo? Ser mi cómplice. ¿Qué me dices?

Le hablé del vínculo que me ataba a mi madre y, de momento, me impedía salir del pueblo.

—Espera, ¿qué clase de vínculo?

—Bueno, fue más bien un juramento.

—¿Has hecho un juramento con tu madre?

—Bueno, ¿qué hay de raro en eso? —pregunté, molesto. ¿Cuál era el problema? No había confesado que me acostaba con mi madre, simplemente que había jurado no abandonarla.

Harry no dijo nada. Tenía la boca entreabierta y sentía cómo sus ojos me taladraban profundamente el cráneo. Me dio una palmada en el hombro.

—Bueno, no puedo hacer que te desdigas de un juramento, ¿verdad?

Convine en que no podía.

—Bien, pues buena suerte, muchacho —dijo antes de dar media vuelta y desaparecer en el bosque—. ¡Hasta la próxima! —gritó su voz incorpórea. Se había ido sin siquiera preguntar por Terry.

Una semana después, mi madre entró en mi habitación con buenas noticias.

—Tu hermano vuelve a casa hoy. Tu padre ha ido a recogerlo —dijo, como si Terry fuese un paquete de lo más esperado.

Para nosotros, Terry se había convertido en una suerte de personaje de ficción durante el año de su ausencia, y el psiquiatra había robado a mi hermano su individualidad al haberlo reducido a un catálogo de síntomas psicológicos. Era cierto que la complejidad de su psicosis nos impresionaba (era un daño colateral en una guerra librada entre sus instintos más profundos), pero planteaba una cuestión que nos atormentaba: ¿qué Terry volvería a casa? ¿Mi hermano, el hijo de mi madre, o el destructor impotente, desesperado por la trascendencia del yo?

Estábamos todos en ascuas.

Yo no estaba preparado para verlo entrar por la puerta de atrás; parecía tan feliz que cualquiera diría que había estado en las Fiji sorbiendo margaritas de un coco. Se sentó a la mesa de la cocina y dijo:

—Bien, ¿qué clase de banquete de vuelta a casa habéis preparado para el hijo pródigo? ¿Un novillo cebado?

Mi madre estaba en tal estado que gritó:

—¿Novillo cebado? ¿Y de dónde voy a sacar yo eso?

Entonces Terry saltó de la mesa y la abrazó y la hizo girar por la habitación y ella casi gritó de terror, asustada como estaba de su propio hijo.

Después de comer, Terry y yo fuimos a dar una vuelta por el estrecho sendero de tierra que llevaba al pueblo. El sol picaba. Todas las moscas del distrito habían salido a recibirlo. Las apartó de un manotazo y dijo:

—No puedes hacer esto atado a una cama.

Le conté la historia de la huida de Harry y su aparición aquella noche, en el barro.

—¿Y ves a Caroline? —preguntó.

—De vez en cuando.

—¿Cómo está?

—Vamos a verlo.

—¡Espera! ¿Qué aspecto tengo?

Le eché un vistazo y asentí. Como siempre, tenía buen aspecto. No, mejor que bueno. Terry ya parecía un hombre; mientras que yo, mayor que él, parecía más un muchacho con una enfermedad senil.

Avanzamos en silencio hacia el pueblo. ¿Qué le dices a alguien que acaba de volver del infierno? «¿Hacía calor allí?» Creo que al final solté un «¿cómo estás?» con énfasis en el «estás», y él murmuró: «Esos perros no han podido conmigo.» Supe que había sufrido una experiencia que nunca sería capaz de comunicar.

Llegamos al pueblo y Terry dirigió una mirada desafiante a todo aquel con el que se cruzaba en la calle. Había amargura e ira en sus ojos. Era evidente que el «tratamiento» hospitalario no había hecho nada por apaciguar su furia. La sentía hacia todos. Terry había optado por no culpar a nuestros padres por su sentencia, pero había fijado su furia en todos los que habían seguido las palabras del buzón de sugerencias.

Había una excepción. Lionel Potts llegó saltando, agitando los brazos frenéticamente.

—¡Terry! ¡Terry!

Era la única persona en el pueblo que se alegraba de ver a mi hermano. Fue un grato alivio sentir la fuerza del entusiasmo infantil de Lionel. Era el tipo de persona con la que hablas del tiempo y de la que, aun así, te alejas sonriendo.

—¡Los Dean, de nuevo juntos! ¿Cómo estás, Terry? Gracias a Dios que has salido de ese agujero infecto. Una putada de sitio, ¿verdad? ¿Le diste mi teléfono a esa enfermera rubia?

—Lo siento, tío. Tendrás que hacer que te encierren si vas detrás de eso.

Así que Lionel había visitado a Terry.

—Quizá lo haga, Terry. La chica parecía merecerlo. Oye, Caroline está en el café, fumando. Finge hacerlo a escondidas y yo finjo que no lo sé. ¿La has visto?

—Ahora vamos para allá —dijo Terry.

—¡Excelente! ¡Espera! —Lionel sacó un paquete de cigarrillos—. Éstos son light. A ver si puedes desengancharla del Marlboro sin diluir. Si no te molesta que intriguemos un poco.

—Para nada. ¿Cómo está tu espalda?

—¡Hecha una mierda! Siento los hombros como si fueran pinzas. Una masajista para el pueblo, ésa es la clase de sugerencia que haría cierto bien —declaró Lionel mientras se masajeaba los hombros con ambas manos.

Terry y yo llegamos al café. Estaba cerrado. Ahora siempre lo estaba, el boicot había acabado por ganar. Caroline estaba dentro; el café era su escondrijo privado hasta que su padre lograra venderlo. La vimos a través de la ventana: echada en la barra fumando, intentado modelar aros de humo perfectos. Era adorable. Los aros surgían como remolinos en semicírculo.

Di unos golpecitos en el cristal y extendí el brazo para apoyarlo en el hombro de Terry, en señal de apoyo fraternal, pero mi mano sólo encontró aire. Al volverme, vi la espalda de Terry alejándose rápidamente y, para cuando Caroline había descorrido el cerrojo y salido a la calle, Terry se había ido.

—¿Qué pasa? —preguntó.

—Nada.

—¿Quieres entrar? Estoy fumando.

—Tal vez más tarde.

Mientras me alejaba, noté un mal olor en el aire, como de pájaros muertos pudriéndose al sol.

Encontré a Terry sentado junto a un árbol, con un montón de cartas en la mano.

—Son suyas —me dijo.

¡Cartas de Caroline! Sin duda, cartas de amor.

Me estiré en la hierba y cerré los ojos. No hacía viento, apenas se oía sonido alguno. Tuve la impresión de hallarme en una cámara de seguridad.

—¿Puedo echar un vistazo? —pregunté.

Tenía una vena masoquista que se moría por poner las manos en esas malditas cartas. Estaba desesperado por ver cómo expresaba Caroline su amor, incluso aunque no fuese por mí.

—Son privadas.

Sentí algo que me subía por la nuca, probablemente una hormiga, pero no me moví: no quería darle esa victoria moral.

—Bien, ¿puedes resumirlas? —pregunté.

—Dice que sólo quiere estar conmigo si dejo el crimen.

—¿Y vas a hacerlo?

—Sí, eso creo.

Sentí que me encogía un poco. Claro que me gustaba que a Terry lo salvara la mujer a la que amaba, pero no podía alegrarme en exceso. El éxito de un hermano es el fracaso del otro. ¡Maldita sea! No creía que él fuera capaz.

—Sólo que la cuestión es que... —dijo.

Me senté y lo miré.

Tenía una mirada pesada. Tal vez el hospital lo hubiese cambiado, después de todo. Aunque no estaba seguro de cómo, exactamente. Quizás en su interior algo fluido se había solidificado, o algo sólido se había fundido. Terry miró hacia el centro del pueblo.

—Hay algo que tengo que hacer primero. Sólo una cosa un poco ilegal.

Una cosa. Es lo que dicen todos. Sólo una y luego irá a por la siguiente, y cuando te des cuenta será como una bola de nieve que rueda colina abajo, acumulando nieve amarilla.

—Bueno, harás lo que quieras —dije, ni animándolo ni desanimándolo.

—Tal vez no debería hacerlo.

—Tal vez.

—Pero tengo muchas ganas.

—Bueno —repliqué, eligiendo cuidadosamente mis palabras—, a veces la gente necesita hacer cosas, ¿sabes?, sacarse de la cabeza las cosas que tiene que hacer.

¿Qué estaba diciendo? Absolutamente nada. Sencillamente, era imposible recomendar a Terry cómo actuar; ésa era mi justificación ante el desaprensivo acto de mal hermano que estaba cometiendo.

—Sí —dijo él, absorto en sus pensamientos, y yo me quedé allí plantado como una señal de stop, pese a estar dándole paso.

Terry se puso en pie y se sacudió la hierba de los tejanos.

—Te veo más tarde —afirmó, alejándose despacio en dirección opuesta al café de Caroline. Caminaba con parsimonia, creo yo, porque quería que lo detuviese. No lo hice.

La traición tiene muchas caras. No hace falta montar un espectáculo como hizo Bruto, ni dejar algo visible que sobresalga de la espalda de tu mejor amigo, y después puedes pasarte horas aguzando el oído, que no escucharás el canto de ningún gallo. No, las traiciones más insidiosas se cometen simplemente dejando el chaleco salvavidas colgando de tu armario, mientras te mientes diciéndote que probablemente no sea de la talla de quien se está ahogando. Así es como caemos, y mientras caemos culpamos de los problemas del mundo al colonialismo, el imperialismo, el capitalismo, el corporativismo, al estúpido hombre blanco y a Estados Unidos, pero no hace falta ponerle un nombre comercial a la culpa. Interés propio: ésa es la fuente de nuestro declive, y no empieza en las salas de juntas ni en las juntas militares. Empieza en casa.

Horas después oí la explosión. Vi por la ventana gruesas nubes de humo que ascendían por la noche empapada de luna. Se me encogió el estómago mientras corría hacia el pueblo. No era el único. Toda la población se había congregado en la calle principal, ante el ayuntamiento. Todos parecían horrorizados, la expresión preferida por la multitud de espectadores que se reúne específicamente en caso de tragedia. Mi venenoso buzón de sugerencias ya no estaba. Había pedazos suyos por toda la calle.

Había llegado una ambulancia, aunque no por el buzón roto. Un hombre yacía tendido en el pavimento, con la cara cubierta por un paño blanco empapado de sangre. Al principio creí que estaba muerto, pero luego se quitó el paño para mostrar un rostro de sangre y quemaduras de pólvora. No, no estaba muerto. Estaba ciego. Iba a echar una sugerencia al buzón cuando le estalló en la cara.

—¡No veo nada! ¡Joder, no veo nada! —gritaba, presa del pánico.

Era Lionel Potts.

Había más de cincuenta hombres y mujeres en la escena del crimen con cierta ilusión en la mirada, como si hubieran venido a bailar por las calles en una noche mágica. Entre la multitud, vi a Terry sentado en la cuneta con la cabeza entre las piernas. El horror de su inoportuno acto de vandalismo era demasiado para él. Lionel había sido la única luz brillante en un mundo plagado de luces mortecinas, y Terry le había arrancado los ojos. Resultaba extraño ver fragmentos de mi buzón de sugerencias desperdigados por toda la calle, y el modo en que mi hermano estaba derrumbado en la cuneta, y a Lionel tendido en el suelo, y a Caroline inclinada sobre él; me parecía que mis seres queridos también habían estallado. El humo seguía en el aire, rizándose en la luz azulada, con un olor muy parecido al de una noche de fuegos artificiales.

Sólo cinco días después, nuestra familia estaba vestida con sus mejores galas de domingo.

Los tribunales de menores son como los tribunales normales. El Estado cargó a Terry con una serie de acusaciones como la mujer rica que carga de trajes a su gigoló preferido. Intento de asesinato, intento de homicidio sin premeditación, lesiones intencionadas... Los fiscales no se decidían. También tendrían que haberme arrestado a mí. No sé si incitar al crimen por amor es un delito punible por la ley, pero debería serlo.

Al final, Terry fue sentenciado a tres años en un centro de reclusión de menores. Cuando se lo llevaban, me guiñó el ojo. Luego se había ido, sin más. El resto de nosotros permaneció abrazado en los tribunales, totalmente desconcertados. Te lo aseguro, el mecanismo de la justicia quizá sea lento, pero cuando el Estado te quiere fuera de circulación, su engranaje funciona a la perfección.

Después de que Lionel se quedara ciego, me asaltaron las preguntas y, después del encarcelamiento de Terry, esas preguntas me acosaron por todos lados. Tenía que hacer algo. Pero ¿qué? Tenía que ser alguien. Pero ¿quién? No quería imitar la estupidez de la gente que me rodeaba. Pero ¿la estupidez de quién debía imitar? ¿Y por qué sentía náuseas de noche? ¿Tenía miedo? ¿El miedo me ponía ansioso? ¿Cómo iba a pensar con claridad, si estaba ansioso? ¿Y cómo iba a entender nada, si no podía pensar con claridad? ¿Y cómo iba a funcionar en este mundo si no entendía nada?

Fue en este estado abrumado en el que llegué al colegio, y no me vi capaz de cruzar sus puertas. Me pasé una buena hora observando los feos edificios de ladrillo, los estudiantes de escasas luces, los árboles en el patio, los pantalones marrones de poliéster de los profesores, que hacían frufrú en sus muslos carnosos cuando cambiaban de aula, y pensé: «Si estudio, aprobaré los exámenes, ¿y qué? ¿Qué hago entre ese momento y el momento de mi muerte?»

Cuando llegué a casa, ni a mi madre ni a mi padre pareció importarles mucho que hubiera dejado los estudios. Mi padre leía el periódico local. Mi madre escribía una carta a Terry, una carta larga, de cuarenta páginas o más. Le eché un vistazo, pero no pude pasar del incómodo primer párrafo, en el que le decía: «Te quiero, te quiero, mi querido hijo, mi vida, mi amor, ¿qué has hecho, mi amor, mi precioso hijo?»

—¿Me habéis oído? He dicho que he dejado los estudios —repetí en un susurro herido.

No reaccionaron. Lo que faltaba de forma llamativa en ese silencio era la pregunta «¿Qué vas a hacer?».

—¡Me alistaré en el ejército! —grité ridículamente, en busca de una reacción.

Funcionó, aunque como un fuego de artificio que silba y chisporrotea en el suelo y luego se apaga bruscamente. Mi padre dijo: «¡Ah!», mientras que mi madre medio volvió la cabeza hacia mí y dijo con voz tranquila y severa: «No.» Y eso fue todo.

En retrospectiva, veo con cuánta desesperación necesitaba atención después de una vida siendo la letra pequeña en los titulares de mi hermano. No se me ocurre otra razón para mi decisión terca, impetuosa y autodestructiva de seguir adelante con mi amenaza. Dos días después, en la Oficina de Reclutamiento del Ejército Australiano, me encontré respondiendo a estúpidas preguntas con respuestas aún más estúpidas.

—Dime, hijo, ¿qué consideras que es buen material para el ejército? —preguntó el oficial de reclutamiento.

—¿Algodón ligero? —propuse, y después de no reírse durante diez segundos, me envió de mala gana al médico.

Por desgracia, ése fue el final de mi aventura. Fracasé airosamente en el examen físico obligatorio. El médico me examinó con expresión asombrada y concluyó que nunca había visto un cuerpo en peor estado que el mío en época de paz.

Sin razón aparente, me tomé mal el rechazo y me hundí en una profunda depresión. Lo que siguió fue un período de tiempo perdido: tres años durante los cuales estuve dándole vueltas a las preguntas que habían estado dando vueltas a mi alrededor, aunque nunca encontré las respuestas que necesitaba. Mientras buscaba, salí a pasear. Leí. Me enseñé el arte de leer mientras paseaba. Me eché bajo los árboles y, a través de un velo de hojas, contemplé las nubes deslizándose por el cielo. Me pasé meses enteros pensando. Descubrí más de las propiedades de la soledad, que es como un lento estrujón de testículos por una mano recién salida de la nevera. Si no podía encontrar un modo de estar de verdad en el mundo, entonces encontraría una forma superior de esconderme, y con ese fin probé diferentes máscaras: tímido, cortés, pensativo, vital, jovial, frágil... Eran máscaras simples con una característica definitoria. Otras veces, probé máscaras más complicadas: sombrío y vital, vulnerable aunque alegre, orgulloso e inquietante. Finalmente, me las quité, porque exigían mucha entrega. Créeme, las máscaras complejas se te comen vivo.

Y gimieron los meses, que se convirtieron en años. Yo caminé y caminé, enloqueciendo por la inutilidad de mi vida. Al no tener ingresos, vivía barato. Recogía colillas de los ceniceros de los pubs. Dejaba que mis dedos se volviesen de un amarillo oxidado. Miraba estúpidamente a los habitantes del pueblo. Dormía fuera. Dormía bajo la lluvia. Dormía en mi habitación. Aprendí valiosas lecciones sobre la vida, como que es ocho veces más probable que te dé un cigarrillo una persona sentada que otra que camina y veintiocho veces más probable que alguien con el coche parado en un atasco. Nada de fiestas, ni invitaciones, ni vida social. Aprendí que distanciarse es fácil. ¿Retirarse? Fácil. ¿Esconderse? ¿Disolverse? ¿Extirparse? Simple. Cuando te retiras del mundo, el mundo también se retira de ti, en igual medida. Es como un baile, tú y el mundo. No busqué problemas, y me hundió que ninguno me encontrara. No hacer nada es tan tumultuoso para mí como trabajar en la Bolsa de Nueva York la mañana en que se hunden los mercados. Así soy yo. No me pasó nada en tres años, y eso fue muy, muy estresante.

Los vecinos del pueblo empezaron a mirarme con una especie de horror. Debo admitir que, por aquel entonces, tenía un aspecto raro: pálido, sin afeitar, flaco. Una noche de invierno me enteré de que me habían proclamado de forma no oficial el primer loco sin techo del pueblo, pese al hecho de que aún tenía un techo.

Aun así, las preguntas seguían ahí, y cada mes mi exigencia de respuestas se hizo más sonora e insistente. Entré en un estado ininterrumpido de ensoñación interior, una contemplación estelar en que las estrellas eran mis propios pensamientos, impulsos y acciones. Vagué por la tierra y el polvo, atiborré mi cabeza de literatura y filosofía. El primer verdadero indicio de alivio había venido de Harry, que me presentó a Nietzsche cuando lo visitaba en la cárcel.

—Friedrich Nietzsche, Martin Dean —dijo, haciendo las presentaciones mientras me arrojaba un libro—. La gente siempre se enfada con cualquiera que elige principios muy personales para regir su vida; debido al extraordinario tratamiento que ese hombre se concede a sí mismo, los demás se sienten degradados, seres corrientes —dijo, citando a su ídolo.

Yo había devorado muchos libros de filosofía de la biblioteca y me parecía que la mayor parte de la filosofía era argumento nimio sobre cosas que no podían saberse. Pensé: «¿Por qué perder el tiempo en problemas insolubles? Qué importa si el alma está hecha de átomos de alma suaves y redondeados o de Lego; no puede saberse, así que mejor dejarlo.» También descubrí que, genios o no, la mayoría de los filósofos minaban sus propias filosofías, de Platón en adelante, porque casi nadie parecía dispuesto a empezar haciendo tábula rasa o soportar la incertidumbre. Podías leer los prejuicios, el interés personal y los deseos de cada uno de ellos. ¡Y Dios! ¡Dios! ¡Dios! Las mentes más brillantes que se inventan todas esas complicadas teorías y luego dicen: «Pero supongamos que hay un Dios y supongamos que es bueno.» ¿Por qué suponer nada? Para mí, era evidente que el hombre creó a Dios a su imagen y semejanza. El hombre no tiene imaginación para concebir un Dios totalmente distinto, que es por lo que en las pinturas renacentistas Dios parece una versión flacucha de Santa Claus. Hume dice que el hombre sólo corta y pega, no inventa. Los ángeles, por ejemplo, son hombres con alas. De igual modo, el abominable hombre de las nieves es un hombre abominable que vive en la nieve. Por eso, en la mayor parte de los sistemas filosóficos «objetivos» veo los miedos, los impulsos, los prejuicios y las aspiraciones del hombre escritos por todas partes.

La única cosa valiosa que hice fue leerle libros a Lionel, cuyos ojos habían perdido la vista de manera irreversible, y una tarde lluviosa casi perdí mi virginidad con Caroline, un suceso que precipitó su marcha del pueblo en plena noche. Así fue como sucedió:

Intentábamos leerle juntos un libro a su padre, pero él no paraba de interrumpirnos para convencerse de que su vida había cambiado para mejor. Lionel hacía cuanto podía por asumir bien su ceguera.

—¡Caras sentenciosas! ¡Ojos condescendientes que he sentido sobre mí desde el día en que llegué a este maldito pueblo! ¡Ya no tendré que verlos más! ¡Gracias a Dios, estaba harto!

Finalmente, Lionel se desahogaba de la antipatía automática de los del pueblo, como si su personalidad fuese una extensión de su saldo bancario. No querían saber nada de él ni de su historia.

No les importaba que dos años antes de trasladarse a nuestro pueblo se descubriera que la madre de Caroline atesoraba un surtido de tumores inoperables que crecían como ciruelas en su interior. No les importaba que hubiese sido una mujer algo fría y neurótica y que el proceso de su muerte no la hubiese convertido precisamente en un encanto. No creían que un hombre con tanto dinero pudiese tener cualidades humanas con las que valiese la pena simpatizar. Se enfrentaba al prejuicio más apestoso de la existencia: el odio a los ricos. Al menos, un racista, un hombre que odia a los negros, por ejemplo, no alberga el deseo secreto de ser negro. Su prejuicio, aunque feo y estúpido, es coherente y sincero. El odio a los acomodados, por parte de quienes aprovecharían la menor oportunidad para ocupar su lugar, es un ejemplo paradigmático de uvas demasiado verdes.

—¡Eh, tampoco tendré que volver a ver caras decepcionadas! ¡Ahora, cuando le falle a alguien, a menos que diga «¡Ohhh!», no me molestará! ¡A la mierda con las miradas desaprobatorias! ¡Eso ya ha quedado atrás!

Y se quedó dormido. Mientras Lionel roncaba como si fuera todo nariz, nos dirigimos con sigilo a la habitación de Caroline. Ella había decidido olvidar a Terry, pero hablaba tanto de olvidarlo que era lo único que tenía en mente. Empezó con el tema y, por mucho que me encantase el sonido de su esponjosa voz, tuve que desconectar. Encendí un cigarrillo a medio fumar que había encontrado en un charco y había secado al sol. Mientras aspiraba, noté sus ojos clavados en mí y, cuando alcé la vista, vi que su labio inferior se curvaba como una hoja cuando le cae una única gota de agua.

De pronto, bajó la voz:

—¿Qué va a ser de ti, Martin?

—¿De mí? No lo sé. Nada malo, espero.

—¡Tu futuro! ¡No puedo ni pensarlo!

—Bueno, pues no lo pienses.

Corrió hacia mí y me abrazó. Luego se apartó y nos miramos a los ojos y respiramos por las narinas del otro. Luego me besó con los ojos cerrados; lo sé porque yo los tenía bien abiertos. Luego ella también abrió los ojos y yo cerré los míos rápidamente. ¡Todo aquello era increíble! Mis manos se dirigieron a sus pechos, algo que había querido hacer incluso antes de que los tuviera. Entre tanto, sus manos fueron directas a mi cinturón y forcejearon para desabrocharlo. Por una décima de segundo, creí que iba a golpearme con él. Luego me dejé llevar y le subí la falda y le bajé las bragas. Nos desplomamos en la cama como soldados caídos. Ahí nos esforzamos por librarnos de las prendas no deseadas, hasta que de pronto ella me apartó de un empujón y gritó:

—¡Pero qué estamos haciendo!

Antes de que yo pudiera responder, salió de la habitación, llorando.

Desconcertado, me quedé allí echado durante media hora, oliendo su almohada con los ojos cerrados, absorto en el espectáculo del desvanecimiento de un sueño de toda la vida. Al ver que no regresaba, me vestí y salí a sentarme bajo mi árbol favorito a pensar ideas suicidas y arrancar hierbas.

Evité a Caroline la semana siguiente. Puesto que ella había sido la que se había puesto histérica, era cosa suya encontrarme. Entonces, el sábado, Lionel me llamó alarmado. No encontraba su cepillo de dientes y que fuese ciego no implicaba que no le preocupara la gingivitis. Salí para allá y encontré su cepillo flotando en la taza del váter, manchado de heces. Le dije que lo sentía mucho, pero tendría que darle a ese cepillo un beso de despedida, aunque no literalmente.

—Se ha marchado —me dijo—. Desperté ayer por la mañana y había un desconocido respirando en mi habitación. Puedo reconocer a una persona por su forma de respirar, ¿sabes? Me dio el susto de mi vida. Grité: «¿Quién coño eres?» Se llamaba Shelly, una enfermera a la que Caroline había contratado para que me cuidase. Grité a Shelly que se fuera, y la muy zorra se fue. No sé qué voy a hacer. Estoy asustado, Martin. La oscuridad es aburrida y sorprendentemente marrón.

—¿Adónde ha ido Caroline?

—¡Yo qué sé! Apuesto a que se lo está pasando bien. Supongo que eso es lo que recibes, si das a tus hijos una educación liberal. Liberación.

—Estoy seguro de que pronto volverá —mentí. No creía

que volviese nunca. Siempre supe que algún día Caroline desaparecería y, finalmente, ese día había llegado.

Durante los meses siguientes recibimos postales suyas de todas partes. La primera era de un río de Bucarest, con la palabra «Bucarest» escrita en diagonal, y en el dorso Caroline había garabateado: «¡Estoy en Bucarest!» Lo mismo llegó cada dos semanas de Italia, Viena, Varsovia y París.

Entre tanto, yo visitaba a Terry a menudo. Era un largo viaje: salir del pueblo en autobús, cruzar la ciudad en tren y luego tomar otro autobús hasta un barrio pobre de las afueras. El correccional de menores parecía un edificio residencial de poca altura. Cada vez que firmaba para entrar, el administrador me recibía como el patriarca de una familia distinguida y me conducía en persona a la sala de visitas, a través de una larga serie de pasillos donde en todo momento me sentía físicamente amenazado por jóvenes delincuentes que siempre parecían furiosos, como si los hubieran arrestado después de cruzar el Himalaya a pie. Terry me esperaba en la sala de visitas. A veces, tenía moratones recientes alrededor de los ojos. Un día me senté ante él y vi la marca de un puño en su mejilla, que sólo empezaba a apagarse lentamente. Me miró con gran intensidad.

—Caroline me visitó antes de irse y dijo que, aunque había dejado ciego a su padre, seguía queriéndome.

Cuando no respondí, me habló del crimen de haber cegado a Lionel como un billete sin retorno a la delincuencia.

—No quemas los puentes con la sociedad normal —dijo—. Los vuelas por los aires.

Hablaba rápidamente, como si dictase en una emergencia. Estaba ansioso por justificarse, confiarse, buscar mi aprobación para su nuevo plan. Recogía los pedazos de ese buzón de sugerencias y con ellos construía la historia de su vida. Encajaba las piezas de un modo con el que podía vivir.

—¿No puedes sentar la cabeza y ponerte a estudiar? —le supliqué.

—Ya estoy estudiando. Algunos de nosotros tenemos grandes planes para cuando salgamos de aquí —dijo con un guiño—. He conocido a unos tíos que me están enseñando cosas.

Me marché retorciéndome las manos, pensando en los correccionales, los hogares juveniles, las cárceles; mediante esos castigos, los criminales en ciernes establecen sus contactos. El Estado se encarga de presentar a los criminales más peligrosos, enchufándolos directamente a la red de contactos.

Si mi padre pensaba en cómo acelerar su deterioro, encontrar trabajo como exterminador fue la solución. Durante los últimos años, se había convertido en el manitas del pueblo: cortaba el césped, arreglaba vallas, hacía faenas de albañil; pero al fin había encontrado el trabajo perfecto para él. Exterminar bichos. Respiraba gases tóxicos todo el día, manejaba sustancias venenosas como insecticidas y esas letales bolitas azules, y me daba la impresión de que estaba encantado con su propia toxicidad. Volvía a casa con las manos extendidas y decía:

—¡No me toquéis! ¡No os acerquéis! ¡Tengo veneno en las manos! ¡Rápido, que alguien abra el grifo!

A veces, si se sentía especialmente travieso, nos perseguía con las manos extendidas y amenazaba con tocarnos la lengua.

—¡Voy a por tu lengua! ¡Estás perdido!

—¿Por qué no llevas guantes? —gritaba mi madre.

—¡Los guantes son para proctólogos! —replicaba mi padre mientras nos perseguía por toda la casa.

Deduje que éste era su extraño modo de manejar el cáncer de mi madre, fingiendo que ella era una niña enferma y él el payaso contratado para animarla. Mi madre había acabado por darle la mala noticia y, aunque mi padre se había vuelto lo bastante compasivo para dejar de pegarle cuando estaba borracho, el cáncer, el tratamiento y el ciclo de remisiones y recaídas lo volvían cada vez más inestable.

Ahora, mientras mi padre nos amenazaba con sus manos ponzoñosas, mi madre me miraba larga e intensamente, haciéndome sentir como un espejo que refleja la muerte en los agonizantes.

Así eran las cosas en casa; con mi madre marchitándose, mi padre como portador de toxinas letales y Terry yendo del psiquiátrico a la cárcel, lo que antes había sido un entorno ponzoñoso sólo metafóricamente hablando pasó a serlo también de forma literal.

Cuando Terry salió del centro de detención, yo albergaba, sin motivo alguno, esperanzas renovadas de que se hubiera rehabilitado e incluso de que quisiera volver a casa y ayudar a nuestra madre agonizante. Fui a la dirección que me había dado por teléfono. Para llegar allí, tuve que viajar cuatro horas hasta Sydney, luego cambiar de autobús y seguir otra hora hasta un barrio al sur de la ciudad. Era un barrio tranquilo y arbolado: las familias paseaban a sus perros y lavaban sus coches, y un chico de los periódicos empujaba un carro amarillo por la calle arrojando casualmente la prensa de manera que aterrizaba con admirable precisión en la alfombrilla de cada casa, con los titulares cara arriba. Frente al jardín de Terry, había aparcado un Volvo ranchera beige. Un aspersor rociaba lánguidamente el césped inmaculado. La bicicleta plateada de un niño descansaba en los escalones que llevaban al porche delantero. ¿Sería posible? ¿Una familia de clase media-baja había adoptado a Terry por error?

Una mujer con rulos en el cabello castaño y una bata rosa abrió la puerta.

—Soy Martin Dean —tartamudeé con incertidumbre, como si quizá no lo fuese.

Su amable sonrisa desapareció tan rápido que me pregunté si la habría imaginado.

—Están fuera, en la parte de atrás —respondió.

Mientras me conducía por un pasillo oscuro, la mujer se quitó los rulos, pelo incluido; era una peluca. Su verdadero cabello, peinado en un moño alto y sujetado con horquillas, era de un rojo intenso. Se libró también de la bata rosa y reveló lencería negra alrededor de un cuerpo escultural que quise llevarme a casa como almohada. Mientras la seguía hasta la cocina, vi que había agujeros de bala en las paredes, los armarios, las cortinas; la luz del sol se colaba a través de unos circulitos perfectos y se extendía en diagonal por la habitación en varas doradas. Una mujer rechoncha y medio desnuda estaba sentada a la mesa con la cabeza entre las manos. Pasé a su lado y salí al patio trasero. Terry giraba las salchichas en la barbacoa. Había una escopeta apoyada en la valla de madera. Dos hombres de cabeza rapada bebían cerveza echados en hamacas.

—¡Marty! —gritó Terry. Se acercó y me dio un abrazo de oso. Con un brazo sobre mis hombros, hizo entusiastas presentaciones—. Chicos, éste es mi hermano, Marty. Él tiene todo el cerebro, yo me quedé con el resto. Marty, éste es Jack, y este tipo con pinta de tímido que ves aquí, Hacha de Carne.

Sonreí nerviosamente a los hombres de constitución fornida, pensando que raras veces se necesitaba un hacha para cortar carne. Al mirar a mi vigoroso y musculoso hermano, enderecé automáticamente la espalda. En algún momento de los últimos años me había dado cuenta de que me estaba encorvando un poco, por lo que, de lejos, aparentaba tener unos setenta y tres años.

Terry dijo:

—Y, ahora, como apoteosis final...

Se quitó la camiseta y me tambaleé de la impresión. ¡Terry se había obsesionado con los tatuajes! De la cabeza a los dedos de los pies, mi hermano era un laberinto de delirante material gráfico. En los días de visita ya había visto los tatuajes que se le arrastraban por los brazos y asomaban a las mangas de la camisa, pero nunca antes me había mostrado el cuerpo. Ahora podía distinguir, de su nuez de Adán al ombligo, un sonriente tigre de Tasmania, un ornitorrinco gruñón, un emú que rugía amenazadoramente, una familia de koalas que blandía cuchillos en sus garras apretadas y un canguro con las encías empapadas de sangre, con un machete en el marsupio. ¡Todos esos animales australianos! Jamás pensé que mi hermano fuera tan horriblemente patriótico. Terry flexionó los músculos y pareció que los rabiosos animales respiraban; había aprendido a contorsionar el cuerpo de formas concretas para hacer que la fauna cobrase vida. Aquello tenía un efecto mágico, aterrador. El remolino de colores me mareó.

—El viejo zoo se está llenando demasiado, ¿verdad? —dijo

Terry, anticipándose a mi desaprobación—. ¡Oh, adivina quién más está aquí!

Antes de que pudiera responder, una voz familiar gritó desde algún sitio elevado. Harry estaba asomado a una ventana del piso de arriba, con una sonrisa tan amplia que parecía que la boca se tragaba la nariz.

Un instante después se nos unió en el jardín. Harry había envejecido mucho desde la última vez. Todo el pelo se le había vuelto de un gris abatido y los rasgos de su cara cansada y arrugada parecían habérsele incrustado aún más en el cráneo. También advertí que su cojera había empeorado: arrastraba su pierna tras él como un saco de ladrillos.

—¡Lo estamos haciendo, Marty! —gritó.

—¿Haciendo qué?

—¡La cooperativa democrática del crimen! ¡Es un momento histórico! Me alegra que estés aquí. Sé que no podemos coaccionarte para que te unas a nosotros, pero puedes dar fe de ello, ¿verdad? Dios, es maravilloso tener a tu hermano fuera. He pasado una temporada de mierda. Ser fugitivo es solitario.

Harry explicó cómo había eludido a la policía telefoneando con avistamientos anónimos de sí mismo. Había patrullas que lo buscaban calle a calle en Brisbane y Tasmania. Harry se echó a reír al pensarlo.

—Es tan fácil hacer que la poli pierda el rastro... De todos modos, sólo hacía tiempo hasta que Terry hubiese cumplido su condena. ¡Y aquí estamos ahora! ¡Esto es como el senado griego! Nos reunimos todas las tardes a las cuatro, junto a la piscina.

Miré la piscina. Era de las que se montan en el suelo, con agua de un verde serpiente. Una lata de cerveza flotaba en ella. Saltaba a la vista que la democracia nada tenía que ver con la higiene. Aquel lugar era una cloaca. El césped estaba sin cortar, había cajas vacías de pizza y agujeros de bala por todas partes y en la cocina veía a la puta sentada a la mesa, rascándose apáticamente.

Terry le sonrió a través de la ventana. Le puse una mano en el hombro.

—¿Puedo hablar contigo?

ma todos esos años? ¿La mujer que lo había arriesgado todo por mí?

—¿Cómo está? —preguntó Terry.

—Bien, dadas las circunstancias —respondí, pero era mentira.

La muerte inminente tenía un efecto extraño en ella. Algunas noches, se metía en mi habitación para leerme. Yo no podía soportarlo. El sonido de una voz leyendo un libro me recordaba a esa otra prisión, la maldita muerte en vida: el coma. A veces, de madrugada, cuando estaba profundamente dormido, me despertaba una sacudida violenta. Era mi madre, que quería asegurarse de que no volvía a estar en coma. Era imposible dormir.

—¿Qué vas a hacer? —preguntó Terry—. ¿Quedarte ahí hasta que se muera?

Era una idea horrible, tanto que un día se muriera como que yo hubiese hecho un voto que ahora me estrangulaba. Cómo iba a seguir así sin sucumbir a la idea más desagradable: ¡Eh, mamá! ¡Date prisa y muérete ya!

Terry me persuadió para que volviera a visitarlo a su casa. Se empeñó en que quedásemos para ver algún partido de críquet o de rugby, según la estación. Durante esos partidos, Terry me informaba de las fechorías de la cooperativa: cómo cambiaban su modus operandi todo el tiempo, sin hacer nunca el mismo trabajo dos veces y, si lo hacían, nunca del mismo modo. Por ejemplo, en una ocasión atracaron dos bancos seguidos. El primero, al final del día, y todos entraron con pasamontañas y obligaron al personal y a los clientes a echarse boca abajo en el suelo. El siguiente trabajo lo hicieron a la hora del almuerzo, y llevaban máscaras de gorila, hablaban en ruso entre sí y obligaron a clientes y personal a formar un círculo. Eran rápidos. Eran eficaces. Y, sobre todo, eran anónimos. Fue idea de Harry que la banda aprendiese un par de lenguas; no en profundidad, sino sólo el vocabulario que se necesitaba en un atraco: «¡Coge el dinero!», «¡Diles que levanten las manos!», «¡Vámonos!», esa clase de cosas. Harry era un auténtico genio despistando a la gente. No me explico cómo pudo haber pasado tanto tiempo en la cárcel. También había encontrado a un par de informantes de la policía a los que pasaba desinformación. Y a ese par de enemigos de los tiempos de Harry los atacaron cuando más vulnerables eran: cuando tenían más de dos cosas entre manos.

El único problema era que el establecimiento de la cooperativa democrática, el cumplimiento del sueño de Harry, parecía inflamar su infinita paranoia. ¡No podías ponerte detrás de él! Siempre iba pegado a la pared y, si estaba en un espacio abierto, giraba como una peonza. Se ponía histérico entre multitudes y, al verse atrapado entre el gentío, sufría espasmos violentos. Lo más divertido era cuando tenía que mear fuera. No se ponía detrás de un árbol, porque su espalda quedaba al descubierto; Harry se apoyaba contra el árbol, con una mano en la polla mientras con la otra sostenía una 45. Y, en casa, montaba un sistema de cuerdas y campanas, de modo que era imposible entrar en su habitación sin hacer saltar la alarma. Cada día comprobaba los periódicos por si lo mencionaban. Pasaba las páginas frenéticamente, con los ojos fuera de las órbitas.

—No subestimes el valor de la prensa —me dijo Harry en una ocasión—. Ha salvado el pellejo a más de uno en busca y captura. La poli siempre intenta demostrar que está haciendo progresos: «¡Oh!, lo hemos visto aquí, tenemos tal o cual pista.» Suma eso a la infatigable hambre del público por noticias que no le importan, y ya tienes lo mejor para un fugitivo en plena fiebre criminal. ¿Y crees que yo soy paranoico? Mira al público. Exigen noticias actualizadas de las investigaciones porque creen que las autoridades les ocultan información de criminales que se esconden en su jardín con las armas y las pollas desenfundadas, listos para correrse una juerga.

Acusaba a los demás socios de la cooperativa de albergar ideas mercenarias. Decía que olía su codicia, que se les pegaba como gotas de sudor. «¿Mil dólares en mano te parecen poco?», gritaba. Harry predijo que su pequeño senado griego acabaría incendiándose. La democracia en el crimen estaba siendo muy parecida al resto de las democracias: una idea sublime en teoría, empañada por la realidad de que, en el fondo, nadie cree realmente que todos los hombres son creados iguales. La cooperativa se enzarzaba en constantes disputas por el porcentaje de beneficios y la distribución de trabajos sucios como eliminar los números de serie de mil cámaras robadas. Sus miembros sabían que, al igual que sus manifestaciones en países enteros, las democracias instituidas para obtener beneficios crean desequilibrios, fomentan la codicia y la impaciencia y, ya que nadie va a votar para ser el que limpia los aseos públicos, lleva a la división en facciones y a la confabulación contra sus miembros más débiles e impopulares. Además, Harry se olía que el anonimato los estaba frustrando. Así fue como Harry lo descubrió todo, por la nariz.

—¡Tú eres el peor! —decía, señalando a Terry.

—Yo no he dicho nada, tío —replicaba Terry.

—¡No tienes que hacerlo! ¡Me lo huelo!

Y quizá fuera verdad que podía olerlo. ¿Qué dijo Harry una vez de que la paranoia prolongada daba al hombre poderes telepáticos? Quizás estuviera en lo cierto. Quizás Harry viera el futuro. O quizá tan sólo consignaba lo obvio: que mi hermano tenía ideas, y que esas ideas iban a destruirlo a él y a quienes lo rodeaban. Para serte sincero, entonces yo no lo intuí. No lo vi venir. Bueno, quizá Bob Dylan estuviera equivocado. Igual tienes que ser meteorólogo para saber de dónde sopla el viento.

SEGUNDO PROYECTO

Normalmente tú tienes tu vida y, al encender la tele, tienes las noticias y no importa lo graves que sean, o a qué profundidad de las cloacas haya caído el mundo, o lo relevante que la información pueda ser para tu existencia; tu vida permanece como entidad separada de esas noticias. Tienes que seguir lavando la ropa interior en tiempo de guerra, ¿verdad? ¿Y no sigues discutiendo con tus seres queridos y disculpándote después, cuando no lo decías en serio, aunque haya un agujero en el cielo que esté dejándolo todo quemado, como una patata frita? Pues claro que sí. Por regla, no hay agujero lo bastante grande para interrumpir este interminable asunto de vivir, pero sí excepciones, casos nefastos en las vidas de unos pocos desgraciados seleccionados, cuando las noticias de los periódicos y las noticias de sus dormitorios se cruzan. Te aseguro que tener que leer la prensa para averiguar cuál es tu situación es un momento espantoso y desmoralizante.

Todo empezó lejos de casa. Una mañana, los titulares gritaron que los jugadores más importantes del equipo australiano de críquet habían sido sorprendidos aceptando sobornos de los corredores de apuestas para hacer un mal papel en las competiciones internacionales. Era una noticia importante, quizá más de lo que merecía; sobre todo porque, si el deporte es la religión nacional de Australia, como se ha llegado a decir, aquello venía a ser como si todos los cristianos fundamentalistas descubriesen que Dios había creado los árboles y las montañas sin lavarse antes las manos. El escándalo conmocionó a muchos. Hubo protestas generalizadas y decepción masiva y ruido de sables, y en todas partes la gente decía que era algo repugnante y asqueroso y corrupto y una mancha imborrable para el deporte. Las voces de la radio exigían sangre. Querían oír el quebrar de cuellos: el de los corredores de apuestas y el de los verdaderos traidores, los propios jugadores. Los políticos clamaban justicia y juraban que llegarían al fondo del asunto, e incluso el primer ministro prometió «una investigación concienzuda y exhaustiva de la corrupción en el deporte».

Para mí, este escándalo deportivo era mero ruido de fondo. Estaba demasiado preocupado por mis propios problemas: mi madre agonizaba y se confinaba como una reina loca, mi padre desaparecía en una botella y mi hermano iba por el mundo con una pistola en una mano y un hacha en la otra.

El siguiente sábado que quedé con Terry en un partido, Australia jugaba contra Pakistán. Se había cuestionado si se celebraría, considerando el escándalo, pero gracias al tecnicismo de inocente-hasta-que-se-demuestre-lo-contrario siguió adelante, según lo establecido. El cielo estaba radiante y la primavera se respiraba en el aire; era la clase de día que te da una falsa sensación de seguridad, pero aun así sentía la aprensión que siempre siento entre grupos de treinta y cinco mil personas propensos a aunar al instante su furia colectiva.

Cuando los jugadores salieron al campo, la multitud empezó a abuchear como loca, porque éstos eran los hombres implicados en el escándalo. Algunos de los jugadores hicieron caso omiso, mientras que otros hicieron el gesto de que les dieran, el gesto que se hace con ambos brazos. Fue divertidísimo. Me encanta abuchear. ¿Y a quién no? Algunos de los abucheos estaban llenos de furia, mientras que otros eran abucheos más desenfadados, mezclados con risas. A mi lado, Terry no abrió la boca.

Cuando el capitán salió a lanzar, no sólo hubo abucheos sino también silbidos, y la gente empezó a arrojarle objetos como latas de cerveza y zapatos... ¡sus propios zapatos! Uno de los espectadores saltó la valla, corrió por el campo e intentó hacer un placaje al capitán. Luego saltó más gente. Alguien hizo sonar un silbato, y era evidente que el partido había acabado cuando Terry se volvió y dijo: «¡Vamos!» Creí que se refería a irse a casa y asentí, pero, antes de saber qué estaba sucediendo, Terry empezó a correr gradas abajo en dirección al campo de críquet. Intenté seguirlo, pero durante mucho tiempo no conseguí verlo entre la locura de la multitud que salía de todas partes y bloqueaba la retirada del equipo. Todo era muy tribal, y los nervios estaban a flor de piel.

Entonces oí unos gritos de carácter muy distinto a los típicos murmullos de la turba enfurecida. Vi lo que miraban, una imagen que nunca ha abandonado el interior de mis párpados: Terry había desenfundado un arma y apuntaba al capitán de Australia. Los ojos de Terry eran amplios y claros, y su rostro parecía recién lavado en aguas cristalinas. Tenía una expresión extraña, de autoadmiración. La turba observaba, petrificada; todos querían echar a correr, pero la curiosidad hizo que se quedaran. La policía intentaba abrirse camino en la grada cuando mi hermano disparó al capitán del equipo australiano de críquet en el vientre.

No sé cómo salimos de allí. Recuerdo que Terry me vio entre la multitud y me saludó. Recuerdo que corrimos. Que Terry rio y sugirió que nos separásemos y, entre el público, dijo:

—¡A ver qué tal juega con su propia muerte!

No hubo mayor historia en Australia, ni antes ni después. Ni siquiera el nacimiento de la Federación logró tanta prensa. Y lo peor era que tenían fotos. Alguien había hecho una preciosa de Terry en pie, ojos resplandecientes, brazo extendido, la pistola al frente y una sonrisa afable en el rostro, como si estuviera a punto de darle un amable consejo al capitán. Todos los periódicos y televisiones de la nación pasaron esa foto. A partir de entonces, Terry fue un hombre buscado por la policía. Así nació la fama criminal de Terry.

Nuestro pequeño pueblo se inundó de policías y periodistas. Los periodistas eran un incordio. No aceptaban un «¡Vete a la mierda!» por respuesta. Los policías también era molestos. Me hicieron todo tipo de preguntas y, durante un tiempo, estuve bajo sospecha. Admití haber ido al partido con mi hermano, pero dije haberlo perdido tan pronto como echó a correr entre la multitud. No, dije, no vi el disparo. No, dije, no tenía noticias de él desde entonces. No, dije, no sabía dónde vivía. No, dije, no éramos íntimos. No, no sabía quiénes eran sus amigos o asociados. No, no sabía de dónde había sacado el arma. No, ni siquiera sabía que tenía un arma. No, no esperaba volver a saber de él. No, si sabía de él no llamaría a la policía, porque pese a todo era mi hermano. Sí, había oído lo de obstrucción a la justicia. Sí, sabía lo que era un cómplice de asesinato. Sí, estaba dispuesto a ir a la cárcel, aunque prefería no ir.

La policía también acribilló a mi madre a preguntas, pero ella no respondió ni a las más simples; cuando el detective en jefe preguntaba, ni siquiera le daba la hora.

Terry ya nunca podría volver a casa. Eso era lo que mataba a mi madre. Lloró desconsoladamente y, a partir de entonces, durmió casi todas las noches en la antigua cama de Terry. Preparaba uno de los platos favoritos de mi hermano en cada comida y, quizá para castigarse, pegó el artículo del periódico con la foto de Terry a la nevera, bajo un imán en forma de piña. Se obsesionó hasta tal punto con esa fotografía que la medía con una regla. Una mañana, bajé a desayunar y vi que mi madre la estudiaba.

—Deja que la tire —le dije.

Ella no replicó, pero cuando extendí el brazo para arrancar

la foto, me dio un codazo en el estómago. ¡Mi propia madre! Más tarde, a las cuatro de la madrugada, desperté y la encontré sentada al borde de mi cama.

—¿Qué pasa?

—¿Recuerdas *William Wilson* de Poe? ¿Y *El doble* de Dostoievski?

Eran libros que me había leído cuando yo estaba en coma. Los recordaba perfectamente, casi palabra por palabra.

—Creo que Terry tiene un doble —me dijo.

Negué con la cabeza y repliqué:

—No creo.

—Escúchame. Todos tenemos un doble en alguna parte del mundo. Eso es lo que ha pasado aquí. Terry no ha disparado a nadie. ¡Ha sido él, su doble!

—Mamá, yo estaba allí. Fue Terry.

—Admito que parece Terry. Por eso son dobles. Réplicas. Réplicas idénticas, no réplicas parecidas.

—Mamá...

Se fue, sin darme tiempo a añadir nada más.

¿Dónde estaba Terry? ¿En casa de Harry? A la mañana siguiente, durante el desayuno, decidí averiguarlo por mí mismo. Cuando salí a la calle, vi que los periodistas se habían ido, pero en el autobús de camino a la ciudad se me ocurrió que probablemente me seguían. Eché un vistazo a los coches de la carretera. Lo vi, no me cabía la menor duda: un Commodore azul. Me bajé en la siguiente parada y entré en el cine. Era una comedia sobre un marido que se muere pero regresa como un fantasma y se le aparece a su mujer siempre que ésta mira a otro hombre. Todos reían, menos yo; me pareció grotesco e hizo que odiara a los muertos, esos capullos egoístas. Dos horas después, cuando salí a la luz del sol, el coche seguía allí. Sabía que tenía que perderlos, quitármelos de encima, así que me escondí en una tienda. Era una sastrería. Me probé un esmoquin negro y me quedaba bien, pero las mangas eran un poco cortas. Al otro lado del escaparate, entre las piernas de los maniquís, veía a mi sabueso azul. Pregunté si tenían una entrada trasera, aunque yo quería utilizarla como salida. Tenían una. En el callejón de atrás había otro Commodore, sólo que éste era blanco, con asientos de piel que casi podía oler. Caminé rápidamente hasta la calle y busqué otra tienda donde ocultarme.

Pasé todo el día así. Fue muy, muy irritante. No podía librarme de ellos. Parecían adivinar todos mis movimientos. Abatido, subí al autobús para volver a casa y decidí intentarlo de nuevo cuando la historia de Terry Dean se hubiese apaciguado un poco, cuando hubiera pasado algún tiempo. Las aguas tendrían que volver a su cauce, razoné. El público tiene trastorno por déficit de atención. Todo el mundo lo sabe.

Pero lo que no imaginé era que la historia de Terry Dean nunca pararía, porque Terry Dean no se pararía ahí.

Al día siguiente, más noticias y más policía y más periodistas. Habían encontrado muertos de un disparo en sus respectivas casas a los dos corredores de apuestas mencionados en el artículo. Los testigos habían visto abandonar la escena del crimen a un joven que encajaba con la descripción de Terry. En los periódicos y en la radio, el lenguaje utilizado para describir a Terry indicaba un sutil cambio en la opinión pública: ya no era un «loco solitario». Ahora era un justiciero.

Entre tanto, los ojos de la nación estaban puestos en la investigación sobre la corrupción, que empezaba a llevarse a cabo con desacostumbrada rapidez. No se le había escapado a nadie que cualquier corredor de apuestas o jugador de críquet mencionado en el informe se convertiría en un objetivo potencial de Terry Dean, el Justiciero Fugitivo.

El informe de la investigación se dio a conocer como un asunto de interés público. Daba nombres. Se mencionaba a otros tres jugadores de críquet: unos por perder partidos deliberadamente, otros por pasar información de los encuentros. También se nombraba a otros corredores de apuestas. Todos estaban en guardia. Les pusieron vigilancia policial las veinticuatro horas del día. La policía se creía preparada para atrapar a Terry, pues habían deducido que mi hermano se consideraba obligado a terminar lo que había empezado. Pero Terry iba un paso por delante de ellos.

La cuestión era que nadie había prestado verdadera atención

a la investigación sobre la corrupción en el deporte. Habían leído lo de los jugadores de críquet y esperaban ávidamente a que Terry moviese ficha. Pero el primer ministro había prometido una investigación exhaustiva, y le habían presentado un informe completo con apartados y subapartados que detallaban la corrupción en las carreras de caballos, en la liga de rugby, en el rugby a quince, en la modalidad de fútbol australiano, en el fútbol estándar, en los juegos de la Commonwealth, bolos, billar, ciclismo, remo, boxeo, lucha libre, regatas, hockey, baloncesto... Si había implicado algún australiano que corriese o sudase o tocase pelotas que no eran las propias, su nombre figuraba en aquel informe.

La primera vez que Terry mostró la amplitud de su pasión fue con el asesinato de un jockey llamado Dan Wonderland; lo encontraron molido a golpes y alimentado por la fuerza con la suficiente dosis de tranquilizante de caballos para matar a toda una estampida. Examiné la fotografía de ese hombre a quien mi hermano había arrebatado la vida, con la esperanza de ver algo maligno, algo que saliera de la imagen e indicara claramente que aquel cabrón merecía morir. La habían tomado después de una carrera y, en ella, Dan Wonderland sonreía y alzaba los brazos en señal de victoria. Aun sin saber que mi hermano lo había matado, vi algo infinitamente triste en la cara del jockey, la expresión de un hombre que ha conseguido su sueño de la vida sólo para comprender que, en realidad, su sueño no tenía nada de especial.

El día siguiente, se produjo otro asesinato: el campeón de peso medio Charlie Pulgar, que se había dejado caer de un modo más que evidente en el ring, derrumbándose al oír la campana, mientras su oponente entrechocaba los guantes. Con la ayuda de Terry, Charlie Pulgar sufrió una última caída: del tejado de su edificio de diecisiete plantas a la circulación fluida del tráfico.

Cuando los investigadores empezaban a anticipar los siguientes movimientos de Terry, éste cambió de táctica una vez más. La investigación sobre la corrupción en el deporte también había destapado un nuevo fenómeno en el mundo del deporte profesional: las sustancias dopantes para mejora del rendimiento. Con un mínimo trabajo detectivesco, Terry averiguó quién las adquiría y administraba: los entrenadores. Hombres que habían trabajado incansablemente entre bastidores pasaron de un segundo a un primer plano; sus mandíbulas cuadradas y sus rostros demacrados aparecieron cada vez con más frecuencia en los periódicos, cuando uno a uno los encontraron muertos.

Pero el aspecto más peligroso de la cruzada de Terry era que, lógicamente, los corredores de apuestas no se quedaron de brazos cruzados. Sus vínculos con el hampa les garantizaban armas y protección, y en las noticias se filtraron casos de batallas armadas en las trastiendas de bares y restaurantes. Terry había roto la última de las leyes de Harry: no sólo estaba todo lo lejos del anonimato que puede estar alguien, sino que se había ganado las iras del mundo criminal. Estaba en la escala, y la estaba zarandeando. Además del Estado y la policía federal, lo quería muerto la superestructura criminal.

Mis padres lidiaban con la situación como era habitual en ellos. En lugar de afrontar la horrible verdad, aumentaron sus ideas delirantes hacia su hijo. Mientras que mi madre se aferraba tenazmente a su teoría del doble, mi padre dio un giro positivo a todo el desastre, convirtiendo la racionalización en un arte elevado. De esta manera, si Terry disparaba a un policía en la pierna, mi padre alababa su compasión por no dispararle en el pecho; si Terry disparaba al policía en el pecho, mi padre alababa su puntería. Dicho en sus propias palabras, que su hijo eludiera a la policía era una prueba de su inteligencia, su habilidad y su absoluta superioridad.

Lionel Potts me llamaba cinco veces al día, rogándome que fuera a su casa a ponerlo al día. Mientras yo le leía toda la información de la prensa, Lionel se quitaba las gafas negras. Sus ojos muertos parecían ver a kilómetros, y él se reclinaba en la silla y meneaba la cabeza.

—Conozco a un gran abogado que defenderá a Terry. Sólo siento no habérselo recomendado la última vez; estaba un poco cabreado. Después de todo, me dejó ciego. Pero este abogado sería perfecto para él.

Me quedaba sentado y, con los dientes apretados, oía a Lionel hablar y hablar. No lo soportaba. Por extraño que parezca, me abrumaban los celos. Terry hacía algo con su vida. Había encontrado su vocación; puede que fuera demencial y sanguinaria, pero era una vocación a fin de cuentas, y a ella se consagraba.

Todas las mañanas corría a la tienda de la esquina a por el periódico para leer las atrocidades que Terry había cometido. No mataba a todas sus víctimas. Al jugador de billar que presuntamente metió sin querer a propósito la bola blanca detrás de la negra sólo le rompió la mano derecha y, por extraño que parezca, él y otras víctimas de Terry salieron en defensa de la cruzada de mi hermano. En un emotivo acto público, confesaron sus pecados y dijeron que Terry Dean estaba limpiando una institución que antes era pura y había manchado el reclamo del dinero. Ellos no fueron los únicos.

Deportistas, comentaristas, intelectuales, presentadores de televisión, escritores, académicos, políticos y locutores de radio con ganas de polémica, todos hablaban de la ética, los ideales, los héroes del deporte, así como del espíritu australiano. Terry había suscitado un diálogo en la nación, y todos los deportistas se portaban muy bien.

Un buen día, en pleno caos, Caroline regresó al pueblo arrastrando una maleta. Yo estaba sentado en la escalera del ayuntamiento, contando las líneas de mi dedo índice, cuando la vi acercarse por la calle. Ella también me vio, echó a correr con la maleta a rastras, me rodeó con sus brazos y me cubrió las mejillas de besos platónicos. Supe, ahí y entonces, que nunca hablaríamos de aquella noche en su habitación. La observé. Se había convertido en toda una mujer, pero también había cambios: su cabello era de un color más claro, casi rubio, y aunque su cara estaba más redondeada y el labio inferior más formado, algo parecía haberla abandonado, una luz o un resplandor. Pensé que tal vez en sus viajes había visto algo que la había espantado.

—¿Te has enterado de lo de Terry? —le pregunté.

—Es increíble.

—¿Por eso has vuelto a casa?

—No, me he enterado mientras leía el periódico en el aeropuerto, y el conductor del autobús me ha contado el resto. No oyes hablar de Australia en Europa, Marty. Es extraño. Nadie sabe nada de nosotros.

Fue entonces cuando descubrí por primera vez que vivir en Australia es como tener un dormitorio alejado en una casa grande. Mejor para nosotros.

—Sólo he venido a buscar a papá. Me lo llevo al extranjero.

—¿Adónde?

—A París.

Tracé mi nombre en el suelo con un palo. Martin Dean. Pequeños montículos de tierra se apiñaron a su alrededor.

—¿Has tenido noticias de él? —preguntó Caroline.

—No.

—Va a hacer que lo maten.

—Parece más que probable.

Junto a mi nombre, escribí el de ella en la tierra. Nuestros nombres estaban acostados el uno junto al otro.

—Está haciendo algo importante —dijo ella.

—Es un asesino.

—Pero cree.

—¿Y?

—Nada. Que cree en algo, eso es todo.

—Los violadores y los pedófilos también creen en algo. Hitler creía en algo. Cada vez que Enrique VIII le cortaba la cabeza a alguna esposa, creía en algo. No cuesta creer en algo. Todos creemos en algo.

—Tú no.

—No, yo no.

Aquellas palabras habían salido de mi boca sin más. Al pensarlo, vi que era absolutamente cierto. No podía nombrar ni una sola cosa en la que creyese. Para mí, el uno por ciento de duda tenía el mismo efecto que el cien por cien. ¿Cómo iba a creer en algo, cuando lo que quizá no fuera verdad no podía también ser verdad?

Dibujé un corazón en la tierra, alrededor de nuestros nombres.

—Si supieras de Terry, me lo dirías, ¿verdad?

Rápidamente cubrí nuestros nombres con tierra. ¡Qué estúpido! Ella no me amaba. Lo amaba a él. De pronto, me ruboricé de vergüenza.

—Tienes noticias de él.

Me agarró de la muñeca, pero yo me solté.

—No.

—¡Sí!

—¡No, te lo aseguro!

Me atrajo hacia sí, me agarró la cara con ambas manos y me dio un prolongado beso en los labios. Luego me apartó, dejándome atónito y sin habla. No lograba abrir los ojos.

—Si ves a Terry, dáselo de mi parte.

Eso me abrió los ojos. Sonreí para dejar de sacar espuma por la boca. La odiaba. Quería arrojarla al suelo. Dije algo como «Te odio y te odiaré hasta el final de los tiempos» y me alejé rumbo a casa, aunque mi casa era el último lugar al que quería ir. Se había transformado en un lugar de menor importancia histórica, como el retrete del restaurante que usó Hitler antes del incendio del Reichstag, y por tanto los periodistas habían vuelto con sus malos modales y su falta de empatía, gritando sus preguntas necias por las ventanas.

Cuando llegué a casa, quedó claro que mi padre estaba harto. Lo encontré tambaleándose en la puerta, borracho. Con la cara entumecida, como si tuviera el tétanos.

—¿Queréis entrar, hijos de puta? ¡Pues venga, entrad! —gritaba.

Los periodistas se miraron entre sí antes de avanzar con cautela hacia la casa. Creían que había gato encerrado. Pero no. Sólo un hombre al borde de un ataque de nervios.

—Aquí. Haced una foto de esto —dijo mi padre, abriendo los armarios de la cocina.

Rompió las tablas del suelo. Los condujo hasta nuestro dormitorio. Allí les metió unos calzoncillos de Terry en las narices.

—¡Oledlos! ¡Oledlos!

Lo revolvió todo.

—Os enseñaré de dónde ha salido. —Mi padre se desabrochó la bragueta, se sacó el pene y lo meneó—. ¡Aquí, gusanos! ¡Era un espermatozoide delincuente! ¡Ganó a los otros para llegar al óvulo! ¡Salió de aquí! ¡Filmadlo! ¡Filmadlo, sucios parásitos!

Los periodistas reían a carcajadas mientras mi madre los perseguía por la casa. Pero no querían irse. Se lo estaban pasando en grande, muriéndose de risa. La ebria desesperación de ese hombre era lo mejor que habían visto en siglos. ¿No veían llorar a mi madre? ¡Oh, sí!, claro que lo veían; lo veían a través del zum.

Cuando conseguimos echarlos, intenté hablar razonablemente con ellos en el césped de la entrada.

—Largaos de aquí, por favor —les supliqué.

—¿Dónde está tu hermano? —preguntaron.

—¡Ahí! —grité, señalando detrás de ellos. Se volvieron rápidamente, como unos bobos. Cuando se volvieron de nuevo hacia mí, les dije—: Os he hecho mirar.

Una victoria insignificante.

No había mentido a Caroline. Durante todo ese tiempo, no había tenido noticias de Terry o de Harry y ni siquiera había conseguido llegar a su escondrijo suburbano. Me sentía desconectado, y mi curiosidad natural me reconcomía. Estaba harto de depender de la información sesgada de los periódicos y de cotilleos de la radio. Quería la primicia desde dentro. Supongo que también había una parte de mí que quería tomar parte, si no en los asesinatos en sí, al menos como testigo. Hasta entonces, todo lo que le había pasado a Terry me había incluido de un modo u otro. Yo quería volver a eso. Sabía que, en cuanto entrase en su mundo, mi vida cambiaría para siempre.

Y tenía razón.

Había llegado el momento de intentarlo de nuevo. No podía dar por supuesto que la policía se había cansado de vigilarme. Pasé la tarde en una pista laberíntica del bosque, luego seguí a pie hasta un amplio claro, volviéndome cada pocos minutos para comprobar si me seguían. Nada. Nadie. Sólo para asegurarme, caminé los ochos kilómetros que había hasta la siguiente ciudad y subí al autobús desde allí.

Me sorprendió ver que el jardín delantero de la guarida suburbana había perdido su aspecto inmaculado. La ranchera había desaparecido. Las persianas estaban bajadas. Parecía como si la agradable familia normal a la que habían estado imitando pasara por una mala racha.

La puerta se abrió en cuanto enfilé el camino de entrada. Harry me habría estado observando por la ventana.

—¡Rápido! ¡Adentro! ¡Adentro!

Me apresuré al interior, y Harry cerró con cerrojo en cuanto entré.

—¿Está aquí? —pregunté.

—¡No, no está, y mejor que no ponga un pie en mi perímetro si no quiere acabar con una bala en la cabeza!

Seguí a Harry a la sala, donde se dejó caer en el sofá. Yo también me dejé caer.

—Marty, tu hermano es un captador de atención. No puedo detenerlo. ¡La cooperativa está acabada! ¡Es un desastre! ¡Mi sueño! Todo el asunto ha fracasado por completo. Terry lo ha jodido. Quiere ser famoso, ¿verdad? Ha dado la espalda a todos mis consejos. Creía que era como un hijo para mí. Pero ningún hijo mío me mearía en la cara como lo ha hecho él. Bueno, yo no tengo hijos, pero ¡si los tienes, no esperas una lluvia dorada! Los primeros años, vale, pero luego bajas la guardia. ¡Y fíjate por qué lo ha jodido todo! ¡Ataca a deportistas, futbolistas, corredores de apuestas! ¡Ni siquiera les roba, sólo se los carga sin motivo alguno! ¡Pero si no hay dinero en eso! ¿Y sabes qué? ¿Has leído los periódicos? ¡El mundo cree que es su banda! No la mía, la suya. Pues bien, no es suya. ¡Es mía! ¡Mía, maldita sea! Vale, reconozco que yo quería que fuésemos anónimos; pero tenemos que serlo todos y, si no podemos, ¡quiero el reconocimiento que merezco! Ahora es demasiado tarde. Terry me hace sombra. ¡Y criminales que conozco desde hace cincuenta años creen que trabajo para él! ¿No es eso una bofetada en plena cara? ¡Qué vergüenza! Pero tengo un plan. Y necesito tu ayuda. Ven, quiero enseñarte algo.

Harry se puso en pie y cojeó en dirección a su dormitorio. Yo lo seguí. Era la primera vez que entraba en el dormitorio de

Harry. Salvo por la cama, no había nada allí. Nada en absoluto. Era anónimo hasta en su propia habitación.

Extendió el brazo bajo la cama y sacó un grueso taco de papel.

—Pensé que tal vez la anónima cooperativa democrática del crimen sería un regalo singular que ofrecer al mundo. Pero ahora veo que estaba condenada al fracaso desde el principio. Nunca iba a funcionar. La naturaleza humana es así. La gente cree que necesita fama para crecer. Nadie soporta el anonimato. Así que aquí está el Plan B, algo de reserva en lo que llevo diez años trabajando. Es algo nunca visto. No se le ha ocurrido a nadie más. Éste será mi legado. Así de simple, Marty, pero necesito ayuda. No puedo hacerlo solo. Y aquí es donde entras tú.

Me golpeó en el pecho con un mazo de páginas.

—¿Qué es esto?

—Esto, muchacho, es mi obra. ¡Un manual para criminales! Todo lo que he aprendido está escrito aquí. ¡Va a ser un libro! ¡Un libro de texto! ¡He escrito el libro de texto del crimen! ¡La obra definitiva!

Sujeté el montón de hojas manuscritas y escogí una página al azar.

Secuestro

Como los medios de comunicación se interesen por la historia, te habrás metido en un buen lío si no has elegido bien a tu víctima. Nunca escojas a alguien joven y atractivo, lo último que necesita un secuestrador es la indignación del público...

... encuentra un sitio adecuado para esconder a tus víctimas... no caigas en la tentación de utilizar habitaciones de hotel o de motel, por si la víctima escapa el tiempo suficiente para llamar al servicio de habitaciones o pedir toallas limpias.

—Como verás, Marty, necesito ampliar estas ideas y ordenarlas en capítulos...

Saqué otra página.

El incendio provocado y tú

A todo el mundo le gusta contemplar un incendio, incluso a ti. ¡Evita esa tentación! Después de haber incendiado un edificio, no te asomes a la esquina para admirar las llamas... Es una trampa habitual... a la mayoría de los pirómanos los atrapan a escasos metros de la escena del crimen y la policía siempre está atenta, en busca de personajes sospechosos que merodeen entre los transeúntes diciendo: «Menudo incendio, ¿eh?»

Su obra maestra estaba escrita en retazos de papel, al dorso de recetas, en servilletas, toallitas, periódicos, papel higiénico y cientos de hojas sueltas, montones de ellas. Había instrucciones, diagramas, organigramas, ideas, reflexiones, máximas y aforismos de todos los aspectos posibles de la vida criminal. Cada idea tenía un título subrayado, que era el único indicio de cómo sacar cierto orden del caos.

Robo domiciliario

No entres en una casa a menos que estés seguro de que el residente no ha salido sólo a por un cartón de leche... sé rápido... no te pares a curiosear en las estanterías...

—Ya sé que hay innumerables libros publicados sobre el mundo del crimen, pero son estudios sociológicos o se han escrito para ayudar a los criminólogos y a la policía. Nadie ha escrito un libro por y para los criminales. —Embutió los papeles en una cartera marrón y la meció como si fuera un bebé—. Te confío esto.

Acepté la cartera. Era pesada, el peso del sentido de la vida de Harry.

—No lo hago por dinero, así que repartiré contigo los beneficios al cincuenta por ciento exacto, mitad para mí, mitad para ti.

—No sé si quiero hacer esto, Harry.

—¿A quién le importa lo que quieras? ¡Tengo un montón de

conocimientos que impartir! ¡Y tengo que ofrecérselos al mundo antes de morir! De lo contrario, ¡mi vida habrá existido para nada! Si es en dinero en lo que estás pensando, olvídate del cincuenta por ciento. ¡Quédatelo todo! ¡No me importa! De verdad. Mira.

Harry corrió a la cama, agarró una almohada y la agitó hasta que el dinero cayó de la funda, desparramándose por el suelo. Con su pierna buena, se agachó y saltó por la habitación, lanzando el dinero por los aires.

—¿Quieres pasta? ¿Quieres mi camisa? ¿Quieres mi corazón? Dímelo. Y es tuyo. Pero, por amor de Dios, ¡ayúdame! ¡Ayúdame! ¡AYÚDAME!

Me arrojó el dinero a la cara. ¿Cómo podía negarme a lo que me pedía? Cogí el dinero y su obra, aunque pensé: «Siempre estoy a tiempo de cambiar de opinión.»

Esa noche, en el cobertizo de mi padre, estudié asombrado los garabatos de Harry. Algunas de sus notas eran cortas y parecían estar pensadas para imbéciles.

Robo de automóviles

Si sólo sabes conducir coches automáticos, no robes coches de cambio manual.

Otras eran más profundas y no se centraban únicamente en cómo perpetrar el crimen, sino que incluían detalles psicológicos de la supuesta víctima.

Atracos

¡Estate preparado! Pese a lo que nos dice el sentido común, la gente sí arriesgará su vida para perseguir los dos dólares de sus carteras o bolsos... y si el atraco tiene lugar a plena luz del día, se enfurecen mucho más... la audacia de un criminal que roba cuando el sol está en lo alto del cielo les resulta tan irritante que correrán a por ti como el héroe de una película de acción, aunque tengas un cuchillo o una pistola... Asimismo, parece que el follón de cancelar una tarjeta de crédito o la idea de tener que solicitar un nuevo carné de conducir son tan insoportables para la mayoría del público en general, que se muestra más que dispuesto a morir con tal de evitarlo... para ellos, una agónica muerte lenta por herida de arma blanca es infinitamente preferible a tratar con la burocracia o con Tráfico... por eso es necesario estar tan en forma como un corredor de fondo.

O era una porquería o era genial, pero no podía decidirme. Me levanté de la mesa con la intención de hacer una pausa, pero me descubrí de pie, inclinado sobre las notas de Harry, leyendo febrilmente. Había algo en su demencia que me cautivaba. Parecía formarse una pauta: mi padre construyó una cárcel; Terry se convirtió en un criminal influido por un preso al que conoció en la prisión construida por mi padre. ¿Y yo? Tal vez éste fuera mi papel. Quizás este libro fuese algo a lo que finalmente consagrar mi vida, algo que llevarme al frío y abandonado horno de la muerte. No podía alejarme de él. Las páginas me atraían como el resplandor de una moneda en el fondo de una piscina. Sabía que tenía que zambullirme para ver si la moneda tenía valor o si sólo era un poco de papel de aluminio arrastrado por el viento.

Encendí un cigarrillo y contemplé el cielo desde la puerta del cobertizo. Era una noche oscura con sólo tres estrellas visibles, y no eran las de siempre. Me metí la mano en el bolsillo y toqué los arrugados fajos de dinero. Después de lo que había sermoneado a Terry sobre el crimen, ¿cómo podía hacer esto? ¿No me convertiría en un hipócrita? ¿Y qué, si así era? ¿Tan terrible es ser hipócrita? ¿Acaso la hipocresía no demuestra la flexibilidad de una persona? Si permaneces fiel a tus principios, ¿no implica eso que eres rígido y cerrado de mente? Sí, tengo principios, ¿y qué? ¿Significa eso que tengo que vivir siguiéndolos al pie de la letra? Elegí los principios de forma inconsciente para que guiasen mi conducta, pero ¿no puede una persona imponer su mente consciente para neutralizar la inconsciente? Y, además, ¿quién manda aquí? ¿Debo confiar en que mi joven yo dicte los criterios de mi conducta el resto de mi vida? ¿Y no podría equivocarme en todo? ¿Por qué debería atarme a las cavilaciones de mi cerebro? ¿Y no estoy racionalizando en este preciso instante porque quiero el dinero? Pero ¿por qué no debería racionalizar? ¿Acaso no es poseer una mente racional un beneficio de la evolución? ¿No sería más feliz el pollo si también la tuviese? Entonces podría decir a la humanidad: «¿Os importaría dejar de cortarme la cabeza para ver si corro sin ella? ¿Durante cuánto tiempo os va a divertir eso?»

Me froté la cabeza. Notaba que me venía una migraña existencial, una de las buenas.

Salí a pasear por la calle oscura que llevaba al pueblo. Con su reciente fama, Terry había dado un rostro al mundo del crimen. Con este libro, Harry y yo le daríamos un cerebro. Era agradable sentirse parte de algo mayor que uno mismo. Las luces del pueblo se apagaron, una a una. Podía ver la silueta de la prisión en lo alto de la colina. Se cernía grande y grotesca, como la enorme cabeza de piedra de un dios, muerto largo tiempo atrás, erosionándose en un acantilado. Dije en voz alta:

—¿Por qué no puedo hacer lo que quiero? ¿Qué me detiene?

Sentí un nudo en la garganta del tamaño de un puño. Era la primera vez que me cuestionaba tan rigurosamente y parecía como si las preguntas las formulase alguien mucho mayor que yo.

Continué hablando en alto:

—Las personas confían demasiado en sí mismas. Dejan que lo que toman por verdad gobierne sus vidas, y si yo pretendo encontrar una forma de vivir que me permita controlar mi vida, en realidad pierdo el control, porque lo que he decidido, mi verdad, se convierte en el gobernante y yo en su súbdito. ¿Y cómo voy a ser libre para evolucionar si me someto a un gobernante, incluso aunque ése sea yo?

Me asustaban mis propias palabras, porque empezaba a asimilar sus implicaciones.

—Ausencia de ley y de rumbo, caos, confusión, contusión —le dije a nadie, a la noche. Hablaba conmigo mismo en círculos. Me iba a estallar la cabeza. Tenía en mente esa clase de pensamientos que hacen que una cabeza estalle.

De pronto, con una claridad cegadora, supe que Harry era un genio. Un profeta, quizás incluso un mártir; eso se decidiría después, según la naturaleza de su muerte. Harry era innovador. Por eso me había elegido a mí para que bajase sus absurdas tablas de la montaña. Me enseñaba el camino. Por ejemplo, me enseñaba que no hay que ser un dios para innovar, crear, invertir, destruir, aplastar e inspirar; un hombre puede hacer el trabajo igual de bien, y a su ritmo. No en seis días, como Ya-sabes-quién. No tiene que ser un trabajo rápido. Y, aunque al final de mis esfuerzos, acabase sólo inspirando odio o indiferencia, supe ahí y entonces que era mi deber intentarlo, porque era mi despertar y de eso tratan los despertares: de levantarse. De nada sirve despertar y luego apretar el botón de repetición y volverse a dormir.

Éstas eran grandes ideas, realmente obesas. Encontré un cigarrillo a medio fumar en el suelo. Lo recogí. Lo sentí intensamente en la mano, como si fuera una antorcha olímpica. Lo encendí y me paseé por el pueblo. Hacía frío. Golpeé los pies contra el suelo y me metí las manos bajo los sobacos para mantener el calor. Este libro de Harry era el pequeño primer paso de una revolución sin nombre, y yo había sido elegido por la excelencia de mi mente. Quería elogiarme sin culpabilidad. Quería besar mi propio cerebro. Me sentía como si tuviera mil años. Me sentía más viejo que la Tierra. Estaba abrumado por la fuerza y el poder de las palabras y las ideas. Primero pensé en mi primer padre, el número uno. Allí en Polonia, y pensé en su insensatez: morir por un dios. Qué razón más estúpida para morir: ¡por un dios, un cochino dios! Le grité a un árbol:

—¡Quiero morir porque soy una criatura con fecha de caducidad! ¡Quiero morir porque soy un hombre, y eso es lo que hacen los hombres: se desmoronan, se descomponen, desaparecen! —Seguí caminando, maldiciendo la ciega estupidez de mi padre. Y grité otra vez—: ¡Morir por una idea! ¡Tragarse una bala por una deidad! ¡Menudo idiota!

Nuestro pueblo sólo tenía farolas en la calle principal; las carreteras de entrada y salida se dejaban a merced de la luna y las estrellas y, cuando no había ni la una ni las otras, la oscuridad era absoluta. El viento del oeste agitaba los árboles. Me di rigí a una casa, me senté en la veranda y esperé. ¿A qué? No a qué: a quién. Estaba en casa de Caroline. De pronto comprendí que los románticos son unos gilipollas. No hay nada maravilloso o interesante en el amor no correspondido. Creo que es una mierda, una pura mierda. Amar a alguien que no corresponde a tus afectos quizá sea excitante en los libros, pero en la vida es insoportablemente aburrido. Te diré lo que es excitante: noches tórridas y apasionadas. Pero estar sentado en la veranda de la casa de una mujer dormida que no sueña contigo es aburrido y triste.

Esperaba que Caroline despertara, saliese a la veranda y me rodeara con sus brazos. Creí que el poder de mi mente era tan intenso que podía despertarla de su sueño y atraerla a la ventana. Le contaría mis ideas y ella por fin sabría quién era yo. Creía ser tan bueno como mi mente y que ella se quedaría prendada de ambos; olvidé por completo mi cara y mi cuerpo, que no eran tan excitantes. Me acerqué a una ventana, vi mi reflejo y cambié de idea. Me alejé y volví a casa. ¡Ése fue mi despertar, Jasper! Harry, el pobre Harry, era sumamente importante para mí: una mente desbocada. Hasta que lo encontré, todas las mentes que conocía estaban atadas y bien atadas. La libertad de la mente de Harry era vivificante. Era una mente consecuente consigo misma, que seguía su propia corriente. Nunca antes me había encontrado con una mente independiente del tiempo, impermeable a todo lo que la rodeaba.

Volví a casa y hojeé de nuevo las notas de Harry. ¡Eran exageradamente estúpidas! Aquel libro, el manual para criminales, era una aberración. No debería existir. No podía existir. Por eso tenía que ayudarlo a hacerlo realidad. ¡Tenía que hacerlo! Dividí el libro en dos apartados principales: Crimen y Castigo. Luego, dentro de cada apartado, puse capítulos, un índice y añadí notas a pie de página, como en un libro de texto de verdad. Fui totalmente fiel a las notas de Harry. De vez en cuando, mientras las mecanografiaba, topaba con un párrafo que me hacía reír en alto, una buena carcajada. ¡Me parecía genial! ¡Sus palabras eran impresionantes! Se me quedaron grabadas en el cerebro.

De los robos a domicilio

Una vez dentro, sé rápido y metódico. Lleva guantes y déjatelos puestos. No te los quites bajo ningún concepto. Te sorprendería saber cuántos cacos se quitan los guantes para hurgarse la nariz. Nunca me cansaré de repetirlo: ¡no dejes huellas por ninguna parte! ¡Ni siquiera en tu nariz!

Lo mecanografié todo, palabra por palabra. No me dejé nada. Lo hice todo sin dormir. Una corriente eléctrica me recorría el cuerpo; no podía apagarla. Aquí hay otro que recuerdo:

Del soborno

Para sobornar a agentes de policía, una técnica habitual es dejar el dinero en el suelo, frente al agente en cuestión, y decir con tono casual: «¿Se te ha caído esto?» Es una técnica arriesgada, dada la posibilidad de que el agente responda: «¡Sí, gracias!», y te arreste después de agenciarse el dinero. Aunque no hay una técnica de soborno garantizada, yo recomiendo decir sin más: «A ver, ¿aceptas sobornos o qué?» De este modo, si no los acepta y te acusa de intento de soborno a un policía, puedes defenderte explicando que en realidad nunca ofreciste un soborno, sino que investigabas la honradez de la persona que te arrestaba, simplemente por si era un caso de hipocresía.

Su lógica era infalible. Me partía de risa hasta con los encabezamientos de los capítulos:

Crímenes sin motivo: ¿Por qué?
Robo a mano armada: Risas al salir del banco.
Crimen y moda: El pasamontañas nunca muere.
La policía y tú: Cómo identificar a un poli corrupto por sus zapatos.

En el capítulo titulado «Carterismo: Un crimen íntimo», había una línea que decía: «Una cremallera no es un bolsillo. ¡Retira la mano enseguida!» ¿Alguien podía discutírselo? No, nadie. Y recuerdo otros encabezamientos:

Agresión: Magullar a los enemigos.
Incriminar: Cargar el muerto a los amigos.
Homicidio involuntario: ¡Huy!
Evitar la detención: Camina, no corras.
Amor: El verdadero confidente.
Crímenes pasionales: Asesinato impulsivo.
Crímenes perversos: Sólo para amantes.

Era un tomo exhaustivo. No se dejaba nada. Ningún crimen era demasiado pequeño, ni siquiera los tratados en el Capítulo 13: «Faltas leves y otras fechorías sin ánimo de lucro: cruzar el semáforo en rojo, vagabundear, pintar grafitis, tirar basura, robar coches para dar una vuelta y practicar nudismo.» Cuando Harry dijo que ésta sería la obra definitiva, ¡iba en serio!

Salí de casa al amanecer; la cabeza me hervía de preguntas. ¿Conseguiría Harry publicar esa locura de libro? ¿Quién se lo publicaría? ¿Cómo reaccionaría el público?

Cuando salí al exterior, vi que una hoguera humeaba en la fría mañana y, junto a ella, cuatro periodistas dormían acampados bajo los árboles. ¿Cuándo habían llegado? Sentí un escalofrío. Su presencia significaba una de sólo tres posibilidades: o Terry había cometido otro crimen o lo habían arrestado o había muerto. Quería despertarles y preguntar cuál de ellas era la buena, pero no me atreví, no cuando iba a encontrarme con Harry (un fugitivo menor, sin duda, pero fugitivo a fin de cuentas). Dejé que los periodistas durmiesen, les deseé muchas pesadillas y fui andando a la parada de autobús.

Oí pasos a mi espalda. Hice una mueca, esperando que fuera la policía o una bandada de periodistas. No era ni lo uno ni lo otro. Era mi madre, con su bata beige y los pies descalzos. Tenía aspecto de no haber dormido en décadas. También había pasado sin alertar a los periodistas.

—¿Adónde vas a estas horas de la mañana? ¿A ver a Terry?

—No, mamá, no sé dónde está.

Me agarró del brazo. Vi algo terrible en sus ojos. Parecía que había estado llorando, vaciando el cuerpo de sal y otros minerales esenciales. Los efectos de la enfermedad se hacían notar. Ya estaba más delgada, era una anciana. Dijo con gravedad:

—Ha habido otro ataque. Lo han dicho en la radio. A otro jugador de críquet; lo han encontrado con la cabeza machacada y una pelota de críquet metida en la boca. Dicen que lo ha hecho tu hermano. ¿Por qué, por qué dicen que lo ha hecho él?

—Porque probablemente lo ha hecho.

Me cruzó la cara de una bofetada.

—¡No digas eso! ¡Es mentira! ¡Encuentra a Terry y dile que vaya a la policía! Esconderse lo hace parecer culpable.

Llegó el autobús, y ella seguía balbuceando histéricamente:

—¡Y si no puedes encontrar a Terry, encuentra a ese doble, por Dios!

Subí al autobús y encontré un sitio. Mientras nos alejábamos, miré a mi madre por la ventanilla. Tenía una mano apoyada en un árbol y con la otra se quitaba gravilla de la planta del pie.

Cuando llegué a casa de Harry, lo encontré mirándome encolerizado por la ventana. Al entrar, tuve que resistir el impulso de abrazarlo.

—¿Qué haces aquí? —me gritó en la cara—. ¡Esperaba no verte hasta que terminases! Has cambiado de idea, ¿verdad? ¡Cabrón! ¡Traidor! ¡Has tenido un ataque de conciencia! ¿Por qué no sales de aquí y te vas a un monasterio, maldito hipócrita?

Aguantándome la risa, saqué el manuscrito de la mochila marrón y lo agité ante sus narices. Abrió los ojos como platos:

—¿Esto es...?

No pude aguantar la risa por más tiempo. Dejé que explotara.

—¿Tan rápido? —preguntó.

—Tenía grandes palabras con las que trabajar.

Harry se abalanzó sobre el manuscrito y pasó las páginas con impaciencia. Cuando llegó al final, volvió a la primera página. Me quedé allí de pie hasta que comprendí que se lo iba a leer de cabo a rabo. Entonces me dirigí al patio trasero, bañado por el sol. La piscina era ahora un enorme pantano fétido. El césped estaba abandonado y lleno de hierbajos. La estructura metálica de las tumbonas era ahora marrón, debido al óxido. Me eché en una y miré al cielo. Lo cruzaban nubes con forma de barrigas embarazadas. Se me cerraron los ojos y, lánguidamente, me fui quedando dormido. Entre el sueño y la vigilia, creí ver a Terry escondido en una de las nubes. Vi que se tapaba la cara con un velo suave y esponjoso cada vez que pasaba un avión. Después, caí en un profundo sueño.

Desperté empapado en sudor. Tenía el sol encima. Parpadeando entre la intensa luz, vislumbré la cabeza de Harry. Parecía enorme. Cuando quedó en la sombra, vi que me sonreía. Se sentó al borde de mi tumbona y me inmovilizó con un fuerte abrazo, cubriéndome de besos. Hasta me besó en la boca, lo cual fue repugnante, pero me lo tomé como se merecía la ocasión.

—Me has hecho un favor maravilloso, Martin. Jamás lo olvidaré.

—Ha habido otro ataque.

—Ya, lo he oído en la radio. Estúpido cabrón.

—¿Has sabido de él? ¿Se te ocurre dónde puede estar?

Harry negó con tristeza:

—Se ha convertido en toda una celebridad. No podrá evitar a la pasma mucho más tiempo. Las caras famosas son unos pésimos fugitivos.

—¿Crees que, si lo atrapan, se rendirá sin oponer resistencia?

—No es muy probable —respondió, acariciando su manuscrito como si fuera un muslo—. Vamos. Consigamos nosotros algo de fama por nuestra cuenta.

Encontrar a un editor no iba a ser tarea fácil, y no sólo por el arriesgado contenido del libro. Harry era un fugitivo. Si iba a un editor con el nombre de Harry estampado en todo el manuscrito, podíamos conseguir algo más que una simple negativa. Tal vez alguno de los editores llamase a la policía. ¡Una respuesta negativa por partida doble! Tras mucho discutir, logré persuadir a Harry de que debíamos mantener su identidad en secreto hasta el último momento; ocultaríamos el nombre del autor hasta que el libro fuese a imprenta. Pero Harry se empeñó en venir conmigo para elegir la editorial más digna para su volumen. Parecía imposible. Era un hombre buscado por la policía; no al nivel de Terry, pero la policía no se olvida de buscar criminales sólo porque la prensa no los adora. Para colmo, la pierna de Harry había empeorado tanto que apenas podía caminar. Pero, por desgracia, nada de lo que dije logró disuadirlo de llevar su legado personalmente a imprenta. Era todo demasiado vital para dejarlo en mis manos inexpertas.

Salimos el día siguiente. Con su cojera y su barba descuidada, parecía un marginado. Le sugerí que se afeitara y adoptara un aspecto más presentable, pero insistió en que los escritores siempre parecen excluidos sociales, por lo que nos convenía que tuviese un aspecto de mierda. Se puso un viejo abrigo pese al calor y ocultó una escopeta de cañones recortados en el bolsillo interior. No le dije nada.

—¡Vale, vámonos!

Le ofrecí mis servicios como muleta humana y apoyó todo su peso en mí, disculpándose profusamente. Sentía como si arrastrase un cadáver.

En el edificio de la primera editorial parecía que iban a cobrarte sólo por entrar y, dentro, el vestíbulo estaba lleno de espejos que te demostraban que eras un colgado. Subimos a la planta veinte, compartiendo el ascensor con dos trajes que tenían a dos hombres atrapados dentro. Las oficinas de la editorial abarcaban toda la planta. La coronilla de la cabeza de la recepcionista nos preguntó si teníamos cita. Lo poco que acertábamos a ver de su cara sonrió cruelmente cuando balbuceamos un no por respuesta.

—Bien, pues está demasiado ocupado para verlos hoy —dijo en un tono innegociable.

Harry entró en materia:

—Verás. Ésta es una de las oportunidades por la que os tiraréis de los pelos. Igual que ese editor que rechazó ese famoso libro que vendió la tira de ejemplares. ¿Cómo se llamaba ese libro, Martin? Ya sabes, ese que rechazaron y que después vendió la tira de ejemplares.

No lo sabía, pero pensé que lo mejor era seguirle la corriente. Participé nombrando el éxito de ventas de todos los tiempos.

—La Biblia, edición del rey Jacobo.

—Sí, por Dios, eso era. ¡La Biblia! La recepcionista no dejó pasar al apóstol, aunque tuviera una mina de oro en las manos.

—¡Oh, por el amor de Dios! —dijo la recepcionista, suspirando. Echó un vistazo a la agenda—: Tiene una cita a última hora y, si es breve, podrá verlos cinco minutos antes de marcharse a casa.

—Me parece bien, amable dama —dijo Harry, guiñándole el ojo.

Lo ayudé a sentarse en la sala de espera.

Esperamos.

Harry temblaba y había metido las manos hasta el fondo del abrigo, lo cual me puso nervioso, sabiendo lo que también había allí. Tenía los dientes apretados como si alguien le hubiese dicho que sonriera para una foto doce horas antes y aún no la hubiese tomado.

—¿Te encuentras bien? —le pregunté.

Era evidente que la paranoia estaba incendiando todos sus circuitos. Recorría la habitación con la mirada mientras el cuello mecía su cabeza del vestíbulo al pasillo. Hacia la hora del almuerzo, advertí que Harry se había metido los dedos en las orejas. Cuándo le pregunté por qué, él murmuró algo de un ruido. Yo no oía nada. Un segundo después, se produjo un fuerte estruendo. Me agaché y, por una de las puertas, vi a un joven que estaba acabando a patadas con la vida de una fotocopiadora. Miré a Harry con incredulidad y recordé de nuevo que, cuando Terry y yo fuimos por primera vez a la cárcel para conocerlo, Harry había mencionado algo de que la telepatía estaba muy desarrollada en los criminales profesionales. Nos había dicho que la paranoia a largo plazo procura a las personas cierto nivel de percepción extrasensorial o algo así. ¿Era cierto? Por entonces, no me lo había tomado en serio, pero ¿y ahora? No sabía qué pensar. Escruté el rostro de Harry. Él asintió con la cabeza presa de una satisfacción casi imperceptible.

A las cinco menos cinco pasamos al despacho del editor. Todo en él hacía que te sintieras pequeño e insignificante. Era un lugar espacioso y silencioso, tenía aire acondicionado y moqueta nueva y, en lugar de una ventana, había una pared de cristal que no podías abrir para lanzarte al vacío, aunque quisieras; como mucho, te permitía presionar la cara contra el cristal para que soñases con la caída. El editor nos miró con cara de que alguien le hubiese dicho que, si sonreía, perdería todo aquello por lo que tanto había trabajado.

—Habéis escrito un libro. Yo publico libros. Pensaréis que eso nos convierte en el matrimonio perfecto. Pues no es así. Tendréis que dejarme pasmado con lo que traéis, y no me pasmo con facilidad.

Harry pidió al editor que le echase un rápido vistazo mientras esperábamos. El editor rio sin sonreír. Harry le soltó el rollo de dejar pasar una oportunidad de oro que llegó directo al corazón del hombre, el que tenía en el bolsillo trasero. Abrió el manuscrito y lo hojeó, chasqueando la lengua como si llamase a su perro. Se puso en pie, se dirigió a la pared de cristal y leyó apoyado en ella. Me preocupó que el cristal se rompiera y lo mandase de cabeza a la calle. Tras un minuto, nos arrojó el manuscrito como si le estuviera ensuciando las manos.

—¿Es una broma?

—Le aseguro que no.

—Publicar esto sería un suicidio. Enseña a la gente a infringir la ley.

—¿Por qué me cuenta de qué va mi libro? —me preguntó Harry.

Me encogí de hombros.

—¡Largo de aquí, antes de que llame a la policía! —nos gritó el editor.

En el ascensor, de bajada, Harry temblaba de rabia.

—Ese hijo de puta... —masculló.

Me sentía igualmente afectado y no sabía mucho del mundo editorial, pero intenté explicarle que debíamos esperar algunas negativas.

—Es lo normal. Habría sido mucho pedir que lo aceptaran a la primera.

El ascensor se detuvo en la segunda planta.

—¿Por qué nos paramos? —aulló Harry.

Las puertas se abrieron y entró un hombre.

—¿No puedes bajar andando hasta el puto suelo? —gritó Harry, y el hombre consiguió salir de un brinco antes de que las puertas se cerrasen.

En la calle, era imposible encontrar taxi. No era nada recomendable demorarse en una calle como aquélla con un conocido fugitivo, pero ninguno de los dos parecía capaz de materializar un taxi sólo deseándolo.

—¡Nos la han jugado! —susurró.

—¿Qué?

—¡Vienen a por mí!

—¿Quién?

—¡Todos!

Estaba fuera de control. Intentaba esconderse detrás de mí, pero la gente lo rodeaba por todas partes. Daba vueltas alrededor de mi cuerpo como un tiburón. Sus histéricos intentos de pasar desapercibido llamaban demasiado la atención.

—¡Ahí! —gritó, empujándome a un taxi entre el tráfico. Los coches frenaron y pitaron mientras entrábamos.

Después de eso, me puse serio. Harry se quedaría en casa. Simplemente me negué a seguir ayudándole si insistía en acompañarme. Se resistió, pero débilmente. El último incidente había envejecido su rostro diecisiete años. Hasta él podía verlo.

Las semanas siguientes fueron una pesadilla. Fui de despacho en despacho de forma indistinta. Todos eran iguales. No lograba comprender lo silenciosos que eran. Los empleados hablaban entre susurros y, por el modo en que se movían de puntillas, uno creería haber entrado en un templo sagrado de no ser por los teléfonos. Todas las recepcionistas tenían la misma sonrisa condescendiente. Muchas veces me sentaba en la sala de espera con otros escritores. También ellos eran iguales. Todos emanaban miedo y desesperación, y parecían tan hambrientos que habrían renunciado a los derechos de sus hijos por una pastilla para la tos, los pobres desgraciados.

En una de las editoriales, donde esperé todo el día durante dos días seguidos y ni siquiera se me concedió una audiencia con el rey, un escritor y yo intercambiamos manuscritos para pasar el tiempo. El suyo transcurría en un pequeña población rural y trataba de un médico y una maestra embarazada que se cruzaban cada día en la calle pero eran demasiado introvertidos para saludarse. Era ilegible, casi todo descripción. Me animé cuando, en la página 85, se dignó a incluir un poco de diálogo entre los personajes. Costaba muchísimo leer su novela, pero como estaba sentado a mi lado tuve que persistir, por educación. De vez en cuando nos mirábamos, para ver cómo le iba al otro. Finalmente, hacia la hora del almuerzo, se volvió y me dijo:

—Éste es un libro peculiar. ¿Es una sátira?

—Para nada. El tuyo también es interesante. ¿Los personajes son mudos?

—¡Para nada!

Nos devolvimos los manuscritos y ambos miramos nuestros relojes.

Cada mañana soportaba el trayecto de cuatro horas en autobús hasta Sydney, donde pasaba el día de editor en editor. Casi todos se me reían en la cara. Un tipo tuvo que salir de detrás de su escritorio para hacerlo, porque mi cara le quedaba demasiado lejos. Era desalentador. Además, a los editores no les gustaba mi idea de mantener en secreto el nombre del autor hasta que el libro llegase a imprenta. Les hacía desconfiar. Muchos creían que se trataba de un complot para llenarlos de mierda. En la vida me encontré con un grupo tan asqueroso de mercaderes paranoicos, necios y faltos de imaginación. Los que se tomaron el manuscrito en serio, que no pensaron que era un engaño, una broma o una conspiración, me dedicaron los peores insultos posibles. Opinaban que el libro era una aberración y que yo era un anarquista irresponsable y peligroso por intentar venderlo de puerta en puerta. Antes de que me echaran a la calle, todos dijeron lo mismo: que este libro jamás se publicaría, no mientras ellos vivieran. Supongo que se referían a que, una vez muertos, por lo que a ellos respectaba el mundo podía escurrirse por el retrete.

Harry lo llevaba mal. Le daban ataques, me acusaba de holgazán o de sabotear las reuniones con mi ineptitud. Y eso dolía. Yo me deslomaba para vender aquel libro suyo, pero era el libro lo que no les gustaba, no yo. Después de la décima negativa, empezó a maldecir a la industria editorial australiana en lugar de a mí.

—Quizá tengamos que llevarnos esto a Estados Unidos. Ahora allí hay mucha libertad de expresión. Tienen una cosa llamada «derecho a la libertad de prensa», y enmiendas para que se cumpla. Se fomenta la aparición de nuevas ideas. Aquí la industria está más rancia que un pan de una semana. Este país es tan jodidamente conservador que da ganas de vomitar. Es un milagro que alguien consiga que le publiquen algo. Tenía su parte de razón. Quizá los editores locales sólo estuvieran asustados. Empezó a hablar de comprarme un billete de avión a Nueva York, pero le quité esa idea de la cabeza lo mejor que pude. No quería ir a Nueva York. No podía dejar a mi madre enferma ni a Terry, dondequiera que estuviese. Tenía el convencimiento de que algún día, muy pronto, Terry iba a necesitarme, tal vez para que le salvase la vida. Debía quedarme.

Caroline no se sentía en la obligación de hacerlo. Ella y Lionel llamaron a mi puerta en la semioscuridad del crepúsculo para despedirse. Habían vendido la casa y se marchaban. Lionel me dio un abrazo, mientras Caroline meneaba la cabeza:

—No voy a quedarme para ver cómo matan a Terry.

—Nadie te pide que lo hagas —repliqué, aunque pensara lo contrario.

Empezó a lloviznar. Ella también me abrazó, si bien no era la clase de caricia que yo necesitaba; y, mientras la veía guiar a su padre ciego en la noche, me sentí como si hubiera renunciado a mi humanidad. Grité «¡Adiós!» cuando desapareció en la oscuridad, pero fue como si dijera «¡Adelante! De todas formas, no soy un hombre. No hay nada humano en mí, así que vete».

Al cabo de una semana, miraba la tele en casa de Harry cuando llamó Terry. Después de echarle una buena bronca, Harry me arrojó el teléfono.

—¿Cómo lo llevas? —pregunté frenéticamente—. Dicen que te han disparado.

—¡En el tobillo! ¿Quién dispara al tobillo? Oye, no te preocupes por mí, tío. Tengo un pajarito que hace maravillas con el yodo. Estoy cansado, eso es todo. Por lo demás, estoy bien.

—Eres famoso.

—¿No es increíble?

—Eso va a hacer que te trinquen.

—Lo sé.

—¿Y qué piensas hacer?

—Mira, puede que empezara esto sin pensarlo demasiado, pero enseguida comprendí que estaba haciendo algo que creo importante. Ahora todos se portan bien. Nadie hace trampas. Nadie juega sucio. Nadie tima a nadie. Nadie exprime a nadie. El deporte se está reformando. Todos se toman la ética en serio.

—¿Cómo puedes hablar de ética? ¡Eres un asesino a sangre fría! Pienso que deberías entregarte.

—¿Estás chalado? ¡Esto es lo que soy! ¡Por eso me pusieron aquí!

—Caroline vino a casa.

Terry respiró hondo. Oí que se desplazaba, que arrastraba una silla por el suelo. Luego lo oí sentarse.

—¿Dónde está? ¿Lo sabe? ¿Puedes darle un recado?

—Se ha vuelto a marchar.

Inspiró de nuevo, esta vez más hondo, y yo esperé treinta segundos hasta oír que soltaba el aire. Abrió una lata de algo y engulló quizá la mitad del contenido, por el ruido que hizo. Seguía sin hablar. La ausencia de Caroline parecía pesar más en nosotros que el asesinato.

—Entonces, ¿vas a parar ya, o no? —pregunté.

—Mira, Marty, algún día entenderás todo esto. El día que creas en algo. Vaya, tengo que colgar. Ha llegado la pizza.

—Oye, yo creo en...

Clic.

Colgué el teléfono y di una patada a la pared. Es normal pensar que las leyes de la física no se aplican si estás enfadado, que el pie furioso atravesará el ladrillo. Mientras atendía mis dedos malheridos, me sentía de lo más agitado. La profunda satisfacción de la voz de Terry había bastado para ponerme de los nervios. No me había dejado contar que también yo había encontrado en qué creer. Yo también hacía algo importante: Terry no sabía que me había sentido irresistiblemente atraído por el libro de Harry y que estaba desempeñando un papel decisivo para conseguir que lo publicaran. Bueno, ¿cómo iba a saberlo, si yo no conseguía que lo publicasen? ¿Y por qué no? Terry hacía todo lo posible por asesinar a esos deportistas; en cambio, ¿hacía yo todo lo posible por el libro? Empezó a reconcomerme la idea de que yo no podía darlo todo, seguir con absoluta devoción un camino del que no había vuelta atrás. Terry mostraba una implacabilidad y una obstinación absolutas en la consecución de su objetivo, y yo necesitaba aplicar la misma obstinación implacable para seguir mi camino; de lo contrario, no sería más que otro hipócrita inútil y asustado, reacio a arriesgarse por su causa.

Tomé una decisión innovadora.

Si el siguiente editor rechazaba el libro, sencillamente no aceptaría su negativa. Rechazaría su rechazo. No aceptaría un no por respuesta. No aceptaría un nunca por respuesta. Exigiría que lo publicara y, si eso implicaba retenerlo como rehén hasta que el libro estuviese en las librerías, lo retendría. Me sería bastante fácil hacerme con un arma. Sólo tenía que abrir un armario de la cocina o meter la mano hasta el fondo del azucarero para encontrar una semiautomática en casa de Harry. Claro que despreciaba las armas y todo el bagaje que las acompañaba, como heridas de bala y muerte, pero, por otra parte, me gustaba la idea de incumplir otro de los Diez Mandamientos, sobre todo porque tampoco honraba a mi padre. No podían obligarme a sufrir durante dos eternidades, ¿verdad?

Esa noche, antes de volver a casa, mientras Harry estaba inconsciente por el vodka y los somníferos, metí la mano hasta el fondo del azucarero. La pistola que había dentro salió cubierta de cristales pegajosos. Los limpié en una taza de té que luego me bebí. Noté el sabor a pistola.

Al día siguiente, salí de casa cuando aún estaba oscuro.

Terry llevaba al menos una semana sin hablarle al mundo y no había periodistas acampados en nuestro jardín, aunque sus colillas estaban empapadas de rocío. Me desplacé en autobús hasta la ciudad. Las oficinas del siguiente editor de la lista estaban frente a la Estación Central. Antes de entrar, estudié los horarios de los trenes, por si necesitaba huir apresuradamente. Salía un tren u otro cada tres minutos, si no era muy exigente con el destino. Compré un montón de billetes, accesos a todas partes.

En el vestíbulo había una pizarra detrás de un cristal donde figuraban los residentes del edificio en letras blancas. Allí, en la cuarta planta, estaba el nombre de mi última esperanza. «Publicaci nes Strangeways.» Faltaba la «o». No era difícil ver por qué. En la sexta planta había una empresa llamada Cooperativa «Textil Voodoo» y, en la segunda, residía otra compañía llamada «¡Ooooh! Quitamanchas S. A.».

Subí en ascensor a la cuarta planta. Había un aseo al final del pasillo. Entré e incliné la cabeza sobre la taza durante unos veinte minutos, planeando la estrategia, antes de volver al pasillo y encaminarme a la puerta de Publicaciones Strangeways. Antes de llamar, metí la mano en mi mochila. La pistola seguía allí, pero el azúcar había desaparecido. Ya no había nada dulce en ella.

Llamé. Oí una voz que decía: «¡Adelante!»

Un hombre leía, sentado detrás de una mesa. Sin alzar la vista, me indicó que tomara asiento. Yo estaba demasiado nervioso para sentarme. Las rodillas no se me doblaban. Estaban rígidas. Eché un vistazo a la oficina. No era mayor que un armario y estaba hecha una pocilga. Había periódicos apilados en el suelo que llegaban hasta el techo. Una montaña de ropa y una maleta marrón ocupaban un rincón de la oficina. La ventana estaba cerrada y faltaba aire. El editor rondaba los cuarenta. Lo que leía le hacía sonreír como una cabra senil. Había un cepillo de dientes y un cuenco blanco lleno de agua verde en la mesa. El cepillo me dio náuseas. Tenía un pelo.

—¿En qué puedo ayudarlo? —preguntó, alzando la vista.

Metí la mano en la mochila, rocé la pistola y saqué el manuscrito. Lo dejé caer sobre su mesa y solté el cuento de siempre. El autor, dije, que por ahora debía permanecer anónimo, buscaba el editor adecuado para su innovadora obra maestra y, dada la naturaleza sensible de su tema, no podía dejarle el manuscrito; pero, si tenía curiosidad y no quería perder la mejor oportunidad de su vida, debía echarle un vistazo ahora, mientras yo esperaba. Había soltado el discurso tantas veces que lo dije sin pensar. El editor me observó todo el tiempo con una mirada medio ebria esbozando una sonrisa de cabra vieja, como si pensara en pompas de jabón.

—Bien, pues entonces echémosle un vistazo, ¿no?

Pasó a la primera página. Por la ventana, a su espalda, vi un tren que entraba reptando en la estación. El editor pasó páginas hasta la mitad del manuscrito, soltó una risita por algo, luego lo dejó en la mesa.

—Una sátira, ¿eh? Me encantan las buenas sátiras. Está bien escrita y es bastante divertida pero, para serte sincero, no es mi línea de trabajo.

Mi mano, que sujetaba la pistola, era todo sudor.

—De todos modos, gracias por venir.

No me moví. Pasó un minuto. Me hizo gestos con los ojos que indicaban la puerta. Los ignoré.

—Mira, ahora mismo las cosas me van bastante mal. Aunque quisiera, no podría permitirme publicar ni mi propia necrológica, así que ¿por qué no te largas?

No me moví. Era como si el aire de la habitación se hubiese solidificado y me hubiera atrapado allí donde estaba.

—¿Sabes qué estaba leyendo cuando has entrado? ¿No? Nada, ¡eso es! Fingía leer para parecer ocupado. Triste, ¿verdad? —Cuando ni siquiera respiré de forma visible, añadió—: Échale un vistazo a esto.

Una pila de libros destacaba junto a su mesa. Me tendió el que había encima. Eché un vistazo: era un libro de texto de biología.

—En Londres, trabajaba para periódicos sensacionalistas. Fue hace mucho tiempo. —Rodeó el escritorio y se sentó en el borde, mientras sus ojos recorrían la habitación—. Ésta es una editorial pequeña. Nada ostentosa. Publicamos libros de ciencia. Física, biología, química, lo de siempre. Mi esposa y yo compartimos el negocio al cincuenta por ciento. Su dinero, heredado de su padre, y mi dinero, ganado con sangre y sudor. Dirigimos nuestra pequeña empresa durante diez años y, aunque teníamos nuestras disputas domésticas y yo cometía mis indiscreciones, me mostraba discreto al respecto, así que ¿qué daño hacía? Mira esto. ¡Recrea la vista en el instrumento de mi destrucción! —Señaló el libro de biología que yo tenía en las manos y dijo—: Página noventa y cinco.

Fui a la página 95. Era una ilustración del cuerpo humano con todas las partes marcadas y sus funciones explicadas. Parecía el folleto de instrucciones de un quipo de música.

—¿Ves algo fuera de lo normal? —preguntó.

No lo veía. Parecía un cuerpo humano de lo más normal. Sí, le faltaban algunos elementos habituales como michelines, arrugas y estrías, pero por lo demás era relativamente completo.

—Ella lo hizo a propósito. Sabía que estaría demasiado cabreado para comprobarlo antes de llevarlo a imprenta.

—Yo no veo nada.

—¡El cerebro! ¡Mira cómo ha llamado al cerebro!

—Lo miré. Ponía «El testículo». Y, donde estaban los testículos, no sólo decía «El cerebro», sino «El cerebro de Stanley». De hecho, ahora que lo mencionaba, casi todos los órganos del varón humano eran una crítica a cómo Stanley bebía, apostaba y ligaba con mujeres: el corazón, los riñones, los pulmones, los intestinos o lo que fuera, la mujer de Stanley lo acompañaba de notas que describían su excesivo consumo de alcohol, su mala alimentación, su agresividad y su escasa habilidad sexual. Seguía y seguía. Comprendí que no era muy adecuado para ciertos colegiales.

—Me ha saboteado. Todo porque me acosté con una camarera en nuestro local. Vale, no tendría que haberlo hecho, pero ¡arruinar mi medio de vida! ¡Diez mil libros que no puedo vender! ¡Y no puedo demandar a nadie, porque firmé el visto bueno! Mandé el libro a imprenta yo mismo. Claro que ella también lo perdió todo, pero eso le trae sin cuidado. Así de vengativas son las mujeres. Valió la pena, dice, sólo para acabar conmigo. ¿Has oído un veneno semejante? Seguramente, no. Ahora espero a que los acreedores llamen a mi puerta. Ni siquiera puedo pagar el alquiler de este despacho. Así que por mucho que quisiera publicar tu deliciosa sátira...

—No es una sátira.

—¿Ah, no?

—No.

Bajó la vista al manuscrito y pasó páginas rápidamente.

—¿Va en serio?

Asentí.

—Entonces, ¿sería un libro de texto para jóvenes criminales?

Asentí de nuevo.

—Puedes hacer que nos arresten a los dos por publicar esto.

—Estoy dispuesto a arriesgarme, si tú lo estás.

Stanley se recostó en la silla y dijo:

—Qué te parece. —Volvió a mirar el manuscrito y, poco después, añadió—: Bien, bien.

Cerró los ojos un instante, antes de abrirlos de nuevo. El instante pareció interminable, pero seguramente sólo duró la mitad.

—¿Qué te ha hecho acudir a mí? —preguntó.

—Todos los demás lo han rechazado.

—Claro que lo han rechazado —dijo, riendo por lo bajo. Eso pareció complacerle infinitamente.

La boca se le ensanchó en una sonrisa y él se levantó de un salto como si el deber lo llamase; la sonrisa siguió ensanchándose y ensanchándose, hasta que me dolió la boca.

Corrí todo el camino hasta casa de Harry y subí a trompicones la escalera. Estaba tan emocionado que casi olvidé la llamada secreta. Era demasiado complicada. Cuatro golpes en la puerta, una pausa, un golpe, una pausa, tres golpes, luego mi voz: «¡Eh, Harry! ¡Soy yo, Martin!» A decir verdad, nos las podríamos haber apañado igual de bien sin los golpes, pero Harry se mostró inflexible al respecto. Me confundí con los golpes: dos... pausa... tres... no, mejor empezar otra vez... Oí el siniestro sonido de una pistola preparándose para disparar.

—¡Soy yo, Harry! —dije, nervioso.

Al advertir mi error, me agaché y esperé la lluvia de balas. No llegó. Una serie de chasquidos y chirridos. Harry pasaba por la tediosa rutina de descorrer los pestillos. Tardó más de lo habitual. Habría instalado alguno más. La puerta chirrió al abrirse. Harry estaba en calzoncillos, la pistola en una mano y el hacha en la otra. Había fuego y miedo en su mirada. No podía esperar a darle la noticia.

—¡He encontrado editor! ¡Le encanta el libro! ¡Es de Inglaterra, así que ha crecido con el escándalo! No teme jugársela, ¡le encanta tu libro! ¡Va a ir directo a imprenta!

Harry estaba demasiado estupefacto para hablar. Se había quedado petrificado. ¿Has visto alguna vez a un hombre paralizarse por una buena noticia? Es divertidísimo.

—¿Q-q-qué dices?

—¡Lo hemos conseguido! ¡Tu libro va a ser un libro!

Alivio y miedo y amor y terror y euforia se apiñaron en su rostro. Hasta los egoístas más seguros de sí mismos tienen una parte secreta que duda de que algo salga bien. Esa parte de Harry se hallaba en pleno tumulto. Aquello era demasiado inesperado. La percepción extrasensorial de Harry tenía un punto ciego debido a esa voz pesimista, que gritaba más que los susurros proféticos de su tercer ojo. Se echó a reír, lloró, alzó la pistola al aire y disparó. El techo se vino abajo en grandes pedazos de yeso. Fue terrorífico. Me abrazó. Bailamos en el recibidor, aunque era difícil disfrutarlo porque Harry aún sostenía la pistola y el hacha. Intentó besarme de nuevo en la boca, pero esta vez no me pilló desprevenido. Puse la mejilla y me besó en la oreja. Mientras dábamos vueltas, la pierna muerta de Harry giró en el aire y golpeó la parte superior de la mesa auxiliar. ¡Ya estaba! ¡Su libro! ¡Su niño! ¡Su legado! ¡Su inmortalidad!

Las semanas siguientes pasaron como una exhalación. ¡Una época emocionante! Iba al despacho de Stanley casi a diario. Lo hicimos todo juntos: elegimos el tipo de letra, reorganizamos los capítulos. Me pidió que pidiera al autor misterioso que escribiese un prólogo y Harry se puso manos a la obra, día y noche, sin dejar que lo viera. Stanley había vendido todo cuanto poseía para conseguir dinero y pagar la impresión.

—No sabrán reaccionar —no paraba de decir Stanley—. Se armará un buen escándalo cuando aterrice en las librerías. Luego lo prohibirán. ¡Publicidad gratis! No hay nada como la censura para incrementar las ventas de un libro. ¡Será un escándalo moral! ¡Ejemplares prohibidos pasarán a escondidas de mano en mano! ¡El libro vivirá en la sombra y crecerá como los champiñones en la oscuridad y la humedad! Luego alguien, una voz solitaria, dirá: «¡Eh! ¡Esto es genial!» ¡Y entonces las otras cabezas que se meneaban disgustadas empezarán a asentir! Nuestro paladín será alguien que quizá no crea ni una palabra de lo que dice. Eso es lo de menos. Por suerte, algunos críticos tienen que ir sencillamente en contra de la norma, de cualquier norma. Si la norma es: «Ama a tu prójimo», el crítico dirá: «¡No! ¡Aborrécelo, al muy gusano!»

Stanley soltaba esta arenga a diario. Siempre la misma cantinela. Pronosticaba grandes cosas para el libro de Harry, sin dejar de presionarme para que revelase el nombre del autor.

—De eso nada —le decía siempre—. El día de la impresión se sabrá todo.

Stanley golpeaba la mesa. Hacía todo lo posible por sonsacármelo:

—Me la estoy jugando, Marty; ¿cómo sé que el autor no es un pedófilo? Me refiero a que el escándalo es una cosa, sabes que no me asusta, pero nadie tocará el libro si las manos del autor han estado encima de algún niño.

Le di mi palabra de que Harry no era más que un ladrón asesino normal y corriente.

Un día, la mujer de Stanley pasó a ver en qué andaba metido. Era una mujer delgada y atractiva con una nariz puntiaguda que, más que esculpida, parecía obra de un afilador. Rodeó el despacho e intentó echar un vistazo al manuscrito que había en la mesa, pero Stanley lo tapó con un periódico.

—¿Qué quieres, bruja?

—Estás tramando algo.

Stanley no respondió, sólo le dirigió una sonrisa que decía: «Puede, zorra de mierda, pero no es asunto tuyo.»

Ella se volvió y empezó a examinarme.

—Yo a ti te conozco de algo.

—No creo.

—¿No me pediste dinero una vez en el tren?

Dije que nunca había pedido dinero a nadie en un tren, lo cual no era cierto, porque en una ocasión había pedido dinero a alguien en un tren.

—Bien, se acabó la visita —dijo Stanley, agarrándola de los hombros y empujándola fuera del despacho.

—¡Vale, vale! ¡Sólo he venido a pedirte el divorcio!

—Cuando quieras. Aunque preferiría ser viudo.

—¡Que te follen, cabrón!

Cuando la tuvo en el pasillo, le cerró la puerta en las narices y me dijo:

—Llama a un cerrajero. Tenemos que cambiar las cerraduras y luego volver al trabajo.

Stanley había encargado a Harry unas cosillas. La primera era el título, y Harry me entregó una hoja con sus sugerencias. Me senté y leí la lista. *Manual para criminales, Manual para jóvenes criminales, Manual del crimen para jóvenes criminales y niños, Crimen: cómo hacerlo, El ABC para infringir la ley, Delito para tontos, Guía del crimen paso a paso, ¡Violar la ley es fácil!...* La lista seguía.

Luego vino el problema del prefacio. Harry me había dado su primer borrador y me pidió que se lo pasara a Stanley sin modificarlo. No habría podido, aunque hubiese querido. Era el desahogo de un hombre al límite. Decía así:

Hay hombres que han venido al mundo para hacer leyes que quebranten el espíritu de los hombres. Luego están los que han nacido para que les quebranten el espíritu los nacidos para quebrantarlo. Y también están los que han nacido para quebrantar las leyes que quebrantan los hombres que quebrantan el espíritu de otros hombres. Yo soy uno de esos hombres.

EL AUTOR

Stanley lo mandó de vuelta y dijo que lo intentara de nuevo. El segundo intento de Harry no fue mejor:

Te tienen en su punto de mira. Te tienen en su lista. Quieren convertir el fruto de la sangre de tu semen en máquinas de vapor que produzcan energía en cadena para iluminar sus vidas. Pues bien, yo estoy aquí para decirte que, si lees este libro y sigues sus consejos, serás tú quien, para variar, se llene los bolsillos de oro y deje que los hijos de otros carguen con las piedras de los corpulentos tiranos egipcios. Digo yo, ¿por qué no adelantárseles y echarles el guante primero?

EL AUTOR

Stanley creía que algo que pareciera amargado o demencial no sería bueno para las ventas. Yo comprendía su punto de vista. Pedí amablemente a Harry que lo intentara una vez más. Abrí y leí su tercera tentativa mientras el autobús se dirigía a la ciudad. Decía simplemente:

¡Ajá! ¡Adoradme, cabrones!

EL AUTOR

Lo rompí en pedazos, compuse mi propio prólogo y lo firmé con el nombre de Harry.

El mundo es un lugar enorme, tanto que creemos que hay bastante de todo para todos. Pero no es así. Así que algunos tienen que agenciarse lo que pueden sin seguir las normas, porque las normas establecen que no les va a tocar prácticamente nada. La mayoría avanza como puede por este camino; sin guía, sin mapas. Con este libro, no pretendo causar una revolución, sólo proporcionar cierta asistencia en carretera a los desfavorecidos en el camino menos trillado, iluminándolos un poco, mostrándoles los baches y los riesgos, colocando señalizaciones de entrada y salida, así como límites de velocidad.

Conducid bien, jóvenes criminales, conducid bien...

EL AUTOR

Por fin llegó el día de la impresión. Tenía que ir al despacho de Stanley y revelar el nombre del autor. Harry y yo estábamos sentados en el patio trasero, fumando cigarrillos para desayunar. Harry ya había sobrepasado la ansiedad; las manos le temblaban vigorosamente. Ambos intentamos no notarlo y, cuando tuve que encenderle el cigarrillo, simulamos que lo hacía porque yo era su sirviente de toda la vida.

—Aquí tiene, señor —dije.

Y él replicó:

—Gracias, mozo.

Sobre nosotros, el cielo tenía un color extraño, el verde alga de la piscina.

—Este editor, ¿podemos fiarnos de él? —preguntó Harry.

—Ciegamente.

—¿Va a jodernos?

—No.

—Cuando vuelvas a hablar con él, dile que he matado a diecisiete hombres, dos mujeres y un niño.

—¿Has matado a un niño?

—Bueno... a un adulto joven.

Harry me tendió un papel. En él estaba la lista de agradecimientos. Lo guardé y fui a cumplir con el destino: me eché a la calle, moviendo los brazos con brío. Así es como se camina cuando le haces el trabajo sucio al destino.

Me reuní con Stanley en su despacho. Él estaba demasiado excitado para sentarse. Los primeros dos minutos después de mi llegada, fue tres veces de la puerta a la ventana, haciendo gestos extraños con las manos, como si estrangulase pollos.

—Ya está; los de la imprenta están esperando. Ahora dime el nombre.

—Vale, ahí va. El hombre que ha escrito *El manual del crimen* se llama Harry West.

La boca de Stanley se abrió y así se quedó mientras soltaba una prolongada exhalación.

—¿Quién?

—¡Harry West!

—Nunca he oído hablar de él.

Repasé sus antecedentes penales, sin dejarme nada.

—Harry West —dijo Stanley mientras anotaba el nombre; parecía algo decepcionado. A continuación, mientras le daba información, Stanley compuso una biografía para la sección «Acerca del autor». Decía lo siguiente:

Harry West nació en Sydney en 1922. Durante los cincuenta y cinco años siguientes se dedicó a infringir la ley en el hemisferio sur. Huyó de la cárcel y, en la actualidad, es un fugitivo perseguido por la justicia.

—Harry ha escrito una lista de agradecimientos que quiere que vayan al principio —dije.

—Bien.

Stanley echó un vistazo. Era tan sólo la típica página de agradecimientos que precede la obra de toda una vida.

Me gustaría dar las gracias a mi padre por haberme transmitido la afición por la violencia, a mi abuelo por haber transmitido a mi padre la afición por la violencia, que a su vez me la transmitió a mí. Como no tengo hijos, tendré que transmitirla a conocidos y transeúntes. También me gustaría mostrar mi gratitud al sistema de justicia de Nueva Gales del Sur por darme lecciones de injusticia, al cuerpo de policía de Nueva Gales del Sur por su infatigable corrupción y su incansable brutalidad, a la violencia del cine por insensibilizar a mis víctimas y que así tarden más en decir «¡Ay!», a mis víctimas por perder, a los que me vencieron por mostrarme que no hay deshonor alguno en una bala en el muslo y finalmente a mi redactor, amigo y hermano de aislamiento, Martin Dean.

—¿Seguro que quieres que tu nombre aparezca en esto? —me preguntó Stanley.

—¿Por qué no? —respondí estúpidamente, sabiendo por qué no. Estaba admitiendo un delito: proteger a un fugitivo famoso y ayudarlo con su obra—. Creo que sí.

—Piénsalo un segundo.

Lo pensé. ¿Estaría cometiendo un error? Era evidente que no había un motivo real para que mi participación se mencionara en forma alguna. Pero ésta era también mi obra. Me había roto la espalda para llevar el libro hasta donde estaba y quería que el mundo lo supiera.

—Sí, déjalo como está.

—Bien, entonces ya lo tenemos todo dispuesto. Voy a llevar esto a la imprenta. Después, ¿podré conocerlo?

—No sé si ahora mismo es muy buena idea.

—¿Por qué?

—No se encuentra bien. Está un poco... nervioso. Quizá cuando el libro llegue a las librerías. Por cierto, ¿eso cuándo será?

—Dentro de tres semanas.

—No me puedo creer que esto esté pasando de verdad.

—Puedes jugarte el culo a que sí —replicó y, justo antes de salir del despacho, se volvió hacia mí con una expresión extraña, distante, y añadió—: Dile a Harry que creo que es un genio.

Le aseguré que lo haría.

—¿Qué te dijo cuando le mencionaste mi nombre? ¿Qué cara puso? Cuéntamelo todo. No te dejes nada —dijo Harry sin aliento, desde la puerta, mientras yo subía a la entrada.

—Estaba impresionado. Había oído hablar de ti —mentí.

—Pues claro que había oído hablar de mí. Un hombre no mata regularmente durante cincuenta años sin labrarse un nombre. ¿Y cuándo estará en las librerías?

—Dentro de tres semanas.

—¿Tres semanas? ¡Joder!

No podíamos hacer otra cosa que esperar. Todo estaba dispuesto. Yo tenía la sensación de satisfacción y de anticlímax que sigue a la finalización de un trabajo. Ahora sabía cómo debían de haberse sentido todos esos esclavos egipcios cuando se ponía la piedra puntiaguda en la cima de la pirámide de Giza y ellos tenían que quedarse allí a esperar que el cemento se secase. También sentía cierta inquietud. Había participado en algo importante por segunda vez en mi vida, después de lo del buzón de sugerencias. ¿Qué cojones iba a hacer ahora? La ambición que me subía por el pecho no tenía válvula de escape. Eso era un fastidio.

Al cabo de unas horas de predecir un éxito fenomenal un momento y un fracaso total al siguiente, me arrastré de vuelta a casa para cuidar de mi madre. La quimioterapia y los bombardeos regulares de radiación la dejaban permanentemente fatigada, había perdido peso y parte del cabello y se movía por la casa sujetándose a las paredes. Era evidente que el cuerpo que habitaba se estaba derrumbando rápidamente. La única sorpresa placentera era mi padre, que resultó no estar tan lejos de ser humano, y uno de los buenos. Se volvió amable con mi madre, cariñoso y comprensivo a un nivel más profundo y comprometido del que mi madre o yo habríamos esperado de él. Me pregunté si en verdad me necesitaban. Ahora que había estado en el mundo, todas las fibras de mi ser se sublevaban ante la idea de pasar un segundo más en aquel miserable pueblo. Por eso jamás debe hacerse una promesa inquebrantable. Nunca se sabe lo que les apetecerá hacer luego a las fibras de tu cuerpo.

Esas semanas de espera fueron una tortura muy elaborada e intrincada. Siempre había sabido que el día tiene 1.440 minutos, pero durante esas tres semanas los sentí pasar uno a uno. Era un manojo de nervios. Podía picar algo, pero no comer. Podía cerrar los ojos, pero no dormir. Podía quedarme de pie bajo la ducha, pero sin mojarme. Los días se mantenían firmes, como los monumentos ante la eternidad.

El día de la publicación llegó como por arte de magia. A las tres de la madrugada tomé el autobús a la ciudad. Durante el trayecto, tuve la petulante sensación de ser una persona famosa que, sentada en un lugar público, sólo espera a que alguien se vuelva y exclame: «¡Eh! ¡Pero si es fulano de tal!» Ése era yo: Fulano de Tal. Aquello me gustaba.

La ciudad es un lugar extraño para el amanecer. El sol no parecía hacer progreso alguno en las frías calles, por lo que tardó dos horas más en brillar. Recorrí George Street y me crucé con un grupo de juerguistas que se tambaleaban y se besaban y maldecían la indeseada llegada del día. Me cantaron en las narices al pasar, una canción de borrachos que yo animé con un bailecito que pareció gustarles, porque gritaron de entusiasmo. Yo también les dediqué gritos de entusiasmo. Todo era alegría.

La librería Dymocks había prometido poner un ejemplar en el escaparate. Como llegué allí con dos horas de antelación, me fumé algunos cigarrillos. Sonreí, sólo por hacer algo. Me dediqué a quitarme pellejos de los dedos, y un hilo de la camisa me entretuvo de ocho a ocho y media. Luego, cuando faltaban unos minutos para las nueve, una mujer apareció dentro de la tienda. No sé cómo entró. Tal vez existía una puerta trasera, o quizás había pasado la noche dentro. Pero ¿qué hacía ahí? Estaba apoyada en el mostrador, como si fuera una clienta. ¿Y qué hacía con la caja registradora? ¿Acaso eso era tan importante precisamente ahora? Cuando las librerías tienen un libro nuevo para exhibir en el escaparate, ésa debe ser la primera prioridad. ¡Es evidente!

La mujer se arrodilló y abrió la tapa de una caja de cartón con un cuchillo. Sacó un puñado de ejemplares y se dirigió al escaparate. ¡Era eso! Subió al pequeño podio y colocó los ejemplares del libro en un estante vacío. Cuando vi los libros, se me cayó el alma a los pies.

Esto fue lo que vi:

El manual del crimen, de Terry Dean

¿Qué es esto? ¿Qué es esto? Miré más de cerca. ¿Terry Dean? ¡Terry Dean! ¿Cómo demonios había pasado? Corrí hacia la puerta. Seguía cerrada. Golpeé el cristal. La mujer del interior de la tienda me miró desde el otro lado.

—¿Qué quiere?

—¡Ese libro! *¡El manual del crimen!* ¡Tengo que verlo!

—Abrimos dentro de diez minutos.

—¡Lo necesito ahora! —grité, mientras aporreaba la puerta.

La mujer murmuró un insulto cruel. Creo que dijo «¡Bibliófilo!». No podía hacer nada. Aquella mujer no abriría la puerta. Corrí de nuevo al escaparate y presioné los globos oculares contra el cristal. Podía ver la portada. Decía, en colores y con una estrella alrededor:

Un libro del fugitivo Terry Dean, ¡escrito en plena fuga!

No me lo explicaba. No se mencionaba a Harry en toda la portada. ¡Mierda! ¡Harry! Una puerta de acero se cerró en el interior de mi cabeza. El cerebro no me permitía pensar en Harry. Era demasiado peligroso.

Al filo de las nueve, la tienda abrió y yo entré corriendo, agarré un ejemplar de *El manual del crimen* y pasé las páginas frenéticamente. La sección «Acerca del autor» era distinta por completo. Narraba la historia de Terry, y la dedicatoria decía simplemente: «A Martin, mi hermano y editor.»

¡Stanley nos había traicionado! Pero ¿cómo? ¡Yo nunca le había mencionado que era hermano de Terry! Pagué a la dependienta y salí corriendo de la tienda sin esperar el cambio. Corrí hasta llegar al despacho de Stanley. Cuando crucé la puerta como una exhalación, lo encontré de pie ante su mesa, hablando por teléfono:

—No, no puede conceder entrevistas. No puede. Es un fugitivo, ése es el motivo.

Colgó y me dirigió una sonrisa triunfal.

—¡El teléfono no ha parado de sonar! ¡Vaya follón! ¡Es mucho mejor de lo que esperaba!

—¿Qué has hecho?

—Te garantizo que los libros se habrán agotado esta tarde. Acabo de ordenar que impriman otros cincuenta mil. ¡El primer día y ya es un éxito!

—¡PERO NO LO HA ESCRITO TERRY!

—Oh, vamos, Martin. He descubierto el pastel. Sé que eres el hermano de Terry. Has intentado mantenerlo en secreto, pícaro. En realidad, lo creas o no, ¿sabes quién me dio la idea? ¡Mi jodida ex mujer! Te reconoció de los periódicos. Cayó en la cuenta unas horas después de haberse ido, me llamó y quiso saber qué publicaba con Terry Dean. Entonces lo comprendí. ¡Por supuesto! ¡Era tan obvio! ¡Harry West era el seudónimo de Terry Dean! No es tan inteligente como un anagrama o algo así, pero qué más da. El problema es que los seudónimos no venden libros, amigo mío. ¡No cuando el autor es tan famoso como tu hermano!

Me acerqué a la mesa de Stanley, preguntándome si sería lo bastante fuerte para levantarla y aplastarlo con ella.

—Escúchame, soplapollas. ¡Terry no lo escribió! ¡Lo hizo Harry! ¡Oh, Dios mío! ¡Harry! ¡Harry va a explotar!

—Vaya. ¿Y quién es ese tal Harry?

—Fue el mentor de Terry.

Stanley me miró largo rato con curiosidad.

—Vamos, tío. Déjalo ya.

—Lo digo en serio. ¡La has jodido! ¡Harry se volverá loco! ¡Nos hará picadillo, pedazo de idiota!

La cara de Stanley parecía dudar entre la sonrisa o el ceño fruncido, y finalmente se decidió por una incómoda combinación de ambos.

—¿Lo dices en serio?

—Muy en serio.

—¿Estás diciendo que Terry no escribió este libro?

—¡Terry no puede escribir su nombre ni meándolo en la nieve!

—¿Estás seguro?

—Segurísimo.

—¡Oh! —dijo Stanley, antes de enterrar el rostro tras una montaña de papeles. Cogió un lápiz y empezó a escribir algo. Se lo arranqué de las manos. Esto es lo que había escrito: «¡Huy!»

—¿Huy? ¿Huy? ¡No lo sabes bien! ¡No conoces a Harry! ¡Me matará! ¡Después te matará a ti! ¡Luego matará a Terry y se suicidará!

—¿Y no puede morir él primero? —gritó Stanley de manera absurda.

Se levantó, se abrochó la americana, se la desabrochó y volvió a sentarse. Por fin tenía la sensatez de alarmarse.

—¿Ni siquiera te molestaste en comprobar mi versión? ¿No se te ocurrió investigar a Harry?

—Vamos, oye...

—¡Llámalos!

—¿A quiénes?

—¡A la prensa! ¡A la imprenta! ¡A todos!

—Vamos, espera un segundito...

—¡Hazlo!

—¡No puedo!

—¡Mentira!

—Siéntate. Cálmate. Tenemos que pensar. ¿Estamos pensando? Pensemos. Vale. Piensa. ¿Piensas? Yo no. No tengo una sola idea en la cabeza. Deja de mirarme, auque sólo sea un segundo. No puedo pensar si alguien me mira. Date la vuelta. Lo digo en serio, Martin. Date la vuelta.

Giré el cuerpo a regañadientes, de modo que quedé mirando a la pared. Quería romperme la cabeza contra ella. ¡Era increíble! ¡Otra vez Terry! ¡De nuevo chupando escenario! ¿Y qué pasaba conmigo? ¿Cuándo llegaría mi momento?

Stanley recitó varias ideas que apestaron la habitación.

—Bien. Bien. Bien. Bueno... lo que teníamos, con *El manual del crimen*, era un escándalo literario. Espectacular. Controvertido. Polémico. Eso ya lo tenemos. Pero ahora resulta que el autor no es el verdadero autor. Eso significa... que lo que tenemos ahora, además del escándalo... es un bulo literario.

—¿Un qué?

—Vale. Ya puedes darte la vuelta.

Cuando me volví, Stanley sonreía con aire triunfal.

—¡Dos en uno! —exclamó, lleno de felicidad.

—Stanley...

—¡Es brillante! También nos sirve. Dile a Harry que tenga paciencia... en un año o dos, filtraremos la verdad. Será famoso.

—¡Un año o dos!

—Claro, ¿para qué tanta prisa?

—¡Sigues sin captarlo! Harry creerá que yo estaba metido

en esto. Harry creerá que le he traicionado. ¡Éste es su legado al mundo! ¡Tienes que explicárselo! Tienes que explicarle que ha sido culpa tuya, que has cometido un error. ¡Serás idiota...! ¡Va a matarnos!

—¿Y qué? Deja que venga, ¡no tengo miedo! Si tengo que morir, que sea por un libro. ¡Sí, me gusta! Que sea por este libro. ¡Sí! ¡Tráelo!

Stanley blandió el puño en el aire, como si fuera un trofeo que acabase de ganar. ¿Había algo peor que aquello? Era la peor crisis imaginable, y yo estaba en compañía de un hombre que acababa de encontrar algo por lo que morir. Stanley parecía asquerosa e inadecuadamente en paz. Quise arrancarle los labios.

Me dirigí en taxi a casa de Harry, pensando que tenía que andarme con mucho, pero que mucho cuidado. Harry me quería, pero eso no descartaba que fuera a meterme una bala entre ceja y ceja. A fin de cuentas, en eso consiste el amor. Bajé la ventanilla del taxi. El aire exterior tenía una calma sobrenatural, como una habitación sin ventanas. Nada se movía. Como si la escotilla del mundo se hubiera cerrado herméticamente y estuviéramos, todos nosotros, atrapados en su interior.

Llamé con el código secreto y luego con el no tan secreto, el que podría usar cualquiera. Grité su nombre. Grité una disculpa. Era inútil gritar; Harry no estaba en casa. ¿Qué más podía hacer? Pasó un taxi, lo detuve y regresé al centro, donde vagué sin rumbo por las calles, confuso. El nivel de actividad hacía que me diese vueltas la cabeza, y me irritaba que nadie más pareciera perdido. Quizás algo tristes y solos, pero sabían adónde dirigían sus pasos. Tropecé adrede con la gente, con la esperanza irracional de que su reacción fuese comprensiva. Los rostros de una ciudad adquieren un matiz extremadamente cruel e indiferente cuando deambulas en plena crisis personal. Es deprimente que nadie se detenga a tomarte de la mano.

Entré en un pub llamado Vistas al Parque, me senté en la barra y no me entretuve pensando en que no había vistas ni parque. Pedí una cerveza. En la radio sonaba una canción, una alegre canción de amor que desentonaba con mi estado de ánimo. Me acabé la cerveza enseguida. El pub estaba vacío, salvo por dos viejos borrachos que reñían a cuenta de alguien llamado Gazza; uno de los viejos opinaba que Gazza era un calzonazos maltratado por su nueva esposa, mientras que el otro opinaba que era Gazza quien la tenía contra las cuerdas. En cualquier caso, el resultado era que Gazza no iba al pub tanto como antes y aquello no era lo mismo sin él. Yo asentí con tristeza y me quedé mirando mi vaso vacío, como si me hubiese juzgado por última vez.

Entonces las noticias llegaron a la radio y agucé el oído. El fugitivo Terry Dean había escrito un libro incendiario que instruía a criminales en ciernes sobre cómo infringir la ley. La última novedad de la historia: el editor de *El manual del crimen* estaba arrestado.

¡Vaya! ¡Stanley arrestado! Tanto mejor, decidí. Al menos eso lo mantendría una temporada a salvo de Harry. Supuse que no podrían retenerlo mucho tiempo. Cuando la policía persigue a alguien que no puede encontrar, les consuela arrestar a una persona relacionada con él.

Mientras imaginaba a Stanley entre rejas y la posibilidad de que yo, como editor reconocido, fuera a por quien viniesen a continuación, apareció el último acontecimiento de las noticias: el fugitivo Harry West se había encaramado en lo alto del puente de Sydney armado hasta los dientes y amenazaba con saltar. La historia añadía una reflexión que lo ponía todo en perspectiva: si Harry West se lanzaba en picado a la muerte, sería la primera persona en suicidarse desde el puente de Sydney en directo, por televisión. Sí, vaya si tenía sentido. Terry le había robado la cooperativa democrática y Stanley le había arrebatado *El manual del crimen* delante de sus mismísimas narices. Harry estaba desesperado por dejar su legado, cualquier legado. Sería la primera persona cuyo suicidio desde el puente de Sydney se retransmitía en color. No era de extrañar que Harry hubiese subido con todo ese arsenal. Si alguien intentaba saltar primero, Harry le dispararía antes de que acercase al borde un dedo del pie.

Salí corriendo del pub, salté a un taxi en marcha y fui al puente a toda velocidad. Si Harry iba armado, cabía la posibilidad de que me disparase, pero tenía que explicarle que se trataba de un error que podía aclararse en un par de días. Tenía la repugnante sensación de que en ese puente iba a suceder algo terrible. Harry iba a lanzarse al charco, eso parecía inevitable. Pero, conociéndolo, querría que lo acompañasen al abismo cuantas más almas mejor. Querría teñir el puerto de rojo, lo sabía.

Tenía el sol de mediodía en los ojos y, entre el resplandor, vi el puente a lo lejos. La policía bloqueaba la entrada en ambos extremos y se esforzaba en pensar cómo sacarían a los que se habían quedado atrapados en medio. Agentes presa del pánico gritaban indicaciones a los presentes, pero el caos era excesivo. Uno de los desconcertados policías parecía señalar al agua.

Cuando dejé mi taxi en pleno atasco, el taxista me hizo saber que no le gustaba que pusiera fin a nuestra relación de forma tan inesperada. De todas partes llegaba gente uniformada. Más policías, bomberos, ambulancias y furgonetas de los medios de comunicación se abrían paso entre los vehículos aparcados. Los servicios de emergencia estaban hechos un lío. Nadie sabía qué hacer. La supuesta víctima era también el presunto agresor. Todo era confuso. Por una parte, Harry llevaba un arma y, por otra, sólo amenazaba con usarla contra sí mismo. Querían dispararle, pero ¿puede dispararse a alguien que amenaza con suicidarse? Eso es precisamente lo que busca.

Corrí por el estrecho pasillo que dejaban los coches aparcados y pronto me vi en la línea de policías. Me desplacé por su larga cinta amarilla y expliqué al poli que me chillaba que era un buen amigo de Harry West y que tal vez lograría convencerlo de que bajara. Estaban tan aturdidos que me dejaron pasar.

Lo vi, en lo más alto. No era más que un puntito allá arriba, como el novio de plástico en un pastel de boda. Estaba muy lejos, pero tenía que llegar hasta él.

Soplaba un vendaval. Era difícil sujetarse. A medida que iba ganando altura, mi estómago se convirtió en el órgano dominante y no sentí más que su opresión. Abajo veía el océano, las verdes zonas residenciales, unas cuantas casas. El viento hacía que el puente crujiera, se esforzaba por que yo perdiese el equilibrio. Pensé: «Pero ¿qué diablos hago aquí? ¡Esto no es asunto mío!» Me pregunté por qué no dejaba que Harry se diese una última zambullida. Sentía que era mi culpa, mi responsabilidad, como lo eran las personas a las que Harry pudiera matar. ¿Por qué? ¿Dónde encajaba yo? No soy un Cristo. Ni tengo complejo de salvador. Por lo que a mí respecta, la humanidad entera podía enfermar de angina aguda.

Estos pensamientos, así como la reflexión de que los hombres de mi vida —Harry, Terry y Stanley— y sus pequeños proyectos me arrastraban con ellos al vacío, debería guardármelos para después, para cuando me tomara una taza de chocolate caliente, y no darles vueltas al borde de un terrorífico precipicio. Había detenido mi ascenso para considerar el significado existencial de todo aquello. Como siempre, no podía evitarlo. En la tambaleante estructura metálica, pensé: «El sueño de un hombre es el lastre de otro. Uno nada, el otro se hunde y, para colmo, en la piscina del nadador; un insulto por partida doble.» Entre tanto, el viento amenazaba con arrojarme al puerto. Allí y entonces, supe que reflexionar sobre el significado de una acción en plena acción no es lo más adecuado.

Reanudé el ascenso. Ya alcanzaba a oírlo. Harry gritaba, y el viento me trajo su voz antes de que pudiese verle la cara. Al menos, creía que era Harry. O eso, o el viento me había llamado cabrón.

Me resbaló el zapato. Miré abajo, al agua, y temblé de la cabeza a los pies. Parecía una losa de cemento azul.

—¡Gracias por apuñalarme por la espalda, colega!

Harry estaba inclinado sobre un cable de acero, el mismo al que yo me agarraba desesperadamente para salvar la vida. Arrastrar su pierna hasta lo alto de ese puente debía de haber sido una pesadilla. Quizá fuese por el agotamiento por lo que se dejaba mecer al viento, a un paso de perder el equilibrio.

Su cara estaba toda arrugada. De tanto fruncirla, había acabado rompiéndola. Las arrugas se habían partido.

—¡Ha sido un error, Harry! —grité.

—Ya no importa.

—¡Pero podemos arreglarlo! ¡Baja y todos sabrán que el libro es tuyo!

—¡Demasiado tarde, Martin! ¡La he visto!

—¿Qué has visto?

—¡La hora de mi muerte!

—¿Cuándo?

—¿Qué hora es ahora?

—¡No saltes, Harry!

—¡No saltaré! ¡Voy a caerme! ¡No puedes decirle a alguien que no se caiga! ¡Eso es un asunto de la gravedad, no mío!

Se reía por el miedo, por la histeria. Tenía la vista puesta en todas las armas que le apuntaban desde abajo. Al fin su paranoia había alcanzado la iluminación. Las fantasías paranoides y la realidad experimentaban una fusión absoluta.

—Me caigo... me voy... hay otra guerra... un terremoto... y el regreso de la Madonna... sólo que ahora es una cantante... pero sigue siendo virgen... y ahora la revolución sexual... y los tejanos lavados a la piedra...

Su percepción extrasensorial estaba alcanzado el infinito, cegando su presente. Aquellos ojos pequeños y nerviosos, que solían girar en las órbitas, finalmente se habían paralizado. Viajaban, exploraban y lo veían todo. Todo.

—Ordenadores... todos tienen uno... en sus casas... y están gordos... todo el mundo está muy gordo...

Había perdido el control, ¡pronosticaba como un loco! Podía ver todo el futuro de la humanidad. ¡Ojeaba las páginas! Era demasiado para él.

—¡Está muerta! ¡Está muerta!

¿Quién? Harry no encontraba sentido a lo que veía.

—¡Una tercera guerra mundial! ¡Y la cuarta! ¡Y la quinta! ¡Y la décima! ¡Nunca acaba! ¡Están muertos!

—¿Quién está muerto?

—¡El astronauta! ¡El presidente! ¡La princesa! ¡Otro presidente! ¡Tu mujer! ¡Ahora tú! ¡Ahora tu hijo! ¡Todos! ¡Todos!

Continuó cientos de años, quizá miles. Así que la humanidad iba a persistir, después de todo. Sus ojos se abrían paso a través del espacio y del tiempo. Harry no perdía detalle.

El renovado lamento de las sirenas truncó la línea directa de Harry con el infinito. Bajamos la vista y vimos que la policía y los vehículos de los medios de comunicación retrocedían. Todos se iban.

—¿Adónde cojones vais? —gritó Harry al mundo de abajo.

—Espera, voy a ver —le dije.

A medio camino, me crucé con un periodista petrificado por el vértigo durante su ascenso que no podía ni seguir subiendo ni bajar por el cable.

—¿Qué pasa?

—¿No te has enterado? ¡Han acorralado a Terry Dean! ¡Tiene rehenes! ¡Habrá un tiroteo!

La voz del periodista sonaba excitada, pero tenía la clase de cara inexpresiva que suele verse tras el volante de un coche fúnebre. Escalé de nuevo hasta Harry.

—¿Qué pasa? —preguntó.

—Terry —dije, temiendo su reacción.

Harry bajó la cabeza y observó con añoranza al último de los periodistas que se alejaba.

—Tío, tengo que ver si puedo ayudar a Terry.

—Bien. Vete.

—Lo siento, yo...

—¡Vete!

Bajé con la vista puesta en la baranda y en mis pies; antes de llegar al suelo, oí una detonación, el sonido de un cuerpo que surcaba el aire y una salpicadura que sonó más a golpe seco.

Eso fue todo.

Era Harry.

Adiós, Harry.

La policía había acorralado a Terry en una bolera. Sabía que toda Australia correría hacia él, como el agua hacia el desagüe. Así que me subí a un taxi y prometí al conductor incalculables riquezas si reproducía la velocidad de la luz, como haría un cohete V6. Cuando tienes prisa por salvar la vida de tu hermano, el dinero es lo de menos, así que cada vez que el taxista pisaba el freno, le arrojaba dinero al regazo. En cuanto vi que echaba mano del callejero, me arranqué exactamente un tercio el cabello que me quedaba. No es buena señal que el conductor estire el cuello para leer el nombre de la calle que acaba de pasar.

Aunque no hacían falta indicaciones, porque un desfile de cuerpos y vehículos surgía de las calles avanzando en una única dirección: coches de policía, ambulancias, bomberos, Jeeps del ejército, furgonetas de periodistas, camionetas de helados, espectadores, jardineros, rabinos, todos los que poseían una radio en Sydney y querían participar en aquel histórico acontecimiento.

Todos buscan un asiento de primera para algo que pasará a la historia. ¿Quién perdería la oportunidad de ver estallar la cabeza de Kennedy si le dieran un tique para Dallas en el 63, o la caída del muro de Berlín? Las personas que estuvieron allí hablaban como si en sus ropas hubiera restos del cerebro de Kennedy, como si el muro de Berlín hubiese caído por sus persistentes codazos. Nadie quiere perderse nada, ni se permite estornudar durante un pequeño terremoto. La captura y posible muerte de Terry Dean era el mayor terremoto de Australia de los últimos cincuenta años, motivo por el que todos iban a esa bolera como podían.

Me apeé del taxi y me deslicé sin elegancia alguna sobre los capós de los coches, golpeándome la cadera contra el retrovisor de un Ford. Ahí estaba: la bolera. Parecía como si se hubiera movilizado todo el cuerpo de policía de Nueva Gales del Sur. Los francotiradores tomaban posiciones en los tejados y los árboles del parque infantil de enfrente. Un tirador trepaba por el laberinto y otros dos se balanceaban en un subibaja.

Ya no podía abrirme paso entre la multitud. Estaba atascado.

—¡Soy Martin Dean! ¡El hermano de Terry Dean! —grité.

Se dieron por aludidos. Me abrieron paso y me dejaron avanzar, hasta que volví a quedarme atascado. Unas pocas personas que estaban cerca se tomaron el hecho de que llegase a la bolera como la misión de su vida y me alzaron sobre la multitud: rodé sobre cientos de hombres, como un dios del rock. Me acercaba, pero en ocasiones la multitud me empujaba en otras direcciones. En cierto momento me vi avanzando de través, no hacia delante.

—¡Adelante! ¡Adelante! —grité, como si fuera el capitán Ahab, y la bolera, mi gran ballena blanca.

Entonces escuché que el gentío gritaba algo nuevo:

—¡Abrid paso! ¡Abrid paso!

Volví la cabeza. No lograba ver a quién abrían paso.

—¡Es su madre! ¡Es la madre de Terry Dean! —gritaron.

Entonces la vi: mi madre llegaba del otro extremo, alzándose y cayendo por el oleaje de la marea humana. Me saludó con la mano. Yo le devolví el saludo. Nos impulsaban a ambos al destino de nuestra familia. Ya podía oírla. Mi madre gritaba:

—¡Es el doble! ¡Es el doble! ¡Lo hemos acorralado!

¡Mi madre había perdido el juicio! Y la multitud nos empujaba tan rápido que casi chocamos. Nos depositaron en el suelo ante la policía, que intentaba contener tanto al público como a los medios de comunicación. Ambos grupos gritaban atrocidades. Tuvimos que colarnos en el círculo de policías y empezar a responder preguntas. Les mostramos nuestra documentación. Yo sólo quería entrar, pero mi madre no ayudaba con su demencial perorata sobre el Doppelgänger. Ella era la madre de Terry Dean, decía, pero el hombre que estaba dentro no era su hijo. La policía no lo entendía. Tuve que gritar, por encima de las palabras de mi madre:

—¡Puedo hacer que salga pacíficamente! ¡Dejen que lo intente!

Pero los policías tenían otra idea en mente. Caí en la cuenta de que no querían que Terry saliese vivo de la bolera y tuve que pasar a la acción.

—Entonces, ¿qué? ¿Queréis convertirlo en un mártir? ¿Queréis que su nombre pase a la historia como el de otro forajido masacrado por la policía? Si lo matáis, ¡nadie recordará sus crímenes! ¡Lo convertiréis en un héroe! ¡Como a Ned Kelly! Y vosotros quedaréis como los malos. Dejad que vaya a juicio, donde toda su brutalidad saldrá a la luz. ¡El héroe será aquel que lo capture vivo! Cualquiera puede disparar a un hombre, como cualquiera puede disparar a un jabalí y luego echar a correr, gritando: «¡Le he dado! ¡Le he dado!» Pero para capturar a un jabalí con las manos desnudas... ¡hay que tener agallas!

Tuve que soltar este discurso con la mano sobre la boca de mi madre, que me mordía ferozmente. Se había vuelto loca.

—¡Tirad a matar! —gritó cuando retiré la mano.

—¿No es usted su madre? —preguntaron, confundidos.

No alcanzaban a comprender todo el asunto del gemelo malvado.

Con el destino de mi hermano en sus manos, los policías deliberaron entre sí, susurrando malévolamente, casi con violencia.

—Vale, puedes entrar —me dijeron y, desafortunadamente, también dejaron entrar a mi madre.

La bolera estaba en la segunda planta. Había un policía de mirada enfurecida en cada peldaño de la escalera de cemento. Pensé: «Estos hombres son de lo más peligroso, como suplentes a la espera de sustituir a la estrella, iracundos egos decididos a no fallar por ansiedad escénica.» Mientras subíamos, un agente nos puso al día.

Por lo que sabía, Terry había entrado en la bolera cuando Kevin Hardy, el tricampeón mundial, jugaba una partida. Había rumores no confirmados de que, durante la competición, Hardy había pagado a alguien bajo para que derribase los bolos que fallaba con el mango de una escoba. Dado que las acusaciones eran poco firmes, Terry no había entrado para matarlo, sino sólo para romperle los dedos que utilizaba para jugar a los bolos, incluido el meñique, por si fuera uno de esos raros jugadores que lo usan para dar efecto. Después, un par de chicas guapas que trabajaban tras el mostrador tentaron a Terry. El fenómeno grupi, la innegable ventaja de ser una celebridad, siempre le había resultado difícil de resistir. Por desgracia, en cuanto eligió a una de las chicas, la que se quedó plantada llamó a la policía casi de inmediato; así que, para cuando Terry estaba a punto de irse, después de haberle roto la mano a Kevin y habérselo montado con la grupi, ya estaba acorralado.

Ahora Terry permanecía de rodillas en el centro de la última pista, con cuatro rehenes como escudo humano. La policía había tomado posiciones en todos los puntos de la bolera; incluso se veía el negro hocico del rifle de un francotirador asomándose entre los bolos. Lo tenían cubierto, y enseguida supe que si podían le dispararían. Pero Terry estaba bien oculto entre una hilera de rostros crispados por el terror.

—¡Tú! —gritó mi madre.

La policía la contuvo. No confiaban en que Terry no disparase a su propia madre, sobre todo por la demencial versión que ella iba contando por ahí: que aquél no era su hijo, sino un clon malévolo.

—¡Terry —grité—, soy yo, Marty!

Mi madre me interrumpió y no me dejó decir nada más.

—¿Quién eres?

—¿Mamá? Mierda, Marty, sácala de aquí, ¿quieres?

Mi hermano tenía toda la razón del mundo. Cuando un hombre interpreta su última y sangrienta contienda, no quiere a su madre merodeando por allí.

Intenté convencerla de que se fuera, pero no quiso oírme.

—¡Deja de esconderte detrás de esa pobre gente, impostor! —chilló.

—¡Vete de aquí, mamá! —gritó Terry.

—¡No me llames mamá! No sé quién eres ni cómo has conseguido la cara de mi hijo, ¡pero no puedes engañarme!

—¡Entrégate, Terry! —exclamé yo.

—¿Por qué?

—¡Te matarán!

—¿Y? Mira, tío, lo único que me mosquea es que todo esto ya empieza a ser aburrido. Espera un segundo y verás.

Se produjo un frenético murmullo en el escudo humano. De pronto, empezaron a moverse. Se desplazaron a donde estaban las bolas y después volvieron a la pista. ¡Y allá fue! Una bola rodó por el centro de la pista. ¡Terry jugaba a los bolos! Los ojos de la policía siguieron la bola que corría hacia los bolos. Se hizo un profundo silencio que rozaba lo religioso. ¡Un pleno! ¡Terry lo había conseguido! ¡Había derribado los diez bolos! La multitud pareció gritar con una sola voz, lo que me recordó que, si el hombre es estúpido en solitario, en manada se comporta como un auténtico cretino. Puede que hubiera policías en el desenlace de una persecución prolongada, pero también eran australianos amantes del deporte; y nada hace que el corazón lata más rápido que una victoria, independientemente de lo sanguinario que sea el vencedor.

En el momento en que la bola derribó los bolos, una bala derribó a Terry. Esa bola era el ardid de Terry para escapar, pero no todos los policías son tan ingenuos, o ni siquiera les gustan los bolos.

Echado en el suelo, empapado en su propia sangre, gritó:

—¡El tobillo! ¡Otra vez en el tobillo! ¡Exactamente el mismo punto, perros! ¡Esto nunca se va a curar!

Y se quedó ahí echado mientras lo reducían unos cuarenta policías, todos compitiendo por ser el que lo sacara fuera, al resplandor intermitente de los *paparazzi*, para conseguir su pequeña dosis de inmortalidad.

DESPEDIDA

No soy experto en lingüística ni en la etimología de las palabras, así que no tengo ni idea de si la palabra «banana» fue la mejor agrupación de sílabas que había a mano para describir una fruta amarilla larga y arqueada; pero sí puedo afirmar que quienquiera que acuñase la expresión «circo mediático» sabía bien de qué hablaba. Sencillamente, no hay mejor descripción para un hatajo de periodistas que pide a gritos unas palabras y fotografías; aunque «primates mediáticos», «chusma mediática descontrolada» o «explosión de una supernova mediática» también servirían. En el exterior de los juzgados donde iba a celebrarse el juicio de Terry, había cientos de estos hombres y mujeres de la prensa: lascivos, de rostros sudorosos, que empujaban, daban codazos, abucheaban y, con una conducta vergonzosa, degradaban la raza humana en nombre del interés público.

En el interior de la sala, no quedaba ni un asiento libre. Puesto que Terry no negó ninguno de los cargos, fue más un proceso que un juicio, y el abogado designado por el tribunal se dedicó a orientar a Terry por la burocracia del sistema más que a ayudarle en la defensa. De hecho, Terry no tuvo defensa. Lo admitió todo: tenía que hacerlo, porque sus actos criminales estaban vinculados a su reconocimiento. Negar lo que había intentado hacer habría sido como si los cruzados explicasen su viaje al mundo islámico diciendo que sólo habían salido a dar un largo paseo.

Terry se sentaba, desafiante, junto a su abogado. Cuando el juez empezó sus deliberaciones, mi hermano empezó a frotarse las manos, como si estuvieran a punto de sentenciarlo a dos bolas de helado de vainilla. El juez, que hablaba despacio y con solemnidad, como un curtido actor que tuviese su única oportunidad de interpretar el monólogo de Hamlet, proyectó la voz hacia el fondo de la sala con las palabras: «Lo condeno a cadena perpetua.» Fue una interpretación virtuosa. Todos soltaron el típico murmullo que sigue a la sentencia, aunque sólo fuera de cara a la galería. Nadie estaba sorprendido. Aquello no podría haber acabado de otra manera. Lo que sí resultó una sorpresa, no obstante (aunque pensarás que, a estas alturas, uno ya estaba acostumbrado al sabor de las ironías que me deparaba el exprimidor cósmico), fue que la cárcel donde Terry cumpliría condena era la de nuestro pueblo.

En efecto.

Nuestra cárcel. En nuestro pueblo.

Automáticamente, miré a mi padre. Terry pasaría el resto de su vida en la prisión que mi padre había construido, la prisión que estaba a dos kilómetros y medio del portal de nuestra casa.

Con su hijo pródigo en casa aunque no en casa, retenido en un edificio que veíamos tanto desde la veranda del frente como desde la ventana de la cocina, los sudorosos vínculos que mi madre y mi padre mantenían con la cordura empezaron a aflojarse a una velocidad alarmante. Aunque saber que estaba a salvo de los francotiradores de la policía les daba cierta tranquilidad, tenerlo tan tentadoramente fuera del alcance era un tormento que imposibilitaba afirmar cuál de mis padres estaba más lejos de la vida y de la luz; ambos se consumían tan rápido, cada uno a su triste manera, que cualquiera pensaría que se trataba de un concurso. Era como vivir con dos fantasmas que hubiesen aceptado recientemente su muerte, que hubiesen abandonado los intentos de mezclarse con los vivos. Al final, habían reconocido su transparencia por lo que verdaderamente era.

Con una enloquecida expresión de alegría en el rostro, mi madre se embarcó en un nuevo proyecto: enmarcó todas las fotografías en que aparecíamos Terry y yo de niños y las clavó en cualquier espacio disponible que quedaba en las paredes de la casa. No había ninguna fotografía nuestra a partir de los trece años, como si por crecer la hubiésemos traicionado. Y también recuerdo a mi padre sentado en el extremo derecho de la veranda, donde las copas de los árboles no entorpecían las vistas a la prisión, intentando entrever a su hijo con los prismáticos pegados a los globos oculares. Se pasaba tantas horas mirando por esos prismáticos que, cuando finalmente los dejaba, tenía que forzar la vista para vernos a nosotros. A veces gritaba: «¡Ahí está!», y yo iba corriendo a mirar, pero él siempre se negaba a dejarme sus preciosos prismáticos.

—Ya has hecho bastante daño —me decía inexplicablemente, como si mi mirada fuese la de una fea bruja griega.

Pasado cierto tiempo, dejé de pedírselos y, cuando oía que mi padre gritaba: «¡Ahí está de nuevo! ¡Está en el patio! ¡Cuenta un chiste a un grupo de reclusos! ¡Se ríen! ¡Parece que se divierte de lo lindo!», yo no movía un músculo. Claro que podía haberme comprado mis propios prismáticos, pero no me atrevía. En realidad, no creía que mi padre pudiese ver nada en absoluto.

Nuestro pueblo se convirtió en un lugar de peregrinación para periodistas, historiadores, estudiantes y montones de mujeres con muchas curvas, cabello cardado y exceso de maquillaje que se presentaban ante las puertas de la prisión para visitar a Terry. A la mayoría se les prohibía la entrada, y acababan merodeando por nuestras calles, sujetando firmemente la primera y única edición de *El manual del crimen* entre las manos. Habían retirado el libro de los estantes el mismo día de la publicación y lo habían prohibido sin demora. Ya era una pieza de coleccionista. Los fans obsesivos buscaban por todo el pueblo... adivina a quién. ¡A mí! Como editor reconocido, ¡querían que les firmase el libro! Al principio me gustó ser por fin el centro de atención, pero enseguida dejé de soportarlo. Todos los fanáticos de los autógrafos me perseguían con interminables preguntas sobre Terry.

De nuevo Terry.

Entre aquella muchedumbre de imbéciles sedientos de estrellato, me topé con ¡Dave! Vestía traje sin corbata y llevaba el cabello pulcramente peinado hacia atrás. Había elegido una nueva vida. Parecía ser que había encontrado a Dios, lo que lo hacía menos violento pero no menos insoportable. No conseguía librarme de él. Estaba empeñado en salvarme.

—A ti te gustan los libros, Martin. Siempre te han gustado. Pero ¿has leído éste? Es bueno. En realidad, es más que bueno, es santo.

Sostuvo la Biblia tan cerca de mi cara que no supe si quería que la leyese o me la comiera.

—He visto a tu hermano esta mañana —prosiguió—. Por eso he vuelto. Yo lo hice caer en la tentación y ahora quiero librarlo de ella.

Su jerga bíblica me estaba irritando, así que cambié de tema y le pregunté por Bruno.

—Malas noticias, me temo —dijo Dave con tristeza—. Lo mataron de un tiro durante una pelea con navajas. ¿Cómo está tu familia, Martin? Para serte sincero, ver a Terry era sólo la mitad de mi misión. También he venido a ver a tus padres para rogarles que me den su perdón.

Aunque le aconsejé enérgicamente que no lo hiciera, Dave insistió. Era la voluntad de Dios, dijo, y no se me ocurrió ningún argumento persuasivo que lo rebatiese, salvo decir que yo había oído lo contrario. ¡Chalados religiosos! No les basta con creer en Dios, sino que encima tienen que ir más allá y leer su vasta mente. Creen que la fe les da acceso a la gloriosa lista de tareas pendientes del Señor.

Al final Dave no se presentó en casa; se encontró casualmente con mi padre delante de la estafeta de correos y, sin darle tiempo a sacarse la Biblia del bolsillo trasero, mi padre ya lo estaba estrangulando. Dave no se resistió. Pensó que era la voluntad de Dios que lo estrangulasen en las escaleras de correos y luego, cuando mi padre lo empujó al suelo y se puso a darle patadas en la cara, lo consideró otra ocurrencia del Señor.

Pero mira, mi padre sí que tenía una lista, y Dave figuraba en ella. Se le cayó del bolsillo durante la refriega, y yo la recogí del suelo. Vi que había seis nombres.

Personas que destruyeron a mi hijo
(en ningún orden en particular)
1. Harry West
2. Bruno
3. Dave
4. El inventor del buzón de sugerencias
5. El juez Phillip Krueger
6. Martin Dean

Puesto que nunca se había cortado al culparme con cada una de sus miradas y sus gestos durante gran parte de mi vida, no me sorprendió ver mi nombre en la lista, y fue una suerte por mi parte que mi padre no supiese que en realidad yo aparecía por partida doble.

Después de la pelea, mi padre desapareció tambaleándose en las sombras, farfullando amenazas.

—¡Os atraparé a todos! ¡Hasta al último de vosotros! —le gritó a nadie en particular, a la noche.

La policía apareció paseándose tranquilamente, como siempre, como si pasara a limpiar después de una fiesta callejera, y tan pronto como Dave recobró el aliento, gritó:

—¡No quiero presentar cargos! ¡Dejad que vuelva! ¡Estáis obstruyendo la voluntad divina!

Hice una mueca de disgusto, esperando, por el bien de Dave, que Dios no estuviera escuchando sus presuntuosas palabras. No creo que a Dios le gusten los aduladores.

A decir verdad, ese episodio impidió que me muriera de aburrimiento. Con *El manual del crimen* terminado y raudamente enterrado, con Caroline ausente, Terry entre rejas y Harry muerto, el pueblo no tenía mucho que recomendar. Las personas a quienes más quería estaban fuera de mi alcance, y no había nada que me mantuviese ocupado. En resumidas cuentas, no me quedaban proyectos.

Y, sin embargo, no podía marcharme. Cierto, no soportaría cohabitar con los muertos vivientes durante mucho más tiempo, pero ¿qué iba a hacer con mi lamentable promesa de no abandonar a mi madre bajo ninguna circunstancia? Ahora que se deterioraba de forma tan desagradable, parecía imposible romperla.

No había nada que yo pudiese hacer para mejorar su estado o aliviar su sufrimiento físico, pero era muy consciente de que mi presencia en casa daba a mi madre una serenidad considerable. ¿Sabes la carga que supone hacer feliz a alguien con tu sola presencia, Jasper? No, probablemente no. Pues bien, a mi madre siempre la afectaron visiblemente sus hijos; la luz de sus ojos era inconfundible siempre que Terry o yo entrábamos en una habitación. ¡Qué carga tan pesada para nosotros! Sentíamos que debíamos entrar en aquella habitación o bien hacernos responsables de su tristeza. ¡Vaya rollo! Claro que, cuando alguien te necesita hasta el punto de que tu mera existencia actúa como una especie de apoyo vital, eso no es malo para la autoestima. Pero, Jasper, ¿sabes lo que es ver a ese mismo ser querido deteriorarse ante tus ojos? ¿Alguna vez has intentado reconocer a alguien al otro lado de la calle, un día de mucha lluvia? Pues acabó siendo eso. El cuerpo de mi madre adelgazó demasiado para contener vida. Y, con su inminente muerte, llegaba la muerte de esa necesidad de mí. Pero ella no se iría discretamente. Ni por asomo. El curso de su vida había producido dos cosas: Terry y yo, y Terry no sólo se le había escurrido de los dedos hacía mucho tiempo, sino que ahora languidecía indefinidamente fuera de su alcance. Le quedaba yo. De sus dos muchachos, de quienes en una ocasión había dicho que le gustaría «prendérselos a la piel con un alfiler, para no perderlos nunca», yo era el único superviviente, lo único que le daba cierta razón de ser. Y no iba a abandonarla, por repugnante que fuese la idea de que en aquella casa polvorienta ya sólo esperaba a que mi madre diera el último suspiro.

Además, estaba sin blanca. No podía ir a ninguna parte.

Entonces, una carta entregada por mensajero vino a complicar las cosas. Era de Stanley.

Querido Martin:

¡Vaya follón!

Han sacado el libro de la imprenta, de las librerías y de circulación. El Estado me ha demandado, los muy cabrones. Sin embargo, tú estás libre de cargos, sólo durante unos cinco minutos más. Yo de ti desaparecería del mapa durante una temporada. Lárgate al extranjero, Martin. He estado escuchando muy atentamente a estos payasos. Aún no han terminado. Irán a por ti. ¡Te advertí que no pusieras tu maldito nombre en el libro! Ahora te tienen en sus manos, por esconder a un fugitivo y corregirle la sintaxis. Pero aún te queda algo de tiempo. Los polis no tienen ni idea de edición. Están buscando el modo de invalidar la defensa de que todo se hizo por correo. Además, a ver qué te parece esto, no quieren saber nada de Harry. Me dan una bofetada cada vez que menciono su nombre. Se niegan a creer que Terry no escribió el libro. Supongo que creen que eso da un perfil más importante al caso. No me extraña que el mundo sea un desastre. ¿Cómo confiar en que alguien actuará con decencia cuando todo lo que quieren es apartarte de un empujón para salir ellos en primer plano? En fin...

Ahora en serio, Martin, escúchame bien. LÁRGATE DEL PAÍS. Van a por ti con un maletín lleno de acusaciones de mierda.

Te lo cedo todo, desde las ventas iniciales. No creas que estoy siendo generoso. La verdad es que de nada sirve que me aferre a eso, si el tribunal va a quedárselo de todos modos. Pero sé cuánto invertiste en el proyecto. Sé lo mucho que significaba para ti. Además, quiero agradecerte la aventura de mi vida. ¡Hicimos algo! ¡Montamos un buen escándalo! Sentí que, por primera vez, formaba parte de algo que tenía sentido. Por eso, te doy las gracias.

Adjunto un cheque de 15.000 dólares. Cógelo y lárgate. Van a por ti, Martin. Y no tardarán en llegar.

Un cordial saludo,

STANLEY

Zarandeé el sobre de papel manila hasta que cayó algo bonito. El cheque. Ahí estaba: 15.000 dólares. No era una cantidad inmensa, pero para el nivel de un hombre acostumbrado a reciclar cigarrillos usados, era una suma considerable.

Ya estaba. Me iba. Al infierno mi inquebrantable promesa; la quebrantaba. No creía que pudrirme en la cárcel junto a su otro hijo hiciese ningún bien a mi madre. Además, la cárcel era cosa de Terry. Yo no duraría ni una ducha.

No había ido a visitarlo desde que lo habían encerrado. Puede que parezca extraño, después de todo lo que me había preocupado y arriesgado por él, pero, para serte sincero, estaba hasta las narices de todo lo relacionado con Terry Dean. El reconocimiento público había acabado por hartarme. Y ahora ya no había nada que pudiese hacer por él. Necesitaba un respiro. No obstante, yo había recibido una nota suya y recuerdo haber pensado que era la primera vez que veía la caligrafía de mi hermano.

Querido Marty:

¿Qué es toda esta mierda de un libro? No paran de hablar de eso. Si tienes un segundo, aclara este asunto, ¿quieres? No quiero que se me conozca como escritor. Quiero que se me conozca como un justiciero que liberó el deporte de las sucias manos de la corrupción, no por escribir un estúpido libro.

La cárcel, un coñazo. Pero veo nuestra casa desde aquí. El director, que me trata muy bien por considerarme una especie de celebridad, me prestó el otro día sus prismáticos, y adivina a quién vi. ¡A papá mirándome con unos prismáticos! ¡Increíble!

Pero, bueno, no olvides largarte del pueblo y hacer algo con tu vida. Política, tío. Supongo que eso es lo tuyo. Eres el único con cerebro en todo este ridículo circo.

Te quiere,

TERRY

P. D.: Ven a verme algún día.

Empecé a hacer el equipaje de inmediato. Desenterré una vieja maleta marrón y metí dentro algo de ropa; luego miré a mi alrededor en busca de objetos de recuerdo, pero dejé de hacerlo en cuanto recordé que el propósito de los recuerdos es evocar momentos del pasado. A la mierda con eso. No quería cargar con mis recuerdos. Pesaban demasiado.

—¿Qué haces? —preguntó mi madre.

Me volví como un resorte, avergonzado, como si me hubiera sorprendido masturbándome.

—Me marcho.

—¿Adónde?

—No sé. Tal vez París —dije, sorprendiéndome a mí mismo—. Buscaré a Caroline Potts y le pediré que se case conmigo.

Mi madre no tuvo nada que objetar a eso; simplemente se balanceó sobre los pies, adelante y atrás.

—Comemos dentro de media hora.

—Bien —respondí y, cuando mi madre salió de la habitación, la boca abierta de mi maleta me miró acusadoramente.

Tras un almuerzo silencioso, emprendí mi último viaje colina arriba para despedirme de Terry. Era el día más caluroso del verano, hacía tanto calor que podía freírse beicon en una hoja. También el viento era caliente, y me sentía como si caminase por un secador de pelo. El sudor me caía por los ojos. Cuando traspasé las puertas, las ampolladas manos de la nostalgia me estrujaron el corazón y comprendí que añoramos las épocas de mierda tanto como las buenas épocas porque, a fin de cuentas, lo que en realidad añoramos en simplemente el tiempo en sí.

El guardia no me dejó entrar.

—Nada de visitas. Terry está incomunicado.

—¿Por qué?

—Por pelearse.

—Bueno, ¿y cuánto tiempo va a estar ahí?

—No lo sé. ¿Un mes?

—¡Un mes! ¡En una celda de aislamiento! ¿Es eso legal?

—No lo sé.

¡Joder! No podía esperar un mes sólo para decirle adiós. Me aterrorizaba pisar el freno en pleno impulso de mi decisión.

—¿Puede decirle que su hermano ha venido a despedirse?

—Pero su hermano no ha venido.

—Yo soy su hermano.

—¡Oh! ¿Y cuál es el mensaje?

—Dígale que me he ido al extranjero.

—Pero ya está de regreso, ¿eh? ¿Cuánto tiempo ha estado fuera?

—No lo sé. Un par de años, tal vez. Pero, cuando se lo diga, póngalo en futuro, ¿vale?

—¿Por qué?

—Una broma privada.

—De acuerdo. Le diré que su hermano «se marcha» un par de años al extranjero —dijo, guiñándome el ojo.

—¡Eso es! —repliqué, y me alejé de la prisión, bajando la empinada pendiente de la colina desnuda, lo que me permitía una vista completa y despejada de nuestro pueblo. Nuestro bonito pueblo. Nuestro bonito pueblecito.

Que te jodan, bonito pueblecito.

Espero que te incendies.

Caminé por las calles abrigando varias fantasías de venganza en que regresaba rico y triunfador, pero pronto descarté esa idea. En realidad, lo único que quería era gustar a todos, y regresar a un lugar rico y triunfador nunca se ha ganado el corazón de nadie.

Pensaba en estas ideas absurdas cuando noté una extraña sensación en mi interior, un extraño ruido que sonaba como si un hombrecillo hiciese gárgaras en mi abdomen. La sensación se transformó rápidamente en un dolor espantoso. Me doblé y apoyé la mano en una farola. ¿Qué era aquello? Parecía que todas las glándulas de mi cuerpo habían iniciado una secreción intensiva de ácido.

El dolor remitió tan bruscamente como se había presentado, y regresé como pude a casa.

Cuando llegué a mi habitación, el dolor volvió con más intensidad que antes. Me acosté y cerré los ojos, pensando que una siesta de veinte minutos era todo cuanto necesitaba.

Pero aquello era sólo el principio.

Por la mañana, seguía mal. De pronto había caído presa de una estúpida enfermedad, con retortijones, vómitos y fiebre. Al principio me diagnosticaron la gripe, pero mi madre y yo estábamos preocupados; eran los mismos síntomas que de niño me habían llevado a los negros brazos del aterrador coma. Volvía a estar confinado en cama, temía que mi breve destello de luz se apagase prematuramente, y cada vez que me cagaba en los pantalones debido a los retortijones, también me cagaba de miedo. No había vuelta de hoja. La enfermedad y el miedo me producían incontinencia. Mientras yacía en la cama, comprendí que la enfermedad es nuestro estado natural. Siempre estamos enfermos, sólo que no lo sabemos. Lo que entendemos por salud se da cuando nuestro constante deterioro físico es imperceptible.

Quiero que sepas que no comulgo con la teoría de que todas las enfermedades salen de la mente. Siempre que alguien me dice eso y achaca toda dolencia a los «pensamientos negativos», me viene a la cabeza una de las ideas más desagradables, poco caritativas y agresivas de mi repertorio de ideas. Pienso: «Espero verte en el funeral de tu hija, para que me expliques cómo una niña de seis años fabricó su propia leucemia.» Como digo, no es una idea bonita, pero así de furioso me pone esa teoría en concreto. Ser anciano no significa nada para estos teóricos. Piensan que la materia se deteriora porque está deprimida.

El problema con la gente es que está tan enamorada de sus creencias que sus epifanías tienen que ser absolutas y exhaustivas o nada. No sabe aceptar la posibilidad de que sus verdades tengan sólo un elemento de verdad; de lo que se deduce que tal vez algunas enfermedades se generen en la mente. En este caso, y puesto que la desesperación hace que el hombre se desespere aún más, yo incluso estaba dispuesto a considerar que mi deteriorada condición obedecía a una causa sobrenatural.

Cuando se yace en agonía, diagnosticarse produce cierto alivio. Crea la ilusión de que se recupera el poder perdido. Pero si sabes tanto de las complejidades del cuerpo humano como de motores a propulsión, hay que ponerse creativo. Así que primero lo consideré un caso de simple y típica ansiedad. Sin embargo, dejando a un lado la agotada preocupación por mi madre y cierta inquietud ante la posibilidad de verme imputado en una investigación policial, la verdad es que no estaba tan ansioso. En realidad, que la puerta de una celda se hubiese cerrado en la cara de Terry supuso un enorme alivio para mí. La puerta de esa celda significaba el fin de mis días de desazón. Me aliviaba que mi hermano estuviese entre rejas.

El segundo nivel de investigación me llevó al mundo espiritual. Mi idea era la siguiente: había querido romper el pacto que tenía con mi madre y, si éste era el origen de mi enfermedad, podía elegir entre causas psicológicas y sobrenaturales. Tal vez hubiera enfermado de manera inconsciente. Quizá mi cuerpo se sublevaba ante el acto de traición. O, en términos sobrenaturales, quizás el vínculo con mi madre fuese tan fuerte que me condenaba a mantener mi palabra. Quizá fuese víctima de la maldición de la madre polaca y no lo supiera.

En cualquier caso, estaba enfermo de verdad. Nombra un síntoma, y lo tenía: vómitos, diarrea, retortijones, fiebre, mareo, insuficiencia respiratoria, visión borrosa, dolor en las articulaciones, calambres musculares, dolor en los dedos de los pies, castañeteo de dientes, lengua blanca. Lo tenía todo menos sangrado de los globos oculares, y no dudaba de que sería lo siguiente. Estaba tan débil que no podía ponerme en pie ni para ir al cuarto de baño. Junto a mi cama había dos recipientes blancos, uno para el vómito y otro para hacer mis necesidades. Aletargado, observaba mi maleta a medio hacer y veía pasar ante mis ojos un turbio desfile de odiosos recuerdos infantiles. ¡Volvía al principio! Ésa era la parte más dolorosa de estar nuevamente enfermo, comprender que había completado el círculo; y no hacía más que pensar en cómo había desperdiciado mis años de buena salud limitándome a andar deprimido en lugar de escalar el Everest.

Mi madre entró en mi habitación cargada de libros y empezó a leérmelos en voz alta, como en los viejos tiempos. Apenas viva ella misma, se sentó bajo la tenue luz de la lámpara y leyó, empezando por una elección que no auguraba nada bueno: *El hombre de la máscara de hierro.* Acostado en estado de aturdimiento, no me costó mucho imaginar que un aparato metálico similar me oprimía esta pobre cabeza. Mi madre leía de la mañana a la noche y al cabo de un tiempo empezó a dormir en la antigua cama de Terry, que estaba junto a la mía, por lo que apenas había momentos en que no estuviéramos juntos.

Su conversación solía divagar acerca de sus días en Shangái, antes de quedarse embarazada de mí, cuando todavía estaba preñada de posibilidades. Me hablaba mucho de mi Padre Número Uno y recordaba momentos de intimidad entre ellos, cuando él le acariciaba el cabello y pronunciaba su nombre como algo sagrado. Fue la única ocasión en que le gustó el sonido de su propio nombre. Me dijo que yo tenía un tono de voz similar y una noche me pidió que la llamara por su nombre. Eso me puso muy incómodo, pues yo ya estaba familiarizado con la obra de Freud, pero acepté para hacerla feliz. Entonces empezó a desahogarse en la cabecera de mi cama con cientos de confesiones atroces como ésta:

—Sentí que había tomado el camino equivocado, pero ya había avanzado tanto que no me quedaban energías para volver atrás. Por favor, Martin, debes recordar esto. Nunca es demasiado tarde para volver atrás si has tomado el camino incorrecto. Y, aunque te lleve una década desandarlo, debes hacerlo. No te quedes paralizado porque el camino de regreso te parezca demasiado largo o demasiado oscuro. No temas perderlo todo.

O esta otra:

—He sido fiel a tu padre todos estos años, aunque no lo amo. Ahora veo que tendría que haber ido follando por ahí. No dejes que la moralidad se interponga en tu camino. Terry mató a esos hombres porque eso es lo que quería hacer con su vida. Si necesitas engañar, engaña. Si necesitas matar, mata.

Y ésta:

—Me casé con tu padre por miedo. Seguí a su lado por miedo. El miedo ha gobernado mi vida. No soy una mujer valiente. Es mal asunto llegar al final de tus días y descubrir que no eres valiente.

Nunca sabía qué decir cuando mi madre se desahogaba de este modo. Sólo sonreía a una cara que antes había sido un jardín bien cuidado y le daba golpecitos en aquellas manos huesudas no sin cierto bochorno, porque es bochornoso ver una vida que al examinarse de conciencia al final de sus días descubre que todo lo que se llevará a la tumba es la vergüenza de no haber vivido plenamente.

Un día imaginé que presenciaba mi propia ejecución tras un largo y costoso juicio. Pensé: «En un día claro, puedes verme morir.» También pensaba en Caroline, en que quizá nunca más la volvería a ver, en que ella jamás entendería la amplitud y profundidad de mis sentimientos. Pensé que yo moriría virgen. ¡Maldición! Tomé aire. En el ambiente había un olor repulsivo, nauseabundo. Era yo.

¿Estaría soñando? No los había oído entrar. De pie ante mí había dos hombres enfundados en trajes marrones, sin la chaqueta puesta, con las mangas subidas y el sudor chorreándoles por los ojos. La mandíbula de uno de ellos era tan prominente que no supe si estrecharle la mano o la barbilla. El otro tenía ojos pequeños emplazados en una cabeza pequeña, y su pequeña nariz asomaba a una boquita de labios tan finos que parecían dibujados con un lápiz, un 2B.

—Queremos hablar con usted, señor Dean —dijo la barbilla; una frase notable, pues era la primera vez en la vida que me llamaban señor Dean. Eso no me gustó—. ¿Puede oírme? ¿Qué le pasa?

—Tiene una enfermedad de la infancia —dijo mi madre.

—¿No está un poco mayor para eso?

—Oiga, señor Dean. Nos gustaría que aclarase su contribución a la primera edición del libro.

—¿Qué libro? —gruñí torpemente.

El pequeño se enjugó el sudor del rostro y lo pringó en los pantalones.

—No juegue con nosotros, señor Dean. Hizo un considerable trabajo de edición para *El manual del crimen*, de Terry Dean.

—Harry West —corregí.

—¿Qué?

—*El Manual del crimen* lo escribió Harry West, no Terry Dean.

—El tipo que se arrojó desde el puente de Sydney —dijo la barbilla a los labios finos.

—Culpar a un muerto que no puede corroborar su versión es demasiado conveniente. No me gusta.

—¿Tiene que gustarle algo para que se convierta en un hecho? —pregunté y, antes de que pudieran responder, añadí—: Disculpen.

Notaba que el almuerzo subía en busca de aire. Agarré una palangana y vomité en ella. Un largo hilo de saliva plateada conectó mi labio inferior con el borde del recipiente.

—Oiga, Dean, ¿va a declarar o no?

Señalé la palangana y dije:

—Acabo de hacerlo.

—Mire, esta hostilidad no es necesaria. No lo acusamos de nada, sólo hacemos unas pesquisas preliminares. ¿Puede decirnos cómo editó el libro exactamente? ¿Dónde se veía con Terry Dean?

—Su hermano no es el hombre más cultivado del mundo, señor Dean. Tenía que haber muchas faltas de ortografía, errores gramaticales y similares.

Alcé la vista hacia mi madre, que miraba por la ventana en una especie de trance.

—Lo hemos investigado. Los editores trabajan codo con codo con los autores.

—¿Su hermano tenía cómplices? Estamos investigando nuevos crímenes.

No respondí, pero había leído la letra pequeña de los periódicos. Al igual que los artistas, a los asesinos les seduce la inesperada fusión de originalidad y éxito, y a un par de aspirantes a criminales les había dado por plagiar los asesinatos de Terry en los meses posteriores a su arresto, aunque les faltaba chispa e innovación. Cuando encontraron al campeón australiano de ajedrez con el alfil y dos peones alojados en la garganta, la nación apenas prestó atención, entre otras cosas porque el justiciero en ciernes no se había percatado de que el ajedrez es un juego, no un deporte.

Al notar que no estaba en condiciones de responder a sus preguntas, uno de los detectives dijo:

—Volveremos cuando se encuentre un poco mejor, señor Dean.

Después de que se fueran, mi padre cruzó en pasillo arrastrando los pies y se detuvo en pijama ante mi puerta, mirando a mi madre y después mirándome a mí con una expresión que no logré descifrar, para luego desaparecer tal como había llegado. Que conste que la expresión de su rostro no me pareció siniestra y, pese a toda la amargura y el resentimiento que me profesaba, yo seguía siendo su hijo. Nunca di mucha importancia a su lista de infamias ni a la posibilidad de que su locura lo hubiese llevado al extremo de desear hacerme verdaderamente daño.

A la mañana siguiente, oí la voz de mi madre, que me llamaba en un medio susurro medio gorgoteo y, cuando abrí los ojos, vi mi maleta cerrada ante la puerta, junto a mis botas marrones, que apuntaban al pasillo. Mi madre, con su cara blanca como el papel, me miraba fijamente.

—¡Rápido! ¡Debes irte ahora mismo! —dijo sin dejar de mirarme, aunque no a los ojos, sino a otro punto de mi cara, tal vez la nariz.

—¿Qué sucede? —mascullé, pero justo entonces mi madre retiró las sábanas y me tiró del brazo con una fuerza sorprendente.

—Es hora de irse, Marty. Ahora coge al autobús. —Me besó la sudorosa cabeza—. Te quiero muchísimo, pero no vuelvas jamás.

Intenté levantarme, sin éxito.

—Hemos recorrido un largo camino juntos, Marty. Te he llevado dentro, pero esta vez no puedo. Tienes que irte tú solo. Vamos, muévete. Perderás el autobús.

Ahuecó la mano en la parte posterior de mi cabeza y me incorporó cuidadosamente.

—No entiendo nada —dije.

Oímos pasos en el pasillo, los tablones del suelo crujieron. Mi madre me echó las sábanas encima y se metió corriendo en la cama de Terry. El rostro de mi padre apareció en el umbral y me vio medio incorporado en la cama.

—¿Te encuentras mejor? —preguntó.

Negué con un gesto y, cuando se hubo marchado, volví la cabeza y vi a mi madre con los ojos cerrados; fingía que dormía.

Más tarde sólo me quedaría un recuerdo vago y fugaz de todo esto, pero la sensación residual permaneció, una sensación como de estar en medio de una obra de Harold Pinter y que un tribunal me pidiese de inmediato que la explicara o me ejecutarían. Mi madre, por su parte, no parecía acordarse de nada y, cuando se lo mencioné, dijo que me había pasado la noche con una fiebre altísima, delirando como un lunático. No supe qué creer.

Después las cosas pasaron de peores a catastróficas.

Hacía calor, cuarenta grados. Por la ventana abierta soplaba un abrasador viento del sur. Intenté tomar un poco de sopa de verduras que había preparado mi padre. Mi madre me la había traído. Tomé sólo un par de cucharadas, pero no pude aguantarlas dentro. Me acerqué el recipiente y lo vomité todo. Mi cabeza colgaba sobre la palangana y ahí la dejé, mirando estúpidamente al rostro caleidoscópico de mi propio vómito. Allí, en la vomitona, vi lo más horrendo que quizás haya visto en mi vida entera, y desde entonces he visto perros cortados por la mitad.

Esto fue lo que vi:

Dos. Bolitas. Azules.

En efecto, matarratas.

En efecto, matarratas.

Durante un rato me esforcé en comprender cómo me las habría tragado sin advertirlo. Pero, al no haber sacado un pie de la cama desde que había empezado la enfermedad, tuve que descartarlo. Eso dejaba sólo una respuesta. El estómago se me tensó como un torno. Me están envenenando. Mi padre me está envenenando.

No nos andemos con rodeos: los sentimientos humanos pueden ser ridículos. Cuando rememoro ese instante, en el que comprendí que mi padrastro me estaba matando lentamente, no sentí ira. No sentí indignación. Me sentí herido. En efecto. Que el hombre con quien había vivido toda la vida, el hombre que se había casado con mi madre y que a efectos prácticos era mi padre me estuviera asesinando con veneno hirió mis sentimientos. ¡Ridículo!

Solté el recipiente y el vómito se derramó en la alfombra y se coló por los resquicios que los tablones dejaban en el suelo. Lo observé una y otra vez, y lo que vi me confirmó que no alucinaba, como mi madre me había asegurado la noche anterior.

¡Mi madre! ¿Formaba parte de todo aquello? Era evidente que lo sabía... por eso quería que me largara, un deseo que abandonó bruscamente al temer que, si el asesino sabía de mi fuga, abandonaría su lánguido plan y me hincaría un cuchillo en las entrañas o una almohada en la cara.

¡Joder! ¡Vaya lío!

Mantener la calma cuando tu padrastro intenta asesinarte es harto imposible. Mirar cómo tu asesino contrae la cara de asco mientras limpia tu vómito quizá tenga su elemento de humor negro, pero a la vez resulta tan espeluznante que uno desearía acurrucarse en posición fetal y quedarse así hasta la próxima glaciación.

No podía quitarle los ojos de encima. Me consumía una perversa curiosidad por saber lo que haría. Debo decirle algo, pero ¿qué? Enfrentarte a tu propio asesino es un asunto peliagudo; no quieres provocar tu propio asesinato, sólo sacarte una espinita que tienes clavada.

—La próxima vez, intenta vomitar dentro de la palangana —me aconsejó mi padre con voz neutra.

Yo no dije nada, sólo lo miré como si me hubiera partido el corazón.

Cuando se marchó, mi mente racional volvió a casa. ¿Qué cojones iba a hacer? Como víctima que era, parecía sensato retirarme de la escena del crimen, para así evitar el crimen. Sí, había llegado el momento de comprobar la teoría de la fuerza sobrehumana que sobreviene a las personas cuando corren peligro de muerte. Ya que mi cuerpo no servía de nada, confiaba en que mis ganas de vivir me sacarían de este drama familiar shakesperiano. Dejé las piernas colgando a un lado de la cama y me puse en pie, utilizando la mesita de noche como apoyo. Me estremecí de dolor cuando mi estómago se contrajo y se retorció horriblemente. Fui en busca de la maleta y vi que estaba hecha, desde el episodio de la noche anterior. Metí los pies en las botas y, a duras penas, empecé a caminar: cuando llevas cierto tiempo sin calzarte, hasta unas sandalias pesan como bloques de cemento. Bajé al vestíbulo, intentando largarme sin hacer ruido. Escuché una discusión en la sala. Ambos gritaban, y mi madre también lloraba. Se oyó el ruido de cristales rotos. Se estaban peleando físicamente. ¡Quizá mi madre había plantado cara a los planes de mi padre! Ante la puerta, dejé la maleta y me encaminé a la cocina. ¿Qué otra cosa podía hacer? No podía dejar a mi madre en las manos psicóticas de mi padre. El rumbo que debía tomar estaba claro. Tenía que matar a mi segundo padre.

Te aseguro que me ha llevado más tiempo elegir un plato del menú que tomar la decisión de acabar con la vida de mi padre. Y, como alguien que siempre ha combatido el pernicioso vicio de la indecisión (desde el momento en que mi madre me puso en las narices los oscilantes pezones desnudos de dos tetas llenas de leche y dijo: «Elige una»), descubrí que tomar una rápida decisión, por horrible que fuese, me proporcionaba una sensación de poderío enormemente satisfactoria.

Cogí el cuchillo de trinchar. Olía a cebolla. Por un resquicio de la puerta, vi forcejear a mis padres. Aquello iba muy en serio. Mi padre había pegado a mi madre muchas otras veces, siempre a altas horas de la noche en la privacidad de su dormitorio, pero nunca desde que sabía lo de su cáncer. Ella trataba de arañarle en la medida que se lo permitía su estado de medio muerta, y él, en contrapartida, le dio tal revés en la cara que la arrojó al suelo hecha un ovillo.

Recobradas las fuerzas, entré tambaleante, aunque sin dejar de sujetar firmemente el cuchillo. Me vieron —primero mi madre, después mi padre—, pero no prestaron atención al cuchillo que tenía en las manos. Estaban tan absortos en su pesadilla particular, que yo bien podría haber sujetado una pluma.

—¡Martin! ¡Sal de aquí! —gimió mi madre.

Al verme, al rostro de mi padre le sucedió algo. Nunca antes había visto que un rostro hiciera algo semejante. Se contrajo a la mitad de su tamaño normal. Miró de nuevo a su mujer, agarró una silla y la hizo pedazos contra el suelo, de forma que los fragmentos se dispersaron alrededor de mi madre.

—¡Apártate de ella! —grité con voz quebrada y a la vez temblorosa.

—Martin... —empezó mi padre, en un extraño tono de voz.

Mi madre sollozaba histéricamente.

—¡He dicho que te apartes! —repetí.

Entonces la voz de mi padre cayó como una granada:

—¡La puta loca de tu madre ha estado metiéndote matarratas en la comida!

Me quedé quieto como un muro.

—Fuiste tú —dije.

Mi padre se limitó a menear la cabeza con tristeza.

Confundido, me volví hacia mi madre, cuyo rostro estaba parcialmente cubierto por una mano. Lloraba a lágrima viva, su cuerpo subía y bajaba con los sollozos. Enseguida supe que era verdad.

—¿Por qué? —chilló mi padre, dando un puñetazo a la pared, junto a mi madre. Me miró con ternura y confusión, y sollozó—: ¿Por qué, Martin?

Mi madre temblaba. Su mano libre sujetaba un ejemplar de *Los tres mosqueteros* de Alejandro Dumas. Era el siguiente libro que pensaba leerme.

—Para poder cuidar de mí —respondí, con una voz casi inaudible.

Mi padre me miró con perplejidad. No lo entendía. No lo entendía en absoluto.

—Lo siento, hijo —dijo en la primera demostración de amor que me daba.

Todo aquello era demasiado. Me tambaleé de vuelta la cocina, salí al recibidor, cogí la maleta y salí a toda prisa por la puerta.

Si me hubiera hallado en un estado mínimamente razonable, habría advertido de inmediato que algo extraño había en el mundo que me rodeaba. Caminé aturdido, sintiendo el calor del día en mi rostro. Caminé y caminé, rápido, como si me arrastrara una fuerte corriente. Mis pensamientos se partieron en dos y luego se duplicaron: la ira se dividió en horror y rabia, después otra vez en lástima y repugnancia, y así sucesivamente. No dejé de andar, sintiéndome más fuerte a cada paso. Caminé hasta lo alto de Farmer's Hill.

Entonces lo vi.

El cielo.

Unos gruesos conos de humo denso subían en espiral hasta convertirse en finas estelas. Capas de un naranja brumoso se superponían sobre unos dedos grises que se extendían por el horizonte.

¡Un incendio!

¡Y uno de los grandes!

Desde la cima de la colina, vi otra imagen que enseguida supe que jamás olvidaría. El fuego se dividía. Una mitad se apresuró hacia la casa de mis padres, la otra se dirigió a la cárcel.

Desconozco qué sensación me embargó mientras veía el incendio que rodeaba mi pueblo, pero me convencí de que estaba en mi mano rescatar al menos a parte de mi familia. Supe que probablemente no podría ayudar a Terry; que muriese de forma tan violenta y desagradable en la prisión que mi padre había ayudado a construir zanjaba la cuestión limpiamente. Mi elección estaba clara: intentaría salvar a mi madre, pese a que hubiera intentado envenenarme, y a mi padre, aunque él no lo hubiese intentado.

Ese año, la época de incendios había empezado pronto. Las altas temperaturas y los fuertes vientos habían provocado, a lo largo del verano, pequeños incendios en la periferia noroccidental de Nueva Gales del Sur. Bastaba una ráfaga de viento para que un incendio aislado diera lugar a infiernos descontrolados. Es lo de siempre. El fuego escondía estrategias arteras bajo su llameante manga: arrojaba ascuas al aire. Luego el viento se encargaba de transportar las ascuas a un destino situado a escasos kilómetros de distancia con la intención de iniciar nuevos incendios; de manera que, cuando el incendio principal había prendido, sus retoños ya rugían y se cobraban vidas. El fuego no tenía ni un pelo de tonto. Sabía evolucionar.

El humo se cernía sobre el pueblo como una nube opaca. Corrí a casa de mis padres sorteando árboles caídos, postes y cables eléctricos. Las llamas crepitaban a ambos lados de la carretera. El humo me lamía la cara y la visibilidad era nula. Pero yo no aminoré la marcha.

Los árboles caídos hacían la carretera intransitable. Tomé un sendero que cruzaba el bosque. No podía ver el cielo; habían corrido una gruesa cortina de humo. Me rodeaba una especie de crujido, como si alguien saltara sobre unos periódicos viejos. Sobre las copas de los árboles, volaban desechos chamuscados. Era imposible saber hacia dónde ir. Seguí de todos modos, hasta que oí una voz que gritaba:

—¡Alto!

Me paré. ¿De dónde venía aquella voz? No sabía decir si venía de lejos o del interior de mi cabeza.

—Ve a la izquierda —dijo la voz—. ¡A la izquierda!

Por lo general, las voces exigentes que no se presentan antes me habrían hecho tomar la dirección opuesta, pero sentí que ésta sólo quería lo mejor para mí. Terry estaba muerto, lo sabía, y la voz era la suya, sus últimas palabras para mí mientras se iba de camino al otro mundo.

Torcí a la izquierda y, al hacerlo, vi el camino de la derecha consumido por las llamas.

En la siguiente curva, me crucé con un grupo de hombres que arrojaban agua a los árboles. Sostenían unas hinchadas pitones salvajes que salían del vientre de dos camiones de bomberos, y llevaban trapos húmedos sobre la boca. Yo quería uno. Luego pensé: «No hay prácticamente situación en la que no quieras lo que tiene el otro.»

—¡Martin! —gritó una voz.

—¡No vayas por allí! —chilló otra.

—¡Mi madre y mi padre están ahí! —grité como respuesta.

Y, mientras corría, creí oír a alguien que gritaba:

—¡Salúdales de mi parte!

Vi cómo el incendio saltaba el lecho seco de un arroyo. Pasé los restos llameantes de una oveja. Tuve que aminorar la marcha. El humo se había espesado, convertido en un muro gris; de pronto, era imposible saber dónde estaban las llamas. Me ardían los pulmones. Sabía que, si no conseguía pronto algo de aire, era el fin. Tuve arcadas, vomité humo. Había zanahorias en él.

Cuando llegué a mi calle, un irregular muro de llamas cerraba el paso. Alcancé a distinguir a un grupo de personas al otro lado. El muro de fuego se alzaba como las puertas de una fortaleza. Entrecerré los ojos ante el brillo intenso, mientras un humo negruzco avanzaba ondeando hacia el grupo de personas.

—¿Habéis visto a mis padres? —grité.

—¿Quién eres?

—¡Martin Dean!

—¡Marty!

Creí oír la voz de mi madre. Era difícil saberlo. El fuego se tragaba las palabras. Luego el aire se quedó muy quieto.

—¡El viento! —gritó alguien.

Todos se quedaron inmóviles. Esperaban ver en qué dirección soplaría el viento. Detrás tenían una llama alta, lista para abalanzarse sobre ellos. Yo me sentía como un hombre a punto de ser guillotinado con la esperanza de que después le pudiesen pegar la cabeza. Una brisa caliente me acariciaba el rostro.

No me dio tiempo a chillar. Las llamas se me echaron encima. En una décima de segundo, mi cabeza ardía. Luego el viento cambió de dirección con la misma rapidez y las llamas avanzaron hacia el grupo de personas. Esta vez no se detuvieron.

Aunque el fuego se había ido, tenía los ojos y los pulmones llenos de humo y el cabello en llamas. Gemí de dolor. Me arranqué las ropas del cuerpo, me arrojé al suelo y froté la cabeza en la tierra. Tardé unos segundos en extinguirme y, para entonces, el fuego me había devorado una oreja y chamuscado los labios. A través de unos párpados hinchados, vi que el llameante huracán devoraba al grupo de personas, mis padres incluidos. Desnudo y quemado, logré ponerme de rodillas y lloré con una cólera impotente, frenética.

La mayoría de los prisioneros habían logrado escapar, salvo los que estaban en celdas de aislamiento; quedaron bloqueados en el nivel más bajo de la cárcel y no hubo tiempo de salvarlos.

Como sospechaba, Terry había muerto.

Mientras pequeños incendios seguían ardiendo, cada vez

más lejos del pueblo, los medios de comunicación no perdieron el tiempo en convertir la muerte de Terry Dean en un gran espectáculo. Terry ya no era más que un montón de cenizas. Después de que fotógrafos de la policía inmortalizaran la celda, entré yo. También vi los huesos. Pero todo lo bueno estaba en las cenizas, así que con una escoba, un recogedor y una pequeña caja de cartón recogí a mi hermano. No fue tarea fácil. Algunas de las cenizas de Terry se mezclaron con las de las literas de madera. Pobre Terry. Era indistinguible de una litera. Eso sí que es triste.

Dejé los huesos. Que el Estado los enterrase. Yo me llevé el resto. Como he dicho, todo lo bueno estaba en las cenizas.

Negras pavesas giraban alocadamente en el aire, ascendían al cielo y cuando el viento se calmaba se posaban en el suelo, sobre coches y periodistas. Había chispas encendidas en el alquitrán caliente. Contemplé las hectáreas negras y humeantes de pastos quemados y colinas agostadas. Había rescoldos por todas partes. Todas las casas estaban sucias de ceniza y escombros quemados. Todos los olores eran acres. Todos los colores, espectrales.

Madre muerta. Padre muerto. Hermano muerto. Harry muerto. Caroline ausente. Lionel ausente. El pueblo había dejado de existir. También mi promesa; finalmente, el pacto sagrado se había roto.

Libre.

Se dijo que un hombre se preparaba un bistec a la barbacoa en las ascuas de su propia casa. Todos los periodistas se arremolinaron a su alrededor. Pensaron que era divertido. Supongo que lo era.

Cayó una breve tormenta. Un grupo de supervivientes hablaban, entre los restos del pueblo, del origen del incendio. ¿Qué lo habría provocado esta vez? Yo había asumido que era cosa de pirómanos. Casi siempre son pirómanos. ¿Qué les pasa a estos putos pirómanos? Más que malignas humaredas del mal, los imagino tontos y aburridos: una combinación funesta. Y sea cual sea su educación, llegan a la adolescencia sin ningún sentido de la empatía. Estas personas tontas, aburridas y nada empáticas nos rodean. No podemos confiar en que nadie se comporte. Siempre tenemos que estar alerta. Éste es el ejemplo paradigmático: no pasa a diario, pero de vez en cuando hay gente que caga en las piscinas públicas. Eso ya lo dice todo.

Pero no, decían los supervivientes, esta vez no había sido ningún pirómano, sino el observatorio.

La sangre se me heló en las venas.

Me acerqué. Esto fue lo que oí:

«Con el paso de los años, la novedad del observatorio se había diluido; todo aquello se había deteriorado, abandonado a la ruina, a las fuerzas de la naturaleza. El techo del observatorio se alzaba sobre unos goznes. Alguien lo había dejado abierto. Las lentes habían concentrado los rayos del sol del verano, convirtiéndolos en un potente haz de luz que había prendido en la estructura, y luego el viento vino a poner un poco de su parte para acabar provocando esta catástrofe.»

Fue el observatorio.

¡Mi observatorio!

El observatorio cuya existencia yo había sugerido era la causa directa de las muertes de mi madre, de mi padre y de mi hermano. Era el último clavo del ataúd de mi odioso buzón de sugerencias, ese asqueroso buzón que había puesto al pueblo en contra de mi familia, y a mi hermano en una institución mental, después en un reformatorio y ahora en la tumba (metafóricamente hablando; hablando literalmente, en una caja de cartón que antes contenía uvas sin pepitas). Había pensado que, con el observatorio, podía cambiar para mejor las almas de la gente, pero no había hecho sino acelerar su destrucción. Cuando internaron a mi hermano, debería haber destruido el buzón de sugerencias que lo había llevado allí; y cuando él destruyó el buzón de sugerencias, cegando a nuestro único amigo, yo debería haber destruido todo lo que estuviera relacionado con el buzón, el buzón que de pronto me recordó a la caja también rectangular que ahora tenía en las manos, la caja con los restos de mi hermano dentro.

Seguí mi camino.

No había olvidado ni las advertencias de Stanley ni a los detectives resueltos a procesarme. Era hora de irse para siempre.

Además, allí ya no pintaba nada. Había llegado el momento de viajar a nuevas tierras para practicar viejas costumbres. ¡Nuevos deseos! ¡Nuevas decepciones! ¡Nuevos intentos y fracasos! ¡Nuevas preguntas! ¿Sabría el dentífrico igual en todas partes? ¿Parecería la soledad menos amarga en Roma? ¿Sería la frustración sexual menos coñazo en Turquía? ¿O en España?

En esto pensaba mientras avanzaba entre el silencio del pueblo muerto, el pueblo sin sueños, el pueblo chamuscado y negro como una tostada quemada. ¡No lo rasquéis! ¡No lo salvéis! Echad mi pueblo a la basura. Es cancerígeno.

Las ascuas de mi infancia se convertían en restos fríos y duros. Ningún viento podía devolverla a la vida. Se había ido. No tenía a nadie en el mundo. Australia seguía siendo una isla, pero yo ya no estaba atrapado en ella. Al fin navegaba a la deriva. Y era infinito, el mar ante mí. No había horizontes.

Allá donde iba nadie me conocía, nadie conocía mi historia, la historia de mi hermano. Mi vida se reducía a una simple anécdota secreta que podía revelar o mantener oculta. De mí dependía.

Caminé por el largo, tortuoso y polvoriento camino que salía del pueblo.

Tenía la sensación de dejar atrás un parque de atracciones sin haber montado en nada. Aunque siempre había odiado el pueblo, a su gente y sus vidas, yo también había formado parte de aquello. Sin embargo, no me había sumergido en la corriente de la vida; lo cual era lamentable, pues aunque sea el peor parque de atracciones del mundo, si vas a tomarte la molestia de pasar allí veintidós años, al menos móntate en algo. El problema es que en todas las atracciones me mareaba. ¿Qué podía hacer yo?

Entonces recordé que aún llevaba a Terry en una caja de cartón.

Estaba claro que no iba a sufrir una crisis de nervios por decidir qué hacer con las cenizas de mi reducido hermano pequeño: simplemente me desharía de ellas rápido y en secreto, sin ceremonias. Si me cruzaba con un niño en la calle, le daría la caja. Si veía la repisa adecuada, la dejaría allí mismo. Continué en esta línea de pensamiento hasta acabar tan fascinado con la idea de las cenizas que me entró sed.

Carretera arriba había una gasolinera y un colmado. Entré. La nevera estaba al fondo. Recorrí el pasillo y cogí una Coca-Cola. Al volverme, vi a mi lado un estante con pequeños botes de especias indias, cayena y hierbas italianas. Sin que me viera el tendero, los abrí uno a uno y vacié la mitad de su contenido en el suelo. Luego vertí las cenizas de Terry en los botes con escasa precisión, derramando gran parte sobre mis pies, de modo que, cuando terminé, salí andando con mi hermano en los zapatos. Y después —llevo esta imagen grabada en mi mente— me sacudí a mi hermano de los zapatos con la mano y los lavé en un charco cercano, de modo que dejé flotando los restos de Terry en una charca poco profunda a un lado de la carretera.

Tiene gracia.

La gente siempre me ha preguntado: «¿Cómo era Terry Dean de niño?», pero nadie me ha planteado la pregunta más pertinente, «¿y de charco?».

La respuesta: tranquilo, marrón cobrizo y nada reflectante.

¡FIN!

Por la ventana, vi un amanecer rosa que cubría el patio trasero y probablemente más cosas, como mínimo hasta la tienda de la esquina. Los pájaros de la mañana, ajenos al concepto de «dormir hasta tarde», entonaban sus habituales gorjeos matutinos. Papá y yo estábamos sentados, en silencio. Hablar durante diecisiete horas y cubrir casi cada minuto de sus primeros veintidós años en la tierra lo había dejado extenuado. A mí, escucharlo me había producido el mismo efecto. No sé cuál de los dos estaba más cansado. De pronto, el rostro de papá se iluminó y dijo:

—Oye, ¿sabes qué?

—¿Qué?

—¡La sangre se ha coagulado!

¿Sangre? ¿Qué sangre? ¡Ah, claro...! Yo me había metido en una pelea, ¿verdad? Mis compañeros me habían golpeado hasta dejarme sin sentido, ¿no? Levanté la mano para tocarme el rostro. Había una sustancia dura y crujiente en mi labio inferior. Corrí a mirarme en el espejo del baño. ¡Vaya! En efecto, en algún momento durante la historia de papá, la sangre de mi cara se había vuelto negra y globular. Yo tenía un aspecto horrible. Sonreí por primera vez desde mucho antes de que empezara la historia.

—¿Quieres que te saque una foto antes de limpiarte? —gritó papá desde mi habitación.

—No, habrá mucha más sangre de donde vino ésta.

—Gran verdad.

Puse el extremo de una toalla bajo el agua caliente y me lo pasé por la costra. Mientras me limpiaba la cara y el agua convertía la sangre negra en roja, y también manchaba la toalla, pensé en la historia de papá: la historia de Terry Dean. Me parecía no haber descubierto sobre tío Terry todo lo que cabía esperar después de un monólogo de diecisiete horas, pero había descubierto muchísimas cosas sobre mi padre.

Tenía la incómoda sensación de que tal vez todas las palabras por él pronunciadas fuesen verdad. Sin duda, así lo creía él. Había algo turbador en que un hombre de treinta y dos años pusiera su alma de adulto en boca de un niño, aun cuando ese niño fuese él mismo de pequeño. ¿Mi padre un anarquista de ocho años? ¿Un misántropo de nueve? ¿O acaso era el niño protagonista de una historia de reinvención inconsciente, un hombre con la experiencia adulta del mundo intentando dotar de sentido su infancia, arrasando en el camino las ideas o perspectivas que había experimentado realmente por aquel entonces? Tal vez. Después de todo, la memoria quizá sea lo único en el mundo que podemos manipular para nuestro propio beneficio, para que no tengamos que volver la vista a un pasado cada vez más lejano y pensar: «¡Menudo gilipollas!»

Pero papá no era de los que maquillan sus recuerdos. Le gustaba conservarlo todo al natural, ya fuera el pelo o su pasado. Por eso sabía que todo lo que me había contado era cierto, y por eso aún me estremezco al recordar la espeluznante revelación que vino después, el bombazo sobre la mujer más importante que ha habido en mi vida: mi madre.

2

Me estaba dando una ducha de cuarenta y cinco minutos. Sé que estaba siendo imperdonablemente desconsiderado con el medio ambiente, pero había leído en la revista *New Scientist* que en dos mil millones de años el universo en expansión habría alcanzado su pico y empezaría a contraerse como una goma elástica, el tiempo correría hacia atrás y, por tanto, el agua regresaría finalmente a la alcachofa de la ducha.

—¡Jasper! ¡Se me había olvidado por completo! —oí gritar a papá.

—¡Estoy en la ducha!

—Lo sé. ¿Sabes qué día es hoy?

—No.

—Adivina.

—El dos de diciembre.

—No. ¡El diecisiete de mayo! ¡Es increíble que lo haya olvidado! ¡Date prisa!

El diecisiete de mayo, el cumpleaños de mi madre. Inexplicablemente, papá siempre le compraba un regalo. Inexplicablemente, hacía que yo lo abriera. Yo nunca sabía si darle las gracias. Solía tratarse de un libro o chocolatinas y, después de abrirlo y decir algo como «¡Qué bien!», papá sugería que se lo diéramos a mi madre en persona. Eso implicaba ir al cementerio. Esta mañana, puesto que se le había pasado por alto la importancia de la fecha, papá recorrió la casa en busca de algo que envolver. Al final encontró una botella de whisky a la que le quedaban dos sorbos decentes. Esperé en ascuas a que la envolviera y, al poco rato, él esperó con ansiedad a que yo lo abriese y dijera:

—¡Qué bien!

Mi madre estaba enterrada en un cementerio judío, lo cual era un posible detalle para con mis abuelos. Por si no lo sabéis, la religión judía dicta que pongas una vieja piedra sobre la tumba de tus seres queridos. Nunca vi razón alguna para oponerme a excéntricas tradiciones ancestrales tan baratas como ésta. Así que salí a la calle y me pregunté qué clase de piedra mugrienta querría mi difunta madre como muestra de mi devoción.

Cuando finalmente llegamos al cementerio, no encontrábamos la tumba. El laberinto de piedras grises nos confundía, pero al final la descubrimos yaciendo donde siempre, entre Martha Blackman, que había respirado durante noventa y ocho aburridos años, y Joshua Wolf, cuyo corazón se había detenido injustamente a la edad de doce. Miramos la losa donde estaba escrito su nombre.

«Astrid.»

Sin apellido, sin fecha de nacimiento ni de muerte; sólo su nombre a secas en la piedra, hablando inmensidades de silencio.

Intenté imaginar cómo habría sido la vida con mi madre. Me resultó imposible. La madre que yo lloraba era una amalgama de recuerdos manufacturados, fotografías de actrices del cine mudo, y de la tierna y cálida imagen del arquetipo materno. Se metamorfoseaba constantemente, una visión en continuo movimiento.

A mi lado, papá se mecía sobre los pies, como esperando el resultado de un partido. Avanzó unos pasos y retiró las hojas otoñales con forma de estrella de la lápida.

Lo miré. Miré sus pies.

—¡Eh! —grité.

Se volvió sorprendido y me espetó:

—No grites de repente en un cementerio, so morboso. ¿Quieres matarme del susto?

—¡Tus pies! —chillé, señalándolos. Mi padre alzó los talones, en busca de una mierda de perro—. ¡La estás pisando!

—No, no es verdad.

Sí que lo era. Estaba de pie encima de mi madre. Cualquier tonto podía verlo.

—¡Estás pisando su tumba, joder! ¡Sal de ahí!

Papá sonrió, pero no hizo nada por mover los pies. Lo agarré del brazo y lo arrastré a un lado. Eso sólo le hizo reír.

—¡Vale! ¡Cálmate, Jasper! Tu madre no está ahí.

—¿A qué te refieres, con que «no está ahí»?

—No está enterrada ahí.

—¿Qué quieres decir?

—Quiero decir que ahí hay un ataúd. ¡Pero está vacío!

—¿Un ataúd vacío?

—¿Y quieres saber lo peor? ¡Tienes que pagar lo mismo que si hubiera un cadáver dentro! Yo creía que iba por peso, pero no es así.

Aterrado, miré su rostro alegre. Meneaba la cabeza, lamentándose por la pérdida de su dinero.

—¿DÓNDE COJONES ESTÁ MI MADRE?

Papá explicó que había muerto en Europa. No quería explayarse en el tema. Había comprado la parcela del cementerio por mí, al considerar que un muchacho tenía derecho a llorar a su madre en el entorno apropiado. ¿Dónde iba a hacerlo, si no? ¿En el cine?

Antes, cuando había salido el tema, lo único que papá me había dicho era que estaba muerta y que los muertos no preparan la cena. Lo que ahora me parecía increíble era cuánto había reprimido yo mi curiosidad. Supongo que, como mi padre no quería hablar de ello, me había convencido de que era de mala educación fisgonear en vidas acabadas. Mi madre era un tema que él había puesto en un estante elevado, fuera del alcance de cualquier pregunta. Yo había aceptado sin más que bajo ninguna circunstancia se preguntara por la destrucción de alguien que se suponía indestructible.

Pero ahora, de pronto, con la revelación de que había estado todo el tiempo llorando un agujero vacío, la ira se transformó en una ardiente curiosidad. En el coche, cuando volvíamos a casa del cementerio, le dije que, si a los nueve años ya era lo bastante mayor para llorar ante la tumba de mi madre, también lo era para saber algo de ella.

—Sólo era una mujer a la que vi poco tiempo —soltó papá.

—¡Sólo una mujer! ¿No estabais casados?

—¡Oh, no! Yo ni siquiera me he acercado a un altar.

—Bueno y, ya sabes, ¿la amabas?

—No sabría responder a esa pregunta, Jasper. De verdad que no.

—¡Inténtalo!

—No.

Más tarde, esa misma noche, oí unos martillazos y entré en el baño, donde papá ponía unas cortinas ante el espejo.

—¿Qué haces?

—Algún día me lo agradecerás.

—Háblame de ella, papá. ¿Cómo era?

—¿Sigues insistiendo en eso?

—Sí.

—Bueno, ¡ya está!

Papá dejó de dar martillazos, puso la barra y corrió las cortinas beige en el espejo, ayudándose de un cordón.

—¿Por qué la gente necesita mirarse mientras se lava los dientes? ¿No saben dónde los tienen?

—¡Papá!

—¿Qué? Joder, ¿qué quieres, información objetiva?

—¿Era australiana?

—No, europea.

—¿De dónde, exactamente?

—Exactamente no lo sé.

—¿Cómo puedes no saberlo?

—¿Por qué estás tan interesado en tu madre así, de repente?

—No sé, papá. Supongo que soy un sentimental.

—Bueno, pues yo no —replicó, mostrándome una vista familiar: su espalda.

En los meses que siguieron, presioné e insistí y estrujé; hasta que, poquito a poco, conseguí sacar la siguiente y escasa información: mi madre era guapa desde determinados ángulos, había viajado mucho y le disgustaba que le sacasen fotografías tanto como a la gente le disgusta que le saquen el dinero. Hablaba varias lenguas con fluidez, tenía entre veintiséis y treinta y cinco años cuando murió y, aunque la llamaban Astrid, probablemente ése no fuera su verdadero nombre.

—¡Ah!, y odiaba muchísimo a Eddie —dijo mi padre un día.

—¿Conocía a Eddie?

—Yo lo conocí por la misma época, más o menos.

—¿En París?

—En las afueras de París.

—¿Y qué hacías tú en la afueras de París?

—Ya sabes. Lo normal. Dar un paseo.

Eddie, el mejor amigo de papá, era un tailandés delgado de bigote fino, que siempre parecía estar justo en la flor de la vida y ni un día más allá. Cuando estaba con mi pálido padre, más que amigos parecían médico y paciente. Era evidente que tendría que interrogar a Eddie acerca de mi madre. El problema era encontrarlo. Hacía frecuentes e inexplicables viajes al extranjero, y yo no tenía ni idea de si era por negocios, placer, inquietud, genocidio o por un desafío. Eddie sabía ser categóricamente inespecífico; nunca iría tan lejos para decir, por ejemplo, que estaba visitando a unos parientes de la provincia de Chiang Mai, en Tailandia, pero, si insistías, podía llegar a admitir que había estado «en Asia».

Esperé seis meses a que Eddie resurgiera. Durante ese período preparé una lista de preguntas e imaginé mentalmente, una y otra vez, la entrevista que tendría con él, incluidas sus respuestas. Preví (resultó que equivocadamente) una escabrosa historia de amor en que mi santa madre se martirizaba en un escenario del tipo Romeo y Julieta: imaginé que los amantes malditos se habían comprometido en un trágico pacto de suicidio doble, pero que papá se había echado atrás en el último momento.

Por fin, estaba yo una mañana en el baño cepillándome los

dientes con las cortinas corridas cuando oí la almibarada voz de Eddie:

—¡Marty! ¿Estás aquí? ¿Le hablo a un piso vacío?

Corrí a la sala.

—¡Aquí está! —dijo Eddie y, como siempre, antes de que pudiera decirle «¡No, por favor!», alzó la Nikon que le colgaba del cuello y me fotografió.

Eddie era un fanático de la fotografía y no podía estar ni cinco minutos sin sacarme una. Era un multifunciones genial: con un ojo en la lente de su Nikon, era capaz de fumar un cigarrillo, fotografiarnos y alisarse el cabello al mismo tiempo. Aunque me decía que yo salía bien en las fotos, no podía refutárselo; nunca nos mostraba los resultados. Yo no sabía si llegaba a revelar las fotos, ni siquiera si tenía película en la cámara. Era sólo otro ejemplo del secretismo patológico de Eddie. Nunca hablaba de sí mismo. Nunca te contaba cómo le iba el día. Era distante, en cuerpo y alma.

—¿Cómo está tu padre? Sigue por aquí, ¿verdad?

—¿Conociste a mi madre, Eddie?

—¿Astrid? Claro que la conocí. Una lástima lo suyo, ¿no?

—No lo sé. ¿Fue una lástima?

—¿A qué te refieres?

—Háblame de ella.

—Está bien.

Eddie se dejó caer en el sofá y dio unos golpecitos en el cojín que tenía al lado.

Salté sobre éste emocionado, ajeno a lo profundamente insatisfactoria que sería nuestra conversación: esperaba tanto aquello que había olvidado por completo que estaba ante el peor narrador del mundo.

—La conocí en París, con tu padre —empezó—. Diría que era otoño, porque las hojas eran marrones. El nombre que los americanos dan al otoño, *fall*, «caída», me parece realmente bonito. Personalmente, me gusta el otoño, y también la primavera. El verano sólo lo tolero los tres primeros días, después busco una cámara frigorífica para esconderme.

—Eddie...

—¡Oh, lo siento! Me he desviado del tema, ¿verdad? Olvidaba decirte lo que pienso del invierno.

—Mi madre.

—Bien. Tu madre. Era una mujer hermosa. No creo que fuese francesa, aunque lo parecía. Las mujeres francesas son pequeñas y delgadas, de pecho bastante pequeño. Si quieres pechos grandes, tienes que cruzar la frontera con Suiza.

—Papá me ha dicho que conociste a mi madre en París.

—En efecto. Fue en París. Echo de menos París. ¿Sabes que en Francia tienen una palabra distinta para decir que algo les asquea? No puedes decir «¡Puaj!». Nadie te entendería. Tienes que decir «¡Berk!». Es raro. Lo mismo pasa cuando te haces daño. Es «¡Aie!», no «¡Ay!».

—¿Y qué hacía mi padre en París?

—En esa época, nada, la misma clase de nada que hace ahora, sólo que en francés. Bueno, no es que no hiciera nada. Se pasaba el tiempo escribiendo en su cuadernito verde.

—Todos los cuadernos de papá son negros. Siempre utiliza los mismos.

—No, éste era verde, sin duda. Lo recuerdo perfectamente. Es una pena que no puedas ver las imágenes que tengo ahora en mente. Son tan reales... Ojalá pudiéramos proyectar las imágenes mentales de todos en una pantalla y vender entradas. La cantidad de dinero que la gente estaría dispuesta a pagar determinaría nuestra autoestima.

Me levanté del sofá, dije a Eddie que siguiera sin mí, me dirigí a la habitación de mi padre y me detuve en el umbral, mirando estúpidamente el vasto caos y el desorden que tal vez escondiera, o tal vez no, la historia secreta de mi madre en un cuaderno verde. No suelo entrar en la habitación de mi padre por la misma razón por la que uno no entra a hablar con un hombre que está en el retrete, pero esto era lo bastante importante para obligarme a romper mis propias reglas. Penetré en las entrañas abiertas de mi padre, su inhóspita tormenta de arena; que pudiese dormir ahí ya era toda una hazaña.

Me puse manos a la obra. Primero tuve que abrirme camino por entre un archivo amarillento de periódicos que rivalizaría con los almacenados en la biblioteca pública. Estaban amontonados en los oscuros rincones de la habitación; los montones eran tan numerosos que cubrían el suelo hasta llegar a la cama. Pasé por encima de los periódicos y de objetos que sólo podía imaginar que había sacado de cubos de basura y otros que imaginé que había sacado de las bocas de la gente. De camino, encontré cosas que creía largo tiempo perdidas: la salsa de tomate, la mostaza, todas las cucharillas de postre, las de la sopa y los platos grandes. Abrí uno de sus armarios y, bajo un montón de ropa, encontré la primera pila de cuadernos: habría unos cien. Todos eran negros. Negros, negros, negros. En el segundo armario encontré otros cien; de nuevo, decepción: todos negros. Me metí dentro del armario; era muy profundo. Allí encontré una montaña de revistas, pero intenté no demorarme en ellas. Papá había cortado los ojos de todas las fotografías. Intenté no darle demasiada importancia. Un hombre puede leer una revista y sentirse inclinado a sacar los ojos si le parece que lo miran con insolencia, ¿no? Hice caso omiso de las revistas y avancé hacia el interior del armario (realmente era un armario muy profundo). Otra caja reveló otra montaña de cuadernos, así como los ojos recortados de las revistas. Éstos me observaron despiadadamente mientras rebuscaba entre los cuadernos y parecieron abrirse sorprendidos, como los míos, ante la visión, bajo la tapa de cartón que estaba en el fondo de la caja, de un cuaderno verde.

Lo cogí y salí a toda prisa de la sofocante habitación. Oí a Eddie en la sala, que seguía hablando consigo mismo. Fui a mi habitación para examinar el cuaderno verde.

Los cantos estaban gastados. Al abrirlo, vi que la tinta estaba corrida en ciertas partes, pero no lo bastante para hacer la escritura ilegible. La letra iba de pequeña y pulcra a grande y curvada y, en los párrafos posteriores, cuando bajaba la página en diagonal, parecía haber sido escrita a lomos de un camello o en la proa de un barco zarandeado por el mal tiempo. Algunas de las páginas apenas se mantenían colgando de una grapa y, cuando el cuaderno estaba cerrado, las esquinas sobresalían como pequeños marcapáginas.

Había un título, en francés: *Petites misères de la vie humai-*

ne. Lo que no significa «pequeñas miserias», como creí al principio, sino que se traduce, más o menos, por «Pequeños inconvenientes de la vida humana».

Me produjo una sensación desagradable, y eso me sirvió como preparación para la historia de mi venida al mudo, la historia que se hallaba en el siguiente diario y que reproduzco aquí para su lectura.

Petites misères de la vie humaine

11 de mayo

París, ciudad perfecta para estar solo & triste. Londres es demasiado lúgubre para ser un triste fardo con un mínimo de dignidad. ¡Oh, Londres! ¡Ciudad horrenda! ¡Fría nube gris! ¡Capa baja de bruma & niebla! ¡Denso lamento! ¡Lluvioso suspiro desdichado! ¡Precario banco de genes! ¡Ciudad de carrera! ¡Ciudad quebradiza! ¡Imperio caído! ¡Ciudad de tabloides! Lección de Londres: el infierno no es rojo candente, sino frío & gris.

¿Y Roma? Llena de depredadores sexuales que viven con sus madres.

¿Venecia? Demasiados turistas, tan tontos como los creyentes que dan de comer a las palomas italianas, mientras que en sus propias ciudades las desprecian.

¿Atenas? Policía montada por todas partes, que sólo se detiene para que sus caballos caguen en las calles adoquinadas: la mierda de caballo se acumula en pilas tan mastodónticas que cualquiera diría que no hay mejor laxante en el mundo que las balas de heno.

¿España? Las calles huelen a calcetines fritos en orina: demasiados católicos bautizados con meado. Aunque el verdadero problema de España es que uno se ve constantemente frustrado por los fuegos artificiales: hedor sexual de fiestas explosivas, sal en la herida de la soledad.

Pero París: precioso pobre feo opulento vasto complejo

gris lluvioso & francés. Se ven mujeres increíbles, paraguas, mendigos, calles arboladas, bicicletas, agujas de iglesias, africanos, balcones, cúpulas lúgubres, macetas rotas, una mala baba que resuena eterna, jardines majestuosos, comercios lujosos, árboles negros, dientes feos, socialistas subiendo la mano por las piernas de intelectuales, cuellos altos, pañuelos originales, mugre, deseo, arrabales, travestís elegantes, atisbos en el metro de olores corporales, aromas de queso palpables, peatones sin rumbo, luz filtrada, farolas estudiadas, flemas multicolores de fumadores pasivos, en las terrazas de los cafés rostros enloquecidos, cementerios modernos, boinas de terciopelo, conductores pésimos, chocolates calientes, gárgolas estridentes, artistas contestatarios, gatos escuálidos, carteristas huyendo con las vísceras brillantes de ricos turistas alemanes, & grandes monumentos fálicos en las plazas & tiendas sexuales.

No es ningún rumor: parisinos pomposos y petulantes se sientan de piernas cruzadas en los cafés & filosofan sin ser invitados; ¿por qué será que escuchar a alguien que suelta un gran discurso me produce la misma sensación que ver a alguien que ha vestido a su perro?

Llevo la última postal de Caroline. Típica de ella. «Estoy en París» y una dirección, algún barrio mugriento de las afueras. Iré allí & le diré que mi hermano, el hombre al que amaba, ha muerto, y luego... AÚN NO; las declaraciones torpes de amor suponen un elevado riesgo para el corazón. ¿Debo verla? ¿Debo esperar? El problema con la mayoría de las personas es q NUNCA se rompen por la mitad, no por el centro como me ha pasado a mí, NUNCA se han hecho pedazos, NUNCA han escuchado a sus facciones antagónicas plantear su caso de forma tan convincente Y adecuada y no saben qué es q el cerebro & el cuerpo quieran dos cosas diferentes cada uno, lo cual suma cuatro ideas imperiosas a la vez.

Me pregunto si busco a Caroline en particular o sólo a cualquiera que me haya conocido desde hace más de cinco minutos.

4 de junio

Esta mañana me han despertado las risas de unos niños; eso me ha jodido. Lo q es peor, he descubierto q esta noche mi cabeza había tomado una decisión: <u>Hoy Martin Dean irá a ver a Caroline Potts & le declarará su devoción & su amor eterno</u>. Me he quedado acostado en la cama, hecho un manojo de nervios. Pensado q todas las decisiones que han alterado mi vida han sido decisiones de altos vuelos, tomadas desde las jerarquías más altas de mi ser, cuando las órdenes atruenan desde el comandante en jefe, ¿qué se puede hacer? Me he duchado afeitado bebido vino rancio & vestido. En la cabeza, 2 recuerdos fragmentados de Caroline: 1) su sonrisa, no su cara sonriente, sólo la sonrisa como un par de dentaduras flotantes. 2) su forma de hacer el pino con la falda escocesa colgando hasta las axilas; Dios, cómo ese inocente acto infantil hace q quiera abalanzarme sobre ella de un modo brutal aunque profundamente sentido.

He entrado en entrañas de la ciudad, luego sofocante viaje en metro fuera de París. He visto cuatro personas con cara de caballo. Un ladronzuelo de catorce años ha intentado robarme la cartera del bolsillo, haciéndome caer en la cuenta de q no conozco la palabra francesa para decir ¡Eh!

Finalmente me he sentado en un muro bajo de piedra frente a pequeño edificio de muchas ventanas, todas las persianas cerradas como si fuera para siempre. Difícil creer que este sucio bloque de pisos aloja a la mujer que amo. El comandante ha notado q iba a entretenerme y me ha chillado en la oreja, así q he desfilado hasta la puerta y llamado. También me he mordido el labio inferior, aunque el comandante no lo había ordenado.

El picaporte ha girado despacio e insensiblemente para prolongar inmaculada agonía. Al fin ha aparecido una mujer baja y fornida, tan ancha como larga; en otras palabras, un cuadrado perfecto.

—*Oui?*

—Caroline Potts, ¿ella está aquí? —he dicho en una perfecta traducción a mi lengua de un francés gramaticalmente correcto.

La mujer se ha alejado parloteando en su lengua & meneando la cabeza. Caroline ya no estaba allí.

—¿Y *monsieur* Potts? ¿El hombre ciego?

La mujer me ha mirado sin comprender.

—Ciego. No ojos.

No ojos, he repetido como un idiota, pensando, bueno, ¿puedo entrar a oler la almohada de Caroline?

—¡Hola!, ha gritado una voz desde la ventana superior. De allí colgaba una cara asiática, en busca de un cuerpo que le encajase. ¡Espera!, ha dicho la cara & ha bajado corriendo.

—¿Buscas a la chica y al ciego?

—¡Sí!

—Soy Eddie.

—¿Y?

—Nada. La chica se marchó hace un mes, después de que el hombre ciego muriese.

—¿Ha muerto? ¿Estás seguro?

—Claro que estoy seguro. Fui al funeral. ¿Cómo te llamas?

—Martin. ¿Cómo murió?

—Solía observarlos desde mi ventana. Cada día ella lo acompañaba de compras para enseñarle los socavones de la calle, pero ese día en concreto él fue solo. Tuvo que desorientarse, porque caminó hasta el centro de la calzada y se quedó ahí parado.

—¿Lo atropelló un coche?

—No, le dio un infarto. Está enterrado en el cementerio local. ¿Quieres ver su tumba? Puedo llevarte. Vamos, ha dicho, abrochándose el abrigo, pero yo dudaba. Había algo inquietante en su actitud: sus manos hacían gestos delicados & su voz era conciliadora como si hubiésemos discutido & quisiera compensarme.

»¿Vamos a ver a tu amigo muerto?, ha preguntado con suavidad, y yo he pensado no me gusta este hombre, no es q tenga ningún motivo real para que me disguste, pero ¿y qué?

Yo he disgustado a muchas personas que ni me hubieran reconocido en una rueda de identificación de la policía.

Bajo un cielo gris, hemos caminado por una calle del mismo color en silencio mortal hasta la cima de la colina. El cementerio estaba a sólo 100 metros de distancia, un lugar conveniente para morir. En la tumba sólo su nombre & la fecha & nada más ninguna ocurrencia nada. Me he preguntado si Lionel había muerto al instante o si con el último suspiro hizo algún plan banal como Debo comprar leche. Luego, pensado en todas las muertes que conocía, cómo Harry eligió la suya & Terry seguramente se llevó un susto con la suya & las muertes de mis padres que debieron llegarles como una desagradable sorpresa como una factura en el correo que creían haber pagado.

Eddie me ha invitado a tomar vino caliente. Su pequeña habitación apenas amueblada olía a una combinación de piel de naranja quemada & mejilla de anciana q nos obligan a besar en una reunión familiar. Moqueta cubierta de grandes manchas aceitosas, la habitación hablaba elocuentemente de todo lo q habían derramado los torpes que antes habían vivido ahí.

Hemos tomado sándwiches & vino caliente. Eddie era una de esas personas expertas en sintetizar sus vidas en menos de un minuto. Nacido en Tailandia. Estudió medicina; nunca ejerció. Había viajado mucho. Ahora lo intentaba en París.

Nada que objetar.

La conversación fluía como el agua que cae por el retrete al tirar de la cadena. Me miraba con tanta intensidad q he sentido como si mis ojos fueran espejos de bolsillo & él se mirase el pelo.

La noche ha llegado rápido; me ha desconcertado q Eddie no encendiese las luces. He echado un vistazo al interruptor de la pared, pero temía moverme; si este loco prefería la alegría sin aire de las sombras también lo haría yo. Finalmente ha alargado el brazo & encendido una lámpara. La pequeña luz ha ardido y crecido en mis ojos.

—Así que hoy te has llevado una decepción, ha dicho.

—Sí, creí que la encontraría aquí.

Eso lo ha hecho reír con espasmos violentos, una risa como un defecto congénito.

—Me refería a la muerte de tu amigo.

—Oh, sí; eso también.

—¿Quieres a esa chica?

—Es una vieja amiga de casa.

—Australia, ha dicho con tono impersonal, haciendo q el nombre de mi país sonara como algo viejo q había poseído y luego desechado. Yo he dicho hum y él ha continuado con preguntas. ¿Qué hacía en París? ¿Cuánto me quedaría? ¿Dónde vivía? ¿Trabajaba? ¿Por qué no?, etc. Se ha ofrecido a ayudarme en lo q hiciera falta. Dinero o un trabajo o un sitio donde dormir. Se lo he agradecido & dicho que se hacía tarde.

—¿Te molestaría que te hiciera una foto?

Me molestaría.

—Oh, vamos. Es sólo un pequeño *hobby*, ha dicho sonriendo. He echado un vistazo a la habitación para comprobar su afirmación (una fotografía quizá) pero las paredes estaban desnudas & cuando ha entrado en la otra habitación a buscar su «aparato» como ha llamado a su cámara me he estremecido porque siempre q alguien pronuncia la palabra «aparato» veo unas tenazas enormes y resplandecientes con una única gruesa gota de sangre en la punta.

—Creo que debo irme, he dicho.

—Sólo una foto de nada. Seré rápido, ha insistido con una sonrisa fija como una ventana atascada por haberse secado la pintura.

Mientras se organizaba, yo estaba convencido de q me pediría q me desnudara. Él no paraba de hablar, decía Tienes que decirme si puedo ayudarte en algo, lo que me ha convencido de q no sólo iba a pedirme que me desnudara, sino q iba a hacerlo él mismo. Ha encendido otra luz: una única bombilla que ha bramado un trillón de vatios & me ha sacado una foto sentado en la silla & levantándome & poniéndome el abrigo & saliendo por la puerta.

—Ven a cenar mañana por la noche, ha dicho.

—Vale, he mentido & ido a toda prisa & de camino a casa me he desviado al cementerio para darle un último adiós a Lionel donde he intentado ser solemne & sentir REMORDIMIENTO TRISTEZA DUELO ALGO he respirado hondo no ha servido de nada no he podido sentir NADA más que asco hacia mi persona; tantas dilaciones me han hecho perder lo que podría haber sido un punto de inflexión en mi vida, ¿cuándo vendrá el siguiente? Había imaginado nuestro reencuentro tropecientas mil veces Caroline era el motivo esencial de que yo estuviera en Europa o hablando claramente de que estuviera vivo & por miedo e indecisión la había perdido.

He dado una patada a la lápida en un arrebato de ira impotente pero luego me he acordado de Lionel. He intentado entristecerme de nuevo, pero en mi corazón no había sitio para llorarle. Estaba demasiado ocupado llorándole al amor.

Un tributo insensible a mi amigo truncado por unos suaves pasos en la hierba: Eddie al fondo del cementerio con las manos en los bolsillos mirándome fijamente. He fingido no haberlo visto & me he apresurado en la noche, pensando en tenazas.

Otra vez yo

Me es imposible fingir que las pequeñas desgracias ajenas no me hacen gracia porque me la hacen; no la muerte o la enfermedad, pero es divertidísimo que un teléfono público se trague el dinero de alguien y después se niegue a llamar. Podría pasarme el día mirando a la gente golpear teléfonos.

He encontrado un lugar ingenioso para pensar: el interior fresco y oscuro de las catedrales de París. Claro q allí conversan feligreses bobos como patriotas, pero conversan con voz queda porque están con Dios. Es estúpido creer que Dios sólo escucha nuestros pensamientos cuando nos dirigimos a él <u>en concreto</u> & q no escucha los pensamientos vergonzosos q se nos ocurren en situaciones cotidianas como Espero que Fred la palme pronto para quedarme con su despacho, es mucho más bonito que el mío. El sentido de la fe es haber acordado con el Creador q no escuchará los susurros de nuestra mente a menos q se le invite.

Café Gitane

Meses sin escribir. Loco de soledad loco de indecisión loco de ojos imaginarios. Días llenos de caminar pensar leer comer beber fumar & en general intentar abrir el candado de la vida pero es difícil si uno es el cuchillo desafilado excluido de todas las guerras. Espero no sufrir los mismos problemas en el futuro, no se me ocurre nada peor. (No es que tenga nada en contra de los problemas, no es así, espero tenerlos toda la vida, sólo q no quiero q sean los mismos problemas. Espero que cada nuevo año traiga espantosas desgracias distintas). Creo que los veinte recién cumplidos son esa edad en que adquieres hábitos que te acaban arruinando la vida.

Un jueves

Hablando de combinaciones imprevisibles ahora DESEO & SOLEDAD se han fundido de manera insoportable persistente mi cuerpo grita mi alma grita quiere tocar ser tocada me rodean innumerables parejas esculpidas & impecables parece que fueran a iniciar una nueva raza insoportable de ex estrellas de telenovela TIENE QUE haber alguien para mí en alguna parte.

2:30 ¿Mediados de semana?

Todos los días: mismo café, un libro diferente q leer. No hablo con NADIE & mantengo la vista en sitios raros cuando pido el café pero aquí conocen mi cara. Los clientes fuman cualquier cosa inflamable & el camarero te pregunta qué vas a tomar como si fueras su antigua Némesis del instituto pero no está seguro & me siento en la mesita junto al radiador pensando aquí estoy de nuevo queriendo ser invisible y después furioso cuando se me ignora.

Al otro lado del ventanal observo la vida. ¡Cuántos bípedos, joder! Australia: bípedos que lanzan una pelota. París: bípedos con jerséis de cuello alto. Pessoa llamó a la humanidad «variable pero imperfectible». Difícil encontrar mejor definición q esa. El camarero vuelve con la cuenta. Discuto con él & pierdo rápidamente. No me extraña que los principales existencialistas fuesen franceses. Es normal horrorizarse de la existencia si tienes que pagar cuatro dólares por un café.

Sin fecha

Imagino el día del Juicio Final como Dios q te llama a una pequeña habitación blanca con una incómoda silla de madera en q te sientas & te muerdes las uñas mientras ansioso cambias de posición. Dios entra sonriendo como un revisor ferroviario que te ha pillado sin billete & dice No me importa el bien o el mal q hayas hecho & no me importa si crees en mí o en mi hijo o en cualquier otro miembro de mi extensa familia & no me importa si has sido generoso con los pobres o un miserable tacaño pero aquí tienes un informe minuto a minuto de tu paso por la Tierra. Entonces saca un trozo de papel de 10.000 kilómetros de largo & dice: Lee esto & explícate. En mi informe se leería lo siguiente:

14 de junio

9.00 de la mañana	despertó
9.01 de la mañana	acostado en la cama, mirando al techo
9.02 de la mañana	acostado en la cama, mirando al techo
9.03 de la mañana	acostado en la cama, mirando al techo
9.04 de la mañana	acostado en la cama, mirando al techo
9.05 de la mañana	acostado en la cama, mirando al techo
9.06 de la mañana	acostado en la cama, mirando al techo
9.07 de la mañana	acostado en la cama, mirando al techo
9.08 de la mañana	se volvió del lado izquierdo
9.09 de la mañana	acostado en la cama, mirando a la pared
9.10 de la mañana	acostado en la cama, mirando a la pared
9.11 de la mañana	acostado en la cama, mirando a la pared
9.12 de la mañana	acostado en la cama, mirando a la pared
9.13 de la mañana	acostado en la cama, mirando a la pared
9.14 de la mañana	acostado en la cama, mirando a la pared
9.15 de la mañana	dobló almohada, se sentó para mirar la ventana
9.16 de la mañana	sentado en la cama, mirando la ventana
9.17 de la mañana	sentado en la cama, mirando la ventana
9.18 de la mañana	sentado en la cama, mirando la ventana
9.19 de la mañana	sentado en la cama, mirando la ventana

Entonces Dios diría La vida es un regalo & tú nunca te molestaste siquiera en abrirlo. Después me castigaría.

Nochevieja

Todo París ha contado hacia atrás en Navidad y ahora cuentan hacia atrás en Nochevieja, lo q prueba q no sólo estamos más obsesionados que nunca con el tiempo sino que no podemos dejar de contarlo todo. Tenemos la percepción de que el tiempo avanza, pero los científicos dicen que estamos equivocados pero que muy equivocados de hecho dicen que estamos tan equivocados que sienten algo de vergüenza por nosotros.

Es Nochevieja & no tengo NADA que hacer NADIE a quien tocar NADIE a quien besar.

1 de enero

¡Vaya noche! Si alguien nota unos fuertes temblores súbitos en el mundo, se deben a q por fin me he colado en el aromático bolsillo peludo del otro género. Sí, es oficial: ¡soy un fornicador!

Me senté en un banco del cementerio de Montmartre frente a la tumba de Nijinsky & anoté una lista de propósitos. Las bobadas habituales: dejar de fumar & ser feliz con lo que tienes & dar limosna a los mendigos pero no a los suplicantes & no humillarse ni siquiera a uno mismo & mear vino & cagar oro bla bla bla. La lista banal de promesas llegó a las cincuenta y mientras la rompía pensé q los propósitos para Año Nuevo son una confesión de q, en el fondo, sabemos que la causa de nuestra infelicidad reside en nosotros & no en los otros.

Caminé por las calles hasta medianoche entre los habitantes de París atiborrados de alegría & me sentí estúpido & inadecuado por mi infelicidad & me pareció clarísimo que la soledad es lo peor del mundo & que a la gente SIEMPRE se le debería perdonar todo lo que transigen cuando aman.

A medianoche me llevé los dedos a los oídos pero no sirvió de nada, lo oí de todos modos. La cuenta atrás del Año Nuevo fue lo peor que jamás he oído.

Seguí caminando. La ventana de un café normal y corriente resplandecía entre la niebla en un círculo de puntos de luz. Cuando entré un camarero gordo me sirvió champán sonriendo. Me lo bebí & le deseé feliz Año Nuevo en francés. Los clientes habituales, curiosos por saber quién era, me acosaron a preguntas & soltaron exclamaciones de sorpresa cuando dije q era de Australia; mi país para ellos no más cercano q la luna. Me emborraché & les devolví las preguntas & descubrí quién tenía hijos quién estaba divorciado quién tenía cáncer de colon quién había ganado un pequeño premio literario por un poema titulado «Las tripas de la vida» quién atravesaba graves dificultades económicas & quién pertenecía a la francmasonería pero no se lo digas a nadie.

Cuatro de la madrugada: descubrí a una mujer sentada en el otro extremo de la barra. No la había visto entrar. Tenía una bonita cara angulosa & grandes ojos marrones & llevaba un sombrero negro afelpado & cuando se lo quitó el cabello le cayó por todas partes por la cara por el champán. Tenía mucho pelo. Le bajaba por la espalda. Se me metió en la cabeza. Cubrió sus hombros & mis pensamientos.

La observé mientras bebía & pensé q su cara era de esas q hay que trabajarse: había cierto cansancio del mundo en esa cara como si hubiese visto todos los actos de la creación & todos los actos de la destrucción & se hubiera quedado atascada en el embotellamiento de la historia & se hubiese arrastrado desnuda sobre kilómetros & kilómetros de cuerpos destrozados & partes de maquinaria & hubiera acabado aquí en este bar para tomar una copa rápida de champán & quitarse el sabor a holocausto de la boca.

El alcohol me dio valor & me acerqué sin tener una entrada preparada.

—*Bonsoir mademoiselle. Parlez-vous anglais*?, pregunté.

Negó con la cabeza como si yo fuera un policía interrogándola después de una violación así que retrocedí & volví a mi sitio al final de la barra. Humillado, vacié el champán de un solo trago & cuando terminé vi que ella se me acercaba.

—Hablo inglés, dijo instalándose en el taburete de al lado. Difícil identificar su acento, europeo pero no francés. La sorprendí mirándome las orejas deformadas, no fue muy sutil, & antes de q supiera lo q sucedía me había puesto el dedo en la cicatriz & me gustó no ver lástima en sus ojos sólo una leve curiosidad. La lástima es el horrible hermano perdido de la empatía. La lástima no sabe qué hacer consigo misma así que sólo dice Oohhhhhh.

Me sorprendió aún más que no me preguntara al respecto.

—¿Tienes cicatrices?, le pregunté.

—Ni siquiera tengo rasguños, respondió suavemente como si una mano le tapase la boca.

Llevaba la chaqueta abierta lo justo para mostrar una camiseta negra ceñida que ocultaba unos pechos pequeños como huevos duros.

Le ofrecí mi débil sonrisa & pregunté qué hacía en París.

—Sobre todo nada.

Sobre todo nada. Estas extrañas palabras juguetearon un rato en mi cabeza se redistribuyeron (nada, sobre todo) & finalmente murieron ahí.

La lujuria alcanzaba proporciones asombrosas sentí mis pensamientos secretos retransmitidos por un megáfono. Me preguntó de dónde era & se lo dije & vi que se le llenaban los ojos de visiones de una tierra que nunca había visto. Siempre he querido ir a Australia dijo pero ya he viajado demasiado. Charlamos un rato del mundo & apenas había países en que no se hubiese perdido. Me contó que hablaba inglés francés italiano alemán ruso. El dominio de las lenguas impresiona a mi perezoso cerebro australiano.

¿Estaba aquella mujer aceptando mis insinuaciones? ¿Las correspondía, incluso? Aquí hay gato encerrado, pensé. Ésta me quiere para algo banal como ayudarla a trasladar los muebles.

—¿Quieres besarme?, preguntó ella de pronto.

—Eso para empezar.

—¿Entonces por qué no lo haces?

—¿Y si te echas atrás y montas una escena?

—No lo haré.

—¿Lo prometes?

—Lo prometo.

—¿Y que te mueras si no?

—Sobre todo, espero morirme.

—¿En general, o si te beso?

—¿Pero qué te pasa?

—No lo sé. Allá voy.

Me incliné & ella me agarró la cara & sus largas uñas en

mi mejilla eran más afiladas de lo que parecían & nos besamos durante largo rato & creo que hice algo mal porque nuestros dientes chocaban constantemente. Cuando terminamos el beso ella dijo riendo: noto el sabor de tu soledad, sabe a vinagre.

Eso me molestó. Todos saben que la soledad sabe a sopa de patata.

—¿Y qué sabor tengo yo?, preguntó con picardía.

—Queso azul.

Se echó a reír & aplaudió luego sus manos me rodearon & me tiró del pelo & me dolió.

—¡Suelta!

—No hasta que me beses de nuevo. Quiero saborear un poco más tu soledad, dijo en voz alta. Me alegró que nadie más en el bar hablase inglés; me avergonzaba aquella conversación estúpida y no quería q nadie del café pensara en el sabor de mi alma solitaria.

—Tomemos otra copa, sugerí.

Bebimos otra hora & mutilé muchas de mis ideas más coherentes al ponerlas en palabras.

No recuerdo cómo terminamos en su piso. Recuerdo sus manos en mis brazos mientras hablaba & recuerdo que nos besamos en la calle & después oímos el sonido de un silbido inmaduro. Recuerdo q ella me dijo q dejara de silbar.

Recuerdo que el sexo estuvo bien. Para prolongar el momento pensé en fosas comunes & jeringas & gingivitis. No sé en qué pensó ella ni si quería prolongar el momento.

Fue mi primera vez no oficial. Y la oficial también.

Ahora mismo son las cinco de la mañana. Duerme & yo escribo esto muy borracho e incorporado en la cama junto a ella. ¡Oh Sea Cual Sea Tu nombre! Duermes profundamente como un bonito cadáver & tu fantasmal rostro blanco descansa de un modo extraño en la almohada como un pedazo de luna.

Todavía 1 de enero, más tarde

Desperté sintiendo su respiración en la nuca. Repasé mentalmente toda la noche en Technicolor. Me arrastré entre las sábanas & me volví & miré sus cejas oscuras & grandes labios & melena castaña & cuerpo delgado & pechos pequeños & su hermosa cara angulosa que seguía blanca como la tiza. Quería salir de la cama sin despertarla & busqué con la mirada un objeto al alcance de mi mano que tuviera aproximadamente la misma densidad de mi cuerpo para sustituirme pero sólo vi un perchero que rechacé por respeto a mi propia imagen. Salí de la cama & me vestí en silencio. Es la primera mujer con la q he dormido. Es una flor delicada pensé mientras me escabullía por la puerta.

Olor de París en la boca, menta con un núcleo masticable. El cielo un vasto país extranjero. El sol se pone en mis ojos pero estoy demasiado feliz para pestañear. Habré dormido pesadamente todo el día... ¿el sueño de un cuerpo humano vacío de semen?

He regresado a mi café más alto por la conquista de la noche anterior. ¿Yo conquistado? ¿Su conquistador? La luna acaba de salir. Me siento flojo & resacoso, la cálida sensación de agotamiento placentero se contrae poco a poco. Los límites de mi antiguo y miserable yo están de vuelta.

Sé que nunca la volveré a ver.

2 de enero (noche)

La he vuelto a ver. Vino al café & se sentó frente a mí. Mi cerebro buscó excusas de por qué salí a escondidas de su casa pero ella no parecía necesitarlas, sólo empezó a hablar con su extraño acento, como si hubiésemos acordado vernos. Vi en su mirada que se alegraba de verme. Eso era sorprendente. Luego vi q le entristecía q me sorprendiera su alegría. Luego guardó un incómodo silencio & sonrió con dolor tras la sonrisa & intentó mirarme pero sus ojos miraron a otro lado.

Carraspeó & con voz insegura me dijo que la mejor manera de incomodar a los franceses es hablar de dinero. Cuando seguí sin hablar dijo No quiero molestarte sigue leyendo & sacó un cuaderno de dibujo & un lápiz del bolso & empezó a dibujar mi cara & pidió un café & se lo bebió despacio mientras me miraba con ojos grandes y extraños, dibujándome.

Le estaba agradecido por haberme extirpado la virginidad pero ya la había perdido & no veía qué más podía hacer ella por mí. Como cenar con un médico después de una operación satisfactoria. ¿Para qué?

—No puedo concentrarme si me miras la cabeza como si fuera una escultura.

Eso hizo q soltara una risita.

—¿Quieres dar un paseo?, preguntó.

La cabeza susurró no. La boca dijo sí.

Al salir me dijo que se llamaba Astrid & yo le dije mi nombre & me pregunté si debería haberle dado un nombre falso pero ya era demasiado tarde para eso.

Jardines de Luxemburgo. Frío & viento & árboles desnudos, amenazadores bajo el cielo blanco. Ella pateaba las montañas de hojas & las hacía revolotear en el viento, un acto de alegría infantil q la hacía parecer violenta. Me preguntó cuánto medía. Respondí con una mueca de desprecio; de vez en cuando alguien me pregunta esa necedad & le sorprende que no lo sepa. ¿Por qué debería saberlo? ¿Para qué? En nuestra sociedad, saber la propia estatura no tiene más utilidad que poder responder a esa pregunta.

Le hice preguntas personales, ella fue evasiva & sentí sus ojos en mí como lluvia fría. ¿De dónde era? Su familia siempre se mudaba dijo: España Italia Alemania Bucarest las Maldivas. Pero ¿dónde había nacido? Nació en la carretera, dijo, los ojos entrecerrados. Su familia la trataba mal & no quería volver con ellos, ni siquiera con la imaginación. El futuro es también un tema insoportable. ¿Adónde iba a ir? ¿Qué iba a hacer? Meneó la cabeza como diciendo Éstas son las preguntas equivocadas.

Después, con voz excitada, empezó a aburrirme con largos discursos históricos FRANCAMENTE ¿qué me importa q Luis XVI se cortara afeitándose la mañana antes de q lo guillotinaran? ¿DE VERDAD ME INTERESA q hubiese testigos ante la pira de Juana de Arco q la oyeron decirle a Dios entre las llamas ¡Estarás satisfecho! ¡No he renunciado a ti! & que Dios respondió ¡Serás estúpida!? ¿Qué me importa a mí lo que piense esa gente? En el fondo aunque me gusta leer historia algo en mi interior se rebela cuando me la cuentan, como un escolar de pocas luces a quien no se puede confiar que abra un libro.

Como si notara mi aburrimiento, de pronto se calló & bajó la vista al suelo & pensé Hay algo en ella demasiado pegajoso. Se me ocurrió q si no me largaba en ese mismo instante más tarde me la estaría sacando de encima con una botella de alcohol mentolado & una llama pero ella se invitó a mi casa & yo acepté.

Entró & se quedó en el centro de la habitación haciéndome pensar en vacas & caballos q duermen de pie. Hicimos el amor a oscuras en el dormitorio, sólo que a veces la luz de la luna le iluminaba la cara & veía sus ojos no sólo cerrados sino bien apretados.

Después la vi disfrutar arrancando el envoltorio de un paquete nuevo de cigarrillos como si recogiera margaritas. Parecía relajada & mientras fumaba habló apasionadamente de todo aquello en lo q posaba los ojos: techos & ventanas & cortinas & papel de pared descolorido como si llevara siglos contemplando estos objetos & me impresionaron sus conocimientos y su perspicacia & le pregunté si su intensidad era europea de carácter.

—No soy sólo yo, dijo sonriendo.

Entonces me preguntó si la amaba. Había esperado mucho tiempo para decírselo sinceramente a Caroline, así q respondí q no. Quise añadir algo, para herirla y que no volviera nunca más, así que dije Tal vez deberías irte antes de q tu cara angulosa corte algo.

Estalló, se ensañó conmigo, lo criticó todo de mí. El subtexto estaba claro Tú no me quieres aunque en mi defensa ¿debe una persona tener q defenderse por no amar a alguien?; sólo hacía dos días que la conocía.

Se marchó hecha una furia & me pregunté qué querría ella de mi hueca vida. ¿Quería llenarla & al llenarla vaciarse?

Unas noches después

Así es como funciona: se presenta sin ser invitada & se queda de pie ante mí como esas vacas adormiladas & a veces preparamos la cena & a veces nos la comemos & a veces hacemos el amor & a veces llora mientras lo hacemos & yo odio eso.

Me toma del brazo hasta cuando andamos por el piso & ella habla & yo pierdo el hilo. Habla inglés con soltura pero a menudo no sé de qué habla como si expresara una versión condensada de sus ideas. A veces me cuenta historias riendo & entonces tiene una sonrisa realmente bonita nunca consigo averiguar qué es tan divertido. También se ríe de lo q digo yo, pero en momentos tan extraños que, por lo que sé, podría estar riéndose de la palabra «la». Su risa es tan enorme y vigorosa q temo verme absorbido por su boca y acabar en el lado equivocado del universo.

¡& ella cree en Dios! Nunca imaginé que estaría con alguien <u>creyente</u>; por puro aburrimiento inicio una discusión acerca de él, dejando caer perezosamente el viejo argumento de Si Dios existe por qué hay tanta miseria & maldad en el mundo & ella me replica con la guasona respuesta de listillo que Dios dio a Job: ¿Dónde estabas cuando creé los cielos y la tierra? ¿ES ESO UNA RESPUESTA?

Creo que el amor de Astrid por mí no tiene nada q ver conmigo, salvo la proximidad: lugar equivocado, momento equivocado. Me quiere como un hambriento quiere cualquier bazofia que le pongas delante; no es un halago al cocinero sino un testimonio de su hambre. Yo soy la bazofia en esta analogía.

Quiero enamorarme de ella pero no. Me refiero a q es muy hermosa sobre todo cuando exclama sorpresa o conmoción, motivo por el que no dejo de darle sustos, pero no consigo amarla. No sé por qué. Quizá porque es la primera persona ni pariente ni médico q me ha visto desnudo y vulnerable o quizá porque siempre parece alegrarse de estar conmigo; algo se irrita en mi interior ante la idea de q soy capaz de hacer feliz a alguien sólo por existir cuando mi existencia nunca ha hecho nada por mí.

Ayer me dijo q la llamase Pauline.

—Me invento un nombre según el país en que me encuentro, dijo.

—¿Me estás diciendo que Astrid no es tu verdadero nombre?

—Es verdadero si cuando me llamas yo respondo.

—¿Cómo te llamas?

—Pauline.

—No, ése es tu nombre francés. ¿Cuál es tu nombre original?

—No hay nombres originales. Todos se han usado antes.

Rechiné los dientes & pensé ¿qué hago con esta loca? Habla demasiado & su llanto me frustra & luego me aburre & cada día estoy más convencido de q ha pasado una temporada en un hospital psiquiátrico & si no lo ha hecho debería planteárselo.

Bla, bla, bla

He intentado cerrarme a ella pero no sirve de nada. A la astuta Astrid o Pauline o como se llame le ha dado por comprenderme buscando párrafos que yo he subrayado en libros. El otro día encontró éste de Lermontov: «Yo era taciturno; los demás niños eran alegres y habladores. Me sentía superior a ellos, pero me consideraban inferior: me volví envidioso. Estaba dispuesto a amar al mundo entero, nadie me entendió: y aprendí a odiar.» Este pasaje le llamó especialmente la atención porque yo lo había subrayado destacado acotado & anotado al margen las palabras ¡Mi infancia! Debo tener más cuidado si dejo atisbos de mi alma por ahí.

Tendré q terminar este asunto pero no sé cómo, cuando es mi indiferencia lo que ha hecho q se enamore más de mí; si quisiera quedarme, seguramente me echaría tirándome de la oreja pero como sabe q quiero marcharme no lo hace. Sabe que el placer de echar a alguien mengua de forma considerable cuando con el más leve empujoncito el otro sale corriendo.

Un día desagradable

Eddie ha vuelto. Estaba en la Rue de Rivoli preguntándome Si robo sólo una castaña caliente el vendedor se molestará en perseguirme cuando experimenté la extraña sensación de q alguien me hablaba en un lenguaje no de palabras, sino de energía y vibraciones. Al volverme vi su sarcástica cara asiática; nos miramos largo rato, sin movernos. Después de muuuucho tiempo me saludó con humildad & se acercó entre la multitud para estrecharme la mano que yo tenía en el bolsillo. Me la tuvo que sacar. Charlamos amigablemente & me sorprendió comprobar cuánto me complacía ver un rostro familiar. La familiaridad es importante en un rostro. No me gusta la cara de Eddie aunque es limpia y resplandeciente como un azulejo del baño de un hotel de lujo. No comprendo cómo hemos vuelto a encontrarnos; cuando digo adiós a alguien espero que el adiós perdure. Paseamos por el aire frío & la luz invernal & Eddie me contó q estaba trabajando en el puerto & me preguntó si yo tenía trabajo & ¿qué había estado haciendo si no? Le dije que había encontrado a una mujer porque era lo único externo que me había sucedido; también me han pasado algunas cosas internas pero no son asunto suyo & además son incomunicables.

—¿Qué aspecto tiene?, me preguntó.

No soy muy bueno describiendo a la gente & acabé por parecer el testigo de un interrogatorio policial. Mujer blanca de 1,70 cabello castaño...

Eddie dijo q le gustaría conocerla, intentando de nuevo penetrar astutamente en mi vida. Intuyo que me traerá problemas es demasiado agradable demasiado cordial demasiado servicial demasiado simpático. Problemas. Quiere algo. No sé por qué pero lo invito a cenar luego pienso Nunca me libraré de él.

—¿Librarse de quién?, preguntó Eddie & mientras se encendían las farolas caí en la cuenta de q en algún momento había desarrollado el hábito de pensar en voz alta.

Tal vez un día entre semana

Mi opinión sobre Eddie está cambiando. Aunque sus sospechosos intentos de ganarse mi amistad me dan escalofríos me gustan sus contradicciones: es un hombre en excelente forma física que se niega a ir andando a ningún lado & que odia a todos los turistas sobre todo si le tapan la vista de la torre Eiffel & aunque su ropa está siempre inmaculadamente limpia o lavada en seco nunca se lava los dientes. Sin embargo lo que más me gusta de él es q parece interesarle de verdad todo lo relacionado conmigo & siempre pregunta por mis ideas & opiniones & se ríe de mis bromas & de vez en cuando me llama genio. ¿A quién no le gustaría un tipo así?

Un trío extraño: Eddie & Astrid & yo. Al principio, siempre que cenábamos juntos se quedaban paralizados si me iba a hacer algo & me hacía gracia ver a dos personas adultas que se incomodaban al quedarse a solas en la misma habitación. Pero pronto desarrollaron una cuasi amistad basada en reírse juntos de mi torpeza & mis olvidos & mi actitud relajada hacia la higiene; el regocijo ante mis defectos es algo que tienen en común.

A veces los tres vamos a pasear por el Sena. Compramos

vino barato & pan & queso & charlamos de todo pero siempre me impaciento con las opiniones de los demás porque estoy convencido de q sólo repiten lo que han oído en alguna parte o regurgitan las ideas con q los han alimentado en la infancia. Todo el mundo tiene derecho a expresar sus opiniones & nunca he hecho callar a nadie pero ¿estáis seguros de que son realmente suyas? Yo no.

¡Catástrofe!

Esta noche Astrid Eddie & yo hemos ido a la lavandería & para pasar el rato hemos jugado a adivinar los orígenes de las manchas de los demás. Astrid creía que todas las manchas de vino eran sangre & todas las de café una salpicadura de tuberculosis. Fuera frío & ventana de la lavandería empañada & no se veía exterior & Eddie inclinado ante la secadora llevándose las ropas a la nariz & deleitándose en olisquear cada prenda antes de plegarla meticulosamente como si se preparase para enviar su ropa interior a la guerra.

—Eh, ¿pero qué cojones?, ha gritado de pronto Eddie mientras olfateaba sus ropas, el rostro más contraído con cada inhalación. ¡Tiene que haber algo en la máquina! ¡Vaya olor a mierda!

Ha puesto las prendas bajo la nariz de Astrid:

—Yo no huelo nada.

—¿Cómo puedes no oler nada? Quizá no huelas lo que huelo yo, pero algo tienes que oler.

—No huelo nada malo.

—Martin. ¿No hueles a mierda?

Olfateé de mala gana.

—Huele bien.

—¿La mierda huele bien?

Eddie ha metido la cabeza en la secadora y olisqueado. Yo reía & Astrid reía & ha sido un buen momento. Luego Astrid ha dicho estoy embarazada & Eddie se ha golpeado la cabeza dentro de la secadora.

¡Un bebé! ¡Un puto bebé! ¡Un bípedo informe cagón con cerebro de mosquito! ¡Un horrible homúnculo desdentado! ¡Una encarnación del ego! ¡Una sierpe ávida de atenciones! ¡Un primate calvo y llorón!

Mi vida ha terminado.

¡Socorro!

El tema del momento: aborto. Soy un defensor apasionado. Me oigo en conversaciones con Astrid ensalzando las virtudes del aborto como si fuera una nueva tecnología que ahorrase tiempo de la q no pudiésemos prescindir. Como con todo, sus respuestas fluctúan entre vagas & confusas & directamente misteriosas. Dice que probablemente un aborto no serviría de nada; a saber qué querrá decir con eso.

Sexo: la cerilla que prende el fuego de artificio humano. En nuestro palacio sin amor hemos engendrado un hijo. De pronto estar sin blanca adquiere una nueva & desalentadora dimensión agravada por el terrible descubrimiento de q no tengo valor/astucia/amoralidad necesarios para simplemente largarme del país sin mediar palabra y no volver jamás. Para horror mío los principios han ido calando sigilosamente en el tejido de mi ser. No recuerdo un solo ejemplo en q mis padres mostraran mucha fibra moral pero aun así lo llevo dentro & sé que no puedo abandonar a Astrid. Estoy atrapado. ¡Irremediablemente atrapado!

Mucho después

Llevo meses sin escribir. Astrid muy embarazada. El feto se expande con persistencia. El invasor se acerca. Mi explosión demográfica particular: lesión vertebral de mi independencia. ¿Me importa si se muere?

Lo único bueno q se me ocurre de tener un hijo: lo que puedo aprender de él; no de sus nauseabundos & dulces intentos de andar hablar cagar que entusiasman a todos los padres de manera q te repiten sus descubrimientos hasta la saciedad y tú no acabas sólo despreciando a todos los niños del mundo sino que además sientes una aversión súbita & irracional por gatitos & cachorritos. Pero se me ha ocurrido que con este hijo puedo aprender algo de la naturaleza humana, y si acepto la observación de Harry de q soy un filósofo nato ¡este bebé podría ser un ambicioso proyecto filosófico! ¿Y si lo crío en un armario sin luz? ¿O en una habitación llena de espejos? ¿O de cuadros de Dalí? Parece que los bebés tienen que aprender a sonreír así que ¿y si nunca le enseño a sonreír ni le muestro una sonrisa? Por supuesto nada de televisión ni películas quizá tampoco vida social; ¿y si nunca ve a otro ser humano salvo a mí o ni siquiera a mí? ¿Qué sucedería? ¿Se desarrollaría la crueldad en ese universo en miniatura? ¿Crecería en él el sarcasmo? ¿Y la ira? Sí claro que podría aprender algo aunque ¿por qué limitarse a un hijo? Podría generar un colectivo de hijos o «familia» & alterar las variables del entorno que gobernaran la vida de cada uno de ellos para averiguar qué es natural qué es inevitable qué es ambiental & qué es condicionante. Por encima de todo me esforzaré en criar a un ser que se entienda a sí mismo. ¿Y si empiezo por fomentar su conciencia a una edad antinaturalmente temprana, quizás a los tres años? ¿O incluso antes? Me haría falta crear las condiciones óptimas para el florecimiento de la conciencia. Este niño conocerá mucha soledad eso seguro.

Puaj

Si es niña Astrid quiere llamarla Wilma por algún motivo; si es niño, Jasper. Quién sabe de dónde habrá sacado esos nombres... a mí tanto me da. Si recibe la educación adecuada a cierta edad él/ella escogerá su propio nombre que refleje lo que él/ella piensa él/ella tiene que sentirse totalmente cómodo/a consigo mismo/a; no hay nada peor que oír tu nombre & sentir un estremecimiento desapasionado o que te deje frío ver tu nombre en un papel motivo por el cual la mayoría de las firmas son garabatos apenas legibles: el inconsciente se rebela contra el nombre, intenta destrozarlo.

Preocupado por el dinero. Astrid también. Dice que ha estado antes sin un céntimo en más países de los que puedo nombrar en unas condiciones de pobreza que no puedo ni imaginar pero nunca lo ha hecho con un bebé & le preocupa que mi inherente pereza garantice nuestra inanición compartida. Es evidente que la crítica es el nuevo fuego que jamás se extinguirá. Tener un hijo es verse empalado a diario en la estaca de la responsabilidad.

¡Joder!

La idiotez (¿o es demencia?) redefinida en lo que vi al volver hoy a casa: Astrid arreglaba los fusibles de la cocina de pie en un charquito de agua. Cargué con ella a hombros y la arrojé a la cama.

—¿Es que quieres matarte?, grité.

Me miró como si se me hubiera puesto la cara del revés & dijo en tono aburrido Si encontrara una forma realmente inteligente de suicidarme, lo haría.

¿Suicidio?

—¿Cómo puedes pensar en suicidarte estando embarazada?, exclamé sorprendido de mis ideas pro vida.

—No te preocupes. Los suicidios fallan muy a menudo. Cuando era niña mi tío se arrojó a un precipicio y luego nos saludó desde el fondo, con la espalda rota. Y mi primo se tomó una sobredosis de pastillas y sólo estuvo vomitando una semana seguida. Mi abuelo se metió una pistola en la boca, apretó el gatillo y no sé cómo evitó el cerebro.

—¡Esto es lo primero que me cuentas de tu familia!

—¿Ah, sí?

—¿Todos los miembros de tu familia intentaron suicidarse en un momento determinado?

—Mi padre no.

—¿Quién era tu padre? ¿Cómo se llamaba? ¿A qué se dedicaba? ¿Sigue con vida? ¿De qué país era? ¿De qué país eres tú? ¿Cuál es tu lengua materna? ¿Dónde te criaste? ¿Por qué no hablas de nada? ¿Por qué no me cuentas nada? ¿Te pasó algo terrible? ¿Qué...?

Un frío glaseado la envolvió; se alejaba a toda prisa. Su alma era un tren rápido, de regreso a ninguna parte.

Días muy extraños

Las cosas con Astrid van peor que nunca. Un muro helado nos separa. Ella no hace nada en todo el día, sólo mira por la ventana o a su propia hinchazón. En las raras ocasiones en que habla sus opiniones son tan sombrías & estériles como las mías antes de q me hartase de ellas. (No me he vuelto optimista simplemente me aburre el pesimismo así que ahora pienso cosas bonitas y ligeras para variar; por desgracia también esto está empezando a aburrirme. ¿Qué vendrá a continuación?)

Digo Deberíamos salir un poco.

Dice ¿Para qué?

Digo Podríamos sentarnos en un café & mirar a la gente.

Dice Ya no puedo mirar a la gente. Ya he visto a demasiada.

La vida ha perdido su encanto. Nada de lo que sugiero la saca de su maleficio catatónico. ¿Museos? Ha estado en todos. ¿Paseos por el parque? Ya los ha recorrido con todos los colores de sus hojas. ¿Películas? ¿Libros? No hay nuevas historias, sólo personajes con nombres distintos. ¿Sexo? Ya ha hecho todas las posturas incontables veces.

Le pregunto ¿Estás triste?

—No, infeliz.

—¿Deprimida?

—No, miserable.

—¿Es por el bebé?

—Lo siento. No sé explicarlo, pero te portas muy bien conmigo, Martin. Gracias, dice apretándome la mano y mirándome con sus ojos vidriosos bien abiertos.

Una noche limpió todo el piso & salió & volvió con vino & queso & chocolate & un sombrero de fieltro para mí que me puse sin ropa & eso la hizo reír histéricamente & caí en la cuenta de cuánto echaba de menos su risa.

Pero por la mañana Astrid volvía a estar fatal.

Al recordar que la mañana después de conocernos había dibujado mi cara a lápiz salí a comprar pintura & lienzo, me gasté todo el dinero que tenía con la vana esperanza de q depositara su infelicidad en el lienzo en blanco en lugar de en mi persona.

Cuando desenvolví el regalo ella gritó & sonrió pese a no ser esa su intención luego colocó el lienzo junto a la ventana & se puso a pintar.

Eso activó algo nuevo.

Cada cuadro es una representación del infierno, tiene muchos infiernos & los pinta todos. Pero el infierno es sólo un rostro y es sólo el rostro que pinta. Un rostro. Un rostro horrible. Pintado muchas veces.

—¿De quién es esa cara?, le he preguntado hoy.

—De nadie. No lo sé. Es sólo una cara.

—Ya veo que es una cara. He dicho que era una cara. No he dicho ¿De quién es esa mano?

—No pinto bien, dijo ella.

—Aunque no entiendo de pintura creo que es muy bueno. Pero no me refiero a eso. Quiero saber a quién pertenece esa cara.

—La he pintado yo, dice ella. Me pertenece a mí.

Estaba claro que era imposible hablar con ella como se habla con una persona normal. Había que ser taimado.

—He visto esa cara antes, dije yo. Lo conozco.

—No es un hombre. No está en el mundo, dijo, y mis sospechas se solidificaron en conclusiones: esta mujer está loca.

Siempre lienzos pequeños, siempre el mismo cuadro, sólo los colores son distintos marrones & negros & rojos apagados. Veo su frenesí en ese rostro.

Después estudio las caras que ha pintado con la esperanza de que en el estado alucinado en que pinta su subconsciente haya dejado pistas en el lienzo. Las pinturas quizá sean mapas de elegancia simbólica que me conduzcan al epicentro de su estado mórbido. Los recorro con la vista los disecciono furtivamente bajo la débil luz de la lámpara. Pero en ese rostro no veo más que su horror que rápidamente se ha convertido en el mío. Es un rostro verdaderamente horrible.

Ayer

Sean cuales sean los sentimientos religiosos q haya almacenado en su interior resucitan en todos sus cuadros. A veces se pierde en la pintura & grita ¡Perdóname, Señor! Luego continúa charlando con él en susurros, dejando largas pausas en que presumiblemente él responde. Cuando hoy ha dicho ¡Perdóname, Señor! yo he asumido el otro papel y he respondido De acuerdo. Estás perdonada. Ahora cállate.

—Él no cree en ti, Señor.

—Hace bien en no creer en mí. No soy muy creíble. Además, ¿qué he hecho yo por él?

—¡Lo has traído hasta mí!

—¿Y te crees un regalo del cielo? ¡Ni siquiera eres sincera con él!

—Sí lo soy, Señor, soy sincera con él.

—No le cuentas nada de tu pasado.

—Le hablo de mis sentimientos.

—¡No me jodas! Ve a llevarle una cerveza. ¡Tiene sed!, grité y unos segundos después entró en la habitación con una cerveza sonriendo con dulzura & me besó por todas partes & yo no supe qué pensar.

Curiorífico y rarífico

Así es como nos comunicamos. Cómo descubro un poco más de ella. ¿Existe alguna posibilidad de q sepa q soy yo quien hace el papel de Dios?

Esta mañana ella pintaba y yo estaba sentado a su lado, leyendo.

—¡Oh Señor! ¿Cuánto tiempo?, gritó de pronto.

—¿Qué?

—¡Cuánto tiempo más!

—¿Cuánto tiempo más qué? ¿De qué hablas, Astrid?

No me miraba a mí miraba hacia arriba al techo. Pensé unos minutos y después fui a la habitación de al lado & entrecerré la puerta & asomado a la rendija probé el siguiente experimento y grité ¿Cuánto tiempo para qué? Sé específica, hija mía. No puedo leer la mente.

—¡Los años! ¿Cuántos más viviré?

—¡Mucho tiempo!, contesté, y vi la luz de su rostro alejándose al galope.

Después de esto no pude sacarle nada más.

Y más curiorífico

Sólo pasa cuando pinta esas caras espantosas y escalofriantes. Estaba sentado en el retrete cuando oí que decía en la sala ¡Señor! ¡Tengo miedo! ¡Tengo miedo por este bebé!

Abrí la puerta un poco, para que pudiera oírme.

—¡Eso es ridículo! ¿De qué vas a tener miedo?

Hablar como Dios desde el retrete confería cierta autenticidad a la situación, la acústica hacía que mi voz tuviese el eco que tendría la de él.

—¿Será un buen padre?, preguntó ella.

—¡Hará lo que pueda!

—No se quedará. Lo sé. Un día se irá y me quedaré sola con este bebé ¡este bebé enfermo!

—Al bebé no le pasa nada.

—Sabes que tiene que estar enfermo, como yo.

Rio larga & horriblemente & guardó silencio.

Estas charlas con Dios es decir yo parecen adquirir las proporciones de una ópera fabulosa. Gritando desde el otro lado de la habitación se sincera conmigo como nunca antes.

—¿Señor?

—Dime.

—¡Mi vida es inútil!

—No digas eso.

—¡He vagado por todas partes! ¡No tengo amigos! ¡No tengo país!

—Todo el mundo tiene un país.

—¡Me he movido demasiado rápido! ¡He visto demasiado! ¡No he olvidado nada! ¡Soy incapaz de olvidar!

—¿Tan malo es eso? Así que tienes buena memoria. Oye, ¿quién es la cara que pintas?

—Mi padre.

—¡No me digas!

—El padre de mi padre.

—Bueno, ¿cuál de ellos?

—El padre de mi padre de mi padre.

—Oye, Astrid. ¿Quieres que te castigue?

No dijo nada más. Había infundido el temor de Mí en ella.

Suspiro

Esta noche Eddie y yo hemos hablado de mi patética situación económica & me ha ofrecido dinero no como préstamo sino como regalo. Lo he rechazado con falso orgullo mordiéndome los labios por dentro. He recorrido la calles al azar entrando en cafés & preguntando en un francés fragmentario si podía trabajar allí. Las respuestas me han llegado en forma de mudo desdén. ¿Qué voy a hacer? El reloj avanza. Un período de gestación de nueve meses no es un tiempo de preparación suficiente. Ruego que el bebé no sea prematuro, las personas a medio cocinar traen problemas.

Yo estaba en la cocina & Astrid en la sala pintando los restos de su alma cuando la oí gritar *Dieu!*

—¿Qué?

—*Dieu! Vous êtes ici? Pouvez-vous m'entendre?*

—En mi lengua, hija mía.

—Hoy he visto el cadáver de un niño, ¡oh Señor!

—¡Puaj! ¿Dónde?

—Fuera del hospital. Una pareja lo llevaba en brazos a la sala de urgencias, corrían pero vi que el niño ya estaba muerto.

—Eso es terrible, dije yo.

—¿Por qué te lo has llevado, oh Señor?

—¿Por qué me echas la culpa? ¡Ni me he acercado a ese crío!

Guardó silencio durante unos diez minutos luego dijo ¿Dónde estás, Señor?

—En el baño.

—¿DÓNDE ESTÁS, SEÑOR?

—¡EN EL BAÑO!

—¿Y si, cuando el bebé haya nacido, nada cambia?

—¿Estás loca? Un bebé lo cambia todo.

—¿Y dentro de mí? ¿En mi sangre?

—¿Has ido al médico, Astrid?

—Sí, Dios, he ido a médicos en Austria & en Italia & en Grecia & en Alemania & en Turquía & en Polonia & todos dicen lo mismo. Tengo la sangre más sana que han visto en su vida.

—Bueno, pues ahí lo tienes. ¿De verdad fuiste a un médico en Turquía? ¿Se lavó las manos?

—Estoy condenada.

—Son imaginaciones tuyas. No te pasa nada. Todo el mundo lo dice. Te han dado el visto bueno. No puedes seguir imaginando que a tu sangre le pasa algo. Eso es una locura, ¿vale?

—Vale.

—¿Estamos de acuerdo en esto?

—Sí, Señor.

—Bien. ¿Qué hay para cenar?

Tres de la mañana

¡Esta noche he trabajado!

Eddie —sin consultarme— ha convencido a alguien para que me diera trabajo.

—No te he autorizado a que hicieras eso.

—Casi no te queda dinero. Ahora tienes un hijo en quien pensar.

—Bueno, entonces de acuerdo. ¿Qué haré?

—Trabajarás conmigo. Cargaremos cajas.

—Eso suena bien.

—Es un trabajo duro, te deja deslomado.

—Ya he oído hablar de eso, dije preguntándome por qué la gente siempre se jacta de hacer algo que le rompe la espalda.

Pont Neuf al anochecer, ningún barco. Oscuras aguas del Sena, no fluyen. Esperamos en la ribera de piedra & miramos el agua marrón ahí sentados.

—¿Qué hacemos ahora?, he preguntado.

—Esperar.

Barcos y barcazas pasaban lánguidamente. Caía llovizna & con ella la noche. Los colores de los semáforos se reflejaban en el cuerpo del río. La lluvia no amainaba.

Dos horas más tarde Eddie ha dicho Aquí vienen.

El barco se ha aproximado inexorablemente, una pesadilla cubierta de pesadas cajas. Dos hombres han saltado al muelle, sus rostros apenas visibles entre el final de las gorras & el principio de las bufandas. Hemos trabajado sin hablar en la noche anónima descargando las cajas una a una del barco & subiéndolas por la rampa a la calle donde esperaba el camión. El conductor del camión tenía los ojos aletargados & mientras trabajábamos intentamos averiguar sus sufrimientos internos pero no se nos ha ocurrido más que «odia trabajar de noche». Eddie y yo hemos descargado esas pesadas cajas durante horas mientras que los otros se gritaban órdenes en ásperos susurros. Al final cuando el barco vacío se ha ido me dolía todo.

El conductor del camión ha dado un sobre a Eddie & nos hemos alejado juntos sudando bajo la fría luz de la luna. Eddie me ha tendido el sobre, intentaba que yo me quedase con todo el dinero para alimentar a mi súbita y no deseada familia pero le he dado la mitad, mi yo codicioso molesto con mi yo de principios.

He llegado a casa & me ha consternado comprobar q estaba impecable tras una noche de duro trabajo. Imaginaba la cara cubierta de negro hollín pero no hay hollín en la carga y descarga de cajas por pesadas que sean.

—¿Qué te ha parecido?, ha preguntado Astrid como si hubiera ido a ver una película de moda. He mirado la barriga & pensado que no había nada dentro ni un bebé ni siquiera un sistema digestivo sólo un hueco desocupado que ella había llenado de aire & me he acercado & puesto la mano en el bulto lo que ella ha tomado como un gesto cariñoso & me ha besado la mano lo que me ha hecho sentir frío por todas partes & pensado soy incapaz de amar a esta mujer la madre de mi hijo & tal vez tampoco sea capaz de amar al niño. ¿Y por qué soy así? ¿Porque no me quiero a mí mismo? Me gusto, pero ¿basta con eso?

Una semana después un accidente

Trabajamos noche tras noche, siluetas silenciosas sudando en la oscuridad. Las horas pasan despacio & para matar el tiempo imagino que soy un esclavo egipcio que construye una de las pirámides menores. Mi ensoñación se rompe cuando por error le digo a Eddie cuando se nos cae una caja por tercera vez ¡Vamos Eddie, por el amor de Ra!

Esta noche, al regresar a casa Astrid estaba en el suelo.

—¿Estás bien? ¿Qué ha pasado?

—Me he caído por las escaleras.

Mi primer pensamiento compasivo ha sido para el bebé: Tendrá la cabeza abollada & aplastada por un lado.

La he llevado a la cama & dado de comer & leído como mi madre me leía a mí aunque parecía haber salido ilesa de la caída. Se ha acostado en la cama mirando sólo con el blanco de los ojos. Sus pupilas parecían pedacitos rotos de la noche. Me ha dicho q no me preocupase. ¿Crees que el bebé está bien?, he preguntado. ¿Deberíamos llevar tu barriga al hospital?

—No quieres este bebé, ha dicho sin mirarme.

—¡Eso no es cierto!, he gritado a la defensiva. No quería este bebé pero como viene he aceptado lo inevitable, he mentido esperando convencerme de mi estoica entereza. No ha funcionado.

Esta noche

Algo ha sucedido esta noche. Trabajando como siempre, una luna inútil derramaba luz difusa a través de un fino velo de nubes, la noche parecía un mordisco de manzana fría; hacía que me dolieran los dientes. He amarrado el barco al muelle & he pensado que, si alguien embotellase el olor a soga húmeda & lo vendiese sin receta, se lo compraría.

De pronto, gritos. Arriba, un grupo de cuatro árabes ha bajado los escalones andando muy juntos: paso de tipo duro, andares peligrosos. Largos abrigos negros & caras aún más largas. Los árabes han gritado algo & los nuestros les han gritado también & han dejado de trabajar & han agarrado lo que tenían a mano tuberías palancas ganchos de metal. Los dos grupos han discutido chapurreando en francés y árabe. Yo no sabía por qué discutían pero la tensión se mascaba en el aire. Los dos grupos se han acercado amenazadoramente & ha habido un numerito de empujones & zarandeos como unos hinchas de fútbol de equipos rivales hartos de cerveza toda la escena me ha puesto enfermo.

Eddie me ha dicho que deberíamos mantenernos al margen. ¿Qué opinas?

No he dicho lo q opinaba porque lo que opinaba era esto: Todos aquí menos Eddie y yo tienen barba.

No he captado el significado de todos aquellos sonidos guturales, sólo la hostilidad evidente. Después el grupo se ha dispersado & subido de nuevo por la rampa. El líder de los árabes ha escupido al suelo, un gesto que para mí siempre ha significado Estoy demasiado asustado para escupirte en la cara así que voy a dejar un poco de flema a medio metro de tu zapato izquierdo, ¿vale?

Amanecer

¿Estoy cambiando? ¿Puede cambiar el carácter de un hombre? Imagino a un inmortal. Es repugnante pensar que cometerá las mismas meteduras de pata a lo largo de los siglos, pensar que el día de su 700.552 cumpleaños el inmortal tocará el plato aunque alguien le haya dicho que quema... seguro que tenemos una gran capacidad de cambio, pero nuestros ochenta años no nos dejan mucho margen. Hay que aprender rápido. Hay que embutir la infinidad en un puñado de miserables décadas.

Esta mañana he pasado junto a un mendigo horriblemente deformado que a efectos prácticos era sólo un torso agitando una taza: ¿de verdad he sido yo quien le ha dado 100 francos & ha dicho Tómate el día libre? No he sido yo, no exactamente. Ha sido uno de mis yo, uno de entre la multitud. Algunos se ríen de mí. Otros se muerden las uñas, nerviosos. Otros bufan con desdén. Así es la multitud. Algunos de los yo son niños & otros son padres. Por eso todo hombre es su propio padre & su propio hijo. Con los años, si aprendes lo suficiente, podrás mudar tus yo como si fueran células epiteliales muertas. A veces los yo salen de ti & se dan una vuelta.

Sí estoy cambiando. Cambio es cuando nuevos yo pasan

a un primer plano mientras otros retroceden a paisajes olvidados. Quizá la definición de haber vivido una vida plena sea cuando cada uno de los ciudadanos de la sala de los yo ha conseguido sacarte a dar un garbeo, el comandante el amante el cobarde el misántropo el luchador el cura el guardia moral el guardia inmoral el que ama la vida el que odia la vida el loco el juez el jurado el verdugo, cuando hasta la última alma está satisfecha en el momento de la muerte. Basta con que uno solo de los yo haya sido sólo un mero espectador o un turista para que la vida sea incompleta.

Mi comandante, la voz más elevada de la jerarquía de mi mente, ha vuelto: un cabrón tiránico. Me ordena q me quede con Astrid & apechugue. No me extraña mi confusión. Estoy oprimido por el estado policial totalitario en q vivo. Habrá una revolución un día de éstos. Una revuelta de todos mis yo, pero no estoy seguro de tener el que hace falta para guiarlos: un libertador.

¡Escape!

¡El bebé ha escapado! El fluido se ha transformado en carne. Ahora no hay vuelta atrás. Lo hemos llamado Jasper.

Motivo de celebración & temor & temblor. Astrid madre orgullosa; yo semiorgulloso. Nunca he sido un gran colaborador. El bebé era un proyecto conjunto & mi sello personal es difícil de determinar.

Hoy bebé en manta agitando piernas regordetas al aire. He dicho a Astrid que lo quite del suelo, sería embarazoso que lo devorasen las ratas. Me he inclinado sobre el bebé & mirado pero en realidad quería asomarme a su cráneo para ver si ahí había maldad o crueldad o intolerancia o sadismo o inmoralidad. Un nuevo ser humano. No me impresiona q sea mío.

Inevitable pensar que con este bebé hemos erigido un monumento absurdo a nuestra relación sin pasión, hemos creado un símbolo de algo que no merece ser simbolizado:

un loco edificio de carne que crecerá proporcionalmente a la muerte de nuestro menguante amor.

¡El olor! ¡El olor!

Aquí hay más heces que en la celda del marqués de Sade.

Silencio

El bebé no llora. No sé nada de bebés, salvo q lloran. El nuestro no llora.

—¿Por qué está tan callado?, he preguntado.

—No lo sé.

Astrid pálida sentada en la sala mirando por la ventana. Inevitable mirar a este bebé & ver no a un niño o a un nuevo ser humano sino a uno viejo. Una idea horrible me embarga: Este bebé soy yo prematuramente reencarnado. Aborrezco a este niño, lo aborrezco porque soy yo. Soy yo. Me sobrepasará. Me derrocará. Sabrá lo que yo sé, todos mis errores. Otras personas tienen hijos. Yo no. Yo he dado vida a algo monstruoso: a mí mismo.

—Creo que tiene hambre, he dicho.

—¿Y?

—Que saques la teta.

—Me está dejando seca.

—Vale, le daré un poco de leche normal.

—¡No! ¡Eso es malo para él!

—Bueno, joder, no soy un experto en la materia. Todo lo q sé es que el bebé necesita algún tipo de alimento.

—¿Por qué no le lees algo?, ha dicho riendo.

Anoche me sorprendió leyendo al niño pasajes de Heidegger.

—¡No lo entiende!, me había gritado.

—¡Ni yo! ¡Nadie lo entiende!, repliqué.

Una pésima situación. De los tres, está claro el bienestar de quién tiene que cuidarse cueste lo que cueste, quién es el más importante aquí.

Yo.

¡Casi me muero esta noche!

El barco nunca es puntual así que esperamos & leemos el periódico & luego llega como los cuatro jinetes del Apocalipsis de crucero nocturno. Las luces bamboleantes de la embarcación que se aproxima rompen la oscuridad & mientras echan amarras las rígidas caras de nuestros patrones parecen embutidas en la oscuridad.

Esta noche Eddie & yo alzábamos una caja especialmente pesada que no cedía & sólo la había levantado un centímetro del suelo cuando advertí horrorizado que no estaba doblando las rodillas. Temiendo por la longevidad de mi columna bajé la caja & me alejé & aunque ya era demasiado tarde doblé las rodillas.

—¿Qué haces?, preguntó Eddie.

—Hagamos una pausa, dije & saqué un libro del bolsillo de atrás & empecé a leer una novela que había comprado en uno de los puestos próximos al Sena: *Viaje al final de la noche* de Céline.

Leí sólo una línea; vi de reojo una masa negra que se desplazaba hacia nosotros, un grupo de hombres que parecían haber salido a dar un rápido paseo de no ser por las pistolas que llevaban en las manos.

Se oyó un disparo. Nuestros compañeros de trabajo huyeron corriendo en todas direcciones arriba & abajo de la orilla del Sena. Es divertido ver cómo desaparece la pétrea indiferencia de las personas cuando su vida está en juego.

Eddie & yo nos parapetamos detrás de una torre de cajas. Nuestra única vía de escape habría sido el gélido Sena o la repentina aparición de una escalera dorada que llevase a las nubes. Nos agachamos detrás de las cajas.

—¿Dónde me has metido?, pregunté a Eddie, impaciente por asignar la culpa.

Eddie corrió & desató las amarras que nos mantenían ligados a la orilla & empujó con el pie & retrocedió & se me unió detrás de las cajas. El barco empezó a moverse lentamente.

Escuchamos pasos que se acercaban al barco & oímos pasos que saltaban al barco que ahora se deslizaba por el Sena.

—¡Salid de ahí!, dijo una voz áspera.

Quizá no nos habla a nosotros pensé con optimismo & me molestó la docilidad automática de Eddie. Se levantó con las manos en alto, como si ya lo hubiese hecho antes.

—¡Tú también!, dijo la voz a alguien, que esperaba no fuese yo. ¡Vamos, puedo ver tu sombra!

Miré mi sombra & comprendí que sólo nos delata la cabeza. Por lo demás, estando agachado uno podría ser un saco de patatas cualquiera.

Me levanté con las manos en alto pero me sentí tan cliché que volví las palmas hacia dentro.

Nuestro aspirante a agresor tenía una barba que me recordó a un husky de Alaska & era generaciones mayor que yo & eso me indignó. Siempre había pensado que acabaría conmigo un joven gamberro salvaje & confundido & furioso con el mundo.

Me apuntó con el arma. Luego alzó la vista a mi mano & inclinó levemente la cabeza.

—*Viaje*, dijo. Yo había olvidado que aún sostenía el libro.

—Céline, respondí en un susurro.

—Me encanta ese libro.

—Yo sólo voy por la mitad.

—¿Has llegado al momento en que…?

—¡Eh, mátame, pero no me cuentes el final!

Bajó el arma & dijo No lo entenderás a menos que te lo tomes como un todo. Episódicamente no funciona. ¿Quién más te gusta?

—Los rusos.

—Bueno, sí, los rusos. ¿Y los norteamericanos?

—Hemingway está bien.

—Me gustan sus relatos. No sus novelas. ¿Te gusta Henry James?

—No demasiado. Pero me encanta su hermano.

—¡William James! ¡Es un genio!

—Sin lugar a dudas.

Dejó el arma & dijo Mierda llevemos el barco de vuelta.

Eddie & el de Alaska & yo encendimos el motor del barco & lo devolvimos a la orilla. ¡Salvado por un libro!

—¿De qué va todo esto?, le pregunté.

—Somos de la competencia. Mi jefe quiere que el tuyo cierre el negocio.

—Bueno, joder, eso no implica que tengas que ir por ahí disparando a la gente, ¿no?

—Sí, implica eso.

No me extraña. A la mayoría, sus trabajos los matan lentamente durante décadas & yo he tenido q aterrizar en uno q acabará conmigo en lo que queda de semana.

Vida con bebé

GRAVES problemas en casa. Astrid duerme insaciablemente: su fatiga es infatigable & y quizá por eso trata al pobre bebé como si fuera la dentadura postiza de cualquiera. Su amor por mí también decae. Para ella ahora soy una molestia.

Unas veces encuentro al bebé en el suelo, otras detrás del sofá una vez llegué a casa & estaba en la bañera vacía con la cabeza apoyada en el desagüe. En otras ocasiones asume su papel maternal & deja q el bebé le succione los pezones, con cara del todo inexpresiva. Le pregunto si duele & menea la cabeza & dice ¿No te das cuenta de nada, idiota?

No hay forma de entenderla.

Hace tan sólo cinco minutos Astrid estaba en el sofá las rodillas dobladas bajo los brazos. He carraspeado & ella ha soltado un grito. ¿Y si en privado, de puertas adentro, todas las relaciones son como ésta?

—Era lo único que no había hecho, ha dicho ella. Pensé que este bebé cambiaría algo dentro de mí.

—Es un gran cambio.

—Me refería a muy profundamente.

—Yo creo que has cambiado.

—Me refiero a muy adentro, en el fondo de mi ser.

No sé a qué se refiere. Está loca. Alucino cuando pienso en SUS lacayos secretos. ¡Cuánta discrepancia hay en esa mujer! ¡Un caos de la hostia! Creo que tiene tendencias suicidas; de pared intestinal a pared intestinal, está llena de extremistas traicioneros que claman por el final.

Recojo al bebé & lo consuelo.

No sé qué hacer.

Le digo a Astrid q he oído hablar de esto. Depresión posparto.

Ríe a carcajadas ante la idea aunque no tiene ni pizca de gracia.

¡Un día extraordinario!

He salido como de costumbre & arrastrado ansiedades por los bulevares hasta que he encontrado un café donde sentarme cuando las ansiedades han querido un café & un cigarrillo. París a mi alrededor. Un borracho meaba como si no fuera más q una vejiga con sombrero, su cinta de orina serpenteaba entre los adoquines. Dos policías se paseaban de un extremo a otro del bulevar, porque desfilar con paso decidido habría causado una impresión equivocada.

He caminado hasta el Sena y me he sentado.

En un banco cercano, una mujer tenía las piernas extendidas para atrapar una dosis poco frecuente de sol. Bonitas piernas, largas y fibrosas. Ella me miraba mientras yo miraba sus piernas. He hecho un combinado de sonrisa & encogimiento de hombros & antes de que mi cerebro la haya reconocido lo ha hecho mi boca.

—¡Caroline!

—¡Marty!

Nos hemos levantado a la vez de un salto & mirado con profunda alegría y sorpresa.

—¡Vine aquí a buscarte!, he gritado.

—¡Papá murió!

—¡Lo sé! ¡Vi su tumba!

—¡Fue espantoso!

—¡Todos mis seres queridos también están muertos!

—¡Lo sé!

—¡Todos! ¡Mamá! ¡Papá! ¡Terry! ¡Harry!

—¡Me he enterado! ¡Llamé a casa cuando papá murió y mi tío de Sydney me dio la noticia!

—¡Fue espantoso!

—¡Estoy casada! ¡Es terrible!

—¡No!

—¡Sí!

—¡Bueno, yo soy padre!

—¡No!

—¡Eso dije yo!

—¡Huyamos juntos, Marty!

—¡No puedo!

—¡Sí que puedes!

—¡Tengo que cumplir con mi deber como padre!

—Bueno, ¡yo tampoco puedo abandonar a mi marido!

—¿Por qué no?

—¡Todavía le quiero!

—¡Pues estamos apañados!

—¡Bien apañados!

—¡Tienes buen aspecto!

—¡Tú estás preciosa!

Nos hemos dado un respiro & reído. Nunca había estado tan emocionado. Me ha tomado la cara entre las manos & besado por todas partes.

—¿Qué vas a hacer?, he preguntado.

—Vamos a alquilar una habitación de hotel & hacer el amor.

—¿Estás segura?

—Siento haberte abandonado.

—Estabas enamorada de mi hermano.

—Yo era joven.

—Y hermosa.

—Vamos a por esa habitación.

Un pequeño hotel encima de un restaurante, hemos hecho el amor toda la tarde. No entraré en detalles salvo para decir q no he quedado nada mal; la duración ha sido respetable & fuera rugía una tormenta & como habíamos dejado las cortinas descorridas he sabido que esto permanecería confuso en nuestra memoria como un sueño recordado a medias al que regresaríamos después en nuestras vidas & al pensarlo se me ha contraído dolorosamente el corazón ahí en la oscuridad.

—Así que eres padre de un niño francés, ha dicho ella.

Es curioso no se me había ocurrido antes & aunque amo a los franceses & en teoría soy indiferente a mi propio país las raíces propias tiran de nosotros de un modo extraño. De pronto es desagradable q mi hijo no sea australiano. No hay mejor país en el mundo del que huir. Huir de Francia está bien cuando entran los tanques alemanes pero ¿por qué molestarse en tiempos de paz?

Nos abrazamos vertiginosamente era delgada & tan lisa que podría haberla deslizado sobre la superficie de un lago & me agarraba me estrujaba & yo no paraba de besarla para que no mirase la hora a medida que el día se volvía noche. No podía desperdiciar esta oportunidad ni soportar odiarme de nuevo así que he dicho No me he interpuesto deliberadamente en el camino del amor pero ha pasado y dejaré a Astrid y al niño para que podamos estar juntos. Caroline ha guardado un largo silencio, su rostro apenas visible en la oscuridad. Luego ha hablado con suavidad No puedes abandonar a tu hijo y a la madre de tu hijo yo no soportaría la culpabilidad además quiero a mi marido (un ruso llamado Iván, para colmo). Estas personas son obstáculos insalvables ha dicho luego ha añadido Yo también te amo, pero más como una idea tardía el suyo ha sido un Te amo con condiciones. No era amor incondicional. Había cláusulas y lagunas jurídicas. Su amor no era vinculante. He sonreído, como si mi boca se viese obligada a hacerlo por tradición.

Me ha embargado un brusco cambio de humor.

Se marchaba con Iván a visitar a la familia de él en Rusia durante un tiempo, seis meses o más tal vez pero al despedirnos hemos acordado encontrarnos exactamente al cabo de un año no en lo alto de la torre Eiffel sino a un lado & ver si algo había cambiado. Ha dicho te amo otra vez & he intentado fiarme de su palabra & después de despedirnos he vagado sin rumbo sintiendo q mi corazón se había abierto brevemente para después cerrarse sin darme tiempo a mirar qué había dentro. He andado un par de horas queriendo llorar desesperado en el hombro de alguien pero cuando he llegado al Sena la visión de Eddie mi único amigo ha hecho que quisiera proteger el secreto.

—¿Dónde has estado? Llegas tarde.

—El barco aún no está aquí, ¿verdad?

—No, ha dicho ausente mientras contemplaba el silencioso Sena.

Un día creo q la historia me juzgará fielmente mal o peor.

Noche

Ahora es de noche & miro a Astrid que duerme & pienso en Van Gogh. Cuando lo despidieron de uno de sus primeros trabajos escribió Si una manzana está madura una leve brisa la hará caer del árbol.

El amor es así. El amor estaba acumulado dentro & se ha derramado arbitrariamente sobre ella. Digo esto porque me doy cuenta maldición la quiero la quiero pero no me gusta quiero a la chica que no me gusta. ¡Eso es amor para ti! Demuestra q el amor poco tiene que ver con la otra persona es lo que hay en tu interior lo que cuenta; por eso los hombres quieren a los coches las montañas gatos sus propios abdominales por eso amamos a los hijosdeputa y a las tías cabronas. Astrid no me gusta ni pizca la quiero.

Quizás el rechazo tácito de Caroline tenga el mismo efecto en mi amor por Astrid q el que tuvo el enfriamiento del universo en la formación de materia & quién lo habría dicho ¿el corazón es lo bastante espacioso para amar no sólo a una sino a dos personas a la vez? ¿Quizás a tres? Quizá también pueda querer a mi hijo.

¡El fin!

Todo ha cambiado drástica & permanentemente. El último gran cambio; la vida ya nunca será lo mismo.

Empezó muy normal. Estaba en la librería Shakespeare & Co. hojeando libros de bolsillo de segunda mano cuando oí una voz ¡Eh Celine!

Una voz familiar, una fealdad familiar. El husky de Alaska acercándose con grandes pasos, no cada vez más despacio como hace la gente sino a toda velocidad hasta detenerse bruscamente a dos centímetros de mi cara.

—Te he estado buscando. No vayas al muelle esta noche, me dijo.

—¿Por qué no?

—¿Has terminado *El viaje*?

—Aún no, mentí.

—Esta noche habrá follón. No puedo decir más.

—Sigue.

—Verás. Vamos a volar el barco.

—¿Por qué?

—Sois nuestros rivales.

—Yo no. Ni siquiera sé qué hay en esas cajas.

—Precisamente por eso no deberías ir.

Corrí arriba y abajo toda la tarde intentando encontrar a Eddie & escribí notas & las dejé por todas partes en su casa en su restaurante preferido en el barbero. Todas notas idénticas:

No vayas a trabajar esta noche. Van a volar el barco en tres mil millones de pedazos.

Incluso dejé una nota a Astrid en la mesa de la cocina diciéndole q diera el recado a Eddie si lo veía. Astrid no estaba en casa. ¿Por qué me aterrorizaba tanto q Eddie pudiese morir? Las amistades son una carga imprevisible.

A las 4.00 fui al cine luego pasé una vez más por casa de Eddie de camino a la mía pero no estaba & cuando llegué a casa abrí la puerta & lo vi sentado en la cocina cerveza en mano como si fuera un día corriente aunque advertí brechas en su incansable optimismo. Lo sorprendí suspirando cansinamente.

—Casi te cruzas con Astrid, dijo.

—Te he buscado por todas partes. ¡En vaya negocio me has metido!

—¿Te duele otra vez la espalda? He pensado que podríamos ir paseando juntos.

—¿A qué te refieres? ¿Astrid no te ha dicho nada de la nota?

—No, me ha dicho que se iba al Sena.

Me quedé pensando unos segundos antes de comprenderlo. Consulté mi reloj. 7.40.

Dejé al bebé con Eddie & salí corriendo de la casa & por la acera húmeda cubierto de un sudor gélido. Me apresuré a trompicones hacia el Sena. ¿En qué piensa Astrid? Corrí palpitante, los pies golpeaban el suelo mojado como pequeños latidos. ¿Qué va a hacer? Corrí y de pronto no estaba solo: a mi lado corría la vergüenza de un hombre q descubre de pronto q ha sido desagradecido así que corrimos los tres: la vergüenza & la ingratitud & yo corrimos como las tres sombras de tres hombres que corrían un poco más adelante. Sé lo que está pensando. Casi sin aliento. ¿Están mis pulmones medio llenos o medio vacíos? No sé qué hacer con mis apetitos. Astrid me amaba con locura & yo le devolví el amor a reticentes bocaditos. Yo creía que ya era todo lo pequeño que podía ser pero me equivocaba me había encogido una vez más ante mis propios ojos. ¡Sé lo que va a hacer!

De pronto la vi, justo allí delante. Una cosita con un vestido negro que serpenteaba dentro & fuera del haz de luz de las farolas una figura esbelta q entraba & salía de la oscuridad. Claro está loca lo sé lo sé quiere matarse de esa forma original que llevaba tiempo buscando. Corre para hacerlo, eso tiene sentido. Nadie va de paseo a su propia muerte. No haces esperar a la Muerte. No pierdes el tiempo.

La pierdo y luego vuelvo a verla corriendo por la orilla del Sena. Las farolas cubren el río de destellos. El barco llega resollando. Veo al tipo de Alaska escondido detrás de una pared. Sostiene una granada en una mano y con la otra me indica q m aparte. El barco atraca & nuestros hombres lo amarran al embarcadero. Tres árabes llegan corriendo con pistolas & granadas en las manos. Astrid salta al barco. Ellos le gritan, pero Astrid los ignora & los asesinos no saben qué hacer. No quieren matar a una civil, eso no les reporta ningún dinero extra.

Astrid está en el barco se niega a moverse.

Uno de los hombres me ve. Dispara & yo me escondo tras el muro de piedra.

Una sirena.

Los hombres deliberan entre gritos guturales. No hay tiempo que perder. Es ahora o nunca. Alzo la vista a Astrid & su cara es pequeña & pálida & preparada para la muerte. Toda su cara se contrae como si esperase que la explosión del barco fuese sólo un reventón.

—¡Astrid! ¡Sal de ahí!, grito.

Me mira & me sonríe elocuentemente transmitiéndome el mensaje de q el desgarrador sufrimiento de su vida llega a su fin. Hay un adiós en esa sonrisa, no un *au revoir*.

Un segundo después el barco estalla; una serie de pequeñas explosiones. Igual q el buzón de sugerencias de Terry. Astrid en medio, una suicida excepcional. Pedazos de ella por todas partes. En la orilla. En el Sena. No se habría desperdigado más de haber sido polvo.

La gente mira boquiabierta, excitadísima por haber presenciado mi tragedia.

He caminado de vuelta a casa dejando a Astrid en un millón de pedacitos. Nadie me miraba. Yo era inmirable. Pero imploraba el perdón de cada rostro. Cada rostro era el eslabón de una cadena de rostros de un rostro hecho pedazos. Han llegado los remordimientos & han preguntado si los quería. Rechazado la mayoría pero me he quedado unos cuantos para no dejar esta relación con las manos vacías. JAMÁS habría imaginado que el desenlace de nuestra historia de amor sería q Astrid estallara en pedazos. Bueno metafóricamente quizá.

Nunca imaginé que EXPLOTARÍA DE VERDAD.

La muerte está llena de sorpresas.

Debajo del arco me detengo & pienso ¡El bebé! Ahora soy el único responsable; yo, hombre sucio & maldito cuya alma es como un miembro olvidado en el campo de batalla. Pienso por primera vez Quizá debería volver a Australia. De pronto & sin motivo aparente echo de menos a mis paisanos tostados por el sol.

De regreso al piso olor de Astrid por todas partes. Digo a Eddie que se marche a casa luego voy a ver al bebé duerme en el dormitorio ajeno a que la cabeza & los brazos & la cara de su madre están en sitios distintos.

Sólo yo & este bebé que hace muecas.

Ha despertado llorando de hambre o de angustia existencial. ¿Qué voy a hacer? No hay ningún pecho en la nevera. He abierto un cartón de leche & servido una taza & luego llevado la taza a Jasper & vertido un poco de leche en la boca pensando Soy una especie de viuda. No estábamos casados pero un bebé es un contrato más carnal que un endeble pedazo de papel.

He encontrado una nota pegada al espejo del baño.

Sé que te preocupará ser padre. Sólo tienes que quererlo. No intentes mantenerlo a salvo de todo mal. Quiérelo, eso es todo lo que tienes que hacer.

Bastante simplista he pensado mientras plegaba la nota. Ahora veo que lo había planeado desde el principio, aunque ni ella lo supiera. Tener este hijo y después acabar con su propia vida.

Astrid muerta. En realidad, nunca la conocí. Me pregunto si llegó a saber que la quería.

He subido a la planta de arriba & arrojado algunas prendas en una bolsa & vuelto a la habitación & mirado al bebé. Eso es lo que hago ahora. Mirar a este bebé. Mi bebé. Pobre bebé. Jasper. Pobre Jasper.

Lo siento lo siento lo siento qué terribles mañanas pasaremos juntos en qué suerte miserable ha caído tu alma el cuerpo de mi hijo mi hijo tu padre es el lisiado solitario del amor.

Te enseñaré a descifrar todos los rostros perplejos sólo con cerrar los ojos & a sentir vergüenza ajena cuando alguien diga las palabras «tu generación». Te enseñaré a no demonizar a tus enemigos & a hacerte poco apetitoso cuando las hordas se presenten para devorarte. Te enseñaré a gritar con la boca cerrada & a robar felicidad & que la única dicha verdadera es cantar hasta desgañitarte & las chicas desnudas & también te enseñaré a no comer nunca en un restaurante vacío & a no dejar abiertas las ventanas de tu corazón cuando parece que va a llover & que todos tienen un muñón donde hubo que amputarles algo. Te enseñaré a descubrir lo que falta.

Nos marchamos.

Nos marchamos a casa, a Australia.

& te enseñaré que si alguna vez te sorprende seguir con vida vuelvas a comprobarlo. Nunca se puede estar demasiado seguro de algo así.

Eso era todo. La última anotación.

Cerré el cuaderno con el estómago revuelto. La historia de mi nacimiento se me hizo añicos en el cerebro. Cada pedazo reflejaba una imagen del relato del diario. Así que había nacido laboriosamente fruto de la soledad, la demencia y el suicidio. Nada de lo que extrañarse.

Un año después, la mañana del cumpleaños de mi madre, papá entró en mi habitación cuando me vestía.

—Bueno, colega, ya vuelve a ser diecisiete de mayo.

—¿Y?

—¿Estarás listo para ir después de almorzar?

—Tengo otros planes.

—Es el cumpleaños de tu madre.

—Lo sé.

—¿No vienes a la tumba?

—No es una tumba. Es un agujero. Yo no les lloro a los agujeros.

Papá se quedó allí clavado; advertí que tenía un regalo en la mano.

—He comprado algo para ella —dijo.

—Eso está bien.

—¿No quieres abrirlo?

—Llego tarde —repliqué, dejándolo solo en mi habitación con su triste e inútil regalo.

Me fui al puerto, a mirar barcos. Durante el año que había transcurrido había pensado, sin yo quererlo, en todo lo que contaba el diario de mi padre. Ningún escrito, ni antes ni desde entonces, me ha quedado grabado de forma tan permanente en la memoria. Los ingeniosos trucos en el arte del olvido que sabe mi mente de nada sirven aquí. Recuerdo cada palabra aterradora.

Me quedé allí sentado todo el día, mirando los barcos. O más bien mirando hacia abajo, a las rocas y la capa lisa y brillante de petróleo que flotaba en la superficie del agua. Me quedé un buen rato. Me quedé hasta que salió la luna y una cortina de estrellas apareció en el cielo y las luces del puente brillaron en la oscuridad. Todos los barcos cabeceaban suavemente en la noche.

Mi alma es ambiciosa y mercenaria en su deseo de conocerse a sí misma. El diario de papá dejó este objetivo insatisfecho y la historia de mi madre resultó ser más misteriosa después que antes de saber nada de ella. Ya había decidido que probablemente mi madre estaba loca y era de orígenes inciertos. Aparte de eso, mi investigación sólo había conducido a más preguntas. En cuanto a mi padre, no me sorprendió haber sido indeseado de forma tan violenta. Lo único concreto que había averiguado de mi madre era que mi nacimiento había sido el punto final de su lista y que, tras haberlo marcado como «hecho», se había permitido morir. Yo había nacido para despejar de obstáculos su camino a la muerte.

Hacía frío. Me estremecí un poco.

Los ritmos del universo eran perceptibles en el modo en que los barcos asentían, cabeceando.

Unos años después regresé al cementerio. La tumba de mi madre había desaparecido. Había alguien nuevo allí, embutido entre la anciana Martha Blackman y el pequeño Joshua Wolf. Se llamaba Frances Pearlman. Tenía cuarenta y siete años. Dejaba dos hijos, una hija y un marido.

Desde que descubrí el diario, lo había leído varias veces más.

El elemento más turbador de aquel desagradable librito era que mi padre afirmaba que posiblemente yo era una reencarnación prematura de su yo aún vivo, que «yo era mi padre»: ¿qué significaba aquello? ¿Que en algún lugar de su interior ese hombre temía que mi autonomía fuese la muerte para él?

Pensé esto mientras miraba la tumba de Frances Pearlman.

Había flores recientes esparcidas sobre su tumba. Éste no era un amor contrahecho ni un ataúd vacío. Pensé en mi padre, y en cómo uno de nosotros era el huésped y el otro el parásito y yo no sabía cuál era cuál. Me pareció que no podíamos sobrevivir los dos. Me pareció que un día, inevitablemente, uno de nosotros tendría que irse. Me pareció que íbamos a luchar entre nosotros por la supremacía del alma. Me pareció que querría matarlo para poder yo sobrevivir.

Eran pensamientos escalofriantes, pero estaba en un cementerio, a fin de cuentas.

3

En los reportajes de prensa y televisión realizados inmediatamente después de la muerte de mi padre, se habló mucho de la época que abarcaba la primera mitad de la década de 1990, el período de los peores excesos de su denominada locura. Esta época no sólo fue notable por la llegada de Anouk Furlong (como se la conocía por aquel entonces; una mujer que desempeñó un papel nada secundario en la crisis mental de mi padre), sino que también forma el grueso de años que incluyó clubes de *striptease*, instituciones mentales, cirugía plástica, arrestos y lo que pasó cuando mi padre intentó ocultar nuestra casa.

Así ocurrió todo:

Un día, sin previo aviso, papá propinó un sonoro golpe a nuestra plácida miseria y encontró trabajo. Lo hizo por mí, nunca dejó de recordármelo. «Podría dejar seco el sistema de prestaciones sociales si sólo fuera yo, pero eso no basta para los dos. Tú me has llevado a la población activa, Jasper. ¡Jamás te perdonaré!»

Volvió a ser Eddie quien le encontró trabajo. Hacía un año que papá había regresado de París cuando Eddie se presentó en nuestra puerta, lo cual sorprendió a papá, que nunca había mantenido una amistad duradera en toda su vida, y menos aún una amistad que trascendiera continentes. Eddie había abandonado París poco después que nosotros y había regresado a Tailandia antes de trasladarse a Sydney.

Ahora, once años después, le había encontrado trabajo a papá por segunda ocasión. Yo no sabía si este nuevo empleo incluía a personajes tan turbios o era tan peligroso como el otro. Sinceramente, tampoco me importaba. Tenía doce años y, por primera vez en mi vida, papá me dejaba solo en casa. Su pesada presencia había desaparecido de mi vida y me sentía libre de comerme los cereales sin tener que oír insistentemente por qué el hombre era lo peor que le había pasado a la humanidad.

Papá trabajaba todo el tiempo, y no era que las largas horas que pasaba lejos de mí hicieran que me sintiera solo (ya lo estaba antes), sino que había en todo aquello algo que no me parecía bien. No tiene nada de raro que los padres trabajen todo el tiempo porque traen el pan a casa, y es inevitable que el pan se oculte en despachos, minas de carbón y edificios en construcción, pero en nuestra casa la localización de nuestro pan era un misterio. Empecé a pensar en eso a diario. ¿Dónde diablos está nuestro pan? Lo pensaba porque mis amigos vivían en casas, no en pisos, y sus neveras siempre estaban llenas de comida mientras que la nuestra estaba llena de espacio. Papá trabajaba todo el día, incluidos los fines de semana, y, sin embargo, no parecíamos tener más dinero que cuando estaba desempleado. Ni un centavo. Un día, le pregunté:

—¿Adónde va a parar todo el dinero?

Dijo:

—¿Qué dinero?

Dije:

—El dinero que ganas con tu trabajo.

Dijo:

—Estoy ahorrando.

Dije:

—¿Para qué?

Dijo:

—Es una sorpresa.

Dije:

—Odio las sorpresas.

Dijo:

—Eres demasiado joven para odiar las sorpresas.

Dije:

—Vale, me gustan las sorpresas, pero también me gusta saber.
Dijo:
—Bueno, pues no puedes quedarte con las dos.
Dije:
—Puedo si me lo cuentas y luego me olvido.
Dijo:
—Ya lo tengo. Te dejaré elegir. Puedes quedarte con la sorpresa o puedo decirte para qué estoy ahorrando. Depende de ti.

Eso me mató. Decidí esperar.

Mientras esperaba, Eddie dejó caer que papá dirigía en Kings Cross un club de *striptease* llamado Fleshpot, antro de perdición. ¿Un garito de *striptease*? ¿Mi padre? ¿Cómo podía ser? ¿De encargado? ¿Mi padre? ¿Cómo habría convencido Eddie a sus turbios contactos de que contrataran a papá para semejante puesto? ¿Con responsabilidades? ¿Mi padre? Tenía que verlo por mí mismo.

Una noche me interné en el laberinto de Kings Cross, subí por calles laterales que no eran más que largos urinarios públicos, pasé a los turistas ingleses borrachos, a una pareja de yonquis de ojos vidriosos y a un cabeza rapada que parecía hastiado de su propio personaje. Cuando entraba en el bar, una fulana madura me gritó algo de chupármela y su voz ronca dejó en el aire la imagen nauseabunda de unos labios marchitos. Un gorila me agarró de la camisa y estrujó el cuello hasta que le dije que había venido a ver a mi padre. Me dejó entrar.

Mi primera vez en un club de *striptease*, y estaba de visita familiar.

No era lo que había imaginado. Las bailarinas contoneaban el cuerpo sin entusiasmo, meneándose arriba y abajo al ritmo de una música repetitiva bajo focos cegadores, ante hombres lascivos y mudos vestidos con traje. Claro que me sentí eufórico al ver tanta carne suave y flexible en un mismo lugar, pero no me excité tanto como esperaba. En la vida real, las mujeres medio desnudas que dan vueltas y se deslizan a horcajadas en un poste no son tan sexys como uno creería.

Distinguí a papá gritando al teléfono detrás de la barra. Mientras me acercaba, me mandó una expresión de pocos amigos para interceptarme.

—¿Qué haces aquí, Jasper?

—Sólo he venido a echar un vistazo.

—¿Te gusta lo que ves?

—He visto cosas mejores.

—En sueños.

—No, en vídeo.

—Pues no puedes quedarte aquí. Eres menor de edad.

—¿Y qué haces tú aquí? —pregunté

Me lo enseñó. No era fácil. Tenía que encargarse del bar y, aunque había mujeres desnudas flotando ante la barra, él tenía que llevarlo como si fuera un bar normal y corriente. También elegía a las mujeres; ellas venían y hacían una prueba ante él. ¡Como si mi padre supiera algo de bailar! ¡O de mujeres! ¿Y cómo podía soportarlo, todas esas suaves criaturas sexuales contoneándose y exhibiendo sus evocadoras pendientes y curvas día sí y día también? La fuerza vital es como una patata caliente y, aunque una vez muertos los pensamientos impuros nos pueden hacer arder en el infierno por siempre jamás, aquí en vida lo que nos deja asados y fritos es la incapacidad de llevarlos a la práctica.

Claro que yo no lo sé todo. Quizá mi padre satisfacía sus lujuriosas fantasías. Igual se había follado a todas las bailarinas. No me lo puedo imaginar, pero ¿qué hijo podría?

Así que trabajar en ese encantador antro de pecado era el modo que había elegido para mantener a su familia (yo) y ahorrar. ¿Para qué? Para aliviar mi curiosidad, papá entró en su cuenta corriente y me compró un regalito: cuatro peces hinchados en una mugrienta pecera. Eran como peces de colores, sólo que negros. Sobrevivieron tres días en nuestro piso. Al parecer, murieron de sobrealimentación. Debí de haberles dado demasiado alimento. Por lo visto, los peces son unos terribles glotones sin ningún control que no saben cuándo tienen bastante y se hartan hasta morir de esos inocuos copitos beige imaginativamente denominados «comida para peces».

Papá no me acompañó en el luto. Estaba demasiado ocupado con sus bailarinas. Para ser un hombre que ha pasado la mayor parte de su vida laboral sin trabajar, se estaba dejando la piel en el trabajo. Resultó que tuve que esperar más de un año para descubrir para qué estaba ahorrando. A veces me volvía loco elucubrando, pero puedo ser de lo más paciente si pienso que merece la pena esperar.

No merecía la pena. En serio, no la merecía.

Tenía trece años cuando un día llegué a casa y vi a mi padre sosteniendo en alto una gran fotografía brillante de una oreja. Esto, explicó, era para lo que había estado ahorrando. Una oreja. Una oreja nueva que reemplazara la quemada en el incendio que consumió su pueblo y su familia. Iba a un cirujano plástico a desdeformarse. ¿Y por esto nos habíamos sacrificado? Vaya decepción. No hay nada divertido en un injerto de piel.

Papá pasó una noche en el hospital. Era de rigor comprarle flores, aunque sabía que él no iba a apreciarlas. De todos modos, la flora siempre me había parecido una incongruencia como obsequio para alguien que sufre de dolor (¿qué tal una jarra de morfina?), pero encontré un par de girasoles enormes. No los apreció. Tampoco me importó. Lo importante era que la intervención había sido todo un éxito. El médico estaba muy satisfecho, dijo. Si queréis mi consejo: nunca os molestéis en preguntar por el paciente; es una pérdida de tiempo. Lo importante es saber cómo se siente el médico. Y el de papá estaba en la gloria.

Le retiraron los vendajes delante de mí. Para ser sincero, las expectativas eran tan altas que me esperaba algo a mayor escala: una oreja colosal que hiciera las veces de abrebotellas, o una oreja capaz de viajar en el tiempo que recogiera conversaciones del pasado, o una oreja universal que oyese por todos los vivos, o una oreja de Pandora, o una oreja con una lucecita roja que mostrase cuándo estaba grabando. Básicamente, una oreja que acabase con todas las orejas. Pero no fue así, para nada. Se trataba sólo de una oreja corriente.

—¡Háblale! —dijo mi padre. Me trasladé al otro lado de la cama y me incliné hacia la recién llegada.

—Hola. Probando. Probando. Dos. Dos. Dos.

—¡Bien! ¡Funciona!

Cuando le dieron el alta del hospital, mi padre salió al mundo impaciente por echar un vistazo a su propia persona. El mundo fue generoso. Papá perdió la capacidad de caminar en línea recta. Desde entonces, para desplazarse de A a B tuvo que pasar por los retrovisores de coches, los escaparates y las teteras de acero inoxidable. Cuando se está obsesionado con la apariencia, uno percibe la cantidad de superficies reflectantes que existen en el cosmos.

Una noche vino a la puerta de mi habitación y se quedó allí de pie, respirando sonoramente.

—¿Te apetece jugar un poco con mi cámara?

—¿Estás haciendo porno?

—¿Por qué iba a hacer porno?

—Eso es algo entre tú y tu biógrafo.

—Sólo quiero que me saques unas fotos de la oreja, para el álbum.

—¿El álbum de orejas?

—¡Olvídalo!

Sentí lástima por él. Papá parecía incapaz de reconocerse. Su exterior quizá fuera más presentable, pero el interior se había encogido una talla. Yo sentía que había algo siniestro en todo aquello, como si al añadir una nueva oreja se hubiera desprendido una parte fundamental de sí mismo.

Incluso después de la cirugía plástica, mi padre trabajó a diario. Volvíamos a estar sin blanca. Nuestras vidas no habían cambiado.

Dije:

—Vale. ¿Qué haces ahora con el dinero?

Dijo:

—Estoy ahorrando otra vez.

Dije:

—¿Ahorrando para qué?

Dijo:

—Es una sorpresa.

Dije:

—La última sorpresa fue una mierda.

Dijo:

—Ésta te gustará.

Dije:

—Será mejor que valga la pena.

No la valía. Era un coche. Un coche deportivo rojo. Cuando salí a verlo, mi padre estaba a su lado, dándole palmaditas como si el coche acabara de hacer una gracia. Sinceramente, me habría sorprendido más si se hubiera fundido el dinero en donaciones a partidos políticos. ¿Mi padre? ¿Un coche deportivo? ¡Una auténtica locura! No sólo era frívolo, sino meticulosamente frívolo. ¿Acaso era una distracción? ¿Anunciaba mi padre su disolución? ¿Era una rendición o una conquista? ¿Qué parte de él se suponía que iba a reparar el coche? Algo estaba claro: mi padre estaba rompiendo sus propios tabúes.

Era cómica, la imagen de mi padre subiéndose a ese coche deportivo, un MGB descapotable de 1979. Luego, amarrado al asiento, parecía inquieto como el primer astronauta.

Ahora lo considero un intento valiente, un acto ingenioso con el que se desafiaba a sí mismo y a las voces interiores empeñadas en clasificarlo.

Papá en ese coche deportivo era un hombre que se reinventaba a sí mismo desde el exterior. Un renacimiento predestinado al aborto.

—¿Vienes?

—¿Adónde?

—Lo sacaremos a dar una vuelta.

Subo. Soy joven. No soy una máquina. Claro que me encanta el coche. ¡Joder si me encanta! Pero hay algo en él que no cuadra, como cuando sorprendes a tu maestra de guardería haciendo un *striptease*.

—¿Por qué has comprado esto? —le pregunté.

—¿Por qué? —repitió, pisando el acelerador.

Intenta dejar atrás su pasado. Y, a cierto nivel, ya oía cómo los tendones y las articulaciones de su cordura se desgarraban y partían. Su trabajo, la regularidad de su horario, su traje, su nueva oreja y ahora su coche: estaba creando una tensión insoportable entre sus yo. Algo va a ceder, y no será nada bonito.

II

Entonces cedió. Y no fue nada bonito.

Estábamos en un restaurante chino abarrotado de gente y papá pedía pollo al limón.

—¿Algo más? —preguntó el camarero.

—Un poco de arroz hervido y la cuenta.

A papá siempre le había gustado pagar antes de comer, así en cuanto acababa podía irse. Había algo en lo de estar sentado en un restaurante sin comer que no soportaba. La impaciencia lo asaltaba como un ataque epiléptico. Por desgracia, algunos restaurantes te hacen pagar al final. En tales situaciones, papá se quedaba de pie junto a la mesa, para indicar que ya no quería tener nada que ver con ella, y luego pedía la cuenta como suplicando clemencia. Unas veces llevaba su plato a la cocina; otras veces agitaba el dinero en las narices del camarero. Y, otras, abría la caja registradora, pagaba la cuenta y se daba el cambio. Eso lo odiaban.

Esta noche papá tenía una mesa junto a la ventana y miraba afuera, con su rostro en el modo «aburrimiento personificado». Yo estaba allí, pero él comía solo. Me había declarado en huelga de hambre por alguna causa heroica que ahora no recuerdo, pero probablemente era la época en que comimos fuera ochenta y siete noches seguidas. Papá solía cocinar en los viejos tiempos, pero eran viejos esos tiempos.

Ambos mirábamos a la calle, porque requería mucho menos esfuerzo que hablar. Nuestro coche estaba ahí fuera, aparcado detrás de una furgoneta blanca, y al lado una pareja discutía mientras caminaba. Ella le tiraba de la coleta negra y él reía. Llegaron ante la ventaba y se pusieron a pelear justo delante de nosotros, como si montaran un espectáculo. Fue una interpretación audaz. El tío se agachó con una gran sonrisa en el rostro, intentado que ella le soltara el pelo. Parecía doloroso que te tirasen del pelo de ese modo, pero él no paraba de reír. Claro que, ahora que soy mayor, sé por qué él tenía que reírse de ese modo; sé que habría seguido riendo aunque ella le hubiera arrancado la cabeza de cuajo y la hubiera arrojado a la alcantarilla y se hubiera meado encima y le hubiera prendido fuego. Incluso con la peste a meado en sus ojos agonizantes, él habría seguido riendo, y yo sé por qué.

Llegó el pollo al limón.

—¿Seguro que no quieres un poco? —preguntó mi padre, con un tono provocador en la voz.

El aroma a limón caliente convirtió mi estómago y mi cabeza en enemigos mortales. Papá me lanzó una mirada engreída y victoriosa y yo le dirigí otra orgullosa y triunfante. Tras cinco agotadores segundos, ambos nos volvimos rápidamente hacia la ventana, como en busca de aire.

En la calle, la pelea iba por el entreacto. La chica estaba sentada en el capó de un Valiant negro, y el chico fumaba un cigarrillo a su lado. Me era imposible verle las manos a ella porque las tenía embutidas bajo los brazos, pero las imaginé sosteniendo pedazos de cuero cabelludo. Luego oí un chirriar de metal. Había una figura al fondo, detrás de la pareja, alguien con una parka roja inclinado sobre el coche de papá. La parka roja se desplazaba lentamente por el costado del coche. Era difícil saber con exactitud lo que hacía, pero parecía que rascaba la pintura con una llave.

—¡Eh, mira! —grité, señalándole la escena a papá, pero su cuerpo larguirucho ya estaba en pie y corría hacia la puerta.

Salté de mi silla y lo seguí. Iba a ser mi primera persecución por las calles de Sydney. Ha habido otras después y no siempre he sido yo el perseguidor, pero ésta fue la primera, por lo que la recuerdo de un modo especial.

No corríamos grácilmente, claro está; más bien nos tambaleábamos a gran velocidad por la calle principal, casi a tropezones, empujando y haciendo rebotar a las parejas que paseaban con aire ausente en nuestra dirección. Recuerdo que tarareaba una melodía mientras corría, una melodía de espías. Corrimos por la ciudad como si nos hubieran prendido fuego. La gente nos miraba como si nunca hubiese visto correr a nadie. Puede que así fuera. Frente a un cine, un grupo de hombres y mujeres de negocios, indistinguibles entre sí, permanecieron firmes mientras nos acercábamos. Ni que el metro cuadrado de acera fuese un legado de sus antepasados. Los empujamos a un lado sin dejar de correr. Algunos gritaron. Quizá tampoco los hubieran tocado nunca.

Los pies del hombre de la parka roja eran como una ráfaga de viento. Cruzó volando la calle congestionada, esquivando el flujo constante de tráfico. Yo sólo había sacado un pie de la acera cuando mi padre me agarró de la muñeca y casi me la arrancó de cuajo.

—¡Juntos! —dijo.

Cuidado con padre e hijo a la caza del misterioso villano de la parka roja. Atención al dúo amenazador, que sale en su persecución agarrado de la mano. Doblamos una esquina y nos encontramos ante una calle desierta. De algún modo, nuestra presencia aumentó el vacío. No se veía a nadie. Parecía como si hubiésemos entrado en una parte remota y olvidada de la ciudad. Nos llevó unos instantes recuperar el aliento. El corazón me palpitaba contra las paredes del pecho como un hombro que intenta derribar una puerta de madera.

—¡Ahí! —dijo papá.

A medio camino, calle abajo, había un bar. Caminamos hasta la entrada. No había ningún cartel en la ventana. Era evidente que el bar no tenía nombre. Las ventanas estaban tapadas y no se veía el interior. Era un lugar que la escasa luz convertía en peligroso. Bastaba con observarlo desde fuera. La clase de lugar donde nefandos personajes apuñalan a cualquiera que les pida la hora, donde los asesinos en serie van a olvidar sus problemas, donde putas y camellos intercambian números de teléfono y los sociópatas se ríen de las veces que los han confundido con naturópatas.

—¿Quieres esperarme aquí fuera?

—Yo voy contigo.

—Puede que las cosas se pongan feas.

—No me importa.

—Entonces, vamos.

Nada más entrar, nos encontramos ante el guardarropa; vimos la parka roja bailando en una percha, bailando como una melodía.

Había una banda de música en el escenario, la voz del cantante producía la misma sensación que morder papel de aluminio. En las paredes, por encima de las botellas de alcohol de la barra, había instrumentos: un violín, un acordeón, un ukelele. Aquello parecía una casa de empeños. Dos camareros exhaustos se detenían de vez en cuando para servirse chupitos de tequila. Papá pidió una cerveza para él, limonada para mí. Toda mi vida ha sido así.

Papá y yo mantuvimos un ojo por cabeza en el guardarropa y pasamos un par de horas intentando adivinar quién sería nuestro hombre, pero no se puede distinguir a un vándalo en una sala llena de rostros, como tampoco a un adúltero o a un pedófilo. Las personas guardan sus secretos en lugares ocultos, no en sus rostros. En el rostro llevan marcado el sufrimiento. También la amargura, si les queda sitio. De todos modos, hicimos nuestras conjeturas; desconozco en qué las basamos. Papá eligió a un tipo bajo y robusto con perilla. «Es nuestro hombre», insistió. Me vi obligado a discrepar y escogí a un tipo de largo cabello castaño y una desagradable boca morada. Papá opinó que parecía un estudiante, no un vándalo. ¿Y qué estudia, entonces?

—Arquitectura —dijo papá—. Algún día construirá un puente que se hundirá.

—¿Morirá gente?

—Sí, mil personas.

Mientras pensaba en los mil muertos, papá pidió otra copa y se fijó en una rubia oxigenada con los dientes manchados de carmín que estaba apoyada en la barra. Le dirigió su sonrisa número tres, la que solía reservar para librarse de las multas por exceso de velocidad. Ella le dio un repaso sin mover la cabeza.

—Hola —dijo papá.

Como respuesta, ella encendió un cigarrillo, y papá se deslizó rápidamente sobre un taburete para acercársele.

—¿Qué te parece el grupo? No es mi tipo de música. ¿Puedo invitarte a una copa? ¿Qué te parece el grupo? —dijo papá.

Ella soltó una risotada que era más una gárgara, pues nunca salió de su garganta. Tras un interminable minuto en que no pasó nada, papá se hartó de mirarle el perfil y se deslizó nuevamente a su taburete. Se bebió la cerveza de un trago.

—¿Crees que llegarás a casarte? —le pregunté.

—No lo sé, colega.

—¿Te gustaría?

—No estoy seguro. Por un lado, no quiero estar solo para siempre.

—No estás solo. Yo estoy aquí.

—Sí, eso es verdad —dijo sonriendo.

—¿Y qué hay en el otro lado?

—¿Qué?

—Has dicho: «Por un lado, no quiero estar solo para siempre.»

—¡Ah, hum! Mierda. No me acuerdo. Lo he olvidado.

—Igual es que no hay nada en el otro lado.

—Tal vez.

Miré cómo los ojos de papá seguían a la rubia cuando ésta se desplazó de la barra a una mesa de mujeres. Debió de comentar algo sobre nosotros, porque todas miraron y fue bastante evidente que escupían mentalmente a papá. Él simuló beber de su vaso vacío. Toda aquella escena me puso enfermo, así que volví un ojo al guardarropa y el otro a la boca miserable, morada y asesina del estudiante de arquitectura y lo imaginé en un despacho elevado observando los mil cadáveres y los brazos plateados de su puente roto.

La parka roja seguía colgada, matando el tiempo. Se hacía tarde. Estaba cansado. Mis párpados querían cerrarse.

—¿Nos vamos?

—¿A qué hora cierra este bar? —preguntó papá al camarero.

—A eso de la seis.

—¡Joder! —me dijo papá, y pidió otra cerveza. Estaba claro que se quedaría toda la noche si hacía falta. ¿Y por qué no iba a hacerlo? No nos esperaba nadie en casa. Ninguna frente arrugada por la preocupación. Ningunos labios ansiosos por darnos un beso de buenas noches. Nadie que nos echara de menos si no regresábamos jamás.

Apoyé la cabeza en la barra. Había algo húmedo y pegajoso bajo mi mejilla, pero estaba demasiado cansado para moverme. Papá se sentaba erguido en el taburete, alerta, mirando el guardarropa. Me adormecí. Soñé con una cara que flotaba en la oscuridad. Sólo la cara. La cara gritaba, pero el sueño era mudo. Terrorífico. Desperté con un trapo húmedo en la nariz.

—Mueve la cabeza, por favor.

Era el camarero, que limpiaba la barra.

—¿Qué pasa? —pregunté.

—Voy a cerrar.

La boca me sabía a sal. Me incorporé y me enjugué los ojos. Había llorado en sueños. Eso me confundió. No recuerdo que la cara fuese triste, sólo horrorosa. El camarero me dirigió una mirada que decía que no sería un hombre de verdad mientras llorase en sueños. Tenía razón, pero ¿qué podía hacer al respecto?

—¿Qué hora es?

—Las cinco y media.

—¿Has visto a mi...?

—Está ahí.

Papá estaba junto al guardarropa, meciéndose sobre los pies. Estiré el cuello y vi que la parka roja seguía en la percha. Sólo quedaba un puñado de personas en el bar: el tipo de la boca morada, una mujer de rostro airado y cabeza afeitada, un barbudo con la cara llena de anillos, una joven china vestida con un mono y un tipo con la mayor panza que he visto jamás.

—Voy a cerrar —les gritó el camarero—. Volved a casa con la mujer y los hijos.

Eso hizo que todos se echasen a reír. Yo no le vi la gracia. Fui a esperar con papá.

—¿Qué? ¿Cómo has dormido? —me preguntó.

—No me encuentro bien.

—¿Qué te pasa?

—¿Qué harás cuando lo encuentres?

Papá indicó con las cejas que mi pregunta le parecía ignorante. Los clientes fueron marchándose uno a uno. Finalmente, la chica de la cabeza rapada se apoyó en el mostrador del guardarropa.

—Ése es el mío. El rojo.

Era nuestro hombre, o mejor dicho, nuestra mujer. La culpable. La vándala. La empleada le tendió la parka. Y ahora, ¿qué?

—¡Hola! —dijo papá.

La chica se volvió hacia él y pudimos verla bien. Tenía unos brillantes ojos verdes en el rostro más huesudo que he visto jamás. Pensé que debía dar gracias a Dios por esos ojos; eran lo único hermoso en ella. Los labios eran finos, casi inexistentes; el rostro pálido y demacrado. No sería más que una piel blanca estirada sobre un largo cráneo de no ser por esos ojos. Eran traslúcidos. Papá dijo hola de nuevo. Ella hizo caso omiso, abrió la puerta con el pie y salió a la calle.

Una débil llovizna caía de un cielo amarillo metálico. Aunque no podía verlo, sabía que el sol estaba en alguna parte; su bostezo había iluminado el aire. No cabe duda, el amanecer huele distinto al resto del día; tiene cierta frescura, como cuando le das un mordisco a una lechuga y la devuelves a la nevera con la parte mordida hacia abajo, para que nadie lo note.

La chica estaba bajo el toldo, abrochándose la famosa parka roja.

—¡Eh, hola!

La voz de papá le resbalaba. Pensé que aclararme la garganta ayudaría. Funcionó. Sus brillantes ojos verdes nos iluminaron como un reflector.

—¿Qué queréis?

—Me has rayado el coche —dijo papá.

—¿Qué coche?

—Mi coche.

—¿Cuándo?

—Esta noche, a eso de las nueve menos cuarto.

—¿Y eso quién lo dice?

—Lo digo yo —afirmó papá, acercándose a la parka roja con los faros verdes—. Sé que has sido tú.

—Lárgate de aquí antes de que llame a la policía.

—¡Oh-oh!, ¿así que quieres llamar a la policía?

—Sí, igual lo hago, pijo.

—¿Qué me has llamado?

—Te he llamado pijo, so pijo.

—Cada vez que abres la boca te incriminas. ¿Por qué crees que soy un pijo, si no has visto mi coche?

Bien dicho, papá. Ahora ella tendrá que salir corriendo.

—Tu traje es el que llevaría un pijo gordo y cabrón.

Bien dicho, Ojos Verdes. Ahí te ha pillado, papá.

—Para tu información, no soy un pijo —dijo papá.

—Me da igual lo que seas.

Aquella noche esperpéntica parecía llegar a un punto muerto. Papá se había cruzado de brazos y miraba a Ojos Verdes para que ésta apartara la vista, pero ella también se había cruzado de brazos y fulminaba a papá con unos ojos tan abiertos que sin duda carecían de párpados. ¿Ya estaba? ¿Ahora podíamos irnos a casa?

—¿Cuántos años tienes?

—¡Vete a la mierda!

—Sólo quiero dos cosas de ti.

—Bueno, pues no las tendrás.

—Quiero una confesión y una explicación. Eso es todo.

Esto es exactamente lo que puede llegar a hacer un soltero a las cinco y media de la mañana, pensé. Es exactamente el motivo por el que la gente tiene esposas y maridos y novias y novios, para no volverse demasiado desagradable. Pero deja a un hombre solo el tiempo suficiente y verás de lo que es capaz. Vivir en soledad debilita el sistema inmune de la mente y tu cerebro se vuelve vulnerable a un ataque de ideas raras.

—Quiero una confesión y una explicación —repitió papá, y le puso una mano en el hombro como el guardia de seguridad que sorprende a un ratero.

—¡Socorro! ¡Policía! ¡Violación! —empezó a gritar ella.

Entonces a papá se le ocurrió otra dudosa idea: también empezó a gritar para que viniese la policía. Me dio un codazo. Quería que me uniese a él. Grité con los otros dos, que gritaban violación y policía. Pero no me conformé con eso. También pedí a gritos un equipo de los GEO. Pedí helicópteros. Pedí a Satán. Pedí que el suelo se tragase el cielo. Eso la hizo callar. Salió de la acera, a la lluvia. Papá y yo caminamos por el asfalto a su lado, sin hablar. De vez en cuando, Ojos Verdes me echaba un vistazo.

—¿Qué haces con este tonto del culo? —me preguntó.

—No lo sé.

—¿Es tu padre?

—Eso dice.

—Y qué importa lo que diga.

—Oye, gamberra. No hables con él. Antes tienes que hacer una confesión —interrumpió mi padre.

—No puedes probar nada, pijo.

—¿Que no puedo? ¿Que no puedo? Eso ya lo veremos, gamberra. ¿A que tienes una llave en los bolsillos? Pues, para que lo sepas, a un científico forense no le llevaría más de un par de segundos comprobar que los restos de pintura de tu llave coinciden con la pintura que le falta a un lateral de mi coche.

Ojos Verdes se sacó la llave del bolsillo y la dejó caer en un charco.

—¡Ay, qué torpe! —dijo, mientras se arrodillaba junto al charco, frotaba la llave y la secaba en la manga de la parka. Se guardó la llave en el bolsillo.

—Lo siento, pijo —canturreó.

Cruzamos Hyde Park cuando el parque experimentaba una transformación de luz y color. El amanecer se fundía en las sombras de los árboles. Puesto que Ojos Verdes avanzaba enérgicamente, papá me tomó de la mano y me instó a que siguiera su ritmo. Entonces yo no entendía qué pasaba allí. Ahora, al recordar su determinación en seguir a esa extraña mujer, parece como si papá hubiese intuido el caos que traería a nuestro futuro y no quisiera que se le escabullese.

Cuando llegamos al otro lado del parque, adivinad a quién vimos colgado de Taylor's Square. Al enorme y resplandeciente sol naranja, ese mismo. Ojos Verdes encendió un cigarrillo. Los tres contemplamos el amanecer en silencio y yo pensé: «Algún día la Tierra acabará absorbida por ese sol deslumbrante y todos los restaurantes chinos y todas las rubias oxigenadas y todos los bares sórdidos y todos los hombres solos y todos los vándalos y todos los coches deportivos se verán aniquilados por un brillante resplandor blanco, y será el fin.» Huelga decir que era un amanecer de la hostia. Yo me sentía como un globo ocular desnudo ahí de pie, un globo ocular del tamaño de un niño, un globo ocular con orejas y nariz y una lengua y mil nervios que salían como pelos sin cortar que lo tocaban todo. Yo era todos esos sentidos en uno y eso estaba bien.

De pronto, me alegró que no hubiese nadie en casa esperándonos. Los padres e hijos normales no pueden pasarse toda la noche fuera para contemplar el amanecer si hay una esposa y una madre hecha un manojo de nervios ante una ventana abierta, con sus dedos largos y huesudos suspendidos sobre el botón de llamada directa a la policía. Me volví hacia papá y dije:

—Me gusta que estés solo.

Sin mirarme, respondió:

—No estoy solo. Tú estás aquí.

Sentí que Ojos Verdes me miraba antes de fijar la vista en papá. Entonces reanudó la marcha. La seguimos por Oxford Street y después por Riley, hasta una casa adosada en Surrey Hills.

—Gracias por acompañarme a casa, pijo. Ahora ya sabes dónde vivo. También sabes dónde vive mi novio. Pronto volverá a casa y te hará picadillo, ¡así que lárgate! —gritó.

Papá se sentó en el porche y encendió un cigarrillo.

—¿Podemos volver a casa, por favor? —supliqué.

—Aún no.

Pasados unos veinte minutos, Ojos Verdes reapareció con un pantalón de chándal y una camiseta amarilla. Sostenía una jarra de agua con algo flotando en su interior. Si te fijabas, se veía un tampón. Un tampón usado flotando en la jarra. Un fino rastro de sangre flotaba en el agua, disolviéndose en capas de rojo velado.

—¿Qué vas a hacer con eso? —preguntó papá, horrorizado.

—Tranquilo, pijo. Sólo riego las plantas.

Removió el tampón en la jarra y luego vertió el agua roja en lo que parecía marihuana plantada a lo largo de la verja.

—Eso es asqueroso —dijo papá.

—Con este cuerpo doy vida —replicó ella.

—¿Por qué me rayaste el coche?

—Vete a la mierda —espetó. Luego se dirigió a mí—: ¿Quieres beber algo?

—No si es de esa jarra.

—No, de la nevera.

—¿Qué tienes?

—Agua o zumo de naranja.

—Zumo de naranja, por favor.

—No le des ni un poco a tu padre. Espero que se muera de sed.

—Comprendido.

Mi padre me dio una colleja. ¡Eh! ¿Por qué no iba a decir estupideces? Me sentía cansado, avergonzado y aburrido. ¿Por qué él no estaba cansado y avergonzado y aburrido? Era raro lo que hacíamos, esperar una confesión en el porche de una casa.

La puerta volvió a abrirse.

—Recuerda lo que te he dicho —dijo ella, tendiéndome un vaso de zumo de naranja.

—No le daré ni una gota —prometí yo.

Me sonrió cálidamente. Llevaba en la otra mano una bolsa de deporte negra. Se arrodilló junto a papá y abrió la bolsa. Dentro había sobres y cartas.

—Si vas a perseguirme, al menos haz algo práctico. Mételas en los sobres.

Papá aceptó la bolsa sin mediar palabra. Se puso cómodo y empezó a humedecer los sobres con la lengua como si dar lengüetazos a los sobres en el porche de una extraña fuese lo más normal del mundo, como si ésa fuese la razón de ser de su lengua, la razón de que hubiésemos llegado hasta allí a las seis de la mañana.

—¿Y tú, chico? ¿Quieres ayudarnos?

—Me llamo Jasper.

—¿Quieres lamer algunos sobres, Jasper?

—La verdad es que no, pero vale.

Sentados en el porche, los tres rellenamos sobres con destreza y precisión. Era imposible articular lo que realmente estaba pasando ahí; parecíamos actores improvisando en una obra estudiantil y a menudo intercambiábamos miradas divertidas, apenas disimuladas.

—¿Cuánto te pagan por esto? —preguntó papá.

—Cinco pavos por cada cien sobres.

—No es mucho.

—No, no lo es.

Al decir esto, el rostro serio y severo de aquella chica adoptó una expresión serena y agradable.

—¿Por qué odias tanto a los ricos? —le pregunté.

Entrecerró los ojos verdes y dijo:

—Porque todas las oportunidades son para ellos. Porque los pobres lo pasamos mal mientras los ricos se quejan de la temperatura de sus piscinas. Porque, cuando los mortales nos metemos en líos, la ley nos jode y, cuando son los ricos quienes se meten en líos, se libran sin problemas.

—Puede que yo no sea rico —dijo papá—. A lo mejor tengo un coche deportivo rojo y es lo único valioso que poseo.

—¿Y a quién le importas tú?

—A mi hijo.

—¿Es eso cierto? —me preguntó ella.

—Supongo.

Había algo en esta conversación que no funcionaba. Como si el lenguaje nos fallara cuando más lo necesitábamos.

—Necesitamos que alguien se encargue de la casa —dijo papá de pronto.

La lengua de Ojos Verdes se quedó paralizada en mitad de un lametón.

—¿De verdad?

—Sí. De verdad.

Ojos Verdes dejó los sobres y el rostro se le endureció de nuevo.

—No sé si quiero trabajar para un rico cabrón.

—¿Por qué no?

—Porque te odio.

—¿Y?

—Sería una hipocresía.

—No, sería una ironía.

Ojos Verdes reflexionó al respecto y sus labios empezaron a moverse sin hablar, como para hacernos saber que se lo estaba pensando.

—Tengo novio, ¿sabes?

—¿Eso te impide limpiar?

—Además, eres demasiado viejo y demasiado feo para mi gusto. No voy a acostarme contigo.

—Oye. Sólo busco a alguien que limpie el piso y cocine para Jasper y para mí de vez en cuando. La madre de Jasper está muerta. Yo trabajo todo el día. No tengo tiempo de cocinar. Además, para que quede constancia, no me interesas sexualmente. Tu cabeza rapada te da un aire masculino. Y tienes la cara ovalada. Sólo me gustan las caras redondas. Los óvalos no me ponen. Pregúntale a quien quieras.

—Quizás acepte.

—¿Quieres el trabajo?

—De acuerdo.

—¿Por qué me rayaste el coche?

—Yo no te he rayado el coche.

—Eres una mentirosa.

—Y tú un tarado.

—Estás contratada.

—¡Bien!

Miré a papá y su rostro de extraña expresión, como si hubiésemos caminado toda la noche para llegar a una cascada secreta y eso fuera todo. Seguimos con los sobres hasta que el amanecer se convirtió en mañana.

La primera noche que Anouk vino a cocinar y limpiar, su confusión fue hilarante; esperaba trabajar en la espaciosa casa de un hombre adinerado y se encontró con nuestro piso pequeño y asqueroso, que se pudría como el fondo de una vieja barca. Después de prepararnos la cena, preguntó:

—¿Cómo podéis vivir así? Sois unos cerdos. Estoy trabajando para unos cerdos.

Y papá replicó:

—¿Por eso has cocinado esta bazofia?

Estaba furiosa; pero, por razones que nunca he acertado a comprender del todo (hay otros trabajos), Anouk regresó una semana tras otra, siempre con una desaprobación agresiva e incansable y pinta de haberse tragado una cesta de limones. Entraba, descorría las cortinas y hacía que la luz penetrase en nuestra caverna, y mientras sorteaba los libros que papá no había devuelto a la biblioteca y que ahora tapizaban el suelo, me miraba inquisitivamente, como si yo fuera un cautivo que se plantease liberar.

Al principio venía unas horas los lunes y los viernes, aunque gradualmente la rutina se fue a pique y empezó a aparecer cuando le venía en gana, no sólo para cocinar y limpiar, sino muchas veces para comer y ponerlo todo perdido. Comía con nosotros a menudo, discutía constantemente y me presentó una especie que hasta entonces me era desconocida: la autoproclamada «persona espiritual», izquierdista y amante del arte que elegía transmitir a gritos sus tiernas ideas de amor y paz y naturaleza.

—¿Sabes cuál es tu problema, Martin? —le preguntó a papá una noche después de cenar—. Prefieres los libros a la vida. No creo que los libros deban ser un sustituto de la vida. Más bien, son un complemento.

—¿Y qué sabes tú de eso?

—Lo sé cuando veo a alguien que no sabe cómo vivir.

—¿Acaso lo sabes tú?

—Me hago una idea.

En su opinión, papá y yo éramos problemas a la espera de ser solucionados, así que Anouk empezó por intentar convertirnos en vegetarianos, haciendo desfilar ante nosotros fotografías de animales aullantes y mutilados mientras nos zampábamos un jugoso bistec. Cuando eso falló, nos coló sucedáneos de carne en el plato. Y eso no era sólo con la comida; Anouk servía todas las formas de espiritualidad: arteterapia, renacimiento personal, masaje terapéutico, aceites que olían raro. Nos recomendó que fuéramos a dar un masaje a nuestras auras. Nos arrastró a representaciones criminalmente crípticas, como una en que los actores dieron la espalda al público durante toda la actuación. Era como si una lunática tuviese las llaves de nuestro cerebro y lo embutiese de cosas como cristales, campanillas de viento y panfletos que anunciaban conferencias de un gurú místico izquierdista levitante tras otro. Fue entonces cuando empezó a criticar de modo cada vez más apremiante nuestra forma de vida.

Semana tras semana, inspeccionaba un nuevo rincón de nuestras vidas faltas de aire y nos hacía una crítica. Nunca era elogiosa. Nunca nos daba el visto bueno, con el pulgar hacia arriba. El pulgar siempre apuntaba a la alcantarilla. Tras descubrir que papá regentaba un club de *striptease*, las críticas se hicieron más feroces, empezando por el exterior y abriéndose paso hasta el interior. Criticó nuestra costumbre de hacernos pasar por el otro al teléfono y el modo en que, siempre que llamaban a la puerta, nos quedábamos paralizados de terror como si viviéramos en un régimen totalitario y publicásemos un periódico clandestino. Señaló que vivir como estudiante de arte cuando papá tenía un caro coche deportivo rozaba la demencia; echó por tierra el hábito de papá de besar los libros y no a mí, así como el hecho de que pasara semanas sin percatarse de mi existencia y luego hubiera semanas en que no me dejaba en paz. Lo criticó todo, desde la forma en que papá se repantigaba en su butaca hasta que se pasara una hora sopesando las ventajas y los inconvenientes de darse una ducha, o su manera sociopática de vestirse (fue Anouk quien descubrió que papá llevaba pijama debajo del traje), o su perezoso modo de afeitarse, que dejaba mechones de barba creciendo al azar en diferentes zonas de la cara.

Quizá fuese su tono de voz ártico y despectivo, pero papá se limitaba a mirar hoscamente su café mientras Anouk desvelaba su último informe condenatorio desde la línea de frente. No obstante, los reproches más inquietantes y perjudiciales eran, sin lugar a dudas, sus críticas a la forma de criticar de papá; eso lo descolocaba por completo. Veréis: se había pasado la vida afilando su desprecio por los demás y casi había perfeccionado su veredicto de «culpable» para el mundo cuando Anouk llegó para arrasarlo.

—¿Sabes cuál es tu problema? —le decía ella (así es como solía empezar)—. Te odias a ti mismo y por eso odias a los demás. Las uvas están verdes. Estás demasiado ocupado leyendo y pensando sobre grandes temas. No te importan las pequeñas cosas de tu propia vida y por tanto desprecias a cualquiera que lo haga. Nunca te has esforzado como ellos, porque nunca te has preocupado como ellos. No sabes por lo que pasa la gente.

Muchas veces, mientras ella desembuchaba, papá se quedaba curiosamente callado y casi nunca se defendía.

—¿Sabes cuál es tu problema? —preguntó Anouk después de que una tarde papá le contase la historia de su vida—. Que haces un refrito de tus viejas ideas. ¿Te has dado cuenta? Te citas a ti mismo, tu único amigo (Eddie) es un vulgar adulador que te da la razón en todo lo que dices, y nunca aireas tus ideas en un foro donde puedan ser desafiadas; sólo te las cuentas a ti mismo y luego te felicitas por estar de acuerdo con lo que has dicho.

Anouk continuó así a lo largo de los meses que siguieron, mientras yo me abría un incómodo camino a la adolescencia y mi relación con papá se debilitaba a diario como si tuviera osteoporosis; no sólo vertió ácido en todas las ideas, esperanzas y autoestima de mi padre, sino que también apuntó hacia mí. Fue ella quien me dijo que sólo era lo bastante atractivo para atraer aproximadamente a un veintidós por ciento de la población femenina. Me pareció una cifra deprimente, realmente abominable. Sólo cuando aprendí a distinguir la soledad en la cara de los hombres caí en la cuenta de que ser atractivo para un veintidós por ciento de las mujeres era todo un éxito. Hay legiones de ineptos sociales irremediablemente feos, miserables y solitarios que entran en la categoría de entre el cero y el dos por ciento (son legión) y cada uno de ellos mataría por mi veintidós.

¡Ah!, también me regañó por descuidar la segunda tanda de peces.

Veréis: el saldo bancario de papá volvía a crecer y, sin arredrarse por el episodio previo de homicidio piscícola (¿suicidio?), compró tres peces más, esta vez simples carpas doradas, como si pensara que ser propietario de peces pasaba por diferentes grados de dificultad, según las especies, y que el desastre anterior se debía a que había comprado peces que eran demasiado complejos para mi nivel. Las carpas doradas le parecían peces con ruedines, como en las bicis: inmortales, imposibles de matar.

Estaba equivocado. Al final me cargué estos peces con bastante facilidad, aunque esta vez por falta de alimento. Murieron de hambre. Pero desde entonces, hasta el día mismo en que murió papá, siempre discutimos quién había tenido la culpa. Yo me fui a pasar una semana a casa de mi amigo Charlie y juro por Dios que al salir del piso le dije a mi padre: «¡No olvides dar de comer a los peces!» Papá lo recordaba de un modo muy distinto y, según su versión, al salir del piso dije: «¡Vale, adiós!» Sea como fuere, en algún momento de mi ausencia semanal los peces fueron presa de una grave inanición y, a diferencia de los humanos, no pensaron en recurrir al canibalismo. Tan sólo se dejaron morir.

En esto Anouk se puso de parte de papá, y yo advertí que la única ocasión en que papá disfrutó de los beneficios de un alto el fuego fue cuando pudo aliarse con Anouk contra mí. Tengo que admitir que su relación me tenía perplejo. Eran una pareja inverosímil, como si un rabino y un criador de pitbulls acabasen juntos en una isla desierta; extraños incompatibles unidos en un período de crisis, sólo que la de Anouk y papá era una crisis sin principio ni fin.

Cuando Anouk llevaba un año empleada con nosotros, papá recibió una llamada inesperada.

—¡Estás de broma! ¡Dios, no! Definitivamente, no. Ni aunque me violaras y torturases. ¿Cuánto es un montón? Bueno, entonces de acuerdo. Sí, sí, he dicho sí, ¿no? ¿Cuándo empezamos?

¡Eran buenas noticias! Una productora de Hollywood había oído hablar de la historia de Terry Dean y querían convertirla en éxito de taquilla. Querían la colaboración de papá para asegurarse de que la plasmaban de manera correcta, aunque ellos situaban el argumento en Estados Unidos como la historia de un jugador de béisbol muerto que regresa del infierno para vengarse de sus compañeros de equipo que lo habían matado a golpes.

Así que parecía que papá iba a ganar un buen pico a costa de sus recuerdos, pero ¿por qué ahora? Ya habían aparecido un par de películas australianas del todo inexactas basadas en la historia, y papá se había negado a colaborar en ninguna de ellas. ¿Por qué esta rendición, esta súbita voluntad de explotar a sus muertos? Fue otro giro radical de una serie alarmante; un escritor se haría con un bonito cheque a cambio de quitarle las costras al cerebro de papá para ver lo que había debajo. Anouk, que tenía un asombroso don para detectar el gusano en la manzana, dijo:

—¿Sabes cuál es tu problema? Que vives a la sombra de tu hermano.

Y, cuando el guionista mastica-chicles de veintitrés años se dejó caer alegremente por casa a la semana siguiente, sólo tuvo que decir: «A ver, cuénteme cómo era Terry Dean de niño» para que papá lo agarrase de las mangas de la camisa y lo arrojara a la calle con el portátil detrás. Una comparecencia ante el tribunal, y su nuevo «trabajo» le costó 4.000 dólares y cierta prensa no deseada.

—¿Sabes cuál es tu problema? —le dijo Anouk esa noche—. Que eres un fanático, pero fanático con todo. ¿No lo ves? Tu fanatismo abarca demasiado.

Pero ¿queréis saber cuál era nuestro verdadero problema? Es imposible dejarse llevar plácida y ciegamente a la deriva cuando alguien a tu lado grita: «¡Eso es lujuria!» «¡Eso es orgullo!» «¡Eso es pereza!» «¡Eso es la costumbre!» «¡Eso es pesimismo!» «¡Eso son celos!» «¡Eso es envidia!» Anouk estaba taponando nuestra bien consolidada costumbre de movernos por nuestro claustrofóbico piso a duras penas y sin entusiasmo. La única forma que conocíamos de salir adelante era caminar pesadamente hacia nuestros miserables deseos y jadear ruidosamente para llamar la atención. ¡Y la siempre optimista Anouk quería convertir a unas criaturas como nosotros en seres superiores! Quería que fuésemos considerados, conscientes, morales, fuertes, compasivos, cariñosos, desprendidos y valientes, y nunca aflojaba, hasta que gradualmente caímos en el lamentable hábito de analizar lo que hacíamos y lo que decíamos.

Tras meses de perforarnos y taladrarnos, ya no usábamos bolsas de plástico y casi nunca comíamos nada que sangrase; firmábamos peticiones, nos uníamos a protestas infructuosas, inhalábamos incienso, nos contorsionábamos en difíciles posiciones de yoga: encomiables ascensos por la montaña de la autosuperación. Pero también se producían cambios de mierda, caídas en picado por el desfiladero. A causa de Anouk, vivíamos con miedo de nosotros mismos. Quienquiera que hubiera equiparado por primera vez autoconocimiento y cambio interior no respetaba la debilidad humana y deberían encontrarlo y asesinarlo a mordiscos. Os diré el motivo: Anouk puso de relieve nuestros problemas, pero no tenía ni los recursos ni la pericia para ayudarnos a solucionarlos. Nosotros no sabíamos, eso era evidente. Así que, gracias a ella, no sólo seguimos conservando la miscelánea de problemas que ya teníamos, sino que ahora éramos brutalmente conscientes de ellos. Lo cual, claro está, nos acarreó nuevos problemas.

III

A mi padre le pasaba algo muy grave. Lloraba: estaba en su habitación, llorando. Lo oía sollozar a través de las paredes. Lo oía caminar de un lado para otro en el mismo reducido espacio. ¿Por qué lloraba? Nunca antes lo había oído llorar; de hecho, creía que era incapaz de derramar una lágrima. Ahora lo hacía cada noche después del trabajo y cada mañana antes del trabajo. Lo consideré un mal presagio. Intuí que lloraba proféticamente; no por lo que hubiera sucedido, sino por lo que iba a pasar.

Entre sollozos, hablaba consigo mismo:

—Maldito piso. Demasiado pequeño. No puedo respirar. Es una tumba. Tengo que luchar. ¿Quién soy? ¿Cómo puedo definirme? Las opciones son infinitas y, por tanto, limitadas. El perdón aparece mucho en la Biblia, pero en ninguna parte dice que debes perdonarte a ti mismo. Terry jamás se perdonó y todos lo adoran. Yo me perdono cada día y nadie me quiere. Todo este pavor y el insomnio. No puedo enseñar a mi cerebro a dormir. ¿Cómo está tu confusión últimamente? Ha engordado.

—¿Papá?

Entreabrí la puerta y, en la penumbra, su rostro era severo y su cabeza parecía una bombilla desnuda colgando del techo.

—Jasper. Hazme un favor. Hazte el huérfano.

Cerré la puerta, me fui a mi habitación y me hice el huérfano. No estuvo del todo mal.

Entonces los llantos cesaron, tan bruscamente como habían empezado. De pronto, empezó a salir de noche. Eso era nuevo. ¿Adónde iba? Lo seguí. Mi padre se echó a la calle con vitalidad, saludando a los que pasaban. Nadie respondió a su saludo. Se detuvo ante un pub pequeño y abarrotado. Me asomé por la ventana y lo vi acodado en la barra, bebiendo. No estaba enfurruñado en un rincón; charlaba con la gente, reía. Eso era otra novedad. Su tez tenía un color sonrosado y, tras soplarse un par de cervezas, se encaramó en el taburete, apagó el partido de fútbol y dijo algo a la multitud, riendo y agitando el puño como un dictador que cuenta un chiste sobre la ejecución de su disidente favorito. Cuando terminó, hizo una reverencia (aunque nadie aplaudía) y se fue a otro pub, gritando «¡Hola a todos!» al entrar y «¡Veré lo que puedo hacer!» al salir. Luego entró en un bar poco iluminado y dio unas vueltas antes de irse sin consumir nada. ¡Después una discoteca! ¡Joder! ¿A esto lo había llevado Anouk?

Desapareció por la escalera mecánica del Fishbowl, una disco conceptual diseñada como una enorme pecera con una plataforma alrededor de su perímetro. Subí a la plataforma y me asomé a la pecera. Al principio no lo veía; allí sólo había gente guapa y bien esculpida iluminada brevemente por luces estroboscópicas. Y entonces lo distinguí. ¡Joder!, estaba bailando. Jadeante y empapado en sudor, se movía con torpeza y hacía unos movimientos lentos y extraños con los brazos, como un leñador que talase árboles en el espacio, pero se lo estaba pasando bien. ¿O no? Su sonrisa doblaba el tamaño de las sonrisas normales, y miraba con lujuria escotes de todos los tamaños y religiones. Pero ¿qué era aquello? ¡No bailaba solo! ¡Bailaba con una mujer! ¿O no? Bailaba detrás de ella, giraba a sus espaldas. Como ella no le hacía ni caso, mi padre se le puso delante e intentó arrastrarla a su kilométrica sonrisa. Me pregunté si la invitaría a nuestro piso triste y mugriento. Pero no, ella no picó. Así que papá fue a por otra mujer, una más baja y rechoncha. Se lanzó en picado y la acompañó a la barra. La invitó a una copa y dio el dinero como si estuviera pagando un rescate. Mientras hablaban, él le puso una mano en la espalda y la atrajo hacia sí. Ella se resistió y se largó, y la sonrisa de papá se hizo aún más amplia, lo que le dio un aspecto de chimpancé al que hubieran embadurnado las encías con crema de cacahuete para un anuncio de televisión.

Luego se le acercó un gorila de nariz chata y sin cuello vestido con una camiseta negra ceñida. Su mano de Goliat envolvió la nuca de papá y éste se vio obligado a acompañarlo fuera de la disco. En la calle, papá le dijo que se follara a su propia madre, si no lo había hecho ya antes. Con eso tuve bastante. Ya había visto suficiente. Era hora de irse a casa.

A eso de las cinco de la mañana, mi padre aporreó la puerta. Se había dejado las llaves. Al abrir vi que estaba sudoroso, amarillo y a media frase. Regresé a la cama sin oír el final. Ésa fue la única noche que lo seguí y, cuando se lo conté a Anouk, ella dijo que era o «una buena señal» o «una señal muy mala». No sé qué hizo mi padre el resto de las noches que pasó por ahí, sólo puedo suponer que fueron variaciones del mismo tema infructuoso.

Al cabo de un mes volvía a estar en casa, llorando. Pero lo peor fue que empezó a mirarme mientras dormía. La primera noche que lo hizo, entró en mi cuarto cuando acababa de acostarme y se sentó junto a la ventana.

—¿Qué pasa? —pregunté.

—Nada. Duérmete.

—¿Cómo me voy a dormir, contigo ahí sentado?

—Voy a leer aquí un rato —dijo, sosteniendo un libro.

Encendió la lámpara y se puso a leer. Lo observé durante un

minuto, luego recosté la cabeza y cerré los ojos. Lo oía pasar las páginas. Poco después, abrí un ojo con disimulo y casi retrocedí horrorizado. Me miraba fijamente. Mi cara estaba en penumbra, así que él no podía ver que yo lo miraba. Entonces pasó otra página. Comprendí que fingía estar leyendo, como una excusa para verme dormir. Esto siguió noche tras noche; papá fingía leer en mi habitación mientras yo permanecía despierto con los ojos cerrados, sintiendo su mirada en mí y oyendo pasar páginas en silencio. Os lo aseguro, fueron unas noches en vela muy inquietantes.

Entonces empezó a robar en tiendas. Y empezó bastante bien. Papá llegaba a casa con la bolsa llena de aguacates, manzanas y grandes cabezas de coliflor. Frutas y verduras, nada que objetar. Luego robó peines, pastillas para la tos y tiritas, artículos de farmacia. Útiles. Después, tonterías de tiendas de regalo: un viejo pedazo de madera con las palabras «Mi casa es mi castillo» grabadas en una placa, un matamoscas con forma de chancla y una taza que rezaba «Nunca sabes cuántos amigos tienes hasta que te compras una casa en la playa», lo cual sería divertido en la casa en la playa, en caso de tener una. Pero no era el caso.

Después se metió en la cama, a llorar de nuevo.

Después volvió a mirarme mientras dormía.

Después vino lo de la ventana. No sé exactamente cuándo se apostó ahí, ni por qué, pero se concentró mucho en su nuevo papel. La mitad de su cara miraba por la ventana, la otra mitad permanecía oculta tras las cortinas. Deberíamos haber tenido persianas venecianas, el accesorio perfecto para los brotes repentinos de paranoia aguda; nada tan evocador como esas rendijas con finas barras de sombra cayéndote en la cara.

Pero ¿qué miraba por la ventana? Normalmente, la parte trasera de los pisos de mierda de la gente: cuartos de baño, cocinas y dormitorios. Nada del otro mundo. Hombre de piernas flacas y blancas come una manzana en calzoncillos, mujer se maquilla mientras discute con alguien que no se ve, pareja de ancianos lava los dientes de un reticente pastor alemán, esa clase de cosas. Cuando observaba por la ventana, papá tenía una expresión hosca en la mirada. No eran celos, eso seguro. Para papá, el jardín del vecino nunca estaba más verde. Si acaso, era más marrón.

Todo había tomado un cariz más sombrío. Su estado de ánimo era sombrío. Su rostro era sombrío. Y su vocabulario, sombrío y amenzador.

—¡Zorra de mierda! —dijo un día ante la ventana—. ¡Jodida hija de puta!

—¿Quién? —pregunté.

—La puta que nos mira desde el otro lado de la calle.

—Bueno, tú la miras a ella.

—Sólo para ver si nos está mirando.

—¿Y lo está?

—Ahora no.

—Entonces, ¿cuál es el problema?

Aquí está el problema. Antes mi padre era divertido. Bueno, ya sé que me había quejado de él toda la vida, pero echaba de menos al antiguo papá. ¿Qué había pasado con su desenfadada inmoralidad? Eso era divertido. La reclusión es histérica. La rebelión, ¡una juerga! Pero llorar casi nunca es divertido, y la ira antisocial nunca arranca ni una risita entre dientes; al menos, no de mí. Ahora papá mantenía las cortinas corridas todo el día, lo cual no tenía ninguna gracia. La luz no penetraba en nuestro piso. Ya no había mediodías o mañanas o fluctuaciones estacionales de ninguna clase. El único cambio se producía en la oscuridad. Había cosas que crecían en ella. Fueran cuales fueran los hongos que existían en su psique, estaban medrando en ese lugar húmedo y oscuro. No era nada divertido.

Una noche derramé café en mi cama. Juro que lo que empapó las sábanas y penetró en el colchón era café, aunque pareciera orina. Quité las sábanas de la cama y las escondí. Fui al armario en busca de sábanas limpias. No había ninguna.

¿Adónde habían ido a parar todas las sábanas?

Pregunté a papá.

—Están fuera —respondió.

No teníamos un fuera. Vivíamos en un piso. Cavilé un rato sobre aquel misterio antes de llegar a una aterradora conclusión. Fui a comprobarlo. Descorrí las cortinas. No había un mundo exterior. Lo que vi fueron sábanas; las había colgado por fuera, sobre las ventanas, quizá como un ondeante escudo blanco que nos ocultase de las miradas indiscretas. Pero no, tampoco eran un escudo. Eran un cartel. Había algo escrito en rojo al otro lado de las sábanas. Las palabras «¡Puta de mierda!».

Eso era malo. Yo sabía que eso era malo.

Quité las sábanas y las escondí con las otras, con las que estaban manchadas de orina. Mierda, lo he escrito, ¿no? Vale, lo admito: era orina (no es la búsqueda de atención lo que hace que los niños mojen la cama, sino el miedo a sus padres).

Para que lo sepáis, no hay que ser religioso para rezar. El rezo ya no es tanto un artículo de fe como algo heredado culturalmente del cine y la televisión, igual que el besarse bajo la lluvia. Así que recé por la recuperación de mi padre como rezaría un actor infantil: de rodillas, palmas enlazadas, cabeza inclinada y ojos cerrados. Llegué al extremo de encender una vela por él, no en una iglesia —sólo la hipocresía puede llevarse tan lejos— sino en la cocina, una noche en que sus divagaciones nocturnas habían llegado a un extremo de gran exaltación. Esperaba que la vela lo liberase de aquello que tan bien atado parecía tenerlo.

Anouk estaba conmigo en la cocina. La limpiaba de arriba abajo, murmurando que no sólo quería ser pagada sino elogiada y, mientras citaba la caca de ratón y los nidos de cucaracha como evidencia, insinuaba que al limpiar la cocina nos estaba salvando la vida.

Papá estaba echado en el sofá con las manos sobre la cara.

Anouk dejó de limpiar y se quedó en el umbral de la puerta. Papá intuyó que lo miraba fijamente y presionó las palmas sobre los ojos con más fuerza.

—¿Qué coño te pasa, Martin?

—Nada.

—¿Quieres contármelo?

—No, por Dios.

—Te regodeas en la autocompasión, eso es lo que creo. Vale, estás frustrado. No has colmado tus aspiraciones. Crees ser esa persona especial que se merece un trato especial, pero estás empezando a ver que nadie en el ancho mundo piensa lo mismo. Y, para empeorar las cosas, a tu hermano se lo celebra como el dios que tú te crees ser y eso te ha llevado finalmente a este pozo sin fondo de depresión donde todos esos pensamientos sombríos te están corroyendo, alimentándose entre sí. Paranoia, manía persecutoria, probablemente también impotencia, no lo sé. Pero voy a decirte una cosa: tienes que actuar al respecto, antes de que hagas algo de lo que luego te arrepentirás.

Aquello resultaba tan atroz como ver a alguien encender un petardo y quedarse ahí observándolo, creyendo que era de los que no estallan. Sólo que papá sí estalló.

—¡Para de decir pestes de mi alma, cabrona entrometida!

—Escúchame, Martin. Otra cualquiera se largaría de aquí. Pero alguien tiene que hacerte entrar en razón. Y, además, estás asustando al crío.

—Él está bien.

—No, no lo está. ¡Se mea en la cama!

Papá alzó la cabeza por encima del sofá, de manera que todo lo que veía de él era el nacimiento del pelo, en franco retroceso.

—¡Ven aquí, Jasper!

Me acerqué al nacimiento del pelo.

—¿Alguna vez has estado deprimido? —me preguntó papá.

—No lo sé.

—Estás siempre tan tranquilo... Es una fachada, ¿verdad?

—Puede.

—Dime, ¿qué te reconcome, Jasper?

—¡Tú! —grité, y corrí a mi habitación.

Lo que aún no comprendía era que el estado trastornado de papá tenía el potencial de llevarme a mí por el mismo camino.

Aquel día, entrada la tarde, Anouk me llevó a la Feria de Pascua de Sydney para animarme. Después de las atracciones y el algodón dulce y las bolsas de chucherías, fuimos a ver el concurso de ganado. Mientras mirábamos las reses, simulé estar sufriendo un repentino acceso de desequilibrio crónico, un nuevo pasatiempo mío que incluía tropezarme con la gente, tambalearme, caerme contra los escaparates, esa clase de cosas.

—¿Qué te pasa? —chilló Anouk, agarrándome de los hombros.

—No lo sé.

Estrechó mis manos entre las suyas.

—¡Estás temblando!

En efecto, lo estaba. El mundo daba vueltas, las piernas se me doblaban como si fueran de paja. Todo el cuerpo me vibraba, fuera de control. Me había puesto tan histérico que la falsa enfermedad se había apoderado de mí y, por un instante, había olvidado que no me pasaba nada.

—¡Ayúdame! —grité.

Una multitud de espectadores acudió a toda prisa, entre ellos algunos representantes de la feria. Se inclinaron sobre mí, boquiabiertos (en caso de verdadera emergencia, tener mil ojos arrimados a tu cráneo no es de mucha utilidad).

—¡Dejadle respirar! —gritó una voz.

—¡Tiene un ataque! —exclamó otra.

Me sentía asqueado y desconcertado. Las lágrimas me resbalaban por las mejillas. Y de pronto recordé que sólo era un juego. El cuerpo se me relajó, y el asco dio paso al temor de que me descubrieran. Los ojos habían retrocedido medio metro, pero la intensidad de sus miradas no amainaba. Anouk me sostenía entre sus brazos. Me sentí ridículo.

—¡Suéltame! —grité, apartándola de un empujón. Volví al ganado. El jurado lo integraban tipos de aspecto curtido con sombreros Akubra. Me apoyé en la cerca. Oí que Anouk susurraba frenéticamente detrás de mí, pero me negué a mirarla. Pasado un minuto, se puso a mi lado.

—¿Ahora estás bien? —me preguntó.

Mi respuesta apenas se oyó. Permanecimos el uno junto al otro, en silencio. Un minuto después, una vaca marrón con una mancha blanca en el lomo ganó el primer premio por ser el bistec de aspecto más jugoso del cercado. Todos aplaudimos, como si no hubiera nada de absurdo en aplaudir a las vacas.

—Menudo par sois tú y tu padre. Cuando quieras, nos vamos —dijo Anouk.

Me sentí fatal. ¿Qué estaba haciendo? ¿Y qué, si la cabeza de mi padre era una concha vacía en la que se oía el tormento del mar? ¿Qué tenía eso que ver con mi bienestar mental? Sus gestos se habían convertido en pájaros alocados que se golpeaban contra las ventanas. ¿Significaba eso que los míos tenían que hacer lo mismo?

Un par de semanas después, papá y yo acompañamos a Anouk al aeropuerto. Se iba unos meses a que la masajearan en una playa de Bali. Justo antes de cruzar la puerta de embarque, me llevó aparte y dijo:

—Me siento un poco culpable por dejarte precisamente ahora. Tu padre está a punto de perder la razón.

Supongo que esperaba que dijese: «No, estaremos bien. Pásatelo en grande.»

—Por favor, no te vayas —dije.

Se fue de todos modos y, al cabo de una semana, mi padre perdió la razón.

Papá pasó por su ciclo mensual de llorar, pasear de un lado a otro del piso, gritar, mirarme mientras dormía y robar en tiendas, aunque de pronto lo hizo en una sola semana. Luego lo comprimió aún más y experimentó todo el ciclo en un mismo día, en que cada etapa le llevó cerca de una hora. Luego completó todo el ciclo en una hora, suspirando y gruñendo y murmurando y robando (del quiosco de la esquina) hecho un mar de lágrimas; corrió a casa, se arrancó la ropa y paseó desnudo de un lado a otro del piso, su cuerpo con el aspecto de unas piezas de repuesto ensambladas a toda prisa.

Eddie vino y aporreó la puerta.

—¿Por qué no ha venido tu padre a trabajar? ¿Está enfermo?

—Algo así.

—¿Puedo verlo?

Eddie entró en el dormitorio y cerró la puerta. Pasada media hora, salió rascándose la nuca como si papá le hubiera contagiado un eccema y dijo:

—Dios. ¿Cuándo empezó esto?

No lo sé. ¿Hace un mes? ¿Un año?

—¿Cómo lo arreglamos? —se preguntó Eddie—. Tenemos que reflexionar. Veamos. Déjame pensar...

Permanecimos en un silencio pantanoso durante unos buenos veinte minutos. Eddie reflexionaba. Me ponía enfermo el modo en que respiraba por la nariz, parcialmente taponada por algo que yo podía ver. Pasados otros diez minutos, Eddie dijo:

—Voy a reflexionar un poco más en casa.

Y se marchó. No supe de él después de eso. Si se le ocurrieron algunas ideas brillantes, sencillamente no aparecieron lo bastante rápido.

Al cabo de una semana, llamaron a la puerta. Me dirigí a la cocina, preparé unas tostadas y empecé a temblar. No sé cómo supe que el universo había vomitado algo especial para mí; simplemente, lo supe. Los golpes en la puerta persistían. No quería abusar de mi imaginación, así que, aun sabiendo que cometía un error, fui a abrir. En la puerta había una mujer de cara flácida y grandes dientes marrones, con una expresión compasiva en el rostro. La acompañaba un policía. Supuse que no era del policía de quien sentía compasión.

—¿Eres Kasper Dean? —preguntó la mujer.

—¿Qué pasa?

—¿Podemos entrar?

—No.

—Siento decirte esto. Tu padre está en el hospital.

—¿Se encuentra bien? ¿Qué ha pasado?

—No se encuentra bien. Tendrá que quedarse un tiempo. Quiero que vengas con nosotros.

—Pero ¿qué dice? ¿Qué le ha pasado?

—Te lo contaremos en el coche.

—No sé quiénes sois ni qué queréis de mí, pero id a que os follen.

—Vamos, hijo —dijo el policía, que no parecía estar de humor para seguir mi sugerencia.

—¿Adónde?

—Hay una casa donde podrás quedarte unos días.

—Ésta es mi casa.

—No podemos dejarte aquí solo. No hasta que tengas dieciséis años.

—¡Oh, por Dios! Llevo toda la vida cuidando de mí mismo.

—¡Vamos, Kasper! —ordenó el policía.

No les dije que me llamaba Jasper. No les dije que Kasper era un personaje de ficción inventado por mi padre y que Kasper llevaba muerto muchos años. Decidí seguirles la corriente hasta saber cómo estaban las cosas. Algo sabía ya: no tenía dieciséis años, lo cual significaba que no tenía derechos. La gente siempre habla de los derechos del niño, pero nunca son los derechos que necesitas cuando los necesitas.

Los acompañé al coche de policía.

Durante el trayecto, me explicaron que papá había estampado su coche contra la ventana del Fleshpot. Podría haberse considerado un desafortunado accidente, de no haber sido porque, cuando atravesó la luna, bloqueó el volante e hizo dar vueltas al coche por la pista de baile, contra las mesas y las sillas, destrozándolo todo, destruyendo el bar. La policía tuvo que sacarlo del coche a la fuerza. Era evidente que había enloquecido. Y ahora estaba en el manicomio. No me sorprendió. Denunciar a la civilización tiene un precio si continúas existiendo dentro de ella. Eso está bien desde la cima de una montaña, pero papá estaba en el mismísimo centro, y sus desquiciadas contradicciones, de tanto golpearse mutuamente en la cabeza, habían perdido el sentido.

—¿Puedo verlo?

—No hoy —dijo la mujer. Nos detuvimos ante una casa en las afueras—. Te quedarás aquí un par de días, hasta que veamos si alguno de tus parientes puede venir a buscarte.

¿Parientes? No conocía a nadie así.

La casa era de ladrillo, de una sola planta, y parecía una casa familiar normal y corriente. Desde el exterior no se notaba que era donde almacenaban las piezas rotas de familias destrozadas. El policía hizo sonar el claxon cuando aparcamos. Una mujer de abundantes senos salió con una sonrisa que predije que volvería a ver, una y otra vez, en mil pesadillas terribles. La sonrisa decía: «Tu tragedia es mi billete al cielo, así que ven y dame un abrazo.»

—Tú debes de ser Kasper —dijo, y se le unió un hombre calvo que no dejó de asentir con la cabeza, como si él fuese Kasper.

Guardé silencio.

—Soy la señora French —dijo la pechugona, como si ser la señora French fuese en sí una hazaña lograda con gran esfuerzo.

Cuando no respondí, me dieron un paseo por la casa. Me mostraron a un grupo de niños que miraba la tele en la sala. Por pura costumbre, inspeccioné las caras femeninas de la habitación. Lo hago incluso entre los rotos. Lo hago para ver si hay alguna belleza física que pueda soñar o desear; lo hago en autobuses, en hospitales, en los funerales de amigos queridos; lo hago para aliviar un poco la carga; lo haré mientras agonice. Resultó que allí todos eran feos, al menos en apariencia. Todos los críos me miraron con atención, como si yo estuviera en venta. La mitad de ellos parecía resignada a lo que el destino les deparase, la otra mitad gruñó desafiante. Por una vez, no me interesaban sus historias. Estoy convencido de que todos tenían tragedias perfectamente atroces que me harían llorar durante siglos, pero me sentía demasiado ocupado envejeciendo diez años por cada minuto que pasaba en aquel limbo para niños.

La pareja continuó con su visita guiada. Me mostraron la cocina. El patio trasero. Mi habitación, un armario con pretensiones. Quizá fueran gente simpática, agradable y de trato fácil, pero preferí ahorrar tiempo y asumir sencillamente que eran pervertidos esperando a que anocheciera.

Mientras dejaba mi bolsa en la cama individual, la señora French dijo:

—Aquí serás feliz.

—¿En serio? —repliqué. No me gusta que me digan cuándo y dónde voy a ser feliz. Eso ni siquiera es algo que yo pueda decidir—. ¿Y ahora qué? ¿Puedo hacer uso de mi llamada telefónica?

—Esto no es la cárcel, Kasper.

—Ya lo veremos.

Llamé a Eddie para ver si podía quedarme con él. Admitió que había sobrepasado el tiempo de su visado y estaba ilegal, de manera que le era imposible cursar solicitud alguna para convertirse en mi tutor legal. Llamé a casa de Anouk para que su compañero de piso me dijera lo que yo ya sabía: que seguía bronceándose en un centro de meditación budista de Bali y que no esperaba su regreso hasta que se le acabase el dinero. No tenía escapatoria. Colgué el teléfono y me fui a llorar a mi pequeño rincón de oscuridad. Nunca antes había pensado negativamente sobre mi futuro. Creo que ésa es la verdadera pérdida de la inocencia: la primera vez que atisbas las fronteras que limitarán tu propio potencial.

No había cerradura en la puerta, pero conseguí atrancarla colocando la silla bajo el picaporte. Permanecí sentado y despierto toda la noche, a la espera del ruido amenazador. A eso de las tres de la madrugada acabé por dormirme, así que sólo me queda suponer que vinieron a abusar sexualmente de mí cuando me hallaba muy lejos, soñando con océanos y horizontes que nunca alcanzaría.

IV

Al día siguiente, fui a ver a papá acompañado de la señora French. Admito, con vergüenza, que cuando subí al coche estaba entusiasmado. Nunca había entrado en un hospital mental (¿sería como en las películas, con una sinfonía de gritos agudos e inhumanos de fondo?). Llegué al extremo de esperar que los pacientes no estuvieran demasiado sedados para golpear sus cucharas de madera contra cazos.

En el coche, de camino, no dije nada. La señora French no dejó de mirarme con impaciencia, irritada porque no le abría mi corazón. El silencio nos persiguió durante todo el trayecto al hospital. La señora French se detuvo ante el quiosco y dijo:

—¿Por qué no le llevas unas revistas a tu padre?

Me dio diez dólares. Entre y pensé: «¿Qué quiere leer un hombre que ha perdido la razón? ¿Pornografía? ¿Cotilleos del mundo del espectáculo?» Cogí una revista ecuestre, pero la devolví a su sitio. No me parecía bien. Al final me decanté por un libro de pasatiempos, laberintos, anagramas y crucigramas para que entrenase el cerebro.

Dentro del hospital escuchamos el tipo de gritos desenfrenados que solemos asociar con ríos de sangre. Al salir del ascensor, vi a pacientes que vagaban sin rumbo por los pasillos, con piernas temblorosas, lenguas fuera y bocas abiertas como en el dentista. Vi algo amarillo en sus ojos. Olí algo distinto a cualquier olor que hubiese olido antes. Aquéllas eran personas arrojadas a la oscuridad, despojos humanos protagonistas de sus propias pesadillas cubiertos con finas batas blancas, sus psiques asomando como costillas. Eran rescoldos de un fuego que se extinguía. ¿A qué rincón del mundo podían ir donde cobraran sentido?

Los médicos caminaban con brío para despojar a los pacientes de sus risas alocadas. Estudié las caras de las enfermeras: ¿cómo podían trabajar allí? Tenían que ser sádicas o santas. No podían ser nada más; ahora bien, ¿podían ser ambas cosas? Ellas y los médicos parecían cansados: es obvio que vaciar cabezas de ideas equivocadas resulta agotador.

Pensé: «¿Qué ser humano podría emerger de este edificio de pesadillas violentas y decir: "¡Bien, ahora de vuelta al trabajo!"?»

La enfermera de recepción estaba sentada con quietud inquietante y semblante afligido, como preparándose para recibir un puñetazo en la cara.

—Jasper Dean quiere ver a Martin Dean —dije yo.

—¿Eres familia?

Como no me digné responder, añadió:

—Llamaré al doctor Greg.

—Espero que ése sea su apellido.

Descolgó un teléfono y avisó al doctor Greg. Busqué en el rostro de la señora French algún reconocimiento de que no me había referido a mí mismo como Kasper. Si me había oído, fingió todo lo contrario.

Unos minutos después llegó el doctor Greg, con aspecto impecable y la sonrisa de alguien que cree gustar siempre, sobre todo a primera vista.

—Me alegro de que estés aquí. Tu padre no nos habla.

—¿Y?

—Pues me preguntaba si entrarías en la habitación a ayudarnos.

—No quiere hablarles porque que no le importa lo que piensan. Mi presencia no cambiará nada.

—¿Por qué no le importa lo que pienso?

—Bueno, seguramente usted le habrá dicho cosas como «Estamos de su parte, señor Dean» y «Estamos aquí para ayudarle».

—¿Y qué hay de malo en eso?

—Oiga. Usted es un psiquiatra, ¿verdad?

—¿Y?

—Él ha leído libros escritos por sus predecesores: Freud, Jung, Adler, Rank, Fromm y Becker. Esos tipos. Tiene que convencerlo de que usted está a la altura.

—Bueno, yo no soy Freud.

—Y ése es precisamente el problema.

La señora French esperó en la zona de recepción mientras yo seguía al médico por unos sombríos pasillos y un abrir y cerrar de incontables puertas. Llegamos a la habitación de papá y el doctor Greg la abrió con una llave. Dentro había una cama individual, una mesa, una silla y bocados medio masticados de comida indefinida, mutilada en un plato: papá estaba en pie, mirando por la ventana de espaldas a nosotros. Verlo fue como contemplar un árbol sin hojas en invierno.

—Mira, Martin. Tu hijo ha venido a verte —dijo el doctor Greg.

Cuando se volvió, solté un grito ahogado. Parecía que le hubiesen quitado todos los huesos y los músculos de la cara.

—¿Cómo estás? —pregunté, como si nos presentarán por primera vez.

Mi padre se me acercó con la mirada aturdida de una madre que acaba de dar a luz. Abandonó cualquier voto de silencio que hubiese hecho en cuanto me vio.

—Jasper. ¡Escúchame! Nunca podrás matar a tus antiguos yo. Yacen en una fosa común, enterrados vivos uno encima del otro, esperando la ocasión de resucitar, y luego, porque ya han estado muertos, te manejan como a un zombi, pues ellos mismos lo son. ¿Ves adónde quiero ir a parar? ¡Todos tus antiguos fracasos se retuercen para volver a la vida!

Miré al doctor Greg y dije:

—Usted quería que hablase. Pues bien, está hablando.

Papá, se chupó el labio en señal de desafío. Me acerqué a él y susurré:

—Papá, tienes que salir de aquí. Me han metido en una casa de acogida. Es horrible.

No dijo nada. El doctor Greg, tampoco. Miré la habitación y pensé que era el peor entorno posible para una mente trastornada, pues le daría más tiempo para reflexionar, y si su enfermedad había tenido una causa, era el exceso de reflexión; de tanto pensar se le había roto el cerebro. Volví a mirar al doctor Greg: estaba apoyado en la mesa, como mirando una obra de teatro en que ninguno de los actores supiera a quién le tocaba hablar.

—Mira. Te he traído algo —dije, tendiéndole la revista de pasatiempos.

Mi padre me dirigió una mirada triste mientras aceptaba mi regalo; empezó a estudiar la revista, haciendo ruiditos del tipo «¡hum!».

—¡Un lápiz! —dijo con un susurro áspero, extendiendo la mano sin alzar la vista.

Me quedé mirando al doctor Greg hasta que, a regañadientes, hurgó en el bolsillo de la camisa y me tendió un lápiz tan delicadamente como si fuera un machete. Se lo di a papá. Él abrió la revista y empezó con el primer laberinto. Intenté pensar en algo que decir, pero no se me ocurrió más que «de nada», aunque él no había dicho gracias.

—¡Hecho! —dijo para sí cuando hubo terminado.

—Martin —intervino el doctor Greg.

Mi padre dio un respingo, pasó la página y empezó el segundo laberinto. Desde donde yo me encontraba, la publicación estaba al revés y me mareé al mirarlo.

Al cabo de un minuto dijo: «¡Demasiado fácil!», volvió la página y empezó el tercer laberinto.

—Se van haciendo más difíciles a medida que avanzas —dijo para las paredes.

Ahora atacaba los crucigramas compulsivamente. El doctor Greg me miró como diciendo: «¿Cómo has podido dar a un hombre mentalmente confuso un compendio de enigmas?», y tuve que reconocer que habría sido mucho mejor seguir mi primer impulso, comprar porno.

—Eddie dice que puedes volver al trabajo cuando estés listo —dije yo.

Sin alzar la vista, papá replicó:

—¡Hijo de puta!

—Se está portando bastante bien contigo, creo yo, teniendo en cuenta que le has destrozado el club.

—El día que lo conocí en París me ofreció dinero, luego me ofreció un trabajo. Luego me encontró un trabajo. Después me siguió hasta aquí, a Australia, y me dio dinero para que te alimentase. No mucho, cien por aquí, cien por allá, pero sigue ayudándome.

—Parece que tienes un buen amigo —terció el doctor Greg.

—¿Y qué sabes tú de eso? —le espetó papá.

¡Basta de charlas triviales! Me acerqué a papá e intenté susurrarle de nuevo al oído.

—Papá, necesito que salgas de aquí. Me han metido en un hogar de acogida.

No dijo nada, volvió al último laberinto de la revista y empezó a avanzar.

—Es peligroso. Un tío se me ha insinuado —mentí.

Siguió sin hablar, sólo arrugó la cara con fastidio, no por mi deplorable mentira, sino por el crucigrama que no lograba terminar.

—Martin —dijo alegremente el doctor Greg—, ¿no quieres mirar a tu hijo?

—Ya sé qué aspecto tiene.

Era evidente que la lacerante mediocridad del doctor Greg estaba asfixiando a papá. El médico andaba por el terreno mal iluminado de la mente de papá con botas embarradas, pisoteándolo todo, sin entender nada. Como he dicho, papá quería vérselas con un Freud o un Jung; por si no hubiera más evidencias de su mente trastornada, esperar que un genio por descubrir languideciera aquí, en este tugurio estatal, era prueba suficiente de ello.

Tenía problemas con el último laberinto. Su lápiz se desplazaba, pero seguía topando con callejones sin salida.

—Pero ¿qué cojones? —decía. Rechinaba los dientes con tal fuerza que lo oíamos todos.

—Martin, ¿por qué no dejas la revista y hablas con tu hijo?

—¡Cállate!

De pronto papá se puso en pie y dio una patada en el suelo. Agarró una silla y la sostuvo en alto, respirando tan hondo que todo su cuerpo subía y bajaba.

—¡Sácame de aquí ahora mismo! —gritó, agitando la silla en el aire.

—¡Suéltala! —gritó el doctor Greg—. ¡No tengas miedo, Jasper!

—Yo no tengo miedo —dije, aunque lo cierto es que tenía un poco—. Papá, no seas gilipollas.

Entonces llegaron los refuerzos, como en las películas. Un celador entró corriendo, agarró a papá y lo empujó sobre la mesa. Otro me agarró a mí y me sacó de la habitación. Aún podía ver a papá a través del ventanuco de la puerta. Los celadores lo tenían inmovilizado en la mesa y le clavaban una aguja en el brazo. Mi padre gritaba y pataleaba; lo que fuera que hubiese en la aguja se tomaba su tiempo. El obstinado y sobreestimulado metabolismo de papá tardaba en reaccionar, su agitación era demasiado eléctrica. Luego dejé de verle la cara porque uno de los celadores se interpuso y yo pensé que, cuando llegue el Apocalipsis, seguro que alguien con una enorme cabellera se interpondrá de pie ante de mí. Finalmente, el celador se hizo a un lado y vi que papá estaba babeante y adormilado, medicado hasta la ambivalencia. Cuando, unos espasmos después, se encontraba en la gloria, el doctor Greg salió para hablar conmigo. Tenía el rostro congestionado y sudoroso y detecté una sutil expresión de júbilo en su mirada, como si estuviera diciéndose: «¡Eso es!»

—¡No pueden retenerlo aquí! —grité.

—Claro que podemos.

Me mostró unos papeles. Estaban llenos de zarandajas técnicas. Era todo bastante aburrido, incluso la fuente utilizada.

—Oiga, ¿cuánto tardará en salir de aquí?

—Necesita estar mejor que ahora.

—Bueno, joder, ¿puede ser más preciso?

—Más equilibrado. Tenemos que asegurarnos de que no va a hacerse ningún daño; ni a sí mismo, ni a ti, ni a los demás.

—¿Y cómo pretende conseguirlo? Sin rodeos.

—Haciendo que hable conmigo. Y medicándolo para mantenerlo estable.

—Todo eso parece que va a llevar mucho tiempo.

—No pasará de un día para otro.

—Pero ¿cuánto tiempo? Aproximadamente.

—No lo sé, Jasper. ¿Seis meses? ¿Un año? ¿Dos años? Míralo, tu padre está bastante ido.

—¿Y qué cojones se supone que voy a hacer yo? ¿Vivir en una puta casa de acogida?

—¿No tienes parientes que puedan cuidar de ti?

—No.

—¿Tíos o tías?

—Están muertos.

—¿Abuelos?

—¡Muertos! ¡Muertos! ¡Joder, todo el mundo está muerto!

—Lo siento, Jasper. No se trata de algo que podamos solucionar rápidamente.

—Tienen que poder.

—No veo cómo.

—Porque es un idiota —dije antes de echar a correr pasillo abajo, sin pararme a contemplar los sonoros gemidos a ambos lados. En recepción, la señora French se examinaba aplicadamente la uñas, como alguien a quien no le gusta que lo dejen solo con sus pensamientos. Esas uñas eran una vía de escape. La dejé con ellas y me escabullí al ascensor. Mientras bajaba, pensé en todas las personas a las que había oído denominarse pomposamente «locas» y les deseé montones y montones y montones de mala suerte.

Volví a casa en autobús. Los demás pasajeros parecían tan cansados y extenuados como yo. Pensé en mi problema: este hospital, en lugar de ser un camino a la recuperación, sólo aceleraría el declive de su cuerpo, mente y espíritu; para ponerse bien tenía que salir de allí, y para salir de allí tenía que ponerse bien. Para que se recuperase, yo tenía que descubrir exactamente lo que le había enfermado, lo que lo había dejado inútil.

Volví a casa y me puse a buscar los cuadernos más recientes de papá. Necesitaba una idea y ningún manual me ayudaría más que uno escrito por él mismo. Pero no los encontré. No estaban en su armario, ni bajo su cama, ni envueltos en bolsas de plástico y escondidos encima del retrete; en ninguno de sus escondites habituales. Tras una hora de registro general, tuve que admitir que no estaban en casa. ¿Qué habría hecho papá con ellos? Volví a revolver su dormitorio de arriba abajo, lo cual sólo lo hizo pasar de un estado caótico a otro. Me eché en su cama, agotado. El ambiente apestaba a la crisis de papá e hice cuanto pude por desechar la dolorosa idea de que aquello no era el principio del final sino el final definitivo, decisivo y concluyente, el final del final.

En la mesita de noche de papá había una postal de Anouk. «Bali», rezaba en grandes letras rojas, sobre la fotografía de unos campesinos en un arrozal. En el dorso había escrito: «Necesitáis unas vacaciones, chicos», y eso era todo. Cuánta razón tenía.

Me di la vuelta. Algo en la almohada se me clavó en el cráneo. La zarandeé... ¡y cayó un cuaderno negro! Tenía 140 páginas, todas numeradas. Bien, yo era el único que podía liberar a papá y este libro me diría cómo hacerlo. El problema era que penetrar en el estado mental de mi padre implicaba cierto peligro, porque era la clase de ideas que se cierran a tu alrededor, no lenta y subrepticiamente, sino con rapidez, como el cepo de una trampa oxidada para osos. Mi defensa, por tanto, era leer con ironía, y así me preparé para empezar.

No me sorprendió que fuera una experiencia profundamente incómoda, como deben serlo todos los viajes a la disolución y a la locura. Lo leí dos veces. Había frustraciones de tipo general, como en la página 88:

Tengo demasiado tiempo libre. El tiempo libre hace que la gente piense; pensar hace que las personas se encierren en sí mismas de forma enfermiza; y, a menos que se sea hermético y perfecto, el exceso de ensimismamiento lleva a la depresión. Por eso la depresión es la segunda enfermedad del mundo, después de la fatiga visual por el porno de Internet.

Y observaciones turbadoras relativas a mí, como en la página 21:

Pobre Jasper. Lo veo dormir mientras finjo leer. No creo que él sepa ya que cada día su pila de minutos se aligera. ¿Quizá debería morir conmigo?

Y observaciones sobre sí mismo:

Mi problema es que no puedo resumirme en una frase. Todo lo que sé es quién no soy. Y he notado que hay un acuerdo tácito entre la mayoría de la gente de intentar, al menos, amoldarse al entorno. Yo siempre he sentido el impulso de rebelarme contra él. Por eso, cuando estoy en el cine y la pantalla se oscurece, siento la apremiante necesidad de leer un libro. Por suerte, llevo conmigo una linterna de bolsillo.

Las ideas más recurrentes eran el deseo de papá de ocultarse, de soledad, aislamiento, de que no lo importunaran ruidos ni personas. El típico sermón de papá. Para sorpresa mía, sin embargo, también había indicios de una megalomanía que nunca le había oído antes, párrafos enteros de su cuaderno que aludían a un deseo de dominar y cambiar el mundo (lo cual parecía ser una evolución de sus ideas obsesivas) que arrojaba una nueva luz a su deseo habitual de estar solo. Lo interpreté como el deseo de tener un fortín aislado desde el que planear su ataque. Por ejemplo, había esto:

Ningún viaje simbólico puede tener lugar en un piso. No hay nada metafórico en un viaje a la cocina. ¡No hay nada a lo que ascender! ¡Nada a lo que descender! ¡Ni espacio! ¡Ni verticalidad! ¡Ni cosmicidad! Necesitamos una casa aireada y espaciosa. Necesitamos recovecos y rendijas y rincones y recodos y buhardillas y escaleras y sótanos y desvanes. Necesitamos un segundo cuarto de baño. La idea importante, esencial, que me hará pasar de Hombre Pensante a Hombre de Acción es imposible aplicarla aquí. Las paredes están demasiado cerca de mi cabeza y las distracciones son excesivas: el ruido de la calle, el timbre, el teléfono. Jasper y yo necesitamos trasladarnos al campo para que yo pueda alumbrar los planes de mi tarea fundamental que ahora se encuentran en estado embrionario. Yo también me encuentro en estado embrionario. Soy medio hombre, necesito un lugar de profunda concentración si tengo que susurrar mis ideas a una oreja de oro y cambiar la faz de este país.

Y esto:

¡Emerson lo entendía! «En el momento en que nos encontramos con alguien, cada uno de nosotros se convierte en una fracción», dijo. Ése es mi problema. ¡Soy 1/4 de quien debería ser! Puede que incluso 1/8. También dijo: «Las voces que oímos en soledad se vuelven débiles e inaudibles a medida que entramos en el mundo.» Éste es exactamente mi problema: ¡no puedo oírme! Y añadió: «Es fácil vivir en el mundo según la opinión del mundo; es fácil vivir en soledad según la opinión propia. Pero el gran hombre es el que entre la multitud mantiene, con impecable amabilidad, la independencia de la soledad.» ¡Yo no puedo hacer eso!

Después, en una segunda lectura, encontré una cita que iba tan terriblemente al grano que llegué a gritar «¡Ajá!», algo que nunca había dicho y que no he dicho desde entonces. Era esto, en la página 101:

Pascal señala que, durante la Revolución francesa, todos los manicomios se vaciaron. De pronto, los internos tenían sentido en sus vidas.

Cerré el cuaderno y me dirigí a la ventana y contemplé los tejados retorcidos y las calles y los edificios recortados en el horizonte; luego trasladé la vista al cielo, a las nubes que bailaban en él. Sentía como si hubiese encontrado una nueva fuente de energía en mi cuerpo. Por primera vez en la vida, sabía exactamente lo que tenía que hacer.

Fui en autobús a casa de Eddie y me aventuré por un estrecho sendero que serpenteaba entre caras selvas de helechos hasta la fachada de su casa de arenisca. Llamé al timbre. No se oía desde fuera. Eddie debía de haber ganado mucho dinero con los clubes de *striptease*: sólo la gente rica se puede permitir insonorizar la casa de ese modo; el silencio se debe al grosor de la puerta y, cuanto más dinero se tiene, más maciza es la puerta. Así funciona el mundo. El pobre adelgaza y el rico se pone macizo.

Eddie abrió la puerta; se peinaba el fino cabello. El peine chorreaba grandes grumos de gel que podía oler a aquella distancia. Fui directo al grano:

—¿Por qué siempre has sido tan bueno con mi padre?

—¿A qué te refieres?

—Siempre le ofreces dinero y ayuda y amabilidad. ¿Por qué? Papá dice que esto empezó cuando os conocisteis en París.

—¿Él ha dicho eso? —preguntó Eddie.

—Sí.

—Pues... no lo entiendo... ¿qué es lo que quieres saber?

—Esa generosidad tuya. ¿Qué hay detrás?

A Eddie se le tensó el rostro. Acabó de peinarse mientras buscaba las palabras adecuadas para responderme.

—Y, mientras me respondes a eso, respóndeme también a esto otro: ¿por qué siempre nos haces fotografías? ¿Qué quieres de nosotros?

—No quiero nada.

—Así que es simple amistad.

—¡Pues claro!

—Entonces quizá puedas darnos un millón de dólares.

—Eso es demasiado.

—Bien, ¿cuánto puedes conseguir?

—No sé, puede que una sexta parte de eso.

—¿Y cuánto es eso?

—No lo sé.

—Bueno, papá ha estado ahorrando y no sé cuánto tiene, pero no bastará.

—¿No bastará para qué?

—Para ayudarlo.

—Jasper, te doy mi palabra. Cualquier cosa que pueda darte o hacer por ti...

—¿Nos darás la sexta parte de un millón de dólares?

—Si eso os ayuda a ti y a tu padre, sí.

—Estás loco.

—No soy yo quien está en el hospital, Jasper.

De pronto me sentí mal por acosar a Eddie. Era una persona muy especial y, sin duda, su amistad con mi padre significaba mucho para él. Incluso intuí que, para él, esa amistad tenía una profunda cualidad espiritual que no se veía atenuada en modo alguno por el hecho de que a veces papá lo odiase.

Cuando regresé al hospital, papá estaba atado a una cama en la misma habitación verde oliva. Lo observé. Los ojos le daban vueltas como canicas arrojadas a una taza. Me incliné y le susurré al oído. No estaba seguro de si me escuchaba, pero susurré hasta quedarme ronco. Después acerqué una silla a la cama, apoyé la cabeza en el estómago, que subía y bajaba, y me quedé dormido. Al despertar, vi que alguien me había echado una manta encima y oí una voz áspera. No sé cuándo había empezado papá su monólogo, pero ya iba por la mitad de una frase.

—... y por eso decían que la arquitectura era como reproducir el universo y todos los antiguos monasterios e iglesias intentaban llevar a cabo la labor divina de reproducir el cielo.

—¿Qué? ¿Qué pasa? ¿Estás bien?

Sólo podía ver la extraña forma de su cabeza. Se esforzaba por mantenerla erguida. Me levanté, encendí la luz y desaté las correas. Papá movió la cabeza de un lado a otro, para comprobar el estado de su cuello.

—Vamos a construir un mundo a nuestra manera, Jasper, un mundo donde nadie pueda entrar a menos que se lo pidamos.

—¿Vamos a construirnos un mundo?

—Bueno, una casa. No tenemos más que diseñarla. ¿Qué te parece?

—Me parece magnífico.

—¿Y sabes otra cosa, Jasper? Quiero que éste sea también tu sueño. Quiero que me ayudes. Quiero tu aportación. Quiero tus ideas.

—¡Vale! ¡Sí! ¡Genial!

Había funcionado. En su tormenta de arena, papá había descubierto un nuevo proyecto. Había decidido construir una casa.

V

Para que se instruyera, le traje a papá todos los libros que pude encontrar sobre la teoría y la historia de la arquitectura, entre ellos unos pesados tomos sobre construcciones de animales como nidos de pájaros, diques de castores, panales de abejas y nidos de arañas. Aceptó los libros, encantado. ¡Íbamos a construir un contenedor para nuestras miserables almas!

El doctor Greg entró y advirtió las montañas de literatura arquitectónica.

—¿Qué pasa aquí?

Orgulloso, papá le contó la idea.

—El gran sueño australiano, ¿eh?

—¿Qué?

—Digo que vais en busca del gran sueño australiano. Creo que es una idea muy buena.

—¿A qué se refiere? ¿Hay un sueño colectivo? ¿Y cómo es que nadie me lo ha dicho? ¿Puede repetírmelo?

—Poseer tu propio hogar.

—¿Poseer tu propio hogar? ¿Y ése es el gran sueño australiano?

—Sabes que sí.

—Espere un momento. ¿No nos habremos apropiado del

gran sueño americano y habremos sustituido tan sólo el nombre de nuestro país?

—No creo —dijo el doctor Greg, preocupado.

—¡Qué más da! —replicó mi padre, mientras ponía cara de exasperación para que ambos pudiéramos verla.

Regresé al cabo de una semana. Los libros estaban abiertos y había páginas arrancadas y desperdigadas por toda la habitación. Cuando entré, papá alzó la cabeza como una vela izada.

—Me alegro de que hayas venido. ¿Qué opinas de recrear el paraíso simbólico del útero, una casa enorme y brillante en la que podamos enterrarnos y pudrirnos con privacidad?

—Suena bien —respondí, sacando una montaña de libros de la silla para poder sentarme.

—Dime si alguno de éstos te dice algo: *château* francés, *cottage* inglés, villa italiana, castillo alemán, simplicidad campesina.

—Me parece que no.

—¿Y simplicidad geométrica? Simple en esencia, no recargado, llamativo, pretencioso y chillón, sin ser desalentadoramente falto de gusto.

—Como quieras.

—Sobre todo, no quiero nada angular, así que igual tendría que ser redondo.

—Buena idea.

—¿Eso crees? ¿Te ves viviendo en una esfera?

—Sí, suena bien.

—Lo que queremos es mezclarnos con el entorno natural. Una síntesis orgánica, eso es lo que buscamos. Pienso en un interior con dos dormitorios, dos baños, una sala, una cocina y un cuarto oscuro, no para revelar fotos, sólo para poder sentarnos a oscuras. Bueno, ¿qué más? Hablemos del zaguán.

—¿El qué?

—El portal de la casa.

—¿Te refieres a la entrada?

—¿Cuántas veces tengo que decirlo?

—Con una bastaría.

Papá entrecerró los ojos hasta convertirlos en unas finas rendijas, y las comisuras de los labios se le curvaron hacia abajo.

—Como te pongas así, nos olvidamos del diseño. ¿Qué te parecería vivir en una cueva?

—¿Una cueva?

—Creía que estábamos de acuerdo en lo de vivir en un símbolo uterino.

—Papá.

—Bueno, ¿y si vivimos en el tronco de un viejo árbol, como Merlín? ¡O espera! ¡Ya sé! Podríamos construir plataformas en los árboles. ¿Qué me dices, Jasper? ¿Te gustaría vivir en los árboles?

—No especialmente.

—¿Desde cuándo no quieres vivir en una frondosa sensualidad?

El doctor Greg había entrado en la habitación. Nos comía con los ojos, como un juez del Supremo que observa a un par de neonazis lavando el coche en un semáforo.

—¿Y por qué no construimos una casa normal y corriente, papá? Sólo una casa bonita, normal y corriente.

—Tienes razón. No necesitamos apuntar a lo más alto. Vale. ¿Qué prefieres? ¿Una casa normal cúbica o una casa normal cilíndrica?

Suspiré.

—Cúbica.

—¿Has visto alguna vez la torre de Samara en Irak?

—No. ¿Y tú?

—Bien. Aquí hay un dilema estructural que debemos solucionar. Quiero escuchar el eco de mis pasos, pero no quiero oír los tuyos. ¿Qué podemos hacer al respecto?

—No lo sé.

—Está bien. Hablemos del techo. ¿Quieres un techo alto?

—¡Claro! ¿Por qué iba a querer alguien un techo bajo?

—Para colgarse, ¿vale? Espera un segundo. Veamos... —Papá rebuscó entre sus libros—. ¿Qué tal un tipi?

—Vamos, papá, ¿qué le ha pasado a tu cerebro? Estás totalmente descentrado.

—Tienes razón. Tienes razón. Hay que centrarse. Hay que usar la lógica. Debemos ser lógicos. Seamos lógicos. ¿Cuáles son los objetivos inherentes al diseño de una casa? Satisfacer tus necesidades físicas. Comer, dormir, cagar y follar. Eso se traduce en comodidad, funcionalidad y eficacia. ¿Y nuestras necesidades psicológicas? En realidad, las mismas. De hecho, no sé por qué deberíamos diferenciarnos del hombre primitivo. Nuestro objetivo debería ser existir en un clima suave y mantener alejados a los depredadores.

—¡Genial!

—Pero recuerda que la forma de nuestro hábitat ejercerá una influencia indebida en nuestra conducta. Debemos tener cuidado con esto. ¿Y un iglú?

—No.

—¡Una casa sobre ruedas! ¡Un puente levadizo! ¡Un foso!

—¡No! ¡Papá! ¡Estás fuera de control!

—¡Vale! ¡Vale! Lo haremos a tu manera. Haremos algo sencillo. Aunque lo único en lo que insisto es en que nuestra casa sea como dicta el viejo proverbio italiano.

—¿Qué proverbio?

—No hay mejor escudo que mantenerse fuera de alcance.

Sin duda, el tiro me había salido por la culata. El doctor Greg observaba estas sesiones de *brainstorming* en silencio, con ojos entrecerrados y mirada crítica. Papá estaba radiante, pero había dado el indeseable giro de maníaco-depresivo a obsesivo-compulsivo.

Entre tanto, decidí seguir la corriente y comportarme como un buen huérfano provisional, de manera que volví a la casa de acogida. Tenía su lógica, porque si hacía novillos me estarían esperando cada vez que fuera a ver a papá al hospital, y entrar a hurtadillas en un hospital mental es tan difícil como salir. También tuve que volver al colegio. La señora French me acompañaba en coche por la mañana y, durante toda la jornada escolar, evitaba escrupulosamente contar a nadie la debacle de papá o que ahora vivíamos en casas distintas para disfuncionales; hablar del tema habría sido rendirme a la realidad. Así que seguí como de costumbre. Regresar del colegio cada tarde era una pesadilla, aunque resultó que en la casa de acogida nadie se dignó abusar de mí en modo alguno y tampoco ocurrió nada de interés, salvo que finalmente cedí a la curiosidad y escuché las historias de todos, mucho peores que la mía. Todos los niños abandonados me robaron la autocompasión. Fue entonces cuando toqué fondo. Al ser incapaz de autocompadecerme, me quedé sin nada.

Y, lo que es peor, de vez en cuando los tontos del hospital permitían que papá tuviera acceso al teléfono. Yo respondía y sufría durante conversaciones como ésta:

Mi voz: ¿Sí?

La voz de papá: He aquí un dilema espacial: cómo organizar la casa para que nos resulte cómoda a nosotros y a la vez disuada a los invitados de que se queden más de tres cuartos de hora.

La mía: No estoy seguro.

La de papá: ¡Jasper! ¡Se supone que éste es un difícil ejercicio práctico! ¡No hagas el tonto! Necesitamos algo que refleje mi personalidad; no, mi dilema, mi mentira, lo que de hecho es mi personalidad. Y el color. ¡La quiero blanca! ¡Cegadoramente blanca!

Mi voz: ¿No podemos hacer algo sencillo?

La de papá: Totalmente de acuerdo. Tiene que ser algo sencillo que pueda ser erosionado por los elementos. No queremos nada más perdurable que nosotros mismos.

Mi voz: Vale.

La de papá: Un espacio abierto para vivir. No. Eso no fomenta la intimidad humana. No, espera. ¡Quiero eso! Quiero...

Silencio prolongado.

Mi voz: ¿Papá? ¿Sigues ahí?

La de papá: ¡Un ruedo de toros! ¡Una catedral gótica! ¡Una choza de barro!

La mía: ¿Te estás tomando la medicación?

La de papá: Y nada de chimeneas. Me recuerdan a las urnas funerarias.

Mi voz: ¡Vale! ¡Por Dios!

La de papá: ¿Qué prefieres, un porche o una veranda? De todos modos, ¿cuál es la diferencia? Espera. Me da igual. Pondremos las dos cosas. Y añadiré algo más. Los detalles ornamentales pueden irse al carajo. ¡Nosotros somos los detalles ornamentales!

Después colgaba el auricular y me maldecía por haber enviado a papá por lo que consideraba que era otro camino ruinoso. Estas conversaciones no me prepararon para el brusco cambio que vendría a continuación.

Un día, cuando fui al hospital, me sorprendió ver que papá había ordenado los libros en un pulcro montón. Había tirado todos los papeles con diseños erráticos y, cuando tomé asiento en aquella habitación sobrecogedoramente ordenada, me presentó una hoja de papel con el diseño de una casa familiar de lo más normal. Ni fosos ni puentes levadizos ni iglúes ni estalagmitas. Ni ruedos, toboganes interiores, trincheras o grutas submarinas. Era sólo una casa normal. La construcción parecía clara y simple: una clásica estructura cuadrada con un espacio central como sala de estar y varias habitaciones dispuestas a su alrededor. Incluso llegaría al extremo de afirmar que aquello era todo un compendio del carácter nacional, hasta la veranda por los cuatro costados.

Finalmente papá había visto bien clara su situación: para construir la casa tenía que salir, y para salir debía convencer a los que mandan de que volvía a estar mentalmente sano y apto para vivir en sociedad. Así que lo fingía. Tuvo que ser una época agotadora para él; invertir toda su energía en fingir ser normal. Lo hizo con determinación, y habló del gran sueño australiano y de tipos de interés y de hipotecas, de equipos deportivos y de sus perspectivas de empleo; expresó su indignación por las cosas que indignaban a sus paisanos: las mamadas ministeriales financiadas por el contribuyente, la codicia empresarial, los ecologistas fanáticos, los argumentos lógicos y los jueces compasivos. Estuvo tan convincente en su papel de señor Medio, que el doctor Greg se tragó todas las gilipolleces que mi padre exudó para él, y salía rebosante y triunfal de cada sesión.

Y así, a los cuatro meses de su ingreso en el hospital, lo soltaron. Papá y yo fuimos a casa de Eddie a recoger el préstamo, lo que en realidad consistió en papá diciendo: «¿Así que tienes el dinero?», y Eddie respondiendo: «Sí.»

—Te lo devolveré —dijo papá tras un incómodo silencio—. El doble. Te devolveré el doble de lo que me has dejado.

—No te preocupes por eso, Martin.

—Eddie. Ya sabes lo que Nietzsche dijo de la gratitud.

—No, Marty; no lo sé.

—Dijo que un hombre en deuda quiere muerto a su benefactor.

—Vale. Ya me lo devolverás.

Cuando salimos de casa de Eddie, papá rompió en pedazos el diseño de su casa soñada.

—¿Qué haces?

—Eso era sólo una patraña, para que esos cabrones creyeran que soy normal —dijo papá, riendo.

—Pero ahora estás mejor, ¿verdad?

—Sí. Me siento bien. Esta idea de la casa me ha devuelto los ánimos.

—Si era una patraña, ¿dónde está el auténtico plano de la casa?

—No lo hay. Mira. ¿Por qué molestarse en construir nuestra propia casa? Eso suena a quebradero de cabeza que te cagas.

—Entonces, ¿no tendremos una casa?

—Sí. Sencillamente compraremos una.

—Vale. Ya. Eso suena muy bien, papá. Compraremos una casa.

—Y luego la esconderemos —añadió, sonriendo con tanto orgullo que finalmente comprendí por qué el orgullo es uno de los siete pecados capitales, y la fuerza repelente de su sonrisa era tal que me pregunté por qué no sería todos los siete.

VI

Según él, fue una idea que le llegó entera y completamente formada: compraríamos una casa y la ocultaríamos en un laberinto. La idea se le ocurrió durante un juego psicológico de asociación de palabras con el doctor Greg.

—Salud.

—Enfermedad.

—Huevo.

—Testículo.

—Ideas.

—Complejidad.

—Hogar.

—Casa. Oculta en un laberinto diseñado por mí que construiré en un gran terreno en el monte.

—¿Qué?

—Nada. Tengo que volver un rato a mi habitación. ¿Podemos seguir con esto más tarde?

¿Y por qué se le habría ocurrido semejante idea? Quizá porque los laberintos siempre han sido una metáfora fácil del alma, o de la condición humana, o de la complejidad de un proceso, o del camino para llegar a Dios. Descarté estas razones por ser demasiado profundas, pues si algo sé es que los hombres no actúan por razones profundas; las cosas que hacen a veces son profundas, pero sus razones nunca lo son. No, yo debí de inspirar todo este plan ridículo al regalarle esa estúpida revista de pasatiempos. El no poder completar un crucigrama para niños, lo enfureció tanto que se le quedó metido en la cabeza, y cuando surgió la idea de diseñar y construir una casa, ésta confluyó con la idea de un laberinto o bien se envolvió a su alrededor, fusionándose de tal forma que ambas ideas se convirtieron en una.

—Papá. ¿No podemos tener una casa como todo el mundo y no esconderla?

—No.

Nadie pudo convencerlo de lo contrario, ni yo ni Eddie ni mucho menos el doctor Greg, que se enteró de la verdad cuando papá volvió para hacerse una revisión. Le dijo a papá muy claramente que un laberinto no era el gran sueño australiano, lo cual es más que cierto, pero al final nadie objetó con insistencia porque nadie, salvo yo, pensó que llegaría a construirlo.

Buscamos propiedades fuera de Sydney en todas direcciones, y papá siempre salía disparado a inspeccionar el terreno que había alrededor, meneando la cabeza con aprobación ante los árboles y el espacio y la posible soledad. Las casas en sí no le parecían importantes y sólo las miraba por encima. ¿Estilo colonial? ¿Federación? ¿Victoriano? ¿Moderno? Eso no le importaba. Simplemente exigía que la casa estuviese rodeada por los cuatro costados por una densa vegetación. Quería rocas y árboles y arbustos bien tupidos, una vegetación tan densa que, aun sin los muros de laberinto, el paisaje natural fuese casi infranqueable.

Mientras buscaba el enclave perfecto, acumuló docenas de laberintos de todas partes, desde revistas de pasatiempos hasta viejos manuscritos de los laberintos de la antigüedad, de Egipto a la Inglaterra medieval, usándolos principalmente como inspiración, sin querer limitarse a copiar un diseño ya existente. Se afanó furiosamente con el lápiz para inventar un diseño complejo que reproduciría en la tierra. Éste era su primer paso importante para alterar el universo existente con sus ideas, por lo que se obsesionó con la estructura de la casa: no sólo tenía que estar encerrada bajo la custodia protectora del laberinto, sino que debía servir como un lugar de reflexión en el que papá pudiese vagar y conspirar sin interrupción; una base de «operaciones», cualesquiera que fuesen. También quería callejones sin salida y pasajes en que un intruso, o «invitado», se viera obligado a tomar decisiones críticas entre caminos, con el consiguiente resultado de la desorientación y/o la inanición y la locura. «¡El camino impracticable!» se convirtió en su nuevo lema. «¡Maldita sea!» se convirtió en el mío. ¿Por qué? Todos esos diseños asediaban mis pesadillas. Parecía que todos nuestros futuros desastres estaban prefigurados en ellos y, según el que escogiéramos, sufriríamos un desastre distinto. Por la noche era yo quien examinaba los planos, intentando leer en ellos nuestras inminentes calamidades.

Una tarde fuimos a inspeccionar un terreno situado a media hora al noroeste de la ciudad. Para llegar a la propiedad, había que tomar un camino privado que era una pista forestal larga y serpenteante por la que se avanzaba a trompicones entre bosques quemados, cuyos troncos carbonizados eran una advertencia: si vives en el bosque, vives en una zona de guerra durante un alto el fuego no muy de fiar.

La propiedad parecía haber sido especialmente construida para los fines de papá: era muy, muy densa. Colinas con pendientes empinadas y bruscos descensos, barrancos retorcidos, grandes afloramientos rocosos, riachuelos con meandros que había que vadear, una vegetación de espesa maleza y hierba hasta la cintura que requería un calzado especial. Mientras inspeccionábamos la propiedad nos perdimos de inmediato, lo que papá consideró una buena señal. Desde una pendiente suave, observó la tierra, los árboles, el cielo. Sí, incluso examinó el sol. Lo miró directamente. Luego se volvió hacia mí e hizo una señal de aprobación. ¡Era ésta!

Lamentablemente, la casa no pasó examen alguno. Yo la hubiera suspendido sin piedad. Era vieja, estaba desvencijada y tenía corrientes de aire; la clásica caja de zapatos de dos plantas. La moqueta de pelo largo era gruesa y fea, y caminar por la sala la sala era como andar por un torso peludo. La cocina apestaba como un retrete. El retrete, cubierto de musgo, parecía un jardín. El jardín era un cementerio de hierbajos y maleza muerta. La escalera crujía como huesos secos. La pintura del techo se había resquebrajado antes siquiera de empezarse a secar. Cada habitación que encontré era más pequeña y oscura que la anterior. El pasillo de arriba se estrechaba a medida que avanzabas, tanto que al final era casi un punto.

Lo peor de todo era que, para ir al colegio, tendría que caminar medio kilómetro a través del laberinto, luego bajar por nuestro sendero privado hasta la parada de autobús más cercana para llegar al tren en veinte minutos, y tras otros cuarenta y cinco minutos de trayecto alcanzar la costa, donde estaba mi colegio; pero el autobús sólo pasaba tres veces al día, sólo una vez por la mañana, y si lo perdía, lo perdía. Rechacé la sugerencia de papá de cambiarme a un instituto de la zona, porque no quería tomarme la molestia de volver a ganarme un nuevo grupo de enemigos. Mejor agresor conocido...

Papá firmó los papeles aquella misma tarde, y yo tuve que aceptar que esta locura demencial iba a suceder. Sabía que no duraría mucho tiempo exiliado en esa propiedad y que marcharme y abandonarlo sólo era cuestión de tiempo, una idea incómoda que me hizo sentir horriblemente culpable. Me pregunté si él también lo sabría.

Mi padre no perdió el tiempo y contrató a los constructores, y el hecho de que él fuera un hombre que no tenía nada que hacer en la obra (aunque fuese suya) no le impidió ir allí a incordiarlos. Los obreros apretaban los dientes cuando papá les transmitía sus gigantescas composiciones. Había ajustado el diseño de su laberinto para que encajase en la configuración natural del paisaje e insistió en que fuesen pocos los árboles dañados. Había reducido su lista de laberintos a cuatro y, en lugar de reducir las opciones a uno, los incorporó todos en una sección u otra de la propiedad, de manera que cuatro enigmas igualmente confusos se impusieron en la tierra: laberintos dentro de laberintos y, en el centro, nuestra casa de lo más normal.

No entraré en detalles aburridos como regulaciones urbanísticas, códigos de construcción, trazado de las lindes, retrasos, imprevistos como las granizadas o la desaparición —no relacionada con la obra— de la esposa del constructor; pero diré que las paredes del laberinto se construyeron con setos e incontables rocas y piedras enormes y losas de arenisca y granito y miles y miles de ladrillos. Dado que papá desconfiaba intensamente de los trabajadores, rompió el plano y asignó cada sección a un equipo distinto de obreros. Los hombres se perdían con frecuencia por los miles de senderos y caminos que surgían y Eddie solía formar parte de nuestros equipos de búsqueda. Siempre fotografiaba sus caras irritadas cuando los encontrábamos.

No obstante, los altos muros de piedra y los setos gigantescos fueron erigiéndose de forma gradual hasta que la casa quedó oculta. Una síntesis de casa y caparazón. Psicológicamente compleja. Virtualmente inaccesible. Y nos mudamos, víctimas serviciales de la vasta y peligrosa imaginación de papá.

Cuando Anouk regresó de Bali, más que sorprenderse se enfureció por habérselo perdido todo: la crisis, el hogar de acogida, el hospital mental y la construcción de ese lugar estrafalario. Sin embargo, lo increíble es que volvió al trabajo como si nada de eso hubiera sucedido. Hizo que papá instalara un sistema de interfonos para que pudiéramos guiarla, a ella o a otras visitas deseadas, por el laberinto de nuestra hacienda fortificada. Jamás comprenderé a esta mujer, pensé, pero si quiere cocinar y limpiar en un lugar de infinitas divagaciones, es cosa suya.

Así que aquí era donde vivíamos.

Estábamos aislados y sólo contábamos con los sonidos del bosque para apaciguarnos, estimularnos o aterrorizarnos. El aire era distinto y me sorprendí a mí mismo: me encantaba el silencio (a diferencia de papá, que desarrolló el hábito de dejar siempre la radio encendida). Por primera vez sentí la verdad de que el cielo empieza a medio centímetro de la tierra. Por las mañanas, el bosque olía como el mejor desodorante del mundo y enseguida me acostumbré a los misteriosos movimientos de los árboles, que se mecían rítmicamente como un hombre cloroformizado. De vez en cuando, el cielo nocturno parecía irregular, más cercano en algunos puntos, y luego se alisaba, como cuando se estira un mantel arrugado. Al despertar veía nubes bajas en precario equilibrio sobre las copas de los árboles.

Unas veces el viento era tan suave que parecía salir de la nariz de un niño y, otras, era tan fuerte que los árboles parecían agarrarse a la tierra por raíces débiles como una cinta adhesiva de doble cara.

Sentía que la promesa de catástrofe se debilitaba, o incluso se rompía, y me atreví a considerar con optimismo nuestros futuros, que tímidamente empezaban a desperezarse.

Durante un largo paseo por el terreno, me sobrevino la idea como un desprendimiento de tierra: la diferencia más destacada entre mi padre y yo era que yo prefería la simplicidad, y él, la complejidad.

No estoy diciendo que lograra alcanzar la simplicidad a menudo, o alguna vez, sólo digo que la prefería, del mismo modo que él disfrutaba de enturbiarlo todo, de complicarlo todo hasta no poder ver con claridad.

Una noche mi padre estaba en el jardín trasero, mirando al infinito. Era una noche líquida, y la luna sólo una mancha desenfocada.

Dije:

—¿En qué piensas?

Dijo:

—Es una sorpresa.

Dije:

—No me gustan las sorpresas. Ya no.

Dijo:

—Eres demasiado joven para...

Dije:

—En serio. No más sorpresas.

Dijo:

—No voy a buscar otro empleo.

Dije:

—¿Y cómo viviremos?

Dijo:

—Viviremos bien.

Dije:

—¿Y qué hay del techo y la comida?

Dijo:

—Tenemos techo. Eddie dice que no le urge que le devuelva el préstamo y, gracias a él, tenemos esta propiedad.

Dije:

—¿Y Anouk? ¿Cómo vas a pagarle?

Dijo:

—Le doy la habitación trasera para que la utilice de estudio. Quiere un lugar donde esculpir.

Dije:

—¿Y la comida? ¿Qué pasa con la comida?

Dijo:

—La cultivaremos.

Dije:

—¿Bistecs? ¿Cultivaremos bistecs?

Y entonces dijo:

—Me estoy planteando limpiar el estanque.

En el jardín trasero había un estanque en forma de ocho con piedrecitas blancas alrededor de su perímetro.

—Y meteré unos peces dentro —añadió.

—Mierda, papá, no sé.

—Pero esta vez YO cuidaré de ellos, ¿de acuerdo?

Estuve de acuerdo.

Como había prometido, limpió el estanque y metió tres extraños peces japoneses. No eran las típicas carpas doradas; eran tan grandes y vistosos que debían de ser la forma más avanzada de pez anterior a los grandes tiburones blancos. Papá los alimentaba una vez al día, esparciendo los copos en un semicírculo alrededor del estanque como en una simple y majestuosa ceremonia.

Al cabo de un par de meses, estaba en la cocina con Anouk cuando vi a papá en el jardín trasero con un envase lleno de una sustancia blanca que vertía en el estanque a grandes cucharadas. Silbaba con satisfacción.

Anouk presionó el rostro contra la ventana, luego se volvió hacia mí con expresión atónita.

—¡Eso es cloro! —dijo.

—Pues no puede ser bueno para los peces —dije yo.

—¡MARTIN! —gritó Anouk por la ventana.

Papá se volvió rápidamente, perplejo. Se le veía en la cara, incluso a esa distancia, que el hombre había probado la crisis mental y el sabor aún permanecía en su boca.

—PERO ¿QUÉ HACES, PEDAZO DE IDIOTA? —gritó Anouk.

Papá siguió mirándola como si Anouk fuese una marioneta de madera creada por él que lo hubiese sorprendido al ponerse a hablar.

Salimos corriendo. Demasiado tarde. Los tres nos quedamos mirando los peces muertos que yacían de lado, sus ojos saltones rebosantes de incredulidad.

—¿Sabes cuál es tu problema? —preguntó Anouk.

—Sí —replicó papá con voz suave—, creo que sí.

Esa noche estaba entumecido por el frío. El fuego se extinguía, así que subí a acostarme vestido y con un montón de mantas encima. Desde la cama vi un leve resplandor procedente del jardín trasero. Me acerqué a la ventana. Papá estaba abajo, en pijama; sostenía una lámpara de queroseno, que mecía en la oscuridad.

Lloraba la muerte de esos peces. En una dramática muestra de culpabilidad, llegó al extremo de mirarse las manos, como si estuviera en una producción estudiantil de Macbeth. Pasé un rato mirándolo allí, en el jardín trasero, donde la fina rodaja de luna proyectaba una luz pálida sobre su minirreino. El viento soplaba entre los árboles. Las chicharras cantaban una monótona melodía. Papá arrojó piedras al estanque. Me sentía indignado, aunque era fascinante verlo así.

Oí un ruido a mis espaldas.

Había algo en mi habitación: un murciélago, un falangero o una rata. Sabía que no dormiría hasta que el animal estuviese muerto o se marchase; sabía que me quedaría acostado a oscuras, esperando notar unos dientes puntiagudos y afilados en los dedos de los pies. Así era nuestra nueva casa. Una casa donde de cada grieta u orificio, agujero o rendija, surgía un ser vivo.

Fui a la planta baja y me acomodé en el sofá justo cuando papá entraba.

—Dormiré aquí esta noche —le dije.

Asintió con la cabeza. Lo observé mientras buscaba algo para leer en sus estanterías. Me volví de lado y pensé que la conclusión de su proyecto entrañaba un nuevo peligro: ser de nuevo vulnerable a un letal estar sin hacer nada. ¿Qué vendría luego? ¿Con toda esa actividad en su cabeza? La casa y el laberinto lo habían sustentado un tiempo y lo sustentarían algún tiempo más, pero no sería para siempre. Tarde o temprano, necesitaría un nuevo proyecto y, considerando la progresión de los proyectos en que se había embarcado —el buzón de sugerencias, *El manual del crimen*, la construcción del laberinto—, era evidente que el siguiente tendría que ser descomunal. Algo que, irónicamente, lo sustentara hasta la muerte y fuera probablemente lo que acabase por matarlo.

Papá se acomodó en el sillón reclinable y fingió que leía. Yo sabía exactamente lo que hacía; me observaba mientras dormía. Antes me molestaba esta repugnante costumbre suya. Curiosamente, ahora me parecía reconfortante: el sonido de las páginas en el silencio, su respiración jadeante y su presencia llenando los rincones de la habitación.

Pasaba las páginas rápidamente. Ahora no sólo simulaba leer; simulaba leer por encima. Sentía sus ojos como un saco de arena en mi cabeza; me desperecé, dejé escapar un débil gemido y, tras un creíble período de tiempo, fingí que soñaba.

4

Tuvo que ser el laberinto exterior lo que contaminó el interior. ¿Por qué, si no, iba a dejar papá trozos de papel por toda la casa con mensajes absurdos como «¡Lo idílico mengua por intentar ante todo unir cantando un armario roto tras otro!»? Estos mensajes podían descifrarse fácilmente usando el sistema de criptografía más básico: componer el mensaje verdadero con la primera letra de cada palabra.

«¡L̲o i̲dílico m̲engua p̲or i̲ntentar a̲nte t̲odo u̲nir c̲antando u̲n a̲rmario r̲oto t̲ras o̲tro!»

Se convierte en:

«¡Limpia tu cuarto!»

Luego empezó con trasposiciones en que las letras estaban revueltas, y su orden normal, alterado.

«Eh odi a rarpmoc. Ovleuv sam edrat.»

Se convierte en:

«He ido a comprar. Vuelvo más tarde.»

Una noche, pocas semanas después de mi decimosexto cumpleaños, encontré el siguiente mensaje pegado al espejo del baño:

«Rezizsl smevo ssie ne le sno a lsa.»

Me llevó cierto tiempo descifrarlo, porque había alterado el orden de las palabras además del de las letras. Tras unos minutos de meticuloso examen, lo resolví:

«Nos vemos en el Sizzler a las seis.»

El Sizzler era donde a mi padre le gustaba comer para celebrar las buenas noticias; es decir, habíamos estado allí una vez, hacía cinco años, cuando papá ganó 46 dólares en lotería. Crucé el laberinto en bicicleta, llegué a la carretera y allí tomé el autobús a la ciudad, al hotel Carlos. Este Sizzler en concreto se hallaba en la última planta, aunque no era indispensable hospedarse en el hotel para comer allí. Podías quedarte, claro está; pero, francamente, cuando acababas de comer y pagabas la cuenta, a ellos les traía sin cuidado dónde durmieras.

Cuando llegué, mi padre ya estaba sentado a una mesa junto a la ventana, supongo que para mirar el paisaje urbano durante las inevitables pausas en la conversación.

—¿Cómo va el colegio? —me preguntó mientras me sentaba.

—No va mal.

—¿Has aprendido algo hoy?

—Lo de siempre.

—¿Como qué?

—Ya sabes —dije, y me puse nervioso al notar que no me miraba. Quizás había oído decir a alguien que no hay que mirar directamente al sol y no lo había entendido bien.

—Tengo que enseñarte algo —dijo. Puso un sobre en la mesa y tamborileó con los dedos en el tablero.

Recogí el sobre ya abierto y extraje la nota que había dentro. El membrete era de mi instituto. Mientras lo leía fingí confusión, aunque más bien pareció una confesión.

Estimado señor Dean:

Por la presente le comunico oficialmente que su hijo, Jasper Dean, se ha visto implicado en una agresión que tuvo lugar en un tren la tarde del veinte de abril, después de clase. Tenemos pruebas irrefutables de que su hijo, vestido con el uniforme escolar, agredió a un hombre sin provocación previa. Asimismo, le escribimos para informarle de que su hijo ha decidido, por voluntad propia, abandonar el instituto.

Atentamente,

Señor MICHAEL SILVER,
director

—¿Por qué dicen que llevabas el uniforme escolar? ¿Y eso qué importa?

—Son así.

Papá chasqueó la lengua.

—No pienso volver —dije yo.

—¿Por qué no?

—Ya me he despedido.

—¿Y atacaste a alguien? ¿Es eso verdad?

—Tendrías que haber estado allí.

—¿Fue en defensa propia?

—Es más complicado. Mira, todo lo que me hace falta saber puedo aprenderlo solo. Puedo leer libros por mi cuenta. Esos tontos necesitan que alguien les pase las páginas. Yo no.

—¿Qué vas a hacer?

—Ya pensaré algo.

¿Cómo iba a contarle que quería lo que él había querido antes: viajar en trenes y enamorarme de chicas de ojos oscuros y labios enormes? No me importaba si al final sólo podía mostrar unas piernas doloridas. Yo no tenía la culpa de que la vida del trotamundos, del caminante, hubiese perdido el favor del mundo. ¿Y qué, si ya no era aceptable moverse a merced del viento, pedir pan y cobijo, dormir en fardos de heno y flirtear con campesinas descalzas para luego salir corriendo antes de la cosecha? Ésa era la vida que quería, revolotear como una hoja con apetitos.

Pero, por desgracia, a papá no le gustaba la idea de que su

único hijo flotase sin rumbo en el espacio y el tiempo, como llegó a describir mi plan de vida. Se recostó en la silla y declaró:

—Tienes que terminar los estudios.

—Tú no terminaste los tuyos.

—Lo sé. No querrás seguir mis pasos, ¿verdad?

—No estoy siguiendo tus pasos. El derecho a dejar los estudios no te pertenece a ti.

—Bueno, ¿y qué vas a hacer?

—Pondré mi alma en el camino. Y a ver qué pasa.

—Yo te diré lo que pasa. Atropello.

—Me arriesgaré.

—Mira, Jasper. Sólo conozco el camino perfecto a las cenas congeladas y la ropa sin lavar. Dejé los estudios. Vagué sin rumbo por todo el mundo. Me exilié de la sociedad. Pero te devolví a la escuela por una razón: para que pudieras tener un pie en ambos mundos, en el nuestro y en el suyo. No tienes que marcharte ahora, como si esto fuera la escena de un crimen. Quédate. Acaba. Después, haz lo que quieras. ¿Ir a la universidad? ¿Buscar trabajo y sentar la cabeza? ¿Viajar a alguna de las dictaduras más emocionantes del mundo? ¿Ahogarte en un río exótico durante el monzón? Lo que sea. Pero date una oportunidad. De momento, quédate en el sistema, ¿de acuerdo?

—Tú no lo hiciste. ¿Cuántas veces te habré oído decir «que se joda el sistema»? Pues bien, eso es lo que yo hago. Joder al sistema.

Pobres de nosotros, los hijos de los rebeldes. Tenemos tanto derecho como el que más a rebelarnos contra los modos de nuestros padres, también tenemos anarquías y revoluciones en el corazón. Pero ¿cómo te rebelas contra la rebelión? ¿Implica eso volver a la conformidad? No está bien. Si lo hiciera, algún día mi hijo, al rebelarse contra mí, resultaría ser mi padre.

Papá se inclinó hacia delante, como para confesar un asesinato del que se sintiera particularmente orgulloso.

—Bueno, si vas a poner tu alma en el camino, me gustaría hacerte una advertencia —dijo, con las cejas arqueadas de forma nada atractiva—. Llámalo una señal de seguridad vial. No estoy seguro de cómo expresarlo.

Papá puso cara pensativa. Se le aceleró la respiración. Se volvió para hacer callar a la pareja que ocupaba la mesa detrás de la nuestra. Luego prosiguió con la advertencia:

—La gente siempre se queja de no tener zapatos hasta que ve a un hombre sin pies, y entonces se queja de que no tiene una silla de ruedas eléctrica. ¿Por qué? ¿Qué les hace transferirse automáticamente de un insulso sistema a otro, y por qué el libre albedrío se utiliza sólo en detalles y no a lo grande? ¿No para cuestionarse si debe trabajar o formar una familia, sino dónde debe trabajar y cuándo debe formar una familia? ¿Por qué no intercambiamos países, de manera que todos en Francia se trasladen a Etiopía y todos en Etiopía se trasladen a Gran Bretaña y todos en Gran Bretaña se trasladen al Caribe, y así sucesivamente hasta que todos hayamos compartido el mundo como se supone que debemos hacer y nos hayamos deshecho de nuestro apego vergonzoso, egoísta, sanguinario y fanático a la tierra? ¿Por qué desperdiciar el libre albedrío en una criatura que tiene infinitas posibilidades y finge contar con sólo una o dos?

Escucha. Las personas son como rodillas golpeadas por martillos de goma. Nietzsche era un martillo. Schopenhauer era un martillo. Darwin era un martillo. Yo no quiero ser un martillo, porque sé cómo reaccionarán las rodillas. Saberlo es aburrido. Lo sé porque sé que la gente cree y está orgullosa de sus creencias. Su orgullo la delata. Es el orgullo de la propiedad. He tenido visiones místicas y descubrí que sólo eran ruido. He tenido visiones, he oído voces, he percibido olores, pero los he ignorado y siempre lo haré. Desoigo esos misterios porque los he visto. He visto más que la mayoría de la gente y, sin embargo, ellos creen y yo no. ¿Y por qué no creo? Porque hay un proceso en marcha y puedo verlo.

Tiene lugar cuando las personas ven la Muerte, lo cual pasa siempre. Ven la Muerte, pero perciben Luz. Sienten su propia muerte y la llaman Dios. Esto también me sucede a mí. Cuando siento, en lo más hondo de mis entrañas, que el mundo tiene sentido o que Dios existe, sé que eso es la Muerte.

Sin embargo, como no quiero ver la Muerte a la luz del día, mi mente conspira y dice:

—Oye no morirás no te preocupes tú eres especial tienes sentido el mundo tiene sentido, ¿no lo sientes?

Pero yo sigo viendo la Muerte, sintiéndola.

Y mi mente dice:

—No pienses en la muerte la la la siempre serás bello y especial y nunca morirás nuncanunca nunca no has oído hablar del alma inmortal, pues bien, tienes una realmente preciosa.

Y digo:

—Tal vez.

Y mi mente dice:

—Mira esa puta puesta de sol mira esas putas montañas mira ese árbol magnífico de dónde iban a venir si no es de la mano de Dios que te sostendrá por siempre jamás.

Entonces empiezo a creer en la Trascendencia. ¿Quién no lo haría? Así es como se empieza. Pero yo dudo.

Y mi mente dice:

—No te preocupes. No morirás. No a largo plazo. Tu esencia no perecerá, o al menos lo que vale la pena conservar.

Una vez vi todo el mundo desde mi cama, pero lo rechacé. Otra vez vi unas llamas y, en esas llamas, una voz dijo que me salvaría. También la rechacé, porque sé que todas las voces vienen de dentro. La energía nuclear es una pérdida de tiempo. Deberían ponerse a explotar la energía del inconsciente cuando se encuentra en pleno acto de negar la Muerte. Durante el ardiente Proceso surge la fe y, si se aviva el fuego, la Certeza, el hijo feo de la fe. Sentir que sabes de todo corazón Quién creó el universo, Quién lo administra, Quién lo paga es, de hecho, desligarse de él. Los denominados religiosos, los denominados espiritualistas, los grupos que renuncian rápidamente a la tradición occidental del «consumismo que embota el alma» y dicen que las comodidades son la muerte, creen que eso es aplicable sólo a las posesiones materiales. Pero, si las comodidades son la muerte, eso debería aplicarse a la madre de todas las comodidades, la «certeza de la fe», mucho más confortable que un sofá de cuero o un jacuzzi y que sin duda mata con más celeridad que un mando a distancia para la puerta del garaje. Pero no es fácil resistirse a la atracción de la certeza, así que necesitas mantener vigilado el Proceso, como yo, de manera que cuando tengo visiones místicas y oigo los susurros, puedo rechazarlos de plano y resistirme a la tentación de sentirme especial y confiar en mi inmortalidad, pues sé que todo es obra de la muerte. ¿Lo ves? Dios es la bonita propaganda creada en la forja del Hombre. Y está bien amar a Dios porque aprecias la maestría de su creación, pero no tienes que creer en un personaje sólo porque te impresione el autor. La Muerte y el Hombre, los coautores de Dios, son los escritores más prolíficos del planeta. Su producción es prodigiosa. El Inconsciente del Hombre y la Muerte Inevitable han escrito conjuntamente a Jesús, Mahoma y Buda, por nombrar a unos pocos. Y eso son sólo los personajes. Han creado el cielo, el infierno, el paraíso, el limbo y el purgatorio. Y eso es sólo el decorado. ¿Y qué más? Posiblemente, todo lo demás. Esta fructífera asociación lo ha creado todo en el mundo salvo al mundo mismo, todo lo que existe salvo lo que ya había antes que ellos. ¿Lo comprendes? ¿Comprendes el Proceso? ¡Lee a Becker! ¡Lee a Rank! ¡Lee a Fromm! ¡Ellos te lo dirán! Los humanos, en eso, son únicos en este mundo: a diferencia de otros animales, han desarrollado una conciencia tan avanzada que ha creado un subproducto atroz; son las únicas criaturas conscientes de su mortalidad. La verdad es tan espantosa que, desde muy temprana edad, los humanos la sepultan en lo más profundo de su inconsciente, lo que ha convertido a la gente en máquinas con sangre en las venas, fábricas de carne y hueso que manufacturan sentido. Canalizan dicho sentido en sus proyectos de inmortalidad (como sus hijos, sus dioses, sus obras de arte, sus negocios o sus naciones), que creen que los sobrevivirán. Y aquí está el problema: la gente cree necesitar estas creencias para vivir, pero se vuelve inconscientemente suicida a causa de sus creencias. Por eso, cuando una persona sacrifica su vida por una causa religiosa, no elige morir por un dios, sino al servicio de un miedo inconsciente y primario. Es este miedo lo que le hace morir de lo que teme. ¿Lo ves? La ironía de sus proyectos de inmortalidad es que, pese a estar diseñados por el inconsciente para crear en las personas una falsa sensación de ser especiales y una oferta de vida eterna, tales proyectos las inquietan tanto que acaban por matarlas. Y ahí debes tener cuidado. Ésta es mi advertencia. Mi señal de seguridad vial. La negación de la muerte precipita a la gente a la tumba y, si no vas con cuidado, te arrastran con ellos.

Papá se sorbió la nariz, y su rostro vehemente me envió torrentes de inagotable ansiedad mientras esperaba que dijese algo elogioso y obediente. Me quedé callado. A veces, no hay nada más malicioso que el silencio.

—Bueno, ¿qué piensas?

—No tengo ni idea de lo que acabas de decir.

Respiró sonoramente, como si acabase de correr un par de maratones conmigo a la espalda. La verdad es que su discurso me había causado una impresión tan profunda que un cirujano podría distinguir los surcos en el cerebro. Y no sólo porque había plantado una semilla que me haría desconfiar de cualquier sensación o idea propia que pudiera considerarse espiritual, sino porque no hay nada tan turbador o incómodo como ver a un filósofo arrinconado por sus ideas. Y esa misma noche, por primera vez, pude echar un buen vistazo al rincón de mi padre, a su terrible rincón, el triste callejón sin salida donde papá se había vacunado contra todo lo místico o religioso que pudiera sucederle, de manera que, si Dios bajaba y se le ponía a bailar delante de las narices, jamás se permitiría creerlo. Esa noche comprendí que papá era un escéptico que no creía en el sexto sentido o, mejor dicho, era über-escéptico: tampoco confiaba ni creía en los otros cinco.

De pronto, me tiró la servilleta a la cara y gruñó:

—¿Sabes qué? Me lavo las manos.

—Que no se te olvide el jabón —repliqué.

Supongo que no hay nada raro en eso: un padre y un hijo, dos generaciones de hombres, que se distancian. De todos modos, recordé que, cuando era niño, papá me llevaba al colegio a hombros, a veces hasta el aula misma. Se sentaba en la mesa del maestro conmigo en los hombros y preguntaba a los niños sorprendidos: «¿Alguien ha visto a mi hijo?» Es tristísimo comparar épocas como aquélla con épocas como ésta.

Llegó el camarero.

—¿Desean tomar algo?

Papá lo fulminó con la mirada. El camarero retrocedió y se largó.

—¡Vámonos! —espetó papá.

—Por mí, perfecto.

Retiramos los abrigos de las sillas. Una multitud de ojos preocupados nos siguió hasta la puerta. Salimos al frío aire nocturno. Los ojos se quedaron en el restaurante, donde hacía calor.

Sabía por qué papá estaba disgustado. A su modo paradójicamente negligente, siempre se había esforzado en moldearme. Y ésa fue la primera noche que vio claramente que yo no quería tener nada que ver con su molde. Me vio escupir dentro y se ofendió. El problema era que la educación había sido la primera gran batalla de nuestra relación, nuestro duelo continuo, motivo por el que papá siempre dudó entre incendiar el sistema educativo público y abandonarme a él. Al dejar los estudios por voluntad propia, había tomado una decisión que él no había podido tomar. Por eso me soltó ese discurso: después de todos los sermones confusos y contradictorios con que papá me había bombardeado durante años, sobre temas que abarcaban de la Creación a las salsas y del purgatorio a los aros en los pezones, sermones en los que probaba ideas como quien se prueba una camisa, finalmente me había hecho partícipe de la idea esencial en que basaba su vida.

Lo que ninguno de los dos sabía entonces, por supuesto, era que nos hallábamos al borde de otra secuencia increíble de desastres que podían remontarse a sucesos concretos. Dicen que el final se puede leer al principio. Pues bien: el principio de este final fue que abandoné los estudios.

¿Y por qué lo hice? ¿Porque siempre acababa sentado junto al chico con el sarpullido más raro? ¿O porque, siempre que llegaba tarde, el maestro ponía cara de estar defecando? ¿O era sencillamente porque a todas las figuras de autoridad les escandalizaba por mi comportamiento? No, pensándolo bien, eso me gustaba bastante; a un profesor le palpitaban las venas del cuello: el colmo de la comedia. Otro se ponía morado de rabia: ¡fantástico! Entonces nada me divertía tanto como la indignación, nada me hacía sentir más animado o alegre.

No, para ser sincero, esas molestias sólo me producían insatisfacción. No eran un motivo para irse; forman parte de la infelicidad habitual que una persona tiene la suerte de tener. Mi verdadera motivación para dejar los estudios nació de todos esos molestos suicidios.

Nuestro instituto estaba todo lo cerca que se puede estar del mar sin caer al agua. Teníamos que mantener las ventanas del aula cerradas para evitar que nos distrajera el mar que rugía abajo, pero en los días de verano el calor sofocante nos obligaba a abrirlas y la voz del maestro apenas podía competir con las olas. Los edificios escolares, una serie de bloques de ladrillo rojo conectados entre sí, estaban ubicados en lo alto, por encima del agua, al borde de los Acantilados del Desánimo («Acantilados de la Desesperación» ya era el nombre de la árida pared de un precipicio situado a unas playas del cabo). Senderos traicioneros bajaban a la playa desde un extremo del recinto del instituto. Si no te atraían los senderos, si eras impaciente o no querías enfrentarte al empinado descenso, o si te despreciabas a ti mismo y a tu vida y no esperabas un futuro mejor, siempre podías tirarte. Muchos lo hacían. La media de nuestro colegio era de un suicidio cada nueve o diez meses. Claro que el suicidio juvenil no es poco frecuente; los jóvenes siempre le han tosido en la cara a la muerte por diversas gripes del alma. Pero una mítica llamada «hipnótica» debía de llegarnos por aquellas ventanas entreabiertas, pues teníamos una mayor cuota de chicos que se arrojaban a las puertas celestiales.

No es extraño que los adolescentes decidan abandonar, como he dicho antes, pero son los funerales lo que cansa. Que me lo digan a mí. Nunca he dejado de soñar con un ataúd abierto en concreto, uno que quizá no habría existido si yo no hubiera escrito una redacción sobre Hamlet para mi clase de inglés.

La parálisis de Hamlet
Jasper Dean

La historia de Hamlet es una advertencia inequívoca de los peligros de la indecisión. Hamlet es un príncipe danés incapaz de decidir si vengar la muerte de su padre, matarse, no matarse, etc. Su reacción es increíble. Ese tedioso comportamiento vuelve a Hamlet inevitablemente loco, y al final de la obra todos están muertos; una pena para Shakespeare, si después decidió que quería escribir una continuación. La lección brutal de la indecisión de Hamlet es aplicable a toda la humanidad, aunque si tu tío ha asesinado a tu padre y se ha casado con tu madre, te parecerá especialmente relevante.

El nombre de Hamlet es el mismo que el de su padre, que también se llamaba Hamlet y murió de forma desagradable cuando su hermano le vertió veneno en la oreja. ¡En la oreja! ¡Qué desagradable! Sin duda, era la rivalidad entre hermanos lo que olía a podrido en Dinamarca.

Después, cuando el fantasma de su padre hace señas a Hamlet para que lo siga, Horacio le recomienda que no lo haga por si el fantasma intenta enloquecer a Hamlet, cosa que hace, y también le advierte que todo el que mira hacia abajo desde una gran altura piensa en arrojarse a la muerte, lo cual me llevó a pensar: «Bien, entonces no soy el único.»

En conclusión, Hamlet trata de la indecisión. La verdad es que la indecisión nos afecta a todos, aunque seamos una de esas personas que no tiene problemas para tomar decisiones. Gilipollas impacientes, en otras palabras. Nosotros también sufrimos. Esperar a que otra persona tome una decisión, por ejemplo en un restaurante con el camarero ahí de pie, es uno de los grandes horrores de la vida, pero debemos aprender a ser pacientes. Arrancarle a tu cita el menú de las manos y gritar: «¡Tomará pollo!», no es la mejor manera de combatir esta dolencia y, desde luego, no te conseguirá un buen polvo.

Supongo que no era de extrañar que mi profesor de inglés, el señor White, me suspendiera. ¿Qué otra cosa podía esperar de él o de cualquiera de los aletargados docentes que rondaban por el instituto? Es como si los viera, incluso ahora. A uno de ellos, no sólo parece que le hayan quitado todos los órganos, sino que los retengan a la espera de un rescate que no puede pagar. Otro parece haber llegado a una fiesta dos minutos después de que todos se hayan ido, atormentado por las risas que aún oye calle abajo. Otro está ahí sentado, desafiante, como la única hormiga que rechaza cargar con una miga de pan. Unos son alegres como déspotas, y otros, atolondrados como idiotas.

Luego estaba el señor White: el profesor con un pegote de cabello gris en la cabeza como la ceniza de un cigarrillo, el que parecía haber intuido su futuro en un asilo masculino. Pero lo peor era que tenía a su hijo en nuestra clase. Lo sé, la felicidad no puede planearse, pero es posible tomar ciertas precauciones contra la infelicidad, ¿verdad? Cuando empezaba la clase, el señor White tenía que pasar lista. Tenía que pronunciar el apellido de su propio hijo. ¿Se os ocurre algo más ridículo? Un padre sabe si su hijo está o no está en el aula.

—White —decía él.

—¡Presente! —respondía Brett.

Menuda farsa.

¡Pobre Brett!

¡Pobre señor White!

¿Cómo podían soportarlo, tener que reprimir su intimidad hasta el extremo de simular cada día que ni siquiera reconocían la cara de su propia familia? Y, cuando el señor White despotricaba contra sus alumnos, ¿qué sentía Brett, al verse vapuleado por su padre de aquel modo? ¿Acaso era un juego para ellos? ¿Era real? Durante las diatribas del señor White, la cara de Brett permanecía demasiado impasible, demasiado paralizada; diría que sabía tan bien como nosotros que su padre era un tirano de poca monta que trataba a sus estudiantes como si le hubiésemos privado de los mejores años de su vida y, en venganza, predecía nuestros futuros fracasos para luego fracasar en demostrarse profético. Sí, señor White, usted era, sin lugar a dudas, mi maestro preferido. Su horror era el más comprensible para mí. Usted era el único que rabiaba de dolor de forma visible y lo hacía descaradamente, delante de su propio hijo.

Me devolvió el trabajo de Hamlet con el rostro lívido. De hecho, me puso un cero redondo. Con la redacción, me había burlado de algo que era sagrado para él: William Shakespeare. En el fondo, yo sabía que Hamlet era una obra extraordinaria, pero cuando se me ordena que termine una tarea, siempre acabo por pasarme de listo. Escribir basura era la forma que adoptaba mi insignificante rebelión.

Esa noche cometí el error de enseñarle la redacción a mi padre. La leyó con ojos entrecerrados, gruñendo, asintiendo... en fin, como si estuviera levantando troncos pesados. Permanecí a su lado; esperaba su aprobación, supongo. No me la dio. Me devolvió el papel y dijo:

—Hoy he leído algo interesante en el *Diccionario filosófico* de Voltaire. ¿Sabías que los egipcios, antes de embalsamar a su faraón, le extirpaban el cerebro? Y, sin embargo, esperaban que reapareciera de nuevo, pasados unos siglos. ¿Qué crees que imaginaban que haría allí, sin cerebro?

Había pasado mucho tiempo desde que mi padre había intentado educarme por su cuenta. Para compensar el hecho de haberme abandonado a un sistema por el que sentía desprecio, papá dejaba montañas de libros en mi habitación con notas («¡Lee esto!» o «¡Este tío es un dios!») pegadas a las tapas: Platón, Nietzsche, Cioran, Lawrence, Wittgenstein, Schopenhauer, Novalis, Epicteto, Berkeley, Kant, Popper, Sartre, Rousseau, etcétera. Parecía favorecer especialmente a los escritores pesimistas, nihilistas o cínicos, como Céline, Bernhard y el poeta-pesimista fundamental, James Thompson, con su terrible y sombrío «La ciudad de la noche pavorosa».

—¿Dónde están las mujeres? —pregunté a papá. ¿No pensaban nada que valiese la pena poner por escrito?

La noche siguiente encontré a Virginia Woolf, George Sand, Ayn Rand, Gertrude Stein, Dorothy Parker, Simone de Beauvoir, Simone Weil, Mary McCarthy, Margaret Mead, Hannah Arendt y Susan Sontag esperando en mi almohada.

De este modo más que autodidacta fui alimentado a la fuerza, y la verdad es que todos los platos me gustaron. Los griegos, por ejemplo, tenían buenas ideas sobre el gobierno de la sociedad que siguen siendo válidas en la actualidad, sobre todo si se considera que la esclavitud es maravillosa. En cuanto al resto, todos genios incuestionables, tengo que admitir que su entusiasmo y su celebración de una clase de ser humano (ellos) y su miedo y repulsión hacia la otra clase (todos los demás) me ponía de los nervios. No es sólo que pidieran el fin de la educación universal, no fuera a ser que «arruinase el pensamiento», o que intentaran por todos los medios hacer incomprensible su arte; además, decían cosas desagradables como «¡Tres hurras por los inventores del gas tóxico!» (D. H. Lawrence) y «Si deseamos cierta clase de civilización y cultura, debemos exterminar al tipo de persona que no encaja en ella» (G. B. Shaw) y «Tarde o temprano debemos limitar las familias de las clases poco inteligentes» (Yeats) y «La gran mayoría de los hombres carece de derecho a la existencia y constituye una desgracia para los hombres superiores» (Nietzsche). Todos los demás o, en otras palabras, todos mis conocidos, no eran más que un cadáver pudriéndose panza arriba, sobre todo porque preferían mirar el fútbol antes que leer a Virgilio. «El espectáculo de masas es la muerte de la civilización», bufaban los intelectuales; pero, digo yo, si un hombre ríe de algo pueril y su cuerpo resplandece de alegría, ¿importa que la causa no sea una profunda obra de arte, sino una reposición de *Embrujada*? En serio, ¿a quién le importa? Ese hombre ha gozado de un maravilloso momento íntimo y, mejor aún, le ha salido barato. ¡Bien por él, pesados de mierda! Para estos intelectuales, sería encantador que las masas deshumanizadas, que literalmente los ponían enfermos, o bien pasaran a la historia o bien se convirtieran en esclavos, y que lo hicieran rápido. Querían crear una raza de superhombres basados en sus personas esnobs y sifilíticas, hombres que se lamían el dios interior hasta el frenesí, sentados en lo más alto. Yo creo que no era «el deseo plebeyo de felicidad» de las masas lo que tanto odiaban, sino saber, en secreto y amargamente, que la plebe a veces lo satisfacía.

Por eso, de la misma manera que mi padre me había abandonado, abandoné yo a sus doctos amigos, todos esos genios maravillosos y amargados, y en el instituto me limité a cumplir con los mínimos. Muchas veces me concedía un día libre y paseaba por la vibrante ciudad para verla vibrar, o iba al hipódromo a contemplar cómo los caballos se ganaban el triste pan bajo los culos de hombres pequeños. De vez en cuando, la dirección enviaba a mi padre cartas graves e involuntariamente cómicas sobre mi asistencia.

—Me ha llegado otra carta —decía mi padre, agitándola en el aire como si fuera un billete de diez dólares encontrado en unos viejos pantalones.

—¿Y?

—¿No tienes nada que decir?

—Cinco días a la semana es demasiado. Es agotador.

—No tienes que ser el primero del estado, ya lo sabes. Basta con aprobar raspado. Ése debería ser tu objetivo.

—Bien, pues eso es lo que hago. Raspar.

—Magnífico. Sólo asegúrate de que apareces lo bastante para que te den esa lonchita de papel con tu nombre.

—¿Y para qué diantres la quiero?

—Te lo he dicho miles de veces. Necesitas que la sociedad crea que le sigues la corriente. Haz lo que quieras después, pero necesitas hacerles creer que eres uno de ellos.

—Quizá sea uno de ellos.

—Ya, y mañana a las siete yo voy a la oficina.

Pero papá no siempre era capaz de aparcar el tema. En realidad, yo había adquirido mala reputación entre el profesorado por las (universalmente) temidas y (personalmente) mortificantes visitas de mi padre, cuya cara aparecía de pronto aplastada contra el cristal esmerilado de la puerta de mi clase.

El día después de que mostrara a mi padre la redacción de Hamlet, vino a mi clase de inglés y tomó asiento al fondo, apretujándose en un pupitre de madera. El señor White estaba escribiendo la palabra «intertextualización» en la pizarra cuando entró papá, así que al darse la vuelta vio a un hombre de mediana edad entre los tarugos imberbes que éramos nosotros, y se quedó desconcertado. Miró a mi padre con desaprobación, como preparándose para reprender a uno de sus estudiantes por envejecer prematuramente en mitad de la clase.

—Esto está un poco muerto, ¿no?

—¿Disculpe?

—Decía que es un poco difícil pensar aquí, ¿verdad?

—Disculpe, usted es...

—Un padre preocupado.

—¿Es usted padre de un alumno de esta clase?

—Quizá la palabra «preocupado» sea un eufemismo. Cuando pienso que está bajo su tutela, me empiezan a sangrar los ojos.

—¿Quién es su hijo?

—No me avergüenza admitirlo. Mi hijo es la criatura catalogada como «Jasper».

El señor White me dirigió una mirada severa precisamente cuando intentaba fundirme con la silla.

—¿Jasper? ¿Éste es tu padre?

Asentí con la cabeza. ¿Tenía otra opción?

—Si desea hablar conmigo acerca de su hijo, podemos concertar una cita —le dijo a papá.

—No necesito hablar de mi hijo con usted. Conozco a mi hijo. ¿Y usted?

—Por supuesto. Jasper lleva todo el curso en mi clase.

—¿Y a los otros? Saben leer y escribir; bien hecho. Eso es tener resuelta la lista de la compra de por vida. Pero ¿los conoce? ¿Se conoce a sí mismo? Porque, si usted no se conoce a sí mismo, no les puede ayudar a que se conozcan y probablemente estará derrochando el tiempo de todos, adiestrando a un ejército de imitamonos aterrorizados, porque eso es lo que hacen los maestros mediocres en este antro estatal de mala muerte, cuando dicen a los estudiantes qué pensar en lugar de cómo, cuando intentan meterlos en el molde del perfecto contribuyente en lugar de molestarse en averiguar quiénes son.

Los otros alumnos rieron, de pura confusión.

—¡Silencio! —gritó el señor White, como si fuera el día del Juicio Final y tuviese un papel crucial en la clasificación de las almas. Nos callamos. No sirvió de nada. El silencio logrado con una orden sigue siendo muy ruidoso.

—¿Por qué deben respetarle? Usted no siente ningún respeto por ellos —continuó papá, que dijo a los estudiantes—: Inclinarse ante una figura de autoridad es escupirse a la cara.

—Tendré que pedirle que se vaya.

—Estoy deseando que llegue ese momento.

—Váyase, por favor.

—Veo que lleva un crucifijo colgado del cuello.

—¿Y qué?

—¿De verdad necesito explicárselo?

—Simon —dijo el señor White a uno de los perplejos alumnos—. Ve corriendo al despacho del director y explícale que tenemos un altercado en el aula y que debería llamar a la policía.

—¿Cómo va a fomentar que sus alumnos piensen por sí mismos con una mentalidad abierta, si tiene usted un sistema de creencias anticuado que le aplasta la cabeza como una máscara de hierro? ¿Es que no lo ve? La flexibilidad de su movimiento mental está constreñida por unos principios dogmáticos astringentes; quizá crea que les habla de *Hamlet*, pero lo que ellos oyen en realidad es a un hombre temeroso de salirse del tenso círculo trazado por hombres muertos tiempo atrás, que vendieron a sus ancestros un montón de mentiras ¡para que pudiesen abusar de todos los niñitos que quisieran en la privacidad de sus confesionarios!

Miré a Brett. Estaba sentado en su silla, en silencio; su rostro era fino y de aspecto delicado, y pensé que, si no fuera por el cabello, los ojos, la nariz y la boca, su cara podría ser una mano de pianista. Brett me sorprendió mirándolo, pero no creo que supiera que imaginaba símiles de su rostro, porque me sonrió. Yo le devolví la sonrisa. Si hubiera sabido que dos meses después se suicidaría, habría llorado en lugar de sonreír.

La verdad es que hablamos la mañana de su muerte.

—Hola, Brett, ¿tienes esos cinco dólares que me debes?

—¿Puedo pagarte mañana?

—¡Claro!

La gente es sorprendentemente hábil para fingir felicidad.

Es casi una segunda naturaleza, como comprobar si hay monedas en el teléfono público después de colgar. Brett era todo un artista, y lo fue hasta el final. ¡Joder, una chica con la que habló diez minutos antes de arrojarse al precipicio dijo que habían estado charlando del tiempo!

—Oye, Kristin, ¿c-crees que sopla viento del sur?

Brett tenía un leve tartamudeo que iba y venía según las fluctuaciones de las presiones sociales.

—¿Cómo diantres quieres que lo sepa?

—Es b-b-bastante fuerte, ¿no?

—¿Por qué me hablas, caragrano?

No quiero presentar la muerte de Brett como algo más importante de lo que fue para mí. No era mi mejor amigo, ni siquiera mi confidente. Éramos aliados, lo que en cierto modo nos unía más que ser amigos. Así fue como sucedió:

Un día, durante el almuerzo, se había formado un pequeño corro en el patio; los niños estaban tan juntos que parecían cosidos como un feo edredón. Me estremecí de antemano. No hay humillaciones privadas en el patio; todas son despiadadamente públicas. Me pregunté quién sería el ridiculizado en esta ocasión. Me asomé por encima de los cortes de pelo a lo cepillo más bajitos y vi a Brett White en el suelo; le manaba sangre de la boca. Según algunos espectadores encantados, Brett se había caído al huir de otro alumno, Harrison. Ahora, todos los alumnos reían porque su líder reía. No es que fueran niños especialmente crueles; tan sólo habían sometido sus egos al del líder, eso es todo: habían sometido su voluntad a la voluntad de Harrison, una mala elección. Ya se sabe que los grupos nunca siguen al niño más dulce y amable, pero ojalá eso pasara, aunque sólo fuera una vez. El hombre, como señaló Freud, siente extremada pasión por la autoridad. Creo que su deseo secreto de ser dominado funcionaría de maravilla si, sólo por una vez, se permitiera ser dominado por alguien encantador. Porque es bien cierto que, si en una dinámica de grupo el líder gritara «¡Demos al desgraciado un tierno beso en la mejilla!», todos correrían hacia el pobre muchacho con los labios fruncidos.

Resulta que los dientes de Brett estaban en el suelo. Parecían un tres en raya. Brett recogió los dientes. Era evidente que se esforzaba por no llorar.

Miré a los otros alumnos y me desesperó que ninguno tuviese la suficiente compasión para ocuparse de sus propios asuntos. Era doloroso ver a todos esos pobres de espíritu acosando a Brett. Me agaché a su lado y dije:

—Ríete como si lo encontraras divertido.

Siguió mi consejo y se echó a reír. Me susurró al oído:

—¿Podrán ponérmelos de nuevo?

Y yo me reí a carcajadas, como si me hubiera contado un chiste. Logré ponerlo en pie, pero las humillaciones persistieron. Una pelota de fútbol le pasó rozando la cara.

—¡Abre bien la boca, quiero colarla entre los postes! —gritó alguien.

Era verdad que los dientes de Brett parecían una portería.

—¿Es eso necesario? —grité vanamente.

Harrison se adelantó y dijo, amenazador:

—Tú eres judío, ¿no?

Solté un gemido. Había dicho a una sola persona que mi abuelo fue asesinado por los nazis y ahora aquello era el cuento de nunca acabar. En términos generales, no había mucho antisemitismo en el instituto, sólo las bromas habituales sobre dinero y narices, narices y dinero, narices enormes con dinero saliendo de ellas, sucias manos judías metiéndose dinero en las narizotas judías. Cosas así. Con el paso del tiempo, dejan de importarte los feos sentimientos que hay detrás de las bromas y sólo deseas que fueran más graciosas.

—Creo que tienes cara de idiota, judío.

—Y también soy bajito —dije, recordando que papá me contó en una ocasión que, para confundir a tus enemigos, hay que responder a sus insultos con más insultos hacia tu persona.

—¿Por qué eres tan tonto? —preguntó él.

—No lo sé. Lo pensaré cuando sepa por qué soy tan feo.

Brett lo captó rápidamente y dijo:

—Yo soy más feo que tú, y además tengo mala coordinación manual-visual.

—Yo no puedo correr sin tropezarme —respondí.

—Pues yo nunca he besado a una chica, y seguramente nunca lo haré.

—Tengo un acné horrible en la espalda. Seguro que me deja marcas de por vida.

—¿De veras? Yo también tengo.

Charlie Mills se abrió paso entre el público y también empezó:

—Eso no es nada. Yo soy gordo, feo, estúpido, apestoso y adoptado.

Harrison se quedó allí, confuso, pensando en algo que decir. Todos lo miramos y nos echamos a reír. Fue un buen momento. Luego Harrison se me acercó con la seguridad de alguien que tiene la biología de su parte. Me empujó, y de nada sirvió intentar pasar el peso de mi cuerpo al pie más adelantado. Acabé boca abajo en el suelo. Por segunda vez, volví a casa con la camisa blanca salpicada de sangre.

Eddie, papá y Anouk tomaban té en la veranda, con aspecto extenuado. Se palpaba un pesado silencio; algo me dijo que acababa de perderme una acalorada discusión. El humo de los cigarrillos aromatizados de Eddie impregnaba el ambiente. Cuando me acerqué, la visión de mi sangre los reanimó. Todos saltaron, atentos, como tres sabios que hubiesen esperado diez años a que alguien les planteara un enigma.

Anouk gritó primero:

—¿Hay un matón que se mete contigo? ¿Por qué no le das mi teléfono y le dices que me llame? Estoy segura de que la medicación lo calmaría.

—Dale dinero —intervino Eddie—. Vuelve a hablar con él con un sobre lleno de pasta.

Para no sentir que le usurpaban sus funciones paternas, papá gritó desde el sillón:

—¡Ven aquí, muchacho, quiero hablar contigo!

Subí la escalera de la veranda. Mi padre se golpeó la rodilla para indicar que me sentara en ella. Preferí quedarme de pie.

—¿Sabes con quién se metían también? —dijo papá—. Con Sócrates. En efecto, Sócrates. Una vez estaba por ahí, filosofando con unos colegas, cuando un tipo a quien no le gustó lo que decía se acercó y le dio una patada en el culo, tan fuerte que Sócrates cayó al suelo. Alzó la vista hacia el hombre y lo miró con benevolencia. Se lo tomaba con una calma sorprendente. Uno que miraba dijo: «¿Por qué no haces algo, o dices algo?», y Sócrates respondió: «Si te cocease una mula, ¿la reprenderías?»

Papá aulló de la risa. Le temblaba tanto el cuerpo que me alegré de no haberme sentado en su rodilla. Saltaba como un toro de rodeo.

—¿Lo captas? ¿Lo captas? —preguntó papá, entre carcajadas.

Negué con la cabeza, aunque sí lo había captado. Pero, francamente, yo reprendería a una mula si me cocease. Hasta es posible que la sacrificara. Es mi mula, y puedo hacer con ella lo que quiera. De todos modos, la cuestión es que capté la cuestión, aunque eso no mejoró mi situación, como tampoco lo hicieron las increíbles sugerencias de Eddie o de Anouk. Confieso que papá, Eddie y Anouk, que debían ser las guías que iluminasen mi infancia, sólo me guiaron ante muros de ladrillo.

Pocas semanas después fui a casa de Brett. Me atrajo hasta allí con la promesa de un pastel de chocolate. Dijo que quería probar sus dientes. Cuando salimos del instituto, me explicó que el dentista había evitado la muerte del nervio fijándolos de nuevo a las encías. Después le había hecho un tratamiento de la raíz y le había administrado un montón de gas, aunque no el suficiente para que aquello valiese la pena.

Cuando llegamos a su casa, me decepcionó comprobar que no había pastel y me sorprendió que dijera que lo haríamos nosotros. Decidí que era mejor aclarar las cosas.

—Oye, Brett. Me caes bien, pero me parece un poco raro eso de hornear juntos un pastel.

—No te preocupes. No vamos a hornear nada. Sólo haremos la masa y nos la comeremos. Ni siquiera encenderemos el horno.

Eso me pareció bien, aunque al final se pareció mucho a hacer un pastel y, cuando Brett se puso a tamizar la harina, casi eché a correr. Sin embargo, no lo hice. Resistí. Acabamos la masa y, justo cuando metíamos unas largas cucharas de madera en el cuenco de chocolate, oímos que se abría la puerta y una voz gritaba:

—¡Ya estoy en casa!

Me quedé paralizado hasta que la cara del señor White apareció por la puerta entreabierta de la cocina.

—¿Ese de ahí es Jasper Dean?

—Hola, señor White.

—Hola, papá —dijo Brett, lo que me sonó muy raro. Había supuesto, estúpidamente, que en casa llamaba a su padre señor White.

El señor White abrió la puerta y entró en la cocina.

—¿Hacéis un pastel? —preguntó y, mirando la masa, añadió—: Avisadme cuando esté listo, que tomaré un trozo.

—¿Listo? Casi lo hemos acabado —dijo Brett, sonriendo a su padre.

El señor White se echó a reír. La primera vez que le veía los dientes. No estaban mal. Se acercó, metió un dedo en el cuenco y probó el espeso chocolate.

—Bueno, Jasper, ¿cómo está tu padre?

—Ya sabe, es como es.

—La verdad es que me hizo sudar la gota gorda —dijo, riendo.

—¡Vaya! —repliqué.

—El mundo necesita hombres apasionados —dijo el señor White, sonriendo.

—Supongo —dije yo, y cuando el señor White subía las escaleras, recordé los largos períodos catatónicos de papá en que la máxima pasión era acordarse de tirar de la cadena del retrete.

La habitación de Brett era más o menos la típica habitación de adolescente, aunque estaba tan pulcra que sentí que mi respiración la ensuciaba. Había un par de fotografías enmarcadas en el escritorio, entre ellas una de Brett y el señor White abrazados por los hombros, como los actores de una sensiblera serie televisiva de padres e hijos. No parecía real. Un gran crucifijo colgaba de la pared, a la cabecera de la cama.

—¿Y eso para qué es? —pregunté horrorizado.

—Era de mi madre.

—¿Qué le pasó?

—Cáncer de estómago.

—¡Uf!

Brett se dirigió a la ventana con paso lento y vacilante, como si cruzara un terreno desconocido en plena noche.

—Tú tampoco tienes madre, ¿verdad? ¿Qué le pasó?

—La mafia árabe.

—Vale, no me lo cuentes.

Miré con más detenimiento a Jesús allí colgado. Su rostro doliente miraba en ángulo hacia abajo, parecía estudiar esas fotografías sentimentales de Brett y su padre. Sus ojos apacibles las contemplaban con cierta tristeza. Quizá le hacían pensar en su propio padre, o en cómo a veces acabas resucitando cuando menos te lo esperas.

—¿Así que sois religiosos? —pregunté.

—Somos católicos. ¿Y vosotros?

—Ateos.

—¿Te gusta el instituto? —preguntó Brett de pronto.

—¿Tú qué crees?

—No será para siempre. Eso es lo que siempre me digo. Que no será para siempre.

—Da gracias por no ser gordo. Cuando entres en el mundo real, todo irá bien. Nadie odia a un hombre delgado.

—Sí, puede ser.

Brett se mordía las uñas sentado en la cama. Ahora admito que ese día mi percepción debía de estar embotada. Pasé por alto todas las señales. No interpreté que se mordiera las uñas como un grito de socorro o un indicador de que pronto estaría pudriéndose bajo tierra. Tras la muerte de Brett, diseccioné mentalmente esta tarde infinidad de veces. Pensaba: de haberlo sabido, habría dicho o hecho algo, lo que fuese, para hacerle cambiar de idea. Ahora me pregunto: «¿Por qué deseamos que nuestros seres queridos vuelvan a la vida si tan desgraciados eran? ¿Tanto los odiamos?»

El día del suicidio de Brett, un lunes.

En el patio, todos recordaban encantados la fiesta del sábado por la noche. Yo sonreía porque me sentía solo y fuera de lugar, y tenía la impresión que todos en el listín, de la A de Aaron a la Z de Zurichman, habían sido invitados menos yo. Imaginé cómo sería ser popular, al menos una tarde, y decidí que eso implicaría tener que saludar a todo el mundo cuando caminara por los pasillos. Mientras pensaba que eso no me gustaría, oí un grito:

—¡Alguien se ha tirado! ¡Alguien se ha tirado!

—¡Otro suicidio!

El timbre de la escuela empezó a sonar sin parar. Todos cruzamos la pista de deportes y corrimos al acantilado. Un maestro nos ordenó que volviésemos, pero éramos demasiados. Ya conocéis la histeria de masas; la curiosidad es aún más poderosa. Fue imposible hacernos regresar. Llegamos al borde del acantilado y miramos hacia abajo. Las olas rompían contra las rocas, como si hicieran la digestión: había un cuerpo allá abajo, un estudiante. Quienquiera que fuese, se había roto todos los huesos con el impacto. Parecía que mirásemos un uniforme escolar arrojado a la lavadora.

—¿Quién es? ¿Quién es?

La gente lloraba la muerte de alguien. Pero ¿de quién? ¿A quién llorábamos? Los alumnos ya bajaban por el acantilado para verlo.

A mí no me hizo falta. Sabía que era Brett. ¿Cómo lo sabía? Porque Charlie estaba a mi lado, y el único otro amigo que tenía era Brett. Yo había personalizado la tragedia; sabía que se trataba de algo mío... y tenía razón.

—¡Es Brett White! —confirmó una voz desde abajo.

El señor White estaba allí de pie, mirando hacia abajo con nosotros. Se enderezó, tambaleándose. Antes de bajar corriendo por el sendero y meterse en el mar y estrechar a su hijo muerto entre sus brazos y llorar hasta que la policía arrancó a Brett de sus manos frías y empapadas, hubo un largo momento en que todos lo miramos boquiabiertos y él se quedo allí, al borde del acantilado, desmoronándose como una ruina romana.

II

La nota de suicidio de Brett cayó en las manos equivocadas. La encontraron en su taquilla un par de estudiantes cotillas y, antes de que llegara a las autoridades pertinentes, corrió por todo el instituto. Decía así:

> No os entristezcáis por mí, a menos que vayáis a estar tristes el resto de vuestras vidas. ¿De qué sirven unas semanas de lágrimas y lamentaciones, si al cabo de un mes volveréis a reír? No, olvidadlo. Simplemente, olvidadlo.

En mi opinión, la nota de suicidio de Brett era bastante buena. Iba directo al quid de la cuestión. Había calculado la profundidad del sentimiento humano; lo encontraba superficial y así lo decía. ¡Bien hecho, Brett, dondequiera que estés! No cayó en la trampa de la mayoría de las notas de suicidio: la gente siempre reparte culpas o pide disculpas. Casi nunca mencionan consejos prácticos o qué hacer con sus mascotas. Supongo que la nota de suicidio más sincera y lúcida que conozco es la del actor británico George Sanders, que escribió:

> Querido mundo: te dejo porque estoy aburrido. Siento que ya he vivido bastante. Te dejo con tus preocupaciones en esta bonita cloaca. Buena suerte.

¿No es preciosa? Sanders tiene tanta razón, sí que es una bonita cloaca. Y, al dirigir la nota al mundo, no tiene que preocuparse por si se olvida de alguien. Es sucinto y claro en sus razones para acabar con su vida, hace una poética revelación final y luego, generosa y consideradamente, nos desea suerte. Os lo aseguro, es la clase de nota que escogería. Es mucho mejor que esa nota de mierda que escribí en una ocasión. Decía:

> ¿Y qué, si la vida es un regalo? ¿Nunca habéis devuelto un regalo? Se hace continuamente.

Eso era todo. Pensé: «¿Por qué no ser un listillo amargado hasta el final?» Si de pronto me volvía magnánimo, la nota quedaría falsa. Además, ni siquiera soy del tipo suicida. Tengo la estúpida costumbre de pensar que las cosas mejorarán, aunque todas las evidencias indiquen lo contrario, aunque las cosas empeoren más y más y más y más.

Brett fue enterrado con pantalones marrón claro y camisa azul. El señor White había comprado las prendas dos días antes. Estaban de rebajas, pero oí decir que quiso pagar el precio completo y que el dependiente había discutido con él. «Diez por ciento de descuento», había dicho, y el señor White rechazó el descuento y el dependiente se echó a reír cuando el señor White arrojó la cantidad completa en el mostrador y salió corriendo, enloquecido por el dolor.

Brett yacía en el ataúd, el cabello peinado hacia atrás. ¿Olor? Gel para el pelo. ¿Expresión moldeada en su blanco rostro embalsamado? Sueño sereno. Pensé: «Éste es tu eclipse imperturbable. La profunda zambullida helada. Tu leve y torpe tartamudeo curado por el olvido. ¿Por qué hay que estar triste?»

La mañana del funeral fue brillante y soleada. Una brisa fragante hacía que todo pareciese ligero e incitaba a la despreocupación; casi sugería que el duelo era exagerado. Toda la clase tenía la mañana libre; los estudiantes de otros cursos también podían ir, aunque no era obligatorio. El cementerio estaba convenientemente situado a sólo un kilómetro del instituto, así que todos caminamos juntos, unos cien alumnos más unos pocos profesores que estaban allí o bien para llorar o bien para supervisar; para ambas cosas, supongo. La mayoría ni habría saludado a Brett en vida, pero ahora todos se alineaban para darle el último adiós.

Nos agrupamos alrededor del ataúd y esperamos a que el sacerdote empezara, guardando esa clase de silencio tan silencioso que un carraspeo te puede matar del susto. Pensé que con los uniformes escolares parecíamos empleados de correos congregados para enviar a un colega de vuelta a Dios. Imaginé un «Devuélvase al remitente» estampado en el ataúd.

El cura empezó. Su panegírico me llegó como a través de un filtro para el café. A gotas. Describió a Brett como «cansado de este mundo» (verdad), «débil y mortal» (también verdad) e «impaciente por reunirse con su Señor, Nuestro Salvador» (poco probable). Finalmente, dijo en tono melodramático que «el suicidio es un pecado mortal».

¡Eh, un momento!

De acuerdo, Brett se quitó la vida, pero también respondió a la pregunta de Hamlet sin aspavientos y, aunque el suicidio es un pecado, sin duda la decisión es digna de elogio. Es decir, reconozcámosle el mérito. Brett respondió al dilema de Hamlet con la sencillez con que se marca una casilla:

Ser ☐
No ser ☑

Sabía que aquel sermón era sólo una vieja táctica intimidatoria que se había conservado intacta a través de los siglos mientras que prácticas como desangrarte con sanguijuelas si te moqueaba la nariz se habían descartado tiempo atrás por anticuadas. Si hay un Dios, dudo que sea de línea tan dura. Me lo imagino más bien recibiendo a los hombres y mujeres que se han quitado la vida como el jefe de policía sorprendido de que un delincuente en búsqueda y captura se entregue. «¡Tú!», diría, no enfadado, sino algo decepcionado por no llevarse el mérito o la satisfacción de la captura.

Bajaron el ataúd y los terrones de tierra que golpearon la tapa hicieron que sonara a hueco. Brett era delgado. Le dije que nadie odia a un hombre delgado. Nadie, pensé entonces, salvo los gusanos hambrientos.

Pasó el tiempo. El sol se disolvió como una dorada pastilla para la tos a su paso por el cielo. Observé al señor White. Destacaba con tanta luminosidad como si lo hubieran subrayado con un rotulador amarillo. Sufría la humillación pública suprema: por negligencia o mala crianza, había perdido a su hijo, como si lo hubiera dejado en el capó del coche y se hubiera alejado al volante, sin acordarse de quitarlo de allí.

Después del sermón, el director, el señor Silver, avanzó y posó la mano en el hombro del señor White, que se revolvió y se la quitó de encima. Mientras se alejaba, pensé: «Bien, Brett, ahí va tu padre, ahí va a empaquetar tus camisas huecas y tus pantalones vacíos.»

Eso fue lo que pensé.

De vuelta al instituto, se celebró una asamblea especial en el patio. Un psicólogo habló del suicidio juvenil. Nos pidió a todos que ayudásemos a nuestros compañeros débiles y estuviéramos atentos a los indicios. Su descripción de un adolescente suicida caló hondo. Había descrito a todos los allí presentes; eso les dio algo en que pensar. Sonó el timbre y todos regresaron a las aulas salvo nuestro curso. Desde arriba habían decidido que estábamos demasiado tristes para aprender cálculo. Como es lógico, yo estaba inquieto. Sentía la presencia de Brett. Lo vi en la tarima, después vi su cara entre el público. Estaba seguro de que muy pronto vería su cabeza en mi propio cuello. Supe que tenía que abandonar aquel lugar, dejarlo y no mirar atrás. Las puertas del instituto estaban abiertas de par en par, tentándome. ¿Y si me iba corriendo? ¿O, mejor aún, caminando?

Ciertas acusaciones metafísicas interrumpieron mis fantasías. Varios estudiantes discutían las posibles ubicaciones actuales de Brett. ¿Dónde estaría ahora? Unos decían que en el cielo; otros lo suponían de vuelta al principio, a las oscuridades subárticas, esperando avanzar en la cola de la reencarnación. Y entonces alguien con tendencias católicas dijo: «Su alma arderá eternamente», y yo no pude permitir que semejante idea se quedase ahí sin escupirle encima, así que repliqué:

—Creo que deberías encontrar al que piense por ti y pedirle una actualización.

—Bien, entonces, ¿qué crees tú que le ha pasado al alma de Brett?

—Nada. Porque no la tiene. Y tampoco yo. Ni tú.

—¡Sí que tengo!

—¡No, no tienes!

—¡Que sí!

—¡Que no!

—¿No crees en el alma?

—¿Por qué iba a hacerlo?

¡Tendríais que haber visto cómo me miraban! Cuando dices que no crees en el alma, ¡es divertidísimo! La gente te mira como si el alma, como Campanilla, fuese algo en lo que tienes que creer para que exista. Pero, a ver, si tengo alma, ¿es un tipo de alma que necesita mi apoyo moral? ¿Es así de endeble? Parece que eso cree la gente; cree que dudar del alma significa que eres un Desalmado, la criatura solitaria que vaga por el desierto sin la sustancia mágica de la infinidad...

III

Entonces, ¿dejé los estudios como una especie de tributo magnánimo a mi amigo muerto? ¿Una protesta simbólica, movida por el corazón? ¡Ojalá!

No fue así para nada.

Supongo que lo mejor es que confiese.

La tarde del funeral recibí un paquete por correo. Contenía una única rosa roja y una breve carta. Era de Brett, mi amigo muerto.

Querido Jasper:

Hay una chica alta y preciosa con una larga melena pelirroja en el curso superior al nuestro. No sé cómo se llama. Nunca he hablado con ella. Ahora mismo, mientras escribo esto, la estoy mirando. ¡La estoy mirando directamente! Lee. Siempre se concentra mucho cuando lee, no levanta la vista ni aunque yo esté aquí sentado, desnudándola mentalmente.

¡Ahora la he dejado en ropa interior! Es exasperante que siga leyendo como si nada, leyendo al sol. Desnuda del todo. Al sol.

Por favor, dale esta rosa y dile que la amaba y siempre la amaré.

Tu amigo,

BRETT

Doblé la nota y la puse en el fondo de un cajón. Luego volví a la tumba de Brett y dejé la rosa. ¿Que por qué no se la di a la chica que amaba? ¿Por qué no cumplí el último deseo del chaval muerto? Pues bien, para empezar nunca he sido muy amigo de correr por toda la ciudad para acabar los trabajos pendientes de los muertos. En segundo lugar, me pareció cruel y poco razonable implicar a esa pobre chica en un suicidio, una chica que ni siquiera había conocido a Brett en vida. Quienquiera que fuese, seguro que ya tenía bastante con lo suyo para tener que cargar, además, con la muerte de alguien a quien no habría distinguido ni en una multitud de dos personas.

El día siguiente, subí a la explanada que dominaba el instituto, un terreno yermo y reseco donde los alumnos mayores merodeaban con arrogancia. Ellos eran así. Se creían por encima del resto de los alumnos, como si haber llegado al último año fuese equiparable a sobrevivir tres tandas de servicio en Vietnam. Fui, por curiosidad. Brett se había quitado la vida estando enamorado de una chica alta y pelirroja. ¿Sería ella la causa? ¿De quién se trataba? ¿Murió Brett no por sus problemas con los matones, sino de deseo frustrado? Eso esperaba, porque cada vez que veía a Harrison me enfermaba pensar que Brett había muerto por su culpa. Deseaba reemplazarlo a toda costa por un motivo más digno. Eso es lo que buscaba. Una chica por la que valiese la pena morir.

Por desgracia para mí, la encontré.

Pese a tener una memoria bastante buena, soy el primero en admitir que algunos de mis recuerdos deberían ser sometidos a un interrogatorio. La verdad es que soy muy capaz de engañarme y creérmelo, lo cual es la razón, cuando visualizo a las chicas de mi instituto, de que sólo quepa suponer que las idealizo. Las recuerdo como colegialas tipo sexy-famosa-buscona-fantasía-vídeo-musical. Eso no puede ser cierto. Las recuerdo con camisas blancas desabrochadas por donde asomaban sujetadores de encaje negro, y minifaldas verde oscuro y calcetines largos color crema y zapatos negros con hebilla. Las recuerdo flotando sobre unas pálidas piernas por pasillos estrechos, el cabello flotando tras ellas como llamas al viento. Eso tampoco puede ser cierto.

Sí estoy seguro de lo que sigue: la chica a la que amaba Brett era alta y de piel blanca; una llameante melena pelirroja le caía por la espalda, tenía los hombros suaves como huevos y las piernas largas como una tubería subterránea. Pero sus ojos marrones, a menudo ocultos tras un flequillo desigual, eran su arma secreta: tenía una mirada que podía derrocar a un gobierno. También tenía la costumbre de pasar la lengua por la punta del bolígrafo. Era muy erótico. Un día le robé el estuche y besé hasta el último boli. Sé cómo suena eso, pero fue una tarde muy íntima, sólo los bolígrafos y yo. Cuando papá volvió a casa, quiso saber por qué tenía los labios manchados de tinta azul. Porque ella escribe en azul, quise decirle. Siempre en azul.

Me sacaba casi un palmo de altura y, con aquel cabello rojo, parecía un rascacielos en llamas. Así que la llamaba la Coloso en llamas, pero no a la cara. No podía. Esa hermosa cara y yo no habíamos sido presentados. Me parecía increíble no haberla visto antes; quizá fuera porque cada tres días de clase me tomaba uno libre. Quizás ella hiciera lo mismo, sólo que en días alternos. La seguía a distancia por el recinto escolar, intentado verla desde todos los ángulos posibles para conseguir la imagen tridimensional que merecían mis fantasías. A veces, cuando se movía con ligereza por los patios, como si pesara poco más que su sombra, intuía mi presencia, pero yo era más rápido que ella. Siempre que se volvía, fingía estar mirando al cielo, contando nubes.

Pero ¡mierda! De pronto, oí la voz crispante de papá diciéndome que deificaba lo humano porque no me atrevía con Dios. Sí, puede ser. Quizá me hallara en pleno intento de autotrascendencia, y lo proyectara en esta mujer alta y suculenta para librarme de mi solitario carnaval de desesperación. Bien. Estaba en mi derecho. Sólo deseaba no ser consciente de mis motivaciones inconscientes. Sólo quería disfrutar de mis mentiras, como todo el mundo.

Sólo podía pensar en ella y sus componentes. Por ejemplo, su cabello pelirrojo. Pero ¿tan primitivo era yo para encandilarme con el pelo de alguien? A ver, en serio. ¡Es sólo pelo! ¡Todos lo tenemos! Ella se lo recoge, se lo suelta. ¿Y qué? ¿Y por qué todas las partes de ella me hacían resollar de placer? Es decir, ¿quién no tiene una espalda, un vientre o unos sobacos? Toda esta obsesión maniática me humilla incluso al escribirla, aunque supongo que no es tan anormal. En eso consiste un primer amor. Conoces un objeto al que amar y de inmediato empieza a doler un agujero en tu interior, el agujero que siempre ha estado ahí pero no notas hasta que alguien llega, lo tapona y luego huye con el tapón.

Durante cierto tiempo, nuestros papeles en la relación estuvieron claramente definidos. Yo era el que amaba, el que perseguía, el que adoraba. Ella era la amada, la perseguida, la adorada.

Y así pasaron unos meses.

Tras el suicidio de Brett, el señor White siguió dando clases. Fue una mala decisión por su parte. No hizo lo que debería hacer cualquiera después de una monumental tragedia personal: huir, dejarte barba, acostarte con una chica a la que doblas exactamente la edad (a menos que tengas veinte años). El señor White no hizo nada de eso. Simplemente vino a clase, igual que antes. Ni siquiera tuvo el sentido común de pedir que retiraran el pupitre de Brett; allí se quedó, vacío, aumentando hasta lo indecible el peso de su dolor.

En sus mejores días, parecía como si hubiese despertado de un profundo sueño. Los días corrientes, era como si lo hubieran exhumado de su propia tumba. Ya no gritaba. Y de pronto nos encontramos esforzándonos para oírle, como si intentásemos percibir el latido de un pulso débil. Era evidente que sufría hasta el extremo de ser una caricatura del sufrimiento, pero obtenía escasa empatía de sus alumnos (lo cual no es de extrañar). Éstos sólo notaron que antes era un furioso empedernido y ahora estaba totalmente ausente. Una vez perdió las redacciones de mi curso. Me señaló con apatía.

—Las habré dejado en el coche, Jasper. Ve a por ellas —dijo, arrojándome las llaves.

Fui a su coche. Un Volkswagen cubierto de polvo. Dentro encontré envases vacíos de comida, ropa mojada y una gamba, pero ninguna redacción. Cuando volví con las manos vacías, dirigió a la clase un exagerado gesto de indiferencia. Así estaba el señor White. Y, al sonar la campana, cuando los alumnos metían rápidamente los libros en sus mochilas, ¿el señor White no recogía sus cosas mucho más rápido? Era casi un concurso, y ahora él ganaba siempre. Sin embargo, por alguna razón siguió haciendo su trabajo, un miserable día tras otro.

Un día, después de clase, me dijo que esperase. Todos los estudiantes me miraron con una cara que decía: tienes problemas y me alegro. Pero el señor White sólo quería la receta del pastel de chocolate que Brett y yo habíamos preparado. Le dije que no la sabía. El señor White asintió con la cabeza durante un período anormalmente largo.

—¿Crees en la Biblia, Jasper? —preguntó de repente.

—Del mismo modo que creo en *El perro de los Baskerville*.

—Me parece que lo entiendo.

—El problema es que casi siempre, cuando se supone que Dios tiene que ser el héroe, resulta ser el villano. Por ejemplo, mire lo que le hizo a la mujer de Lot. ¿Qué clase de ser divino transforma a una criatura en estatua de sal? ¿Qué crimen cometió la pobre? ¿Volver la cabeza? Tendrá que admitir que éste es un Dios irremediablemente atrapado en el tiempo, no libre de él; de lo contrario, habría desconcertado a los antiguos convirtiéndola en un televisor de pantalla plana o, al menos, en una estatua de velcro.

Por la expresión del señor White, no supe si seguía el lúcido argumento que yo plagiaba (sin sentirme orgulloso de ello) de uno de los sermones nocturnos de mi padre. Además, ¿qué estaba diciendo? ¿Por qué arengaba a un hombre que parecía el tocón podrido de un viejo árbol? Yo podía hacer cualquier cosa por un hombre doliente, salvo ser amable con su deidad.

Tendría que haberle dicho: «¿Por qué no abandonas? ¡Sal de aquí! ¡Cambia de instituto! ¡Cambia de trabajo! ¡Cambia de vida!» Pero no lo hice. Dejé que continuara revolviéndose en su jaula.

—Bueno, será mejor que vayas a tu siguiente clase —me indicó, y jugueteó con su corbata de un modo que casi me hizo llorar. Ése es el problema con la gente que sufre en tu cara. No pueden ni rascarse la nariz sin resultar conmovedores.

Poco después, papá vino a buscarme al instituto. No era algo tan extraño como cabe imaginar. Tras agotar sus actividades diarias —levantarse (una hora), desayunar (media hora), leer (cuatro horas), caminar (dos horas), mirar (dos horas), pestañear (cuarenta y cinco minutos), venía a buscarme como «algo que hacer».

Cuando llegué a las puertas, papá ya me esperaba vestido con su ropa sin lavar y su cara mal afeitada.

—¿Quién es ese hombre triste que me mira boquiabierto? —preguntó mientras me acercaba.

—¿Quién?

Al volverme, vi al señor White mirándonos detenidamente desde la ventana del aula, como si hiciéramos algo extraño y fascinante, y de pronto me sentí como el mono organillero de papá.

—Es mi profesor de inglés. Su hijo ha muerto.

—Me resulta familiar.

—Pues claro. Un día te estuviste metiendo con él durante unos cuarenta minutos.

—¿Ah, sí? ¿A qué te refieres?

—Entraste en la clase y lo insultaste sin motivo alguno. ¿No te acuerdas?

—Sinceramente... no. Pero ¿quién recuerda cosas así? ¿Y dices que ha perdido a su hijo?

—Brett. Era mi amigo.

Papá me miró sorprendido.

—Eso no me lo habías dicho.

—No era mi mejor amigo ni nada de eso. Simplemente nos odiaba la misma gente.

—¿Cómo murió? ¿De sobredosis?

—Suicidio.

—¿Suicidio por sobredosis?

—Se tiró de un acantilado.

Papá se volvió hacia la triste cara del señor White asomada a la ventana.

—Creo que iré a hablar con él.

—No lo hagas.

—¿Por qué? El hombre está sufriendo.

—Exacto.

—Exacto —coincidió papá, aunque se refería a una idea totalmente distinta, porque lo siguiente que hizo fue dirigirse con paso apresurado a la ventana del aula. Los dos se miraron a través del cristal. Lo vi todo. Vi que papá daba unos golpecitos en la ventana. Vi que el señor White abría la ventana. Los vi hablando amigablemente al principio, luego serios, luego el señor White lloró y papá pasó el brazo por la ventana y lo posó en el hombro del señor White, aunque el ángulo era extraño y antinatural. Luego papá volvió a mi lado, con los labios fruncidos como si silbara, aunque no lo hacía. Simplemente, fruncía los labios.

Tras esa misteriosa conferencia, el señor White tuvo un acceso de locura en el aula. Pese a los aspavientos y a frases como «¡No me lo creo!», nadie del personal se sorprendió por lo sucedido, ni tampoco vieron lo que yo vi en el arrebato del señor White: la influencia de mi padre. Así sucedió:

Una mañana, el señor White entró en el aula con el semblante de un pulgar que ha pasado demasiado tiempo a remojo en la bañera. Luego empezó la clase mirándonos con ojos muy abiertos y penetrantes; miraba fijamente a un alumno en concreto y luego pasaba al siguiente. Nadie podía aguantarle la mirada. Era imposible mantener el contacto visual con un par de focos como aquéllos. Tan sólo podíamos bajar la vista y esperar a que pasara de largo, como el Ángel de la Muerte. Estaba apoyado en su mesa, un hombre vacío con rayos X en los ojos. Era por la mañana y recuerdo que las ventanas estaban abiertas; una capa de bruma lechosa entraba flotando y el aire estaba tan cargado de mar que casi percibíamos el sabor a plancton. El silencio era opresivo; sólo se oía el océano, que subía y bajaba en la orilla. Los estudiantes lo miraban intrigados, con la respiración contenida.

—Es curioso que haga falta formación para ser médico o

abogado, pero no para ser padre. Cualquier imbécil puede hacerlo, sin siquiera un seminario de un día. Tú, Simon, podrías ser padre mañana, si quisieras.

Todos rieron, y con motivo. Simon no era alguien a quien pudieras imaginar follando.

—¿Por qué estáis aquí? ¿No sólo en esta clase, sino en el mundo? ¿Creéis que vuestros padres se preguntaron por qué os tenían? Escuchad lo que dice la gente cuando tiene un bebé: «Es lo mejor que he hecho en la vida», «Es mágico», bla, bla, bla. Lo han hecho por ellos, para satisfacer sus necesidades emocionales. ¿Habíais notado eso? ¿Que sois una proyección de los deseos de otras personas? ¿Cómo os sentís al respecto?

Nadie respondió. Era la respuesta adecuada. El señor White avanzó entre los pupitres hasta el fondo de la clase. No supimos si mantener los ojos hacia delante, volverlos hacia él o arrancárnoslos.

—¿Qué quieren de vosotros vuestros padres? —gritó desde la parte de atrás. Nos volvimos para mirarlo—. Quieren que estudiéis. ¿Por qué? Son ambiciosos por vosotros. ¿Por qué? ¡Os ven como su jodida propiedad personal, ésa es la razón! Vosotros y sus coches, vosotros y sus lavadoras, vosotros y sus televisores. Les pertenecéis. Y ninguno de vosotros significa para ellos más que la oportunidad de cumplir sus ambiciones frustradas! ¡Ja, ja, ja! ¡Vuestros padres no os quieren! ¡No permitáis que os digan «Te quiero»! ¡Es repugnante! ¡Es mentira! ¡Es sólo una justificación barata para manipularos! ¡«Te quiero» es otra forma de decir: «¡Me perteneces, desgraciado! ¡Representas el sentido de mi vida porque no pude dárselo yo mismo, así que no la jodas!» No, vuestros padres no os quieren... ¡os necesitan! ¡Y mucho más de lo que vosotros los necesitáis a ellos, os lo aseguro!

Los alumnos nunca habían oído nada semejante. El señor White se quedó respirando ruidosamente, como a través de un tubo atascado.

—¡Dios, me voy de aquí! —dijo de pronto, y salió del aula.

No es de extrañar que, pasadas unas horas, toda la escuela se hubiera recreado en el escándalo, aunque acabaran por distorsionarlo: alguien dijo que White había atacado a sus alumnos; otro, que intentó azotar a varios de ellos con su cinturón. Y más de unos pocos susurraron la palabra impronunciable que la gente tanto odia (léase «adora») pronunciar: ¡pedófilo!

Ojalá todo hubiera acabado ahí. Ojalá pudiera terminar con este tono alegre. ¿Alegre? En comparación con lo que sucedió a continuación, sí. Lo que sucedió esa misma tarde se presenta en esta historia como mi primer arrepentimiento oficial, y se mantiene hasta el día de hoy como el número uno. Cualquier bien que hubiese hecho en la vida hasta esa tarde quedó pulverizado, y cualquier bien que haya hecho desde entonces ha sido un intento de compensarlo. Esto fue lo que hice:

Seguí a la Coloso en llamas durante todo el día. La observé leer bajo el sol, como Brett describió, tirándose compulsivamente de las medias con sus uñas pintadas de azul cobalto. La seguí por el recinto escolar mientras ella caminaba de la mano de una chica con cara de pica. Durante el almuerzo, me coloqué detrás de ella en el comedor; pidió pastel de carne y, cuando la mujer no miraba, cogió un puñado de paquetes de *ketchup* y se los metió en el bolsillo antes de marcharse con aire despreocupado, tras haber robado adorablemente artículos gratuitos.

Por la tarde seguí al señor Smart, el profesor de biología, que la perseguía por los húmedos pasillos. Cuando la atrapó, ella alzó la cabeza como si fuera una reliquia.

—¿Por qué no estabas en clase? —le preguntó el señor Smart.

—Tengo la regla —replicó ella, desafiante, con una mirada que decía: «Demuestra lo contrario.»

¡Qué bueno! El hombre destrozado bajó la vista al suelo, deseando estar en casa con la extraña colección de musgo que había traído a clase en cierta ocasión.

Después de las clases solíamos dejar pasar las horas en la estación de tren (intentad hacer eso con veinte años; ya no tiene ninguna gracia, creedme). Los empleados ferroviarios siempre decían que nos fuéramos a casa, pero no hay ninguna ley que te prohíba estar en la vía sin subir al tren. Esa tarde seguí a la Coloso en llamas hasta el extremo de la estación. Estaba con su grupo habitual, y yo la miraba boquiabierto desde detrás de una torre de alta tensión, recreándome en mis habituales pensamientos obsesivos: deseaba que estuviera en peligro para poder rescatarla, me despreciaba por convertir en fetiche a una chica que no conocía, quería tener un recuerdo de su persona para convertirlo en una reliquia sagrada, me permitía una fantasía sexual en que nos cruzábamos en los ángulos adecuados y, en general, planeaba una exploración sistemática de su edificio catedralicio.

Ella y sus amigos siguieron alejándose hacia el extremo del andén, así que para no perderla de vista tuve que salir de mi escondite. Uno de sus amigos (Tony, un chico algo encorvado al que conocía porque una vez me había quitado un paquete de cigarrillos y a cambio me había dicho que tenía los ojos demasiado juntos) se bajó la bragueta y se volvió hacia la Coloso en llamas. Ella le dio la espalda, indignada, y se encontró atrapada en mis ojos. Nos pilló a ambos desprevenidos. Entonces sucedió algo extraño: me devolvió la mirada. Sin pestañear y con ojos bravos, me desafió a que no apartase los míos. El momento se prolongó hasta el infinito, luego saltó un nanosegundo hacia atrás y rebotó, de modo que en total duraría unos ocho segundos y medio.

Me volví y fui a un teléfono público. Metí unas monedas por la ranura y marqué un número al azar.

—¿Diga?

—Hola.

—¿Quién es?

—Soy yo. ¿Eres tú?

—¿Quién eres? ¿Qué quieres?

—Eso da igual —repliqué—. ¿Cómo estás?

—¿Quién es?

—Ya te lo he dicho. Soy yo.

Todavía sentía los ojos de la Coloso en llamas. Supe lo que debía hacer: negué vehementemente con la cabeza y solté una risa escandalosa y artificial antes de asentir con sabiduría, como si la persona al otro lado del teléfono acabase de comentar algo divertido aunque ofensivo que, tras cierta reflexión, hubiera demostrado su sensatez. Me volví casualmente hacia ella, pero me daba la espalda. Sentí que una espinita me pinchaba el ego.

Oscurecía. Todo el mundo acordó sin palabras que merodear por el andén ya estaba pasado de moda (hasta mañana), así que tomamos el siguiente tren.

En un extremo del abarrotado vagón se produjo cierto alboroto, y un grupo formó un corro: malas noticias para alguien. Los corros siempre lo son. Sinceramente, a veces creo que a los seres humanos se les debería prohibir agruparse. No soy fascista, pero no me importaría que todos tuviésemos que vivir en fila india.

Oí vítores y risas divertidas. Eso significaba que alguien sufría. Me sentí mal por el pobre desgraciado. Por suerte, Charlie estaba enfermo en su casa y Brett estaba muerto, así que esta vez humillaban a alguien sin ninguna relación conmigo. De todos modos, me abrí paso para ver quién era.

El señor White.

Los estudiantes le habían quitado el sombrero y lo agitaban en el aire, afirmando su poder sobre él. El señor White intentaba recuperar el sombrero. Por regla general, ni el adicto al crack más rebelde puede atacar físicamente a un profesor (emocional y psicológicamente, por supuesto que sí; físicamente, no), pero el señor White era un profesor caído por los cotilleos, lo que lo convertía en un blanco legítimo.

—¡Eh! —grité yo.

Todos se volvieron para mirarme. Ésta era la primera vez que me resistía a los matones, a la crueldad de la jauría humana, y estaba decidido a no decepcionarme. Pero entonces pasaron cuatro cosas en rápida sucesión.

La primera fue que advertí que quien sostenía el sombrero era la Coloso en llamas.

La segunda, que mi grito de «¡Eh!» se había interpretado no como un «¡Eh!» heroico sino como un «¡Eh, pásame el sombrero!».

Ella me lo pasó.

Lo atrapé con la mejilla. Cayó al suelo, hacia la puerta. El señor White cruzó a duras penas el vagón para recuperarlo.

La tercera cosa que pasó fue que la Coloso en llamas gritó:

—¡Atrápalo, Jasper!

Sabía mi nombre. ¡Oh, Dios mío! Ella sabía mi nombre. Corrí como un maníaco a por el sombrero. Lo agarré. El señor White se detuvo en mitad del vagón.

Después lo cuarto, el doloroso acontecimiento final, fue que la voz aguda y delicada de la Coloso me ordenó de nuevo:

—¡Tíralo fuera!

Yo estaba como hechizado. Entreabrí la puerta del vagón, lo bastante para poder sacar la mano. El ala del sombrero bailó un vals con el viento. El rostro del señor White se había paralizado en una especie de indiferencia forzada. Me sentí enfermo.

Enfermo. Enfermo. Enfermo. El odio que sentí hacia mi persona batió un récord sin precedentes. ¿Por qué hacía aquello? No lo hagas, Jasper. No lo hagas. ¡No!

Lo hice.

Solté el sombrero. El viento lo recogió y se lo llevó. White corrió hacia mí. Salí huyendo por la puerta del final del vagón. La lluvia me golpeó la cara. Abrí la puerta del siguiente vagón, me metí corriendo y cerré la puerta. El señor White intentó seguirme, pero bloqueé la puerta con el pie. Se quedó bajo la lluvia en la pequeña plataforma traqueteante, intentando abrir. Até el asa de mi mochila a la manija de la puerta, bloqueé la entrada con el otro pie y dejé que la física hiciera el resto. El señor White pronto quedó calado hasta los huesos. Maldijo a través del cristal. Hasta que desistió y dio media vuelta. Los demás habían bloqueado la otra puerta. La lluvia arreciaba. Entonces el señor White se volvió hacia mí, volvió a golpear el cristal de la puerta. Pero yo sabía que, si le dejaba entrar, se me merendaría. Lo habíamos atrapado. La lluvia arreció más aún, una lluvia intensa y consistente. El señor White dejó de gritar y simplemente se me quedó mirando con ojos de perro viejo. Sentí que algo se desplomaba en mi interior, pero no hice nada. En la siguiente parada, ambos vimos a la Coloso en llamas saltar al andén. A través de la ventana polvorienta, me dirigió una sonrisa que decía: «Jamás olvidaré lo que has hecho por mí, Jasper Dean, Destructor de Sombreros.»

A la mañana siguiente recorrí los largos y mal ventilados pasillos y las escaleras silenciosas para entrar en el patio, donde se celebraba una asamblea especial. El director se subió a la tarima:

—Ayer por la tarde, nuestro profesor de inglés, el señor White, ¡fue aterrorizado por alumnos de esta escuela!

Un murmullo recorrió la multitud. El director continuó con la invectiva:

—Me gustaría que los alumnos involucrados diesen un paso al frente.

Todos miraron a su alrededor para ver si alguien confesaba. Yo también miré a mi alrededor.

—Bien. Tendremos que encontrarlos. Y los encontraremos. Pueden retirarse. Por ahora.

Me alejé pensando que mi etapa en aquel instituto tocaba a su fin; no habían pasado ni veinte minutos cuando, en el laboratorio de ciencias, la campana sonó y sonó y sonó, y oí el acostumbrado grito de deleite «¡Alguien se ha tirado! ¡Alguien se ha tirado!». Salí corriendo del laboratorio mientras la campana sonaba sin parar. Era la campana de los suicidios: creo que fuimos el primer instituto del país en tener una, ahora son el último grito. Como ovejas curiosas, todos los alumnos se apresuraron al borde acantilado. Yo no sólo tuve un mal presentimiento, sino algo peor, una sensación de pavor, porque sabía quién era y que era yo quien lo había arrojado allí.

Me asomé y vi el cuerpo caído del señor White, que las olas golpeaban contra las rocas.

Esa tarde pasó como si mirase la vida a través de un periódico enrollado. Había apurado los últimos posos de inocencia de mi corazón. Había derribado a un hombre, o al menos había contribuido a su caída, y me odiaba por ello y siempre lo haría. ¿Por qué no iba a odiarme? No se deben perdonar todos los pecados. No se puede ser siempre demasiado indulgente con uno mismo. De hecho, en algunas circunstancias perdonarse es imperdonable.

Estaba sentado detrás del gimnasio con la cabeza entre las manos cuando un alumno del consejo, una especie de benignas juventudes hitlerianas, vino a decirme que el director quería verme. Bueno, ya está, pensé. Me dirigí al despacho del director y descubrí que su rostro maleable había adoptado la imagen del cansancio.

—Señor Silver —dije.

—Creo que eras amigo de Brett.

—Así es.

—Me preguntaba si leerías un salmo en el funeral del señor White.

¿Yo? ¿El asesino leyendo un salmo en el funeral de su víctima? Mientras el director explicaba mi contribución a la ceremonia del funeral, me pregunté si no sería una especie de castigo inteligente, porque me sentí transparente allí sentado, quizás incluso más diáfano que eso: me sentí como un yacimiento arqueológico excavado, donde mis viejos cacharros de arcilla lo revelaban todo de la civilización que allí había reinado, a su modo ignorante y fracasado.

Dije que sería un honor leer un salmo en el funeral.

¿Qué otra cosa podía decir?

Esa noche me lo leí. Tenía todo lo que se espera de un salmo: escasa sutileza, metáforas machaconas y simbolismo del Viejo Mundo. Lo arranqué de la Biblia pensando: no voy a prestar mi voz a este sinsentido opresivo. Elegí en su lugar un pasaje de uno de los libros preferidos de papá, un libro que me había horrorizado un par de años atrás, un libro que me había abrasado el cerebro. Era un pasaje del libro de poesía de James Thompson *La ciudad de la noche pavorosa*.

La mañana del funeral me llamaron de nuevo al despacho del director. Acudí creyendo que íbamos a repasar los actos del funeral. Me sorprendió ver a la Coloso en llamas esperando fuera, apoyada en la pared. Así que, después de todo, nos habían señalado como autores del crimen. Tanto mejor, pensé.

—Estamos jodidos —dijo ella.

—Lo merecemos —repliqué.

—Lo sé. ¿Quién iba a pensar que reaccionaría así?

—¡Silencio! —espetó el señor Silver mientras abría la puerta y nos indicaba que entrásemos. La Coloso en llamas dio un respingo como si la hubiesen abofeteado y me pregunté a qué edad habría descubierto que poseía el poder de convencer a los hombres para que arrojasen sombreros de los trenes. Si se lo preguntara ahora, ¿se acordaría del día? ¿El momento? ¿El acontecimiento? Lo que daría yo por intercambiar el relato de su fuerza por la saga de mi debilidad.

En el despacho había una mujer flaca de mediana edad sentada con las manos en el regazo; sus ojos estrechos se cerraban un cuarto de centímetro con cada paso que yo daba.

—Bien, vosotros dos. ¿Qué tenéis que decir? —dijo el director.

—Ella no tuvo nada que ver. Fui yo.

—¿Es eso cierto? —preguntó el director a la Coloso.

Ella asintió con culpabilidad.

—Eso no es cierto —dijo la mujer, señalándome—. Lo hizo él, pero ella daba las órdenes.

Eso me ofendió, porque era verdad. Me puse en pie y apoyé las manos en la mesa del director.

—Señor, tómese aunque sea un segundo para mirar a la chica a la que está usted acusando. ¿La está mirando? —El director la miraba—. Es una víctima de su propia belleza. ¿Por qué? Porque la belleza es poder. Y, como hemos aprendido en clase de historia, el poder corrompe. Por consiguiente, la belleza absoluta corrompe absolutamente.

La Coloso se me quedó mirando. El señor Silver carraspeó:

—Bien, Jasper, lo que has hecho es imperdonable.

—Estoy de acuerdo. Y no tiene que expulsarme, porque me voy de este lugar. —El director se mordió el labio—. ¿Todavía quiere que lea en el funeral?

—Creo que deberías hacerlo —respondió con voz fría y grave.

¡Maldición! Sabía que iba a decir eso.

El funeral fue más o menos una repetición del de Brett: todo el mundo allí de pie como si la dignidad importase, la resplandeciente sonrisa del cura que obligaba a entrecerrar los ojos, la visión de ataúd acercándose. La Coloso en llamas me miraba sin cesar, sólo que justo entonces no quería que me mirase. Quería estar a solas con mi culpabilidad. La miré pese a todo, el Ángel de la Muerte de piernas estupendas. Sin siquiera saberlo, había sido el personaje principal en la destrucción de una familia.

Me asomé a mirar el frío cuerpo del señor White y rogué en silencio: «¡Perdóname por haber arrojado tu sombrero del tren! ¡Perdóname! ¡Perdóname por haberte arrojado de un tren en marcha!»

El cura me hizo una señal con la cabeza, el movimiento de un hombre constreñido de Omnisciencia.

Me puse en pie para leer.

Todos esperaban el salmo. Pero esto fue lo que leí:

> *¿Quién más mísero es en este triste lugar?*
> *Creo que yo; aunque antes prefiero ser*
> *mi miserable ser que Él, que Él,*
> *que tales criaturas creó para su deshonra.*
>
> *La más vil de las cosas es menos vil que Tú*
> *de quien ha recibido el Ser, ¡Dios y Señor!*
> *¡De todos los males y pecados creador!*
> *¡Odioso, maligno e implacable! Juro yo*
>
> *que ni por todo tu poder patente u oculto*
> *ni por todos los templos en tu gloria construidos*
> *asumiría yo la culpa ignominiosa*
> *de haber creado tales hombres en tal mundo.*

Terminé y alcé la vista. El cura rechinaba los dientes justo como se describe en su libro favorito.

IV

Cuando volví a casa desde el Sizzler, me quedé solo en el laberinto contemplando la luna, que parecía no ser más que una roca quemada, vacía y en ruinas, como si Dios lo hubiese hecho de cara al seguro.

—Estoy preocupado —dijo papá, que venía detrás de mí.

—¿Por qué?

—Por el futuro de mi hijo.

—Pues yo no.

—¿Qué vas a hacer?

—Iré al extranjero.

—No tienes dinero.

—Ya sé que no tengo dinero. Reconozco la sensación de un bolsillo vacío. Ganaré algo.

—¿Cómo?

—Buscaré trabajo.

—¿Qué clase de trabajo? No tienes ninguna cualificación.

—Entonces encontraré un trabajo no cualificado.

—¿Qué clase de trabajo no cualificado? No tienes ninguna experiencia.

—La conseguiré.

—¿Cómo? Necesitas experiencia para encontrar trabajo.

—Encontraré algo.

—¿Quién te va a emplear? A nadie le gusta un rajado que ha dejado los estudios.

—Eso no es verdad.

—Bien, pues dime a quién le gusta un rajado.

—A otros rajados.

Papá me dejó con un suspiro melodramático que lo siguió como un olor. No sé cuánto tiempo me quedé pasando frío, intentando ver a través del velo que cubría mi futuro. ¿Debía ser panadero o *stripper*? ¿Filántropo o montador de escenarios musicales? ¿Genio criminal o dermatólogo? Aquello no era ninguna broma. Me encontraba en plena tormenta de ideas y éstas peleaban por los primeros puestos. ¡Presentador de televisión! ¡Subastador! ¡Investigador privado! ¡Vendedor de coches! ¡Conductor de tren! Las ideas iban llegando sin invitación, se presentaban y dejaban sitio a las demás. Algunas de las más persistentes intentaban colarse de nuevo. ¡Conductor de tren! ¡Presentador de televisión en un tren! ¡Vendedor de coches! ¡Vendedor de trenes!

Me pasé el día siguiente mirando al vacío. El aire me produce una alegría inmensa y, si la luz del sol se proyecta en las motas flotantes de polvo de forma que se vea el ajetreado baile de átomos, tanto mejor. Por la mañana, papá entró y salió de mi habitación chasqueando la lengua, lo que en nuestra familia significa: «¡Eres idiota!» Por la tarde, regresó con una sonrisa cargada de implicaciones. Se le había ocurrido una idea brillante y estaba impaciente por contármela. De pronto se le había ocurrido echarme de casa, ¿y qué me parecía su luminosa idea? Le dije que me preocupaba que comiese siempre solo, porque el tintineo de la cubertería en una casa vacía es uno de los cinco sonidos más deprimentes de todos los tiempos.

—No te preocupes. Tengo un plan para echarte. Nosotros, tú y yo, vamos a construirte una cabaña. Dentro de la propiedad.

¿Una cabaña?

—¿Cómo diantres vamos a construir una cabaña? ¿Qué sabemos de construcción? ¿O de cabañas?

—Internet —me contestó.

Solté un gemido. ¡Internet! Desde que nació Internet, completos idiotas absolutos han construido cabañas y bombas y motores y han llevado a cabo complicados procedimientos quirúrgicos en sus bañeras.

Nos sentamos en un claro del laberinto junto a un círculo de nervudos árboles de caucho y a escasos metros de un arroyo y, a la mañana siguiente, bajo un cielo naranja cobrizo, empezamos a talar árboles como si fuéramos míticas criaturas germánicas en una de las primeras películas de Leni Riefenstahl.

No podía reprimir la idea de que mi vida había dado un giro decepcionante: acababa de dejar los estudios y ya hacía un duro trabajo manual. Cada vez que la hoja del hacha golpeaba la madera, sentía que la columna vertebral se me movía un par de milímetros a la izquierda, y ese primer día no hice más que elevar mi queja a la categoría de las Bellas Artes. El segundo día fue aún peor; me disloqué el hombro. El tercer día dije que necesitaba buscar trabajo y fui a la ciudad a ver tres películas seguidas, todas malas, y cuando volví me sorprendió ver que la obra había avanzado muchísimo.

Papá estaba inclinado sobre su hacha, enjugándose el sudor de la frente en los pantalones.

—Hoy he trabajado como un cabrón —dijo.

Lo miré fijamente a los ojos y enseguida supe que había acudido a ayuda exterior.

—¿Cómo ha ido la búsqueda de trabajo? —me preguntó.

—Estoy cada vez más cerca.

—¡Bravo! —exclamó, y luego añadió—: ¿Por qué no sigues con la construcción mañana? Yo pasaré el día en la biblioteca.

Entonces metí mano en los ahorros que papá guardaba en un ejemplar hueco de las *Confesiones* de Rousseau y llamé a un albañil.

—Haz todo lo que puedas —le dije.

Y así fue como se construyó el lugar. Alternamos. Un día fingía construir la cabaña yo solito, el día siguiente él fingía construir la cabaña él solito, y no sé qué significaría eso, aunque demostraba que ambos teníamos personalidades turbias y extrañas. El resultado fue que la casucha iba tomando forma. El terreno estaba despejado. Se había levantado la estructura. Se había construido el suelo. Se habían alzado las vigas del techo. La puerta se cerraba sobre sus bisagras. Había ventanas donde debía haberlas. Con los cristales colocados. Los días se hacían cada vez más largos y cálidos.

Durante esta época solicité trabajo en una agencia de publicidad, aunque había algo condescendiente en el modo en que el anuncio pedía un «júnior». Entré en una estéril chabola de cemento, me desplacé por largos y tristes pasillos donde un numeroso ejército de clones pasaba sonriendo con urgencia. En la entrevista, un tipo llamado Smithy me dijo que tendría cuatro semanas libres al año para hacerme la cirugía estética. El trabajo se llamaba «introducción de datos». Empecé al día siguiente. El anuncio no mentía: lo que hice fui introducir datos. Mis compañeros de trabajo eran un hombre que fumaba cigarrillos misteriosamente manchados de pintalabios y una mujer alcohólica que intentaba convencerme a toda costa de que despertar en la puerta giratoria del hotel Hyatt era algo de lo que enorgullecerse. Yo aborrecía aquel trabajo. Los días buenos pasaban como décadas, los días así-así como medio siglo, pero en general tenía la sensación de estar paralizado en el ojo de un eterno huracán.

La noche que terminamos la cabaña, papá y yo, dos farsantes de cuidado, nos sentamos en el porche y brindamos por la hazaña que no era nuestra. Vimos pasar una estrella que dibujó una larga estela blanca en el negro cielo.

—¿Has visto eso? —preguntó papá.

—Una estrella fugaz.

—He pedido un deseo —dijo él—. ¿Te lo cuento?

—Mejor no.

—Ya, tienes razón. ¿Tú también lo has pedido?

—Lo pediré más tarde.

—No esperes demasiado.

—Mientras no parpadee, el poder de la estrella sigue siendo válido.

Me sujeté los párpados con los dedos mientras sopesaba mis opciones. La elección fue fácil. Quería una mujer. Quería amor. Quería sexo. Concretamente, quería a la Coloso en llamas. Así que amasé todo esto hasta convertirlo en un deseo.

Papá me leyó el pensamiento, o habría pedido un deseo similar, porque dijo:

—Te preguntarás por qué he estado soltero la mayor parte de mi vida.

—Se explica por sí solo.

—¿Recuerdas que una vez te hablé de una chica a la que amé?

—Caroline Potts.

—Todavía pienso en ella.

—¿Dónde está ahora?

—En Europa, seguramente. Fue el amor de mi vida.

—Y Terry fue el amor de la suya.

Nos terminamos las cervezas y escuchamos el borboteo del arroyo.

—Asegúrate de que te enamoras, Jasper. Es uno de los grandes placeres que existen.

—¿Un placer? ¿Como un baño caliente en invierno?

—En efecto.

—¿Algo más?

—Hace que te sientas vivo, vivo de verdad.

—Eso suena bien. ¿Y qué más?

—Te confunde de manera que no distingues el culo de las témporas.

Reflexioné sobre eso:

—Papá, hasta ahora has descrito el amor como un placer, un estimulante y una distracción. ¿Hay algo más?

—¿Qué más quieres?

—No sé. ¿Algo más elevado, o profundo?

—¿Más elevado o profundo?

—¿Algo más significativo?

—¿Como qué?

—No estoy seguro.

Habíamos llegado a un punto muerto y volvimos de nuevo los ojos al cielo. El cielo nocturno decepciona cuando ya ha pasado una estrella fugaz. «Se acabó el espectáculo —dice el cielo—. Volved a casa.»

Esa noche le escribí una bonita nota de chantaje a la Coloso en llamas:

Creo que voy a cambiar mi versión y decirle al director que fuiste tú quien orquestó el incidente del sombrero en el tren. Si quieres convencerme de lo contrario, ven a mi casa cuando quieras. Ven sola.

¿No creéis que se pueda chantajear a una mujer para que os ame? Bueno, quizá no se pueda, pero era mi última baza y tenía que jugarla. Leí la nota detenidamente. Era como debía ser una nota de chantaje: concisa y exigente. Pero... el bolígrafo se me retorcía en la mano. Quería añadir algo. «Vale —concedí—, pero recuerda que la brevedad es el alma de la extorsión.» Y escribí: Posdata: si no apareces, no creas que estaré esperándote como un tonto. Pero, si vienes, aquí estaré.

Después escribí un poco más; escribí sobre la naturaleza de

las expectativas y la desilusión, sobre el deseo y los recuerdos, y sobre las personas que tratan las fechas de caducidad como si fueran mandamientos divinos. Era una buena carta. El elemento de chantaje era breve, sólo tres líneas. La posdata ocupaba veintiocho páginas.

De camino al trabajo la metí en el buzón que había en la estafeta de correos, y cinco minutos más tarde casi me rompí la mano al intentar sacarla. Vaya si saben lo que hacen quienes diseñan esos buzones. Es imposible meter la mano para sacar nada. En serio, ¡esas pequeñas fortalezas son impenetrables!

Dos días después dormía profundamente, atrapado en un sueño desagradable: estaba en una competición de natación y, cuando me llegaba el turno para nadar, vaciaban la piscina. Me había subido al podio de salida y el público me abucheaba porque no llevaba bañador y no les gustaba lo que veían. Entonces, de pronto, me vi en la cama. Mi cama. En mi cabaña. La voz de papá me había devuelto a la conciencia, lejos de miradas desaprobatorias.

—¡Jasper! ¡Tienes visita!

Me tapé con la colcha. No quería ver a nadie. Papá insistió:

—¡Jasper! ¿Estás ahí, hijo?

Me incorporé. Había algo raro en su voz. Al principio no supe qué era, pero luego caí en la cuenta. Mi padre parecía educado. Seguro que pasaba algo. Me cubrí con una toalla y salí.

Entrecerré los ojos bajo la luz del sol. ¿Seguía soñando? Una visión me inundó de refrescante placer. Ella estaba aquí, la Coloso en llamas estaba en mi casa, junto a mi padre. Me quedé paralizado. Me parecía imposible encajar a las dos personas que tenía ante mí, una junto a otra. Todo estaba demasiado fuera de contexto.

—¡Hola, Jasper! —dijo ella, su voz serpenteándome por la espalda.

—¡Hola! —respondí.

Papá seguía ahí. ¿Qué hacía? ¿Por qué no se iba?

—Bueno, aquí está —dijo él.

—Entra —dije yo y, al ver su mirada vacilante, recordé que sólo llevaba una toalla.

—¿Vas a ponerte algo de ropa? —preguntó la Coloso.

—Creo que encontraré unos calcetines.

—Hay un incendio forestal en lo alto de las montañas —dijo papá.

—Nos mantendremos alejados de allí. Gracias por avisar —dije con desdén, dándole la espalda.

Cuando entrábamos en la cabaña, volví la cabeza para asegurarme de que papá no nos seguía. No era así, pero me dirigió un guiño cómplice. Me irritó ese guiño. No me daba otra opción. No se puede no aceptar un guiño. Luego vi que papá le miraba las piernas. Alzó la vista y cayó en la cuenta de que lo había sorprendido mirándole las piernas. Fue un momento extraño que podría haber acabado de formas distintas. A mi pesar, le sonreí. Él también sonrió. Luego la Coloso alzó la vista y nos sorprendió sonriéndonos. Ambos la miramos y la sorprendimos mirándonos sonreír. Otro momento extraño.

—Pasa —dije.

Cuando entró en la cabaña, el roce, el movimiento y el peso de sus pies en los tablones del suelo me habrían llevado a la bebida de haber tenido un bar abierto en la habitación. Fui al baño y me puse unos tejanos y una camiseta. Cuando salí, ella seguía en el umbral de la puerta. Me preguntó si de verdad vivía en aquel sitio.

—¿Por qué no? Yo lo construí.

—¿Ah, sí?

Le mostré dónde me había cortado cuando ayudaba al albañil a colocar una ventana. Me gustó mostrarle mis cicatrices. Eran cicatrices de hombre.

—Tu padre parece majo.

—En realidad, no lo es.

—¿Y ahora qué haces?

—Trabajo.

—¿No volverás al instituto?

—¿Por qué iba a hacerlo?

—Un certificado de estudios parece algo muy práctico.

—Si te gustan los recortes de papel.

Me dirigió una media sonrisa. Fue la otra mitad lo que me preocupó.

—¿Y cómo te sientes, siendo un hombre que trabaja?

—No lo sé. Es como si estamos en un aparcamiento de siete plantas y me preguntas cómo me siento en la cuarta planta cuando antes estaba en la tercera.

—Recibí tu nota.

—Hemos empujado a un hombre al suicidio.

—Eso no lo sabes.

Estaba sólo a centímetros de distancia. Yo no podía respirar. Experimenté una de esas sensaciones horribleshermosasespantosasasquerosasmaravillosasdemencialesinauditaseufóricassensacionalesturbadorasemocionanteshorrendassublimesrepugnantesexcepcionales que son bastante difíciles de describir, a menos que des con la palabra adecuada.

—¿Quieres dar un paseo por mi laberinto? —le pregunté.

—La verdad es que no tengo mucho tiempo.

—Haremos el recorrido sencillo.

En el exterior, todo resplandecía al sol y no había nubes que estropeasen el azul salvo una con forma de cabeza de cabra, una nube solitaria como si, al barrer el cielo, Dios se hubiera dejado un rincón.

Caminamos hasta el arroyo y miramos los rostros de las piedras medio sumergidas. Le dije que esas piedras se llamaban pasaderas, porque al hombre le gusta pensar que toda la naturaleza está diseñada específicamente para sus pies.

Seguimos el arroyo hasta donde vertía sus aguas al río. El sol daba de pleno, por lo que era imposible contemplar el agua sin entrecerrar los ojos. La Coloso se arrodilló en la orilla y metió la mano en el agua.

—Está caliente —dijo.

Elegí una piedra plana y la arrojé a lo lejos. La habría hecho rebotar en el agua, pero esa escena era demasiado bonita para mí. Todo eso ya estaba superado. Tenía una edad en que los chicos arrojan un cuerpo al río, no una piedra.

Reanudamos el paseo. Me preguntó cómo me orientaba en el laberinto. Le dije que me había perdido muchas veces, pero que ahora era como navegar por el sistema digestivo de un viejo amigo. Le dije que conocía todos los pliegues de todas las rocas existentes. Me moría por decirle los nombres de las plantas y las flores y los árboles, pero aún no me tuteaba con la flora. De todos modos, le señalé mis favoritos. Dije: «Ahí está el arbusto plateado con grandes racimos de flores redondas de un amarillo intenso como brillantes micrófonos peludos, y los arbolillos de bronce de blancos frutos globulares que no me comería ni de coña, y éste tiene hojas satinadas como si las hubieran cubierto con papel de contacto, y mira un arbusto agazapado silvestre y enmarañado que huele como una botella de trementina que bebes a las dos de la mañana cuando todas las licorerías están cerradas.»

Me miró de un modo extraño, allí de pie como mi árbol preferido: recto y alto, de talle fino y elegante.

—Será mejor que me vaya. Basta con que me indiques la dirección —dijo ella, llevándose un cigarrillo a la boca.

—Veo que sigues fumando como un recluso en el corredor de la muerte.

Sus ojos se fijaron en los míos mientras encendía el cigarrillo. Acababa de dar la primera calada cuando algo negro y repugnante bajó flotando a su cara y aterrizó en una mejilla. Se lo sacudió. Ambos miramos al cielo. La ceniza caía suavemente, ceniza oscura que revoloteaba alocadamente en el aire cálido y luminoso.

—Parece de los malos —dijo ella, mirando el resplandor naranja en el horizonte.

—Eso parece.

—¿Crees que está cerca?

—No lo sé.

—Yo creo que sí.

Vale, ¿y qué, si vivimos en una tierra inflamable? Siempre hay un incendio, siempre hay casas destruidas y vidas perdidas. Pero nadie hace las maletas y se traslada a pastos más seguros. Sólo se enjugan las lágrimas y entierran a sus muertos y fabrican más niños y se empecinan en quedarse. ¿Por qué? Tenemos nuestros motivos. ¿Cuáles? A mí no me preguntes. Pregunta a la ceniza que tienes en la nariz.

—¿Por qué me miras así?

—Tienes ceniza en la nariz.

La retiró. Le dejó una mancha negra.

—¿Ya?

Asentí con la cabeza. No le diría lo de la mancha negra. Descendió sobre nuestras cabezas un silencio crudo y hambriento que se tragó minutos enteros.

—Bueno, de verdad, tengo que irme.

«¿Por qué no te quitas los pantalones y te quedas un rato?», quise decirle, pero no lo hice. Es indudable que, en los momentos determinantes que moldean la personalidad, lo mejor es tomar la decisión adecuada. El molde se seca y asienta rápidamente.

Cruzamos un pequeño claro donde la hierba era tan baja que parecía arena verde, y la llevé a una cueva. Entramos, yo primero. El interior era fresco y oscuro.

—¿Qué hacemos aquí? —me preguntó con desconfianza.

—Quiero mostrarte algo. Mira. Esto son pinturas rupestres.

—¿En serio?

—Claro. Yo mismo las hice la semana pasada.

—¡Oh!

—¿Por qué pareces decepcionada? No comprendo por qué hay que tener cincuenta mil años para pintar en una caverna.

Entonces fue cuando se inclinó y me besó. Y así empezó.

VI

Unas semanas después, la Coloso en llamas y yo estábamos en la cama y yo me sentía tan seguro como si nos hubiesen guardado en una cámara de seguridad. Estaba acostada de lado, apoyada en un codo tan firme como un poste de acero. Tenía un bolígrafo posado en un cuaderno, pero no escribía.

—¿En qué piensas? —le pregunté.

—Pienso en lo que piensas tú.

—Eso no es respuesta.

—Bueno, ¿en qué piensas?

—En lo que piensas tú.

Ella resopló. No insistí. Era reservada, como yo; no quería que nadie supiera lo que pensaba, por si lo usaban luego en su contra. Imagino que había descubierto, como yo, que lo que la gente quiere de ti es la confirmación de que acatas sus normas, de que vives según sus mismas reglas y que no vas a tu bola ni se te concede ningún privilegio especial.

—Estoy escribiendo una felicitación de cumpleaños —dijo ella—. Es el cumpleaños de Lola. ¿Te acuerdas de Lola, del instituto?

—¡Ah, sí, Lola! —dije, sin saber quién era Lola.

—¿Quieres escribirle algo?

—¡Claro! —mentí.

Justo antes de que posara el bolígrafo en la felicitación, la Coloso advirtió:

—Pon algo bonito.

Yo asentí y escribí: «Querida Lola, espero que vivas eternamente.» Le devolví la felicitación. La Coloso la escrutó, pero no dijo nada. Si supo que mis palabras eran una maldición y no una bendición, no lo demostró.

Fue entonces cuando dijo:

—¡Ay, casi se me olvida! Brian quiere hablar contigo.

—¿Quién?

—Se llama Brian.

—Es posible, pero no sé de quién me hablas.

—Es una especie de ex novio.

Me incorporé y la miré.

—¿Una especie?

—Salimos poco tiempo.

—¿Y le sigues hablando?

—No, es decir, el otro día me lo encontré.

—Te lo encontraste —repetí.

No me gustó cómo sonaba eso. No importa lo que diga la gente, sé que las personas no se encuentran así como así.

—Bien, ¿y por qué quiere hablar conmigo? —pregunté.

—Cree que quizá puedas ayudarle a recuperar su empleo.

—¿Su empleo? ¿Yo? ¿Cómo?

—No lo sé, Jasper. ¿Por qué no quedas con él y lo averiguas?

—No, gracias.

Pareció molestarse; se dio la vuelta y se apartó. Me pasé los diez minutos siguientes mirando su espalda desnuda, la melena pelirroja cayéndole por los omóplatos, que sobresalían como tablas de surf.

—Me lo pensaré —dije.

—No te molestes —replicó.

Nuestra luna de miel consistió principalmente en mirarnos a la cara hora tras hora. A veces no hacíamos otra cosa en todo el día. A veces, su cara se desenfocaba. A veces parecía una cara alienígena. A veces no parecía una cara en absoluto, sino un estrambótico compendio de rasgos sobre un fondo borroso en blanco. Recuerdo haber pensado que teníamos una relación tan pegajosa que sería imposible separarnos sin que uno de nosotros perdiera una mano o un labio.

Las cosas no eran perfectas, por supuesto. Ella odiaba que yo siguiera con la costumbre de enumerar mentalmente a todas las actrices famosas con las que me acostaría cuando me tocase la lotería.

Yo odiaba que ella fuera de mentalidad muy abierta y que medio creyese en una teoría creacionista en que Dios iba y ¡tachán!

Ella odiaba que yo no odiase las tetas falsas.

Yo odiaba el modo en que, cuando estaba enfadada o disgustada, me besaba con los labios cerrados.

Ella odiaba el modo en que yo lo intentaba todo para abrirlos: labios, lengua, pulgar e índice.

Antes, siempre que oía decir a alguien «Las relaciones hay que trabajárselas», me burlaba porque creía que las relaciones debían crecer silvestres, como jardines abandonados, pero entonces supe que sí eran trabajo y, para colmo, trabajo no remunerado: un auténtico voluntariado.

Una mañana, cuando llevábamos un par de semanas de relación, papá entró corriendo en mi cabaña como refugiándose de una tormenta.

—Hace mucho que no te veo. El amor ocupa mucho tiempo, ¿eh?

—Pues sí.

Parecía morirse por contarme alguna mala noticia; apenas podía contenerse.

—¿Qué? —pregunté.

—Nada. Disfrútalo mientras dure.

—Lo haré.

Se quedó allí como agua estancada y dijo:

—Jasper, nosotros nunca hemos hablado de sexo.

—Y doy gracias a Dios por eso.

—Sólo quiero decirte una cosa.

—Desembucha.

—Aunque usar condón es tan insultante para los sentidos como meterse un calcetín en la boca antes de comer chocolate, póntelo de todas formas.

—El calcetín.

—El condón.

—Vale.

—Para evitar litigios de paternidad.

—Vale —repetí, aunque no necesitaba hablar de sexo. Nadie lo necesita. Un castor puede construir una presa, un pájaro puede construir un nido, una araña puede tejer una tela a la primera, sin vacilar. Follar es lo mismo. Hemos nacido para eso.

—¿Quieres leer algo sobre el amor? —preguntó papá.

—No, sólo quiero practicarlo.

—Como quieras. *El banquete* de Platón tampoco te sería de gran utilidad, a menos que tu novia sea un muchacho griego de trece años. Yo también evitaría a Schopenhauer. Quiere hacerte creer que te posee el deseo inconsciente de propagar la especie.

—Yo no quiero propagar nada. Y mucho menos la especie.

—¡Bravo!

Papá se llevó las manos a los raídos bolsillos de su viejo pantalón de chándal y se quedó asintiendo con la boca entreabierta.

—Papá, ¿recuerdas que me dijiste que el amor es un placer, un estimulante y una distracción?

—¡Ajá!

—Bien, hay algo más que no mencionaste. Y es que, si pudieras evitar que esa persona se clavase una astilla en el dedo, recorrerías el mundo laminando toda la madera con una superficie fina y transparente, sólo para salvarla de esa astilla. Eso es amor.

—¡Hum! ¡Tomo nota! —dijo papá.

A la noche siguiente, cuando me acosté, noté un bulto bajo la almohada. Eran trece libros, de Shakespeare a Freud, y tras permanecer despierto toda la noche hojeando al menos la mitad, me enteré de que, según los expertos, no se puede estar «enamorado» sin miedo; en cambio, el amor sin miedo es amor sincero y maduro.

Comprendí que había idealizado por completo a la Coloso en llamas, pero ¿y qué? Tarde o temprano tenemos que idealizar a alguien; ser tibio con todo es inhumano. Así que la había idealizado. Pero ¿la amaba o no? ¿Era un amor maduro o inmaduro? Bueno, tenía mi propia forma de descubrirlo. Decidí: sé que amo y que estoy enamorado cuando de pronto temo su muerte tanto como la mía. Sería encantador y romántico decir que temo la suya más que la mía, pero sería mentira y, de todos modos, si supierais lo profundo y completo que es mi deseo de perpetuarme a través de los siglos con todas mis partículas intactas, concederíais que era un temor bastante romántico, este terror mío por la muerte del ser amado.

Así que llamé a su especie de ex novio, Brian.

—Soy Jasper Dean —dije cuando respondió al teléfono.

—¡Jasper! Gracias por llamar.

—¿De qué se trata?

—¿Podemos quedar para tomar algo?

—¿Para qué?

—Para charlar. ¿Conoces el Royal Batsman, junto a la Estación Central? ¿Quedamos mañana a las cinco?

—A las cinco y veintitrés —dije, para ejercer cierto control sobre la situación.

—¡Hecho!

—¿De qué va eso de ayudarte a recuperar tu trabajo? —pregunté.

—Prefiero contártelo cara a cara —dijo, y yo colgué pensando que o bien Brian tenía una pobre opinión de su voz o bien tenía una elevada opinión de su cara.

Durante las veinticuatro horas siguientes, todo mi cuerpo palpitó de curiosidad; eso de que podía ayudarle a recuperar su trabajo me confundía. Aunque fuera posible, ¿por qué suponía que yo iba a hacerlo? Lo peor que puede decirse de alguien en una sociedad como la nuestra es que es incapaz de conservar un empleo. Evoca imágenes de fracasados sin afeitar y sin empuje que contemplan tristemente cómo su trabajo se marcha flotando. No hay nada que respetemos más que el trabajo y nada que denigremos tanto como la poca disposición a trabajar y, si alguien quiere dedicarse a pintar o escribir poesía, mejor que conserve su trabajo en la hamburguesería si sabe lo que le conviene.

No había hecho más que cruzar las puertas del Royal Batsman cuando un hombre maduro de cabello plateado mi hizo señas. Tendría cuarenta y muchos años y vestía un llamativo traje de raya diplomática, casi tan llamativo como su pelo. Me sonrió. Su sonrisa también era llamativa.

—Perdone, ¿lo conozco?

—Soy Brian.

—¿Tú eres el ex novio?

—Sí.

—¡Pero si eres mayor!

Eso lo hizo sonreír de un modo desagradable.

—Supongo que a ella le gustan los famosos.

—¿Famoso? ¿Quién es famoso?

—¿No sabes quién soy?

—No.

—¿No ves la tele?

—No.

Me miró sorprendido, como si en realidad hubiera dado un no por respuesta a la pregunta: «¿No comes, cagas y respiras?»

—Me llamo Brian Sinclair. Trabajé un par de años en el Canal Nueve de televisión. Como periodista de actualidad. Ahora estoy en un paréntesis.

—Bueno, ¿y qué?

—¿Cerveza? —preguntó.

—Gracias.

Fue al bar y pidió una cerveza mientras me atenazaba una especie de pánico, deslumbrado por su cabello plateado y traje a juego. Tuve que recordarme que él necesitaba mi ayuda y que eso me ponía en una posición de poder de la que podía abusar en cualquier momento.

—¿Viste el partido de anoche? —pregunté cuando volvió.

—No. ¿Qué partido?

No respondí. No sabía qué partido; sólo le daba conversación. ¿Y él tenía que preguntar qué partido? ¿A quién le importa qué partido? Cualquiera. Siempre hay alguno.

—¿Qué puedo hacer por ti?

—Bien, Jasper, como te he dicho, antes era periodista de actualidad en el Canal Nueve. Y me despidieron.

—¿Por qué?

—¿Seguro que no lo sabes? Fue una gran noticia en su momento. Entrevistaba a un hombre de veintiséis años, padre de dos hijos, que no sólo no les pagaba la manutención sino que vivía del paro para poder mantener su obsesión por pasarse el día delante del televisor. Yo le hacía un par de sencillas preguntas cuando, en plena entrevista...

—Sacó un arma y se disparó.

—¡Eh!, creía que no mirabas la tele.

—Sólo podía acabar así —respondí, aunque en realidad a veces miro la tele y de pronto recordé haber visto la repetición de ese suicidio a cámara lenta—. Todo esto es muy interesante, pero ¿qué tiene que ver conmigo?

—Bien, si tuviera una noticia que nadie más tuviese, eso me convertiría de nuevo en un producto valioso.

—¿Y?

—Tu padre nunca ha concedido una entrevista sobre su hermano.

—¡Dios!

—Si consiguiese en primicia un testimonio de primera mano sobre la historia de Terry Dean...

—¿Qué haces ahora? ¿Trabajas?

—En televentas.

¡Ay!

—Es un trabajo como otro cualquiera, ¿no?

—Soy periodista, Jasper.

—¡Oye, Brian! Si hay algo de lo que mi padre no quiere hablar es de su hermano.

—Pero ¿tú no puedes...?

—No. No puedo.

De pronto pareció que la vida lo había erosionado, literalmente, con una enorme lima de uñas.

—De acuerdo —suspiró—. ¿Y qué me dices de ti? Seguramente sabrás cosas que los demás no saben.

—Seguramente.

—¿Me concederías una entrevista?

—Lo siento.

—Dame algo. *El manual del crimen.*

—¿Qué pasa con él?

—Existe la teoría de que tu tío no lo escribió.

—La verdad es que no lo sé —repliqué, y vi que la cara se le tensaba como un puño.

Cuando llegué a casa, papá estaba acurrucado en el sofá, leyendo y respirando pesadamente. En lugar de decir: «Hola, hijo, ¿cómo te van las cosas?», alzó el libro que estaba leyendo: se titulaba *Una historia de la conciencia.* En lugar de decir: «Hola, papá, te quiero», lo miré con desdén y empecé a buscar en la estantería algo que leer.

Mientras investigaba, detecté el olor dulzón y pegajoso de los cigarrillos aromatizados con clavo. ¿Estaba Eddie aquí? Oí voces apagadas en la cocina. Al abrir la puerta, vi a Anouk y a Eddie muy juntos, hablándose en susurros. Les sorprendió verme y, mientras Eddie me golpeaba con una de sus sonrisas deslumbrantes, Anouk me indicó que me acercara con el dedo en los labios.

—Acabo de volver de Tailandia —murmuró Eddie.

—No sabía que te habías ido —murmuré en respuesta.

Eddie frunció el ceño inesperadamente; el ceño fruncido sorprendió a su propia cara.

—Tengo malas noticias, Jasper —dijo Anouk con voz apenas audible.

—Dímelas ya.

—Tu padre vuelve a estar deprimido.

Miré a papá. Incluso con gente en casa, seguía pareciendo un completo recluso.

—¿Cómo lo sabes? —pregunté.

—Ha estado llorando. Mirando al vacío. Hablando solo.

—Siempre habla solo.

—Ahora se dirige formalmente a sí mismo como señor Dean.

—¿Eso es todo?

—¿Quieres que se repita lo de la última vez? ¿Quieres que vuelva al psiquiátrico?

—El hombre está deprimido. ¿Qué podemos hacer?

—Creo que eso le pasa porque su vida está vacía.

—¿Y?

—Tenemos que ayudarle a llenarla.

—Yo no.

—Deberías hablar más con tu padre, Jasper —dijo Eddie con sorprendente seriedad.

—¡Ahora, no! —dije, saliendo de la habitación.

La depresión de mi padre podía esperar unos días. Justo entonces yo sentía un súbito interés por *El manual del crimen*, de Terry Dean (Harry West). Como mi relación con la Coloso en llamas había empezado con un chantaje, supuse que el libro incluiría otros consejos para mi relación. Lo encontré en un montón, en el suelo, en el centro de un iglú inestable de palabras impresas. Libro en mano, me interné en el laberinto, rumbo a mi cabaña.

Hojeé el índice en la cama. El capítulo 17 me llamó la atención. Se titulaba «Amor: el Principal Informante». El capítulo empezaba:

Si hay algo que un infractor de la ley necesita en su inventario, son los secretos, y si hay un enemigo de los secretos, ése es el amor.

Los nombres de tus soplones, las campañas de traiciones en que andas metido, dónde almacenas tus armas, tus drogas, tu dinero, la localización de tu escondite, las interminables listas de amigos y enemigos, tus contactos, tus peristas, los planes de escape... todas las cosas que necesitas guardar para ti, las revelarás una tras otra si estás enamorado.

El Amor es el Principal Informante porque te hace creer que es eterno e inmutable; no puedes imaginar el fin de tu amor, como tampoco puedes imaginar el fin de tu propia cabeza. Y puesto que el amor no es nada sin intimidad, y la intimidad no es nada sin compartir, y compartir no es nada sin sincerarse, acabarás por levantar la liebre, hasta la última de las liebres, porque la falta de sinceridad en la intimidad no es viable. Eso envenenará lentamente tu precioso amor.

Cuando termina —que terminará— (ni el jugador más amante de los riesgos aceptaría esa apuesta), él o ella, el objeto amado, tiene tus secretos. Y puede usarlos. Y, si la relación ha terminado con acritud, los usará —brutal y maliciosamente— contra ti.

Es más, es probable que los secretos revelados cuando tu alma se desnudó sean la causa del fin del amor. Tus revelaciones íntimas serán la llama que encienda la mecha que prenda la dinamita que haga saltar tu amor en pedacitos.

No, dirás. Ella comprende mis métodos violentos. Comprende que el fin justifica los medios.

Piensa en lo siguiente. Estar enamorado es un proceso de idealización. Ahora pregúntate: ¿cuánto tiempo se supone que una mujer puede idealizar a un hombre que aplasta con el pie la cabeza de otro hombre que se ahoga? No demasiado, créeme. Y en las frías noches ante el fuego, cuando te levantas a cortar otro trozo de queso, ¿no crees que ella está dándole vueltas al momento de sinceridad en que revelaste haber serrado el pie de tu enemigo? Pues bien, lo está.

Si pudiera confiarse en que un hombre liquida a su pareja en cuanto acaba la relación, este capítulo no sería necesario. Pero no es así.

La esperanza de reconciliación deja viva a más de una ex

que debería estar en el fondo de un barranco bien profundo.

Por tanto, infractor de la ley, quienquiera que seas, tienes que guardar tus secretos para sobrevivir, para mantener a tus enemigos a distancia y tu cuerpo a cubierto del sistema judicial. Lamentablemente (y ésta es la responsabilidad solitaria que todos tenemos que aceptar), la única forma de conseguirlo es permanecer soltero. Si necesitas alivio sexual, acude a una puta. Si necesitas un abrazo, acude a tu madre. Si necesitas que te calienten la cama durante los fríos meses de invierno, cómprate un perro que no sea un chihuahua ni un pequinés. Ten esto presente: renunciar a tus secretos es renunciar a tu seguridad, tu libertad, tu vida. La verdad matará tu amor, luego te matará a ti. Es asqueroso, lo sé. Pero también lo es el martillo del juez cuando golpea la mesa de caoba.

Cerré el libro y me quedé echado en la cama, pensando en la sinceridad y las mentiras, y decidí que mis sentimientos eran sinceros pero que estaba hasta las cejas de historias y pensamientos secretos que no había revelado a la Coloso en llamas. ¿Por qué habría seguido instintivamente el consejo del libro, un libro escrito para criminales? ¿Cómo iba a revelar todas las mediocridades que había hecho, como cuando me acorralaron los matones del colegio y fingí dormir mientras me daban una paliza? ¿O cuando, tras una semana de relación, me puse tan celoso sólo de pensar que ella se acostaba con otro que esa noche salí y me acosté con otra para no tener derecho a ponerme celoso? No, ni siquiera iba a contarle las cosas buenas, como cuando algunas mañanas salía del laberinto a la carretera y encontraba que las farolas todavía zumbaban sobre mi cabeza, un viento temprano hacía cosquillas a los árboles y el familiar aroma del jazmín provocaba una agradable confusión de los sentidos, como si tuviera la nariz llena de la fragancia embriagadora y suave de un párpado rosa pálido. Era tan formidable ir brincando en el cálido aire matinal que me agencié un enanito del jardín de alguien y lo puse en el jardín de la casa de enfrente. Luego desenrosqué la manguera del jardín de esa familia y la coloqué en el jardín del vecino. ¡Hoy compartimos, gente! ¡Lo que es suyo es vuestro! ¡Lo que es vuestro es suyo! Sólo más tarde me pareció extraño lo que había hecho, así que mantuve la historia lejos del oído interno de mi amada.

Y como era evidente lo mucho que papá me había contagiado su desconfianza hacia todo, incluidos sus propios pensamientos, sentimientos, opiniones e intuiciones (lo cual me había llevado a desconfiar de mis propios pensamientos, sentimientos, opiniones e intuiciones), tampoco podía contarle a ella que, de vez en cuando, entro en cierto estado de ensoñación, de trance, en que todas las fuerzas opuestas del universo se someten a un súbito e inexplicable alto el fuego y se funden en una, hasta hacerme sentir como si tuviera un pedazo de la creación entre los dientes. Quizá camino por la calle, o simplemente borro direcciones porno del historial de mi buscador de Internet, cuando de pronto siento que me envuelve una etérea bruma dorada. ¿Qué es, exactamente? Un instante de superconciencia, donde el Yo del Mí se convierte en el Nos de Nosotros, donde Nosotros es Yo y una Nube o Mí y un árbol y a veces Mí y un atardecer o Mí y el Horizonte, pero casi nunca Mí y Mantequilla o Mí y Esmalte Desconchado. ¿Cómo iba a explicárselo a ella? Intentar comunicar ideas incomunicables es arriesgarse a simplificarlas en exceso y hacer que la emoción orgánica acabe sonando a emoción orgánica barata; además, ¿qué pensaría ella de estas alucinaciones incomprensibles? Tal vez llegase precipitadamente a la conclusión de que estoy en armonía con el universo, no como otros. Es lo que decía papá: los momentos de conciencia cósmica serían sólo una reacción natural al súbito conocimiento inconsciente de nuestra mortalidad. Por lo que sabemos, la sensación de unidad podría ser la mayor prueba de desunión que existe. ¿Quién sabe? Que los sintamos como percepciones genuinas de Verdad no implica que lo sean. Es decir, si desconfías de un sentido, desconfías de todos. No hay razón alguna para que el sexto sentido no sea tan engañoso como el olfato o la vista. Ésa es la lección que he aprendido de mi padre, la gran noticia arrojada desde el rincón donde lo han acorralado sus ideas: las intuiciones directas son tan potentes como poco fiables.

¿Lo veis? ¿Cómo iba a contarle yo estas cosas, si ni siquiera sabía si me engañaba a mí mismo? Ni tampoco podía contarle que unas veces estaba seguro de que leía el pensamiento a mi padre y que, otras, sospechaba que él me leía el mío. A veces intentaba decir algo a mi padre sólo con el pensamiento y sentía su respuesta en negativo; sentía un «Vete a la mierda» viajando a través del éter. Tampoco podía contarle a la Coloso que en más de una ocasión había tenido visiones de un rostro incorpóreo. Primero soñé con el rostro de mi infancia, un rostro bronceado con bigotes, labios gruesos y nariz ancha que flotaba en un negro vacío, cuyos ojos penetrantes despedían un aura de violencia sexual, la boca crispada en un grito silencioso. Estoy seguro de que esto le ha pasado a todo el mundo. Entonces, un buen día, ves la cara cuando estás despierto. La ves en el sol. La ves en las nubes. La ves en el espejo. La ves claramente, aunque no esté ahí. También la sientes. Y te levantas y dices: «¿Quién anda ahí?» Y al no recibir respuesta, piensas: «Llamaré a la policía.» ¿Y qué es esa presencia, a ver, si no es un fantasma? La explicación más plausible: una idea plenamente exteriorizada y manifestada. Mi cabeza estaba llena de cosas que se morían por salir y, aún peor, que estaban saliendo y me era imposible controlar dónde y cuándo.

No, ¿para qué airear todos los pensamientos desagradables, descabellados e idiotas que flotan en mi mente? Por eso, cuando estás en el puerto y tu amada dice, abrazándote tiernamente: «¿En qué piensas?», no respondes: «En que odio a todo el mundo y desearía que se hundieran y nunca se volvieran a levantar.» Sencillamente, no puedes decirlo. No sé mucho de mujeres, pero eso sí que lo sé.

Me quedé dormido y, a las cuatro de la madrugada, desperté con un descubrimiento perturbador: nunca había dicho a la Coloso en llamas que Terry Dean era mi tío.

Me quedé mirando el reloj hasta las ocho sin desviar la vista ni una sola vez, después llamé a Brian.

—¿Quién es?

—¿Cómo sabías que yo era sobrino de Terry Dean?

—¿Jasper?

—¿Cómo lo sabías?

—Tu novia me lo dijo.

—Ya, lo sé, sólo quería asegurarme. Así que, ¡hum!, tú y ella, entonces...

—¿Qué?

—Me dijo que saliste con ella una temporadita.

Brian no dijo nada. En el silencio, lo oí respirar como alguien que juega con ventaja y yo acabé respirando como alguien que tiene malas cartas, y entonces empezó a contarme no sólo lo suyo con la Coloso, sino cosas de ella que ella nunca me había contado. Toda su vida, daba la impresión: que escapó de casa a los quince años y pasó dos meses en Chippendale con un camello llamado Freddy Luxembourg y que volvió a casa un aborto después y cambió de instituto y a los dieciséis años empezó a salir sola de copas y ahí fue donde lo conoció y volvió a escaparse de casa y vivió un año con él hasta que lo sorprendió con otra y se volvió como loca y corrió de regreso a casa y sus padres la mandaron a un psicólogo que la declaró una bomba de relojería humana y que había estado llamándolo y dejándole extraños mensajes en el contestador sobre su nuevo novio que iba a matarlo si volvía a entrometerse en su vida. Me sorprendió enterarme de que el novio asesino era yo.

Me lo tomé con fingida calma, diciendo cosas como «¡Ajá!» e intentando disimular mi alarma ante ciertas conclusiones inquietantes. Que hubiese llamado a su antiguo novio para dejarle mensajes desagradables significaba que probablemente siguiera colgada de él, y que él hablase con ella de recuperar su antiguo empleo significaba que probablemente él siguiera colgado de ella.

No lograba entenderlo. ¡Ella me había mentido! ¡Me había mentido a mí! ¡A mí! ¡Se suponía que el mentiroso en esta relación era yo!

Colgué y pasé las piernas a un lado de la cama como si fueran dos anclas. No me levanté. Permanecí sentado en la cama durante horas; sólo rompí el hechizo para llamar al trabajo y decir que no me encontraba bien. A eso de las cinco salí finalmente de la cama y me senté en la veranda trasera, donde vacié el tabaco de mi cigarrillo en una pipa. Me quedé mirando la puesta de sol porque creí distinguir una cara en él, en el sol, ese viejo rostro familiar que llevaba mucho tiempo sin ver. A mi alrededor alborotaban las cigarras. Parecía como si me estuvieran acorralando. Pensé en atrapar una, meterla en la pipa y fumármela. Me preguntaba si me colocaría, cuando una bengala roja surcó el cielo. Dejé la pipa y me encaminé hacia el rastro de vapor que había quedado suspendido en el aire. Era ella. Le había dado un lanzabengalas porque solía perderse en el laberinto.

La encontré junto a una gran roca y la conduje hasta la cabaña. Cuando entramos, le conté todo lo que Brian me había dicho. Se me quedó mirando con ojos vacuos.

—¿Por qué no me dijiste que habías vivido un año con él? —grité.

—Bueno, tú tampoco has sido sincero conmigo. No me dijiste que Terry Dean era tu tío.

—¿Por qué iba a decírtelo? ¡Nunca lo conocí! Fue hace mucho tiempo. Tenía menos de dos años cuando él murió. ¡Lo que quiero saber es por qué no me dijiste que sabías lo de mi tío!

—Mira, seamos sinceros a partir de ahora —dijo ella.

—Sí, de acuerdo.

—Totalmente sinceros.

—Nos lo contaremos todo.

La puerta estaba abierta de par en par. Ninguno de nosotros la traspasó. Era el momento de hacer preguntas y responderlas, como dos informantes que acabasen de descubrir que cada uno había firmado pactos de inmunidad con el fiscal.

—Voy a ducharme —dijo ella.

La vi cruzar la habitación y, cuando se agachó a recoger una toalla del suelo, advertí que la parte trasera de sus tejanos se curvaba, lejos de su cuerpo, como una sonrisa perversa.

VII

Después de este incidente, adquirí la mala costumbre de tratarla con cortesía y respeto. La cortesía y el respeto son recomendables si nos dirigimos a un juez antes de que nos sentencie, pero en una relación indican incomodidad. Y yo estaba incómodo porque ella aún no había superado lo de Brian. No se trataba de una paranoia sin fundamento. La Coloso había empezado a compararme con él de manera poco favorable. Decía, por ejemplo, que no era tan romántico como Brian, sólo porque una vez, en un momento íntimo, le había dicho: «Te quiero con todo mi cerebro.» ¿Es culpa mía que no entendiera que el corazón le ha robado méritos a la cabeza, que los sentimientos salvajes y apasionados en realidad provienen del antiguo sistema límbico cerebral y que simplemente no quería referirme al corazón como el auténtico almacén de mis sentimientos, porque no es más que un sistema de bombeo y filtrado de sangre? ¿Es culpa mía que la gente no pueda disfrutar de un símbolo sin convertirlo en un hecho literal? Lo cual, por cierto, es el motivo de que nunca deba malgastarse tiempo ofreciendo a la raza humana un relato alegórico: en menos de una generación lo convertirán en datos históricos, con testigos oculares incluidos.

¡Ah!, y luego pasó lo del tarro.

Estaba en su casa, en su cama. Acabábamos de tener relaciones muy silenciosamente porque su madre se encontraba en la otra habitación. Me gusta hacerlo en silencio porque, cuando puedes hacer todo el ruido que quieres, vas más rápido. El sexo silencioso hace que vayas más despacio.

Después, mientras recogía del suelo las monedas que se me habían caído de los bolsillos de los tejanos, vi el tarro debajo de su cama; tenía el tamaño de un bote de mostaza y dentro flotaba un líquido empañado, como el agua turbia de un grifo mexicano. Retiré la tapa y olfateé tímidamente, con la esperanza irracional de que oliese a leche agria. No olí nada en absoluto. Me volví para mirar su cuerpo delgado, que se acomodaba en la cama.

—No lo derrames —dijo, antes de dirigirme otra de una larga dinastía de sonrisas perfectas.

Metí un dedo en el tarro, lo saqué y lo lamí.

Salado.

Creí saber qué significaba. Pero ¿podía realmente significar lo que yo creía que significaba? ¿Sostenía de verdad, en realidad, un tarro de lágrimas? ¿Sus lágrimas?

—Lágrimas, ¿eh? —dije, como si todos mis conocidos recogieran sus lágrimas, como si el mundo entero no hiciera más que forjar monumentos a su propia tristeza.

La imaginé presionando el tarrito contra su mejilla, cuando la lágrima inaugural pareció la primera gota de lluvia que resbala por el cristal de una ventana.

—¿Para qué es? —pregunté.

—Para nada.

—¿Qué quieres decir, para nada?

—Recojo mis lágrimas, eso es todo.

—Vamos. Hay algo más.

—No lo hay. ¿No me crees?

—Para nada.

Se me quedó mirando un momento.

—Vale, te lo diré, pero no te lo tomes a mal.

—De acuerdo.

—¿Me prometes que no te lo tomarás a mal?

—Eso es algo difícil de prometer. ¿Cómo sabré si me lo tomo a mal?

—Te lo diré.

—Vale.

—Verás. Recojo mis lágrimas porque... voy a hacer que Brian se las beba.

Rechiné los dientes y miré por la ventana. Fuera, las lacias hojas otoñales parecían hombros marrones encogiéndose de indiferencia.

—¡Sigues enamorada de él! —grité.

—¡Jasper! ¡Te lo estás tomando a mal!

Unas dos semanas después añadió otro insulto al montón. Estábamos en mi cabaña haciendo el amor, con muchísimo ruido esta vez, y como si quisiera confirmar mis peores sospechas, en plena faena gritó su nombre.

—¡Brian! —gimió sin aliento.

—¿Dónde? —pregunté sorprendido, y empecé a buscarlo por toda la habitación.

—¿Qué haces?

Me detuve cuando comprendí mi estúpido error. Me dirigió una mirada que combinaba hábilmente la ternura con el asco. Hasta el día de hoy, el recuerdo de esa mirada sigue visitándome como un Testigo de Jehová, no invitado e infatigable.

Salió desnuda de la cama y se preparó una taza de té con expresión de culpabilidad.

—Lo siento —dijo, su voz temblorosa.

—No creo que debas volver a cerrar los ojos mientras follas.

—¡Hum!

—Quiero que me mires todo el tiempo, ¿de acuerdo?

—No hay leche —dijo ella, en cuclillas ante la nevera.

—Sí que hay.

—Tiene grumos.

—Pero sigue siendo leche.

Ella no había acabado el suspiro cuando salí de la cabaña y me dirigí en la oscuridad a casa de mi padre. Siempre entrábamos a escondidas en casa del otro para robarnos la leche. Hay que reconocerlo: yo era mejor ladrón. Papá solía entrar cuando yo dormía, pero como estaba paranoico con las fechas de caducidad, siempre me despertaban sus atronadores olfateos.

Era una de esas noches en que el negro es tan omnipresente que invalida conceptos como norte, sur, este y oeste. Después de tropezar con los tocones de los árboles y de que unas ramas espinosas me abofetearan la cara, las luces de la casa de papá me dieron la bienvenida y a la vez me deprimieron; indicaban que estaba despierto y que me entretendría hablando con él, es decir, escuchándole. Gemí. Era consciente de nuestro creciente distanciamiento. Todo empezó cuando dejé los estudios, y luego había ido empeorando de forma gradual. Desconozco el motivo, pero mi padre había recurrido inesperadamente a la normalidad paternal, sobre todo en el uso del chantaje emocional. En una ocasión, hasta llegó a pronunciar la frase «Después de todo lo que he hecho por ti». Acto seguido, enumeró todo lo que había hecho por mí. Parecía mucho, pero en su mayoría sólo eran pequeños sacrificios como «compré mantequilla, aunque a mí me gusta más la margarina».

La verdad era que ya no lo soportaba: su implacable negatividad, su negligencia hacia las vidas de ambos, su reverencia inhumana por los libros en detrimento de las personas, su amor fanático por odiar a la sociedad, su falso amor por mí, su enfermiza obsesión por hacer que mi vida fuera tan desagradable como la suya. Se me ocurrió que no me había amargado la existencia como daño colateral, sino que había ido desmantelándome laboriosamente, como si le pagaran muy bien por el trabajo. Mi padre tenía una torre de alta tensión por almohada y yo ya no aguantaba más. Me parece a mí que tienes que poder mirar a las personas de tu entorno y decir: «Te debo la supervivencia» y «Me debes la supervivencia» y, si no puedes decir eso, entonces ¿qué diantres haces con ellas? Así como estaban las cosas, sólo podía mirar a mi padre y pensar: «Bien, he sobrevivido pese a tus tretas, hijo de puta.»

La luz de la sala estaba encendida. Miré por la ventana. Papá leía el periódico y lloraba.

—¿Qué pasa? —pregunté, abriendo las puertas correderas.

—¿Qué haces tú aquí?

—Robar leche.

—¡Pues róbate tu propia leche!

Entré y le arranqué el periódico de las manos. Era un diario sensacionalista. Papá se levantó y se fue a otra habitación. Estaba leyendo un artículo sobre Frankie Hollow, la estrella de rock asesinada recientemente por un fan enloquecido que lo había apuñalado dos veces en el pecho, una en la cabeza y otra por una cuestión de «buena suerte». Desde entonces, la historia aparecía en las portadas a diario, pese a la ausencia de nuevos datos. Algunos días los periódicos incluían entrevistas a personas que no sabían nada y que a lo largo de la investigación tampoco revelaron nada. Luego estrujaron hasta la última gota de sangre de la historia revolviendo en el pasado de la estrella fallecida y, cuando ya no les quedaba indudable y absolutamente nada que publicar, publicaron algo más. Pensé: «¿Quién publica esta roña? ¿Y por qué llora papá por la muerte de este famoso?» Me quedé ahí con mil frases desdeñosas dándome vueltas en la cabeza, decidiendo si debía ensañarme con él. Decidí que no; la muerte es la muerte, el duelo es el duelo, y aunque haya personas que deciden derramar lágrimas por la muerte de un desconocido popular, está mal burlarse de un corazón triste.

Cerré el periódico, más desconcertado que antes. El televisor atronaba en la habitación de al lado, como si papá probase hasta dónde podía llegar el volumen. Entré. Miraba una serie nocturna de porno blando sobre una detective que resolvía crímenes enseñando sus piernas bien depiladas. Sin embargo, papá no miraba la pantalla; contemplaba la diminuta boca oval de una lata de cerveza. Me senté a su lado y estuvimos un rato sin hablar. A veces no hablar es fácil, otras veces es más agotador que levantar pianos.

—¿Por qué no te acuestas? —le pregunté.

—Gracias, papá —respondió papá.

Permanecí sentado, intentando replicar algo sarcástico, pero cuando se ponen dos comentarios sarcásticos uno junto al otro, suena fatal. Volví al laberinto y a la Coloso de mi cama.

—¿Dónde está la leche? —preguntó ella.

—Tenía grumos —respondí, pensando en papá y en sus grumos internos.

Anouk y Eddie tenían razón: volvía a estar deprimido. ¿Y ahora por qué? ¿Por qué lloraba por una estrella de rock de la que nunca había oído hablar? ¿Iba a empezar a llorar todas las muertes del planeta Tierra? ¿Podía haber un *hobby* que exigiese más tiempo?

Por la mañana, cuando desperté, la Coloso no estaba. Eso era nuevo. Sin duda, habíamos alcanzado un nuevo mínimo: en los viejos tiempos, tendríamos que haber salido de un coma diabético para anunciar que nos íbamos. Pero ahora se había marchado a hurtadillas, seguramente para evitar la pregunta «¿Qué haces después?». Mi cabaña nunca había parecido tan vacía. Enterré la cabeza en la almohada y grité:

—¡Se está desenamorando de mí!

Para distraerme de esta amarga realidad, me puse a hojear el periódico con profunda repugnancia. Siempre he odiado nuestros periódicos, sobre todo por su insultante geografía. Por ejemplo, en la página 18 leemos la historia de un terrible terremoto en un lugar como Perú con un insulto oculto entre líneas; veinte mil seres humanos sepultados bajo los escombros y luego sepultados de nuevo, esta vez bajo diecisiete páginas de habladurías locales. Pensé: «Pero ¿quién publica esta bazofia?»

Entonces oí una voz:

—¡Toc, toc! —dijo la voz.

Eso me puso histérico al instante. Grité:

—¡No te quedes en la puerta y digas «toc, toc»! Si tuviera timbre, ¿te quedarías ahí diciendo «riiiiing»?

—Pero ¿qué te pasa? —preguntó Anouk mientras entraba.

—Nada.

—Puedes contármelo.

¿Debía fiarme? Sabía que Anouk tenía problemas con su propia vida amorosa. Estaba en plena ruptura problemática. De hecho, siempre estaba en plena ruptura problemática. En realidad, siempre rompía con gente con la que yo ni sabía que había estado saliendo. Si alguien tenía ojo para el principio del fin, ésa era Anouk. Pero decidí no pedirle consejo. Algunas personas intuyen cuándo te hundes y, al avanzar un paso para ver mejor, te pisan la cabeza sin querer.

—Estoy bien —dije.

—Quiero hablar contigo sobre la depresión de tu padre.

—Ahora no estoy de humor.

—Sé cómo llenar su vacío. ¡Los cuadernos!

—¡Ya he fisgoneado en sus cuadernos para el resto de mi vida! ¡Sus escritos son manchurrones que han dejado los jugos de la carne enmarañada de su cabeza! ¡No lo haré!

—No tienes que hacerlo. Ya lo he hecho yo.

—¿Lo has hecho?

Anouk se sacó del bolsillo uno de los pequeños cuadernos negros de papá y lo agitó en el aire como un boleto ganador de lotería. La visión del cuaderno me produjo el mismo efecto que la visión de la cara de mi padre: un hastío abrumador.

—Bien, escucha esto —dijo Anouk—. ¿Estás sentado?

—¡Si lo estás viendo, Anouk!

—¡Bueno, bueno! ¡Dios!, sí que estás de mal humor.

Se aclaró la voz y leyó: «En la vida, todo el mundo hace exactamente lo que se supone que tiene que hacer. Por ejemplo, fijaos cuando conocéis a un contable: ¡parece exactamente un contable! Nunca ha existido un contable con aspecto de bombero, un empleado de grandes almacenes con aspecto de juez, o un veterinario cuyo lugar parezca estar detrás del mostrador de un McDonald's. Una vez, en una fiesta, conocí a un tipo y le pregunté: "¿Y cómo te ganas la vida?", a lo que él respondió en voz alta: "Soy cirujano de árboles", así, sin más, y di un paso atrás y le eché un vistazo, ¡y que me aspen si no encajaba perfectamente con la imagen!: sí que parecía un cirujano de árboles, aunque fuese el primero que veía. Es lo que digo, absolutamente todo el mundo es como debería ser, y ahí está también el problema. Nunca encontraréis a un magnate de los medios de comunicación con alma de artista o a un multimillonario con la arrebatadora y ardiente compasión de un trabajador social. Pero ¿y si pudieras susurrar al oído de un millonario y alcanzar la compasión arrebatadora, latente y sin usar, que guarda con la empatía? ¿Y si pudieras susurrarle al oído y avivar esa empatía hasta que prendiera, para luego rociarla de ideas hasta transformarla en acción? Es decir, entusiasmarlo. Entusiasmarlo de verdad. Con eso he soñado. Con ser el que entusiasma con sus ideas a hombres ricos y poderosos. Eso es lo que quiero: ser el hombre que susurra ideas emocionantes a una enorme oreja dorada.»

Anouk cerró el cuaderno y me miró como esperando que me levantase para aplaudir. ¿Era esto lo que la tenía entusiasmada? La megalomanía de mi padre no era ninguna novedad. Ya la había conocido cuando lo ayudé a salir del manicomio. Claro que entonces sólo fue un golpe de suerte: interpretar literalmente el contenido de esos cuadernos demenciales y utilizarlos con su dueño fue una empresa muy arriesgada... como estábamos a punto de descubrir.

—¿Y qué? —dije yo.

—¿Y qué?

—No lo pillo.

—¿No lo pillas?

—Deja de repetir todo lo que digo.

—Es la respuesta, Jasper.

—¿Lo es? He olvidado la pregunta.

—Cómo llenar el vacío de tu padre. Es sencillo. Saldremos a buscar una.

—¿A buscar el qué?

—Una oreja dorada —dijo sonriendo.

VIII

Esa noche, de camino a casa de Anouk, pensé en su plan. La oreja dorada por la que se había decidido pertenecía a la cabeza de Reynold Hobbs, que, por si vivís en una cueva sin televisión por cable, era el hombre más rico de Australia. Poseía periódicos, revistas, editoriales y estudios de cine y de televisión que grababan acontecimientos deportivos emitidos en sus canales por cable. También tenía clubes de fútbol, clubes nocturnos, cadenas hoteleras, restaurantes, una compañía de taxis y una cadena de empresas discográficas que producían música a la venta en sus tiendas de música. Era dueño de centros turísticos, de políticos, de edificios, mansiones, hipódromos y de un yate del tamaño de una isla del Pacífico llamada Nauru. Reynold pasaba la mitad del tiempo en Nueva York, pero era tan discreto que nunca se sabía qué mitad. Pertenecía a esa singular clase de famoso que no tiene que preocuparse de los *paparazzi* porque le pertenecen. Os lo aseguro, Reynold Hobbs podía cagar desde el Puente de Sydney y nunca veríais una fotografía de eso en los periódicos.

No sé cuánto tiempo llevaría Anouk planeando esta poco prometedora misión, pero me mostró un artículo donde se mencionaba que Reynold y su hijo Oscar acudirían esa noche al casino de Sydney para celebrar la adquisición del establecimiento. Su plan era ir al casino e intentar convencer a Reynold Hobbs, el hombre más rico de Australia, de que conociera a papá, el hombre más pobre de Australia.

Por entonces, Anouk volvía a vivir con sus padres en una bonita casa de un bonito barrio en una bonita calle frente a un bonito parque con muchos niños que jugaban en la calle y vecinos que charlaban apoyados en las cercas de sus jardines y grandes jardines delanteros y grandes jardines traseros y columpios y un bonito y cómodo coche familiar en cada entrada y perros que sabían dónde cagar y dónde no cagar y encima lo hacían en bonitas pilas simétricas, como una hoguera de los *boy scouts*. Era el tipo de ambiente de clase media donde a la gente tanto le gusta hurgar en busca de gusanos; y los gusanos están ahí, sin duda. ¿Dónde no hay gusanos? Sí, la familia de Anouk también tenía uno, un gran gusano. Un gusano que no se largaba. Era Anouk. Ella era el gusano.

Su padre trabajaba en el jardín cuando aparecí. Era un hombre saludable de unos cincuenta años, tan saludable y musculoso que siempre que lo veía me decidía a hacer cincuenta flexiones por la mañana. Estaba agachado en un parterre arrancando malas hierbas, e incluso la raja del culo que asomaba por los pantalones se veía tersa y sonrosada entre el viril vello del trasero.

—¡Eh, Jasper!, ¿por qué vas tan elegante?

—Anouk y yo vamos al casino.

—¿A qué?

—A hacer saltar la banca.

Rio entre dientes.

—No puedes ganar a esos cabrones corruptos. Lo tienen todo amañado.

—¡Gran verdad!

La madre de Anouk, una hermosa mujer con vetas grises en el espeso cabello negro, salió con un vaso de agua que debía de ser para su marido pero me ofreció a mí.

—Toma. Oye, ¿me encojo o es que sigues creciendo?

—Creo que sigo creciendo.

—Bien, ¡pues no pares!

—No lo haré.

Me gustaba la familia de Anouk. No hacían grandes esfuerzos para que te sintieras cómodo, simplemente te trataban como si siempre hubieras estado allí. Eran honrados y sinceros y entusiastas y alegres y trabajadores y nunca hablaban mal de nadie. Eran la clase de persona que es imposible que no te guste y a menudo me entraban ganas de desfilar calle arriba y calle abajo, desafiando a quien no gustasen.

—¿Dónde está Anouk?

—En su habitación. Entra.

Crucé la casa fresca y agradable, subí la escalera y entré en el dormitorio de Anouk. Siempre volvía allí tras sus infructuosas salidas al mundo; por lo general, después de que trabajos o relaciones se fueran al carajo. Sus padres conservaban la habitación por ella. Era extraño verla allí en la casa familiar, y en la habitación de una chica de quince años. Seamos claros: Anouk tenía ahora treinta y dos, y siempre que se iba juraba que nunca volvería, pero las cosas siempre acababan complicándose y nunca se resistía a volver una temporada, para darse un respiro.

Yo había visitado varias casas de Anouk. Siempre estaba en proceso de echar a un hombre que la asqueaba, o lavando sábanas porque un hombre con quien había estado acostándose se había acostado con otra, o esperando junto al teléfono a que un hombre la llamase, o no respondiendo al teléfono porque la llamaba un hombre. Recuerdo a uno que se negó a marcharse; intentó reivindicar el derecho okupa en la habitación de Anouk. Al final, se libró de él arrojándole el móvil por la ventana, al que el hombre siguió poco después.

Cuando entré, Anouk se cambiaba en el vestidor.

—Saldré en un minuto —dijo.

Curioseé por la habitación. Junto a la cama había una fotografía de un hombre de cabeza cuadrada, gafas oscuras y la clase de patillas que mataron a Elvis.

—¿Quién es este ser horrible?

—Es historia. Tíralo a la basura, ¿quieres?

Tuve la considerable satisfacción de tirar la fotografía a la basura.

—¿Qué pasó con éste?

—Te diré lo que pasó. No tengo suerte. Mis relaciones siempre caen en una de estas dos categorías: o yo me enamoro de él y él no se enamora de mí, o él se enamora de mí y es más bajo que mi abuela.

Pobre Anouk. No soportaba estar eternamente soltera ni soportaba no soportarlo. El amor no llamaba a su puerta, y ella intentaba por todos los medios no llegar a la conclusión de que estaba en los tres octavos de una racha perdedora de ochenta años. Le humillaba formar parte de la legión de mujeres solteras obsesionadas con intentar no obsesionarse con su singular obsesión. Pero Anouk no podía evitar obsesionarse. Era treintañera y soltera. Aunque no era una cuestión del reloj biológico, sino del otro reloj en marcha: el Reloj, el Gran Reloj. Y, pese a buscar siempre las respuestas en su interior, como recomiendan los sabios, nunca se le ocurría una sola razón, y era como si estuviera metida en un patrón de varios círculos viciosos conjuntos más que en un círculo vicioso. En uno siempre elegía al tipo equivocado: o «cabrones yuppies burgueses» o sólo «cabrones» o, las más de las veces, un «hombre-niño». De hecho, durante una temporada pareció que sólo salía con diferentes modalidades de «hombre-niño». También tenía la costumbre de ser la otra mujer y no la mujer. Era del tipo que a los hombres les gusta para acostarse con ella, pero no para tener una relación. Era una de los chicos, no de las chicas. Y desconozco las razones psicológicas que hay detrás, pero la evidencia empírica lo prueba: lo deseaba demasiado. Pero, como nadie parece estar muy seguro de cómo funciona esto, hay que intentar vencer esta fuerza misteriosa fingiendo que no quieres lo que realmente quieres.

Anouk salió del vestidor; estaba espectacular. Llevaba un vestido verde transparente con estampado de flores y unas bragas negras debajo. Parecía que lo había comprado dos tallas menos a propósito para que realzara todas las curvas de su cuerpo. Eran curvas muy cerradas. ¡Dios!, era voluptuosa y, con la clase adecuada de imaginación, era imposible pensar en nada que no fuera acostarse con ella, aunque sólo fuese para quitártela de la cabeza. Admito que la incluía en mis fantasías masturbatorias desde los catorce años, época en que se cansó de su fase de chica airada con *piercings*, cabeza rapada y Martens. Sus ojos verdes seguían brillando, pero con los años se había dejado crecer el cabello negro, que ahora llevaba suelto. Se quitó los *piercings* y pasó de delgada como un palo a esponjosa, y ahora se paseaba como una nube promiscua con un vestido ceñido. Aunque estaba ahí para ayudar a combatir la depresión y las crecientes tendencias suicidas de mi padre, me resultó inevitable pensar: «Quizás haya llegado el momento de que Anouk y yo nos acostemos. ¿Debo intentar seducirla? ¿Se puede seducir a alguien que te ha visto pasar la pubertad?»

—Igual deberías aparcar tus relaciones durante una temporadita —dije yo.

—Es que no quiero ser célibe. Me gusta el sexo. Me he acostado con un montón de hombres y quiero seguir haciéndolo. Te aseguro que quienquiera que hable de la carnalidad de los seres humanos y excluya a las mujeres tendría que venir a mi casa una noche y verme en faena.

—No digo que seas célibe. Puedes buscarte un amante, como hacen en Francia.

—Sabes, ésa no es una mala idea. Pero ¿dónde encuentro yo a un amante sin compromisos?

—Bueno, ¡y no digas no en seguida!, ¿qué tal yo?

—No.

—¿Por qué no?

—Porque eres como un hijo para mí.

—No, no lo soy. Somos más bien primos lejanos tanteándose en secreto.

—Nunca te he tanteado.

—Pues deberías pensártelo.

—¿Y qué pasa con tu novia?

—Creo que se está desenamorando de mí. ¿Sabes?, necesito algo que me suba la autoestima, y que fuéramos amantes lo haría.

—No quiero, Jasper.

—¿Ése es un motivo?

—Sí.

—¿Nunca te has acostado con alguien como gesto de buena voluntad?

—Claro.

—¿Y por lástima?

—La mayoría de las veces.

—Bueno, pues no me importa que sea un polvo por caridad.

—¿Podemos cambiar de tema?

—No sabía que fueras tan egoísta y poco generosa. ¿No estuviste un año de voluntaria con una institución benéfica?

—Recaudaba dinero puerta por puerta, no follando aquí y allá.

Estábamos en un callejón sin salida. Bueno, yo lo estaba.

—¡Vamos, estúpido! —dijo y, con ella al frente, nos dirigimos al casino de Sydney.

Digámoslo sin rodeos: el interior del casino de Sydney es como si Las Vegas tuviese un hijo ilegítimo con los calzoncillos del pianista Liberace y ese niño se cayese por una escalera y se golpease la cabeza con el canto de una pala. En las mesas de *blackjack*, y sentados ante máquinas de póquer, había hombres tensos y desesperados y mujeres con aspecto de autómata que no parecían jugar por placer. Mientras los observaba, recordé que el casino era famoso porque los clientes dejaban a sus hijos encerrados en el coche mientras apostaban. Había leído un artículo al respecto, y deseé que todas esas personas tristes y desesperadas hubiesen bajado un poco las ventanillas mientras se dejaban el dinero del alquiler en los bolsillos del Estado, que se forra con enormes beneficios y después devuelve un 0,5 por ciento a la comunidad en forma de ayuda psicológica a los ludópatas.

—¡Ahí están! —dijo Anouk.

Señaló a un enjambre de *paparazzi*, hombres de negocios y políticos. Era evidente que Reynold Hobbs, un hombre de setenta años con gafas metálicas cuadradas y una cabeza perfectamente calva y redonda del tipo Charlie Brown, había seguido el consejo de que era conveniente para su imagen pública que se hiciera pasar por «un tipo normal», razón por la que estaba encorvado sobre la mesa de *blackjack* de diez dólares mínimo. Por el modo en que le caían los hombros, parecía haber perdido la última mano. Anouk y yo nos acercamos. Quizá fuera el hombre más rico de Australia, pero no parecía que hubiese llegado ahí gracias al juego.

Su hijo, Oscar Hobbs, estaba a unos metros de distancia, probando suerte en una máquina de póquer, con la espalda tan tiesa como sólo un famoso puede ponerla: un hombre digno de fotografiar en cualquier momento, es decir, un hombre que no se hurga la nariz ni se cambia de sitio los genitales. Me hice rápidamente una severa advertencia: «¡No compares tu vida con la suya! ¡No tienes la menor opción!» Recorrí la sala con la vista, en busca de una comparación con la que pudiese vivir. ¡Bingo! La encontré: tipo viejo, pocos dientes, cabello ralo, forúnculo en el cuello, nariz como una concha de caracola. Él sería mi ancla. De lo contrario, tendría un problema. Compararse con Oscar Hobbs era insoportable, porque todos sabían que se trataba del cabrón vivo con más suerte del mundo. Gracias a mis lecturas furtivas de revistas del corazón, había contemplado su ristra de novias: una ristra larga, hermosa, envidiable. Si vierais a algunos de los bombones con los que ha intimado, os comeríais vuestro propio brazo hasta el codo. ¡Joder! ¡No puedo ni pensarlo! Tampoco era el típico heredero frívolo; nunca se le veía en inauguraciones, bares de moda o estrenos de películas. ¡Cierto!, de vez en cuando su barbilla asomaba a las páginas de sociedad de los dominicales, pero por el modo en que te miraba esa barbilla, sabías que lo habían pillado desprevenido, como un ladrón sorprendido por la cámara de seguridad de un banco. ¡Pero las mujeres!

Después de ver aquellas fotos, volvía a mi dormitorio y rasgaba salvajemente la almohada. En más de una ocasión la hice trizas, trizas de verdad, y eso que no es fácil hacer trizas una almohada.

—¿Cómo quieres abordar esto? —pregunté a Anouk.

—Debemos atacar en dos frentes. Uno se encarga del padre, y el otro, del hijo.

—Esto no va a funcionar.

—¿Quieres intentarlo con Reynold o con Oscar?

—Con ninguno, pero supongo que lo intentaré con Reynold. De todos modos, quiero preguntarle algo.

—De acuerdo. ¿Y qué le digo al hijo? ¿Cómo crees que debo entrarle?

—No sé. Finge que os conocíais de antes.

—Creerá que intento ligármelo.

—Entonces insúltalo.

—¿Que lo insulte?

—Disecciónalo, como siempre haces. Dile lo que falla en su alma.

—¿Cómo voy a saber lo que le falla en el alma?

—Invéntatelo. Dile que su alma tiene una de esas manchas que lo emborronan todo cuando se intenta limpiarla.

—No, eso no servirá.

—Bien. Entonces dile que es tan rico que ha perdido el contacto con la realidad. Funcionará. La gente rica odia que le digan eso.

—Pero es que es tan rico que ha perdido el contacto con la realidad.

—Anouk, lo creas o no, las dificultades económicas no son la única realidad oficial.

—No discutamos. Empecemos con esto.

—De acuerdo. ¡Buena suerte!

Me dirigí a la mesa donde Reynold Hobbs estaba encorvado, pero no había asientos libres. Me quedé rondando cerca de los jugadores. Un guardia de seguridad me miró con desconfianza, y buenos motivos tenía. Yo actuaba de modo sospechoso, mascullando: «¿Qué voy a decirle a este gigante de los medios de comunicación? ¿Cómo puedo convencerle de que vea a mi padre? ¿Como acto de caridad? Reynold Hobbs es un filántropo famoso, sin duda, pero practica la clase de caridad que se hace por teléfono.»

Un periodista que estaba sentado junto a Reynold terminó una entrevista, se levantó y le estrechó la mano. Aproveché la oportunidad y me hice un hueco a su lado. Reynold me sonrió cordialmente, pero noté su incomodidad de inmediato. Algunas personas no son buenas hablando con nadie menor de veinte años, y cuanto más cerca estás de cero, mayor es su malestar. Se volvió para enfrascarse con su abogado en una conversación sobre el tamaño medio de la letra pequeña de un contrato legal. Reynold deseaba añadir una cláusula en Times New Roman, pero quería bajar el tamaño a cuatro puntos. Su abogado discutía la ética de la medida propuesta y argumentaba que cualquier tipo de letra debía tener un tamaño mínimo de siete puntos para que se la considerase «dentro de la legalidad».

—Perdone, ¿señor Hobbs? —dije yo.

Se volvió despacio, como diciendo: «Todo lo que respiro se convierte en oro, así que te hago un gran favor mirando en tu dirección.» Cuando por fin sus ojos me alcanzaron, lo hicieron con infinita inmovilidad, una declaración inequívoca de que, pese a nuestra proximidad, era inaccesible.

—¿Qué pasa?

—Usted es propietario de varios de nuestros periódicos, ¿verdad?

—¿Y?

—Bien, yo creía que el poder corrompía, señor Hobbs. Pero lo que usted hace no es corromper: vender diarrea no es corrupto, sino sólo un incomprensible desperdicio de poder. Con toda la influencia que usted ejerce, con las infinitas posibilidades que tiene en la manga, podría publicar cualquier cosa y, sin embargo, decide publicar sudor de sobaco. ¿Por qué?

Reynold no supo qué decir. Miré por encima de su hombro para ver cómo le iban las cosas a Anouk. Parecía que lo llevaba mucho mejor que yo. Oscar tenía cara de bochorno. Me pregunté qué le estaría diciendo.

Reynold seguía ignorándome. Le dije:

—Vale, usted quiere vender periódicos. Lo capto. Vende flema fresca porque el público siente un gusto infatigable por la flema fresca. Pero ¿no podría ser un poco más liberador? ¿Qué me dice de pegar un cuarto de página de sabiduría tibetana entre los titulares refritos y el horróroscopo diario? ¿Destrozaría las ventas?

La mano del guardia de seguridad se posó en mi hombro.

—¡Venga! ¡Nos vamos! —me dijo.

—No pasa nada —dijo Reynold, sin apartar la vista de mí.

Seguí insistiendo:

—Tome como ejemplo el refrito desvergonzado y sensacionalista de la historia de Frankie Hollow. No tenía nada más que decir aparte de lo que dijo el primer día, pero lo coló en primera plana de todos modos, dándole más y más vueltas: ahora desde el punto de vista del zurullo del retrete de hotel, ahora desde la perspectiva del pájaro que pasó volando junto a la ventana. Sinceramente, señor Hobbs, es como leer roña de prepucio. ¿Cómo puede usted soportarse? Tendrá que contratar a alguien para que se mire al espejo en su lugar.

—Escúchame, hijo, quienquiera que seas. Un periódico está ahí para informar, no para iluminar las almas de los hombres. Los tabloides son sensacionalistas porque las vidas de los hombres no lo son. En resumidas cuentas, eso es lo que hay. La muerte de un famoso es el mejor reclamo de ventas que tenemos. ¿Y sabes por qué? Porque es como si los titulares dijeran: «Los dioses también mueren.» ¿Lo captas?

—Claro. ¿Me presta treinta mil dólares?

—¿Para qué?

—Para vagar sin rumbo por todo el planeta. Con diez mil me bastaría para empezar.

—¿Cuántos años tienes?

—Diecisiete.

—No deberías pedir dinero. Deberías tener la inspiración de ganarlo por ti mismo.

—No hay nada inspirador en el salario mínimo.

—Sí, bueno, yo empecé con un salario mínimo. No me regalaron el dinero. Trabajé para llegar a lo que tengo.

—Ése es un buen discurso. Lástima que no pueda pronunciar su propio panegírico.

—Bien. Se me ha acabado la paciencia.

Hizo un gesto al guardia de seguridad, que me ayudó a ponerme en pie estrujándome el pescuezo.

—¡Una cosa más! —grité.

Reynold suspiró, pero supe que se preguntaba qué iba a decirle.

—Que sea rápido —dijo.

—Mi padre quiere reunirse con usted.

—¿Quién es tu padre?

—Martin Dean.

—Nunca he oído hablar de él.

—No he dicho que fuera famoso. Sólo he dicho que quiere reunirse con usted.

—¿Para qué?

—¿Por qué no se lo pregunta en persona?

—No tengo tiempo. Tengo muchas cosas entre manos.

—Es muy rico. Cómprese más manos.

Reynold hizo otro gesto y el guardia de seguridad me sacó a rastras de la mesa. Alguien me fotografió mientras me «escoltaban» fuera. Estuve una hora esperando a Anouk en la escalera del casino, y para pasar el rato di un paseo por el aparcamiento por si había niños asfixiándose. No vi a ninguno.

Regresé precisamente cuando Anouk salía. Nunca antes me había quedado estupefacto, por lo que no sabía qué se sentía al quedarse estupefacto y en realidad no me creía que la gente pudiera quedarse estupefacta, salvo en los libros. Dicho esto, me quedé estupefacto. Con Anouk estaban Oscar y Reynold Hobbs.

—Y éste es Jasper —dijo ella.

—Ya nos conocemos —replicó Reynold, con una efímera sonrisa de desdén.

—Encantado de volver a verlo —solté yo, y dirigí a Oscar la sonrisa más cálida de mi repertorio de sonrisas, pero sus ojos no consideraron mi cara digna de demorarse en ella y se la perdió.

—¿Qué pasa? —le susurré a Anouk.

—Vienen con nosotros —me dijo, arqueando las cejas.

—¿Adónde?

—A casa.

IX

En la enorme limusina negra, Reynold y su hijo se pasaron el trayecto mirando por sus respectivas ventanas. El perfil en tres cuartos de Oscar me tuvo petrificado casi todo el tiempo. Vaya carga, pensé. Imagínate ser asquerosamente rico e increíblemente guapo. Con todo, irradiaba una tristeza que me resultaba inexplicable.

—Te he visto en fotografías de revistas —dije yo.

—¿Ah, sí?

—Siempre llevas una modelo preciosa colgada del brazo.

—¿Y?

—¿Dónde puedo encontrar un brazo así?

Oscar rio y me miró por primera vez. Tenía unos ojos castaños e inmóviles.

—¿Me repites tu nombre?

—Jasper.

Asintió con la cabeza, como si aceptara que me llamase Jasper.

—¿Qué se siente al ser siempre observado?

—Te acostumbras.

—Pero ¿no te sientes limitado?

—Pues no.

—¿No echas de menos la libertad?

—¿Libertad?

—Te pondré un ejemplo. No puedes sacarte el pene y menearlo en un tren sin salir en las noticias. Yo sí puedo.

—¿Por qué iba a querer menearme el pene en un tren? —me preguntó Oscar. Era una buena pregunta. ¿Por qué alguien querría hacerlo?

Reynold Hobbs tosió, pero no era un mero ejercicio para aclararse los pulmones. Esa tos pretendía rebajarme. Sonreí. Pensé: «Podrá tener todo el dinero del mundo, señor Hobbs, podrá poseer el universo entero y todas sus partículas, podrá interesarse por las estrellas y sacar dividendos de la luna, pero yo soy joven y usted es viejo, y tengo algo que usted no tiene: un futuro.»

—He oído hablar de este lugar. Es un laberinto, ¿verdad? —dijo Reynold mientras avanzábamos entre la densa vegetación.

—¿Cómo ha oído hablar de él? —pregunté, y me miró como si fuera una cabeza reducida de una muestra amazónica. Para él, eso era como preguntar a Dios cómo sabía que Adán y Eva habían mordido la manzana.

—Seguro que tu padre se llevará una sorpresa —dijo Anouk, sonriéndome.

No le correspondí. Temía una escena. Normalmente a papá no le gustaban los invitados sorpresa, lo que estaba bien porque nunca había venido ninguno, pero no había forma de saber cómo reaccionaría. Lo que Anouk no entendía era que papá podía haber escrito en un cuaderno que quería susurrar ideas a una enorme oreja dorada, pero eso no significaba que dos minutos después, o diez minutos después, no hubiese escrito en otro cuaderno que lo que quería era defecar en una enorme oreja dorada. Era imposible saberlo.

Entramos. Por suerte, no estaba todo hecho una asquerosa porquería, sino sólo levemente repugnante: libros, papeles dispersos, comida podrida de un par de días antes, nada demasiado desalentador.

—Es un verdadero genio —dijo Anouk, como preparándolos para el tipo de genio que hace sus necesidades en la mesita del salón.

—¡Papá! —llamé.

—¡Vete a la mierda! —fue su respuesta gutural desde el dormitorio. Reynold y Oscar intercambiaron un diálogo mudo con la mirada.

—Será mejor que vayas a buscarlo —dijo Anouk.

Mientras Reynold y Oscar se ponían incómodos en el sofá, negándose a apoyarse en los cojines, fui a buscar a papá.

Estaba echado en cama, boca abajo con piernas y brazos en forma de aspa.

—Reynold Hobbs y su hijo han venido a verte —le comuniqué.

Papá volvió la cabeza y espetó con desprecio:

—¿Qué quieres?

—No bromeo. Anouk pensó que entrabas en otra fase depresiva suicida y estaba preocupada por ti, así que leyó tus diarios y encontró un pasaje en que decías que querías susurrar grandes ideas en una enorme oreja dorada y me convenció para que la acompañase a encontrar la oreja más grande y dorada del país y sorprendentemente lo consiguió y ahora te esperan en la sala.

—¿Quién me espera?

—Reynold Hobbs y su hijo Oscar. Esperan oír tus grandes ideas.

—No me jodas.

—No. Compruébalo tú mismo.

Papá se levantó de la cama y se asomó. Si creía que lo había hecho sin ser visto, se equivocaba. Reynold volvió lentamente la cabeza hacia nosotros y se rascó con apatía (¿quién sabe si le picaba, o si fingía?) y, cuando nos acercamos, se resguardó los ojos con la mano, como si papá y yo fuésemos apariciones cegadoras, demasiado brillantes para el ojo humano.

—¡Hola! —dijo papá.

—Hola —respondió Reynold.

—Anouk nos ha dicho que tienes grandes ideas que podrían interesarnos —dijo Oscar.

—No estamos perdiendo el tiempo aquí, ¿verdad? —preguntó Reynold.

—No, no estáis perdiendo el tiempo. Lo juro por la vida de mi hijo —dijo papá.

—¡Papá! —exclamé yo.

—Dadme un minuto para que reúna mis notas. ¡Hum!, Anouk, ¿puedes venir un momento?

Papá y Anouk se metieron en la habitación de papá y cerraron la puerta. Me hubiera gustado seguirles, pero no quería que Reynold y Oscar pensaran que me asustaba quedarme a solas con ellos, aunque me asustaba quedarme a solas con ellos. Asentimos con la cabeza entre nosotros, pero un asentimiento envejece pasados unos segundos. Así que dije: «¿Por qué tardarán tanto?», y entré en el dormitorio, donde Anouk estaba sentada en la cama mientras papá, arrodillado en el suelo e inclinado sobre una colección de cuadernos negros, pasaba frenéticamente las páginas. Fue una visión turbadora. Podía oírlo sisear; rezumaba ansiedad. Anouk me dirigió una mirada atemorizada.

—¿Qué haces ahí de pie? —espetó papá sin alzar la vista.

—¿Estás listo?

—Aún no ha elegido una idea —dijo Anouk.

—Están esperando.

—¡Lo sé!

—Lo has jurado por mi vida, ¿recuerdas?

—Bien, ahora nos calmaremos todos —dijo Anouk.

Llamaron a la puerta.

—¡Apaga la luz! —me susurró papá con urgencia.

—Nos han visto entrar, papá.

—¿Y a mí qué me importa, de todos modos? ¡Esto es una estupidez!

Papá cogió un puñado de cuadernos y salió a la sala. Anouk y yo lo seguimos. Papá se sentó en la butaca; hojeó despacio uno de sus cuadernos, chasqueando la lengua.

—Así que... sí... la idea... tengo un par que creí que podrían interesarles...

Hojeó hasta la última página y lo cerró; después de todo, parece que la idea no estaba allí, porque sacó otro cuaderno negro idéntico al primero. Y, de nuevo, pasó las páginas y chasqueó la lengua, con los globos oculares empapados en sudor. De ese cuaderno tampoco salió nada. Otro bolsillo contenía un tercer cuadernito negro.

—Yo sólo... ¡Ah, sí!, esto es algo que seguramente ustedes... No, no creo... Esperen... sólo un segundo más... lo juro... cinco segundos: cinco, cuatro, tres, dos, uno y el ganador es... ¡Hum!, sólo un segundo más.

Un pequeño gusano de sonrisa reptó por el rostro de Reynold. Quise aplastarlo con la pata de un elefante. En la mejor de las circunstancias, odiaba ver a mi padre retorcerse en un infierno de su propia creación, pero el escarnio de ojos ajenos era insoportable.

Papá estaba frenético e intentaba salir de su parálisis de indecisión, cuando Reynold chasqueó los dedos. Dos veces. Así debe de ser cómo la gente rica consigue hacer las cosas. Funcionó. Papá se detuvo y enseguida leyó lo que estaba escrito en la página que tenía abierta en aquel preciso instante.

—Idea para un restaurante de temática caníbal: todos los alimentos tienen la forma de una parte de la anatomía humana.

La idea quedó en el aire. Era idiota. Nadie respondió, porque no había razones para hacerlo. Los ojos de papá se zambulleron nuevamente en el cuaderno y siguieron buscando. Reynold no volvió a chasquear los dedos. No fue necesario. Papá empezó a anticiparse a los dedos, deteniéndose al azar en una idea para leerla en voz alta.

—Educación sobre drogas: hacer que los escolares pasen una semana viviendo con un yonqui en una casa ocupada en ruinas. Los niños verán cómo el yonqui se chuta, vomita, roba a su propia familia, roba en tiendas y finalmente muere de sobredosis. Los niños escribirán una redacción de quinientas palabras y la leerán en el funeral del yonqui, que será parte de la excursión diaria de la escuela. Cada vez que muera un yonqui, la clase tendrá que enterrarlo, hasta que la asociación de la heroína con la muerte quede incrustada en las mentes inconscientes de los niños.

Papá no pensaba. Sólo vomitaba ideas. Y no eran precisamente de las buenas.

—Los servicios a la comunidad serán obligatorios: dejaremos que los sin techo vivan en las casas de los banqueros y sacaremos a los enfermos mentales de las calles y les dejaremos cagar en los retretes de los publicistas.

—Siguiente —dijo Reynold con calma.

—Controlar a los famosos mediante mecanismos electrónicos, como si fuesen ganado, de modo que, cuando vayan por la calle...

—Siguiente.

—Basándonos en las emisiones de los automóviles y en el uso del agua, calcular cuánto daño hará cada individuo al entorno y registrarlo a nombre de esa persona y sentenciarlo a pasar un equivalente en horas o dinero haciendo algo en beneficio del medio ambiente.

Los ojos de Reynold parpadearon lo suficiente para hacernos entender que estaba pensando.

—¿Cómo se puede hacer dinero con eso?

—No se puede.

—Siguiente.

—Convertir a cada hombre, mujer y niño de este país en millonarios.

Reynold no dijo nada, lo dijo con los ojos. Su desdén se convirtió en otra entidad allí presente.

—Aunque eso fuera posible, ¿por qué ibas a hacerlo?

Era una buena pregunta. Papá se disponía a responder, cuando Reynold dijo:

—Bien, Martin. Te hemos escuchado; ahora quiero que nos escuches tú a nosotros. ¿Te parece justo?

—De acuerdo.

—Queremos un especial de televisión sobre Terry Dean. La verdadera historia, ¿comprendes? Detalles que no sepamos. Una miniserie, quizá. Dos grandes noches. La historia contada desde una perspectiva insólita.

El nombre de su hermano hizo que papá se tensara tanto que pareció envasado en hielo.

—¿Y qué os lo impide? —preguntó, angustiado.

—Tú. Tenemos los informes policiales y periodísticos de la época, pero todos los que estaban allí desaparecieron en el incendio. Tú eres el único superviviente que conoce la historia desde dentro. No podemos hacerlo sin tu contribución. Nos queda mucho por saber.

—¿Por eso habéis venido?

—Sí.

De modo que así era como Anouk había convencido a estos magnates para que vinieran a escuchar las inanes ideas de mi padre. ¡Menudo error de cálculo! Nos sentamos durante el más prolongado de los tiempos en el silencio más terrible y siniestro, un tiempo en el que temí que papá estrangulase todos los cuellos de la estancia. Cerró los ojos, los abrió de nuevo. Pasados unos minutos, cuando se hizo evidente que papá no iba a decir ni una palabra más, Oscar anunció:

—Bien, nos vamos.

En cuanto se fueron, papá se levantó de la silla como si levitase, salió de casa y desapareció en el laberinto. Anouk corrió tras él. Yo no me moví durante una hora, paralizado por visiones de mi padre matándose, o jodiéndola de algún modo que le procurase otro asalto en el psiquiátrico, y me avergüenza decir que esos pensamientos atroces no me asustaron ni entristecieron, sino que me aburrieron hasta las lágrimas. Así de harto estaba de él.

X

No había visto ni oído nada de la Coloso desde hacía casi una semana. Jugué a esperar con el teléfono y perdí. En mi imaginación, el teléfono se había convertido en un extraño sustituto de su persona, una representación plástica. El teléfono guardaba silencio porque ella guardaba silencio. Empecé a odiar el teléfono, como si ella me lo hubiese enviado como su delegado, por considerarse demasiado importante para venir en persona.

Caminaba arrastrando los pies por el laberinto cuando decidí molestar a Anouk. Poco después de que nos mudáramos, papá le había cedido una habitación para que la utilizase como estudio. Además de ser sexy e irritante, Anouk era una especie de artista, una escultora. Se tomaba muy en serio lo de plasmar el sometimiento de la mujer, la emasculación del hombre y la subsiguiente ascensión de la mujer a un plano más elevado de la conciencia. Es decir, la habitación estaba llena de vaginas y penes diseccionados. Era un turbador popurrí de genitales; había penes flacos y flácidos vestidos con harapos, penes ensangrentados y sin vida como soldados muertos en un lóbrego campo de batalla, penes con sogas alrededor del tronco, dibujos a carbón de penes aterrorizados, penes melancólicos, penes llorando en los funerales de penes muertos... ¡pero no eran nada, comparados con las vaginas victoriosas! Vaginas con alas, grandes vaginas ascendentes, vaginas moteadas de luz dorada, vaginas en tallos verdes, con pétalos amarillos en lugar de vello púbico, vaginas con amplias bocas sonrientes; había danzantes vaginas de barro, vaginas exultantes de escayola, jubilosas vaginas en forma de vela, con mechas como un cordel de tampón. Las palabras más temidas que se oían en casa las pronunciaba Anouk cuando llegaba un cumpleaños.

—Te voy a esculpir algo —decía, y ninguna sonrisa era lo bastante amplia para ocultar los océanos de terror que bullían debajo.

Anouk estaba echada en su diván; dibujaba carteles de SALVAD EL BOSQUE cuando entré. No me molesté en preguntar qué bosque.

—Oye, ¿estás libre esta noche? —preguntó.

—Hoy no es el día para pedirme que salve nada —repliqué—. En mi estado actual, la destrucción sistemática está más en mi línea.

—No es para eso. Me encargo de la iluminación de una obra de teatro.

Por supuesto. Anouk era la persona más ocupada que conocía. Por la mañana confeccionaba largas listas de lo que tenía que hacer y, al final día, las había hecho todas. Llenaba cada segundo de su vida con reuniones, protestas, yoga, esculturas, terapias de renacimiento, reiki, clases de danza; se unía a organizaciones y las abandonaba hecha una furia; repartía panfletos, y hasta conseguía hacer un hueco para desastrosas relaciones. Nunca he conocido a nadie con una vida tan arraigada en la actividad.

—No sé, Anouk. ¿Es una obra profesional?

—¿A qué te refieres?

¿Que a qué me refería? Me refería a que respeto el derecho de cualquiera a subirse a un escenario y hablar con voz ensordecedora, pero eso no lo convierte en una salida nocturna tolerable. Por experiencias previas, podía afirmar sin prejuicio alguno que los amigos de Anouk llevaban el teatro amateur a unos mínimos nuevos e incomprensibles.

—¿Papá te habla? —le pregunté.

—¡Pues claro!

—Pensé que, después de lo de la otra noche, quizá se le hubiera ocurrido asesinarte.

—Para nada. Tu padre está bien.

—¿Está bien? Creía que estaba deprimido y suicida.

—¿Vienes a ver la obra o no? La verdad es que no doy otra opción. Tú te vienes, y no se hable más.

Existe el teatro, existe el teatro amateur y luego existe un grupo de personas que se cruzan en una sala oscura y te hacen pagar por el privilegio de sentir vergüenza ajena durante dos horas. Esta obra pertenecía a la última categoría, y cada segundo dolía.

Anouk era responsable de un único foco de luz, que mecía por el escenario como en busca de un preso huido que hubiese saltado una tapia. Pasados cuarenta minutos, ya había agotado todas mis fantasías de una Apocalipsis súbita, así que me volví para mirar las caras del público. Las caras que vi parecían disfrutar de la obra. Mi perplejidad fue indescriptible. Luego pensé de verdad que los ojos me jugaban una mala pasada: sentado en la última fila, totalmente en vilo y con aspecto de estar disfrutando de la obra, estaba Oscar Hobbs.

La risa sonora y artificial de uno de los actores me llamó la atención. Era la peor risa fingida que había oído en la vida, y tuve que comprobar quién era el responsable. Durante los veinte minutos siguientes me quedé cautivado por este personaje secundario (su sonrisa falsa, algún gesto con las cejas del todo hilarante y luego una escena completa de sollozos sin lágrimas). Cuando la obra terminó, encendieron las luces y el público aplaudió (¡quizá con sinceridad!); eché un vistazo a la sala, a tiempo de ver que Oscar Hobbs se escurría por la puerta trasera.

Sorprendentemente, al día siguiente encontré en los periódicos una crítica de la obra. Eso también asombró a todos los involucrados en la producción: una obra menor y chapucera en un teatro sórdido e inmundo atraía tanto a los críticos profesionales como a los sin techo que buscaban un plato de sopa, y los organizadores, dada la poca fe que tenían en su profesionalidad, no se habían molestado en alertar a los medios de comunicación. Lo más extraño y sospechoso no era la crítica en sí, sino su contenido: sólo trataba de la iluminación de la obra. «Profundamente envolvente», «temperamental y fascinante» y «audaz y sombría». Todos cuantos lo leyeron coincidieron en que era lo más tonto que habían visto. No se mencionaba a los actores, al director o al autor. A Anouk le sorprendió tanto la crítica como la reacción infantil y desagradable de sus colegas, que se volvieron contra ella ferozmente, acusándola de haber amañado el reportaje, sobornado al periodista y de «querer lucirse con el foco».

Anouk estaba confusa, yo no. Había visto a Oscar Hobbs en la sala y no era difícil adivinar su papel en todo aquello. ¿Qué me parecía? Tan sólo divertido. Los dioses pueden bajar y salivar por los mortales como el resto de nosotros, ¿no? Anouk tenía uno de esos cuerpos que te exigían, como hombre, una atención extasiada, y Oscar Hobbs era un hombre, a fin de cuentas. Como he dicho, era divertido, nada más, y pese a que disfrutaba viendo la perplejidad de mi familia, amigos y colegas, no puedo guardar un secreto durante mucho tiempo. Así que esa noche, después de que Anouk colgara el teléfono al final de una larga discusión con el productor de la obra, se lo conté.

—¿Por qué no me lo has dicho? —gritó.

—Acabo de hacerlo.

Arrugó el rostro hasta que sus ojos, nariz y boca no fueron mayores que los de un mandarín.

—¿Qué diablos quiere? —dijo con tranquilidad.

Señalé su cuerpo y contesté:

—Adivina.

—¡Pero si puede conseguir a quien quiera!

—Quizá por algo que dijiste en el casino. ¿Qué le dijiste?

—Nada.

—Vamos.

—De acuerdo. Le dije que su alma tiene una de esas manchas que lo emborronan todo cuando intentas limpiarla.

Dos días después, estaba ante el edificio donde trabajaba fumando un cigarrillo con mi jefe, Smithy. Pensaba que pronto dejaría el trabajo y que nunca me perdonaría no hacer públicos los defectos de mis colegas antes de mi marcha. Imaginaba el mal rollo de la fiesta de despedida cuando un Porsche Spider llegó a una zona de prohibido aparcar y aparcó. Era el coche en que murió James Dean. Un bonito coche. No me importaría morir ahí, si pudiera permitírmelo.

—Recréate la vista en eso —dijo Smithy.

—Ya lo hago.

Oscar salió del coche y se acercó.

—Jasper.

—¡Eres Oscar Hobbs! —dijo Smithy, conmocionado.

—Así es —replicó Oscar.

—Ése es el problema de ser famoso —dije yo—. Todo el mundo te dice tu nombre.

—Jasper. ¿Puedo hablar un momento contigo?

—Claro —respondí y, volviéndome hacia Smithy, me excusé.

Smithy asintió con entusiasmo, todavía con cara de traumatizado, como si acabase de encontrarse una vagina entre sus propios genitales.

Oscar y yo nos dirigimos a una pequeña zona iluminada. Parecía nervioso.

—Me siento algo raro por venir a verte.

—¿Por qué? —pregunté, intuyendo la respuesta.

—Anouk vino a mi despacho y me puso de vuelta y media por esa crítica.

—¿Eso hizo?

—También me aseguré de que los medios hablasen de una manifestación ecologista a la que fue. Pero estaba furiosa. No lo comprendo. Me odia de verdad, ¿no?

—No es nada personal. Odia a los ricos.

—¿Qué puedo hacer para gustarle?

—Si pudieras demostrar que estás oprimido, eso ayudaría.

Asintió con rítmicos movimientos de cabeza, como si fuera un compás.

—De todas formas, ¿qué quieres de Anouk? Me parece a mí que haces muchos esfuerzos. He visto las mujeres que te van. Anouk está bien, y es guapa a su manera, pero esto no tiene sentido. Puedes agenciarte cualquier über-mujer siempre que quieras. ¿Qué te pasa?

—El mundo está lleno de personas corrientes, Jasper. Unas son hermosas, otras no. Lo que escasea son las personas extraordinarias, interesantes, originales y creativas, con ideas propias. Ahora bien, mientras espero a esa mujer extraordinaria, si tengo que pasar el rato con una mujer corriente, ¿crees que lo haré con una mujer corriente y hermosa o con una mujer corriente y poco atractiva?

No había necesidad de responder, así que no lo hice.

—Las mujeres como Anouk abundan mucho menos de lo que crees, Jasper.

Cuando se hubo marchado, Smithy dijo, con afectado descuido:

—¿De qué conoces a Oscar Hobbs?

Y yo le respondí:

—Ya sabes, de por ahí.

Y como soy tan lamentable como el que más, y tengo un descomunal ego, durante el resto del día me sentí alguien importante.

Ahora bien, seguía confuso. ¡Este hombre no sólo corría tras Anouk como un dragón tremebundo, sino que además estaba realmente loco por ella y Anouk lo rechazaba! Quizás el poder sea un afrodisíaco, pero los prejuicios personales son una ducha de agua fría y, evidentemente, más poderosos que el poder mismo. Recuerdo que en cierta ocasión Anouk me llevó a un mitin donde el orador decía que los barones de los medios de comunicación tenían al gobierno en el bolsillo, y un mes más tarde me llevó a otro mitin donde este orador dijo que el gobierno tenía en el bolsillo a los barones de los medios de comunicación (Anouk estuvo de acuerdo con ambos). Recuerdo que intenté explicarle que sólo parece que lo están porque, por pura coincidencia, el gobierno y los periódicos tienen exactamente el mismo objetivo: hacer que la gente se cague de miedo y viva en un estado de terror permanente. A Anouk no le importó. Declaró su odio eterno hacia ambos grupos y nada pudo convencerla de lo contrario. Empecé a considerar la cara rica y hermosa de Oscar como un entretenido banco de pruebas para la fortaleza y la vitalidad de los prejuicios de Anouk.

Llegué a casa cuando se ponía el sol y caminé como en sueños por las sombras cada vez más alargadas del laberinto. Era uno de mis momentos preferidos del bosque: el filo de la noche. Al acercarme a la cabaña, vi a la Coloso en llamas esperándome en la veranda. Nos apresuramos dentro e hicimos el amor y yo examiné su rostro con atención, para asegurarme de que no pensaba en nadie que no fuera yo. Francamente, no logré saberlo.

Al cabo de media hora, se oyó una voz en la puerta.

—¡Toc, toc! —exclamó la voz.

Hice una mueca. Esta vez era mi padre. Salí de la cama y abrí la puerta. Mi padre vestía un albornoz que había comprado meses atrás y la etiqueta con el precio aún le colgaba de la manga.

—Oye, dime algo de esa novia tuya.

—¡Chist, ahora duerme! —Salí a la veranda y cerré la puerta—. ¿Qué pasa con ella?

—¿Toma la píldora?

—¿Y eso a ti qué te importa?

—¿La toma?

—Pues resulta que no. Le da alergia.

—¡Magnífico!

Respiré hondo, decidido a soportarlo con tanta paciencia como hubiera acumulado en las profundidades de mi ser. Su sonrisa secó el depósito.

—De acuerdo, tú ganas. Tengo curiosidad. ¿Por qué te parece magnífico que mi novia no tome la píldora? Y más te vale que la respuesta sea buena.

—Porque eso implica que usáis condones.

—Papa. ¿Y qué más da, joder?

—Esto... ¿puedes dejarme unos cuantos?

—¿Condones? ¿Para qué?

—Para ponérmelos en la...

—¡Ya sé para qué son! Sólo que... creía que las prostitutas se traían sus condones.

—¿No crees que puedo acostarme con alguien que no sea una prostituta?

—No, no lo creo.

—¿No crees que pueda atraer a una ciudadana normal?

—Te he dicho que no.

—¡Menudo hijo!

—Papá —empecé, pero no se me ocurrió un final para la frase.

—Bueno, ¿qué? ¿Tienes?

Fui a mi dormitorio, saqué un par de condones de la mesita de noche y se los llevé.

—¿Sólo dos?

—Vale, llévate todo el paquete. Móntate una fiesta. No soy una farmacia, ¿sabes?

—Gracias.

—Espera... esta mujer. Es una mujer, ¿no?

—Claro que es una mujer.

—¿Ahora está en tu casa?

—Sí.

—¿Quién es? ¿Dónde la has conocido?

—Considero que ése no es asunto de tu incumbencia —dijo, bajando la escalera con una leve cadencia en el paso.

Sucedían cosas muy extrañas. A Anouk la perseguía un hombre que había sido nombrado el soltero más cotizado de Australia por la revista *Guess Who* y papá se acostaba con una persona o personas desconocidas no profesionales. Nuevos dramas se agitaban en el laberinto.

Los pájaros matinales, esos pequeños despertadores con plumas, me despertaron alrededor de las cinco. La Coloso en llamas no estaba a mi lado. La oí llorar en la veranda. Me quedé acostado, escuchando sus sollozos profundos y sincopados. Tenían cierto ritmo. De pronto, supe lo que estaba haciendo. Salté de la cama y corrí fuera. ¡No me equivocaba! Tenía el tarrito de mostaza apoyado en la mejilla y depositaba en su interior una nueva hornada de lágrimas. Estaba casi lleno.

—Esto no está bien —le dije.

Parpadeó con inocencia. Eso me hizo perder los estribos. Avancé y le arranqué el tarro de las manos.

—¡Dámelo!

—Nunca conseguirás que se las beba. ¿Qué le dirás que es? ¿Limonada?

—¡Devuélvemelo, Jasper!

Desenrosqué la tapa, le dirigí una mirada desafiante y vertí el contenido en mi garganta.

Ella gritó.

Yo tragué.

Tenía un sabor repugnante. Os lo aseguro, ésas sí que eran unas lágrimas amargas.

Me miró con un odio tan intenso que comprendí que había hecho algo imperdonable. Pensé que aquello me traería una maldición de por vida, como molestar a una momia en su tumba. Había bebido unas lágrimas que ella no había vertido por mí. ¿Qué me sucedería ahora?

Sentados en nuestros respectivos rincones, contemplamos la salida del sol y el romper del día. El bosque empezó a cobrar vida. Se levantó algo de viento y los árboles murmuraron entre sí. Oí a la Coloso pensar. La oí parpadear. Oí los latidos de su corazón. Oí las cuerdas y poleas que alzaban el sol en el cielo. A las nueve se levantó y se vistió sin hablar. Me besó en la frente como si fuera un hijo al que estaba obligada a perdonar y se marchó sin mediar palabra.

No habían pasado ni diez minutos cuando noté algo, cierto alboroto. Agucé el oído y oí voces distantes. Me eché un albornoz encima, salí de la cabaña y avancé zigzagueando hasta allí.

Entonces los vi juntos.

Papá se había enzarzado en una conversación con la Coloso. Papá, un laberinto dentro de un laberinto, le hablaba como si estuviera practicando una actividad vigorosa, como un concurso de tala de árboles. ¿Qué debía hacer yo? ¿Interrumpirle? ¿Asustarlo? ¿Cómo?

Espero que no le esté preguntando por su alergia a la píldora o si prefiere los condones estriados a los de sabores, pensé. No, no se atrevería. Pero, dijera lo que dijera, estaba seguro de que me hacía más mal que bien. Los observé con ansiedad durante unos minutos, luego la Coloso se alejó y dejó a mi padre con la palabra en la boca. ¡Bien por ella!

Esa noche fuimos a un pub. Era una noche concurrida, y cuando fui a por las bebidas recibí muchos codazos. Todos en la barra intentaban captar la atención del camarero. Algunos clientes avasalladores agitaban su dinero en el aire, como diciendo: «¡Mira! ¡Tengo dinero del bueno! ¡Sírveme a mí primero! ¡El resto quiere pagarte con huevos!»

Cuando volví con la Coloso, ella me dijo:

—Tenemos que hablar.

—Creía que ya estábamos hablando.

No respondió a eso. Ni siquiera confirmó o negó que hubiéramos estado hablando.

—De todos modos —añadí—, ¿por qué dices que tenemos que hablar como prefacio a tener que hablar? ¿Quieres hablar? ¡Pues habla!

Estaba poniéndome frenético porque sabía más o menos lo que vendría a continuación. Ella iba a romper conmigo. De pronto, el invierno me había entrado en el cuerpo.

—Vamos, te escucho —dije.

—No vas a ponérmelo fácil, ¿verdad?

—Claro que no. ¿Qué soy, un santo? ¿Me consideras una persona especialmente generosa? ¿Acaso amo a mis enemigos? ¿Soy voluntario en comedores de beneficencia?

—Cállate, Jasper, y déjame pensar.

—Primero quieres hablar. Ahora quieres pensar. ¿No has meditado esto? ¿No has imaginado al menos un discurso antes de salir esta noche? ¡No me digas que estás improvisando! ¡No me digas que te lo inventas sobre la marcha!

—¡Joder! ¡Cállate un minuto!

Cuando intuyo que alguien está a punto de herirme emocionalmente, me resulta muy difícil evitar la tentación de portarme como un niño. En aquel preciso instante, sin ir más lejos, tuve que esforzarme para no contar atrás los sesenta segundos en voz alta.

—Creo que necesitamos un descanso.

—¿Un descanso significa una pausa prolongada o una pausa definitiva?

—Será mejor que dejemos de vernos.

—¿Tiene esto algo que ver con mi padre?

—¿Tu padre?

—Os he visto hablando esta mañana, después de que te fueras. ¿Qué te ha dicho?

—Nada.

—No ha podido no decir nada. Ese hombre ha sido incapaz de no decir nada en toda su vida. Además, has hablado con él durante, digamos, diez minutos. ¿Ha dicho algo en mi contra?

—No... nada. En serio.

—Entonces, ¿de qué va todo esto? ¿Es porque me bebí tus lágrimas?

—Jasper... sigo enamorada de Brian.

No dije nada. No hacía falta ser un físico cuántico para entenderlo. O un genio de las matemáticas. O un Einstein. Luego pensé: «No creo que los físicos cuánticos, los genios de las matemáticas o Einstein sean tan brillantes a la hora de cartografiar el mapa de las relaciones humanas. ¿Y por qué siempre se pone como ejemplo a los físicos cuánticos, a los genios de las matemáticas y a Einstein? ¿Por qué no a arquitectos, o abogados criminalistas? ¿Y por qué no, en lugar de Einstein, a Darwin, o a Heinrich Böll?»

—¿No piensas decir nada?

—Estás enamorada de tu ex novio. No hay que ser Heinrich Böll para entenderlo.

—¿Quién?

Meneé la cabeza, me levanté y salí del pub. Oí que me llamaba, pero no me volví.

Una vez fuera, rompí a llorar. ¡Menudo fastidio! Ahora tendría que convertirme en alguien rico y triunfador para que ella se arrepintiera de haberme dejado. Otra cosa que hacer en esta vida corta y ajetreada. ¡Dios! Se me estaban acumulando.

No podía creer que la relación hubiera terminado. ¡Y el sexo! ¡Esa fortuita conjunción de nuestros cuerpos, acabada! Supuse que era mejor así. En realidad, nunca he querido que nadie me gritara: ¡te he dado los mejores años de mi vida! Así, los mejores años de su vida aún estaban por llegar.

¿Y por qué? Quizá la hubiera cabreado que me hubiese bebido las lágrimas y quizá siguiera enamorada de su ex novio, pero sabía que papá había dicho algo que había colmado el vaso. ¿Qué le habría dicho? ¿Qué cojones le habría dicho? ¡Basta! No me importa lo que haga; puede escribir un manual del crimen, instalar un buzón de sugerencias, incendiar un pueblo, destrozar un club nocturno, estar internado en un psiquiátrico, construir un laberinto, pero no consiento que le toque un solo pelo de la cabeza a mi vida amorosa.

Mi padre era una forma concentrada y apestosa de caos y no permitiría que continuara arruinando mi vida. Si la Coloso podía romper conmigo, yo podía romper con mi padre. No me importa lo que digan, es posible romper con la familia.

De camino a su casa, ¡reuní cuantas partículas de energía pude para echárselas a la puta cara!

Las luces estaban apagadas. Abrí la puerta y entré a hurtadillas. Oí extraños sonidos procedentes de su habitación. Estaría llorando de nuevo. Pero no parecía un simple llanto. Parecía como un sollozo. Bueno, ¿y qué? Me insensibilicé frente al reclamo de la compasión. Seguí adelante, abrí la puerta y lo que vi me resultó tan chocante que no tuve la decencia de cerrar la puerta. Papá estaba en la cama con Anouk.

—¡Lárgate! —gritó él.

Fui incapaz de moverme:

—¿Desde cuándo...? —pregunté.

—Joder, Jasper, ¡vete de aquí! —gritó papá de nuevo.

Sé que debería haberme ido, pero mis pies parecían tan anonadados como mi cabeza.

—¡Vaya chiste!

—¿Por qué es un chiste? —preguntó papá.

—¿Qué gana ella?

—¡Déjanos en paz, Jasper! —gritó Anouk.

Retrocedí hasta salir de la habitación y cerré la puerta. Era realmente insultante. Anouk no había querido acostarse conmigo y, sin embargo, había saltado a la cama de mi padre. Y, ¡ehhh...!, con mis condones. Pero ¿qué hacía ella con papá cuando Oscar Hobbs quería llevársela al huerto? ¿Acaso era aquello un lamentable culebrón? Papá era un hombre que había pasado la mayor parte de su vida ausente de las relaciones humanas y al final se había embarcado en una con su única confidente, simplemente para acabar en el punto más gris de un triángulo amoroso donde, si prevalecía la lógica, iba a perderla.

Pero eso ya no era asunto mío.

A la mañana siguiente me levanté temprano. Decidí que lo más práctico sería encontrar una habitación en una casa compartida con yonquis, algo barato y asequible para no gastarme mis magros ahorros en una simple estantería. Respondí a un montón de anuncios en el periódico. No había muchos que no especificasen, en letras mayúsculas, que buscaban una MUJER. Parecía del dominio público que los hombres no habían conseguido llevar a cabo el salto evolutivo adecuado, el que les permitía limpiar a su paso. Los pisos y casas que sí permitían la existencia de hombres no eran tan malos, aunque en todos vivía gente. Claro que lo sabía de antemano, pero sólo cuando me encontré cara a cara con otros humanos comprendí que necesitaba estar solo. Se esperaba que fuésemos corteses los unos con los otros, tanto de vez en cuando como TODOS LOS DÍAS. ¿Y si quería pasarme seis horas mirando por la ventana de la cocina en ropa interior? No, la soledad de vivir en una cabaña en el centro de un laberinto me había inutilizado para la convivencia.

Al final me decidí por un estudio y me quedé con el primero que vi. Una habitación y un baño y una mampara entre la zona principal y la pequeña cocina, empotrada a lo largo de una pared. No era para hacerse ilusiones. No había nada especial sobre lo que decir: «¡Pero mira esto! ¡Tiene un...!» No tenía nada. Era sólo una habitación. Firmé el contrato, pagué el alquiler y el depósito y me dieron las llaves. Entré, me senté en el suelo de la estancia vacía y fumé un cigarrillo tras otro. Alquilé una furgoneta, la llevé a la cabaña y metí dentro todas las posesiones que quería conservar.

Luego me dirigí a la casa. Papá estaba en la cocina, vestido con el albornoz que aún tenía la etiqueta colgando. Silbaba atonalmente mientras cocinaba pasta.

—¿Dónde está Anouk? —pregunté.

—No estoy seguro.

Quizá con Oscar Hobbs.

La salsa de la pasta borbotaba y, en otro cazo, había unas verduras que parecían llevar mucho tiempo hirviendo, como si quisiera sangrarles hasta el último rastro de sabor. Me miró de un modo extraño y dijo:

—Comprendo que te haya sorprendido. Tendríamos que habértelo dicho. Pero bueno, ahora ya lo sabes. Oye, igual algún día podemos salir los cuatro.

—¿Qué cuatro?

—Anouk y yo, y tú y tu chica.

—Papá, me marcho.

—No me refería a esta noche.

—No. Me marcho del todo.

—¿Te marchas del todo? ¿Quieres decir que... te marchas?

—He encontrado un apartamento en la ciudad. Un estudio.

—¿Ya has encontrado un sitio?

—Sí... he dejado un depósito y dos semanas de alquiler.

Un escalofrío le recorrió el cuerpo, un escalofrío que pude ver.

—¿Y cuándo te trasladas?

—Ahora.

—¿Ahora mismo?

—He venido a despedirme.

—¿Y qué pasa con tus cosas?

—He alquilado una furgoneta. He metido en ella todo cuanto necesito.

Papá estiró los brazos de un modo extraño y dijo con voz apática y artificial:

—No me dejas mucho que decir.

—Supongo que no.

—¿Y qué pasa con tu cabaña?

—No me la llevo.

—No, quería decir...

No acabó la frase. No sabía lo que quería decir. Papá empezó a respirar pesadamente por la nariz. Intentaba no parecer abatido. Yo intentaba no parecer culpable, pero sabía que, al perderme a mí, perdía a la única persona que lo comprendía. También me sentía culpable por otras razones. Me preguntaba qué le pasaría a su cabeza. ¿Y cómo iba a dejarlo con aquella cara? ¿Aquella cara triste y solitaria y aterrorizada?

—¿Necesitas ayuda para el traslado?

—No, todo está listo.

Era como si hubiésemos estado jugando toda la vida y el juego terminase y estuviéramos a punto de quitarnos las máscaras y los uniformes y estrecharnos la mano, diciendo: «Gran juego.»

Pero no lo hicimos.

De pronto, todo el odio y el resentimiento que sentía hacia mi padre se evaporaron. Me dio muchísima lástima. Lo vi como una araña que despertó creyéndose mosca, sin comprender que estaba atrapada en su propia telaraña.

—Bueno, será mejor que me vaya —le dije.

—¿Tienes teléfono?

—Todavía no. Te llamaré cuando me lo instalen.

—De acuerdo. Bien, ¡adiós!

—¡Nos vemos!

Al volverme para salir, papá emitió un gruñido sordo, como de intestinos revueltos.

5

Nota del autor: Mi versión original de este capítulo fue directamente a la trituradora de papel en cuanto descubrí entre los papeles de mi padre los primeros cinco capítulos de su biografía inconclusa. Yo acababa de escribir toda mi historia y me sentí francamente molesto, sobre todo porque su relato cubría este período mejor que mi versión de los hechos. No sólo era su versión más concisa, porque no contenía mi larga digresión sobre la reciente superabundancia de calendarios con fotos de curas sexys; también me irritó que la historia de papá contradijera gran parte de la mía e incluso parte del capítulo anterior (cuatro), en el que yo tanto había trabajado. No obstante, guiado por mis dos estrellas, la impaciencia y la pereza, no he modificado nada del capítulo cuatro y he decidido reproducir aquí la biografía inconclusa de papá, con algunas correcciones, como el capítulo cinco. Mi versión del capítulo cinco andará por algún lado (en realidad, no la arrojé a la trituradora). Espero que en años venideros se convierta en una pieza rara de valor: al mejor postor.

~~Mi vida, por Martin Dean~~
~~Historia de un solitario, por Martin Dean~~
~~Historia de un fracasado, por Martin Dean~~
~~Nacido para menospreciar, por Martin Dean~~
Biografía sin título de Martin Dean, por Martin Dean

Capítulo uno

¿Por qué escribir esta biografía? Porque es un privilegio de mi clase. Ahora bien, antes de que empecéis a gritar, no me refiero a la clase obrera, media o alta; me refiero a la verdadera lucha de clases: famoso frente a memo común. Guste o no, soy una celebridad y eso significa que os interesa cuántas tiras de papel higiénico utilizo para limpiarme el culo, mientras que a mí ni siquiera me importa si os lo limpiáis o lo dejáis tal cual. Ya sabéis a qué me refiero. No finjamos que las cosas son de otro modo.

Todos los famosos que escriben sus biografías se sirven del mismo truco con sus lectores: cuentan alguna verdad degradante sobre su persona, lo que predispone a considerarlos sinceros, y luego sacan todas las mentiras. Yo no haré eso. Contaré sólo la verdad, aunque acabe oliendo a fertilizante. Y, sólo como advertencia, aunque comprendo que una autobiografía debe tratar los primeros años de vida (es decir, Martin Dean nació en tal y cual fecha, fue a tal y cual escuela, accidentalmente dejó embarazada a tal y cual mujer, etc.), tampoco lo haré. En su lugar, empezaré por donde estaba mi vida cuando se produjo el gran cambio.

A la sazón tenía cuarenta y un años, estaba en paro y vivía de ayudas a la manutención del menor, aunque yo era el padre. Reconozco que éste no es el espíritu que ha hecho grande a nuestro país, sino el que ha hecho que vayas a la playa en día laborable y la encuentres a rebosar. Una vez a la semana pasaba por la oficina de empleo y mostraba una lista de trabajos que no había intentado conseguir, lo que cada vez exigía mayores dosis de energía e imaginación. Os lo aseguro, por aquí se está poniendo muy difícil lo de no conseguir trabajo. ¡Algunos jefes contratarían a cualquiera!

Para colmo, estaba pasando por el humillante proceso de envejecer. Allá donde iba me encontraba con mis recuerdos y me preocupaba una familiar sensación de traición, de haber traicionado a mi destino. Pasé muchos meses pensando en mi muerte, hasta que llegó a parecerme la muerte de un tío abuelo que no sabía que tuviera. Fue entonces cuando me enganché a las tertulias radiofónicas; sobre todo, escuchaba a gente mayor que un día salía de su casa y no reconocía nada, y cuanto más escuchaba sus interminables quejas, más comprendía que hacían, a su manera, lo mismo que yo: protestar por el presente, como si hubiera un futuro y tuviésemos la opción de votar en contra.

No había vuelta de hoja: estaba en crisis. Sin embargo, las recientes modificaciones en las pautas conductuales de los diferentes grupos de edad dificultaban determinar qué tipo de crisis atravesaba. ¿Cómo podía ser una crisis de los cuarenta si los cuarenta eran los nuevos veinte, los cincuenta los nuevos treinta y los sesenta los nuevos cuarenta? ¿Dónde coño estaba yo? Tuve que leerme el suplemento de moda dominical para asegurarme de que no estaba pasando la pubertad.

¡Y si eso hubiera sido lo peor!

De pronto, me mortificaba lo ridículo que era vivir en un laberinto diseñado por mí. Me asustaba que un día se me recordase por ello, de la misma manera que me aterrorizaba no ser recordado en absoluto, a diferencia de mi puto hermano, del que todavía se hablaba, que todavía ocupaba el corazón de todos mis compatriotas, que todavía aparecía en libros semiacadémicos sobre los personajes representativos de Australia, en pinturas, novelas, cómics, documentales, teleseries y la ocasional tesis de estudiante. De hecho, mi hermano se había convertido en una industria. Fui a la biblioteca y encontré no menos de diecisiete libros que relataban (de forma incorrecta) la historia de Terry Dean, así como incontables referencias a su persona en libros sobre deporte australiano, crimen australiano y los que abordaban el tema aburrido y narcisista de definir nuestra identidad cultural. ¡Y la cumbre de mi vida creativa había sido construir un estúpido laberinto!

Me pregunté por qué nadie me había detenido. Me pregunté por qué mi amigo Eddie me había prestado el dinero tan gustosamente, a sabiendas de que un hombre que vive en un laberinto diseñado por sí mismo tiene que volverse loco a la fuerza. Para acabarlo de rematar, no le había devuelto el dinero y desde entonces había seguido manteniéndome. En realidad, ahora que lo pensaba, Eddie me había prestado dinero despiadadamente desde que lo conocí en París y, aún peor, brutalmente, sin conciencia, jamás había pedido que se lo devolviese. ¡Jamás! Me convencí de que tendría un motivo encubierto. Me trabajé una paranoia frenética al respecto y comprendí que odiaba a mi mejor amigo. Al recordar sus gestos y expresiones, se me ocurrió que él también me odiaba y pensé que los amigos se odian en todo el mundo y que no debía preocuparme por eso; pero sí me molestaba la súbita convicción de que Eddie me aborrecía. Me mortificaba la cuestión de por qué demonios no lo había notado antes.

Por último descubrí, para mi vergüenza, que había perdido todo interés en mi hijo como persona. Desconozco el motivo exacto. Quizá la novedad de ver cómo quedaban mis ojos y mi nariz en la cara de otra persona ya se había desvanecido. O quizá porque sentía que había algo sórdido, cobarde, inquieto y rijoso en mi hijo, algo que también reconocía en mí. O quizá porque, pese a toda una vida intentando que mi personalidad le sirviera de influencia, mi hijo se las había arreglado para salir totalmente distinto a mí. Se había vuelto soñador y positivo y se tomaba las puestas de sol muy en serio, como si el desenlace del asunto no fuera siempre que el sol se pone, sino que cupiese la posibilidad de que se detuviera en el horizonte y volviera a subir. Le gustaba pasear por el campo, escuchar la tierra y acariciar las plantas. ¡Imaginaos! ¡Un hijo mío! ¿No es ése motivo para volverle la espalda? Aunque quizá, para ser sincero, la razón de que hubiese perdido el interés en él era que él había perdido el interés en mí.

Cada vez me sentía más incapaz de hablar con él, o simplemente de hablarle; los intervalos de silencio entre nosotros fueron alargándose hasta el extremo de no poder pronunciar una sola palabra ni hacer un simple sonido sin disgustarlo, ni tan sólo un «¡Oh!» o un «¡Hum!». Sentía que, con cada mirada y cada gesto, me acusaba de todos los crímenes que puede cometer un padre salvo el infanticidio. Se negaba categóricamente a hablarme de su vida amorosa, su vida sexual, su vida laboral, su vida social y su vida interior. De hecho, había tantos temas que me prohibía discutir que ya esperaba ver censurado el «¡Buenos días!». Pensé: «No es mi conversación lo que encuentra desagradable, sino mi misma existencia.» Si lo recibía con una sonrisa, él fruncía el ceño. Si yo fruncía el ceño, él sonreía. Trabajaba fervientemente para convertirse en mi reflejo opuesto. ¡Cuánta ingratitud! Después de todo lo que había intentado enseñarle: que hay cuatro clases de personas en este mundo, las que están obsesionadas por el amor, las que lo tienen, las que de niños se ríen de los retrasados y las que siguen haciéndolo hasta bien entrada la edad adulta. Todo un filón de sabiduría, ¿verdad? Pero el ingrato de mi hijo ha elegido rechazarlo todo, por completo. Claro que yo sabía que las directrices contradictorias que le había vociferado durante toda su vida acabarían por confundirlo. No sigas al rebaño, le predicaba, pero no estés tan miserablemente aislado como he estado yo. ¿Qué salida tenía él? No lo sabíamos. Pero escuchad: aunque seamos una mierda de padres, los hijos siguen siendo un agobio, y los padres seguimos siendo vulnerables al dolor que nos produce su sufrimiento. En serio, aunque sea en el sillón frente a la tele se sufre, ¡vaya si se sufre!

Aquí era donde me encontraba psicológicamente cuando se produjo el gran cambio.

No me encontraba bien. Nada en concreto. No sentía náuseas ni dolor. No expulsaba flemas ni heces de colores extraños. Era una sensación distinta de la enfermedad de mi infancia y de cuando mi madre me puso raticida en la comida. Me sentía un poco desorientado, algo similar a cuando advertí, pasados cuatro meses, que se me había olvidado mi cumpleaños. ¿Acaso algo iba mal físicamente? Bueno, había algo, aunque era una rareza. Detectaba un olor sutil, peculiar, que me emanaba de la piel. Muy sutil. En realidad, casi no era ni un olor. Unas veces no lo olía. En cambio, otras me llegaba un tufillo y pensaba: «¡Aquí está otra vez!»

Una mañana descubrí de qué se trataba.

Cualquiera con una imaginación hiperactiva, en particular

una perversamente negativa, nunca se sorprende de nada. Es la imaginación la que sorprende a los desastres inminentes cuando éstos entran en calor, sobre todo si se tienen las narices bien abiertas. Las personas que pueden leer fielmente el futuro, ¿tienen el don de la visión o de la intuición? Pues bien, eso fue lo que hizo mi imaginación esa mañana. Vio todos los posibles mañanas y los redujo en un breve instante a uno solo. Ese uno lo pronuncié en voz alta:

—¡Joder! ¡Tengo una enfermedad terminal!

Supuse más: cáncer. Tenía que ser cáncer; no podía ser otra cosa, porque era siempre el cáncer el que rondaba mis pesadillas diurnas, desde que vi a mi madre devorada por la enfermedad. Aunque se tema a la muerte a diario, hay ciertas muertes que descartas (escorbuto, calamar gigante, aplastamiento por piano), pero nadie con una neurona en funcionamiento descarta un cáncer.

¡Así que era eso! ¡Muerte! ¡Siempre supe que un día mi cuerpo me daría de hostias! Siempre me había sentido como un soldado solitario atrapado en territorio hostil. Por todas partes había enemigos de mi causa —espalda, piernas, riñones, pulmones, corazón— y, finalmente, habían decidido que el único modo de matarme era mediante una misión kamikaze. Nos hundiríamos todos.

Subí al coche y salí del laberinto a toda velocidad. Mientras cruzaba apresuradamente los verdes barrios residenciales de la ciudad, me horrorizó comprobar que una hermosísima luz estival lo bañaba todo. ¡Cómo no! Nada hace salir el sol más rápido que un buen cáncer. Fui directamente al médico. Llevaba años sin pisar una consulta y me decidí por la que tenía más cerca de casa. Necesitaba un médico cualquiera, siempre y cuando no estuviera demasiado gordo (hay que desconfiar de los médicos gordos y de los peluqueros calvos). Tampoco me hacía falta un genio, sólo necesitaba que me confirmase lo que yo ya sabía. «DR. P. SWEENY», decía la placa de latón de la puerta. Entré rápidamente. Dentro estaba oscuro, la oscuridad de una habitación en la que todo es marrón: los muebles, la alfombra, el humor del médico. Marrón. Ahí estaba, tamborileando con los dedos sobre la mesa: un hombre de mediana edad, expresión plácida y una mata de espeso cabello castaño en la cabeza. Era uno de esos hombres que nunca se quedan calvos, que van a la tumba necesitando un corte de pelo.

—Soy el doctor Peter Sweeny —dijo él.

—Sé que es un doctor. No tiene que restregármelo por la cara. ¿No sabe que el título sólo es útil en correos, para distinguirlo de todos los modestos señores Peter Sweeny del mundo?

El médico retiró la cabeza unos milímetros, como si le hubiera escupido.

—Perdone —añadí—. Supongo que estoy un poco estresado. ¿Y qué, si se llama a sí mismo doctor? Ha trabajado mucho para tener derecho a hundir la mano dentro del cuerpo humano. Con vísceras hasta el codo todo el día, quizá quiera que todos sepan que es médico, para que no le ofrezcan tripa ni despojos. ¿Qué derecho tengo yo a emitir juicio alguno del prefijo de un hombre?

—Parece usted algo nervioso. ¿En qué puedo servirle?

—Estoy bastante seguro de que tengo cáncer. Y sólo quiero que usted haga lo que haya que hacer para confirmarlo o descartarlo.

—¿Qué tipo de cáncer cree tener?

—¿Qué tipo? No sé. ¿Cuál es el peor?

—Bueno, el cáncer de próstata es el más habitual en los hombres de su grupo de edad.

—¡Usted tiene mi edad!

—De acuerdo, «nuestro» grupo de edad.

—Bien, mi cáncer no será el más habitual, eso puedo asegurárselo. ¿Cuál es el peor? Me refiero al peor de todos.

—¿Usted fuma?

—A veces.

—Si yo fumara, el cáncer que no querría para mí, por miedo a sentirme como un imbécil de camino a la tumba, es el cáncer de pulmón.

—Cáncer de pulmón. ¡Lo sabía! Ése es. Eso es lo que tengo.

—Parece usted muy convencido.

—Estoy convencido.

Aunque lo tapaba la mesa, vi que el médico hacía un movimiento, como si se pusiera en jarras.

—De acuerdo —dijo por fin—. Pediré las pruebas. No son agradables.

—Tampoco lo es un cáncer de pulmón.

—En eso lleva razón.

No detallaré las semanas que siguieron: las pruebas invasivas, los crueles períodos de espera, la ansiedad como una piedra en el estómago. Jasper, por supuesto, no notó nada, pero Anouk intuyó que algo iba mal. No cesó de perseguirme para que se lo contara, aunque no solté prenda. Quería estar totalmente seguro antes de decírselo a nadie. No quería avivar sus esperanzas.

Volví un mes después a la consulta del doctor Sweeny para conocer los resultados. Durante la espera, me había asediado la esperanza y no había logrado apaciguar esas bobas sensaciones optimistas.

—Entre, señor Dean. ¿Cómo se encuentra?

—No perdamos tiempo. Es cáncer, ¿verdad?

—Pues sí.

En los viejos tiempos, la profesión médica no decía que te morías. Se consideraba poco ético. Ahora es todo lo contrario. Se mueren por decírtelo.

—¿Cáncer de pulmón?

—Eso me temo. ¿Cómo lo supo?

¡Dios! ¡Era verdad! ¡Estaba siendo asesinado por mi propio cuerpo! Me eché a reír.

Luego dejé de reír, cuando recordé por qué había empezado.

Salí aturdido de la consulta del médico. ¡Vaya! Resultaba que mi pesimismo de toda la vida estaba totalmente justificado. ¡Imaginaos si hubiera sido optimista esta vez! ¿No me sentiría bien timado ahora? Sí, me encaminaba a una muerte lenta y violenta. Y no duermo tranquilamente, así que morir tranquilamente mientras dormía quedaba fuera de lugar. Como mucho, podía morir intranquilamente mientras dormía. ¡Oh, Dios mío...! De pronto, todas las demás muertes posibles se habían escurrido a lo improbable. ¿Cuántas veces muere un hombre que agoniza de cáncer atragantado por un hueso de pollo? ¿O decapitado al saltar en la cama, ajeno al ventilador del techo? ¿O contaminado por asbesto o de obesidad? No, sencillamente no había tiempo para ponerse mortalmente gordo. De hecho, lo más probable era que la enfermedad me hiciese adelgazar.

Las semanas que siguieron las pasé emocionalmente destrozado. La cosa más insignificante me hacía llorar. Lloraba con los anuncios de la tele, con las hojas otoñales que se volvían marrones. Una noche, Jasper me sorprendió sollozando por la muerte de una estúpida estrella del pop de quien nunca había oído hablar. Le habían disparado en la cabeza y había fallecido al instante, ¡el muy cabrón!

Lloraba porque temía ser incapaz de matarme cuando mi calidad de vida cayese por debajo de la media, cuando mi trabajo diario consistiera en elegir entre dolor o analgésicos, entre los estragos de la enfermedad o la agresión del tratamiento. Aunque me había pasado la vida meditando sobre la muerte, mi existencia en el planeta Tierra siempre me había parecido algo permanente y estable; algo fiable, como la roca ígnea. Ahora que los cánceres se metastatizaban a discreción, el ateísmo era algo demasiado cruel que infligir a mi persona. Supliqué a mi cerebro que lo reconsiderase. Pensé: «¿No sobreviviré en alguna parte, de alguna forma? Vamos, ¿puedo creerlo? ¿Por favor? Por favor, porfavorcito, ¿puedo creer en el alma eterna? ¿En el cielo o en los ángeles o en un paraíso con dieciséis hermosas vírgenes esperándome? Porfavorcito, ¿puedo creer en eso? Mira, ni siquiera necesito las dieciséis vírgenes hermosas. Me conformo con una mujer, vieja y fea, y ni siquiera tiene que ser virgen, puede ser la más promiscua del más allá. De hecho, no hace falta que haya mujeres, y tampoco tiene que ser el paraíso, puede ser un erial; ¡qué diablos!, hasta podría ser el infierno, porque mientras sufriese los tormentos de un lago de fuego, al menos estaría allí para gritar "¡Ay!". ¿Puedo creer en eso, por favor?»

Todos los demás escenarios del más allá no son tan reconfortantes. La reencarnación sin mantenimiento de la conciencia: no le veo la gracia a eso. Y el escenario menos reconfortante de la eternidad de todos los tiempos, cuya popularidad aumenta a diario y del que la gente no para de hablarme, es que moriré pero mi energía seguirá viviendo.

Mi «energía», damas y caballeros.

¿Mi energía leerá libros y verá películas? ¿Mi energía se hundirá lánguidamente en un baño caliente o se reirá hasta que le duelan los costados? Seamos claros: yo muero, mi energía se dispersa y se disuelve en la Madre Tierra. ¿Y se supone que esta idea debe gustarme? Me parece algo tan bueno como que me digan que mi cerebro y mi cuerpo morirán, pero mi olor corporal sobrevivirá para apestar a las futuras generaciones. A ver, seamos serios. ¡Mi energía!

¿De verdad que no puedo prolongar mi existencia en alguna parte? ¿Mi existencia real, no una sombra de carga positiva? No, no logro convencerme de que el alma sea algo más que el nombre romántico que hemos dado a la conciencia para creer que ni se rompe ni se mancha.

Así que el resto de mi vida iba a ser una acumulación de dolor físico, angustia mental y sufrimiento. En circunstancias normales, lo habría soportado. Pero el problema era que, hasta que muriese, sólo pensaría en mi muerte. Decidí que, si era incapaz de pasar un día sin pensar, me mataría. ¿Por qué no? ¿Por qué forcejear con mi muerte? Era imposible ganar. Además, si por algún milagro le ganaba este asalto al cáncer, ¿qué hay del siguiente? ¿Y el siguiente? No tengo talento para la futilidad. ¿Qué sentido tiene luchar una batalla perdida? ¿Dar dignidad al hombre? Tampoco tengo talento para la dignidad. Nunca le he visto la gracia y, cuando oigo a alguien decir «al menos me queda mi dignidad», pienso: «La acabas de perder al decir eso.»

A la mañana siguiente, desperté resuelto a no pensar en nada durante todo el día. Luego me dije: «Ahora estoy pensando, ¿no?» Y luego: «¡Mi muerte mi muerte mi muerte mi muerte mi horripilante, dolorosa, tristísima muerte!»

¡Mierda!

Tenía que hacerlo. Me mataría.

Se me ocurrió una idea: debía matarme en público. ¿Por qué no encasquetar mi suicidio a una causa u otra, fingir que moría en protesta por, yo qué sé, las derrochadoras políticas agrícolas de la OMC, la deuda del Tercer Mundo, lo que fuera. ¿Recordáis la fotografía de ese monje que se inmoló? ¡Ésa es una imagen perdurable! Aunque te mates para que tu familia lo sienta, elige una buena causa, llama a los medios, encuentra un lugar público y mátate. No porque tu vida haya sido un acontecimiento sin sentido tu muerte tiene que serlo también.

Al día siguiente, por casualidad, oí en la radio que había una protesta en la ciudad, a la hora del almuerzo. Por desgracia no era una protesta contra las derrochadoras políticas agrícolas de la OMC o para cancelar la deuda del Tercer Mundo, sino de maestros de primaria que querían un aumento de sueldo y más vacaciones. Intenté ver el lado positivo. Daba igual morir por eso que por cualquier otra cosa, ¿no? No imaginaba que ninguno de los maestros fuese tan apasionado para inmolarse, pero supuse que agradecerían mi contribución a su causa. Encontré una vieja bolsa de tela y metí dentro una lata de gasolina, un encendedor con forma de torso de mujer y algunos analgésicos. No intentaba burlar a la muerte, sino al dolor.

Sydney es una de las ciudades modernas más bellas del mundo, pero yo siempre acabo en la esquina de las calles Gris y Deprimente, y siempre en la zona sin asientos, así que pasé la mañana caminando y mirando la cara de la gente, mientras pensaba: «¡Hasta pronto!» Yo iba a morir ahora, pero por el aspecto de esas triples papadas, supe que pronto me alcanzarían.

Llegué a la protesta a eso de las doce. Había poca asistencia. Unas cuarenta personas sostenían pancartas que exigían respeto. No creo que nadie que tenga que exigir respeto lo consiga. También había un par de cámaras de televisión. Parecían jóvenes, probablemente aprendices en su primer año de trabajo. Como no necesitaba que me filmase un periodista experimentado que hubiese esquivado balas de francotirador en Vietnam, me hice un sitio en la protesta junto a dos mujeres de aspecto enfadado que no me gustaría que enseñasen a mi hijo y me mentalicé para alcanzar el estado idóneo para matarme. No tenía más que pensar negativamente en los habitantes del planeta Tierra. Cuando estaba casi listo, saqué los analgésicos pero descubrí que había olvidado el agua. Fui a un café cercano a pedir un vaso. «Tienes que comer algo», dijo la camarera, así que pedí un desayuno tardío: beicon, huevos, salchichas, champiñones, alubias, tostadas y café. Comí demasiado: la comida en la tripa me adormiló. Acababa de pedir un segundo café cuando vi a un famoso que salía de un restaurante al otro lado de la calle, un viejo periodista de televisión. Recordaba vagamente que había caído en desgracia por un escándalo. ¿Qué había pasado? Me fastidiaba no recordarlo. ¿Se habría meado en la tele? ¿Mintió sobre el estado del mundo y dijo en la televisión nacional que a todos nos irían bien las cosas? No, no era eso.

Pagué la cuenta y me acerqué. Iba a pedirle que me aclarase los detalles de su humillación pública cuando una chica salió del restaurante y le arrojó los brazos al cuello. Pensé: «Sí, me han besado, pero nunca nadie me ha arrojado los brazos al cuello. Las mujeres los han posado ahí, o los han bajado desde mi cabeza, como si me pusieran un suéter, pero nunca me los han arrojado al cuello.» Entonces la chica se apartó y también la reconocí. ¡Joder! ¿Qué hacen estos famosos, aunar fuerzas para doblar su fama?

Entonces caí en la cuenta. ¡Ella no es famosa! ¡Es la novia de mi hijo!

Bien, ¿y qué? ¿Por qué debía preocuparme? No era algo muy gordo en la escala de la tragedia. Sólo era un drama adolescente, de esos que ves en un serial nocturno. Sin embargo, el hecho de ser testigo me había convertido en un personaje del melodrama barato; tendría que interpretar mi papel hasta el final, hasta el desenlace. ¡Qué fastidio! Yo sólo quería inmolarme en paz. Y ahora debía «comprometerme».

Dejé las cerillas y la gasolina y me marché a casa indignado, aunque sumamente aliviado de que me hubiera caído del cielo una excusa para seguir con vida.

Cuando llegué a casa, Anouk se hallaba en su estudio, echada en el diván que se había confeccionado ella misma, apoyada en un montón de cojines. Siempre podía contar con Anouk para entablar una buena conversación. Ambos teníamos nuestros temas favoritos, nuestros temas por defecto. El mío era el temor a que mi autoestima cayese tan bajo que acabase por no reconocerme en los espejos y pasara de largo ante ellos, como si no me hubiese visto. Para Anouk siempre había una nueva historia de terror procedente de las crónicas infernales de las relaciones modernas. Me tronchaba de risa cuando me relataba aventuras amorosas recientes y sentía una lástima extraña por esos hombres, aunque fueran ellos quienes la hubieran dejado. Anouk siempre se complicaba la vida: unía a las personas equivocadas, se acostaba con los ex novios de las amigas, se acostaba con los amigos de sus ex novios, siempre al borde del juego limpio, en equilibrio precario, cayendo a veces.

—¿Qué te parece la chica que sale con Jasper? —pregunté.

—Es preciosa.

—¿Es eso lo mejor que puedes decir?

—Es muy difícil cruzar dos palabras con ella. Jasper la esconde de nosotros.

—Eso es normal. Le avergüenzo.

—¿Qué tiene eso de normal?

—Yo también me avergüenzo de mí.

—¿Y por qué te interesa?

—Hoy la he visto... con otro hombre.

Anouk se incorporó y me miró con ojos brillantes. A veces creo que el animal humano no necesita comida o agua para sobrevivir, sólo cotilleo.

—¿Estás seguro?

—Afirmativo.

—¿Se lo has dicho a Jasper?

—Aún no.

—Pues no lo hagas.

—Creo que debo hacerlo, ¿no? No puedo quedarme ahí sentado, viendo cómo a mi hijo lo deja en ridículo alguien que no soy yo.

—Te diré lo que debes hacer. No hables con él. Habla con ella. Dile que la has visto. Dile que tiene que decírselo a Jasper, o que tú mismo lo harás.

—No sé.

—Si se lo cuentas a Jasper, será desastroso. No te creerá. Pensará que estás celoso y que compites con él.

—¿Crees que padres e hijos compiten por el sexo?

—Sí, aunque no del modo edípico. Sólo del modo corriente.

Anouk subió las rodillas, descansó la barbilla en ellas y me miró como preguntándose si debería decirme que tenía algo pegado a los dientes.

—Ya estoy harta de relaciones. Quiero tomarme un descanso. Creo que me he convertido en una monógama en serie. Es vergonzoso. Lo que me gustaría de verdad es tener un amante.

—Sí, creo que eso te iría bien.

—Un polvo amigable con alguien que conozco.

—Buena idea. ¿Tienes a alguien en mente?

—No estoy segura. Quizás alguien como tú.

De verdad que dijo eso. Y yo no caí. Lento, lento, lento.

—Alguien como yo —reflexioné—. ¿Conoces a alguien como yo?

—A una persona.

—¿Como yo? No me gustaría conocerla. ¿Jasper? No te referirás a Jasper, ¿verdad? ¿A quién conoces como yo?

—¡A ti!

—Admitiré que existe cierta similitud —dije despacio, empezando a captar la insinuación. Me llegaba como a través de una densa nube. Me incorporé en la silla—, no querrás decir...

—Sí.

—¿En serio?

—Sí.

—¿En serio?

—¡Sí!

—No, ¿en serio?

Así fue como empezó lo nuestro.

Se convirtió en algo habitual. Acostarme con esta joven hermosa me hizo sentir un patético orgullo adolescente (¡Soy yo el que besa este cuello, estos pechos! ¡Estas manos gastadas que suben a tientas por su cuerpo sublime son las mías!). Esta relación me salvó la vida. Había empezado a percibir mis genitales como bestias imaginarias de algún poema épico escocés del siglo XIV.

Cuando te acuestas con una amiga, la parte más peliaguda son los preliminares. No puedes ponerte a follar sin besar, y besar es muy íntimo. Si besas del modo equivocado, envías el mensaje equivocado. Pero teníamos que besarnos para calentar motores, por decirlo de algún modo. Nunca nos besamos después del sexo, evidentemente. ¿Para qué? No calientas motores cuando has alcanzado tu destino, ¿verdad? Pues bien, empezamos a besarnos de todos modos. Yo estaba confuso. Creía que un polvo amigable debía ser apasionado y revitalizador. Estaba más que listo para eso. Sexo como diversión: pecaminoso pero inofensivo, como tomar helado de chocolate para desayunar. Pero no fue así para nada. Fue tierno y cariñoso, y después nos quedamos abrazados; a veces hasta nos acariciábamos. No supe qué pensar. Ninguno sabía qué decir y, para llenar un silencio incómodo, le confié mi gran secreto: que por fin, ahora de verdad, me estaba muriendo.

Se lo tomó peor de lo que me había imaginado. De hecho, casi se lo tomó peor que yo. «¡NO!», gritó, y luego pasó a exponer un catálogo de terapias alternativas: acupuntura, hierbas de nombres extraños, una cura terrorífica llamada lijado de almas, meditación y la potencia curativa del pensamiento positivo. Pero no puedes pensar positivamente en alejar tu muerte, es como pensar: «Mañana el sol saldrá por el oeste. Por el oeste. Por el oeste.» No sirve de nada. La naturaleza tiene leyes con cuya aplicación se muestra muy maniática.

—Mira, Anouk. No quiero pasar el resto de mi vida luchando contra la muerte.

Me preguntó los detalles. Se los di, tal como los sabía. Se sentía tan mal por mí que me hizo llorar.

Luego hicimos el amor con un deseo frenético que era descaradamente violento. Jodíamos a la muerte.

—¿Se lo has dicho a Jasper? —me preguntó después.

—¿Lo nuestro?

—No... lo tuyo.

Negué con la cabeza, secreta y vergonzosamente encantado: disfrutaba imaginando cómo, al enterarse, Jasper lamentaría haberme despreciado. Se vendría abajo y lloraría, destrozado por el remordimiento. Esta idea me animaba un poco. La culpabilidad destructiva de otro puede ser una razón para vivir.

Después de esta discusión inicial, no hablamos mucho de mi muerte inminente, aunque sabía que Anouk la tenía presente por cómo intentaba convencerme de que donase mis órganos cancerosos a la ciencia. Hasta que, una noche gélida, mientras nos calentábamos las manos en los rescoldos de un sexo abrasador, me preguntó:

—¿Qué vas a hacer el resto de tu vida?

Era una buena pregunta; ahora que el resto de mi vida no eran los pocos miles de millones de años que había supuesto, ¿qué iba a hacer? Por primera vez en mi vida, no lo sabía. No tenía ni idea. Ya ni siquiera podía leer. ¿Qué sentido tenía profundizar en mi conocimiento del universo y de los cabrones que lo habitaban si pronto no estaría ahí para gruñir mis descubrimientos? Ya sentía mi inexistencia con amargura. Había tanto que hacer... Pensaba en todo lo que podría haber sido. Cuando se lo contaba a Anouk, cada propuesta parecía más absurda que la siguiente: alpinista, escritor de novelas históricas, un inventor reconocido por un famoso descubrimiento, como Alexander Graham Bell, pionero del teléfono erótico.

—¿Algo más?

—Hay otra cosa.

—¿Qué?

—Siempre he creído que sería un buen Rasputín.

—¿A qué te refieres?

Rebusqué entre mis cuadernos y le mostré una de mis ideas: influir en hombres ricos y poderosos con mis ideas, susurrar ideas espectaculares a una enorme oreja dorada. Anouk se aferró a esto con una energía demencial.

Parecía creer que, si cumplía uno de mis sueños, me iría a la tumba sintiéndome satisfecho. ¿Alguien se va a la tumba satisfecho? La verdadera satisfacción no existe mientras quede un deseo por cumplir. Y no importa quién seas, siempre queda alguno.

Una noche vacía, Jasper entró en mi habitación con la increíble noticia de que Oscar y Reynold Hobbs habían venido a verme. Parecía que Anouk se había traído a casa a dos de los hombres más poderosos del mundo. Me invadió un intenso odio hacia Anouk. Qué asqueroso acto de crueldad, conceder a un moribundo su último deseo. ¿No ves que no lo quiere? Su verdadero deseo es no morir.

Salí y los vi. Reynold, imperioso y decidido; hasta pestañeaba con autoridad. Y su hijo y heredero Oscar, elegante y serio, con un porte estéticamente contundente, el producto perfecto de una dinastía moderna (en las dinastías modernas, cada segunda generación cría a supermodelos para asegurar que el linaje tenga los pómulos altos). También sentí un odio intenso hacia esos dos hombres, tan seguros de su destino. Finalmente había acabado por aceptar mi muerte, pero no podía desentrañar la suya. Parecían inmunes a todo.

Reynold me miró, para medirme. Yo era dos tallas demasiado pequeño.

¿Y por qué habían venido a mi casa? Para escuchar mis ideas. ¿Cómo lo habría conseguido Anouk? Era extraordinario. Era lo máximo que alguien había hecho nunca por mí. Desenterré algunos viejos cuadernos y leí un par de necedades que se me habían ocurrido a lo largo de los años. No importa lo que fueran, simplemente no hicieron ni pizca de gracia. Mientras leía, las caras de ambos hombres parecían de madera maciza. No había nada humano en ellas.

Después de escucharme, Reynold encendió un puro con violencia y yo pensé: «¿Qué pasa con los hombres ricos y los puros? ¿Piensan que el cáncer de pulmón es para la plebe y el cáncer de lengua los coloca en las altas esferas?» Entonces Reynold mencionó el verdadero motivo de su visita. No era escuchar mis ideas, sino conseguir mi colaboración en una miniserie de televisión que esperaban hacer sobre, quién si no, Terry Dean.

No supe qué decir. No pude decir nada.

Reynold se pasó una mano por la pierna y, de pronto, su hijo dijo:

—¡Bien, nos vamos!

¡Menudo trabajo en equipo! ¡Menuda supraconciencia!

Luego se marcharon.

Salí al laberinto, furioso con mi hermano muerto, suplicando al cosmos que me permitiera retroceder en el tiempo sólo cinco minutos, el tiempo justo para escupirle en el ojo. ¿Cómo podía ser Terry un fantasma tan infatigable? Había convertido mi pasado en una vasta herida abierta, no curada e incurable. Infectada e infecciosa.

Fuera hacía frío. Vadeé la noche como si fuera un río. Mi decepción no me sorprendía; claro, una parte de mí quería tener éxito. No se puede ser un fracaso toda la vida, ¿verdad? En realidad, sí que se puede. Ahí estaba el problema.

—¡Marty!

Anouk. Corría hacia mí. Verla supuso un alivio enorme. Ya no estaba enfadado con ella por haber avivado la llama del fantasma de mi hermano. Tenía a Anouk. Tenía una pasión abrasadora en mi historial. Cuando hacíamos el amor era tan excitante que parecía un adulterio.

—Lo siento. Creí que les interesabas de verdad.

—Sólo querían a Terry. Como siempre.

Anouk me abrazó. Sentí que el deseo se movía por las habitaciones de mi cuerpo, un sol brillante que proyectaba su luz en las sombras de mi cáncer, y me sentí joven y lozano, y Anouk lo sintió también porque me abrazó más fuerte y apoyó la cabeza en mi cuello y la dejó allí lo que pareció una eternidad.

Oímos pasos en el bosque. La aparté de mí.

—¿Qué pasa?

—Creo que es Jasper.

—¿Y?

—¿No crees que deberíamos mantener esto entre nosotros?

Anouk estudió mi cara un buen rato.

—¿Por qué?

Sabía que Jasper se lo tomaría mal. Me aterrorizaba que su histeria predispusiera a Anouk en mi contra, que hiciera que yo dejara de interesarle. Que llegase a la conclusión de que acostarse conmigo no compensaba. Por eso unos días después abordé la singular y nada envidiable tarea de interferir en la vida amorosa de mi hijo. Una parte de mí sabía que, hiciese lo que hiciese, fueran mis intenciones honorables o deshonrosas, inevitablemente se volverían en mi contra. Bueno, ¿y qué? Tampoco iba a romper la pareja más sólida del mundo. ¿No es su incompatibilidad evidente por el mero hecho de que ella haya aceptado el reto moral de buscarse un amante y él no? Estoy racionalizando, por supuesto. La verdad era que prefería que Jasper saliese de mi vida hecho una furia antes que la perspectiva de que Anouk se me escurriese entre los dedos.

No podía llamar a la chica y tampoco había modo de pedirle su teléfono a Jasper sin que solicitara una orden de alejamiento contra mi persona, así que una mañana me levanté temprano y mantuve vigilada su cabaña. Esperé a que ella saliera y la seguí. La frecuencia de sus relaciones, si no su seriedad, pude establecerla por la habilidad con que se movía por el laberinto. Caminé tras ella, observando su cuerpo escultural contoneándose de un lado a otro. Me pregunté cómo se aborda el tema de la traición. Decidí que simplemente se saca el tema.

—¡Eh, tú! —exclamé.

Se volvió con rapidez y me dirigió la clase de sonrisa capaz de castrar a un hombre.

—¡Hola, señor Dean!

—No me vengas con ésas. Tengo algo que decirte.

Me miró con toda la paciencia dulce e inocente del mundo. Fui directo al grano.

—Te vi el otro día —dije.

—¿Dónde?

—Besando a alguien a quien no he engendrado.

Ella bajó la vista.

—Señor Dean —replicó, pero eso fue todo lo que dijo.

—¿Qué tienes que decir? ¿Vas a contárselo a Jasper o lo hago yo?

—No hay por qué decírselo a Jasper. Resulta que antes salíamos y me costó mucho olvidarlo y pensé... bien, no importa lo que pensé, pero él no me quiere. Y yo ya no le quiero. Y sí que amo a Jasper. Por favor, no se lo cuente. Romperé con él, pero no se lo contaré.

—No quiero que rompas con él. No me importa que seas o no la novia de mi hijo. Pero, si lo eres, no puedes engañarle. Y, si le engañas, tienes que decírselo. Mira, te contaré una historia. Una vez estuve enamorado de la novia de mi hermano. Se llamaba Caroline Potts. Espera, igual será mejor que empiece por el principio. La gente siempre quiere saber cómo era Terry Dean de niño. Esperan relatos de violencia infantil, de corrupción en el corazón de un lactante. Imaginan un criminal en miniatura, gateando por el parque, perpetrando actos inmorales entre toma y toma de biberón. ¡Ridículo! ¿Marchaba Hitler al paso de la oca hasta el pecho de su madre?

—Tengo que irme, señor Dean.

—¡Oh!, bien, me alegro de que hayamos aclarado esto —dije y, mientras se alejaba, no logré entender qué habíamos aclarado, si es que habíamos aclarado algo.

Más tarde, esa misma noche, Jasper entró y nos sorprendió a Anouk y a mí en la cama. Se puso como loco. No sé por qué aquello lo incomodó tanto; quizás el proyecto edípico es más eficaz en familias rotas como la nuestra: el deseo del hijo de matar al padre y follarse a la madre resulta una idea menos repulsiva si es la sustituta de la madre con quien el chico quiere acostarse. Como para confirmar mi repugnante teoría, Jasper parecía muy herido y hasta furioso. Supongo que, en cierto momento de la vida, todos cedemos a un arrebato sin sentido que sirve para robarnos toda credibilidad, y éste fue el de Jasper. No había ninguna razón lógica para que se opusiera a esta ocasional unión física y sudorosa entre Anouk y yo, y él también lo sabía, pero lo siguiente que me dijo fue que se mudaba. Permanecimos un minuto en silencio. Un minuto extenso; no largo, sino amplio y cavernoso.

Sonreí. Sentí el peso de mi sonrisa. Era excesivamente pesada.

Su marcha amenazaba con durar un siglo, pero fue sorprendentemente rápida. Después de decirme: «Te llamaré», escuché la furiosa canción de sus pasos que se alejaban; quise llamarlo y hacerle sentir culpable para que se mantuviera en contacto conmigo.

Se había ido.

Yo estaba solo.

Mi presencia me pesó tanto como mi sonrisa de cemento.

¡Vaya! Me ha dejado en mi oscura grieta, en mi solitario remolino. Los hijos son un completo desastre, ¿verdad? No comprendo cómo la gente consigue de ellos ninguna satisfacción perdurable.

No podía creer que se hubiese ido.

¡Mi hijo!

¡El esperma que se largó!

¡Mi fallido aborto!

Salí a mirar las estrellas tatuadas en el cielo nocturno. Era una de esas noches magnéticas en que parece que todo se siente atraído hacia nuestro cuerpo o repelido por él. Siempre había creído que mi hijo luchaba por ser mi reflejo opuesto, pero no era así: se había convertido en mi polo opuesto, y eso había hecho que se alejara a toda velocidad.

Una semana después, me hallaba perdido en una nube oscura y pesada. Anouk llevaba un par de días sin aparecer y yo estaba sentado en su estudio, rodeado de genitales de yeso, profundamente avergonzado porque me aburría. ¿Qué derecho tiene un moribundo a aburrirse? El tiempo me mataba y yo me vengaba matando el tiempo. Jasper se había ido; Anouk me había abandonado. La única persona que me quedaba era Eddie, pero la verdad es que sólo lo soportaba un tiempo limitado. Es una lástima que no se pueda salir a ver a alguien sólo diez minutos. Ése es todo el contacto humano que necesito para sobrellevar tres días de vida; luego necesito diez minutos más. Pero no puedes invitar a alguien a tu casa durante diez minutos. Se quedan y se quedan y nunca se marchan y siempre tengo que decir algo fuera de lugar como «¡Vete!». Durante muchos años lo intenté con los correctos «No quiero entretenerte más tiempo» o «No quiero robarte más tiempo», pero nunca funcionaban. Hay demasiadas personas sin nada que hacer ni ningún sitio adonde ir, a quienes nada les gusta más que desperdiciar su vida charlando. Nunca lo he comprendido.

Cuando oí la voz de Anouk que me llamaba por mi nombre, una ráfaga de puro júbilo me sopló en el corazón y grité:

—¡Estoy aquí! ¡En el estudio!

Sentí que se me aceleraba el pulso del deseo sexual. De inmediato tuve la imprudente idea de que debía quitarme la ropa. Apenas recuerdo haberlo hecho, tal era mi ardor, pero cuando ella llegó a la puerta yo estaba desnudo, sonriendo radiante. Al principio no entendí que frunciera el ceño; luego pensé cómo me había emboscado entre la mayor colección de genitales del mundo y los míos; en comparación, no eran comparables. En mi defensa, diré que los genitales que me rodeaban no eran reproducciones a escala.

Entonces Anouk musitó:

—¡Hum!, no estoy sola.

Y asomó al umbral de la puerta la impecable cabeza del mismísimo Oscar Hobbs.

Como testimonio de su inquebrantable sangre fría, fue directo al grano:

—Traigo noticias. Me gustaría ayudarte a llevar a la práctica una de tus ideas.

Me sentí a punto de o bien desmoronarme, o bien convertirme en un bloque sólido.

—Por el amor de Dios, ¿por qué? —dije bruscamente, y después—: ¿Cuál?

—Creí que íbamos a discutirlo. ¿Cuál preferirías tú llevar a la práctica?

Buena pregunta. No tenía ni idea. Cerré los ojos, respiré hondo y me zambullí en mi cerebro. Nadé a lo más profundo y, en espacio de un minuto, escogí y descarté unos cien proyectos ridículos. Luego encontré el que buscaba: una idea con propósito. Abrí los párpados de golpe.

—Me gustaría empezar por convertir en millonarios a todos los habitantes de Australia.

—¡Inteligente elección! —exclamó él, y enseguida supe que nos comprendíamos—. ¿Cómo pretendes conseguirlo?

—Confía en mí. Lo tengo todo estudiado.

—¿Que confíe en ti?

—Evidentemente, puesto que eres uno de los principales protagonistas de un conglomerado multinacional, no puedo confiar en ti. Así que tú tendrás que confiar en mí. Cuando llegue el momento, te contaré los detalles.

Oscar dirigió a Anouk la más breve de las miradas antes de que sus ojos volvieran a mí.

—De acuerdo —dijo.

—¿De acuerdo? Espera un momento... ¿Va en serio?

—Sí.

En el incómodo silencio que siguió a este improbable giro de los acontecimientos, advertí que el por lo general inexpresivo Oscar miraba a Anouk como si luchase contra su naturaleza. ¿Qué significaba aquello? ¿Le había prometido Anouk favores sexuales? ¿Había hecho ella algún pacto extraño por mí? La inquietante duda comprometió mi inesperado éxito. Es lo que suele pasar: la victoria nunca es completa, siempre hay condiciones. Sin embargo, no dudé en aceptar la oferta. Esto vino seguido de otro inesperado retortijón en las tripas: la expresión desilusionada de Anouk, como si al aceptar la oferta de Oscar hubiera demostrado ser menos de lo que ella imaginaba. No lo comprendí. Esto era idea suya, ¿no?

De todos modos, debía aceptarlo. ¿Tenía otra opción?

Andaba escaso de tiempo.

Capítulo dos

Nos pusimos manos a la obra. Primero estaba la publicidad; teníamos que abrirle el apetito al público. Oscar era listo y no vaciló. Al mismísimo día siguiente, antes de empezar a discutir el funcionamiento de este absurdo proyecto, puso mi foto en la portada del tabloide con el titular «Este Hombre Quiere Hacerte Rico». Algo tosco, no muy elegante, pero eficaz. Aquello fue el fin para mí, el fin oficial de mi vida como el hombre invisible.

Se añadía un brevísimo resumen de mi idea, sin especificar, pero lo más exasperante es que se me presentó al público australiano como «hermano del icónico forajido Terry Dean».

Hice trizas el periódico. Luego el teléfono empezó a sonar y al otro lado encontré la forma más baja de vida humana: periodistas. ¿En qué me había metido? Convertirse en una figura pública es como trabar amistad con un rottweiler cuando se lleva carne en los bolsillos. Todos querían detalles del proyecto. El primero en captar el potencial de la historia fue el productor de un programa de actualidad, que preguntó si podía entrevistarme.

—Claro que no —respondí, y colgué. Fue sólo un acto reflejo.

—Tienes que dar publicidad al proyecto —dijo Anouk.

—¡Y una mierda! —repliqué débilmente.

Sabía que Anouk tenía razón. Pero ¿cómo iba a hablar con esos periodistas cuando todo lo que oía en mi cabeza eran los ecos ensordecedores de mi antigua rabia que ahogaban el sonido de sus preguntas? Resulté ser el tipo de persona capaz de guardar rencor de por vida. Seguía enfadado por cómo habían acosado despiadadamente a mi familia durante los desmanes de Terry. ¿Qué iba a hacer? Llamaban sin parar. Preguntaban por mí, por el proyecto, por mi hermano. Voces distintas, mismas preguntas. Salí de casa, oí que me llamaban desde algún punto del laberinto. Los helicópteros sobrevolaban la zona. Entré y cerré la puerta con llave y me metí en la cama y apagué las luces. Sentía que todo mi mundo estaba en llamas. Era obra mía, lo sabía, pero eso no facilitaba las cosas. Las empeoraba.

El programa televisivo trató la historia de todos modos. Oscar Hobbs concedió una entrevista; no iba a permitir que mi misantropía lo echara todo a perder. Para horror mío, pasaron imágenes de la época de la cruzada de Terry; como por aquel entonces yo no miraba la tele, no las había visto. Ahí estaba: nuestro pueblo que ya no existe, el que yo incendié con el observatorio, y todos ahí en la tele, vivos: mi madre, mi padre, Terry ¡e incluso yo! ¡Incluso yo a los diecisiete años! Me cuesta creer que alguna vez haya sido joven. Y tan flaco. Y tan feo. En la tele soy todo piel y huesos y me alejo de la cámara con el paso firme de quien se dirige a un futuro que no sabe que le herirá. Entablé al instante una relación de amor-odio con mi antiguo yo. Me amé por dirigirme de un modo tan optimista hacia el futuro y me odié por llegar ahí y joderlo todo.

A la mañana siguiente me dirigí al edificio Hobbs, una fortaleza silenciosa y anodina en el centro de la ciudad, setenta y siete plantas a prueba de sonidos, a prueba de olores y a prueba de pobres. Tan pronto como entré en el vestíbulo, supe que me había vuelto viejo en un nanosegundo de eternidad. Las personas que pasaban rápidamente ante mí eran tan jóvenes y saludables que me dio un acceso de tos sólo de mirarlas. Era éste un nuevo tipo de trabajador, totalmente distinto de la raza que espera muerto de impaciencia a que las cinco de la tarde los libere de la esclavitud. Éstos eran consumidores patológicamente estresados que trabajaban sin cesar en industrias llamadas «nuevos medios», «medios digitales» y «tecnologías de la información». En este lugar, los antiguos métodos y tecnologías ni siquiera se recordaban y, de hacerlo, era como si hablaran de la muerte de unos parientes incómodos. Sin duda, esta nueva cultura de trabajadores habría desconcertado totalmente a Marx.

En contra de lo que cabía esperar, ni el despacho de Oscar ni el de Reynold estaban en la última planta, sino en algún punto intermedio del edificio. Al entrar en la sobria aunque elegante recepción, preparaba mi cara de espera cuando la secretaria de pechos cónicos dijo:

—Pase, señor Dean.

Para sorpresa mía, el despacho de Oscar era pequeño y sencillo, con vistas al edificio de enfrente. Oscar hablaba por teléfono con alguien que supuse que sería su padre; éste le echaba un rapapolvo y lo hacía en voz tan alta que escuché las palabras «¿Tan estúpido eres?». Oscar arqueó las cejas y me hizo señas para que entrara y me sentara en una silla antigua, bonita, de aspecto incómodo y respaldo plano. Preferí echar un vistazo a la biblioteca. Tenía una impresionante colección de primeras ediciones —Goethe, Schopenhauer, Nietzsche (en alemán), Tolstoi (en ruso) y Leopardi (en italiano)— que me trajeron a la memoria unos versos de la inspiradora poesía de este último:

> *¿Qué fue esa ácida mancha en el tiempo*
> *que respondía al nombre de Vida?*

Oscar colgó el teléfono con una expresión que no me resultó del todo clara. Pasé al ataque:

—Oye, Oscar, no te he dado permiso para que circule por ahí el nombre de mi hermano. Esto no tiene nada que ver con él.

—Yo financio este proyecto. No necesito tu permiso.

—Bueno, eso es verdad. No lo necesitas.

—Escúchame, Martin. Deberías estar agradecido. Tu hermano, que en mi opinión era un maníaco peligroso al que Australia no tiene por qué adorar...

—¡Eso es justo lo que era! —grité, encantado. Porque nunca nadie había expresado esta más que obvia opinión.

—Pues hasta el más ciego puede verlo. La cuestión es que este país lo adora y que tu parentesco con él te da las credenciales que necesitas para que te tomen en serio.

—De acuerdo, pero...

—No quieres que insistamos en el asunto. Éste es tu proyecto, te ha llegado la hora de ser el centro de atención y no quieres que tu hermano muerto te haga sombra desde la tumba.

—Exacto, tío.

—Después de esta primera semana, Marty, brillarás con luz propia, no te preocupes.

Tuve que admitirlo, Oscar Hobbs era un auténtico caballero. En realidad, cada vez me gustaba más. Parecía comprenderme a la perfección. Pensé: «Quizá la gente tenga que plantearse que el nepotismo no implica necesariamente el ascenso de un idiota.»

—Entremos en detalles. ¿Cuál es tu plan?

—Vale. Es simple. ¿Estás listo?

—¡Listo!

—Bien, escucha esto. Con una población de aproximadamente veinte millones de habitantes, si todos en Australia enviasen sólo un dólar a la semana a cierta dirección y ese dinero se dividiera entre veinte, cada semana veinte familias australianas se harían millonarias.

—¿Eso es todo?

—¡Eso es todo!

—¿Ésa es tu idea?

—¡Ésa es mi idea!

Oscar se recostó en la silla y puso cara pensativa. Era igual que su cara normal, sólo que algo más pequeña y rígida.

El silencio me incomodó. Le di unos cuantos detalles más, como relleno.

—¿Y qué pasaría si, después de la primera semana, las personas que acaban de hacerse millonarias la semana anterior ingresan un solo pago de mil dólares como agradecimiento? Eso significa que, después de la primera semana, siempre tendríamos un presupuesto mensual de veinte mil dólares para mantener los costes administrativos de la iniciativa.

Oscar empezó a asentir rítmicamente con la cabeza. Yo continué:

—Así que, según mis cálculos, a finales del primer año, 1.040 familias se habrían hecho millonarias; el segundo año, 2.080; el tercero, 3.120; y así sucesivamente. Ahora bien: 3.120 millonarios en tres años no está mal, pero a ese ritmo nos llevaría unos 19.230 años hacer que todos los australianos fuesen millonarios, sin siquiera considerar la tasa de aumento demográfico.

—O de disminución.

—O de disminución. Obviamente, para que el número de millonarios australianos crezca exponencialmente, necesitamos incrementar el pago un dólar al año, de manera que el segundo año aportaríamos dos dólares a la semana —eso son 40 millonarios a la semana, o 2.080 millonarios al año—; el tercer año aportaríamos tres dólares —60 millonarios a la semana, o 3.120 millonarios al año—, y así sucesivamente, hasta que todos los australianos sean millonarios.

—Ésa es tu idea.

—¡Ésa es mi idea!

—¿Sabes qué? Es tan simple que podría funcionar.

—Y, aunque no funcione, ¿qué otra cosa podemos hacer, si no, con esta mancha ácida en el tiempo que responde al nombre de Vida?

—Martin. No digas eso en una entrevista, ¿de acuerdo?

Asentí, avergonzado. Quizá no reconoció la cita porque no la dije en italiano.

Esa noche Eddie apareció por casa vestido con sus habituales pantalones recién planchados y camisa sin arrugas, y una cara que me hizo preguntarme si tenían maniquís asiáticos en los grandes almacenes asiáticos. Llevaba algún tiempo sin verlo. Eddie siempre estaba desapareciendo y apareciendo. Eso era lo que hacía. Al verlo, me asaltó la idea de que siempre me había odiado. Lo observé detenidamente. No se delataba. Quizás hacía tanto tiempo que fingía apreciarme, que había olvidado que no era así. De todos modos, ¿por qué fingir que me apreciaba? ¿Con qué siniestro fin? Probablemente, ninguno; para aliviar su soledad, así de simple. De pronto, sentí lástima de todos nosotros.

—¿Dónde has estado? —le pregunté.

—En Tailandia. Te gustaría Tailandia, ¿sabes? Deberías ir algún día.

—¿Y por qué diantres me iba a gustar Tailandia? Te diré lo que creo que me gustaría: Viena, Chicago, Bora Bora y San Petersburgo en la década de 1890. De Tailandia, no estoy tan seguro. ¿Qué hacías tú allí?

—¿He visto tu foto en la portada del periódico de hoy?

—Puede ser.

—¿Qué pasa?

Le dije lo que pasaba. Mientras me escuchaba, sus ojos parecieron hundírsele más hondo en el cráneo.

—Oye, ahora mismo no hago nada —me dijo—. Como sabrás, las cosas me han ido un poco mal últimamente. ¿No te hará falta algo de ayuda aquí, para hacer a la gente millonaria?

—Tal vez. ¿Por qué no?

Era verdad que Eddie no había tenido mucha suerte. También la había pifiado en su vida; la policía había cerrado los clubes de *striptease* que dirigía (uno de los cuales yo había destruido parcialmente con el coche durante una crisis nerviosa), porque trabajaban menores de edad. Los clubes también eran conocidos por tráfico de drogas, y una noche hubo un tiroteo terrible. A lo largo de estas calamidades, Eddie se había mantenido extraordinariamente tranquilo y yo sospechaba que tampoco era mera fachada. Eddie sabía mantenerse a distancia de las perturbaciones físicas. Era como si tuvieran lugar en una realidad que él observaba a través de unos prismáticos.

Así que, cuando me preguntó si podía formar parte del proyecto millonario, le dije que sí. Cuando alguien cercano a ti que nunca te ha pedido nada finalmente lo hace, es muy enternecedor. Además, aún le debía todo el dinero que me había prestado y ésta era una forma de devolvérselo.

Considerando que tenía experiencia en dirección de empresas, sugerí que se hiciera cargo de la parte administrativa. Lo cual me alivió muchísimo. Yo sólo quería ver la idea hecha realidad; personalmente, no quería tener nada que ver con administrar nada.

—No puedo creer que vayamos a hacer millonaria a la gente —dijo Eddie, golpeándose las palmas de las manos—. Es un poco como jugar a ser Dios, ¿verdad?

—¿Lo es?

—No lo sé. Por un momento, he pensado que lo era.

Si estábamos interpretando a Dios en la película de su vida, ¿sería típico del personaje repartir dinero? Supongo que, con una eternidad en las manos, hasta a Dios se le acababan terminando las ideas.

A Oscar no le entusiasmó que Eddie se encargase de la parte administrativa de la empresa, pero él ya estaba inhumanamente ocupado dirigiendo dos canales de televisión, un proveedor de servicios de Internet y tres periódicos. Me resultó imposible no quedarme impresionado. Si supierais lo mucho que trabajan esos cabrones, nunca volveríais a decir nada negativo de los privilegios, y nunca lo querríais para vosotros mismos. Así que dio el visto bueno a Eddie y nos cedió unos despachos enormes en el edificio Hobbs News. Pudimos elegir nuestro propio personal, y aunque sólo contratamos a mujeres de escote generoso (una costumbre de nuestra época en el club de *striptease*), no hicimos el tonto. Eddie se metió de lleno. Realmente se hizo cargo de la situación. Con la influencia de Oscar, obtuvo el censo electoral de cada estado, confeccionó una base de datos e improvisó un sistema en que los nombres se mezclaban en el ordenador como las bolas en la lotería. Después, completamente al azar, el ordenador escogería los primeros veinte nombres. En realidad, aunque no puedo explicar de manera muy precisa cómo funcionaba, no era complicado. Lo cual no es nada sorprendente. Hay muchas cosas no complicadas que no logro comprender.

Y eso fue todo. Los periódicos dieron a conocer los detalles del proyecto y, a finales de semana, las monedas de dólar llegaron a raudales. Nuestro pobre personal se vio desbordado de tanto abrir sobres y contar millones de esos dólares fríos y redondos. También preparábamos la fiesta de inauguración, donde se darían a conocer los nombres de los primeros millonarios por la televisión nacional. Iba a ser una de esas fiestas VIP en que los invitados o bien te ponen en ridículo o bien fingen que no existes. No la esperaba con impaciencia. Y también estaba mi papel público, como cerebro del sencillo proyecto; de pie al lado de Oscar Hobbs, iba a leer la lista de nombres, y después los nuevos millonarios, que el personal de Eddie habría reunido previamente, se subirían al escenario y gritarían como correspondía. Ése era el plan. Hoy era jueves. La fiesta se celebraría el viernes siguiente. Oscar había llegado a un acuerdo con todos los canales de televisión. Sería como la llegada del hombre a la Luna. Por una noche, habría paz entre los canales en guerra. Oscar era increíble: hizo esto mientras dirigía todo lo demás.

Yo me sentía revitalizado, pero mi energía seguía agotándoseme con facilidad y todas las noches me desplomaba en la cama, donde Anouk solía esperarme. Nos dejábamos rendidos rápidamente.

—¿Eres feliz, Martin? —me preguntaba Anouk.

Vaya pregunta que plantearme a mí, de todas las personas posibles. Negué con la cabeza.

—¿Feliz? No. Pero mi vida se ha convertido en algo curioso que por primera vez me interesa.

Eso la hizo sonreír de alivio.

El martes anterior a la fiesta, estaba sentado inmóvil detrás de mi mesa, como una pieza superflua de mobiliario de oficina, cuando sonó el teléfono. Respondí:

—¿Sí?

—¿Qué te crees que estás haciendo?

—Lo siento, no concedo entrevistas.

—Papá, soy yo.

—¡Ah, Jasper! ¡Hola!

—¿Qué estás tramando?

—¿Tramando?

—Es imposible que hagas a la gente millonaria sin razón alguna.

—¿Por qué dices eso?

—Porque te conozco mejor de lo que te conoces tú mismo.

—Eso es lo que crees, ¿verdad?

—Es tu maniobra de salida, ¿no?

—No me gusta hablar por teléfono. ¿Te veré pronto?

—Sí... pronto.

Colgó y me quedé mirando el teléfono con nostalgia, hasta que alguien me vio y entonces simulé que lo limpiaba. La verdad es que echaba de menos a Jasper; era el único que comprendía que convertir a la gente en millonaria era una maniobra bien calculada, el simple medio de un fin: el fin era poner a la gente de mi parte, a lo que seguiría algo que sorprendería a la mismísima Muerte. Sí, desde el principio había sido una estrategia consciente para ganar la aprobación de la gente, que pondría a prueba su estrategia inconsciente de destruirme. Lo que Jasper adivinaba era que tenía un sencillo plan:

1. Convertir a todos los habitantes de Australia en millonarios, poniendo así

2. A los barones de los medios de comunicación de mi parte y, simultáneamente,
3. Dar el salto a la política y ganar un escaño en el Parlamento en las próximas elecciones federales y luego
4. Iniciar la reforma absoluta de la sociedad australiana según mis ideas y, por lo tanto,
5. Impresionar a Jasper, que se disculparía entre lágrimas mientras yo
6. Mantenía relaciones sexuales tan a menudo como me fuera posible con Anouk y
7. Moría sin dolor, satisfecho de que a la semana de mi muerte se iniciara la construcción de
8. Estatuas en plazas públicas, siguiendo las exigencias específicas de mi cabeza y cuerpo.

Eso era: un plan para poner un signo de exclamación al final de mi vida. Antes de morir, expulsaría todas las ideas de mi cabeza (todas ellas, sin importar lo tontas que fuesen) para que el proceso de mi muerte fuese un proceso de vaciado. Cuando me sentía optimista respecto al éxito de mi plan, la imagen de mi muerte se fusionaba con una imagen de Lenin en su tumba. En los momentos pesimistas, la imagen de mi muerte se fusionaba con una imagen de Mussolini colgando de una gasolinera Esso en Milán.

Mientras esperaba la gran noche, vagaba por el despacho levemente contrariado por no tener nada entre manos. Lo había delegado todo.

Lo único que hacía era perfeccionar mi expresión de seria reflexión, preguntar en varios momentos «¿Cómo va todo?» y fingir que me importaban las respuestas.

Por otra parte, Eddie se dejaba la piel en los preparativos de la fiesta. Lo observé escribir con diligencia y me pregunté si alguna vez se habría sentido como yo, como un puñado de moléculas descolocadas y unidas de cualquier manera para formar una persona inverosímil, cuando de pronto se me ocurrió una idea.

—Eddie... Esa lista de futuros millonarios... ¿Hay alguno en Sydney?

—Tres —respondió—. ¿Por qué?

—Dame sus archivos, ¿quieres?

El primer millonario vivía en Camperdown. Se llamaba Deng Agee. Era indonesio. Tenía veintiocho años, esposa y un bebé de tres meses. La casa parecía desierta. Nadie respondió cuando llamé, pero diez minutos después lo vi llegar cargado con bolsas de la compra. A diez metros de la casa, se le rompió la bolsa de plástico que llevaba en la mano izquierda y el contenido se desparramó por el suelo. Miró las abolladas latas de atún con expresión desconsolada, como si las latas sólo quisieran ser sus amigas.

Le sonreí con calidez para que no me reconociera de los periódicos.

—¿Cómo te va, Deng?

—¿Te conozco? —preguntó, alzando la vista.

—¿Todo bien, entonces? ¿Tienes todo lo que necesitas?

—¡Vete a la mierda!

No tenía ni idea de que dentro de una semana sería millonario. Era divertidísimo.

—¿Eres feliz aquí, Deng? Esto es una especie de vertedero, si me permites que te lo diga.

—¿Qué quieres? ¡Llamaré a la policía!

Me agaché y fingí recoger diez dólares del suelo.

—¿Se te ha caído esto?

—No es mío —dijo, antes de entrar en casa y cerrarme la puerta en las narices.

«¡Va a ser un millonario genial!», pensé. Como si necesitara que «mis» millonarios (como yo los consideraba) fuesen incorruptibles.

El segundo millonario de Sydney era una profesora de biología. Posiblemente tenía la cara más fea que había visto jamás. Casi grité al verla. Sentí el viento de mil puertas cerrándose en esa fea cara. No me vio entrar en su clase. Me senté en un pupitre de la última fila y sonreí como un loco.

—¿Quién es usted?

—¿Cuánto hace que trabaja aquí, señora Gravy?

—Dieciséis años.

—¿Y, durante todo este tiempo, alguna vez ha obligado a un niño a comer tiza?

—¡No, jamás!

—Vaya. Eso no es lo que dicen en el Departamento de Educación.

—¡Es mentira!

—Eso es lo que he venido a averiguar.

—¡Usted no es del Departamento de Educación!

La señora Gravy se acercó y me observó como si yo fuera una ilusión. Busqué un anillo de casada en su dedo y no vi más que cuñas de carne desnuda. Me levanté y me dirigí a la puerta. La idea de que el dinero era lo único en el cielo y la tierra que traería algo de alegría a la señora Gravy me deprimió tanto que casi no fui a visitar al tercer millonario, pero como no tenía nada más que hacer, apoyé la espalda contra las taquillas del colegio, una larga hilera de ataúdes verticales, y abrí el archivo.

Señorita Caroline Potts, decía el archivo.

No recuerdo muchos ejemplos de gritos ahogados como los que he visto en las películas, pero es que la ficción tiene la costumbre de hacer que el mundo real parezca inventado. La gente emite gritos ahogados. No es mentira. Y yo solté uno al ver ese nombre, con todas sus connotaciones e implicaciones. Connotaciones: la muerte de mi hermano, deseo frustrado, deseo satisfecho, pérdida, arrepentimiento, mala suerte, oportunidades perdidas. Implicaciones: se había divorciado o había enviudado de su marido ruso, no estaba perdida en Europa, vivía en Sydney quizá desde hacía años.

¡Joder!

Estos pensamientos no llegaron en orden alguno, sino simultáneamente; no oía dónde acababa uno y empezaba el otro. Todos hablaban a la vez, como una gran familia a la hora de la cena. Claro que la razón me decía que podía haber veinte o treinta Carolines Potts viviendo a minutos una de la otra, ya que no se trata de un nombre tan inusual como Prudence Bloodhungry o Heavenly Shovelbottom. ¿Había pensado Eddie que era una de las otras Carolines Potts? Me negaba a creer que así fuera, porque en momentos de crisis personal descubres en lo que crees, y resultó que después de todo yo sí que creía en algo, y es que soy un ovillo de lana y la vida es la zarpa de un gato que juguetea conmigo. No podía ser de otro modo. ¡Adelante!, gritó una voz. ¡Vamos!

Durante el trayecto, leí el archivo una docena de veces. Eddie no era muy meticuloso. Todo lo que decía era: «Caroline Potts 44 Bibliotecaria. Madre de Terrence Beletsky, 16 años.» ¡Madre! Y el nombre de su hijo: Terrence. Terry. ¡Mierda! Eso me bajó la moral. Había llamado a su hijo como Terry. ¡Como si el muy cabrón no tuviese bastantes honores!

¡Increíble!

Caroline vivía en uno de esos edificios sin interfono, por lo que pude acceder libremente a la escalera color mierda y llegar a la puerta misma del piso. Me detuve ante el 4.º A sin haber pensado demasiado qué le supondría una conmoción mayor, si verme o enterarse de que en menos de una semana sería un millón de dólares más rica. Llamé impacientemente y enseguida nos entregamos a la vieja costumbre de gritarnos emocionados.

—¿Quién es?

—¡Yo!

—¿Yo, quién?

—¡No lo creerías si te lo dijera!

—¡Marty! —gritó, y eso me desconcertó, el hecho de que después de tantos años hubiese reconocido tan rápidamente mi voz.

Abrió la puerta y yo solté otro grito ahogado. La naturaleza apenas había posado un dedo sobre ella. Aunque luego comprobé que eso no era del todo exacto: la naturaleza le había dado un culo más grande y una tetas más caídas y tenía la cara algo más ancha y el cabello no estaba lo que se diría bien peinado; pero seguía siendo hermosa, tenía la misma luz en los ojos. Al mirarla, me sentí como si todos los años después de París no hubieran pasado de verdad, como si los últimos dieciocho años hubieran sido una tarde absurdamente larga.

—¡Oh, Dios mío, mírate! —dijo ella.

—¡Soy viejo!

—Para nada. ¡Tienes la misma cara!

—¡No, no es verdad!

—Espera. ¡Tienes razón! ¡Tu oreja es nueva!

—¡Me hice unos injertos!

—¡Estupendo!

—¡Y se me cae el pelo!

—¡Bueno, yo tengo el culo gordo!

—¡Sigues preciosa!

—¿No lo dirás por decir?

—¡No!

—¡Vi tu nombre en las noticias!

—¿Por qué no viniste a verme?

—¡Quise hacerlo! Pero después de tantos años, ¡no estaba segura de que quisieras verme! ¡Vi una foto en que te abrazaba una mujer joven y guapa!

—¡Es Anouk!

—¿No es tu mujer?

—Ni siquiera mi novia. ¡Es nuestra ama de llaves! ¿Y tu marido?

—¡Nos divorciamos! ¡Imaginé que seguías en Europa!

—¡Yo pensaba lo mismo!

—Y oye... ¡se supone que teníamos que encontrarnos en París un año después de esa noche en el hotel! ¿Te acuerdas?

—¡Estaba aquí! ¡En Australia! ¡No me digas que fuiste!

—¡Pues sí!

—¡Oh, Dios mío!

—¡Me pareció increíble ver el nombre de Terry! ¡La gente vuelve a hablar de él! ¡Luego vi que eras tú! ¿Qué es este disparate en que andas metido?

—¡No es un disparate!

—¡Vas a hacer millonario a todo el mundo en Australia!

—¡Tienes razón! ¡Es un disparate!

—¿Cómo se te ocurrió semejante tontería?

—¡No lo sé! ¡Espera! ¡Tú eres uno de ellos!

—¡Martin!

—¡En serio! ¡Por eso he venido!

—¡Lo has amañado!

—¡No! ¡Yo no he elegido los nombres!

—¿Estás seguro?

—¡Completamente!

—¿Y qué voy a hacer yo con un millón de dólares?

—¡Espera! ¡En mi archivo pone que tienes un hijo! ¿Dónde está?

—Ha muerto.

Esas dos palabras que escaparon de su boca sonaron como si vinieran de un lugar distinto. Se mordió el labio y se le llenaron los ojos de lágrimas. Vi lo que pensaba como subtítulos en su cara. «¿Puedo hablar de esto ahora?» Intenté adivinarlo para ponerle las cosas fáciles y que no tuviera que contarme toda la triste historia. Veamos, los adolescentes sólo mueren de tres formas: suicidio, conducción ebria, alergia al cacahuete. ¿Cuál era?

—Conducía bebido —dije.

Empalideció y asintió de un modo casi imperceptible. Guardamos silencio largo rato, no del todo preparados para devolver el recuerdo a su tarro. El dolor es una entidad extraña en un reencuentro.

Sentí muchísimo no haber conocido a su hijo. Todavía la amaba e imaginé que también lo habría amado a él.

Caroline se acercó y me enjugó las lágrimas con la manga. No me había dado cuenta de que estaba llorando.

Emitió un sonido triste, como salido de una flauta diminuta. Un instante después nos abrazábamos con las caderas, y encontré refugio en su abrazo y un refugio aún más acogedor en su cama. Después, acostados el uno en brazos del otro, nos confiamos nuestros secretos y así encontramos un método para falsificar la historia: ignorarla. Nos centramos sólo en el presente; le confié mi plan de presentarme al Parlamento y llevar a cabo una transformación absoluta de la sociedad en el plazo más breve posible, antes de que el cáncer me venciera, y Caroline me habló de su hijo muerto.

La madre de un hijo muerto, ¿sigue siendo una madre? Hay palabras para viudo y huérfano, pero no para el padre o la madre de un niño muerto.

Pasaron las horas. Hicimos el amor por segunda vez. Coincidimos en que ya no éramos jóvenes y lozanos, en que ambos mostrábamos signos reveladores de deterioro; pero confiábamos plenamente en que nuestras tragedias personales nos habían estropeado de un modo adorable, en que nuestras caras y cuerpos flácidos habían aguantado bien el paso de nuestras penas. Decidimos que nunca más volveríamos a separarnos, y puesto que nadie conocía nuestra relación, nadie montaría un escándalo ni pensaría que el sorteo estaba amañado. Mantendríamos nuestra relación en secreto hasta después de la cena de millonarios, cuando nos casaríamos en una pequeña ceremonia privada en el centro del laberinto. En resumen, aquélla fue una tarde productiva.

Si alguien vivía en Australia y no miraba la televisión la noche en que se anunciaron los nombres de los millonarios, fue porque unos vándalos le habían arrancado los ojos o porque estaba muerto. Caroline, la señora Gravy, Deng y el resto de los millonarios se hicieron famosos en el acto.

La fiesta se celebró en una cavernosa sala de baile con candelabros, papel pintado de flores de los años setenta y un escenario donde yo pronunciaría un discurso histórico. Los ventanales, que iban del techo al suelo, mostraban el puente de Sydney y una enorme luna amarilla.

Era una de esas fiestas a la que jamás habría soñado ir, donde los invitados se daban ínfulas y cuando ya no sabían cómo engrandecerse directamente lo hacían indirectamente, empequeñeciendo a todos los demás. Reynold Hobbs estaba allí con su joven y confundida esposa. La gente la llamaba cruelmente la esposa trofeo, como si Reynold la hubiese ganado en un concurso. Eso no era justo ni cierto. No la había ganado sin más, sino mediante el arduo trabajo y la iniciativa.

Mi atención se centraba principalmente en observar la conducta errática de mi ego en condiciones inestables; bajo la tensión de los halagos, las sonrisas y las repetidas salvas de contacto ocular directo, tenía propensión a engordarse. Me sentía tan feliz que quería meterlos a todos en aviones de papel y mandarlos al ojo sin párpado de esa enorme luna amarilla.

El lugar estaba demasiado atestado para recorrerlo rápida y nerviosamente. Pensaba que el discurso saldría mal y que tendría que contarle a Anouk lo de Caroline. Aunque sabía que era casi impensable que un hombre como yo pudiese rechazar a nadie, y mucho menos a una mujer como Anouk. ¿Cómo iba a decirle que nunca volvería a catarla, sobre todo cuando me daba la clase de satisfacción suprema que sólo puede obtenerse liberando a esclavos o acostándose con una mujer realmente sexy y una década más joven que tú? Por suerte, recordé que estaba enamorado de Caroline Potts, así que fui capaz de acercarme a Anouk y señalarle a Caroline, que estaba en una esquina de la sala con un vestido rojo de chiffon. Anouk recordó quién era de nuestras sesiones de confesiones poscoitales y le expliqué que nos casaríamos dentro de un par de semanas. No dijo nada, un nada sonoro y desagradable que hizo mi monólogo más chillón e incoherente.

—Después de todo, no vamos a estropear nuestra amistad —dije.

Su rostro se convirtió en una piedra velada por una sonrisa. Se echó a reír de repente, una risa terriblemente exagerada que me hizo retroceder medio paso. Antes de que pudiera hablar, de hundirme aún más en la miseria, todos en la sala me llamaron para que pronunciara el discurso.

Era el momento de poner mi plan en práctica. Subí al estrado. «A fin de cuentas, los has hecho ricos.» La cabeza me pesaba un punto intermedio entre una gota de agua y una garrafa de aire. «¿Quién no quiere al hombre que lo ha hecho rico? No puedo perder.» Me quedé de pie, mirando mudo a la multitud expectante, paralizado por una vertiginosa inmovilidad.

Busqué a Caroline entre el público y me dirigió un gesto de ánimo. Eso hizo que me sintiera fatal. Luego vi a Jasper. No sabía que vendría ni lo había visto llegar. Por suerte para mí, tenía la expresión de un perro cuando finges que lanzarás la pelota pero aún la tienes en la mano. Eso me dio la confianza que necesitaba.

Carraspeé, aunque no me hacía falta, y empecé:

—Gracias. Acepto vuestros aplausos y vuestra adoración. Ansiáis escapar de vuestras cárceles y creéis que, con haceros ricos, os libero. Pues no es así; yo sólo os he permitido salir de la celda al pasillo. La cárcel todavía existe, una cárcel que no sabéis cuánto amáis. Bien. Hablemos ahora de mí, en relación al síndrome de envidia nacional. Es mejor abordar este tema peliagudo de entrada. Escuchadme bien: no vayáis a por mí, so mierdas. Me queréis ahora, pero me odiaréis mañana. Ya os conocéis; bueno, en realidad, no. Por eso me gustaría sugerir un ejercicio inusual para la nación, y el ejercicio es: «¡Amadme a perpetuidad!» ¿De acuerdo? Y, ya que estamos, tengo algo que anunciar. ¡Dios mío!, ha sido mi vida entera la que me ha llevado a este momento. Claro que hace cinco minutos he ido al servicio y también ha sido mi vida entera la que me ha llevado hasta allí. Bien, hete aquí: me presento al Senado. En efecto, Australia, ¡os ofrezco mi desperdiciado talento! ¡Mi potencial dilapidado! Siempre he llevado una existencia degradada y ahora os la brindo. ¡Quiero formar parte de nuestro horrendo Parlamento, de nuestro engaño colectivo! Quiero colocarme entre los cerdos, ¿por qué no? A fin de cuentas, estoy en paro y el trabajo de senador es tan bueno o malo como cualquier otro, ¿verdad? Sólo para que lo sepáis, no estoy afiliado a ningún partido. Me presentaré como independiente. Seré sincero con vosotros. Creo que los políticos son llagas purulentas. Y, cuando miro a los políticos de nuestro país, me parece increíble que todos esos tipos insoportables hayan sido ELEGIDOS. Así pues, ¿qué decir de la democracia, salvo que no es un sistema lo bastante bueno para hacer que la gente responda de sus mentiras? Los que apoyan este deficiente sistema dicen: «¡Bien, entonces castigadlos en las urnas!» Pero ¿es eso posible, cuando probablemente el único oponente sea otra larga lista de bandidos necios e inelegibles, de manera que acabamos votando de nuevo a los mentirosos, votando con los dientes apretados? Lo peor de ser ateo es que, según mis no creencias, sé que a todos esos hijos de puta no los van a castigar en el más allá, que todos saldrán impunes. Es muy turbador; no se llevan su merecido, se lo dejan olvidado por ahí.

»¿Me seguís? Inexplicablemente, sobreestimamos a nuestros representantes electos. ¡No me sobreestiméis! ¡Cometeré un error garrafal tras otro! Sin embargo, os aclararé mi postura sobre ciertos temas polémicos, para que sepáis el tipo de errores garrafales que cometo. Bien, sin duda no soy de derechas. No me importa si los gays se casan o se divorcian. No es que apoye específicamente los derechos de los homosexuales, simplemente estoy en contra de la frase «valores familiares». De hecho, cuando alguien pronuncia la frase «valores familiares», me siento como si me hubieran abofeteado con un condón de 1953. Bien, entonces, ¿soy de izquierdas? Los de izquierdas son los primeros en firmar peticiones y, en política internacional, apoyarán siempre al que consideren más débil, aunque el más débil sea un hatajo de caníbales (basta que tengan menos dinero y aún menos recursos); sí, estos individuos de izquierdas profundamente solidarios harán cualquier cosa por mejorar las condiciones de aquellos sin voz y voto, salvo un sacrificio personal. ¿Lo veis? No soy de derechas ni de izquierdas. Sólo soy una persona corriente que todas las noches se acuesta sintiéndose culpable. ¿Por qué no iba a ser así? Hoy, ochocientos millones de personas se han acostado con hambre. De acuerdo, os concedo que durante un tiempo nuestro papel de consumidores masivos pareció hacernos mucho bien (adelgazamos, una mitad de nosotros se puso implantes de pecho; francamente, teníamos buen aspecto), pero ahora estamos todos más gordos y cancerosos que nunca, así que ¿qué sentido tiene? El mundo se calienta y los polos se funden, porque el hombre no para de decirle a la naturaleza: "Oye, nuestra idea de un futuro acogedor se limita a tener empleo." Eso es todo lo que tenemos planeado. Más aún, perseguiremos ese objetivo a toda costa, aunque a largo plazo implique paradójicamente la destrucción de nuestro puesto de trabajo. El hombre dice: "¿Sacrificar la industria y la economía y el empleo? ¿Para qué? ¿Para las futuras generaciones? ¡Si ni siquiera conozco a esos tíos!" Os diré algo gratis: me avergüenza que nuestra especie, que tanto presume de sus sacrificios, acabe sacrificándolo todo por el motivo equivocado; que parezca una raza encantada de usar el secador de pelo en la bañera. Sólo siento haber nacido a los tres cuartos de esta tragedia autoinfligida, y no al principio o al final. Estoy hasta los huevos de ver la dichosa tragedia a cámara lenta. Sin embargo, en los demás planetas, la cosa cambia: están que se salen de sus soles de la alegría. El motivo de que nunca hayamos recibido visitas de espacio exterior no es que no existan, sino que no quieren conocernos. Somos los tontos del pueblo de todas las galaxias. En noches tranquilas, se oyen sus risas bulliciosas. ¿Y de qué se ríen? Lo expresaré como sigue: la humanidad es como el tipo que se caga en los propios pantalones y luego va por ahí diciendo: "¿Qué, te gusta mi camisa nueva?" ¿Qué pretendo? Haceros saber que soy ecologista en la medida en que no me gustaría vivir en un caldero de meado hirviente. Creedme, no hay política alguna en seguir vivo. Por eso soy una persona apolítica que se mete en política. Pero no soy perfecto. Decidme, ¿por qué nos hemos contagiado de esa enfermedad norteamericana de querer que nuestros políticos sean puros como monjes? La sociedad pasó la revolución sexual hace décadas, pero por alguna razón juzgamos a quienes nos gobiernan según criterios victorianos sin que nos cause extrañeza. Aclaremos esto: si se me presenta la oportunidad de tener una aventura ilícita con una becaria o con la mujer de un colega, me lanzaré de cabeza. Por lo que a mí respecta, "salir impune" no tiene nada que ver con que no se descubra, sino con que nadie se quede encinta. ¿De acuerdo? No niego nada. Lo admito todo. Y os diré más: no fingiré que no me atraen ciertas adolescentes. Algunas tienen diecisiete años, por el amor de Dios. ¡No son niñas! ¡Son jóvenes sexys, esplendorosas, y muchas perdieron la virginidad a los catorce! Hay cierta diferencia entre el sexo inadecuado con una menor y la pedofilia. Es estúpido y peligroso meterlos en el mismo saco.

»¿Qué más? ¡Ah sí!, quiero dejar constancia de esto desde el principio: si puedo proporcionar a mi hijo ciertas ventajas (bonos para el taxi, por ejemplo, o vacaciones pagadas), lo haré. ¿Por qué no iba a hacerlo? Si eres mecánico y tu hijo tiene un coche, ¿no se lo arreglarías, no dejarías que se aprovechara de que su padre es mecánico? O, si eres fontanero, ¿abandonarías a tu hijo con mierda hasta el cuello para que espabilara y lo arreglara él solito?

»¿Adónde quiero ir a parar? Hago innecesaria cualquier campaña difamatoria. ¿Por qué arrojar mierda sobre un hombre ya rebozado en fango? Que quede constancia: he estado con prostitutas, he engendrado un hijo ilegítimo; levántate y saluda, Jasper. He perdido el control de mi mente y de mi vejiga. He infringido leyes. He construido un laberinto. He amado a la novia de mi hermano. ¡No creo en la guerra, sino en los horrores de la guerra! ¡No creo en el ojo por ojo, sino en una gran compensación económica por ojo! ¡Creo en la educación de humillación sexual en los colegios! ¡Creo que debería estar permitido que los expertos en contraterrorismo mirasen bajo las faldas de quienes les apetezca! ¡Creo que deberíamos levantarnos, dar las gracias a nuestros anfitriones aborígenes y emigrar, todos nosotros, a otro país! Creo que la desigualdad no es fruto del capitalismo sino del hecho de que, en un grupo de dos hombres y una mujer, uno de los hombres será más alto, tendrá una dentadura más blanca y se llevará a la mujer. Por tanto, creo que la base de la desigualdad no es la economía, ¡sino las buenas dentaduras!

»Cuando la democracia funciona, el gobierno hace lo que el pueblo quiere. ¡El problema es que la gente quiere cosas de mierda! El pueblo está asustado, es codicioso y egoísta, y sólo le preocupa su seguridad económica! ¡Sí, la verdad es que SIGUE SIN HABER UNA GRAN NACIÓN DEMOCRÁTICA PORQUE SIGUE SIN HABER UN GRAN PUEBLO!

»¡Gracias!

Éste fue un discurso por el que deberían haberme linchado cien veces. Pero iba a convertirlos a todos en millonarios y no había nada que pudiese hacer mal. Hasta mi discurso estúpido, incoherente y en cierto modo obvio e insultante, obtuvo su aprobación. Se lo tragaron con avidez. Aplaudieron como locos. Nunca habían oído nada igual. O tal vez sólo hubieran oído el tono exaltado de mi voz. De todos modos, salí airoso, y lo único que me eclipsó esa noche fue un discurso improvisado de Oscar Hobbs, que se dirigió espontáneamente al micrófono y anunció que iba a casarse con la mujer de sus sueños: Anouk.

Capítulo tres

Las costumbres del hombre que ha vivido solo toda su vida son difíciles de modificar. Si no hay nadie cerca para oírlo, puede que un árbol no haga ruido al caer, y que tampoco yo me haga la cama. Pero Caroline se mudó al laberinto, ¡y ahora me tocaba cocinar! ¡Y limpiar! ¡Y compartir responsabilidades! Francamente, nunca he sabido cómo la gente hace vida de casados. Me refiero a que, si voy del dormitorio al baño o de la cocina al dormitorio, lo último que quiero es pararme a charlar.

Sin embargo, el matrimonio fue sólo uno de muchos cambios. ¿Cómo describir el período más decisivo de mi vida, cuando lo recuerdo como una serie de fotografías tomadas desde la ventanilla de un tren que va a toda velocidad? ¿Vomité la ensalada de pulpo en mi boda o en la de Anouk? ¿Era yo o era Oscar quien estaba inmóvil ante el altar, como una pieza tallada en madera? ¿En qué boda nos enzarzamos Jasper y yo en una acalorada discusión filosófica sobre las notas de agradecimiento? Y tampoco sé si fueron mis éxitos recientes o mi nueva vida con Caroline, pero el caso es que hicieron mella en mí ciertas ilusiones peligrosas y, en contra de todos mis principios, empecé a luchar contra el cáncer.

Permití que me chuparan la sangre; meé en botes; me bombardearon con rayos X, me sepultaron en túneles como ataúdes para hacerme tomografías y resonancias, y me sometieron a una combinación de altas dosis de quimioterapia intravenosa y radioterapia que me dejaron exhausto y jadeante, mareado y aturdido, con náuseas, cefaleas, diarrea y estreñimiento. Sentía cosquilleos en las manos y en los pies. Sufría un zumbido constante en los oídos que casi ensordecía mis monólogos interiores.

Los médicos me dijeron que reposara, pero ¿cómo iba a reposar? Tenía una nueva esposa y un país que pervertir. Así que manejé el asunto lo mejor que pude. Para proteger la piel del sol, me puse sombrero y gafas. Evité los alimentos de olor intenso. Me afeité la cabeza para que nadie notase que se me caía el pelo. Las transfusiones de sangre me proporcionaron la energía que necesitaba. Por desgracia, los tratamientos de quimioterapia a veces causan infertilidad. Por suerte, me daba igual. También a Caroline. Mientras volvíamos juntos a la consulta del doctor Sweeny, una y otra vez, recuerdo que pensé que quizás ella fuera la primera persona dispuesta a recibir un golpe dirigido a mí, si me llegaba alguno y yo no lo quería. Mirad, no digo que nuestra relación sea tan apasionada como se esperaría del amor de tu vida. No lo es, pero no puedo reprochárselo a ella. Además, yo no soy el amor de su vida; soy un suplente, un sustituto de mi hermano. Había algo completo, acabado, en el modo en que se me comparaba con él, a ojos de la nación y quizás ahora en la alcoba.

Así pues, comprenderéis que no pueda contar nada en firme de esos seis meses en que mis recuerdos parecen chapuceros implantes de memoria. Ni siquiera recuerdo las elecciones, sólo que en todas las esquinas de todas las calles había fotos de mi cara con una inequívoca expresión de reproche. Aparte de la cobertura periodística y televisiva, nada más supuso una afrenta tan violenta a mi antiguo anonimato como esos carteles ubicuos.

¿El improbable resultado? Gané por los pelos. Eso es lo maravilloso de la democracia: puedes ocupar legítimamente un cargo público mientras te sigue despreciando el 49,9 por ciento de las desconfiadas miradas de la calle.

La mayoría de los extranjeros creen que la capital de Australia es Sydney o Melbourne, no saben que en la década de 1950 los tontos del pueblo inauguraron su propio pueblo y lo llamaron Canberra. Viajé a esa gris ciudad con Caroline para cada sesión parlamentaria y fue allí donde me volví (casi ni me lo creo) dinámico. Yo era una dinamo. Los gandules de Canberra tenían una fuerza repelente, una fuerza que me sirvió para canalizar mis contradicciones y mi caos rutinario en una visión. Me convertí en un visionario. Pero ¿por qué no se me perseguía con horcas y cal viva? Fácil respuesta: el pueblo australiano enviaba diligentemente sus monedas de dólar, cada semana había veinte nuevos millonarios y me lo tenían que agradecer a mí. Este reclamo financiero los tenía a todos atrapados en una histeria compartida, lo cual los hacía receptivos a las ideas que manaban de mi boca.

Abordé el desempleo, los tipos de interés, los acuerdos comerciales, los derechos de la mujer, la atención a la infancia, el sistema sanitario, la reforma tributaria, los presupuestos de defensa, el tema aborigen, inmigración, prisiones, protección medioambiental y educación; y, sorprendentemente, casi todas mis reformas fueron aprobadas. Los criminales tendrían la opción de alistarse en el ejército en lugar de ser encerrados; se ofrecerían devoluciones de impuestos a los que pudieran demostrar que se conocían a sí mismos, y los idiotizados y temerosos tendrían que pagar más; cualquier político al que se sorprendiera incumpliendo una promesa electoral sería castigado en un callejón por un tipo llamado Gorila; toda persona sana debería cuidar al menos de una enferma hasta que ésta muriese o se recuperase; elegiríamos indiscriminadamente a personas para que hicieran de primer ministro por un día; todas las drogas serían legalizadas durante una generación, para ver qué pasaba. Aceptaron incluso mi idea más controvertida: criar a cualquier niño en una fe religiosa, congelar la mente infantil cuando es más vulnerable, se consideraría maltrato infantil. Yo propuse todo esto y la gente respondió: «De acuerdo, veremos lo que se puede hacer.» ¡Fue increíble!

Como celebridad con un público nacional testigo de mis humillaciones, humillaciones que antes sólo presenciaba un puñado de enemigos íntimos, también yo recibía críticas. Me pusieron por nombre todos los sinónimos de la palabra «demente», y peor. En Australia, el peor insulto que puedes dedicar a alguien, y la forma más sencilla de rechazar todas y cada una de las fibras de su ser, es llamarlo «altruista». Un altruista, aclarémoslo, es una persona que hace o quiere hacer el bien de forma desinteresada. Aclaremos también esto, para que no haya malentendidos: a los ojos del difamador, es indudablemente un insulto, no un cumplido, y ser altruista es algo vergonzoso; mientras que en otros lugares, como el cielo, se considera un punto a favor. Mis críticos recurrieron a este «insulto» para menospreciarme. Sólo la sonrisa de desdén en sus rostros evitó que se lo agradeciera.

La mayoría, sin embargo, estaba de mi parte. Les gustaba que fuese al grano, que mis principales reformas se centraran en el ámbito de la soledad, la muerte y el sufrimiento. Parecían comprender, al menos a cierto nivel, mi idea principal: la de convertirnos en la primera sociedad verdaderamente basada en la muerte. Aceptaron que, para tener una perspectiva adecuada de la vida, todas y cada una de las personas del país tenían que aceptar que la muerte es un problema insalvable que no resolveremos fabricando personas sin parar (para que el apellido Smith pueda perpetuarse a lo largo de millones de años), ni odiando a los países vecinos, ni encadenándonos a un Dios con una larga lista de manías. Medio conseguí convencer a la gente de que, si empezábamos el día sin cantar el himno nacional y dedicándonos unas pequeñas exequias, si todos nos resignábamos a nuestra inevitable decadencia y dejábamos de buscar una trascendencia heroica a nuestro desdichado destino, quizá no llegaríamos tan lejos como Hitler, a quien perturbaba tanto morir que para evitar pensar en eso mató a seis millones de judíos.

De acuerdo, reconozco que mi revolución era una farsa, pero era una farsa muy seria. Si la gente se burlaba o aceptaba mis ideas sólo para ver qué pasaría, quizá fuese porque bajo sus risas intuían una pizca de verdad. O quizá no. De todas formas, sé que las utopías no funcionan. Que la sociedad fuese un poco más fluida y un poco menos hipócrita, ése era en realidad mi único objetivo. Ahora sé que no era modesto en absoluto; era como querer tocar la Luna. Aun así, al fabricar millonarios como churros continué aplacando los nervios del bolsillo del electorado y logré convencer a la gente de que no escucharme era una amenaza para el tejido social.

Admitámoslo sin rodeos. La sociedad se transformaba. Era posible verlo, se mirase a donde se mirase. Incluso alguien llegó a abrir un restaurante de temática caníbal en Surry Hills. Os lo aseguro, toda Australia enloqueció. La reforma se convirtió en obsesión nacional. Hasta creo que entendieron que no eran las ideas en sí, sino la idea de las ideas, la idea de que podíamos —por qué no— innovar incesantemente y, donde fuera posible, obliterar nuestra servil relación con el pasado. ¿Por qué? Porque el pasado siempre es lo peor que puede pasarle al presente en cualquier momento dado.

¡Qué ilusiones y qué ceguera me sobrevinieron en este momento de la vida! La quimioterapia parecía funcionar; las células cancerígenas se encogían primorosamente. Mi propia muerte empezó a remitir. Me sentía tan bien que ni siquiera me molestaron los crueles caricaturistas que exageraban mi boca hasta hacerla casi tan grande como toda la cabeza. Se dice que el poder corrompe... ¡y cómo! El yo que siempre he querido, pese a mi falso menosprecio, se reflejaba en los ojos que me rodeaban. ¡Era la fantasía de un egoísta! ¡Mi espíritu volaba! Estaba tan atrapado en mi propia reforma que no advertí que perdía los mismísimos ingredientes que me habían llevado al éxito: negatividad implacable hacia el espíritu humano, cinismo y pragmatismo sobre la mente humana y sus limitaciones. El éxito me había desequilibrado y, como resultado, empecé a tener fe en las personas y, aún peor, empecé a tener fe en el pueblo. De acuerdo. Lo admito. Debería haber escuchado a mi hijo, que me dijo con una mirada y un tono de voz, si no con palabras exactas: «¡La estás jodiendo, papá!»

¿Y dónde estaba mi obediente hijo durante todos estos acontecimientos? Analicémoslo un poco: si el primer orden del día para asegurar la autoperpetuación es ser más grande que el padre, la inesperada posibilidad de que yo, previa encarnación del fracaso, pudiese conseguir fama y fortuna cristalizó la hostilidad de Jasper. Cuanto más subía yo, más imposible se hacía su misión de desbancarme. En resumen, mi éxito lo puso en peligro mortal.

Recuerdo que me llamó muy al principio, poco después de la fiesta de los millonarios.

—Pero ¿qué estás haciendo? —dijo cuando descolgué el teléfono.

—¡Hola, hijo! —repliqué, sabiendo dónde darle para que doliese.

—Esto va a acabar mal. Supongo que lo sabes.

—¿Vendrás a mi boda?

—Estás de broma. ¿Quién se iba a casar contigo?

—Caroline Potts.

—¿La antigua novia de tu hermano?

¡Hijo de puta! ¿Lo mataría ser un poco más generoso? De acuerdo, a lo largo de los años lo había agredido repetidamente con violencia mental, pero no lo había hecho por ninguna compulsión perversa, sólo por amor. Al menos, Jasper podría apoyarme un poco en mi único momento de felicidad y no mencionar a mi puto hermano. Aunque no era sólo Jasper. En cada nuevo artículo sobre mí, en cada uno de ellos, se referían a mí como el hermano de Terry Dean. No lo olvidaban. ¡El muy cabrón llevaba veinte años muerto!

Quise hacer un furioso llamamiento al pueblo australiano para que se olvidase de él, pero la memoria no es tan maleable. Así que tuve que sonreír y soportarlo, incluso cuando veía la expresión soñadora de Caroline cada vez que Terry Dean era mencionado.

Cuando Jasper apareció en la boda, miró a Caroline como intentando comprender la psicología de un terrorista suicida. Después de ese día, pasé mucho tiempo sin verlo. En el caos y el desorden de esa época en el candelero, me evitó por completo. Ni una sola vez me felicitó ni hizo mención alguna de mis reformas, entrevistas, debates, discursos y accesos públicos de tos. No dijo nada sobre mi aspecto claramente demacrado y derrotado debido a la quimioterapia y, cuando empecé a perder el favor del pueblo casi de manera imperceptible, Jasper dejó de llamarme del todo. Quizá vio que sufría de un grave caso de orgullo desmedido y que él pagaría la multa. Quizás intuyó la inevitable caída. Quizá se ponía a cubierto. Pero ¿por qué no fui capaz de verlo? ¿Por qué no me puse a cubierto?

Cuando se sugirió en varios editoriales que mi cabeza estaba tan hinchada que iba a explotar, tendría que haber subido al primer transbordador espacial y largarme de aquí. Y, cuando me acusaron de «vanidad extraordinaria» sólo porque llevaba un espejo en el maletín (cuando los ojos de la nación están puestos en ti, es inevitable preocuparse de si llevas espinaca entre los dientes), tendría que haber sabido que, si daba un paso en falso, me lincharían con toda su alma colectiva. No tenía, como sugirieron algunos, manía persecutoria. No, no tenía manía a quienes me perseguían. En todo caso, mi error fue no verlos. ¿No llevaba diciéndolo toda mi estúpida vida, que la preocupación de la gente por sus proyectos de inmortalidad es precisamente lo que la acaba matando? ¿Que la negación de la muerte arrastra a las personas precozmente a la tumba y a menudo hace que se lleven a sus seres queridos consigo?

Ni una sola vez pensé en Caroline o en Jasper. Si he cometido un error imperdonable en la vida ha sido negar, todo el tiempo, que había personas que me querían de verdad.

Capítulo cuatro

Un día me presenté en el trabajo de Jasper. Llevábamos meses sin vernos, desde mi boda, y desde que empecé a someterme a la ciencia médica. Ni siquiera le había contado que tenía cáncer y pensé que revelarlo en un entorno inapropiado, como su lugar de trabajo, evitaría una escena. Lo encontré sentado en su cubículo, mirando por la ventana de la pared opuesta; miraba como a la espera de que los humanos evolucionaran al siguiente nivel. Entonces se me ocurrió la extraña idea de que podía leerle el pensamiento. Me llegó como un susurro al interior de la cabeza: «¿Por qué será que en cuanto se nos cayó el pelaje y aprendimos a estar de pie dejamos de evolucionar, como si una piel tersa y una buena postura lo fuesen todo?»

—Jasper.

Se volvió como un resorte y me miró con desaprobación.

—¿Qué haces aquí?

—Tengo el gran C.

—¿El qué?

—El gran cliché.

—¿De qué me estás hablando?

—Tengo cáncer. Ha encontrado un huequecito en mis pulmones. Estoy jodido.

Intenté parecer indiferente, como si hubiese tenido cáncer una vez al mes durante toda la vida y ahora —¡menudo engorro!— volviera a tenerlo.

Jasper abrió la boca, pero ningún sonido salió de ella. No nos movimos. La luz de los fluorescentes parpadeaba en el techo. El viento agitó unos papeles de su mesa. Jasper tragó saliva. Oí cómo la saliva se deslizaba esófago abajo. Seguimos inmóviles. Éramos como humanos antes del lenguaje, hombres paleolíticos en un cubículo de oficina.

—¿Qué vas a hacer al respecto? —dijo por fin.

—No lo sé —respondí.

Jasper comprendió lo que la mayoría de la gente no entiende: que los agonizantes todavía tienen decisiones importantes que tomar. Supe que me preguntaba si lo soportaría hasta el final o si me adelantaría a la muerte. Y entonces me dio su opinión. Me conmoví.

—Papá, no te mueras lenta y dolorosamente. Por favor, suicídate.

—Me lo estoy pensando —espeté, aliviado e irritado porque había pronunciado lo impronunciable.

Esa noche, Jasper, Caroline y yo nos sentamos a cenar como una familia. Había tanto que decir que no pudimos decirlo. Jasper me miraba continuamente. Miraba para sorprender a la muerte in fraganti. Ahora estoy casi seguro de que Jasper y yo podemos leernos el pensamiento, lo cual es mucho peor que hablar.

Le sugerí que fuéramos a dar una vuelta en coche, aunque nunca lo hubiera hecho antes. Era una noche negra, las estrellas sepultadas bajo las nubes. Vagamos sin propósito ni destino y dediqué todo el trayecto a pronunciar un monólogo inane sobre cómo el tráfico no es más que una turba en rebelión, cada miembro con su propia arma móvil, en la que sueña con el movimiento perpetuo.

—¡Eh! ¡Para el coche! —gritó Jasper.

Sin saberlo, había conducido hasta nuestra primera vivienda, un lugar donde mi maquinaria mental se había averiado incontables veces. Llamamos a la puerta y Jasper dijo a un hombre con pantalones cortos manchados que queríamos echar un vistazo por el mismo motivo que una persona mira un álbum de fotos. El tipo nos dejó entrar. Mientras recorríamos las habitaciones, pensé que habíamos destrozado el sitio al vivir allí, que cada rincón mal ventilado conservaba nuestro sombrío residuo. Pensé que habíamos dejado en el ambiente la esencia de nuestros problemas cardinales, y que nuestra etérea y flotante enfermedad del espíritu habría infectado a todos los pobres desgraciados que vivían allí desde entonces.

De regreso al coche, seguimos yendo de un antiguo lugar a otro: casas ocupadas, parques, supermercados, librerías, barberías, colmados, hospitales psiquiátricos, quioscos, farmacias, bancos, todos los lugares que en algún momento hubieran albergado nuestras confusiones. No puedo explicaros el propósito de este apremiante y no metafórico viaje por la calle del recuerdo, pero sí os diré que en cada lugar vi a nuestros pasados yo con la claridad del día; fue como si volviésemos sobre nuestros pasos y encontráramos, en cada huella desaparecida, nuestros mismos pies. Nada como un viaje nostálgico para hacerte sentir ajeno tanto a tu pasado como a tu presente. También ves lo que hay de estático en ti, lo que no has tenido el valor o la fuerza de cambiar, y todos tus antiguos miedos, los que aún arrastras. La decepción por el propio fracaso se hace palpable. Es terrible ir de un lado para otro topando así contigo mismo.

—Esto es raro, ¿verdad? —dijo Jasper.

—«Raro» no es la palabra.

Nos miramos y nos echamos a reír. Lo único positivo del paseo fue que nos mostró que nuestro antagonismo no era tan inagotable como creíamos. En el coche hablamos, recordamos, reímos. Fue la única noche que sentí que en mi hijo tenía a un amigo.

A las tres de la madrugada nos cansamos y perdimos el entusiasmo. Decidimos acabar con una cerveza en el Fleshpot, el club de *striptease* que había dirigido y casi destruido con mi deportivo rojo años atrás.

El portero que estaba fuera declamó:

—¡Entrad! ¡Hay bailarinas preciosas, chicos! ¡Entrad!

Entramos, recorrimos el familiar pasillo oscuro de bombillas rojas y nos internamos en el club. La sala estaba llena de humo, en su mayor parte de puro, aunque también salía una pequeña voluta de una máquina que había en el escenario. Las bailarinas interpretaban su habitual número asexuado en los postes y en las caras de los hombres de negocios. Era inimaginable que un loco idiota se hubiera metido en la pista con su MG rojo. Miré a mi alrededor. El gorila era diferente. Misma masa, misma expresión de tarugo, cara distinta. Las chicas también eran distintas. Parecían más jóvenes que las que solía contratar. ¡Yo! ¡Contratando a bailarinas! ¡Con ojos que se me salían de las órbitas! ¡Yo! ¡Desatado! ¡En una conga de mujeres ligeras de ropa y al límite de la edad legal! Aunque la verdad era que, en mis dos años de hacer pruebas, contratar, despedir y administrar a las chicas, no me había acostado con ninguna, excepto tres. En este negocio, eso no es nada.

Nos sentamos frente al escenario, pedimos unas copas y las bebimos despacio.

—Este sitio no me gusta —dijo Jasper.

—A mí tampoco —respondí—. ¿Por qué no te gusta?

—Bueno, no comprendo la lógica de los clubes de *striptease*. Los burdeles tienen sentido. Los burdeles los entiendo. Quieres follar, vas ahí y follas, tienes un orgasmo y te marchas. Satisfacción sexual. Fácil. Comprensible. Pero los clubes de *striptease*... en el mejor de los casos, si no los encuentras asquerosos, te excitas, pero como no puedes follarte a esas tías, te marchas sexualmente frustrado. ¿Dónde está la gracia de eso?

—Quizá no seamos tan distintos como crees —dije, y él sonrió.

Francamente, por mucho que insistan los padres en exigir respeto y obediencia, no creo que pueda haber un padre en el mundo que no quiera, en el fondo de su corazón, algo tan sencillo como caer bien a su hijo.

—¡Dios mío, mira a ese camarero! —dijo Jasper.

—¿Qué camarero?

—Ése. ¿No es uno de los millonarios?

Observé detenidamente al flaco asiático de detrás de la barra. ¿Era o no era él? No estaba seguro. No quiero decir nada racista como «todos se parecen», pero las semejanzas son innegables.

—Míralo. Se parte el culo trabajando. ¿Por qué haría eso un millonario?

—Puede que ya se haya gastado todo el dinero.

—¿En qué?

—¿Cómo voy a saberlo yo?

—Ya. Igual es una de esas personas que han trabajado tanto toda la vida que no saben hacer otra cosa.

Nos quedamos allí sentados, pensando en la gente que necesitaba trabajar mucho para tener autoestima, y nos sentimos afortunados de no ser uno de ellos. Entonces Jasper dijo:

—Un momento. Ahí hay otro.

—¿Otro qué?

—¡Otro puto millonario! ¡Y éste está sacando la basura!

A éste lo reconocí, porque formaba parte del primer lote de ganadores. ¡Era Deng Agee! ¡Yo había estado en su casa! ¡Lo había atormentado personalmente!

—¿Cuáles son las probabilidades de que...?

Mi voz se interrumpió. No valía la pena decirlo. Sabíamos cuáles eran las probabilidades. Como una carrera de caballos con un único caballo.

—¡Cabrón! —dije.

—¿Quién?

—Eddie. Nos ha jodido.

Fuimos al edificio Hobbs y nos hicimos con los archivos de los millonarios. Los leímos una y otra vez, pero no había forma de saber a cuántos amigos había enriquecido Eddie con mi proyecto. Me había tangado. Me había tangado de verdad. Era imposible que no se acabaran descubriendo. ¡Esa víbora! ¡Eso es amistad para ti! Era una traición aniquiladora. Estaba tan furioso que quería arrancar la noche del cielo.

Mientras corríamos a casa de Eddie, asumí que él, mi llamado amigo, me había llenado de mierda por puro capricho. Lo que no sabía entonces, claro está, es que era mucho peor que eso.

Subíamos el sendero de su casa, que se ocultaba tras una jungla de helechos, cuando vimos que nos saludaba desde la ventana. Naturalmente, nos esperaba.

—¡Qué agradable sorpresa! —dijo, abriendo la puerta.

—¿Por qué lo has hecho?

—¿Hacer qué?

—¡Hemos ido al club! ¡Hemos visto a todos los malditos millonarios!

Eddie guardó silencio un instante, antes de decir:

—¿Has llevado a tu hijo a un club de *striptease*?

—¡Estamos jodidos! ¡Y nos has jodido tú!

Eddie se dirigió a la cocina y nosotros lo seguimos.

—No es el fin del mundo, Marty; nadie lo sabe.

—Yo lo sé. Y Jasper lo sabe. ¡Y es sólo cuestión de tiempo que lo sepa alguien más!

—Creo que exageras. ¿Té?

Eddie puso agua a hervir.

—¿Por qué lo has hecho? Eso es todo lo que quiero saber.

La explicación de Eddie fue poco convincente. Dijo, sin atisbo de vergüenza:

—Quería hacer algo bonito por mis amigos.

—¿Querías hacer algo bonito por tus amigos?

—Eso es. Esos tíos lo han pasado muy mal. No te puedes imaginar lo que un millón de dólares significa para ellos y sus familias.

—Jasper, ¿crees que hay algo que no encaja en su explicación?

—¡Tu explicación es una mierda, Eddie! —dijo Jasper.

—¿Lo ves? Hasta Jasper opina lo mismo, y ya sabes que nunca coincidimos en nada. Dile por qué su explicación es una mierda, Jasper.

—Porque, si has hecho millonarios a todos tus amigos, ¿por qué siguen trabajando en el club?

Eddie no estaba preparado para responder a esa excelente pregunta. Encendió un cigarrillo y puso cara de concentración, como intentando aspirar el humo sólo con el pulmón derecho.

—¡Ahí me has pillado!

«Es más culpable que el demonio —pensé—, y hay algo siniestro que no me está contando.» Rezumaba la peor clase de impostura; obvia, pero no lo bastante transparente para dejar ver el motivo que había detrás.

—Responde a la pregunta, Eddie. ¿Por qué cojones todos esos millonarios están trabajando por el sueldo mínimo en un club de *striptease* sórdido y decadente?

—Igual ya se han gastado el dinero —respondió Eddie.

—¡Y una mierda!

—Joder, Martin, ¡yo qué sé! ¡Igual son la clase de personas que han trabajado toda su vida y no saben hacer otra cosa!

—Eddie. Veinte millones de personas envían veinte millones de dólares a la semana, y cuando descubran que su dinero no se distribuye limpiamente, sino que va a parar a los bolsillos de tus amigos, que ellos considerarán MIS amigos, ¿qué crees que pasará?

—Quizá no lo descubran.

—¡Lo descubrirán! ¡Y nos hundirá a todos!

—Eso es un poco melodramático, ¿no crees?

—¿Dónde está el dinero, Eddie?

—No lo sé.

—¡Lo tienes tú!

—Te juro que no.

Nadie habló. Eddie acabó de prepararse el té y lo sorbió con expresión ausente. Yo estaba cada vez más furioso. Eddie parecía haberse olvidado de que estábamos allí.

—¿Cómo vamos a ocultar esto? —preguntó Jasper.

—¡No podemos! —exclamé—. Sólo nos queda esperar que nadie lo descubra.

Mientras decía aquello, comprendí que mi madre se equivocaba cuando me aseguró que no importaba lo mucho que uno rodase camino abajo, porque siempre era posible volver atrás. Yo estaba en un camino de una sola dirección, sin salidas y sin espacio para dar la vuelta. Era una sensación justificada, pues al cabo de dos semanas todo el mundo lo descubriría.

Capítulo cinco

Vuelve a entrar en escena, y en mi vida, el vigor caníbal de la prensa. La historia apareció a la vez en todos los periódicos, en todas las emisoras de radio y todos los canales de televisión. Me masticaron, y bien masticado. Al frente de la carga estaba ni más ni menos que Brian Sinclair, el antiguo periodista al que había visto con la novia de mi hijo.

Caroline y yo estábamos cenando en un restaurante italiano, en una mesa junto a la ventana. Atacábamos un enorme pedazo de ternera con salsa de limón cuando su pulcra cabeza plateada apareció en mi campo de visión. Nuestras miradas se acoplaron a través de la ventana. Como figura pública que era, yo estaba acostumbrado a que las cámaras me apuntasen como el dedo de un juez, pero la escurridiza avidez del rostro de Brian tuvo en mí un efecto similar a una súbita caída de presión en un avión. Agarré a Caroline de la mano y corrí hacia la puerta trasera. Cuando llegamos a casa, el teléfono sonaba endiabladamente. Esa noche vimos desaparecer nuestras espaldas en las noticias de las seis y media.

Resulta que, hoy en día, el cuarto estado no tiene nada mejor que hacer que fanfarronear como un pescador dominguero. Y Brian estaba ahí, con los brazos extendidos, declarando haber pescado en exclusiva el mayor escándalo de la historia de Australia. Había vinculado sin problemas a unos dieciocho millonarios con el Fleshpot: un camarero, un contable, un gorila o un lavaplatos que escapaban de las cámaras con las manos en el rostro, gesto físico que es tan bueno como una confesión. Sin embargo, la historia que tuvo lugar más tarde, esa misma noche, no era la que yo esperaba, sobre todo porque cuando me encaré con Eddie no me había contado la verdadera naturaleza de su conspiración. La noticia no era, como yo había anticipado, que los amigos de Eddie recibieran unos beneficios que pertenecían a los bolsillos de los australianos. Supe que era más complicado y peligroso que eso cuando por fin respondí al teléfono y el periodista me preguntó inesperadamente:

—¿Cuál es su relación con Tim Lung?

¿QUIÉN?

Ahí fue cuando lo descubrí. Los dos clubes antiguamente dirigidos por Eddie y brevemente por mí pertenecían a un empresario tailandés llamado Tim Lung. Hasta ahora, de los seiscientos cuarenta nuevos millonarios, dieciocho habían sido en algún momento empleados del tal Lung. Hacía muchos años que Eddie trabajaba para él y, evidentemente, seguía haciéndolo. El dinero que Eddie me había prestado para construir el laberinto, en realidad provenía directamente de Tim Lung. Este hombre, de quien nunca había oído hablar, me había financiado la casa sin yo saberlo. Me había dado trabajo como gerente de su club. No había nada que yo pudiese decir al respecto. Estaba vinculado a él. O, más bien, por alguna razón desconocida, él estaba vinculado a mí. Las pruebas, si bien circunstanciales, eran incriminatorias. ¿Y eso era todo? No, no lo era. Bastaba para colgarme, pero no era todo.

Investigaciones posteriores sacaron a la luz que Tim Lung había sido dueño de una flotilla de barcos pesqueros confiscados por las autoridades francesas por traficar con armas y munición entre Francia y el Norte de África. Esto significaba que veinte años antes, en París, había cargado y descargado cajas a orillas del Sena para el mismo tío de mierda. Tim Lung. ¡Él había sido el responsable de la guerra entre mafias que había acabado con la vida de Astrid! La cabeza me daba vueltas. Reproducía mentalmente las revelaciones, una y otra vez. Tim Lung: había trabajado para él en Francia, me había dado trabajo en Australia, había financiado mi casa y finalmente se había cobrado el favor con el timo de los millonarios. ¿Eso había querido Lung todo el tiempo? ¿Cómo podía ser? ¿Y cómo iba alguien a creer el hecho increíble de que yo nunca había oído hablar de él? ¿Un hombre al que había estado vinculado durante casi toda mi vida adulta? Este misterioso empresario tailandés resultaba ser una de las figuras clave de mi vida, pero era la primera vez que oía hablar de él. ¡Increíble!

En Internet encontré un par de fotografías con mucho grano y un enlace a una vieja entrevista en tailandés en el sitio web de una empresa. Era un hombre alto y delgado que rondaba la sesentena. Tenía una sonrisa amable. No había nada en sus rasgos que indicase criminalidad. Ni siquiera tenía los ojos demasiado juntos o demasiado separados. Apagué el ordenador, sin haber averiguado nada nuevo, y poco después la policía entró en nuestras oficinas y se llevó todos los ordenadores. A continuación, empezaron a surgir de la nada personas a las que había conocido y olvidado con toda la intención; gente con quien había trabajado en empleos breves y mal pagados, internos del hospital mental e incluso prostitutas salieron de la nada para aportar su granito de arena. Todos buscaban guerra, y la encontraban en mí.

Era el delito de cuello blanco del siglo. ¡Se me comían vivo! Me convertí en la personificación de lo más odiado en el país: otro potentado que robaba a los pobres australianos decentes y trabajadores. Era oficialmente una rata de mierda. Una mierda de rata. Un cabrón de cojones. Unos cojones cabrones. Era todas esas cosas, y más. Para mi sorpresa, me identificaron racialmente. ¡Un judío! Aunque no tenía contacto alguno con la comunidad judía, no más del que tenía con los amish, los periódicos hablaron del «empresario judío Martin Dean». Y por primera vez se me llamó «hermanastro» de Terry Dean. Así supe que estaba acabado; distanciaban mis crímenes de los de mi icónico hermano. No tolerarían que el legado de Terry cayese conmigo.

Toda una vida de temor a la gente se justificó por fin: la gente demostró ser absolutamente aterradora. Todo el país entró en una vorágine de odio, un odio tan intenso y absoluto que era imposible imaginar que ningún australiano pudiese besar a sus seres queridos por la noche. Éste fue el momento en que sentí haber alcanzado mi destino —ser un objeto de aversión— y también cuando comprendí que, después de todo, sí que había algo de razón en todo el asunto de la energía negativa. Me llegaban las ondas de aversión, las sentía en las entrañas. Francamente, es asombroso que le colaran la abolición de la pena de muerte a una chusma como ésa. No es que, a lo largo de los años, no me hubiese acostumbrado a presenciar el odio de mis paisanos concentrado como rayos mortales: recuerdo al ministro cuya esposa se compró unas gafas de sol de diseño con «dinero del contribuyente», lo que prácticamente supuso el final de la carrera del ministro. ¡La factura telefónica de su hijo! O la diputada obligada a negar las acusaciones de que había intentado entrar gratis en la Feria de Pascua de Sydney. A la gente le indignó que no quisiera pagar los doce dólares. ¡Doce cochinos dólares! ¡Imaginad lo que me harían a mí!

Evidentemente, las caras consternadas de mis oponentes políticos apenas disimulaban su placer; adoraban todo lo que les permitiese parecer indignados ante el electorado. Me trituraron sin esfuerzo. Les había ahorrado tener que montar un escándalo para desprestigiarme. Tan sólo tuvieron que expresar conmoción y actuar con rapidez, para simular que eran ellos los que me habían puesto el lazo al cuello. Todos hacían cola para denunciarme: sus voces babeaban agua de cloaca, se daban codazos para apropiarse el mérito de mi caída.

Oscar nada pudo hacer para detenerlo, en el supuesto de que quisiera. Reynold se había hecho cargo del asunto. Anouk intentó razonar con su suegro y le pidió que me ayudase, pero Reynold estaba decidido. «Es demasiado tarde. No puedes parar un ola de odio cuando ha llegado a la orilla.» Tenía razón. De nada serviría hacer una ridícula declaración de inocencia. Yo conocía el proceso. En la mente de todos ya estaba cortado a pedacitos, así que ¿por qué seguía ahí? Se les veía en los ojos: les asombraba que aún respirase. ¡Vaya jeta! Me planteé apelar a su lado caritativo. Incluso di vueltas a la idea de hacer público lo de mi cáncer, pero lo descarté. Había asaltado sus bolsillos y nada los ablandaría. Si se enterasen de que un cocinero ciego me estaba despellejando por haberme confundido con una patata gigante, lo vitorearían. ¡Hurra! Parece que, en nuestra sociedad, el cristianismo ha hecho avances permanentes en el departamento del ojo por ojo, pero apenas ha progresado en la aplicación práctica del perdón.

La mayor ironía de todo el asunto fue que las sesiones de quimioterapia habían concluido, y con éxito. Así que, justo cuando me devolvían la vida, ésta se hizo insoportable. Los budistas tienen razón. A los hombres culpables no se les sentencia a muerte; se les sentencia a la vida.

Por desgracia, Jasper también fue el desafortunado destinatario de duras críticas. Me avergüenza decir que finalmente tuvo que pagar por los pecados de su padre. Empezó a recibir mensajes como «¡Por favor, dile a tu padre que voy a matarlo!». ¡Pobrecillo! Se convirtió en un servicio de mensajería de amenazas de muerte. Y no creáis que mi mujer lo tuvo más fácil. ¡Pobre Caroline! ¡Bendita inocente! Accedió a conceder entrevistas, creyéndose capaz de poner las cosas en su lugar. No comprendió que ya tenía un papel totalmente definido y que no tolerarían que lo corrigiese o enmendase. Al enfrentarnos a los buenos, habíamos perdido nuestra valía como australianos y, por consiguiente, nuestro derecho a un tratamiento justo. Se ensañaron con ella. Se descubrió mi única mentira real y se hizo público que Caroline y yo habíamos crecido juntos. Por consiguiente, que fuese una de las millonarias la hizo parecer tan culpable como yo. La dejaron llorando en la televisión nacional. ¡Mi amor! Las mujeres le escupían en la calle. ¡Saliva! ¡Saliva de verdad! Y a veces la saliva no era siquiera blanca, sino del sucio verde oscuro de los fumadores de toda la vida. Caroline no estaba preparada para esto; al menos, yo había tenido una infancia impopular que me había preparado, muchos tragos de experiencias amargas con que revestir el estómago. Empecé como figura despreciable y así era como acababa; costaba disgustarse por eso.

Y ahora la parte más triste, la tragedia: desmantelaron sistemáticamente todas mis reformas, todas mis innovaciones, todos mis retorcidos progresos. ¡Se acabó! ¡La revolución más breve de la historia! Este pedacito de la historia australiana se recordaría como una plaga. Ya no les gustaba la farsa que yo había orquestado. Ahora lo veían todo con claridad: los habían engañado. Estábamos de nuevo en el principio. O antes, incluso. Me estaban reduciendo rápidamente a una aberración sin sentido, reescribían la historia a una velocidad supersónica. Arrasaron meses enteros con cada media hora de reportaje de actualidad. En todos los canales de televisión salía la cara triste de una pensionista hablando del sacrificio que le había supuesto enviar un dólar a la semana, todas las cosas que podría haber comprado:

leche, detergente y, sin rastro de ironía, lotería. Sí, la lotería nacional volvía a funcionar. La gente tendría de nuevo sus miserables probabilidades.

Ante el espejo, intenté sonreír; la sonrisa hizo que mi tristeza pareciese una desfiguración permanente. ¡Era culpa mía! No debería haber luchado contra mi insignificancia, ni tampoco contra estos tumores. Tendría que haber cuidado de ellos para que crecieran grandes y lozanos.

Pasé gran parte de los días tendido en el suelo de mi habitación, con la barbilla apoyada en la alfombra beige hasta que la barbilla se sintió beige, y también mi interior: pulmones beige, corazón beige que bombeaba sangre beige por venas beige. Estaba en el suelo cuando Jasper entró apresuradamente, importunando mi tranquila existencia beige para transmitirme todas las amenazas de muerte que había recibido para mí.

—¿Y quién coño es Tim Lung? —preguntó.

Me volví sobre la espalda y le conté todo lo que sabía, que no era mucho.

—Así que mi madre murió en uno de los barcos de Lung, en una refriega entre bandas de Lung.

—Podría decirse que sí.

—Así que este hombre asesinó a mi madre.

—Tu madre se suicidó.

—Da igual, ese cabrón nos ha arruinado la vida. Sin él quizá tendría una madre y tú no serías el nuevo tipo «más querido y después más odiado» de Australia.

—Quizá.

—¿Qué dice Eddie al respecto?

—Eddie no dice nada.

Era verdad. Las autoridades también le acosaban a él, no sólo como administrador del plan. Al haber caducado su visado, ya era un delincuente; le confiscaron el pasaporte y lo citaban para interrogarlo en días alternos, pero aún no lo habían deportado a Tailandia, porque lo necesitaban para la investigación. Pese a todo, Eddie era el único que mantenía la calma. Su tranquilidad era natural e impermeable. De pronto lo admiré; aunque sospechaba que su actitud tranquila era sólo una máscara, se trataba de la máscara más sólida y duradera que había visto jamás.

—¡Vaya lío! —dijo Jasper—. ¿Qué vas a hacer?

Buena pregunta. Era un fraude importante. Todos lo decían: Martin, prepárate para la cárcel. ¿Cómo te preparas para algo así? ¿Encerrándote en un armario con un mendrugo de pan rancio y agua? Tendría que hacer algo. Las cosas se ponían cada vez peor; el Estado hasta había cometido la estupidez de reabrir el archivo de *El manual del crimen*. De pronto, se les había ocurrido que tenían un caso. Yo era como un edificio en ruinas con fecha de demolición, y todos se apiñaban alrededor para mirar.

Mi única esperanza era intentar devolver parte del dinero, por si la gente se aplacaba un poco. Mantendría que yo había sido tan engañado como ellos y que haría cuanto estuviera en mi mano para devolver hasta el último centavo, aunque tardara toda la vida. Era una estrategia débil, pero lo intenté. Tuve que vender mi laberinto. Me rompió el corazón separarme de lo que había diseñado y creado tan meticulosamente, no para lograr un sueño de felicidad, sino un sueño de desconfianza y odio profundos, un sueño de ocultación, un sueño que se había cumplido: el laberinto me había ocultado lealmente durante años.

El día de la subasta, todo aquel con boca me recomendó que no me presentase, pero no pude resistirme a ver quién sería el nuevo propietario. Jasper también estaba allí; después de todo, su cabaña se vendía con el resto, la cabaña que ambos habíamos fingido construir con nuestras propias manos. Había mil posibles compradores. Desconozco cuántos eran postores auténticos y cuántos había venido sólo a mirar.

Cuando llegué, sentí náuseas y escalofríos. Todos me miraban y murmuraban. Grité que el murmullo es la degeneración del habla. Nadie dijo nada después de eso. Me acomodé bajo mi árbol favorito, lo cual no alivió mi sensación de derrota; el enemigo bebía vino espumoso en el centro de una fortaleza diseñada para mantenerlo fuera. Aunque bien pronto se vieron atrapados entre los dientes del laberinto: fue una satisfacción ver cuántos tuvieron que ser rescatados. Eso retrasó el acto.

Cuando por fin empezó la subasta, el subastador pronunció un pequeño discurso, en que se refirió a la casa y al laberinto como «el reino de una de las mentes más controvertidas de Australia», lo que me produjo una sensación de ansiedad, así como de orgullo perverso. Me crucé majestuosamente de brazos, pese a saber que me consideraban risible y no una especie de rey destronado. Este laberinto traicionaba la vastedad de mis miedos, inseguridades y paranoias, de manera que me sentí psicológicamente desnudo. ¿Sabían que estaban todos reunidos en el lugar que probaba mi argumento de que yo era el hombre vivo más asustado que existía?

Al final, ya fuera porque lo consideraron una curiosidad, una locura o una infamia, mi laberinto y las dos propiedades en él ocultas se vendieron por la increíble suma de 7,5 millones de dólares, casi diez veces su valor. Previsiblemente, eso convenció tanto a la prensa como a sus leales súbditos, el pueblo, de que yo era un hombre rico, lo que sólo sirvió para reafirmar el odio que sentían hacia mí. Lo compradores, me enteré, dirigían una cadena de tiendas de muebles y pretendían convertir el lugar en una atracción turística. ¡Oh, bien! Para ser una humillación, no era de las peores.

Trasladé mis libros y mis trastos al piso que Anouk alquiló para mí y Caroline. Ni siquiera tuve la oportunidad de ofrecer mis 7,5 millones al pueblo, como un trozo de carne a un perro que prefería morderme la pierna. El gobierno confiscó todos mis activos y congeló mi cuenta bancaria. Confiscado, congelado y a la espera de que las autoridades me acusaran, no podía sentirme más impotente.

Bien, entonces: si iban a hundirme, quería llevarme a alguien conmigo. Pero ¿a quién? No iba a molestarme en odiar a mis compatriotas porque me odiaban. Ahorré cada gota de mi vasto depósito de furia para mis aborrecidos periodistas, esos farsantes y farisaicos perros en celo, guardianes de la moral. Por lo que le hicieron a mi madre, a mi padre. Por querer a Terry. Por odiarme. Sí, me vengaría de ellos. Me obsesioné con esta venganza. Gracias a eso, no sucumbí. Aún no estaba listo para venirme abajo. Concebí un último proyecto. Un proyecto de odio. Un proyecto de venganza, aunque nunca había sido bueno en eso de vengarme, pese a ser el pasatiempo más antiguo de la humanidad. Tampoco había defendido nunca mi honor. Personalmente, no sé cómo alguien puede pronunciar siquiera la palabra «honor» con expresión seria. ¿Cuál es la diferencia entre «honor manchado» y «ego abollado»? ¿De verdad alguien sigue creyéndose esa mierda? No, quería venganza simplemente porque los medios me habían herido repetidas veces el ego, el id y el superego, el lote al completo. Y ahora yo iba a darles su merecido.

Pedí a Caroline que me prestara dinero, le dije que para gastos jurídicos. Luego telefoneé a un detective privado llamado Andrew Smith. Tenía el despacho en casa, con la mujer y el caniche, y, más que un investigador privado, parecía un contable. En realidad, parecía no hacer nada privado. Cuando me senté en su despacho y me quité la capucha y las gafas, me preguntó en qué podía servirme. Se lo expuse todo. Y, como profesional consumado que era, se abstuvo de juzgar mi pequeño plan mezquino y odioso. Escuchó con calma y, al final, me dirigió una sonrisita en que sólo alzó un lado del labio.

—Empezaré de inmediato.

Sólo dos semanas después, Andrew Smith me recibió con esa casi sonrisa suya. Había sido tan concienzudo en su misión como esperaba; había violado no sé cuántas leyes de privacidad y me presentó un dossier. Mientras daba de comer a su perro, yo me dediqué a examinar los archivos entre risas, exclamaciones de sorpresa y carcajadas. Si no hubiera tenido otros planes para aquello, podría haberlo publicado como ficción y convertirlo en un éxito de ventas. Ahora sólo me quedaba memorizarlo.

Después me dispuse a llevar a cabo la única cosa realmente asquerosa que he hecho en la vida.

La conferencia de prensa en directo tendría lugar en la escalera de la Ópera de Sydney, sin que hubiera razón alguna para ello. El olor del puerto y el de la avalancha de periodistas se mezclaban en el frío aire matinal. Todos los reporteros, presen-

tadores de noticias, locutores sensacionalistas y demás personalidades de los medios de comunicación estaban allí, todos em-
pequeñecidos por la singular geometría de este teatro icónico.
Se trataba de un acontecimiento importante. Los medios y yo, como un marido y una mujer divorciados que se reúnen por primera vez desde hace años, en el funeral de su único hijo.

En cuanto subí al estrado, empezaron con sus preguntas ten-
denciosas, como si defendieran un alto ideal. Corté por lo sano:

—Hermafroditas de la prensa. He preparado una breve declaración: no reconoceríais la decencia ni aunque viniese a ca-
garse en vuestra cara. Eso es todo. Os dije que sería breve. Pero
no estoy aquí para explicaros por qué sois parodias de vuestro
antiguo yo, estoy aquí para responder a vuestras preguntas. Y,
como os conozco y sé que gritareis todos a la vez, con poco o
ningún respeto por vuestros colegas de voces más frágiles, me
dirigiré a cada uno de vosotros individualmente y así será como
plantearéis vuestras preguntas, una a una.

Hice un gesto al periodista que tenía más cerca:

—¡Ah, señor Hardy! Me alegra ver que está usted aquí y no
con su psicólogo especialista en ludopatías, adonde acude los
martes, jueves y sábados. ¿Cuál es su pregunta? ¿No? ¿No hay
preguntas?

Todos me miraron confundidos.

—Bien. ¿Y qué me dice usted, señor Hackerman? Espero que
no esté demasiado cansado... A fin de cuentas, un hombre con esposa y dos amantes debe tener una gran energía. Es evidente que
su primera amante, la estudiante de periodismo de veinticuatro
años Eileen Bailey, y su segunda amante, June, hermana de su esposa, no lo mantienen tan ocupado como cabría suponer.

»¿Qué pasa? ¿Dónde están las preguntas? ¿Qué nos cuenta
usted, señor Loader? Espero que no vaya a atacarme con una
pregunta del mismo modo que ataca a su mujer: cinco veces,
una intervención policial. ¿Su esposa retiró los cargos porque lo
ama o porque lo teme? Y bien, ¿qué quiere usted saber? ¿Nada?

No me contuve. Me dejé llevar. Levanté todas las liebres posibles. Pregunté por sus consejeros matrimoniales, implantes de
pene, trasplantes de pelo, cirugía estética, por el que había tima-

do a su hermano para privarle de su herencia, por los siete adictos a la cocaína y el que había abandonado a su mujer cuando a ella le diagnosticaron cáncer de pecho. Al humillarlos, uno a uno, convertí a la multitud de nuevo en individuos. No estaban preparados; se revolvían incómodos y sudaban bajo la luz de sus propios focos.

—¿No le dijo a su psicólogo, la semana pasada, que siempre había querido violar a una mujer? Tengo la grabación aquí —afirmé, dando unos golpecitos a mi maletín. ¿Qué eran unos cuantos cargos por difamación e invasión de la privacidad si iban a condenarme por fraude?—. Y tú, Clarence Jennings, de la 2CI. He oído de cierta peluquera que sólo te gusta acostarte con tu mujer cuando tiene la regla. ¿Por qué te pasa eso? ¡Vamos! ¡Dilo! ¡El público tiene derecho a saber!

Trasladaban las cámaras y los micrófonos de uno a otro. Querían cerrarlos, pero no podían perderse la primicia con la competencia ahí al lado. No sabían qué hacer o cómo actuar. ¡Era el caos! Es imposible borrar una retransmisión en directo; las vidas secretas de los periodistas se filtraban por los aparatos de televisión y las radios a todas partes, y ellos lo sabían. Se condenaban entre sí por costumbre, pero luego les llegaba su momento de protagonismo. Me miraban, se miraban, incrédulos, ridiculizados, como huesos roídos expuestos a plena luz. Uno se quitó la americana y la corbata. Otro sollozaba. La mayoría mostraba sonrisas aterrorizadas. Parecían reacios a moverse un centímetro. ¡Sorprendidos con los pantalones bajados! ¡Por fin! Estas personas se habían apropiado durante demasiado tiempo de la importancia de los sujetos de quienes informaban, pavoneándose como si fueran famosos, aunque convencidos de que sus vidas les pertenecían exclusivamente a ellos. Bien, ya no. Habían caído en la trampa moralista que ellos mismos habían tendido. Marcados cruelmente con sus propios hierros candentes.

Les dirigí un guiño lascivo, para que no les quedase duda de que había disfrutado invadiendo el santuario de sus vidas. El miedo se les había subido a la garganta; estaban petrificados. Era magnífico contemplar la caída de ingentes masas de orgullo.

—Ahora largaos a casa —dije, y eso hicieron. Se fueron a ahogar sus penas en sombras y cerveza. Me quedé solo, con el silencio diciendo lo que siempre dice.

Esa noche lo celebré por mi cuenta en el piso de Caroline. Ella estaba ahí, pero no pensaba tragarse ni una burbuja de champán en nombre de la victoria.

—Ha sido infantil —dijo junto a la nevera, mientras comía helado directamente del envase.

Tenía razón, por supuesto. Aun así, me sentía sublime. Resultó que la venganza era la única aspiración pura de mi juventud que había conservado intacta, y su satisfacción, por pueril que fuese, se merecía al menos una copa de Moët Chandon. Pero era consciente de lo inevitable y terrible de la situación: pronto vendrían a por mí con energías renovadas. Debía elegir en seguida entre la realidad de la cárcel y la realidad del suicidio. Pensé que esta vez tendría que matarme. No podría con la cárcel. Me horrorizan todas las formas de uniforme y casi todas las formas de sodomía. Así que suicidio. Según las convenciones sociales, había visto a mi hijo llegar a la edad adulta, por lo que mi muerte sería triste, pero no trágica. A los padres moribundos se les permite lamentarse de que no verán crecer a sus hijos, pero no de que no los verán envejecer. ¡Joder!, a lo mejor yo quería ver a mi hijo encaneciendo y encogiéndose, aunque fuera a través del cristal esmerilado de la cámara de criogenización.

¿Qué es eso? Oigo un coche. ¡Mierda! Oigo pasos. ¡La cadencia rítmica y evocadora de unos pasos! Se detienen. ¡Ahora llaman! ¡Alguien llama a la puerta! ¿Suicidio? ¿Cárcel?

Bien, qué os parece: ¡una tercera opción!

Tengo que acabar esto rápido. No hay mucho tiempo.

Al salir del dormitorio, vi a Caroline hecha un ovillo en el sofá, como un perro largo y flaco. «No abras», dijo sin pronunciar las palabras, sólo articulándolas en silencio. Me descalcé y me acerqué a la puerta con sigilo. El suelo de madera protestó.

Apreté los dientes, avancé unos chirriantes pasos más y eché un vistazo por la mirilla.

Anouk, Oscar Hobbs y Eddie estaban ahí, con grandes cabezas convexas. Abrí la puerta. Todos se apresuraron al interior.

—Bien. He hablado con un amigo de la policía federal. Me ha dado el soplo. Vendrán a arrestarte mañana —dijo Oscar.

—¿Por la mañana o por la tarde? —pregunté.

—¿Importa eso?

—Un poco. Puedo hacer muchas cosas en cuatro o cinco horas.

Eso era sólo una bravata. Nunca he sido capaz de hacer nada en cinco o seis horas, la verdad. Me hacen falta ocho.

—¿Y qué hace él aquí? —pregunté, señalando a Eddie.

—Tenemos que irnos —dijo Eddie.

—¿Te refieres a... huir?

Eddie asintió con un gesto tan enérgico que le alzó las plantas de los pies.

—Bien, y si decido huir, ¿qué te hace pensar que huiría contigo? ¿Y adónde iríamos, de todos modos? Toda Australia conoce mi cara y no es algo que aprecien especialmente.

—Tailandia —respondió Eddie—. Tim Lung se ha ofrecido a ocultarte.

—¡Ese canalla! ¿Qué te hace pensar...?

—Aquí morirás en la cárcel, Marty.

Eso lo decidió todo. No iba a ir a la cárcel tan sólo para poder mandar a Eddie a la mierda.

—Pero nos detendrán en el aeropuerto. Nunca me permitirán salir del país.

—Toma.

Eddie me tendió un sobre marrón. Miré dentro y saqué su contenido. Pasaportes australianos. Cuatro. Uno para mí, uno para él, uno para Caroline y uno para Jasper. Nuestras fotografías estaban ahí, pero los nombres eran distintos. Jasper y yo éramos Kasper y Horace Flint, Caroline era Lydia Walsh y Eddie era Aaron Jaidee.

—¿Cómo los has conseguido?

—Cortesía de Tim Lung.

Cedí al impulso. Cogí un cenicero y lo arrojé contra la pared. No produjo ningún cambio sustancial.

—¡Pero mi cara sigue estando en el pasaporte!

—No te preocupes por eso. Lo tengo todo solucionado —dijo Eddie.

Caroline me abrazó y nos acribillamos a preguntas susurradas, ambos temerosos de conocer los deseos del otro, por si se contradecían.

—¿Quieres que vaya contigo? —preguntó Caroline.

—¿Tú qué quieres hacer?

—¿Te complicaría las cosas en tu huida? ¿Me interpondría en tu camino?

—¿Quieres quedarte? —pregunté, desalentado.

—Maldita sea, Martin, dime una cosa o la otra. ¿Quieres que trabaje en tu caso desde aquí? —se ofreció Caroline; la idea había llegado a sus labios al mismo tiempo que a su cerebro. Comprendí que sus preguntas eran respuestas apenas veladas.

—Caroline. Si Martin huye, la policía te las hará pasar moradas —dijo Anouk.

—Y también el público —añadió Oscar.

Caroline sufría. Su cara se alargó como una sombra. Observé las ideas contradictorias que se desplegaban en sus ojos.

—Tengo miedo —dijo.

—Yo también.

—No quiero dejarte.

—Yo no quiero que me dejes.

—Te quiero.

—Empezaba a pensar...

Me puso un dedo en los labios. Por lo general, odio que me hagan callar, pero me encanta que las mujeres me pongan un dedo en los labios.

—Iremos juntos —dijo sin aliento.

—Bien, vamos —dije a Eddie—. Pero ¿por qué has conseguido un pasaporte para Jasper? Él no está obligado a huir.

—Creo que le convendría.

—No vendrá.

—La familia que se mantiene unida... —dijo Eddie, sin terminar la frase. Quizá pensaba que la terminaría yo por él. ¿Cómo iba a hacerlo? No tenía ni idea de lo que le pasa a la familia que se mantiene unida.

Quizá fue el momento más triste de mi vida, despedirme de Anouk. Era horrible no poder decir que la vería pronto, ni siquiera tarde. No habría un pronto. Ni un tarde. Eso era todo. Oscurecía. El sol se ponía con urgencia. Todo se había acelerado. El ambiente estaba cargado. Oscar no olvidó ni por un momento que se arriesgaba viniendo a mi casa; se daba golpecitos en la pierna con creciente intensidad. La arena del reloj caía apresuradamente. Anouk estaba desolada. Más que abrazarnos, nos mantuvimos agarrados. Es sólo en el momento de la despedida cuando se entiende la función de una persona: Anouk había estado ahí para salvarme la vida, y lo había hecho muchas veces.

—No sé qué decir —soltó.

Yo ni siquiera supe decir «no sé qué decir». Sólo la abracé con más fuerza mientras Oscar carraspeaba muchas veces. Luego se marcharon.

Ahora hago las maletas y espero. El avión despega dentro de unas cuatro horas. Caroline me llama. Aunque, no sé por qué, me llama por el nombre de Eddie. Eddie responde. No hablan conmigo.

Creo que dejaré este manuscrito aquí, en una caja del piso, y quizás un día alguien lo encuentre y tenga la vista de publicarlo póstumamente. Tal vez me sirva como cambio de imagen desde la tumba. Sin duda, los medios de comunicación y el público interpretarán nuestra huida como una prueba fehaciente de culpabilidad; no tienen suficientes conocimientos de psicología humana para saber que huir sólo prueba que se tiene miedo.

Y ahora, de camino al aeropuerto, tenemos que parar en el estudio de Jasper y decirle también adiós. ¿Cómo voy a decir adiós a mi hijo? Ya me resultó muy difícil que se fuera de casa, pero ¿qué palabras formarán el adiós que dice voy a vivir el resto de mi vida en Tailandia como Horace Flint, en un nido de sórdidos criminales? Supongo que le servirá de consuelo que su padre, Martin Dean, nunca será desarraigado, sino que será Horace Flint quien se ganará una tumba en algún pantanoso cementerio tailandés. Eso debería animarlo. Bien. Ahora Caroline sí que me llama de verdad. Tenemos que irnos. La frase que escribo ahora es la última que escribiré.

6

¿Por qué? Oh, ¿por qué hui yo también? ¿Por qué uní mi suerte a la de papá, después de todo lo que había pasado entre nosotros? ¿Porque soy el hijo obediente? Nunca se sabe. Quería a mi padre, aunque fuese de forma imperfecta. ¿Es eso una razón? Me refiero a que la lealtad es una cosa, pero a fin de cuentas el hombre me había arruinado la vida. Eso debería haberme dado el derecho a dejar que se echara al monte sin mí. Se había entrometido imperdonablemente en mi relación. Vale, no era culpa suya que yo estuviese enamorado de una chica que no era una chica, sino un edificio en llamas. Y tampoco era culpa suya que ella eligiese a un hombre que no era yo. No tenía argumentos; el responsable era yo, lo cual ya resultaba bastante bochornoso. No era culpa de papá que yo no hubiera dominado los afectos de mi amada, que no se me hubiese ocurrido una oferta que ella no pudiera rechazar. Así que me rechazó a mí, eso es todo. ¿Era culpa de mi padre que este edificio llameante amara a su fracasado ex novio y nos sacrificara en el altar de ese amor? No, no lo era. Pero yo lo culpaba de todos modos. Eso es lo bueno de la culpa; va a donde tú la mandas, sin hacer preguntas.

Que Eddie hubiese amañado el fraude de los millonarios y hundido a papá en la mierda era una puñalada trapera tan jugosa que me moría por contárselo a mi novia antes de que se supiera la noticia, aunque, estrictamente hablando, no fuese mi novia. Quizás era sólo una buena excusa para verla: desembuchar secretos familiares. Y yo necesitaba una excusa. La Coloso me había dejado, y establecer contacto con alguien que te ha dejado es un asunto peliagudo; es muy, muy complicado no acabar pareciendo patético. Ya había intentado verla dos veces, y en ambas ocasiones había acabado pareciéndolo. La primera le devolví un sujetador que se había dejado en mi cabaña y la segunda le devolví un sujetador que en realidad le había comprado esa mañana en unos grandes almacenes. Pero nunca se alegró de verme; me miró como si yo no tuviera derecho a entrar en su campo de visión.

La tercera vez fui a su casa y dejé el dedo en el timbre. Recuerdo que hacía un día precioso, con jirones de nubes fibrosas retorciéndose al viento y una fragancia espesa y pesada en el aire, como el perfume caro que las mujeres ponen a sus gatos.

—¿Qué quieres? —me preguntó con impaciencia.

—Nada. Sólo hablar.

—No puedo hablar de nosotros porque no hay un nosotros. Bueno, hay un nosotros, pero no somos tú y yo. Somos Brian y yo.

—¿No podemos ser sólo amigos? —pregunté (ya patético).

—Amigos —respondió despacio, con expresión perpleja, como si en realidad le hubiese preguntado si podíamos ser sólo amebas.

—Vamos. Demos un paseo.

—Mejor no.

—¿Una vuelta a la manzana?

Cedió, y durante el paseo le conté todo lo que había pasado con los millonarios, que Eddie había timado a papá al amañar los ganadores para que fuesen muchos de sus amigos y que, si alguien lo descubría, lo crucificarían.

Recuerdo que entonces sólo quería sentirme cerca de ella de nuevo, sólo por un momento, y revelar nuestro secreto potencialmente mortal parecía ser el modo de conseguirlo. No consiguió nada semejante. En realidad, como desahogo catártico de secretos fue de lo más insatisfactorio.

—Tu padre está loco, de todas formas —dijo, como si eso fuera algo relevante.

Cuando llegamos de vuelta a su edificio, se puso seria. Lo supe porque me tomó de la mano.

—Todavía siento algo por ti —afirmó. Yo estuve a punto de decir algo. Lo sé porque abrí la boca, pero ella me interrumpió—. Pero tengo sentimientos más fuertes hacia él.

Entonces debía entender que era una competición por la fuerza relativa de sus sentimientos. Brian se quedaba con todos los potentes; yo me quedaba con las sobras, los afectos tibios, ahogados, apenas conscientes. No era de extrañar que yo ni los notase.

Claro que le hice jurar que no contaría a nadie el secreto. Y claro que se lo contó al hombre que amaba porque, sin pensarlo, yo le había proporcionado un notición que salvaría su decadente carrera periodística.

¿Es por eso que hui con Eddie, papá y Caroline? ¿En busca de perdón? Tal vez. Aunque ¿por qué iba a quedarme? Había pasado el peor año de mi vida. Cuando la Coloso en llamas me dejó, me había trasladado del espacioso laberinto de papá a un apartamento largo y estrecho que no era más que un pasillo con pretensiones, con un baño y un espacio en forma de L donde se podía meter una cama individual y cualquier cosa con forma de L que tuvieses por ahí.

El cambio del bosque a la ciudad tuvo un efecto desestabilizador, inesperado y grave. En mi cabaña, había estado cerca de la voz de la tierra y me resultaba fácil sentirme cómodo. Ahora, en la ciudad, me vi privado de todas mis alucinaciones favoritas. Me había abandonado. Separado de mi fuente de vida, me sentía totalmente confundido.

Después, cuando papá se convirtió en una figura pública adorada por toda la nación... su fama me supuso un duro golpe. ¿Cómo podía gustar un hombre tan molesto a veinte millones de personas? ¡Si seis meses antes era incapaz de reunir a diez amigos para cenar! Aunque el mundo aún tenía que caerse de sus goznes: una tarde agradable papá vino a verme en traje al trabajo, tieso como si fuera incapaz de doblar las rodillas. Se quedó de pie en mi cubículo, incómodo como una casa tapiada, y nuestra confrontación triste y silenciosa acabó cuando me dio la terrible noticia. Casi ni tuvo que decirlo. No sé cómo, pero ya lo sabía. Le habían diagnosticado un cáncer. ¿No vio que lo supe en cuanto se acercó? Prácticamente tuve que protegerme los ojos del resplandor de la muerte.

Fueron éstos unos días extraños y turbulentos; papá se casó con la ex novia de su hermano y Anouk se casó con el hijo de un millonario, papá fue traicionado por su mejor amigo y yo por mi verdadero amor, y a él lo despreció una nación entera. En los medios, las descripciones de él variaban: empresario, estafador, judío. Le recuerdo obsesionado por su incapacidad para definirse a sí mismo. Oír que lo compartimentaban de ese modo sólo sirvió para recordarle quién no era.

Todo iba mal. Recibía amenazas de muerte de extraños. Tuve que pedir una excedencia en el trabajo. Estaba solo. Vagaba por las calles e intentaba fingir que veía a la Coloso en todas partes, pero no había tantas pelirrojas de uno ochenta en Sydney, y acabé confundiéndola con algunas sustitutas ridículas. Me retiré a mi estudio y me deprimí tanto que, cuando llegaba la hora de comer, pensaba: ¿y qué gano yo con eso? Por la noche soñaba siempre con el mismo rostro, el rostro con el que soñaba de niño, el feo rostro crispado en un grito mudo, el rostro que a veces veo incluso estando despierto. Quería huir, pero no sabía adónde y, peor aún, no podía ni molestarme en atarme los zapatos. Fue entonces cuando empecé a fumar cigarrillos y marihuana sin parar, a comer cereales del paquete, a beber vodka de la botella, a vomitar hasta quedarme dormido, a llorar sin motivo, a hablar severamente conmigo mismo y a recorrer calles atestadas de personas que, a diferencia de mí, no gritaban por dentro ni las paralizaba la indecisión ni las odiaba todo el mundo en esta vil isla continente.

Retomé mi puesto en la cama, bajo las mantas, y ahí me quedé, hasta que una tarde desperté de mi sueño de borracho para ver los ojos verdes de Anouk que me miraban.

—Llevo días llamándote.

Lucía una camiseta vieja y pantalón de chándal. Era evidente que la conmoción de su matrimonio rico la obligaba a vestir peor.

—Esto es muy raro, Jasper. Tengo exactamente la misma sensación que cuando entré por primera vez en el piso de tu padre, después de conocernos. ¿Te acuerdas? ¡Mira este sitio! Es asqueroso. ¡Utilizar las latas de cerveza como cenicero es una señal que no puedes pasar por alto, te lo aseguro!

Corrió por el apartamento limpiando con energía, sin dejarse intimidar por la comida mohosa ni los desechos generales de mi existencia cotidiana.

—Tendrás que repintar estas paredes para quitar el olor —dijo Anouk.

Me quedé dormido escuchando el subir y bajar de su voz. Lo último que le oí decir fueron las palabras «igual que tu padre».

Al despertar unas horas después, el estudio estaba limpio y olía a incienso. Anouk se sentó descalza en el suelo con las largas piernas cruzadas, un rayo de sol reflejándose en la pulsera del tobillo.

—Han pasado demasiadas cosas. Estás sobreestimulado. Ven aquí.

—No, gracias.

—Te enseñé a meditar, ¿verdad?

—No me acuerdo.

—Tu padre nunca podía desconectar la mente; por eso siempre se venía abajo. A menos que quieras sufrir el mismo deterioro mental, vas a tener que alcanzar la paz interior mediante la meditación.

—¡Déjame en paz, Anouk!

—Jasper. Sólo intento ayudarte. Para sobrevivir a todo este odio, necesitas paz interior. Para encontrar paz interior, antes tienes que alcanzar el ser supremo. Y, para alcanzar el ser supremo, tendrás que encontrar la luz interior. Y unirte a la luz.

—Unirme a la luz. ¿Para qué?

—No... tú y la luz os fundís en uno.

—¿Y qué se siente con eso?

—Dicha absoluta.

—Es bueno, entonces.

—Mucho.

Anouk siguió hablando de paz interior, meditación y el poder de la mente no para doblar cucharas, sino para doblegar al odio. No me engañaba. Era sólo una aspirante a gurú: lo más lejos que podía llegar era a oír rumores de iluminación. De todas formas, intentamos encontrar la paz, la luz, a nuestros seres supremos e inferiores y todo lo que había en medio. Anouk opinaba que yo tenía un talento innato para la meditación, pues le había confiado que sospechaba que podía leerle el pensamiento a mi padre y, muchas veces, veía caras donde no había ninguna. Anouk se aferró con entusiasmo a estas revelaciones, y su voz frenética se hizo más insistente. Como en los viejos tiempos, me sentí indefenso ante su fanática compasión. Permití que comprara flores y colgara campanillas. Permití que comprara libros sobre diferentes técnicas de meditación. Incluso me dejé arrastrar a una experiencia de renacimiento.

—¿No quieres recordar tu nacimiento? —me espetó, como si advirtiera que la mala memoria era otro de mis rasgos distintivos.

Me llevó a un centro cuyas paredes eran del color de las encías de una vieja y nos acostamos en semicírculo en una habitación apenas iluminada, salmodiamos, iniciamos la regresión y nos esforzamos por recordar el momento en que nacimos como quien intenta recordar un número de teléfono. Me sentí como un tonto. Pero me encantaba estar de nuevo cerca de Anouk, así que lo acepté y, a partir de entonces, nos sentamos a diario con las piernas cruzadas en parques y playas, y repetimos nuestros mantras una y otra vez, como obsesivo-compulsivos. Durante ese par de semanas no hice nada, salvo controlar la respiración e intentar vaciar la mente, pero mi mente era como una barca con una vía de agua; cada vez que echaba un cubo de pensamientos por la borda, entraban otros nuevos a raudales. Y, cuando creía haber alcanzado un mínimo de vacío, me asustaba. Mi vacío no era placentero, me parecía maligno. El sonido de mi respiración era levemente siniestro. Mi postura parecía teatral. A veces, cuando cerraba los ojos, sólo veía esa cara extraña y terrible, o no veía nada pero oía, débil y apagada, la voz de mi padre, como si me hablase desde el interior de una caja. Estaba claro que la meditación no podía ayudarme. Nada podía ayudarme. Era impermeable a cualquier ayuda y ni siquiera una súbita ducha solar podía levantarme el ánimo. Hasta empecé a cuestionarme qué había visto en la naturaleza todo el tiempo que había estado en el laberinto. De pronto, me parecía horrible y ostentosa, y me preguntaba si sería blasfemia decirle a Dios que los arco iris son kitsch.

Así que éste era mi estado mental cuando papá, Eddie y Caroline aparecieron ante mi edificio y dieron bocinazos hasta que bajé a la calle. El coche estaba allí, con el motor en ralentí. Me acerqué a la ventana. Todos llevaban gafas de sol, como si compartieran una resaca colectiva.

—Vendrán a arrestarme mañana —dijo papá—. Nos largamos a Tailandia.

—Nunca lo conseguiréis.

—Ya veremos. Bueno, sólo hemos venido a despedirnos.

—Deberías venir con nosotros —dijo Eddie, meneando la cabeza.

Eso parecía una buena razón para que yo meneara la mía, y así lo hice.

—¿Estáis locos? ¿Y qué haréis como fugitivos en Tailandia?

—Tim Lung se ha ofrecido a alojarnos una temporada.

—¿Tim Lung? —grité, y luego susurré muy bajito—: ¡Hostia!

Entonces fue cuando se me ocurrió, con un «¡pum!» casi audible, una idea absurda y peligrosa. Amaba a la Coloso en llamas con los puños apretados tanto como odiaba a Tim Lung con los brazos abiertos.

Pensé: «Lo mataré. Lo mataré con una bala impersonal en la cabeza.»

—¿Te encuentras bien? —preguntó papá.

En ese instante, supe que sería capaz de llevar a cabo una fantasía sanguinaria. Durante meses había abrigado ideas abominables hacia la gente (soñaba con llenarles la boca de callos) y entonces comprendí que la violencia real era el siguiente paso lógico. Tras años de presenciar las desintegraciones estacionales de mi padre, había decidido lustros atrás que evitaría una vida de contemplación intensa. Un brusco desvío hacia el asesinato parecía el modo de conseguirlo. Sí, de pronto ya no estaba a oscuras, avanzando a tientas por los interminables pasillos de los días. Por primera vez, desde hacía mucho tiempo, el camino que tenía ante mí estaba bien iluminado y claramente definido.

Así que, cuando papá pronunció por última vez su despedida sin lágrimas, yo anuncié:

—¡Me voy con vosotros!

II

Creedme: la emoción y la ilusión del viaje se multiplican cuando lo haces con pasaporte falso. Y nos íbamos en un avión privado: el rostro famoso de papá no saldría de Australia sin pagar un elevado soborno. Entramos en el aeropuerto ocultos tras gafas de sol y sombreros, cruzamos una alambrada de seguridad y llegamos directamente a la pista de despegue. Eddie dijo que el avión pertenecía a «un amigo de un amigo» y distribuyó sobres con dinero a un par de agentes de aduanas sin escrúpulos que éstos compartirían con el corrupto personal de tierra y el de equipajes. Francamente, todos aquellos con quienes nos cruzamos parecían de lo más cómodos con la transacción.

Mientras esperábamos a que Eddie concluyese la distribución de sobornos y completase el falso papeleo, Caroline le frotó la espalda a papá mientras él se planchaba las arrugas de la frente. Nadie miraba ni hablaba a Eddie. No pude remediar sentir cierta lástima por él. Sabía que merecía la furia y la indiferencia que recibía alternativamente, pero su media sonrisa congénita le hacía parecer tan desventurado, tan poco maquiavélico, que hasta habría defendido su inexcusable comportamiento si el jurado presente no hubiese estado tan predispuesto a la decapitación.

—Una vez en el aire, estaremos a salvo —dijo papá, para calmarse.

La frase surrealista se me quedó grabada en la cabeza: «Una vez en el aire.» Nadie dijo nada; todos estábamos absortos en nuestros pensamientos, que probablemente eran el mismo. Y todo el tiempo evitamos hablar del futuro, porque era inconcebible.

Subimos al avión sin incidentes (si no se considera el sudor inhumano de papá un incidente), temerosos hasta de toser por miedo a que nos descubriesen. Llegué antes que Eddie al asiento de ventanilla, pues ésta era la primera vez que salía de Australia y quería despedirme. Arrancaron los motores, despegamos con un rugido. Subimos al cielo. Luego nos nivelamos. Estábamos en el aire. Estábamos a salvo.

—Por los pelos —dije yo.

Eddie pareció sorprendido, como si hubiera olvidado que yo estaba allí.

—Adiós, Australia —dijo con un tono una pizca desagradable.

Ya estaba: nos habían echado de Australia. Ahora éramos fugitivos. Seguramente todos nos dejaríamos barba, excepto Caroline, que se teñiría el pelo; aprenderíamos nuevas lenguas y nos camuflaríamos a dondequiera que fuéramos, verde oscuro para las junglas, latón reluciente para vestíbulos de hotel. Ya teníamos trabajo.

Miré a papá. Caroline apoyaba la cabeza en su hombro. Cada vez que me sorprendía observándolo, me dirigía una mirada del tipo «¿No es emocionante?», como si estuviera llevándome a una de esas vacaciones que unen a padres e hijos. Olvidaba que ya estábamos insidiosamente unidos, como en una cadena de presos. En el exterior, el cielo era plano, sobrio y austero. Cuando Sydney se perdió de vista, tuve una sensación cercana al dolor.

Al cabo de cinco horas, seguíamos sobrevolando el paisaje inconcebiblemente inhóspito y poco acogedor de nuestro demencial país. Cuesta creer que sea tan extenso. Para apreciar la belleza desgarradora del interior hay que estar ahí en medio, provisto de un buen vehículo de fuga. Topográficamente, es incomprensible y terrorífico. Bien, así es el centro de nuestro país. No es un jardín del Edén.

Después sobrevolamos agua. ¡Ya está! El escenario donde se habían representado nuestras increíbles vidas había desaparecido bajo las nubes. Lo sentí en lo más profundo de mi cuerpo, hasta notar que se asentaba y acomodaba. Ahora sólo quedaba pensar en el futuro. Me embargó el temor; no parecía el tipo de futuro que fuese a durar mucho tiempo.

—¿Qué quiere de nosotros? —le pregunté de pronto a Eddie.

—¿Quién?

—Tim Lung.

—Ni idea. Os ha invitado, quiere que seáis sus huéspedes.

—¿Por qué?

—No lo sé.

—Bien, ¿y cuánto tiempo quiere que nos quedemos?

—No lo sé.

—¿Qué sabes?

—Que tiene muchas ganas de conoceros.

—¿Por qué?

—No lo sé.

—¡Joder, Eddie!

Nos abandonábamos al misterioso Tim Lung. Después de haber utilizado a papá para afanar millones de dólares al pueblo australiano, ¿quería agradecerle que hubiese hecho el primo con tanta gentileza? ¿Era curiosidad? ¿Quería ver lo estúpido que puede llegar a ser un hombre? ¿O había un propósito más siniestro que no se nos había ocurrido a ninguno de nosotros?

Las luces del avión se apagaron y, mientras cruzábamos el planeta a oscuras, pensé en el hombre al que iba a matar. Gracias a reportajes periodísticos, me había enterado de que frustrados detectives de Tailandia incapaces de localizarlo aseguraban que era la encarnación del mal, un auténtico monstruo. Por tanto, el mundo estaría mejor sin él. No obstante, me deprimía pensar que el asesinato era la única idea práctica que había tenido en la vida.

III

—No ha venido nadie a recibirnos —dijo Eddie, estudiando a la multitud del aeropuerto.

Papá, Caroline y yo intercambiamos miradas; no sabíamos que alguien nos recibiría.

—Esperad aquí. Haré una llamada.

Observamos la cara de Eddie mientras hablaba con alguien que supuse era Tim Lung. Asentía vigorosamente, inclinado en una absurda postura servil con una sonrisa de disculpa en el rostro.

Eddie colgó y marcó otro número. Papá, Caroline y yo lo contemplamos en silencio. De vez en cuando, nos dirigíamos miradas que decían: «Las cosas escapan a nuestro control, pero algo tenemos que hacer, y esta mirada de complicidad es lo que hacemos.» Eddie colgó de nuevo y se quedó mirando el teléfono. Luego regresó, frotándose las manos sombríamente.

—Tenemos que pasar la noche en un hotel. Mañana iremos a casa del señor Lung.

—Vale. Cojamos un taxi —dijo papá.

—No. Alguien viene a llevarnos.

Al cabo de veinte minutos llegó una pequeña mujer tailandesa, de ojos tan abiertos que parecían no tener párpados. Se nos acercó despacio, temblando. Eddie se quedó ahí como una vaca rumiando. La mujer lo envolvió entre sus brazos y, mientras se abrazaban, de la boca de piñón salieron sollozos. Enseguida comprendí que Eddie no sabía qué hacer porque dejó de parecer escurridizo. El abrazo siguió hasta hacerse monótono. Todos nos sentimos dolorosamente incómodos.

—Hace tiempo que quería conoceros —dijo ella, volviéndose hacia nosotros.

—¿Ah, sí? —pregunté, indeciso.

—Ling es mi esposa —intervino Eddie.

—No, no lo es —dijo papá.

—Sí, lo soy —replicó ella.

Papá y yo nos quedamos estupefactos. ¿Eddie estaba casado?

—¿Cuánto tiempo llevas casado, Eddie? —le pregunté.

—Casi veinticinco años.

—¡Veinticinco años!

—Pero vives en Australia —señaló papá.

—Ya no.

Papá no acababa de asumirlo.

—Eddie, veinticinco años. ¿Significa eso que estabas casado cuando nos conocimos en París?

Eddie sonrió, como si eso fuese una respuesta y no otra pregunta.

Salimos del aeropuerto desconcertados. No sólo estábamos en otro país sino en otra galaxia, en la que Eddie llevaba veinticinco años casado. Fuera, el calor nos atacó con energía. Nos apiñamos en un viejo Mercedes verde oliva y salimos disparados hacia el hotel. Como era mi primera visita a un país extranjero, me empapé la vista, pero os ahorraré la típica descripción turística. Es Tailandia. Conocéis los paisajes, conocéis los olores. Habéis leído libros, habéis visto películas. Calurosa, pegajosa, sudorosa, olía a comida picante y en todas partes se intuían las drogas y la prostitución, porque como la mayoría de los viajeros, nos habíamos traído nuestras nociones preconcebidas y no las declaramos en inmigración, como deberíamos haber hecho, como materiales peligrosos que estarían mejor en cuarentena.

En el coche, Eddie y Ling hablaban quedamente en tailandés. Oímos que mencionaban nuestros nombres varias veces. Papá no podía despegar los ojos de Eddie y de su mujer. ¡Su mujer!

—Oye, Eddie. ¿Tenéis hijos? —preguntó papá.

Eddie negó con un gesto.

—¿Estás seguro? —insistió.

Eddie se volvió hacia Ling y siguieron hablando en voz baja.

Mientras nos registramos en el hotel, cuidando de firmar con nuestros nuevos nombres y no con los antiguos, se me ocurrió que lo más extraño para mí no era sólo viajar, haber salido de Australia, sino hacerlo en grupo. Siempre me había imaginado que salir de Australia sería el símbolo definitivo de mi independencia, y, sin embargo, ahí estaba, con todo el mundo. Sé que no se puede escapar de uno mismo, que llevamos nuestro pasado a cuestas, pero yo lo intentaba. Fue una pequeña bendición que me dieran una habitación para mí solo, con vistas al cadáver eviscerado de un perro.

Esa noche recorrí una y otra vez la habitación del hotel. Sólo pensaba en que la huida ya sería noticia en toda Australia, hasta en el último abrevadero, y en que, pese a nuestra salida furtiva, cualquiera podría seguirnos la pista sin excesiva dificultad. Era fácil imaginar la reacción de Australia ante nuestra fuga, y a eso de las tres de la madrugada sentí que me golpeaba lo que sin duda era una oleada de odio que había viajado desde nuestra tierra natal hasta las habitaciones climatizadas del hotel de la calle Khe Sahn.

Me interné en Bangkok preguntándome cómo comprar una pistola. Creí que no me resultaría difícil; la consideraba una metrópoli sórdida, una Sodoma y Gomorra donde se servía una comida buenísima. Me encontraba en un estado de semidelirio, sólo miraba las caras y, más en concreto, los ojos. La mayor parte de los ojos que vi eran fastidiosamente inocentes; tan sólo unos pocos cauterizaban con una simple mirada. Ésos eran los que yo buscaba. Pensaba en el asesinato y en los asesinos. Mi víctima también era un criminal; ¿quién lo lloraría? Bueno, tal vez mucha gente. ¡Tal vez también él estuviera casado!, pensé, sorprendido. No sé por qué me extrañó tanto; ¿por qué no iba a estarlo? No era famoso por feo y poco sociable, sólo por amoral. Y eso es atractivo en algunos círculos.

Eran las cuatro de la mañana, el calor seguía siendo opresivo y yo todavía no había encontrado un arma.

Tim Lung: ¿debería matarte directamente, sin ofrecerte siquiera un aperitivo?

Encendí un cigarrillo mientras caminaba. ¿Por qué no? Por algo es la primera causa evitable de muerte del mundo.

Estaba cansado y me apoyé en un poste. Sentí que unos ojos se posaban en mí. En aquellos ojos había algo temible, aunque también curiosamente vigorizante. Eran los ojos que había estado buscando.

Me acerqué al joven y hablamos al mismo tiempo:

—¿Dónde puedo comprar una pistola?

—¿Quieres ver un *sex show*?

—Sí, por favor.

Me llevó calle abajo, hacia Patpong. Grandes grupos de hombres occidentales entraban en clubes de *striptease* y recordé de inmediato a Freud, para quien la civilización se desarrolla en contraposición cada vez mayor a las necesidades del hombre.

Era evidente que Freud nunca había estado en Patpong. Aquí las necesidades del hombre se tenían escrupulosamente en cuenta, incluso las necesidades que lo ponían enfermo.

Entré en el primer bar, me senté en un taburete y pedí una cerveza. Una joven vino y se sentó en mis rodillas. No tenía más de dieciséis años. Me puso la mano entre las piernas y le pregunté:

—¿Dónde puedo comprar una pistola?

Supe de inmediato que había cometido un error. Saltó de mis rodillas como si le hubiese mordido. La vi hablar excitadamente con un par de tipos corpulentos. Salí corriendo, pensando que me había metido en una de esas situaciones irreales en que puedes salir malparado de verdad, y sólo pasadas unas manzanas dejé de correr. Resultaba que aquellos personajes tailandeses no eran más criminales que la gente que te encontrabas en cualquier colmado de Sydney, y que te vendieran un arma era sencillamente imposible. Así pues, cuando me encontrase con Tim Lung, tendría que improvisar.

Por la mañana, bajé a desayunar al comedor del hotel y deduje por las caras de papá y Caroline que tampoco ellos habían dormido. Eran caras desdichadas, insomnes; caras contraídas por la preocupación. Durante un desayuno no exótico de beicon, huevos y cruasanes rancios, intercambiamos bromas ligeras y absurdas para sobreponernos a nuestro sombrío estado de ánimo. Fuera lo que fuera a sucedernos, queríamos afrontarlo con el estómago lleno.

Eddie apareció sin su habitual expresión benévola.

—¿Estáis listos?

—¿Dónde está tu mujer? —preguntó papá.

—Cierra la puta boca, Martin. Me tienes harto. Me tienes muy, muy harto.

Eso nos hizo enmudecer a todos.

IV

Para llegar a casa de Tim Lung, tuvimos que subir a una barca típica tailandesa y navegar por un canal sucio y apestoso. Cuando nos cruzamos con unas canoas cargadas de frutas y verduras multicolores, me protegí la cara de las amenazantes salpicaduras de agua turbia. Mi primera impresión de Tailandia había sido buena, pero sabía que mi sistema inmunitario era incapaz de desafiar a sus bacterias. Tras dejar atrás la andrajosa flota de embarcaciones, avanzamos en solitario por el canal. A ambas orillas se veían calles polvorientas con casas torcidas que parecían o bien a medio construir o bien a medio derruir. Pasamos junto a mujeres tocadas con sombreros de paja de ala ancha que lavaban ropa en las aguas marrones, sin que pareciera inmutarles la encefalitis que quizás anidase en su ropa interior. Luego vimos calles polvorientas, largas y desiertas, y árboles enormes de ramas desbordadas. Las casas, ahora mansiones espléndidas y ostentosas, estaban más espaciadas. Intuí que nos acercábamos. Intenté descifrar el rostro de Eddie. Era indescifrable. Papá me dirigió una mirada cuyo significado implícito era: «Hemos escapado, pero ¿a qué?»

La barca se detuvo. Nos bajamos y cruzamos un pequeño terraplén que llevaba a una gran puerta de hierro. Antes de que Eddie llamase al timbre, una voz cortante dijo algo en tailandés por un diminuto interfono y Eddie respondió mirándome, lo que me produjo la sensación de que estábamos en un camino donde dar marcha atrás era un suicidio y avanzar era, con toda probabilidad, también un suicidio. Se me puso la carne de gallina. Caroline me agarró de la mano. Se abrió la puerta. Avanzamos. Papá dijo algo acerca del estado de sus intestinos que no acabé de entender.

La casa de Tim Lung proclamaba «Cártel de drogas» por todas partes. Era grande, con altos muros encalados rodeados de pilares incrustados, brillantes tejas naranjas y verdes en el tejado y un enorme Buda recostado en un bosquecillo de bambú. Los hombres armados con rifles semiautomáticos que se ocultaban entre los árboles y nos miraban como si hubiésemos ido a vender un producto que ellos sabían defectuoso me confirmaron que nos metíamos en una cueva de ladrones. Los hombres vestían camisetas de manga corta y pantalones largos. Le señalé a papá los hombres armados, en busca de su predecible respuesta:

—Lo sé —dijo—. ¡Pantalón largo, con este calor!

—Por aquí —indicó Eddie.

Bajamos una escalera empinada y entramos en un patio donde había unas cabezas de cerdo clavadas en estacas, con palos de incienso en la frente. Bonito. En uno de los muros, se veía un extenso mural de un pueblo arrasado por el fuego. Prometedor. Al fondo, había unas puertas corredizas ya abiertas. No sé qué esperaba encontrar: ladridos de dóberman, mesas rebozadas de cocaína y sacas de dinero, prostitutas echadas en sofás de cuero blanco y un rastro de sangre que conducía a los cadáveres mutilados de agentes de policía. Lo que no esperaba era encontrar la última cosa del mundo que habría esperado.

Papá lo vio primero.

—Pero ¿qué cojones...? —dijo.

En ambas paredes, enmarcadas o pegadas con cinta adhesiva marrón, había cientos y cientos de fotografías de papá y mías.

También yo dije:

—Pero ¿qué cojones...?

V

—¡Marty! ¡Son fotos tuyas! —gritó Caroline.

—¡Lo sé!

—¡Y también tuyas, Jasper!

—¡Lo sé!

—¿Éste eres tú de bebé? ¡Qué mono!

Nuestras caras de diferentes épocas nos miraban desde toda la habitación. Esta perversa exposición comprendía todas las fotografías que Eddie nos había hecho a lo largo de los últimos veinte años. Imágenes de un joven papá en París, alto y flaco, con todo su pelo y una extraña barba en cuello y mentón que no podía o no quería subir a la cara; papá, antes de que empezara a coleccionar células grasas, fumando cigarrillos finos en nuestra primera casa. Y yo aparecía en muchas otras, de bebé y avanzando a tientas por la infancia y la adolescencia. Pero fueron las fotos de París las que más me interesaron: fotografías y fotografías de papá con una joven hermosa y pálida de sonrisa desalentadora.

—Papá, ¿ésta es...?

—Astrid —confirmó.

—¿Ésta es tu madre, Jasper? ¡Es preciosa! —susurró Caroline.

—¿De qué va todo esto? —gritó papá, y el eco de su voz resonó por toda la casa. Papá era un auténtico paranoico que, después de todos estos años, había descubierto que sí había una conspiración en su contra.

—¡Vamos! —dijo Eddie, guiándonos a las profundidades de la casa.

Papá y yo estábamos paralizados. ¿Guardaría esto alguna relación con el suicidio de Astrid? ¿Con el hecho de que mi madre muriese en uno de los barcos de Tim Lung? Éramos detectives forzosos, obligados a investigar nuestras propias vidas, pero nuestros viajes mentales al pasado eran fútiles. No lo comprendíamos. Nos sentíamos débiles y a la vez exaltados. ¡La pesadilla del paranoico! ¡El sueño de narcisista! No sabíamos cómo sentirnos: halagados o vejados. Quizá de ambas maneras. Pensábamos a una velocidad de vértigo. Evidentemente, Eddie había hecho que este cacique criminal se obsesionase con nosotros, pero ¿qué le habría dicho? ¿Qué podía haberle dicho? Lo imaginé en sesiones de borracheras nocturnas con su jefe: «No te imaginas cómo son estos tipos. Están locos. ¡No tendrían que dejarles vivir!»

—El señor Lung os espera allí —dijo Eddie, señalando unas dobles puertas de madera al final del pasillo. Tuvo el valor colosal de sonreír.

De pronto, papá lo agarró violentamente por el cuello de la camisa; dio la impresión de que quería sacársela por la cabeza: el primer acto oficial de violencia física por parte de papá. Caroline hizo que lo soltara.

—¿En qué nos has metido, cabrón? —gritó papá, aunque no resultó tan amenazador como pretendía. La furia mezclada con curiosidad suena un poco raro.

Un guardia armado surgió de una puerta para investigar el alboroto. Eddie lo desarmó con un gesto. Decepcionado, el guardia retrocedió a las sombras. Parece que Eddie tenía un gesto irrefutable. Eso fue algo nuevo para nosotros. Avanzamos aturdidos por el pasillo hacia las dobles puertas, examinando más fotos en el camino. Hasta ahora no había advertido cuánto se parecía papá a un perro arrojado a la fuerza a una piscina. Y yo... de pronto, mi identidad parecía menos sólida. Me resultaba casi imposible conectar con nuestra historia pictórica. Parecíamos reliquias dañadas de una civilización perdida. Éramos del todo incomprensibles.

¡Y mi madre! Casi se me partió el corazón al mirarla. En todas las fotografías parecía muda e inmóvil; toda la acción transcurría detrás de los ojos, esa clase de ojos que parecen haber regresado de los lugares más remotos de la tierra sólo para decir que no te molestes en ir allí. Su sonrisa era una escalera que no llevaba a ninguna parte. Semioculta en las esquinas de los marcos estaba su belleza triste; reposaba la cabeza en las manos, los cansados ojos se le nublaban. Tal vez fuera coincidencia, pero daba la impresión de que en cada foto estaba más lejos de la cámara, como si encogiera. Estas imágenes me brindaron un nuevo respeto hacia papá: mi madre parecía una mujer distante e imponente con quien ninguna persona sensata habría iniciado una relación. Cogí una fotografía suya de la pared y la arranqué, rompiendo el marco. Era en blanco y negro, tomada en una lavandería. Mi madre estaba sentada encima de una lavadora, las piernas colgando; miraba a la cámara con sus ojos extraordinariamente grandes. De pronto, supe que este misterio estaba relacionado con ella; aquí obtendría la primera pista de cómo era, de dónde venía. No me cabía la menor duda: detrás de esa puerta encontraría la respuesta al enigma de mi madre.

Papá la abrió y yo lo seguí de cerca.

VI

Entramos en una amplia estancia cuadrada con tantas almohadas en el suelo que una parte de mí quiso echarse y que la alimentasen con uvas. Unos enormes helechos de interior me hicieron sentir que volvíamos a estar fuera. Las paredes no llegaban al techo y la luz del sol penetraba por encima, salvo en la pared del fondo, que era de cristal y daba al Buda gigantesco del jardín. Allí, en la pared de cristal, había un hombre; miraba al Buda de espaldas a nosotros. Tenían la misma complexión. La intensa luz que entraba por la ventana sólo nos dejaba entrever la gigantesca silueta de aquel hombre. Al menos, creo que era un hombre. Parecía más o menos uno, sólo que más grande.

—Señor Lung —dijo Eddie—, le presento a Martin y a Jasper Dean. Y a Caroline Potts.

El hombre se volvió. No era tailandés, ni chino, ni asiático. Llevaba el cabello rubio alborotado, una barba espesa le cubría la piel blanda y deteriorada, y vestía pantalones cortos y una camisa de algodón con las mangas cortadas. Tenía el aspecto de un explorador recién llegado de la jungla en su primer contacto con la civilización.

Sin embargo, ésta es una descripción que sólo se aproxima a la realidad, porque aquel hombre era descomunal, un verdadero elefante, el hombre más gordo que había visto o llegaría a ver jamás, un increíble fenómeno de la naturaleza. O tenía un trastorno hormonal o el tipo llevaba décadas comiendo a lo bestia, con la ambición expresa de convertirse en el hombre más grande con vida. La forma de su cuerpo me pareció irreal; su espantosa imagen era sofocante. Matar a esta monstruosidad con una bala sería como abollar una montaña de una bofetada.

Se nos quedó mirando sin parpadear, incluso cuando apagó el cigarrillo y encendió otro. Estaba claro que planeaba mirarnos hasta someternos. Funcionó. Yo me sentí extremadamente sumiso, así como asombrosamente delgado. Miré a papá para ver si él también se sentía sumiso. No era así. Observaba al hombre descomunal con los ojos entrecerrados, como en uno de esos juegos visuales que revelan una imagen oculta.

Papá habló primero, igual que si hablara en sueños.

—¡Hostias! —exclamó, y enseguida supe por qué.

Caroline lo dijo antes que nadie:

—¡Terry!

Terry Dean, mi tío, nos miró uno a uno y nos dirigió la sonrisa más amplia que había visto en la vida.

VII

—¿Sorprendidos? Claro que sí —dijo, riendo. Su voz potente y resonante pareció salir de las profundidades de una cueva. Se nos acercó cojeando—. Tendríais que veros las caras. En serio. ¿Queréis un espejo? ¿No? ¿Qué pasa, Marty? ¿Estás conmocionado? Comprensible, muy comprensible. Esperaremos a que la conmoción deje paso a la ira y al resentimiento. No espero que os lo toméis bien de entrada. No es uno de esos asuntos de los que te ríes a la primera, sino después, cuando ya se ha asimilado todo. No os preocupéis: lo asimilaréis. Dentro de unos días, os costará recordar un solo día en que yo no haya estado vivo. Pero decidme, ¿lo sospechabais? ¿Un poquito, al menos? ¡Qué cabeza, la mía! Ahí estás, viendo a tu hermano largo tiempo muerto después de todos estos años, que no sólo tiene el descaro de estar vivito y coleando, ¡sino que ni siquiera os ha ofrecido una cerveza! Eddie, tráenos unas cervezas, ¿quieres? ¡Y Jasper! Hace mucho tiempo que quiero conocerte. ¿Sabes quién soy?

Asentí con un gesto.

—¡Mi sobrino! Tienes la nariz de tu abuela, ¿tu padre te lo ha dicho? Me alegro muchísimo de verte. Eddie me lo ha contado todo de ti. Tienes que ser una especie de roca, si has vivido con tu padre sin romperte en pedacitos. Pero veo que lo has llevado bien. Pareces muy normal y sano y adaptado. ¿Cómo no estás loco? ¡Es de locos que no estés loco! Aunque quizá lo estés. Eso es lo que me muero por descubrir. ¡Y Caroline! Verte me ha impresionado un poco, lo reconozco. Claro que Eddie me dijo que os habíais casado...

Terry se la quedó mirando un buen rato antes de obligarse a reaccionar.

—Lo sé, os he pillado desprevenidos. Tomaos la cerveza, os sentiréis mejor. Esperaré a que os calméis. Hay tiempo. ¡Joder!, si algo tenemos, es precisamente tiempo. Marty, me miras de una forma que me pone los pelos de punta. Y tú también, Caroline. Pero tú no, ¿eh, Jasper? Quizá porque todavía eres joven. Cuando eres mayor, es una sorpresa que algo pueda sorprenderte. Me pregunto qué sorpresa es mayor, que esté asombrosamente vivo o asombrosamente gordo. Podéis decirlo; no me importa. Me gusta estar gordo. Soy gordo como Enrique VIII. Gordo como Buda. Hablemos sin rodeos, para no darle más vueltas: soy un puto gordo. Me quitaré la camisa para que podáis ver hasta qué punto. ¿Lo veis? ¿Vale? Soy una ballena. ¡Mi barriga es implacable! ¡Invencible!

Era verdad. Era tan enorme que daba la impresión de ser indestructible, de ser capaz de sobrevivir a cualquier cataclismo. El zoológico de animales tatuados que papá me había descrito muchos años antes se había extendido hasta formar remolinos informes de color.

Papá estaba rígido. Quizá quería decir algo, pero su lengua no cooperaba.

—Vivo... gordo... —fue todo lo que alcanzó a musitar.

Se me ocurrió que el propio Terry también estaría confuso. No sabía a quién mirar. De vez en cuando, se volvía hacia mí inquisitivamente, quizá yo fuera su mejor opción de amor y aceptación inmediatos. No los consiguió, porque pese a la increíble noticia de que un miembro de la familia tan mitificado estaba vivo, sobre todo sentía la amarga decepción de que aquello no guardaba relación con mi madre.

—¿Nadie va a darme un abrazo?

Nadie se movió.

—¿Y quién es Tim Lung? —dijo papá al fin.

—Tim Lung no existe. Como tampoco existe Pradit Banthadthan o Tanakon Krirkkiat.

—¿A qué te refieres?

—Lo estoy haciendo, Marty. Finalmente, lo estoy haciendo.

—¿Haciendo qué?

—La cooperativa democrática del crimen.

Papá tuvo un espasmo, como si se hubiera electrocutado con unos cables.

—¿Quéeee? —gritó.

Ésta fue la primera respuesta emotiva que dio.

—Bueno, tío, la primera vez la fastidié bien; pero Harry había dado con algo. Esta historia funciona de maravilla.

—¡No me lo creo! ¡Joder, no me lo creo!

Aquello parecía conmocionar más a papá que la noticia de que Terry hubiera estado vivo todo el tiempo.

Caroline preguntó:

—¿Qué es la cooperativa...?

—No lo preguntes —interrumpió papá—. ¡Oh, dios mío!

Terry, encantado, daba palmas con sus regordetas manos y saltaba sobre sus cortas piernas. Yo pensaba en lo diferente que era del joven renegado que tantas veces me había imaginado. ¿Este hombre gordo era el mismo héroe deportivo, el mismo fugitivo, el mismo justiciero adorado por toda la nación?

De pronto, se quedó con las rodillas encogidas y pareció avergonzado.

—Eddie me ha dicho que estás enfermo.

—No cambies de tema —respondió papá, con voz turbulenta por la emoción—. Esparcí tus cenizas, ¿sabes?

—¿Ah, sí? ¿Dónde?

—Las metí en botes de cayena, en un pequeño supermercado. El resto lo eché en un charco, a un lado de la carretera.

—¡Bueno, no puedo decir que mereciera algo mejor! —Terry rio sonoramente y apoyó la mano en el hombro de papá.

—¡No me toques, fantasma gordo!

—Tío. No te pongas así. ¿Estás cabreado por lo de los millonarios? No lo estés. No me pude resistir. En cuanto me enteré de lo que hacías en Australia, Marty, supe cómo debía actuar. He estado rescatándote de un drama tras otro durante toda tu vida. Y ayudarte me ha hecho ser quien soy. No me arrepiento. Me gusta ser quien soy, y quedarme con esos millones fue la forma más fácil de rescatarte por última vez. Verás, tío, quería que vinieras aquí. Pensé que ya era hora de que nos viéramos de nuevo, y hacía tiempo que quería conocer a Jasper.

Vi que la ira de papá estaba a punto de encontrar una vía de escape. Una tempestad de odio se agitaba en su interior, debido a Caroline. Mi padre había notado que no estaba enfadada; permanecía callada, mirando a Terry boquiabierta, con una mezcla de horror y asombro. Entre tanto, Terry me dirigió su sonriente mirada.

—¡Eh, sobrino! ¿Por qué no dices algo?

—¿Cómo escapaste de la celda donde estabas incomunicado?

Por un instante, el rostro de Terry pareció vaciarse de todo pensamiento.

—¡El incendio! ¡Claro! Y, Marty, tú le has contado toda la historia. ¡Bien hecho! Buena pregunta, Jasper, empecemos por el principio.

—Al menos, estarías incomunicado —preguntó papá.

—¡Pues claro! Me vino de un pelo. Casi acabé cocido; las celdas de aislamiento no tienen ventanas, pero oí muchos gritos, guardias que aullaban órdenes, y cuando empezó a colarse humo bajo la puerta supe que iba a asarme. Estaba a oscuras en esa jaula de cemento, hacía más calor que en el infierno y se estaba llenando de humo. Me moría de miedo. Empecé a gritar «¡Dejadme salir! ¡Dejadme salir!», pero nadie vino. Aporreé la puerta y casi me quemé el brazo. No podía hacer nada y supuso un gran esfuerzo psicológico tranquilizarme y prepararme para una muerte desagradable. Entonces oí pasos en el pasillo. Era uno de los guardias, Franklin. Reconocí su voz. «¿Quién está ahí?», gritó. «¡Terry Dean!», respondí. El bueno de Franklin. Era un buen hombre, le encantaba el críquet y admiraba lo que yo había hecho. Me abrió la puerta y dijo: «¡Vamos!» El pánico le hizo bajar la guardia. Lo dejé inconsciente de un golpe, le quité la ropa, lo metí en la celda y cerré la puerta.

—Asesinaste al hombre que había ido a salvarte.

Terry se detuvo un instante y dirigió a papá una extraña mirada, como un hombre que decide si explicar o no un complejo fenómeno natural a un niño; luego prosiguió:

—El resto fue fácil. Toda la cárcel ardía y ni siquiera tuve que utilizar las llaves que había robado; todas las puertas estaban abiertas. Conseguí abrirme paso por los pasillos llenos de humo y salí de la prisión. Vi que el pueblo también estaba en llamas y desaparecí. Eso fue todo.

—Así que fue Franklin quien se quemó en tu celda.

—Sí, supongo que eran sus cenizas las que esparciste.

—¿Qué pasó después?

—¡Ah, sí! Te vi en el incendio. Te llamé, pero no me viste. Entonces vi que corrías hacia una trampa. Te grité: «¡Izquierda, vete a la izquierda!», y por ahí te fuiste y desapareciste.

—¡Te oí! ¡Creía que era tu maldito fantasma, so perro!

—Pasé unos días de incógnito en Sydney. Luego embarqué en un carguero rumbo a Indonesia. Me moví por el planeta, para ver qué tenían que ofrecer los otros continentes, y acabé en Tailandia. Entonces fue cuando empecé la cooperativa democrática del crimen.

—¿Y qué me dices de Eddie?

—Eddie empezó a trabajar para mí muy al principio. Intenté localizarte, Marty, pero ya te habías ido de Australia. Así que dije a Eddie que te esperase cerca de Caroline. Tenía su dirección, por una carta que me envió a la cárcel. Eddie alquiló una habitación próxima a la suya y esperó a que aparecieras.

—¿Cómo podías estar seguro de que iría a verla?

—No estaba seguro. Pero estaba en lo cierto, ¿no?

—¿Por qué Eddie no me dijo, sencillamente, que estabas vivo?

—Entonces sentía que ya te había causado bastantes problemas. En aquella época cuidabas mucho de mí, Marty, y seguro que creías que yo no lo notaba, pero sabía que te preocupaba muchísimo. Supuse que ya habías tenido bastante.

—¡Dijiste a Eddie que hiciera millonaria a Caroline!

—¡Claro! —Volviéndose hacia Caroline, añadió—: Cuando supe lo de tu hijo, lo sentí muchísimo.

—Continúa, Terry —dijo mi padre.

—Eso es todo. Hice que Eddie no te perdiera de vista. Cuando me dijo que estabas con una chiflada que estaba embarazada y no tenías dinero, le dije que te lo ofreciera. Pero no quisiste aceptarlo. No sabía cómo ayudarte, así que te di un empleo en uno de mis negocios. Por desgracia, no era un buen momento; te metiste de lleno en una pequeña guerra entre bandas. No sabía que tu novia lunática iba a saltar al barco para volar por los aires. Una forma muy chalada de acabar con uno mismo, ¿no? Lo siento, Jasper.

—¿Qué más?

—Bien. Cuando te llevaste a Jasper a Australia, le dije a Eddie que os siguiera. Volvió con varios informes preocupantes. Te di otra vez trabajo en uno de mis clubes de *striptease*, y tú destrozaste el local y acabaste en el manicomio. Luego te di algo de pasta para que te construyeras el laberinto, y eso es todo. A continuación pervertiste a toda Australia con tus extrañas ideas y aquí estamos. Eso nos pone bastante al día.

A medida que papá asimilaba el relato de su hermano, todo su ser me pareció un decorado de Hollywood: si daba una vuelta a su alrededor, vería que sólo tenía unos centímetros de anchura.

—Cuando estaba en esa celda y creí que mi muerte era cuestión de segundos, vi con claridad que todo lo que había intentado hacer, devolver la ética al deporte, no tenía ningún sentido. Comprendí que, salvo imprevistos, podría haber vivido ochenta o noventa años y la había jodido. ¡Estaba furioso conmigo mismo! ¡Furioso! Razoné por qué lo había hecho, en qué pensaba, y comprendí que pretendía dejar huella para que, cuando me hubiese ido, en cierto modo siguiese ahí. Todo se resume en ese idiota «cierto modo». ¿Y sabes qué vi a las puertas de la muerte? Que me importaba una mierda. No quería construir una estatua de mi persona. Tuve una epifanía. ¿Tú has tenido alguna? ¡Son estupendas! La mía fue ésta: descubrí que me había matado porque quería vivir para siempre. Había echado a perder mi vida en nombre de un estúpido no sé qué...

—Proyecto —dije. Papá y yo intercambiamos miradas.

—Proyecto. Sí. Pues bien, juré que si salía de allí viviría el momento, me follaría a todo el mundo, dejaría que mis congéneres hicieran lo que les viniera en gana y seguiría el consejo de Harry y viviría en el anonimato el resto de mis días.

De repente, Terry dirigió a Caroline una mirada limpia y seria.

—Quise llamarte, pero cada vez que iba a hacerlo recordaba esa celda, esa cámara de la muerte, y comprendí que te amaba de una manera posesiva y que, como mis crímenes deportivos, era una forma de atrincherarme frente a, no sé... la muerte. Por eso decidí amar sólo a prostitutas. Así no me arriesgo a caer en la típica rutina de la posesión y los celos. Me he salido del concurso, como dijo Harry. Soy libre, y lo he sido desde aquel día. ¿Y sabes qué hago ahora? Cuando me levanto, me digo diez veces todos los días: «Soy un animal moribundo y sin alma con un margen de vida vergonzosamente breve.» Luego salgo y, mientras el mundo sigue su suerte, yo me pongo un poco más cómodo. En la cooperativa nuestros beneficios no son alucinantes, pero nos ganamos bien la vida y podemos permitirnos vivir como reyes porque en Tailandia todo es muy barato.

Siguió un largo silencio, en el que nadie supo adónde mirar.

—En Australia te adoran —dijo papá al fin.

—Y a ti te odian —replicó Terry.

Pese a sus caminos divergentes en la vida —dos rutas diametralmente opuestas, ambas poco transitadas—, los hermanos habían llegado a la misma conclusión: Terry, naturalmente, mediante la epifanía y la placenta catártica del trauma de su casi muerte, y papá reflexionando, pensando y obsesionándose con la muerte. El inculto de Terry, el hombre al que en una ocasión papá había descrito como incapaz de escribir su nombre ni meándolo en la nieve, había intuido las trampas del miedo a la muerte y las había esquivado con facilidad, como si fueran cagadas de perro en una calle bien iluminada; en cambio, papá había reconocido intelectualmente las trampas, pero seguía cayendo en todas ellas. Sí, lo vi de inmediato en su cara. Papá estaba hecho polvo. Terry había vivido la verdad de la vida de papá y papá nunca lo había hecho, pese a ser su verdad.

—¿Y qué pasa ahora? —preguntó mi padre.

—Os quedáis a vivir conmigo. Todos.

Intercambiamos miradas, sabedores de que era una mala idea pero no había otra opción. Nadie se movió. Éramos como una tribu de cavernícolas cuya caverna acababa de hundirse. Mientras mi mirada pasaba de mi padre a su hermano, me dije: «Estos personajes enfermizos son mi familia.» Y luego pensé: «Sorprendentemente, los criminales profesionales y los filósofos tienen mucho en común; ambos se enfrentan a la sociedad, ambos viven sin concesiones según sus propias reglas y ambos son terribles como figuras paternas.» Pasaron unos minutos y, aunque nadie se movió, sentí que los dos hermanos ya tiraban de mí, desgarrándome.

VIII

La vida en Tailandia era fácil. Lo llaman la tierra de las sonrisas. No es una afirmación vacía: los tailandeses nunca dejan de sonreír, tanto que al principio creí que habíamos aterrizado en un extenso territorio de simplones. Sin embargo, en general, el caos de Bangkok armonizaba con mi estado mental. Sólo había algo con lo que debía tener cuidado, además del agua de grifo y esas sonrisas sospechosas: los tailandeses tienen una opinión tan elevada de sus cabezas y una opinión tan baja de los pies que todos me decían que no debía apuntar con los pies a la cabeza de la gente. Pensarían que tenía la intención de hacerlo.

Un guía turístico me dijo que los extranjeros podían hacerse monjes budistas y pensé que eso sonaba como una incorporación impresionante a mi currículum, pero descubrí que los monjes debían abstenerse de asesinar bichos (aunque invadieran tu pijama), robar, mentir, el sexo, los lujos y las drogas, cerveza y café incluidos, y no creo que eso dejase nada que no fuera meditar y quemar incienso. Su filosofía se basa en la creencia de que toda vida es sufrimiento, ¡y vaya si lo es!, sobre todo si te abstienes de robar, mentir, sexo, lujos, cerveza y expresos dobles. En cualquier caso, yo estaba demasiado lleno de odio para hacerme monje budista; imaginaba cartas a la Coloso en llamas que contenían palabras compuestas, como «puta-cabrona» y «zorra-porra», y también maldiciones como «espero que tosas hasta sacar el útero por la boca». Y los budistas, por lo general, no piensan así.

Le conté a Terry mi plan de asesinar a Tim Lung y nos desternillamos de risa. Fue estupendo para romper el hielo. Después de eso pasamos juntos muchos días y muchas noches, en que me acosté con los oídos exhaustos y zumbones. Al igual que su hermano, Terry era propenso a accesos de parrafadas implacables, a locos monólogos sobre cualquier tema imaginable. A veces los interrumpían momentos de introspección, en que Terry se quedaba con un dedo en alto como si pusiera al universo en «silencio»; se mecía sobre sus rechonchas piernas en un silencio boquiabierto, las pupilas se le contraían como si enfocara con una linterna y pasaba minutos así, antes de bajar el dedo y seguir hablando. Lo hacía fuéramos a donde fuéramos: en restaurantes y verdulerías, en los campos de amapolas y en los *sex shows*. Cuanto más tiempo pasaba con Terry, más veía, tras aquella sonrisa traviesa, su fuerza interior y cierta juventud eterna. Hasta las migas de pescado empanado de su barba parecían atemporales, como si siempre hubieran estado ahí.

Tenía costumbres increíbles. Le gustaba deambular por las calles para ver si alguien le robaba. Solía dejar que le vaciasen los bolsillos, luego se burlaba de lo que le habían robado. A veces, paraba a los carteristas y les decía lo que hacían mal. O se registraba en hostales de mochileros y se corría juergas con acento alemán. Jamás se perdía ni una salida ni una puesta de sol.

Un atardecer, contemplábamos cómo un sol naranja oscuro sangraba en el horizonte.

—Ésta es una de esas puestas de sol que la polución de una ciudad contaminada convierte en gloriosa. Alguien tiene que decirlo y bien puedo hacerlo yo: la obra de la naturaleza palidece en comparación. Lo mismo vale para la destrucción masiva. Algún día todos nos regodearemos en el resplandor de un invierno nuclear y ¡Dios, será un placer para la vista!

Además del tráfico de heroína y la prostitución, el principal negocio de la cooperativa democrática del crimen eran las apuestas en combates de boxeo tailandés, el deporte nacional. Terry me llevaba con él cuando pagaba a los boxeadores para que se dejaran ganar. Entonces recordé su legado en Australia, cómo se había obsesionado por combatir la corrupción en el deporte, y me impresionó que ahora se cagase en todo eso. A menudo, de camino a los combates, Terry fingía que deseaba parar un tuk-tuk para asustar a los conductores; nadie quería llevar al mamut de mi tío, por lo que nos veíamos obligados a caminar. Ni una sola vez se enfadó por ello; andar le brindaba la oportunidad de pararse en un mercado de verduras, comprar un manojo de cilantro y ponérselo al cuello («¡Huele mejor que ninguna flor!»). Durante el combate, me preguntaba cosas de mí: lo que me gustaba, lo que no me gustaba, cuáles eran mis esperanzas, mis miedos, mis aspiraciones. Pese a ganarse el pan con las prostitutas, las apuestas y las drogas, Terry era el tipo de hombre con quien no cuesta sincerarse. Me abrí a él como nunca lo había hecho con nadie. Escuchó mis confesiones con seriedad y, cuando le conté mi historia de amor/horror con la Coloso en llamas, dijo que creía que yo la había «amado sinceramente, aunque no de verdad». No pude discutírselo.

Pero lo que más me entusiasmaba de mi tío era que hablaba del mundo real, de cárceles y baños de sangre y fábricas ilegales y hambrunas y mataderos y guerras civiles y reyes y piratas modernos. Para variar, era un alivio maravilloso estar fuera del reino de lo filosófico, del universo opresivo y agobiante de las ideas callejón sin salida, de las ideas retrete de papá. Terry hablaba de sus experiencias en China, Mongolia, Europa oriental y la India, de sus incursiones en territorios remotos y peligrosos, de los asesinos que había conocido en sucios garitos, cómo los había convencido para que se unieran a la cooperativa democrática del crimen. Hablaba de sus lecturas y de que había empezado por los libros favoritos de papá, de lo mucho que al principio le había costado, de que se había enamorado de la palabra escrita y leía vorazmente en desiertos y junglas, en trenes y a lomos de camellos. Me habló del momento en que decidió empezar a comer de manera compulsiva (fue en la República Checa, una sopa fría de masa de patata). Él veía la comida como su vínculo con la humanidad y, cuando viajaba, lo invitaban siempre a cenas familiares: comía ritualmente con todas las razas, probaba cada una de las culturas y tradiciones del globo. «Estar gordo es amar la vida», decía, y comprendí que su barriga no era una fortificación impenetrable para aislarse del mundo, sino una forma de abrirse, de extenderse para abrazarlo.

Casi todas las noches entraban putas en la casa, dos o tres juntas. El profesionalismo se esfumaba en cuanto veían el desmesurado cuerpo de Terry; sus famosas sonrisas tailandesas se distorsionaban en aquellos rostros jóvenes y lozanos. Cuando esas prostitutas conducían a Terry al dormitorio como guardianes de zoo que conspiran para apaciguar a un gorila nervioso, los demás sentíamos lástima. Sin embargo, al salir, Terry se reivindicaba: las chicas estaban felices, exaltadas. Parecían fortalecidas por la experiencia, incluso rejuvenecidas. Y Terry también tenía sus putas favoritas, las que regresaban noche tras noche. Solían comer con nosotros y nunca dejaban de reír y sonreír. Era innegable que Terry las amaba apasionadamente. Las colmaba de afecto y atenciones, y yo estaba convencido que a Terry no le molestaba que ellas fueran a follar y chupársela a otros hombres. No era un amor complicado. Era un amor sin actitud posesiva. Era amor de verdad. Y no pude más que comparar su amor por las prostitutas con mi amor por la Coloso en llamas, tan empantanado en el tema de la propiedad que era fácil argumentar que lo que había sentido por ella ni siquiera se parecía al amor.

Papá pasó los primeros meses en Tailandia hosco y ausente. En las raras ocasiones en que nos aventurábamos a salir y nos sentábamos en restaurantes frecuentados por turistas australianos, el nombre de papá aparecía en sus conversaciones, y oírse menospreciado en tercera persona le asqueaba. A menudo compraba prensa australiana y la leía con los dientes apretados; después escribía largas cartas a los editores, cartas que yo le rogaba que no enviase. En cuanto a mí, me mantenía lejos de los periódicos y juraba que lo seguiría haciendo. Había llegado a la conclusión de que leer el periódico es algo así como beberse el propio meado. Algunas personas dicen que es bueno, pero yo no me lo creo.

Tal vez las ondas de odio provenientes de Australia por fin

surtían efecto, pues papá empezó a morir de nuevo. Era evidente que el cáncer había resurgido en sus pulmones y estaba extendiéndose. En cuestión de meses, su cuerpo se convirtió en el núcleo de un teatro del horror, como si algo se lo comiese desde dentro. Pasó espantosamente de carne a hueso. Empalideció y pareció que hubiesen bañado su esencia en metano. Acabó por evitar los espejos. Dejó de afeitarse y vagaba por la casa de Terry como un náufrago, tan delgado que nadaba en sus ropas. Entonces, de forma igual de inesperada, su trayectoria hacia la muerte se estabilizó. No mejoró, pero dejó de empeorar. Yo veía que estaba a la espera de hacer algo y que no moriría hasta que lo hubiera llevado a cabo.

Hay mucho que decir del poder de la obstinación. La gente se obliga a permanecer con vida; los inválidos andan y los muertos tienen erecciones. Mirad a vuestro alrededor. ¡Vaya si pasa!

Al principio, Terry y Caroline le rogaron que fuese al médico y empezara otra tanda de quimioterapia, pero papá se negó. Aunque yo tampoco creía poder persuadirle, no dejaba de pensar en Anouk y en su obsesiva fe en los poderes de la meditación. Intenté convencerlo de que cabía la posibilidad de que, mediante un esfuerzo extremo de concentración, lograse superar el cáncer. Por seguirme la corriente, lo intentó una tarde. Nos sentamos juntos a los pies del Buda. Le indiqué que requería un esfuerzo sobrehumano de control mental, pero papá nunca consiguió librar su mente de pensamientos escépticos. En plena meditación, abrió un ojo y dijo:

—¿Sabes lo que decía Mencken del cuerpo humano? Decía: «Todos los errores e incompetencias del Creador alcanzan su clímax en el hombre. Como pieza de mecanismo, es la peor; en comparación, hasta un salmón o un estafilococo son una máquina sólida y eficaz. Tiene los peores riñones conocidos por la zoología comparativa y los peores pulmones, y el peor corazón. Su vista, considerando el trabajo que tiene destinado, es menos eficaz que el ojo de una lombriz; el fabricante de instrumentos ópticos que hizo semejante chapuza debería ser acosado por sus clientes.»

—Eso parece cierto —dije yo.

—Bien, entonces... ¿qué te hace pensar que la meditación puede neutralizar mi fragilidad corporal congénita?

—No lo sé. Es sólo una idea.

—Una idea inútil. ¿Recuerdas que Heráclito dijo que el carácter de un hombre es su destino? Pues no es verdad. Su cuerpo es su destino.

Papá se incorporó, usando los dedos del pie del Buda como palanca, y regresó a casa tambaleándose. Caroline nos observaba desde el umbral de la puerta.

—¿Cómo ha ido? —oí que preguntaba.

—Ha sido genial. Estoy curado. Viviré muchos miles de millones de años. No sé por qué no lo había intentado antes.

Caroline asintió con cansancio y luego acompañó a papá adentro.

¡Pobre Caroline! Además de ser la principal cuidadora de papá, tenía sus propios problemas. Se sorprendía a sí misma sucumbiendo a arrebatos emotivos y crisis de llanto. Los acontecimientos de Australia le habían afectado profundamente. Siempre se había visto como una mujer fuerte, despreocupada y natural, que amaba la vida y nunca se tomaba en serio ningún aspecto propio, y mucho menos la opinión pública. Pero todo el odio que habían volcado en ella tenía un efecto desestabilizador, grave y permanente. Se había vuelto cauta e introvertida; notaba ese cambio y ya no se gustaba como antes. Para colmo, la reaparición de Terry, el amor de su infancia, había cuestionado su matrimonio con papá. Yo no dormía bien, por lo que solía presenciar sus culebrones nocturnos. Caroline entraba en la cocina con cara de sueño para prepararse una taza de té. Papá la seguía a hurtadillas por el pasillo y se asomaba a la puerta. Su respiración trabajosa siempre lo delataba.

—¿Qué haces? —preguntaba ella.

—Nada. Estirar las piernas.

—¿Me estás espiando?

—No te estoy espiando. Te echaba de menos, eso es todo. ¿No es romántico?

—¿Qué crees que voy a hacer? Crees que espero a que te duermas y después... ¿qué?

—¿A qué te refieres?

—¡Ya sabes a qué me refiero!

¡No oiríais tanto subtexto en toda vuestra vida, os lo aseguro!

Caroline y papá compartían el dormitorio contiguo al mío. Muchas veces, a las tres de la madrugada, oía que se abrían las puertas correderas. Me sentaba en la cama y, desde mi ventana, veía la esbelta figura de Caroline cruzando el jardín en dirección al Buda. Gracias a la luz de la luna, lo presenciaba todo. Caroline reclinaba la cabeza en el hombro del Buda y, si la noche era tranquila y los pájaros dormían, el suave sonido de su voz llegaba a mi habitación.

—Es gordo y asqueroso. Y un delincuente. Es un delincuente gordo y asqueroso. Y está muerto. Es gordo y está muerto y le gustan las putas.

Una vez le oí decir:

—¿Y quién soy yo? Mira este cuerpo. No soy ningún trofeo.

Los momentos más dolorosos eran los de la hora de acostarse. Estábamos despatarrados en cojines por el suelo, hinchados y borrachos después de la cena. De pronto, las conversaciones se convertían en diálogos que no acababan de fructificar.

Papá: Estoy cansado.
Caroline: Entonces vete a la cama.

Papá se quedaba mirando fijamente a Terry, de un modo algo siniestro.

Papá: Dentro de un rato.
Caroline: Bueno, pues yo me voy a la cama.
Terry: Y yo.
Papá: Yo también.

Papá intentaba por todos los medios no dejar a Caroline y a Terry a solas. Era una situación delicada, aunque yo sospechaba que, secretamente, le atraía la idea de ser traicionado por su hermano. Ser traicionado por el hermano era un melodrama barato de proporciones bíblicas y sería un regalo para el hombre moribundo, un regalo que le mostraba que la vida no se había olvidado de incluirlo en sus sucias comedias. Luego, una noche, vi a Caroline saliendo furtivamente de la habitación de Terry, con el cabello revuelto y la camisa a medio abotonar. Se quedó paralizada al verme. Le dirigí una mirada de hastío (¿qué iba a hacer, guiñarle el ojo?). De todos modos, no pude culparla por su traición. La situación era insostenible. Sólo deseaba que hubiese esperado, dentro de poco papá se quitaría de en medio. El cáncer medra en los corazones rotos; es un buitre que espera a que pierdas la fe en el calor humano. Papá solía hablar de la vergüenza de la vida no vivida, pero era la vergüenza de su vida sin amor lo que en realidad lo estaba matando.

Tenía mis dudas de si Terry era consciente de su papel en este triángulo y no creo que supiese que había conseguido lo que papá sólo había soñado con conseguir y que, al hacerlo, había desconectado irrevocablemente a papá de su persona. De haberlo sabido, no habría importunado tanto a mi padre.

A los pocos meses de nuestra llegada, a Terry se le metió en la cabeza que podía hacer que los últimos días de papá fuesen una maravilla constante, y me reclutó para que lo ayudase. Nos arrastró a los tres a que nos bañásemos desnudos en el río, luego a mirar formaciones de nubes, a apostar en una pelea de perros, a regodearnos en la carne y el alcohol en una orgía etílica. A mi padre le enfurecían estas interrupciones de su morir en paz y sólo dirigía a Terry miradas llenas de odio. En cuanto a mí, me aliviaba estar haciendo algo. Quizá fuera la súbita libertad de tener a alguien más que se preocupase por papá, pero desde mi llegada a Tailandia me sentía lleno de energía. También me sentía más fuerte, capaz de someter y derribar a un animal. Todas las mañanas me levantaba temprano, pasaba el día de un extremo a otro de Bangkok y me acostaba tarde todas las noches. No me hacía falta dormir mucho. Me sentaban de maravilla las actividades que Terry organizaba para que papá se sintiera de maravilla.

Una tarde obscenamente calurosa, tras pasarme varias horas caminando, me tumbé en la hamaca, contemplé el monumental Buda e hice una especie de inventario mental de mis experiencias vitales para ver si en realidad encajaban sin fisuras, aunque no lo hubiese notado hasta entonces. Pensé que, si lograba descifrar el orden del pasado, sería capaz de deducir lo que venía a continuación.

No lo logré. Una sombra se cernió sobre mí. Alcé la vista al torso desnudo de Terry. Siempre impresionaba verlo sin camisa. Hacía que me preguntase si no habría invertido el orden habitual de iluminación y hubiese alcanzado la serenidad del buda desde el exterior, y no desde el interior.

—¿Preparado? —preguntó.

—¿Para qué?

—Vamos a poner en marcha el motor de tu padre.

Saqué las piernas de la hamaca y seguí a Terry a la habitación de papá. Estaba echado en la cama, panza abajo. Ignoró nuestra presencia.

—Oye, Marty, ¿no te sientes como un peso pesado, ahí tirado?

—Mira quién fue a hablar.

—¿No preferirías ser una hoja al viento, o una gota de lluvia o una tenue nube?

—Puede que sí. Puede que no.

—Necesitas renacer. Morir y nacer de nuevo.

—Soy demasiado viejo para renacer. Y, además, ¿quién te has creído que eres? Eres cien veces asesino, camello, proxeneta y traficante de armas, ¿y te las das de sabio y visionario? ¿Cómo es que tu hipocresía no te pone enfermo?

—Buena pregunta. Es una leve contradicción, eso es todo.

¡Dios!, estas discusiones nada edificantes seguían sin cesar.

Terry tiró de papá hasta sacarlo de la cama y nos arrastró a un campo de tiro donde se usaban escopetas de repetición manual para dar en los blancos. Ni papá ni yo sentíamos una gran afición por las armas, y la fuerza de la detonación hizo que mi padre cayera de espaldas. Terry se inclinó sobre él y papá alzó la vista, boquiabierto y tembloroso.

—Dime una cosa, Martin. ¿Adónde te ha llevado toda esta meditación sobre la muerte?

—Que me jodan si lo sé.

—Jasper dice que eres un filósofo arrinconado por sus ideas.

—¿Ah, sí?

—Háblame del rincón. ¿Qué aspecto tiene? ¿Cómo has llegado hasta ahí? ¿Y qué crees que te sacará de ahí?

—Ayúdame a levantarme —dijo papá. Una vez en pie, añadió—: Resumiendo, puesto que los humanos rechazan su mortalidad hasta tal punto que se convierten en máquinas de significado, cuando ocurre algo sobrenatural o religioso nunca puedo estar seguro de que no he fabricado mi relación con ello por pura desesperación, por creer que soy especial y por mi deseo de continuidad.

—Quizá porque nunca has tenido experiencias místicas.

—Pero las ha tenido —intervine—. Una vez vio todo en el universo de forma simultánea. Aunque nunca profundizó en ello.

—¿Entiendes ahora la naturaleza del rincón? Si los hombres fabrican constantemente significado para negar la muerte, ¿cómo voy a saber entonces que yo no he fabricado esa experiencia? No puedo saberlo con certeza, así que asumo que lo he hecho.

—Pero entonces nunca en la vida te has tomado tu alma en serio.

—Deja de hablar del alma. No creo en ella, y Jasper, tampoco.

Terry se volvió hacia mí. Me encogí de hombros. La verdad era que no podía decidirme acerca de su existencia. Papá tenía razón: el alma inmortal no iba conmigo; me parecía que se había prolongado en exceso su fecha de caducidad. Por el contrario, creía en el alma mortal, la que se va desgastando desde que nacemos y muere cuando nosotros morimos. Fueran cuales fueran sus limitaciones, el alma mortal me parecía perfectamente sublime, sin importar lo que nadie dijese.

—Escucha, Marty. Déjalo. La mente que quiere resolver los misterios del universo ya no existe. Has perdido.

—No, escúchame tú, Terry. Si he vivido de forma equivocada, si he cometido errores y aún me quedan errores por cometer, creo que mantener el statu quo de mi deficiente personalidad será mucho menos trágico que modificarlo en el último momento. No quiero ser el moribundo que aprende a vivir cinco segundos antes de su muerte. Me siento feliz siendo ridículo, no quiero que mi vida asuma las características de una tragedia, gracias.

Cargué mi escopeta, apunté al blanco y, por primera vez ese día, hice diana. Me volví hacia papá y Terry, pero no lo habían visto. Ambos permanecían inmóviles, uno al lado del otro, aunque viviendo en mundos muy distintos.

Esa noche me sepulté bajo las sábanas. Los disparos que Terry había dirigido a papá parecían haber fallado el blanco y haberme dado a mí. Se me ocurrió que la posición intransigente de mi padre a las puertas de la muerte sería la mía algún día. Pese a desear ser su reflejo opuesto, tenía que admitir que compartíamos semejanzas turbadoras. También yo poseía una curiosidad incansable que pretendía resolver los misterios de la creación y, como él, no sabía cómo descansar de esta investigación infructuosa e incesante. Quizá Terry me había apuntado a propósito. Tenía que saber que papá no iba a cambiar ni un ápice de su personalidad y por eso me arrastraba a esas salidas. Me apuntaba, y siempre daba en el blanco. Sabía que en algún lugar de mi interior había una inclinación espiritual de la que mi padre carecía, pero era aún débil e indecisa. No faltaba mucho para que un día despertase y viese que me había desviado de mi propio centro para seguir los pasos de mi padre, como un zombi.

Llamaron a la puerta. No dije nada, pero la puerta se abrió de todos modos. Terry tuvo que ponerse de lado para entrar.

—Malditas sean estas puertas estrechas. Oye, Jasper, necesito que me prestes tu cerebro. ¿Qué podemos hacer para que los últimos días de tu padre sean maravillosos?

—¡Joder, Terry! No podemos. ¡Déjalo en paz!

—¡Ya sé! Quizá tendríamos que irnos de viaje.

—¿Todos nosotros? ¿Juntos?

—¡Sí! ¡Al campo! Podríamos visitar a Eddie, ver cómo le van las cosas.

—No creo que sea una idea tan magnífica...

—Tu padre no está bien. Tal vez lo que necesite sea estar en compañía de su mejor amigo. Y, además, el campo lo revitalizará.

—No lo puedes revitalizar. Se está pudriendo.

—Voy a decírselo a todos.

—Espera... ¿y qué pasa con la cooperativa? ¿No tienes prostitutas que chulear, opio que cosechar, armas que traficar?

—Los demás pueden hacerse cargo hasta que vuelva.

—Escucha, Terry. Papá no se pierde en la belleza de la naturaleza. Los fenómenos naturales lo hunden en la peor clase de introspección. Lo que necesita es distraerse, no un viaje a su interior. Además, te acuestas con su mujer y él lo sabe.

—¡Yo no hago eso!

—Vamos, Terry. La vi saliendo de tu habitación.

—Mira. Caroline está frustrada. Tu padre no sabe abrazar, eso es todo. ¡Sólo utiliza un brazo!

Era inútil hablar con Terry. Estaba decidido. Todos iríamos a una remota aldea de la montaña y nos quedaríamos con Eddie un par de semanas. Me desesperé. Oí que daba la noticia a papá y a Caroline y, pese a ser una idea detestada unánimemente, a la mañana siguiente nos apiñó a todos en un Jeep.

IX

Durante el trayecto, reflexioné sobre lo que Terry me había contado de Eddie. Su padre había sido el único médico de una remota aldea de las montañas donde vivían, y esperaba que Eddie siguiese sus pasos. El sueño de los padres de Eddie era que éste lo relevase tras la jubilación, y era tal la fuerza de la voluntad paterna que también se convirtió en el sueño de Eddie. A lo largo de los años, ahorraron y se sacrificaron para enviar a su hijo a la Facultad de Medicina. Y allá fue Eddie, lleno de entusiasmo y gratitud.

Por desgracia, las cosas se torcieron desde el primer día en que Eddie abrió los libros. Por mucho que quisiera dedicarse a «su» sueño y complacer a sus padres, descubrió que le ofendían los mejunjes del interior del cuerpo humano. De modo que pasó la mayor parte de sus prácticas vomitando. No había ninguna parte del cuerpo humano que pudiese tolerar: los pulmones, el corazón, la sangre, los intestinos, no sólo eran símbolos repugnantes de la animalidad del hombre, sino algo tan delicado y propenso a la enfermedad y la desintegración que no comprendía que la gente sobreviviera de un minuto al siguiente.

Durante su segundo año en la facultad se casó con una bonita estudiante de periodismo a quien había conquistado con mentiras, jactándose de su futuro como médico y pronosticando una próspera vida juntos. Lo que debería haber sido un acontecimiento feliz fue para Eddie una tortura secreta. Albergaba serias dudas respecto a entrar en la profesión médica, pero no confiaba en ser lo bastante encantador per se. Ya tenía algo más por lo que sentirse confundido y culpable: haber iniciado un matrimonio basado en una mentira.

Entonces conoció al hombre que cambiaría su vida. Eran las dos de la madrugada cuando Terry Dean entró tambaleándose en la sala de urgencias con una navaja clavada en los lumbares, en un ángulo tan extraño que no podía quitársela solo. Mientras Eddie se la sacaba, las maneras abiertas y sinceras de Terry, combinadas con el silencio del turno de noche, hicieron que Eddie le confiase a su paciente sus confusos sentimientos, lo que suponía sentirse dividido entre la repugnancia y el deber, entre la obligación y el miedo al fracaso. Básicamente, Eddie se quejó de su situación. ¿Quería ser un maldito médico o no? Admitió que odiaba la idea y que seguramente lo llevaría al suicidio, pero ¿cómo iba a dejarlo? ¿De qué otra manera podría ganarse la vida? Terry lo escuchó con actitud comprensiva y allí mismo le ofreció un trabajo bien pagado, aunque harto inusual: viajar por el mundo y vigilar a su hermano, con el objeto de ayudarle cuando hiciese falta. En resumen, convertirse en el amigo y protector de Martin Dean.

Aunque destrozó el corazón de sus padres y tensó la relación con su joven esposa, Eddie aceptó el trabajo y partió hacia París, para esperar cerca de Caroline a que papá apareciese. Lo más asombroso es que durante todos esos años, desde el momento en que conoció a papá, Eddie nunca lo soportó. Odió a mi padre desde el principio, y ese odio nunca aflojó. Era increíble. Cuanto más pensaba en el engaño de Eddie, fingir durante veinte años que alguien te cae bien, más me parecía que rayaba en el virtuosismo. Entonces supuse que probablemente la gente finge que le caen bien su familia, sus amigos, sus vecinos y sus colegas durante toda su vida, y que veinte años no es nada.

El tráfico era denso cuando salimos de Bangkok pero ahora, ya fuera de la ciudad, se volvió más fluido. Estábamos en una carretera abierta, flanqueada por campos de arroz. Terry conducía rápido. Adelantamos a diminutos ciclomotores con varias generaciones de familias enteras montadas en ellos, y autobuses con aspecto de estar a punto de salirse de la carretera. Estuvimos cierto tiempo retenidos detrás de un lento tractor conducido por un lánguido granjero que liaba un cigarrillo con ambas manos. Luego empezamos a subir las montañas. Como si quisiera concluir la historia que me rondaba por la cabeza, Terry nos puso al día de lo que le había sucedido a Eddie cuando regresó a Tailandia.

El júbilo de Eddie por haber completado una misión de veinte años de duración se disipó en cuanto las cosas empezaron a torcerse. Tras una separación de doscientos cuarenta meses por el trabajo de Eddie, sólo hicieron falta seis meses de unión para acabar con el matrimonio. Eddie dejó el piso de su mujer en Bangkok y se instaló en la casa de la aldea remota donde había crecido. Fue un terrible error: los fantasmas de sus padres estaban por todas partes, reprochándole que les hubiera roto el corazón. ¿Y qué hizo el muy tonto? Retomó el hilo de su antiguo sueño. Los sueños pueden ser tan peligrosos como el que más. Si pasan los años y cambiáis con la edad y la experiencia, pero se os olvida ir revisando también vuestros sueños, quizás os encontréis en la posición nada envidiable de Eddie: un hombre de cuarenta y siete años que persigue los sueños de uno de veinte. En el caso de Eddie era peor. Para empezar, había olvidado que ni siquiera eran sus sueños; los había comprado de segunda mano. Y ahora había vuelto a esa comunidad olvidada con la intención de abrir una consulta, sólo para encontrarse con que el sustituto de su padre, de sesenta y cinco años de edad, tenía el trabajo atado y bien atado.

Al atardecer llegamos a la casa de Eddie, un lugar desvencijado situado en un pequeño claro. Una densa jungla cubría las colinas circundantes. Cuando Terry apagó el motor, escuché el rumor de un río. En verdad estábamos en medio de la nada. Lo aislado del lugar me puso vagamente enfermo. Al haber vivido en una cabaña en el extremo noroeste del laberinto, la soledad y la austeridad no me resultaban ajenas, pero esto era algo más. La casa me daba escalofríos. Tal vez había leído demasiados libros o visto demasiadas películas, pero si uno considera la vida en términos de sus atributos dramáticos, como hacía yo, todo se carga de significado al instante. Una casa no es sólo una casa; es una localización donde se representa un episodio de tu vida, y yo pensé que esta casa era el escenario perfecto para un amenazador declive y, si nos quedábamos lo suficiente, un clímax trágico.

Terry dio un bocinazo y Eddie salió agitando los brazos como un auténtico loco.

—¿Qué es esto? ¿Qué queréis?

—¿No le has dicho que veníamos? —pregunté a Terry.

—¿Para qué? De todos modos, ya lo sabe. ¡Eddie! Hemos venido a ver cómo te van las cosas. Prepara las habitaciones de invitados, ¿quieres? Tienes visita.

—Ya no trabajo para ti, Terry. No puedes decirme... no puedes venir aquí y esperar... Oye, ahora soy médico. No quiero ningún asunto raro por aquí.

—Mis espías me han dicho que no tienes un solo paciente.

—¿Cómo has...? Desconfían un poco de los de fuera. Y hace muchos, muchos años que no vivo aquí. Lleva cierto tiempo crearse una reputación, eso es todo. Además, ¿qué tiene eso que ver contigo? No podéis quedaros. Mi posición aquí ya es bastante precaria. Lo último que necesito es que me deis mala fama.

—¡Dios mío, Eddie!, no vamos a correr por la aldea en ropa interior, sólo queremos un poco de paz y tranquilidad, contemplar el paisaje y, además, ¿tan raro es que un médico acoja a un moribundo y a su familia durante unas semanas?

—¿Semanas? ¿Pensáis quedaros semanas?

Terry estalló en carcajadas y dio unas palmadas a Eddie en la espalda.

—¿Él también? —preguntó Eddie con calma, señalando a mi padre.

Papá le devolvió una mirada fría e inerte. Luego Eddie me miró con una media sonrisa que se acercaba a la calidez pero que no era del todo cálida. Recientemente, yo había experimentado el concepto de odio por asociación del pueblo australiano y, por tanto, reconocía su tamaño y su olor. Terry cogió su bolsa y se encaminó a la casa. El resto lo seguimos con cautela. Me detuve en la puerta y me volví para mirar a Eddie. No se había movido. Estaba de pie junto al Jeep, muy quieto. Daba la impresión de que no nos soportaba, a ninguno de nosotros. ¿Y quién iba a culparlo? Uno a uno somos personas bastante agradables, pero juntos éramos insoportables.

Desconozco qué hay en mi cuerpo que atrae a mosquitos de todas las razas y religiones; sólo puedo decir que me empapé el cuerpo con repelente de insectos y encendí miles de velas de citronela, pero por alguna razón siguieron viniendo. Quité la mosquitera de la cama y me envolví en ella como si fuera un sudario. A través de la red diáfana, observé el entorno. Decir que el mobiliario era mínimo era quedarse corto: cuatro paredes blancas, una silla con una pata rota, una mesa coja y un colchón fino como un hojaldre. La ventana daba a la espesa vegetación de la jungla. Había insistido en quedarme con el dormitorio más alejado. Tenía una puerta trasera por la que podía entrar y salir sin tener que ver a nadie.

Noté un mosquito en el brazo. Se abrían camino a través de la red. Me la arranqué, asqueado, y pensé: «¿Qué voy a hacer aquí?» En Bangkok, entre los *sex shows* y los templos budistas, había muchas cosas que me mantenían ocupado. Aquí, lo más probable era que la agonía de papá hiciese que los pensamientos no-agonía-de-papá fueran virtualmente imposibles. ¿Qué iba a hacer ahí, aparte de ver cómo el hombre se deterioraba?

Tras una silenciosa cena durante la cual nos miramos con desconfianza, donde el ambiente estaba cargado de deseos secretos y como nadie dijo lo indecible no hubo mucho que decir, Eddie me enseñó la casa.

Tampoco había mucho que ver. El padre de Eddie había sido pintor aficionado además de médico y, por desgracia, encontró el modo de combinar ambos intereses. De las paredes colgaban inquietantes representaciones realistas de los intestinos, el corazón, los pulmones, los riñones y de un feto abortado que, pese a su mala suerte, parecía sonreír malévolamente. No me molesté en fingir que me gustaban las pinturas, ni Eddie lo esperaba. Lo seguí hasta su despacho, una habitación grande e inmaculada con persianas de madera. Tenía la clase de orden y pulcritud que se observa en las personas muy maniáticas y en las que no tienen absolutamente nada que hacer con su tiempo. Como sabía que Eddie llevaba semanas esperando la llegada de algún paciente, era evidente cuál era el caso.

—Ésta era la consulta de mi padre. Aquí visitaba a sus pacientes, llevaba a cabo sus investigaciones médicas y evitaba a mi madre. Todo está exactamente igual que lo dejó. ¿Por qué habré dicho eso? No es verdad. Cuando mi padre murió, mi madre lo metió todo en cajas, así que lo he reorganizado del modo exacto en que recuerdo que lo tenía.

Era la típica consulta de un médico: una mesa de tamaño excesivo, una cómoda silla tapizada para el médico, otra incómoda de respaldo recto para el paciente, una mesa alta de reconocimiento, unos estantes con manuales médicos de mil páginas y, en una mesa auxiliar, utensilios quirúrgicos bien ordenados, no sólo de este siglo, sino también de los dos anteriores. Por desgracia, había más pinturas vulgares de partes del cuerpo en las paredes, pinturas que parecían denigrar al humano como organismo respetable. Algo pesaba en el ambiente, quizá la muerte aún presente del padre o las frustraciones actuales del hijo.

—Cuando acepté la oferta de tu tío, mis padres cortaron todo contacto conmigo. Ahora están aquí.

—¿Quiénes?

—Mis padres.

Eddie señaló dos tarros de barro que yo había tomado por sujetalibros.

—¿Sus cenizas?

—No, sus espíritus.

—Menos sucio.

Así que los espíritus de los difuntos padres de Eddie estaban en un estante alto. Fuera del alcance de los niños.

—Espero aquí todos los días. No ha venido un solo paciente. Me he presentado a los vecinos del pueblo, pero no tienen el menor interés en probar a alguien nuevo. Ni siquiera estoy seguro de cuánto negocio hay. Esta gente nunca va al médico por dolencias menores y casi nunca por las graves. Sin embargo, estoy decidido a aguantar. A fin de cuentas, fui a la Facultad de Medicina, ¿verdad? Entonces, ¿por qué no iba a ser médico? ¿Qué se supone que debo hacer, si no? ¿Borrar esos cinco años de universidad?

Eddie parecía no advertir la flagrante contradicción de su idea del tiempo perdido. Había optado por obsesionarse con los cinco años de la Facultad de Medicina en lugar de los más evidentes veinte años que había pasado acompañándonos a mi padre y a mí.

Se sentó en el extremo de la mesa y se sacó algo de los dientes con el dedo. Me miró con solemnidad, como si sacarse comida de entre los dientes lo hubiera aprendido en la Facultad de Medicina.

—Hay tantas cosas que he querido decirte durante todos estos años, Jasper. Cosas que no podía decir porque estaban reñidas con las obligaciones de mi trabajo.

—¿Como cuáles?

—Bien, como habrás imaginado, odio a tu padre. Y que el pueblo australiano se tragase sus tonterías, aunque fuera por un minuto, lo degrada como nación y degrada a los pueblos de todo el mundo.

—Supongo que sí.

—De todos modos, la cuestión es que odio a tu padre. No, lo aborrezco.

—Estás en tu derecho.

—Pero lo que quizá no sepas es que tampoco tú me gustas demasiado.

—Pues no, no lo sabía.

—¿Lo ves? Ni siquiera me preguntas por qué. Eso es lo que no me gusta de ti. Eres engreído y altivo. De hecho, has sido engreído y altivo desde que tenías cinco años.

—Y estoy en mi derecho.

Eddie me dirigió una mirada amenazadora. Ahora que ya no fingía su simpatía por nosotros, era como si se hubiera vuelto siniestro de la noche a la mañana.

—¿Lo ves? Engreído y altivo. Llevo observándote toda tu vida. Seguramente te conozco mejor de lo que tú te conoces. Te enorgulleces de conocer a la gente y saber lo que piensa, pero no te conoces a ti mismo, ¿verdad? ¿Sabes lo que, sobre todo, no sabes? Que eres una extensión de tu padre. Cuando él muera, te convertirás en él. No me cabe duda. Las personas pueden heredar ideas; pueden heredar incluso mentes enteras. ¿No te lo crees?

—Pues no.

Tal vez.

—Cuando conocí a tu padre, sólo era algo mayor que tú ahora. ¿Y sabes lo que veo en ti? Exactamente al mismo hombre. Si a veces no te gusta tu padre, es porque no te gustas tú. Te crees tan distinto a él en lo esencial... Y ahí es donde no te conoces. Estoy seguro de que, cada vez que te oyes decir algo que es un eco de tu padre, crees que es sólo costumbre. No lo es. Es él dentro de ti, esperando para salir. Y ése es tu punto flaco, Jasper.

Tragué saliva, muy a mi pesar. El punto flaco. El jodido punto flaco. Todo el mundo lo tiene. Hasta los genios. Incluso Freud y Nietzsche tenían puntos flacos de un kilómetro de anchura que acabaron corrompiendo algún elemento de su obra. ¿Acaso era éste el mío? ¿Que era asquerosamente similar a mi padre, que me convertiría en él, que heredaría no sólo su conducta antisocial, sino también sus enfermizos procesos de pensamiento? Ya me preocupaba que la depresión que sufrí en Australia hubiese tenido reminiscencias de su depresión.

Eddie se sentó en la mesa de reconocimiento y meneó las piernas en el aire.

—Me gusta tanto decir lo que pienso... Guardar secretos es agotador. Me gustaría decirte la verdad, no sólo de ti, sino de mí y de lo que tu padre y tu tío le han hecho a mi vida. Para que lo sepas. Es importante que lo sepas. Porque, cuando acabe de contártelo, comprenderás que debes convencerlos a todos de que se marchen de esta casa de inmediato. No me importa cómo lo consigas, pero tienes que hacer que todos se marchen. Antes de que sea demasiado tarde.

—¿Demasiado tarde para qué?

—Sólo escucha. Cuando Terry me ofreció el trabajo de vigilar a tu padre, me lo tomé como una forma de escapar de un futuro que no me convencía. «Ayúdalos cuando necesiten ayuda, asegúrate de que no se metan en líos, hazles cuantas fotografías puedas», dijo Terry. Ésa era mi misión. No parecía demasiado difícil. ¿Cómo iba a saber que acabaría destrozándome la vida? Aunque la culpa es mía, lo admito. Acepté pactar con el Diablo. ¿Has visto que, en los libros y en las películas, el Diablo siempre tiene sentido del humor mientras que Dios es mortalmente serio? Creo que en la realidad pasaría justo lo contrario, ¿no te parece?

—Seguramente.

—No sabría decirte cuántas veces quise dejarlo. Pero observar vuestras vidas era como contemplar un accidente a cámara lenta. Era fascinante. Cuando estaba lejos de Australia, lejos de tu padre y de ti, sentía como si me perdiera episodios de mi serie de televisión preferida. Era desesperante. Le hacía el amor a mi mujer y pensaba: «¿Qué estarán haciendo ahora? ¿En qué lío se habrán metido? Me lo estoy perdiendo, ¡maldita sea!» Me descubrí a mí mismo poniendo excusas para volver cada vez antes. Y regresaba para escuchar las diatribas insípidas e interminables de tu padre, era incapaz de apartarme. Estaba enganchado. Era un yonqui, así de simple. Irremediablemente adicto a vosotros.

Ahora Eddie pataleaba con fuerza y botaba en la mesa. No habría podido pararlo, aunque hubiera querido. Tuve que capear su arrebato de ira.

—Durante veinte años intenté alejarme —prosiguió—, intenté dejar la droga de tu familia. Pero no pude. Cuando no estaba con vosotros, no sabía quién era yo. No era una persona, era un don nadie. Cuando volvía a Australia y os veía embrollados en algún episodio ridículo, me sentía vivo. Sentía tal luminosidad que casi me salía por los ojos. Mi mujer quería un hijo, pero ¿cómo iba a poder yo, si ya tenía dos? Sí, os quiero tanto como os odio, más de lo que nunca llegaréis a imaginar. Te aseguro que, cuando os dejé en el regazo de Terry, me quedé destrozado. Misión cumplida. Sabía que, cuando me instalase en casa, ya no soportaría estar con mi mujer. Y así fue. Ella no comprendió que estuviera irritable, que me sintiera vacío. No podía compartir este vacío con ella y no la amaba lo suficiente para llenarlo con amor, así que la dejé y me vine aquí arriba. ¿Comprendes? Estoy completamente vacío y he venido aquí a tratar de llenarme. ¿Comprendes ahora por qué tenéis que iros? He venido aquí a encontrarme, a descubrir quién soy. Me estoy construyendo desde los cimientos. Tu padre siempre habla de proyectos. Vosotros erais mi proyecto. Y ahora necesito otro. Por eso necesito pacientes. Continúo mi vida donde la interrumpí, y es evidente que no puedo hacerlo con vosotros dos cerca. Por eso debes convencer a tu tío de que os saque de aquí.

—¿Por qué no nos echas?

—Porque no puedo, don engreído, señor altivo. Quizá creas que tu tío es muy divertido, pero yo he visto la violencia de la que es capaz.

—Terry es muy tozudo. No creo que tenga la suerte de convencerlo de nada.

—Por favor, Jasper. POR FAVOR. Tu padre se muere. Va a hacer una locura más, y será de las gordas. Seguro que eso también lo sabes. Lo intuyes, ¿verdad? Es como una tormenta que se acerca. Va a ser algo absurdo e inesperado y peligroso y estúpido. Paso noches en vela, pensando en ello. ¿Qué es lo que hará? ¿Lo sabes? ¿Qué es? Tengo que averiguarlo. Pero no puedo. ¿Lo ves? ¡Tenéis que iros!

—Intentaré hablar con Terry.

—No lo intentes, hazlo. ¿Qué crees que pasará cuando muera tu padre? Serás tú quien lo releve haciendo cosas insensatas e increíbles. Y te convertirás en un espectáculo aún mayor que tu padre. Por eso te prometo que, si no os marcháis ahora, te seguiré el resto de tu vida hasta que tengas un hijo y entonces yo tendré un hijo para que mi hijo pueda seguir al tuyo. ¿No lo ves? ¡Ésta es una adicción que puede durar generaciones! ¡Siglos! Aquí estamos en un momento crucial, Jasper. Si no consigo que os marchéis ahora, estaré unido a vosotros para siempre.

Era una idea desagradable.

—Eso es todo. Ve a hablar con tu tío. Si os quedáis, no sé qué voy a hacer. Cortaros el cuello mientras estéis durmiendo, seguramente. —Al pensar en ello soltó una carcajada, del tipo en que no se ve ni un solo diente—. Ahora déjame solo. Tengo que rezar a mis padres.

Eddie depositó unas flores de vivos colores en el suelo, se arrodilló ante ellas y se puso a murmurar. Rezaba a diario para tener éxito, lo cual era una mala noticia; cuando el médico de tu barrio reza para que le mejore el negocio, desea que sus dioses no lo escuchen.

De camino a la cama, pasé ante la habitación de Terry. Aunque llamé a la puerta y me dijo que entrase, no se había molestado en ponerse algo encima. Estaba desnudo en el centro del dormitorio.

—¡Hola, Jasper! ¿Qué pasa?

—No importa. Buenas noches.

Cerré la puerta. No estaba de humor para charlar con un gordo desnudo. Pero tampoco estaba de humor para que me cortasen el cuello mientras dormía. Abrí de nuevo la puerta. Terry no se había movido.

—¿Por dios, no puedes llamar?

—Eddie se ha vuelto loco. Amenaza con cortarnos el cuello mientras dormimos.

—Eso no es muy hospitalario, ¿verdad?

—No creo que quiera matarnos, sólo es probable que mi presencia y la de papá le hagan perder los nervios.

—¿Y?

—¿No deberíamos largarnos?

—Seguramente.

—Bien.

—Pero no vamos a hacerlo.

—¿Por qué no?

Terry tenía el ceño muy fruncido y la boca abierta, como si fuese a hablar de un momento a otro. En un segundo.

—Terry. ¿Estás bien?

—Claro que sí. Estoy un poco nervioso, eso es todo. No suelo estar nervioso. ¿Sabes?, llevo tanto tiempo lejos de mi familia que teneros aquí me produce un efecto raro. No me siento yo. No me siento... libre. A decir verdad, he empezado a preocuparme por vosotros. Y hace mucho tiempo que no me preocupaba por nada ni por nadie.

—¿Y Caroline? ¿También te preocupas por ella?

Terry se puso lívido en una décima de segundo. Luego hizo cosas raras con los ojos. Me sentí como si estuviera fuera de una casa, viendo a alguien encender y apagar las luces.

—Eres muy intuitivo, Jasper. ¿Qué te dice tu intuición? La mía me dice que va a pasar algo en esta casa. No estoy seguro de qué será. Quizás algo bueno, aunque lo dudo. Seguramente será algo malo. Hasta puede que sea algo muy malo. Y quizá deberíamos irnos de aquí, pero siento una curiosidad malsana. ¿Tú no? La curiosidad es una de mis cosas preferidas. La intensa curiosidad es como uno de esos orgasmos tántricos, un placer prolongado, enloquecedor, demorado. Eso es.

Le di las buenas noches, cerré la puerta y lo dejé a solas con su desnudez, pensando en las familias normales que tienen problemas normales como alcoholismo y ludopatías y maltrato y adicción a drogas. Las envidiaba.

A la mañana siguiente, me levanté temprano. Mi cuello estaba intacto. Eran las seis y media y el sol ya abrasaba. Desde mi ventana se veía la bruma que ascendía de la jungla; estábamos a bastante altura y la neblina ocultaba los picos de las montañas. Había dormido mal esa noche, pensando en todo lo que Eddie me había dicho. Sabía que tenía razón. Papá planeaba algo, aunque lo hiciera de forma subconsciente. Pero ¿no sabía yo de qué se trataba? Sentía que lo sabía, pero no podía verlo. Estaba oculto en algún lugar de mi cabeza, en un sitio oscuro y lejano. En realidad, de pronto intuí que sabía todo lo que sucedería en el futuro pero, por alguna razón, lo había olvidado y, lo que es más, pensé que todo el mundo conocía el futuro, sólo que lo habían olvidado también, y que los adivinos y visionarios no eran personas con poderes sobrenaturales, sino sólo personas con buena memoria.

Me vestí y salí por la puerta de atrás, para no cruzarme con nadie.

En la trasera de la casa, limitando con la jungla, había una cabaña. Allí, en unos destartalados estantes de madera, encontré pinturas y pinceles. Apoyados contra la pared había unos lienzos en blanco. Así que era aquí donde el padre de Eddie pintaba sus repugnantes obras. Parecía que antes aquello había sido un gallinero, aunque ahora no hubiese gallinas. Sí había plumas, y unas viejas cáscaras rotas. En el suelo, se veía el cuadro a medio pintar de un par de riñones. Era evidente que al padre de Eddie se le había ocurrido usar yema de huevo para conseguir el tono adecuado de amarillo.

Cogí un pincel. Las cerdas, rebozadas de pintura seca, estaban tiesas como un palo. Fuera había un abrevadero de agua de lluvia embarrada, como si hubiera caído así del cielo, marrón y pastosa. Limpié meticulosamente los pinceles, pasando los dedos por las cerdas. Entonces vi a Caroline, que salía de la casa y bajaba la colina. Caminaba rápido, aunque cada pocos pasos se detenía y se quedaba muy quieta antes de reanudar la marcha, como si llegase tarde a una cita a la que no quisiera acudir. La observé hasta que desapareció jungla adentro.

Regresé al gallinero, abrí un bote, mojé el pincel y me dispuse a acometer una tela. Dejé que el pincel fluyese por la superficie, permitiéndole pintar lo que quería. Pareció decantarse por unos ojos. Ojos vacuos, ojos como ciruelas jugosas, ojos como gérmenes vistos a través del microscopio, ojos dentro de ojos, ojos concéntricos, ojos superpuestos. El lienzo rezumaba ojos. Tuve que apartar la vista; estos ojos grumosos hurgaban en mi interior de forma más que inquietante; parecían removerme por dentro. Me llevó otro instante descubrir que eran los ojos de mi padre. ¡Pues claro que me ponían enfermo!

Dejé el lienzo en el suelo y levanté otro. El pincel empezó de nuevo. Esta vez fue a por un rostro al completo. Una cara engreída y suficiente de grandes ojos burlones, bigote espeso, una torcida boca marrón y dientes amarillos. La cara de un propietario de esclavos, o del director de una prisión. Miré el cuadro y sentí una punzada de ansiedad, aunque no entendí el motivo. Era como si se me hubiese soltado un cabo en el cerebro, pero no quisiera tirar de él, por miedo a que todo mi ser se deshilvanara. Entonces caí en la cuenta: era «la» cara. La cara con la que había soñado de niño. La imperecedera cara flotante que había visto toda mi vida.

Mientras pintaba, logré recordar detalles que no sabía que había visto: bolsas bajo los ojos, un pequeño espacio entre los incisivos, arrugas en las comisuras de la sonriente boca. Tuve la premonición de que algún día esta cara bajaría del cielo para asestarme un cabezazo. De pronto, el calor en el gallinero se hizo insoportable. Sentí que me ahogaba. Estar dentro de un húmedo gallinero con esa cara altiva y miles de reproducciones de los ojos de mi padre era sofocante.

Esa tarde me quedé en la cama, escuchando la lluvia. Me sentía desarraigado. Viajar con pasaporte falso seguramente implicaba que jamás podría regresar a Australia. Eso me convertía en apátrida. Lo peor era que el nombre falso del pasaporte no me gustaba, en realidad me repugnaba y, a menos que me agenciase otro pasaporte falso, sería Kasper hasta el fin de mis días.

Pasé toda la tarde en la cama, incapaz de quitarme las palabras de Eddie de la cabeza, su suposición de que me estaba convirtiendo en mi padre. «Si a veces no te gusta tu padre, es porque no te gustas tú. Te crees muy distinto a él. En eso, no te conoces. Ahí está tu punto flaco, Jasper.» ¿Sería cierto? ¿No coincidía con la antigua idea de papá de que yo era él, prematuramente reencarnado? Y, ahora que lo pensaba, ¿no habría pruebas aterradoras de ello? ¿No me sentía físicamente más fuerte desde que papá había empezado a morir? ¿Acaso estábamos en una especie de balancín y, cuando él bajaba, subía yo?

Llamaron a la puerta. Era Caroline. La había sorprendido la lluvia y estaba empapada.

—Jasper... no quieres que tu padre muera, ¿verdad?

—Bueno, no tengo un día específico en mente, pero no me atrae la idea de que viva para siempre. Así que sí, si lo planteas así, supongo que quiero que se muera.

Se acercó y se sentó en el borde de la cama.

—He estado en la aldea. La gente de los alrededores es muy supersticiosa, y quizá tengan buenos motivos. Tal vez hay aún un modo de curarlo.

—¿Quieres que papá llegue tarde a la cita con su destino?

—Quiero que tu padre se frote esto por todo el cuerpo.

Me tendió un botecito que contenía una sustancia glutinosa, del color de la leche.

—¿Qué es esto?

—Aceite de la grasa derretida de la barbilla de una mujer que murió al dar a luz.

Miré el recipiente. No supe si contenía lo que Caroline había dicho, y tampoco pensé en la pobre mujer que murió al dar a luz; pensaba en la persona que derritió la grasa de la barbilla.

—¿De dónde lo has sacado y, lo que es más importante, cuánto te ha costado?

—Me lo ha dado una anciana del pueblo. Dice que es estupendo para el cáncer.

¿Estupendo para el cáncer?

—¿Por qué no se lo das tú?

—Ahora mismo, tu padre no me escucha. No quiere que lo ayude. Ni siquiera puedo darle un vaso de agua. Tienes que conseguir que se unte esto por todo el cuerpo.

—¿Y cómo se supone que voy a animarlo a que se unte grasa de la barbilla de una desconocida por todo el cuerpo?

—Eso es cosa tuya.

—¿Por qué mía?

—Eres su hijo.

—Y tú su mujer.

—Últimamente, las cosas no van muy bien entre nosotros —dijo, sin entrar en detalles. Ni falta que hacía; yo estaba de lo más familiarizado con el triángulo amoroso de ángulos afilados que amenazaba con cortarnos a pedacitos.

Me demoré un rato en el pasillo, pero finalmente entré en la habitación de papá. Estaba inclinado sobre su mesa; no leía ni escribía, sólo estaba inclinado.

—Papá —dije yo.

No demostró haber advertido mi presencia. Había velas de citronela por toda la habitación. Tenía una mosquitera sobre la cama y otra en la butaca del rincón.

—¿Te molestan los insectos? —pregunté.

—¿Crees que los acojo como si fuesen viejos amigos? —replicó sin volverse.

—Es que traigo repelente de insectos, por si quieres.

—Ya tengo.

—Éste es nuevo. Parece que lo usan en la aldea.

Papá se volvió. Me acerqué y le puse en la mano el bote de grasa derretida de barbilla.

—Tienes que untártelo por todo el cuerpo.

Papá desenroscó la tapa y olisqueó el contenido.

—Huele raro.

—Papá... ¿tú crees que nos parecemos?

—¿Cómo, físicamente?

—No, no lo sé. Como personas.

—Ésa sería tu peor pesadilla, ¿verdad?

—Tengo una o dos peores.

Oímos un zumbido. Ambos miramos a nuestro alrededor, pero no logramos ver de dónde venía. Papá se quitó la camisa, metió la mano en el bote de grasa derretida de barbilla y empezó a frotársela por la barriga y el pecho.

—¿Quieres?

—No, gracias.

Empecé a marearme; ahora pensaba en la mujer que había muerto durante el parto. Me pregunté si el bebé había sobrevivido y si un día le molestaría no haber sido él el heredero de la grasa de la barbilla de su madre.

—Eddie ha resultado ser un tipo diferente de lo que creíamos, ¿verdad? —dijo papá, untándose los sobacos.

Estuve tentado de contarle el enfermizo monólogo de Eddie y sus amenazas, pero no quería añadir más tensión a su ya tenso cuerpo.

—De todos modos estuvo bien que tuvieras un amigo, aunque fuese todo mentira.

—Lo sé.

—Eddie fue la primera persona que me contó algo útil sobre Astrid.

—¿Ah, sí?

—Me llevó a tu diario de París.

—¿Lo leíste?

—De cabo a rabo.

—¿Te asqueó?

—Mucho.

—Bien, eso te pasa por fisgar.

Dijo esto mientras se quitaba las sandalias y se frotaba la grasa de barbilla entre los dedos de los pies. Hacía un sonido pastoso.

—En el diario decías que quizá yo fuese tu reencarnación prematura.

Papá inclinó la cabeza a un lado, cerró un momento los ojos y luego volvió a abrirlos. Me miró como si acabase de hacer un truco de magia en que yo desaparecía y le molestara que no hubiese funcionado.

—¿Adónde quieres ir a parar?

—¿Todavía lo crees?

—Lo creo muy posible, aun considerando que no creo en la reencarnación.

—Eso no tiene sentido.

—¡Exacto!

Sentí una antigua furia que bullía en mi interior. ¿Quién es este hombre insoportable? Salí y cerré de un portazo. Luego abrí la puerta de nuevo.

—Eso no es repelente de insectos —dije.

—Lo sé. ¿Crees que no reconozco la grasa derretida de barbilla en cuanto la veo?

Me quedé paralizado, con la mente en blanco.

—Os he escuchado, pequeño idiota —admitió.

—Pero ¿qué te pasa? Entonces, ¿por qué te has puesto esa porquería en el cuerpo?

—¡Me muero, Jasper! ¿No lo comprendes? ¿Qué me importa lo que me ponga en el cuerpo? Grasa de barbilla, grasa de estómago, heces de cabra. ¡Qué más da! Cuando te mueres, hasta el asco carece de sentido.

Papá corría hacia su destino, eso era innegable. Cada día que pasaba parecía más devastado. También devastado mentalmente: no podía librarse del miedo a que Caroline volviese con el tío Terry, o a que todos murmurásemos a sus espaldas. Tenía la paranoia de que hablábamos constantemente de él. Este miedo pronto se convirtió en un habitual tema de conversación entre el resto de nosotros. Así era como insuflaba vida a sus delirios y les daba alas.

Nuestras cenas siguieron siendo tan silenciosas como la primera; el único sonido que se oía eran los hondos suspiros de papá entre cucharadas de sopa picante. Leyendo entre suspiros, supe que a papá le enfurecía cada vez más no recibir la suficiente compasión de todos. Tampoco quería mucha. Le bastaba con lo mínimo.

En esto Terry no servía de nada (seguía empeñado en ofrecer a papá placer y estímulos), y Caroline, menos: fingía que había dejado de creer en la muerte de su marido. Se consagraba a la nada envidiable tarea de intentar invertir el curso de su cáncer y recurría a toda clase de brujerías: sanación psicoespiritual, visualización, reparación del karma. Papá estaba rodeado de un repugnante positivismo, anatema para un moribundo. Y, probablemente porque Caroline estaba obsesionada con salvarle la vida y Terry con salvarle el alma, papá se obsesionó con el suicidio, y empezó a decir que morir de causas naturales era simple y llana pereza. Cuanto más intentaban salvarlo con métodos extravagantes, más insistía él en encargarse personalmente del asunto de su muerte.

Una noche lo oí gritar. Al salir de mi habitación, vi a Terry persiguiéndolo por la sala con una almohada.

—Pero ¿qué pasa?

—¡Intenta matarme!

—Yo no quiero que mueras. Tú quieres morir. Sólo intento ayudarte.

—¡Aléjate de mí, cabrón! ¡He dicho que quería suicidarme, no que quería que me asesinaran!

Pobre papá. No es que no tuviera las ideas claras, sino que tenía demasiadas y se contradecían, anulándose entre sí. Papá no quería que su hermano lo asfixiara, pero tampoco podía asfixiarse él solito.

—Deja que lo haga —decía Terry—. Siempre he estado a tu lado cuando lo necesitabas y siempre lo estaré.

—No estabas a mi lado cuando mamá intentó matarme.

—¿De qué hablas?

Papá miró prolongadamente a Terry.

—De nada —dijo por fin.

—¿Sabes qué? No sabes cómo morir porque no sabes quién eres.

—Bien, ¿y quién soy?

—Dímelo tú.

Tras ciertos titubeos, papá se describió como «un visionario de epifanías limitadas». Me pareció bastante bueno, pero Terry se lo tomó de un modo totalmente distinto: un Cristo sin el coraje de sacrificarse, un Napoleón sin agallas para la batalla y un Shakespeare sin talento para la palabra. Era evidente que no avanzábamos en lo de definir quién era papá.

Papá soltó un gemido y se quedó mirando al suelo. Terry posó una mano ancha y gruesa en el hombro de su hermano.

—Quiero que admitas que, pese a haber vivido tanto tiempo en este mundo, no sabes quién eres. Y, si no sabes quién eres, ¿cómo puedes ser lo que eres?

Papá no respondió con palabras, sino que soltó otro gemido, como un animal que acaba de visitar a sus padres en el aparador de una carnicería.

Me acosté preguntándome: ¿sé quién soy? Sí, lo sé. Soy Kasper. No, quiero decir, Jasper. Sobre todo, no soy mi padre. No estoy convirtiéndome en mi padre. No soy una reencarnación prematura de mi padre. Yo soy yo, eso es todo. Nadie más, nadie menos.

Esta idea me asqueó, y pareció que la náusea cambiaba la forma de mi rostro. Salté de la cama y me miré al espejo. No tenía un aspecto mejor ni peor, sólo distinto. Pronto no sería capaz de reconocerme en absoluto. Algo extraño le pasaba a mi cara, algo que no era simplemente el proceso de envejecimiento. Me estaba convirtiendo en alguien que no era yo.

Oí un fuerte ruido. Había alguien o algo en el gallinero. Me asomé a la ventana y no conseguí ver más que el reflejo de mi cara levemente desconocida. Apagué la luz, pero la luna no alumbraba lo suficiente. Los ruidos continuaron. Tenía claro que no iba a salir a investigar. ¿Quién sabía qué criaturas poblaban las selvas de Tailandia y quién sabía lo hambrientas que estaban? Así que me limité a mantener los ojos cerrados e intentar dormir.

Por la mañana, me incorporé y miré por la ventana. El gallinero seguía en pie; medio esperaba verlo colgando de una gigantesca boca babeante. Salí por la puerta trasera.

Bajo mis pies, la hierba estaba fría y húmeda. El aire tenía un gusto extraño, como de menta rancia que hubiera perdido casi todo el sabor. Avancé con cautela, listo para volver corriendo si un animal se abalanzaba sobre mí. El interior del gallinero estaba revuelto. Los botes de pintura estaban abiertos y su contenido se había derramado en el suelo y sobre mis pinturas de la cara flotante, que alguien había destrozado. ¿Quién habría destruido mi cuadro? ¿Y por qué? Nada podía hacer, salvo regresar a la cama.

No llevaba acostado ni cinco minutos cuando oí que alguien respiraba. Cerré los ojos y me hice el dormido. De nada sirvió. La respiración se acercó cada vez más, hasta que la sentí en la nuca. Esperaba que no fuese Eddie. Lo era. Al volverme, lo vi inclinado sobre mí. Me incorporé de un salto.

—¿Qué quieres?

—¿Qué haces hoy, Jasper?

—Dormir, espero.

—Voy a salir con el coche, a ver si consigo algo de trabajo.

—Vale. Que tengas un buen día.

—Sí. Tú también.

Pero Eddie no se movió. Aunque hacerlo me resultaba agotador, sentí lástima de él. No hay otra forma de expresarlo. Parecía un enfermo de amor. No tenía buen aspecto.

—¿Supongo que no querrás venir conmigo? ¿Para hacerme compañía? —preguntó Eddie.

Era una propuesta sobrecogedora. Pasar el día a solas con Eddie no me atraía especialmente, y visitar enfermos, menos aún; pero resultó que no se me ocurría nada tan desagradable como quedarme en casa con la ruidosa muerte de papá.

Recorrimos el campo de arriba abajo bajo un sol inmisericorde. ¡Y yo que creía que en Australia hacía calor! La humedad de las montañas estaba descontrolada; sentí que se me formaban gotas de sudor en la vesícula biliar. Nos desplazamos en coche sin hablar mucho; cuando Eddie guardaba silencio, me sentía como si fuera la única persona viva en el mundo, aunque tenía la misma sensación cuando me hablaba. A dondequiera que íbamos, la gente nos miraba. Les parecía incomprensible que un hombre de más de cuarenta años quisiera convertirse en médico; era una violación del orden natural. Eddie intentaba tomárselo con calma, pero era evidente que eso lo estaba extenuando. Sólo tenía palabras malvadas y desagradables para los saludables y pacíficos habitantes de su tranquila aldea. No soportaba su satisfacción. Se resistía incluso a la cursi costumbre tailandesa de sonreír como un cretino en cualquier situación imaginable, aunque debía hacerlo si quería atraer clientela. Su sonrisa ocupaba sólo un lado de su dividido rostro; yo veía la verdadera, la de labios retorcidos hacia abajo, y una contenida ira homicida en su mirada.

Almorzamos a un lado de la carretera. No percibía el viento, pero las ramas de los árboles se movían. Después de comer, Eddie preguntó:

—¿Le has dicho a Terry que os saque de aquí?

—Quiere que nos quedemos. Dice que en tu casa pasará algo malo y que quiere verlo.

—Conque eso cree, ¿eh? Son malas noticias para nosotros.

Antes de que pudiera añadir algo más, oímos el motor de una motocicleta que se acercaba a toda velocidad.

—Mira quién viene.

—¿Quién?

—Esa antigualla de médico. ¡Qué engreído que es!

La motocicleta se aproximó, levantando una polvareda. No era fácil imaginar que una antigualla pudiese conducir una moto a tal velocidad. Cuando el médico se detuvo estremecedoramente, Eddie corrigió su postura. Cuesta parecer un vencedor cuando eres claramente el perdedor, pero la postura tiene su importancia.

Aquel hombre rondaría la sesentena, pero tenía el físico de un nadador olímpico. No detecté ningún engreimiento en su persona. Él y Eddie intercambiaron unas pocas palabras. No entendí lo que decían, pero Eddie abrió los ojos de tal manera que se le ensombreció la cara, por lo que me alivió no entender su lengua. Después de que el médico se hubiera marchado a toda velocidad, pregunté a Eddie:

—¿Qué te ha dicho? ¿Se jubilará pronto?

—Malas noticias. ¡Mierda! ¡Una noticia terrible! El médico ya tiene un joven aprendiz, listo para ocupar su puesto.

Aquello era el fin. Eddie ya no sería de ninguna utilidad en esta comunidad, y él lo sabía.

Sólo quería dormir, pero en cuanto volví a mi habitación supe que sería imposible, sobre todo porque Caroline estaba sentada en mi cama.

—Hoy he ido a la aldea —dijo.

—No más grasa de barbilla, por favor.

Me tendió una bolsita de piel cerrada con una cuerda. Saqué de dentro un collar del que colgaban tres extraños objetos.

—Un trozo de colmillo de elefante y alguna clase de diente —aventuré.

—Diente de tigre.

—Claro. ¿Y el tercero?

—Un ojo seco de gato.

—¡Qué bueno! Y tengo que conseguir que papá se ponga esto, supongo.

—No, es para ti.

—¿Para mí?

—Es un amuleto.

Me lo puso al cuello, Caroline retrocedió y me miró como si yo fuera un cachorro de ojos tristes en el mostrador de una tienda de mascotas.

—¿Para qué sirve?

—Para protegerte.

—¿De qué?

—¿Cómo te sientes?

—¿Yo? Bien, supongo. Un poco cansado.

—Ojalá hubieras conocido a mi hijo.

¡Pobre Caroline! Parecía que quisiera entablar varias conversaciones y no supiera cuál elegir.

De pronto, se levantó.

—Bueno —dijo, y salió por la puerta trasera.

Estuve a punto de arrancarme el amuleto, pero por alguna razón me dio miedo estar sin él. Pensé: «Resulta que lo que hace enloquecer a un hombre no es la soledad o el sufrimiento, sino estar sometido a un estado de terror perpetuo.»

Pasé los días siguientes ante el espejo, confirmando mis rasgos con la mano. ¿Nariz? ¡Aquí! ¿Barbilla? ¡Aquí! ¿Boca? ¿Dientes? ¿Frente? ¡Aquí! ¡Aquí! ¡Aquí! Este estúpido pasar lista facial era la única forma que se me ocurría de pasar el rato. En alguna otra parte de la casa, Caroline, papá y Terry deambulaban como perros rabiosos. Yo me mantenía bien alejado.

Pasaba muchas horas sentado con Eddie en su consulta. Me

parecía que era él, y no yo, quien había asumido las características de un accidente a cámara lenta, y no quería perderme el espectáculo. Además, el regalo de Caroline me había hecho dudar de mi salud y me pareció conveniente dejar que Eddie me examinara. Me hizo un chequeo a conciencia. Comprobó el amortiguado latido de mi corazón, mis reflejos aletargados; incluso permití que me extrajera sangre. No es que hubiera en la zona un laboratorio adonde pudiera mandarla; simplemente, llenó un vial y me lo dio después como recuerdo. Dijo que no me pasaba nada.

Estábamos en la consulta escuchando la radio con el estetoscopio cuando sucedió algo extraordinario e inesperado: ¡un paciente! Una mujer entró visiblemente disgustada y alterada. Eddie puso una cara solemne que, por lo que sé, podría haber sido auténtica. Permanecí sentado, en vilo, mientras la mujer parloteaba.

—El médico está muy enfermo —me tradujo Eddie—. Puede que se esté muriendo —añadió, mirándome largamente, para demostrarme que no sonreía.

Nos amontonamos los tres en el coche de Eddie y éste condujo a toda velocidad a la casa del médico. Al llegar, oímos un alarido de lo más escalofriante.

—Demasiado tarde. Ha muerto —dijo Eddie.

—¿Cómo lo sabes?

—Ese gemido.

Eddie estaba en lo cierto. No había nada ambiguo en aquel gemido.

Apagó el motor, cogió su maletín de médico y se peinó con las manos.

—Pero está muerto... ¿qué vas a hacer?

—Voy a dictaminar su muerte.

—¿No crees que ese aullido de pesadilla ya lo ha dejado zanjado?

—Hasta en una aldea tan remota como ésta, hay reglas. Los muertos deben ser declarados oficialmente muertos.

Tomé aire y seguí a Eddie y a la mujer al interior de la casa.

Había una docena de personas arremolinadas ante la cama

del médico; o habían venido a llorarlo o habían llegado antes para verlo morir. El médico que había visto unos días antes corriendo en su moto yacía ahora totalmente inmóvil. El hombre cuyo físico escultural había envidiado se había desmoronado. Su cuerpo tenía el aspecto de haber sido absorbido por una potente aspiradora: corazón, caja torácica, columna vertebral, todo. Francamente, ni siquiera parecía piel y huesos, sólo piel.

Estuve observando a Eddie, pero parecía inofensivo y sincero, lo cual no era cosa fácil considerando las viles ideas que le rondaban por la cabeza. El médico de la aldea había muerto; ahora el asunto estaba entre él y el joven médico. Veía lo que pensaba Eddie: «No será muy difícil desacreditarlo.» Eddie se enderezó, dispuesto a seducir a los plañideros. Era su primera declaración como médico.

Todos le hablaron en tono quedo. Después Eddie se volvió hacia mí y vi un destello de demencia, crueldad, obstinación y falsedad. Es asombrosa la complejidad que se puede percibir en un rostro en el momento adecuado del día. Eddie me llevó aparte y me explicó que el aprendiz había estado allí cuando el médico había muerto y que ya había certificado su muerte.

—No ha perdido el tiempo, el muy cabrón —susurró.

—¿Dónde está ahora el joven médico?

—Ha ido a acostarse. Parece que también está enfermo.

Esta vez Eddie no pudo reprimir su júbilo. Preguntó cómo llegar a casa del joven médico, sin duda para tratarlo de la forma más negligente y chapucera posible.

Condujo rápido. Lo sorprendí practicando su sonrisa más dulce en el retrovisor, lo que significaba que se preparaba para hacer de tirano.

El joven médico vivía solo en una cabaña en lo alto de las montañas. Eddie se apresuró dentro. Era difícil seguirle el paso. El joven médico estaba en la cama, con la ropa puesta. Cuando yo entré, Eddie ya estaba inclinado sobre él.

—¿Está bien? —pregunté.

Eddie rodeó la cama, como si interpretara la danza de la victoria.

—No creo que salga de ésta.

—¿Qué le pasa?

—No estoy seguro. Es un virus, pero poco frecuente. No sé cómo tratarlo.

—Bueno, si el viejo médico lo tenía y ahora lo tiene el joven, debe de ser contagioso. ¡Yo me largo de aquí! —dije, cubriéndome la boca mientras me iba.

—Seguramente no es contagioso.

—¿Cómo lo sabes? No sabes lo que es.

—Podría ser algo que entró y depositó huevos en sus intestinos.

—Eso es repugnante.

—O algo que comieron juntos. No creo que debas preocuparte.

—Yo decidiré cuándo y dónde preocuparme —dije mientras salía.

El joven médico murió dos días después. Eddie estuvo junto a su cama todo el tiempo. Aunque insistió en que el virus no era contagioso, me negué a poner el pie en la cámara mortuoria. No obstante, supe en qué momento preciso falleció el joven médico porque los mismos aullidos espantosos y devastadores resonaron por toda la aldea. Sinceramente, desconfié de todo ese luto extravagante y al final decidí que no era más que un tic cultural, como todas las sonrisas. No es un dolor incontrolable, sólo una exhibición de dolor incontrolable. Algo muy distinto.

Así es como Eddie se convirtió en el médico de la aldea. Había conseguido lo que quería, pero eso no lo ablandó. Fue un error de cálculo por mi parte pensar que lo haría. Fue un error por parte de Eddie imaginar que ser el médico de la aldea por ausencia de otros candidatos le ganaría las simpatías de los aldeanos. Fuimos a llamar de puerta en puerta. Algunos se la cerraron en las narices; creían que había echado un maleficio a ambos médicos, una maldición en sus dos casas. Eddie les parecía un ladrón de tumbas. Hicimos la ronda, de todos modos. Nadie picó, sobre todo porque la gente ni parecía ponerse enferma.

Aunque pareciera imposible, Eddie se volvió más desagradable. Tanta salud lo ponía de los nervios.

—¡Ni un paciente! ¡Sólo quiero que alguien se ponga enfermo! ¡Violentamente enfermo! ¿Qué le pasa a esta gente, es inmortal? Les convendría una pequeña enfermedad de las neuronas motoras; eso les enseñaría lo que es la vida.

Eddie lo decía con mala intención. Tenía mal corazón.

¡Y gracias a Dios por los accidentes agrícolas! Le proporcionaron un par de amputaciones y cosas similares. Los aldeanos temían los hospitales, por lo que Eddie debía hacer en los arrozales cosas que yo sólo hubiera querido que me hicieran en el entorno más estéril posible. Pero, a los aldeanos, eso no parecía importarles.

Mientras Eddie iniciaba su carrera oficial como médico, tantos años después de terminar los estudios de medicina, yo regresé a la casa para enfrentarme a los dramas que, sin duda, habían alcanzado durante mi ausencia un bonito y tórrido punto de ebullición.

—Estoy enamorada del hermano de mi marido —dijo Caroline, como si estuviese en una tertulia de la tele y yo no conociese los nombres de las personas involucradas. Apartó la silla que yo había utilizado, sin éxito, para atrincherar la puerta.

—Sé que es difícil, Caroline. Pero ¿no puedes esperar un poquito?

—¿Hasta que tu padre muera? Me siento tan culpable. Cuento los días. Quiero que se muera.

Esto explicaba sus febriles intentos de prolongar la vida de mi padre: culpabilidad. Yo intuía que, cuando papá por fin muriese, Caroline lo lloraría más que nadie. De hecho, era muy probable que la muerte de mi padre destrozara a esta mujer. Y pensé que tenía que hablar con él de eso, con prudencia, claro está, y suplicarle que la entregase a Terry mientras siguiera con vida.

Por haberla deseado, la muerte de su marido la pondría en una situación límite. Sabía que sería un tema delicado para papá, pero por el bien de Caroline, por la imagen de sus tristes ojos enloquecidos, me vi obligado a abordar el tema.

Papá estaba acostado con las luces apagadas. La oscuridad me ayudó a reunir el valor para acometer mi nada envidiable misión. Fui directo al grano. Simulé que Caroline no me había dicho nada y que lo había deducido todo por mi cuenta.

—Oye, sé que esto te dolerá y sé cómo te sientes —lo último que deseas hacer en vísperas de tu muerte es algo noble—, pero la verdad es que a Caroline la destrozará tu muerte si ella la desea en secreto. Si de verdad la amas, tienes que entregarla a tu hermano. Debes legársela en vida.

Papá no dijo palabra. Mientras pronunciaba este discurso vergonzoso, pensé que si alguien me lo soltaba a mí le clavaría un cuchillo de mantequilla en la lengua.

—¡Déjame en paz! —dijo por fin, en la oscuridad.

Al día siguiente, Terry decidió que papá tenía que ver un pájaro muerto que había descubierto durante su paseo matinal y me arrastró también a mí. Creía que, al ver al pájaro inmóvil, papá se alegraría de seguir vivo. Era una idea infantil. Mi padre ya había visto muchas cosas muertas y no por ello se había alegrado de seguir con vida. Lo invitaban, sin palabras, a unirse a ellas en la muerte. Yo lo sabía. Me preguntaba por qué Terry no.

—Creo que deberías quitarme a Caroline —dijo papá, agachado junto al pájaro.

—¿De qué estás hablando?

—No creo que ella pueda mantener esta farsa más que yo —añadió papá con cansancio—. Podríamos haberlo logrado si tú hubieras seguido muerto, como un buen chico, pero tenías que resucitar, ¿verdad?

—No sé qué tengo que ver yo con eso.

—No seas obtuso. Llévatela, ¿de acuerdo?

El cuerpo de Terry dio una sacudida inesperada, como si hubiese puesto la mano en una cerca de alto voltaje.

—Pongamos por caso que accedo a este sinsentido. ¿Qué te hace pensar que ella aceptaría?

—Corta el rollo, Terry. Siempre has sido un cabrón egoísta, así que ¿por qué no sigues la tradición y te vuelves a servir primero?

¿Un plato de la mujer que amas y que, incomprensiblemente, te corresponde? Sabes, siempre he achacado mi fracaso con las mujeres a la falta de simetría de mis rasgos faciales, pero aquí estás tú, el hombre más gordo con vida, ¡y te la quedas de nuevo!

—¿Qué quieres, entonces?

—Sólo que cuides de ella, ¿de acuerdo?

—No sé de qué me hablas —dijo Terry, y su boca adoptó varias formas extrañas, aunque ningún sonido salió de ella. Pareció que intentaba aprender de memoria una ecuación larga y complicada.

Llovía. Caroline estaba sentada bajo un árbol cuando papá y yo nos acercamos. Supe que se atormentaba quedamente. Creí oír sus pensamientos, plenamente articulados en mi cabeza. Caroline pensaba en el mal, en si lo poseía o estaba poseída por él. Quería ser buena. Creía que no lo era. Se veía como una víctima de las circunstancias y consideraba que quizá todas las personas malvadas fuesen también víctimas de las circunstancias. Creía no sólo que papá tenía cáncer, sino que él era el cáncer. Deseaba que se enamorase de otra y luego muriese plácidamente mientras dormía. Sentía que papá le había robado su historia y se la reescribía con mala caligrafía, para hacerla ilegible. Le parecía que su vida se había vuelto ilegible e incoherente.

Papá se acercó y habló con firmeza y claridad. Tendría que haberme imaginado que su primera incursión en las buenas obras acabaría en pifia. La verdad es que su generosidad de espíritu era limitada y, pese a sacrificarse magnánimamente en el altar de su amor, fue incapaz de borrar la expresión herida de su rostro, lo que dejó toda la maniobra sin efecto. Fue esa expresión herida lo que hizo que Caroline estallara.

—¡No! ¿Cómo puedes decir eso? ¡Te quiero! ¡A ti! ¡A TI!

Papá siguió insistiendo:

—Escucha. Terry fue tu primer amor y sé que nunca has dejado de quererlo. No es culpa de nadie. Cuando accediste a casarte conmigo, creías que Terry llevaba veinte años muerto. Todos lo creíamos. ¿Por qué fingir, entonces?

Papá presentó un caso convincente y se entusiasmó mientras lo exponía. Fue tan convincente que lo que parecía inconcebible de pronto se hizo concebible... y eso confundió a Caroline.

—No sé. ¿Qué quieres que haga? ¿Es que ya no me quieres? Sí, quizá sea eso. —Y, antes de que papá pudiese responder, añadió—: Haré lo que tú quieras. Te quiero, y todo lo que quieras que haga lo haré.

Aquí se puso a prueba la determinación de papá. ¿Por qué Caroline seguía atormentándolo? ¿Cómo podía soportarlo?

—Quiero que lo admitas.

—¿Admitir el qué?

—Que estás enamorada de él.

—Martin, es...

—¡Admítelo!

—¡Vale! ¡Lo admito! Primero empecé a pensar: «¿Por qué tiene que estar vivo? ¿Por qué no podía seguir muerto?» Y, cuanto más tiempo pasaba con Terry, más comprendía que seguía enamorada de él. Luego pensé: «¿Por qué tú tienes que estar vivo? ¿Por qué te mueres tan despacio?» Qué injusto es que alguien que amaba la vida, como mi hijo, muriese tan repentinamente, cuando alguien que quiere morir, como tú, vive infinitamente. Cada vez que hablas de suicidio se me dispara la esperanza. Pero nunca lo haces. ¡Eres todo palabras! ¿Por qué sigues prometiendo que te suicidarás, si no vas a hacerlo? ¡Me estás volviendo loca con todas esas promesas de suicidarte! ¡Hazlo o cállate, pero deja de darme esperanzas!

De pronto Caroline se detuvo, se cubrió la boca con la mano, dobló el torso y vomitó. El vómito se le escurrió entre los dedos. Cuando se enderezó, tenía la cara deformada por la vergüenza. Cada parte de su rostro estaba magnificado por ella: sus ojos eran demasiado redondos, su boca demasiado ancha, las narinas eran del tamaño que antes tenía la boca. Antes de que alguien pudiese hablar, echó a correr jungla adentro.

Papá se meció sobre sus delgadas piernas y su complexión se volvió lo que sólo puedo definir como granulada. Mi vida ha sido una serie injusta y humillante de proposiciones perdidas, se lamentaba su cara. El amor fue mi noble apuesta suicida. Justo entonces, Terry abandonó la casa.

—¿He oído gritos? —preguntó.

—Es toda tuya —dijo papá.

—¿A qué te refieres?

—Caroline... es toda tuya. Hemos terminado.

—¿Lo dices en serio?

—Sí. Ya podéis estar juntos. No me importa.

A Terry se le escurrió toda la sangre del rostro; como si acabasen de decirle que el avión en que viajaba iba a realizar un aterrizaje forzoso, en picado hacia un volcán.

—Bien... pero... no puedo dejar a mis prostitutas. Te lo dije, el amor no funciona sin posesión. No. Ni hablar. No puedo darle la espalda a mi vida ahora, no después de tanto tiempo. No, no puedo estar con Caroline.

—¿No la amas?

—¡Déjame en paz! ¿Qué intentas hacerme? —dijo, y se internó en la jungla, pero en dirección opuesta a Caroline.

Así que el triángulo se había roto. Nadie estaba con nadie. Los tres puntos volvían a ser líneas independientes, paralelas que no se tocaban.

¡Huy! Culpa mía.

No presencié la escena que más tarde se produjo ese día entre Terry y Caroline, pero la vi a ella después, caminando como si estuviera sedada.

—¿Estás bien? —le grité.

De vez en cuando se detenía y se golpeaba la cabeza con los puños.

—¡Caroline! —grité de nuevo.

Me miró con ojos desesperados. Entonces Terry pasó deambulando ante mi ventana; parecía destrozado. Me informó de que regresábamos a Bangkok por la mañana. ¡Por fin, buenas noticias! Me pregunté si la curiosidad de Terry sobre el terrible acontecimiento que debía tener lugar en casa de Eddie había quedado satisfecha con la explosión del triángulo. En cualquier caso, me moría por irme y moriría si pasaba el resto del día en aquella casa. Tenía que salir.

No me quedó más remedio que acompañar a Eddie a hacer su ronda de visitas. Eddie parecía contento de tener compañía y, entusiasmado, me soltó un monólogo repulsivo que comparaba a los médicos con los dioses. Visitamos a unos pocos granjeros, que por fin Eddie había descubierto que padecían enfermedades crónicas.

Después de las visitas, vi asqueado cómo intentaba ligar con las hijas delante de sus padres, muchachas que no tendrían más de dieciséis años. Como no conocía lo suficiente su cultura, no estaba seguro de los peligros que implicaba la conducta de Eddie, pero ponía los pelos de punta el modo en que intentaba seducir, intimidar y comprar a esas pobres niñas. Ya me resultaba imposible encontrar ningún rasgo positivo en él. El hombre con quien había crecido no existía. Cuando salíamos, se inventó palabras para referirse a esas niñas, siendo «follaciosas» o «vaya-polvos» las más comunes. Cada palabra o gesto suyo estaba impregnado de furia y frustración. De vuelta a la carretera, pensé: «Este hombre es una granada a punto de detonar, y espero no estar cerca para verlo.»

Entonces detonó.

Y yo estaba cerca para verlo.

Tenía la frente apoyada contra la ventanilla del coche; me imaginaba que la jungla que nos rodeaba era, en realidad, el interior de un lujoso hotel de temática selvática y que podía subir a mi habitación, meterme entre sábanas limpias y tomarme una sobredosis de somníferos. Nada me habría gustado más.

—¿Qué es eso? —dijo Eddie, sacándome de mi ensoñación.

Era una muchacha de unos quince años que corría por la carretera agitando los brazos, indicando que nos detuviéramos. Problemas, pensé yo.

Eddie se detuvo y ambos salimos del coche. La muchacha indicó a Eddie que la siguiera. Por lo que pude adivinar, su padre estaba enfermo. Muy enfermo. Ella estaba aterrorizada. Quería que Eddie la acompañase de inmediato. Eddie adoptó su pose más profesional. Me tradujo los síntomas como ella los había descrito: fiebre, vómitos, fuerte dolor de estómago, delirio y falta de sensación en piernas y brazos. Eddie gruñó y suspiró a la vez. Luego negó obstinadamente con la cabeza. La muchacha empezó a gritar con voz suplicante.

¿Qué pretendía Eddie?

Ella se volvió y me agarró del brazo.

—Por favor. Por favor.

—¿Qué pasa, Eddie? —pregunté.

—No creo que pueda ir hoy. Quizá mañana, si tengo un minuto.

—Tú no entender —dijo en nuestro idioma—. Mi padre. ¡Muere!

—Eddie. ¿Qué haces?

—¿Puedes ir a dar un paseo, Jasper?

No hacía falta ser un genio para imaginar que estaba punto de ser el cómplice del más sucio chantaje posible.

—Yo no me voy —repliqué.

Eddie me miró con un odio concentrado y apabullante. Aquello era una confrontación.

—Jasper —dijo con los dientes apretados—. Te digo que te largues de aquí.

—Ni hablar.

Eddie se puso hecho una furia y me insultó con toda su capacidad pulmonar. Lo intentó todo para que me largase y dejase el camino despejado a la violación y el pillaje. No me moví. «¡Aquí está!», pensé. Mi primera confrontación física con el mal. Y cuánto deseaba triunfar.

No lo hice.

Me empujó. Lo empujé. Me volvió a empujar. Aquello empezaba a hacerse pesado. Intenté golpearlo. Esquivó el golpe. Luego lo intentó él. Yo también quise esquivarlo y, en lugar de golpearme en la mandíbula, su puño me dio en la frente. Retrocedí tambaleándome y Eddie lo aprovechó para soltar una patada inesperada que me acertó en la garganta. Caí de espaldas y me di de cabeza contra el suelo. Oí que se cerraba la puerta del coche y, cuando por fin me puse en pie, sólo pude contemplar que el vehículo se alejaba.

¡Eddie, ese cabrón asqueroso! ¡Ese bandido pringoso, rancio y lascivo! Me sentí culpable por no haber protegido a la muchacha, pero si alguien al que conoces desde la infancia está tan resuelto a cometer un crimen que te da una patada en la garganta, ¿qué puede hacer uno? De todos modos, ya era tarde. Ese maníaco se había largado con la niña y me había dejado solo en medio de la nada. ¿Y dónde cojones estaría yo, si no en el punto exacto en que todo el calor de Tailandia se congrega para una reunión?

Caminé durante horas. Enjambres de mosquitos sobreexcitados me persiguieron con asiduidad. No había nadie a la vista, ningún indicio de vida humana. Era fácil imaginar que era el único humano con vida, lo que no me hacía sentir solo en absoluto. Imaginar a todos los humanos muertos es tonificante; que dependa de ti empezar, o no, una nueva civilización. Pensé que mejor no. ¿Quién quiere la humillación de ser el padre de la raza humana? Yo no. Podía verme como el rey de las hormigas, o como el testaferro de la sociedad cangreja... pero Eddie había hecho que odiara a los humanos del todo. Una sola persona puede hacer eso.

Seguí andando, supurando por la humedad, pero más o menos contento con mi fantasía de el-último-hombre-en-la-tierra. Ni siquiera me preocupaba demasiado estar perdido en la jungla. ¿Cuántas veces me pasaría eso en la vida? Muchas, predije. Esta vez es la jungla, la próxima será el océano, luego el aparcamiento de unos grandes almacenes, hasta que por fin acabe irremediablemente perdido en el espacio exterior. ¡Ya veréis!

Pero mi soledad fue breve. Oí unas voces que parloteaban al pie de una colina. Me acerqué a la pendiente y vi a un grupo de unas veinte personas, campesinos en su mayoría, agrupados en torno a una furgoneta de la policía. Nada sugería que aquello guardara relación conmigo, pero algo me dijo que no bajase. Supongo que eso es lo que pasa cuando te sientes culpable todo el tiempo sin motivo.

Me puse de puntillas para ver mejor. Entonces una sombra apareció por detrás. Me volví rápidamente. Una mujer de mediana edad con una cesta de manzanas me miraba. No, no es así. Miraba con disimulo el amuleto que me colgaba del cuello.

—Agáchate. Que no te vean —dijo con un acento tan espeso como la jungla que nos rodeaba.

Me empujó al suelo con sus brazos largos y musculosos. Nos quedamos echados el uno junto al otro en la pendiente cubierta de hierba.

—Te conozco.

—¿Ah, sí?

—Tú eres el amigo del médico, ¿verdad?

—¿Qué pasa?

—Tiene problemas.

Así que sabían que había chantajeado a la pobre muchacha para que se acostara con él. Bien, perfecto. No me importaba si lo metían en la cárcel para que lo sodomizaran el resto de su vida. Se lo merecía.

—Desenterraron los cuerpos —dijo ella.

—¿De qué cuerpos hablas?

—El del viejo médico, y el del joven también.

—¿Los han desenterrado? ¿Por qué han hecho algo tan repugnante?

—Creyeron que podía haber un nuevo virus. Hace unos años tuvimos un brote de gripe aviar. Ahora vigilan mucho cuando hay varias muertes por causas poco claras.

Interesante, pero ¿qué tenía eso que ver con el chantaje y la violación?

—¿Y qué?

—Hicieron una autopsia. Y supongo que sabes lo que encontraron.

—¿Un revoltijo asqueroso de órganos en descomposición?

—Veneno —dijo, mirando detenidamente mi reacción.

—¿Veneno? —¿Veneno?—. Y por eso creen...

No me molesté en terminar la frase. Era obvio lo que creían. También era obvio que estaban en lo cierto. Eddie lo había hecho, ese cabrón despreciable. Para despejar el camino y llevar a cabo el sueño de sus padres de convertirse en médico, había matado al viejo médico y al joven aprendiz.

—¿Y la policía va a arrestarlo?

—No. ¿Ves a esa gente ahí abajo?

¿Quería que le respondiera a eso? Estaban ahí mismo.

—¿Qué pasa?

Mientras me respondía, los dos policías subieron a la furgoneta y se marcharon. El gentío llenó el espacio dejado por el vehículo.

—Acaban de decir a la policía que tu amigo médico ya se ha ido a Camboya.

Deseaba que dejara de referirse a Eddie como mi «amigo médico», aunque comprendía que era conveniente como aclaración, ya que había tres médicos en esta historia. Pero ¿tan espeso estaba yo? ¿Por qué habían dicho los campesinos a la policía que Eddie se había ido a Camboya? ¿Y por qué estaba ella tan entusiasmada al respecto?

—¿No comprendes? ¡Van a tomarse la justicia por su mano!

—¿Y eso significa?

—Que van a matarlo. No sólo a él. A ti también.

—¿A mí?

—Y a esos otros australianos que vinieron a ayudarlo.

—¡Espera un momento! ¡Esos australianos son mi familia! No han hecho nada. ¡Y no sabían nada de lo ocurrido! Yo no sabía nada.

—Mejor que no vayas a casa.

—Pero ¡si no he hecho nada! ¡Fue Eddie! Ésta es la segunda vez que Eddie nos echa encima una turba con sed de sangre. ¡Dios mío... mi padre tenía razón! Las personas se obcecan tanto con sus proyectos de inmortalidad, que se hunden y, con ellas, a todos los que las rodean.

La mujer me miró sin comprender.

¿Qué podía hacer? No perdería un tiempo precioso yendo a buscar a la policía; tenía que volver y advertir a todos que una turba furiosa iba a despedazarlos.

¡Vaya desastre de viaje!

—Oye, ¿por qué me ayudas?

—Quiero el collar.

¿Por qué no? Había sido un estúpido supersticioso al llevarlo. Me quité el repugnante amuleto y se lo di. La mujer se alejó a toda prisa. Yo sólo lo había llevado por desesperación, supongo. Si uno baja la guardia y alguien te dice que algo tiene poderes mágicos, se puede encontrar consuelo hasta en un grano de arena.

El grupo de abajo empezó a avanzar por la jungla. Los seguí, pensando en Eddie y en mi familia y en su sorpresa cuando la turba sedienta de sangre apareciese para matarlos. Tenía que asegurarme de que la multitud y yo no convergíamos; era poco probable, al no ser yo tailandés, que me asimilaran en su grupo. Me tragarían entero, como aperitivo. Así que guardé las distancias. Pero no sabía el camino; tendría que seguirlos para regresar a casa de Eddie. El dilema inherente era obvio. ¿Cómo iba a adelantarme y avisar a todos de que una horda asesina estaba de camino si tenía que seguirla para llegar hasta allí?

Otra cuestión de vida o muerte. ¡Vaya por dios!

A medida que el grupo avanzaba, otros se iban uniendo, formando espontáneamente una multitud móvil y después una jauría, un robusto navío de venganza. Eran una especie de tsunami humano, que aumentaba de tamaño y velocidad. No se dispersaban. Formaban un espectáculo aterrador. Lo inquietante era que parecían prepararse para una masacre silenciosa. No era una multitud con un grito de guerra, sino un grupo hermético que avanzaba sin decir palabra. Mientras corría, pensé en lo mucho que odiaba cualquier clase de multitud: odio las multitudes de hinchas, las multitudes de manifestantes ecologistas, odio incluso las multitudes de supermodelos, hasta ese punto odio las multitudes. Os lo aseguro, el género humano sólo es soportable de uno en uno.

Resultaba interesante que fuese una turba democrática. Cualquiera podía unirse a la mutilación de Eddie y mi familia. Hasta había unos pocos niños. Eso me sorprendió. Y también algunos ancianos que, pese a ser tímidos y frágiles, no tenían problemas para seguir el paso. Era como si la multitud los hubiera absorbido y tomasen su energía de ella, como si sus cuerpos flacos y débiles fueran ahora los ágiles dedos de una mano poderosa. Pero ¿estas personas no eran budistas? Bueno, ¿y qué? Los budistas también pueden verse empujados al límite, ¿no? En justicia, Eddie había profanado su serenidad interior con veneno y asesinato y chantaje y violación.

La serenidad interior no es impermeable a una agresión tan feroz como ésa. Por cierto, ninguno de ellos sonreía como el

Buda. Sonreían como una serpiente, como el dragón de las cuarenta cabezas.

Incluso el sol adoptó un carácter amenazador. Se ponía rápido. Naturalmente, éste no iba a ser el espectáculo bien iluminado de una carnicería humana. Tendría lugar en la oscuridad.

Pero ¿qué es esto? ¡La turba aceleraba! Ya estaba agotado y ahora tendría que echar a correr a una velocidad de vértigo. ¡Vaya engorro! El último maratón en que participé fue cuando gané a doscientos millones de espermatozoides en la carrera al óvulo. Y aquí estaba de nuevo. En realidad, era emocionante. Tenía tal conciencia del pensador incesante que era, que la acción me sentaba sorprendentemente bien. Una turba asesina... ¿qué vas a hacer al respecto, Jasper?

El crepúsculo infundió al cielo un rojo suave, espeso, el rojo de una herida en la cabeza. Mientras corría, deseé tener un machete; no era fácil abrirse paso entre la densa vegetación. Avanzaba furtivamente entre unos helechos enmarañados, donde los últimos rayos de sol sólo conseguían penetrar en manchas aleatorias. Con sus habituales sonidos amenazadores, la jungla tenía el sonido *surround* de un caro sistema de cine en casa.

Media hora después, se me escapaban. ¡Maldición! ¿Qué iba a hacer? ¿Qué podía hacer? Corrí, me caí, vomité, me volví a levantar. ¿Por qué habíamos venido? ¡Malditos tailandeses! Una turba australiana me molería a palos, pero me dejaría regresar tambaleándome a casa. ¡Esto era un asesinato! ¡No, una matanza! ¡Mi padre! ¡Y Caroline! ¡Y Terry! Todos ahí solos, aislados y desprevenidos. Corrí hasta el límite de la extenuación. Y el calor. Y los mosquitos. Y el miedo. No lo conseguiré. ¿Cómo puedo advertirles?

Supongo que podría...

No.

A menos que...

Se me había ocurrido una idea. Pero era absurda, desesperada, imposible. Debía de estar loco. O sólo era mi imaginación, divirtiéndose a mi costa. ¡Menuda idea! Ahí estaba: papá y yo teníamos una relación más profunda que la que suele haber entre padre e hijo y, desde hacía tiempo, sospechaba que a menudo nos leíamos el pensamiento sin pretenderlo; si me concentraba con la suficiente intensidad, si ponía algo de esfuerzo psíquico, quizá podría enviarle un mensaje. ¡Absurdo! ¿Brillante?

El problema residía en la complicación de concentrarme mientras corría, pero si me detenía y no funcionaba, tal vez perdiera no sólo a la multitud, sino también mi camino de regreso. ¡Y todos morirían!

¿En serio creía que nuestras mentes podían comunicarse? ¿Debía arriesgarme? Correr entre la vegetación me resultaba cada vez más difícil; apartaba una rama sólo para que acabase azotándome la cara. La jungla se ponía agresiva. La turba se alejaba. Me marchitaba por el calor. Mi familia iba a morir.

¿Debía arriesgarme?

¡A la mierda!

Me detuve. La chusma asesina desapareció por una colina. Me dolía el corazón, así que respiré hondo para aplacarlo.

Para conseguir contactar con papá, necesitaba entrar en un profundo estado meditativo. Tenía que apresurarme, claro está, pero uno no puede apresurarse a la paz interior absoluta. Hay que persuadirla con tiempo. No se pueden transformar las cualidades esenciales de la mente mientras se corre para alcanzar el autobús.

Me puse en la posición reglamentaria. Me senté en el suelo con las piernas cruzadas, concentrado en la respiración, y repetí mi mantra «guau». Logré así un estado mental bastante calmado aunque, a decir verdad, también me sentí algo espeso de cabeza. Notaba cierta claridad, la suficiente para dejarme llevar al límite de la conciencia, pero no más. Sentí también una punzada de dicha... bien, ¿y qué? Necesitaba llegar más lejos de lo que nunca había llegado, y aquí estaba yo, cumpliendo con las formalidades. Por todo lo que había leído sobre la meditación, sabía que había un sistema (así te sientas, así respiras, así te concentras en la respiración); sin embargo, este sistema era una rutina que me parecía opuesta al verdadero estado meditativo que necesitaba. Tras haber practicado varias veces este asunto de la meditación, siempre del mismo modo, con la misma respiración y la misma concentración, sentía que igual podría haber estado en una cadena de montaje enroscando tapones en botellas de Coca-Cola. Mi mente estaba en paz, hipnotizada, insensible. Eso no servía de nada.

Intentar calmar mi excitada mente implicaba que un conflicto tenía lugar en mi cabeza. Eso quemaba una energía esencial que yo necesitaba para comunicarme telepáticamente con papá. Así que igual tenía que dejar de concentrarme, pero ¿cómo alcanzar la serenidad sin concentrarme?

Para empezar, en lugar de sentarme con las piernas cruzadas, me puse de pie y me apoyé contra un árbol como James Dean en *Rebelde sin causa*. Luego escuché no mi respiración, como recomendaba Anouk, sino los sonidos que me rodeaban. Tampoco cerré los ojos. Los abrí de par en par.

Observé los árboles mojados y enmarañados a la luz del atardecer, sin concentrarme. Mi mente estaba asombrosamente alerta. No sólo controlaba la respiración, sino que no le quitaba ojo a mis pensamientos. Caían como una lluvia de chispas. Los observé largo rato. Los perseguí, no a donde iban, sino de donde venían, de regreso al pasado. Vi cómo me mantenían, me sujetaban. Vi cómo me formaban estos pensamientos, los verdaderos ingredientes del caldo Jasper.

Eché a caminar y me acompañó el silencio de mi mente, aunque no era la clase de silencio en que hay una ausencia de sonido. Era un silencio descomunal, ensordecedor, visual. Nadie me había hablado de esta clase de silencio. Era realmente sonoro. Y, mientras avanzaba por la jungla, conseguí sin esfuerzo mantener esta claridad.

Entonces mi mente se serenó. Se serenó de verdad. Sucedió sin más. De pronto, me sentí libre de fricciones internas, libre de miedo. De algún modo, esa libertad contribuyó a que todos mis débiles impedimentos se disiparan. Pensé: «El mundo se expande, está aquí, me estalla en la boca, me baja por la garganta, me llena los ojos.» Lo extraño era que esta gran cosa había penetrado en mi interior, aunque yo no fuese lo bastante grande; de hecho, era más pequeño. Y era agradable ser pequeño. Sé cómo suena esto, pero os aseguro que no fue una experiencia mística. Tampoco nos engañemos, no soy un santo. Ni por todas las tetas de California limpiaría las llagas de los leprosos con la lengua, como hacía Francisco de Asís, pero —y aquí es donde quiero ir a parar— sentí algo que jamás había experimentado antes: amor. Pese a que pueda parecer una locura, creo que de verdad amé a mis enemigos: Eddie, mi familia, la turba asesina que iba a masacrar a mi familia, incluso la virulencia del estallido de odio del pueblo australiano. Ahora bien, para qué exagerar; no adoraba a mis enemigos y, aunque los quería, no estaba enamorado de ellos. Pero la revulsión instintiva que me inspiraban se había evaporado. Me asustaba un poco este exceso de sentimiento, este frenesí de amor que penetraba en la mantequilla de mi odio. Entonces, por lo visto, Anouk estaba equivocada; el verdadero fruto de la meditación no era la paz interior, sino el amor. De hecho, cuando se ve por primera vez la vida en su totalidad y se siente un amor genuino por esa totalidad, la paz interior parece un objetivo pequeño e insignificante.

Por muy bonito que fuera todo esto, advertí que no me estaba comunicando con mi padre. Casi abandoné y empecé a preguntarme dónde se habría metido la turba enfurecida cuando, de pronto, sin siquiera intentarlo, se me apareció la cara de papá. Luego vi su cuerpo encorvado. Estaba en su habitación, inclinado sobre la mesa. Miré más detenidamente. Escribía una carta a un periódico de Sydney. Sólo logré distinguir el encabezamiento de la carta. «Estimados hijos de puta» estaba tachado y reemplazado por «Queridos hijos de puta». Estaba seguro de que no se trataba de mi imaginación, sino que era una imagen real de papá en aquel preciso instante, en el presente. Pensé: «¡Papá! ¡Papá! ¡Soy yo! ¡Una turba descontrolada viene a asesinar a Eddie y a todos los de la casa! ¡Marchaos! ¡Marchaos todos!» Intenté enviarle una imagen de la turba descontrolada para que papá supiera el aspecto que tenía cuando apareciera. Le envié una imagen de la turba como un cuerpo acercándose a la casa armado con aperos de labranza del Viejo Continente. ¡Tenían guadañas, por Dios!

Sin mi permiso, la visión se esfumó. Abrí los ojos. Era una noche nublada y oscura, tan oscura que podría haberme encontrado bajo tierra. A mi alrededor, la jungla emitía unos gruñidos formidables. ¿Cuánto tiempo llevaba allí? No había forma de saberlo.

Reanudé la marcha apartando ramas de mi camino, los ojos todavía llenos de visiones, la nariz llena de aromas fuera de lugar (canela y sirope de arce), la lengua llena de sabores fuera de lugar (dentífrico y Vegemite). Sentía mi presencia en el mundo como nunca antes la había sentido.

Mientras caminaba, me pregunté: «¿Encontrarán la casa vacía? ¿Papá habrá captado mi advertencia? ¿O acaso he renunciado yo a intentar salvar las vidas de mi familia?» Caminé sin rumbo. Dejé que el instinto me guiase por la jungla. Pisé unas plantas voluptuosas de las que emanaba un aroma dulce y embriagador, me detuve a beber la deliciosa agua fría de una pequeña cascada. Luego reanudé la marcha, tropezando por las colinas y entre la densa vegetación.

No tenía miedo. Me sentía tan parte de la jungla que se me antojaba de mala educación que los animales vinieran a comerme. Después llegué a un claro que se extendía por la ladera de una colina y vi la luna. Todos los ojos de las flores y las bocas de los árboles y las barbillas de las extrañas formaciones rocosas parecían decirme que iba en la dirección correcta. Fue un alivio, porque no había huellas. Curiosamente, la masa silenciosa de personas vengativas lo había dejado todo intacto, como si avanzara flotando por la jungla, como una informe sustancia ancestral.

Cuando por fin encontré la casa de Eddie, vi que todas las luces estaban encendidas. El viento llamaba con violencia a las puertas y ventanas. Ver la casa hizo que mi estado de unidad se desvaneciera al instante. El mundo volvía a estar irremediablemente fragmentado; el vínculo absoluto que me unía a todos los seres vivos se había esfumado. Ahora me sentía indiferente a todos ellos. No podían importarme menos. La división entre nosotros era palpable como columnas de hueso y cartílago. Estaba yo y estaban ellos. Cualquier tonto podía verlo.

Oculto detrás de un árbol, sentí que los glóbulos me corrían por las venas. Recordé algo que papá había prometido enseñarme: cómo hacerte poco apetitoso cuando las hordas vienen a devorarte. Esperaba de veras que él dominara esta técnica esencial.

Era evidente que había llegado demasiado tarde. La puerta estaba abierta de par en par y los miembros de la turba se marchaban, uno a uno, armados con guadañas y martillos y horcas. No tenía sentido que me enfrentase a la turba o a su forma descristalizada, porque presumiblemente ya habían hecho lo que habían venido a hacer. No ganaba nada con que me despedazaran a mí también.

Las manos y caras de la multitud estaban cubiertas de sangre. También sus ropas, tendrían que tirarlas. Esperé a que el último intruso se hubiese ido y luego esperé un poco más. Miré la casa e intenté no sentir miedo. Pese a todo lo que papá me había enseñado, no estaba preparado para un momento así. Nada me había preparado para entrar en un lugar donde mi familia había sido masacrada. Me esforcé en recordar algún destello de lucidez de mi primera infancia que me aconsejara cómo proceder, pero me fue imposible, así que me acerqué a la casa emocional, psicológica y espiritualmente indefenso. Claro que los había imaginado muertos muchas veces (en cuanto siento un vínculo emocional con alguien, lo imagino muerto, para no decepcionarme más tarde), pero siempre como cadáveres relativamente limpios, bastante pulcros, y hasta ahora no se me había ocurrido prepararme para imaginar los sesos de mis seres queridos espachurrados contra una pared, sus cuerpos tirados en un charco de sangre/mierda/tripas, etcétera.

El primer cuerpo que vi fue el de Eddie. Parecía como si le hubiese pasado mil veces por encima un campeón de patinaje sobre hielo. La cara estaba tan cortada que apenas lo reconocí, salvo por los ojos —tenían esa expresión paralizada de sorpresa tan característica del Botox y de la muerte súbita—, que miraban hacia arriba, a los recipientes de barro con los espíritus de sus padres, que supuestamente habían velado por él. La expresión de reproche en los ojos de Eddie era evidente. Adiós y hasta nunca, Eddie. Llevaste tu maldad al límite y se te desplomó encima. Mala suerte.

Con un esfuerzo sobrehumano, las piernas me llevaron a la

siguiente habitación. Ahí vi al tío Terry arrodillado, que de espaldas parecía un Volkswagen Escarabajo a punto de aparcar marcha atrás en un espacio limitado. Los gruesos pliegues de su cuello chorreaban sudor. Lo oí llorar. Se volvió para mirarme, luego se dio media vuelta y, alzando el brazo rechoncho, señaló la habitación de papá.

Entré.

Papá también estaba de rodillas, meciéndose suavemente sobre el cuerpo mutilado de Caroline. Tenía los ojos lo más abiertos posible, como si los sujetara con cerillas. El amor de su vida yacía de espaldas, la sangre le manaba de decenas de heridas. Los ojos se habían fijado en una mirada insoportable. Tuve que apartar la vista. Había algo turbador en esos ojos. Caroline se asemejaba a alguien que hubiese dicho algo ofensivo y quisiera retirarlo. Más tarde descubriría que había muerto intentando proteger a Eddie, nada menos que a Eddie; la habían matado inadvertidamente y era esa muerte lo que había provocado el enfrentamiento en el seno de la multitud, entre los que veían correcto matar a una mujer de mediana edad y los que lo consideraban improcedente. Eso había acabado definitivamente con sus desmanes y los había enviado de vuelta a casa.

Enterramos a Eddie y a Caroline en el jardín. Llovía de nuevo y no tuvimos más remedio que darles una sepultura húmeda y fangosa, lo que quizá fuera apropiado para Eddie. Pero ver desaparecer el cuerpo de Caroline en la mugre nos enfermó y avergonzó a todos.

Papá tenía problemas para respirar, como si algo le bloquease las vías respiratorias; el corazón, tal vez.

Los tres regresamos a Bangkok en silencio, perdidos en la clase de dolor que hace cualquier sonrisa posterior de tu vida menos sincera. Durante el trayecto, papá permaneció en la más absoluta inmovilidad, aunque emitía ruiditos para hacernos saber que cada minuto de su vida sería una tortura insoportable. Yo sabía que se culpaba de la muerte de Caroline, y no sólo a sí mismo sino también a Terry, para empezar, por haber empleado a Eddie y no sólo a Terry sino también al destino, la casualidad, Dios, el arte, la ciencia, la humanidad, la Vía Láctea. Nada quedaba exonerado.

Cuando llegamos a casa de Terry, nos retiramos a nuestras respectivas habitaciones para maravillarnos de la rapidez con que el corazón humano se cierra de golpe y para preguntarnos cómo lograríamos que volviera a abrirse. Sólo dos días después, incitado por el asesinato de Caroline, o por el perro negro que ladraba en el estiércol de su corazón, o porque el luto había desplazado al pensamiento racional, o quizá porque pese a haberse pasado la vida meditando sobre la muerte seguía sin comprender lo inevitable de la suya, papá salió repentinamente de su hipnosis inducida por el dolor y anunció su proyecto final. Como Eddie había predicho, era el más demencial de todos. Así, tras toda una vida de ver a papá tomar una decisión inverosímil tras otra y ser en cierto modo víctima de cada una de ellas, lo que en realidad me sorprendió fue que aún pudiera sorprenderme.

7

—No quiero morir aquí —dijo papá.

—¿Qué te pasa? ¿No te gusta tu habitación? —preguntó Terry.

—La habitación está bien. Es este país.

Los tres comíamos laksas de pollo y contemplábamos cómo el sol se ponía en la contaminada metrópoli. Como era habitual, papá sintió náuseas y consiguió que pareciera que su vómito era una reacción de sus tripas no a la comida, sino a la compañía.

—Bueno, nosotros tampoco queremos que te mueras, ¿verdad, Jasper?

—No —respondí, y esperé unos treinta segundos largos para añadir—. No de momento.

Papá se limpió las comisuras de la boca con mi manga y dijo:

—Quiero morir en casa.

—Cuando dices casa, te refieres a...

—Australia.

Terry y yo nos miramos horrorizados.

—Hombre, verás... eso no es práctico —dijo Terry despacio.

—Lo sé. De todos modos, me marcho a casa.

Terry respiró hondo y habló a papá con calma y parsimonia, como si reprendiera con delicadeza a un hijo adulto mentalmente perturbado que ha asfixiado a su mascota por abrazarla demasiado fuerte.

—Marty. ¿Sabes lo que pasará en cuanto el avión pise suelo

australiano? Te arrestarán en el aeropuerto. —Papá no dijo nada, y Terry prosiguió—: ¿Quieres morir en la cárcel? Porque eso es lo que va a pasar si vuelves a casa.

—No. No quiero morir en la cárcel.

—Entonces todo decidido. Morirás aquí.

—Tengo otra idea —dijo papá, y de inmediato se apagó cualquier destello de esperanza y supe que una muerte agradable, tranquila y serena seguida de un funeral íntimo y un período respetable de sobrio luto ya no tenía razón de ser. Lo que fuera a pasar sería peligroso, confuso y frenético, y me llevaría al borde de la locura.

—Y bien, Marty, ¿tú qué sugieres?

—Entraremos ilegalmente en Australia.

—¿Qué?

—En barco. Sé que conoces a los que se dedican a traficar con personas, Terry.

—¡Es una locura! —exclamé yo—. ¡No querrás arriesgar tu vida sólo para morir en Australia! ¡Tú odias Australia!

—Mirad, sé que esto es una hipocresía de primera. Pero me importa un carajo. ¡Echo de menos mi tierra! Añoro el paisaje y su olor. ¡Hasta añoro a mis paisanos y su olor!

—Ten cuidado. Tu acto final está en contradicción directa con lo que siempre has creído, pensado y dicho.

—Lo sé —replicó, casi alegre, sin que le importara en absoluto.

De hecho, parecía animado. Se había puesto en pie y, tambaleándose un poco, nos desafiaba con la mirada a que planteáramos objeciones para que él pudiera rebatirlas.

—¿No me dijiste que el nacionalismo es una enfermedad? —le pregunté.

—Y lo mantengo. Pero resulta ser una enfermedad que he contraído, junto con todo lo demás. Y no le veo sentido a intentar curarme de una afección leve cuando estoy a punto de morir de una grave.

No repuse nada al respecto. ¿Qué iba a decir?

Tendría que recurrir a la artillería pesada. Por suerte, papá había traído una maleta de libros y encontré la cita que buscaba en su manoseado ejemplar de *Psicoanálisis de la sociedad contemporánea*, de Fromm. Fui a su habitación, pero estaba en el cuarto de baño, así que se lo leí desde el otro lado de la puerta.

—Escucha, papá: «La persona que no se ha liberado de los vínculos de la sangre y de la tierra no ha nacido del todo como ser humano; su capacidad para amar y razonar está tullida, no se experimenta a sí mismo ni a su prójimo en su realidad humana.»

—No me importa. Cuando muera, mis fracasos y mis debilidades morirán conmigo. ¿Comprendes? Mis fracasos también mueren.

Continué:

—«El nacionalismo es nuestra forma de incesto, nuestra idolatría, nuestra demencia. El "patriotismo" es su culto... Así como el amor por un individuo que excluye el amor por los demás no es amor, el amor por el propio país que no forma parte del amor por la humanidad no es amor, sino adoración idólatra.»

—¿Y?

—Tú no amas a la humanidad, ¿verdad?

—No; en realidad, no.

—¡Pues ahí lo tienes!

Papá tiró de la cadena y salió sin lavarse las manos.

—No puedes hacerme cambiar de opinión, Jasper. Esto es lo que quiero. A los moribundos se les concede una última voluntad, aunque moleste a los vivos. Y la mía es ésta: quiero expirar en mi país, con mi pueblo.

Caroline, pensé. Estaba claro que papá era presa de un dolor que lo asaltaría por siempre jamás. Estaba en alerta perpetua contra su propio consuelo y esta misión a Australia era la orden de una tristeza que debía ser obedecida.

Y no sólo eso. Al entrar de puntillas en Australia como cargamento humano en una arriesgada operación ilegal, papá había encontrado un último proyecto estúpido que, sin duda, aceleraría su muerte.

II

Los traficantes de personas orquestaban su asqueroso negocio desde un restaurante cualquiera de una calle congestionada muy parecida a otras setenta calles congestionadas que vi al pasar en coche. En la puerta, Terry nos advirtió:

—Tenéis que andaros con cuidado con esos tipos. Son absolutamente brutales. Primero os cortarán la cabeza y después harán las preguntas, casi siempre acerca de dónde envíar vuestras cabezas.

Teniendo eso presente, nos sentamos a una mesa y pedimos curry de la jungla y ensalada de ternera. Siempre había imaginado que las tapaderas de actividades criminales eran meras fachadas, pero aquí sí que servían comida, y no estaba nada mal.

Comimos sin hablar. Papá tosía entre bocado y bocado y, tosiendo, pedía repetidamente al camarero agua embotellada. Terry se atiborraba de gambas y respiraba por la nariz. El rey me miraba con desaprobación desde un retrato colgado en una lejana pared. En una mesa cercana, un par de mochileros ingleses discutían las diferencias físicas y psicológicas entre las prostitutas tailandesas y una chica llamada Rita de East Sussex.

—Bien, Terry. ¿Y ahora qué? ¿Nos quedamos aquí sentados hasta que cierren? —pregunté.

—Déjamelo a mí.

Se lo dejamos. Toda la comunicación tuvo lugar sin palabras, según unas reglas preestablecidas: Terry hizo un gesto de complicidad a un camarero que, a su vez, se lo pasó al chef a través de una ventana que daba a la cocina. El chef transmitió el gesto a un hombre fuera de nuestro campo de visión, que supuestamente se lo pasó a veinte hombres más que flanqueaban una escalera de caracol que llevaba al entresuelo del infierno. Pasados unos minutos de ansiedad, un hombre de cabeza calva algo deformada apareció y se sentó a nuestra mesa, mordiéndose el labio y mirándonos amenazadoramente. Terry sacó un sobre rebosante de dinero y lo empujó al otro lado de la mesa. Eso ablandó un poco al traficante. Cogió el sobre y se levantó. Lo seguimos; nuestros pasos emitieron un eco prolongado mientras recorríamos un pasillo que llevaba a una pequeña habitación sin ventanas donde dos hombres armados nos recibieron con una fría mirada. Uno de ellos nos metió mano para comprobar si llevábamos armas y, cuando no encontró ninguna, un hombre fofo de mediana edad vestido con un traje caro entró y nos observó en silencio. Su imponente inmovilidad hizo que me sintiera inmerso en un relato de Conrad, como si mirase al corazón de las tinieblas. Claro que era sólo un hombre de negocios, con el mismo amor por el lucro y la misma indiferencia por el sufrimiento humano que sus homólogos occidentales. Pensé que aquel hombre podía ser un ejecutivo medio de IBM o un asesor jurídico de la industria tabacalera.

Sin previo aviso, uno de los guardaespaldas golpeó a Terry con la culata de un rifle. Su inmenso cuerpo se desplomó. Estaba inconsciente pero con vida, el torso subía y bajaba con una respiración lenta y profunda. Cuando me apuntaron con sus armas, pensé que éste era exactamente el tipo de habitación en que había imaginado que moriría: pequeña, sin ventilación y llena de extraños que miraban con indiferencia.

—Sois policías —dijo el jefe en nuestro idioma.

—No. Policías no —protestó papá—. Somos criminales en busca y captura. Como vosotros. Bueno, no como vosotros. No sabemos si estáis en busca y captura. Quizá nadie os busque.

—Sois policías.

—No. ¡Escúchame, joder! Tengo cáncer. Cáncer, ya sabes. La gran Muerte C.

Entonces papá pasó a explicarles toda la absurda historia de su caída en desgracia y su fuga de Australia.

Aunque está muy extendida la creencia de que las historias tan ridículas tienen que ser verdad, los traficantes se mostraron escépticos. Mientras deliberaban nuestro destino, recordé que Orwell describió el futuro como una bota pisando eternamente la cara del hombre y pensé que a mi alrededor todo eran botas, gente tan terrible que debería castigarse a toda la raza humana por no hacer nada por poner freno a su existencia. El trabajo de estos traficantes de personas era reclutar a gente desesperada, quitarles hasta el último centavo y mentirles antes de arrojarlos a barcos que se hundían de forma rutinaria. Todos los años enviaban a cientos de ellos a una muerte pavorosa. Estos explotadores puros eran el síndrome del intestino irritable del cosmos, pensé, y al mirarlos como si fueran ejemplos de todos los hombres, decidí que me encantaría desaparecer, si eso también les negaba a ellos la existencia.

El jefe habló con calma en tailandés mientras Terry recuperaba la conciencia. Lo ayudamos a levantarse del suelo, lo cual no resultó nada fácil. Frotándose la cabeza, Terry tradujo:

—Dice que os costará veinticinco mil.

—Cincuenta mil —dije yo.

—Jasper —susurró papá—, ¿sabes algo de regatear?

—Yo también voy —repliqué.

Papá y Terry intercambiaron miradas. La de papá era sombría y silenciosa, mientras que la de su hermano era amplia y perpleja.

—Muchas de esas embarcaciones se hunden antes de llegar a Australia —dijo Terry con ansiedad—. ¡Marty! ¡Te lo prohíbo terminantemente! ¡No permitas que Jasper te acompañe!

—No puedo impedírselo —respondió papá, y capté en su voz el entusiasmo de ser temerario con mi vida, ahora que la suya estaba acabada.

—Jasper, eres idiota. No lo hagas —protestó Terry.

—Tengo que hacerlo.

Terry suspiró y murmuró que cada día que pasaba me parecía más a mi padre. El trato se selló con un apretón de manos y cincuenta de los grandes en efectivo puro y duro y, en cuanto se hubo realizado la transacción, los traficantes parecieron relajarse y hasta nos ofrecieron cervezas «a cuenta de la casa». Al observar a estos villanos, imaginé que me había bifurcado de la línea de la evolución en un estadio temprano y que me había desarrollado en secreto, en paralelo al hombre pero siempre aparte.

—Dime una cosa, Jasper, ¿por qué vas? —preguntó Terry cuando salimos del restaurante.

Me encogí de hombros. Era complicado. No quería que esos traficantes de personas, esos putos vampiros necrófagos, traicionasen a papá y lo arrojasen por la borda a la media hora de estar en alta mar. Pero no se trataba tan sólo de un arranque altruista; también era una forma de ataque preventivo. No deseaba que el resentimiento de papá me persiguiese desde el más allá, ni que unas olitas de culpabilidad lamiesen mi futura serenidad. Pero, sobre todo, sería un viaje sentimental: si él iba a morir, fuese en el mar o entre «los suyos» (quienesquiera que fuesen), quería verlo por mí mismo, de mirada a mirada vacua. Me había pasado toda la vida empujado al límite de la racionalidad por este hombre y me ofendía, tras haber estado tan implicado en su drama vital, no estar presente en el gran final. Puede que él fuera su peor enemigo, pero también era el mío y no tenía la menor intención de esperar pacientemente a orillas del río, como en el proverbio chino, a que su cadáver pasara flotando. Quería verlo morir y enterrarlo y aplastar la tierra con mis propias manos.

Digo esto como hijo afectuoso.

III

Nuestra última noche en Tailandia Terry preparó un banquete, pero la fiesta se aguó pronto porque papá no apareció. Registramos la casa a conciencia, sobre todo los cuartos de baño y los aseos, cualquier agujero en que pudiera haberse caído, pero no estaba en ninguna parte. Por fin, encontramos una breve nota en su mesa: «Queridos Jasper y Terry. He ido a un burdel. Vuelvo más tarde.»

Terry se tomó como algo personal que su hermano lo evitase en su última velada juntos, y yo no logré convencerlo de que cada moribundo debe llevar a cabo su propio ritual arcaico. Unos quieren tomar de la mano a sus seres queridos, otros prefieren el sexo explotador y desprotegido del Tercer Mundo.

Antes de acostarme, preparé una pequeña maleta. Apenas habíamos traído nada a Tailandia y reuní aún menos cosas para el viaje de regreso: una muda de ropa para cada uno, dos cepillos de dientes, un tubo de dentífrico y dos viales de veneno, que Terry me había mostrado con manos temblorosas durante la cena.

—Aquí tienes, sobrino —dijo, entregándome unos tubitos

de plástico llenos de un líquido turbio—. Por si el viaje acaba en una deriva sin fin o en el fondo del mar y sólo os queda morir de hambre o ahogaros, *voilà!* ¡Una tercera opción!

Me aseguró que era un veneno rápido y relativamente indoloro; reflexioné un tiempo sobre la palabra «relativamente», sin que me consolara que aullásemos de dolor durante un período más breve que el ofrecido por otros venenos de la tienda. Escondí los tubos de plástico en un bolsillo con cremallera de mi bolsa.

No pegué ojo en toda la noche. Pensaba en Caroline y en que fui incapaz de salvarla. Menuda decepción había resultado ser mi cerebro. Después de todo lo que había presenciado a lo largo de mi vida, casi me había convencido de que la rueda de la historia personal gira en torno al pensamiento y que, por tanto, mi historia era confusa porque mi pensamiento había sido confuso. Imaginaba que todo lo que había experimentado hasta la fecha era probablemente una materialización de mis miedos (sobre todo, mis miedos a los miedos de mi padre). En resumen, había creído brevemente que, si el carácter de un hombre es su destino y su carácter es la suma de sus acciones y sus acciones son el resultado de sus pensamientos, entonces el carácter, las acciones y el destino de un hombre dependen de lo que piensa. Ahora no estaba tan seguro.

Una hora antes de que amaneciera, cuando teníamos que ir al muelle, papá aún no había regresado. Supuse que o bien estaba perdido en Bangkok, agotado tras haber pasado la noche regateando con prostitutas, o bien estaba en remojo en la bañera de un hotel de lujo, tras haber cambiado de idea respecto al viaje sin habérnoslo comunicado.

—¿Qué hacemos? —preguntó Terry.

—Vamos al muelle. Quizá se presente allí.

El trayecto hasta el muelle fue un viaje de media hora por la apiñada ciudad, y luego por suburbios destartalados que parecían una enorme casa de naipes que se hubiese desmoronado. Aparcamos junto a un largo embarcadero. El sol, que emergía sobre el horizonte, brillaba a través de la bruma. En lo alto, sólo distinguimos nubes con forma de cabezas cortadas.

—¡Ahí está el barco! —exclamó Terry.

Cuando vi el pesquero, nuestro desvencijado aspirante a ataúd, se me tensaron todas las articulaciones del cuerpo. Era una cutre embarcación de madera con aspecto de antigua reliquia restaurada a toda prisa para una exposición. Pensé: «Aquí es donde nos almacenarán como los hígados de bacalao que somos.»

Poco después, los que buscaban asilo, los fugitivos, empezaron a aparecer en grupos de dos o tres. Había hombres, mujeres y niños. Hice mi propio recuento a medida que se hacinaban en el muelle: ocho... doce... diecisiete... veinticinco... treinta... Seguían llegando. Parecía del todo imposible que esta pequeña embarcación pudiera acomodarnos a todos. Las madres abrazaban con fuerza a sus hijos e hijas. Me entraron ganas de llorar. El patetismo de una familia que arriesga la existencia de sus hijos para darles una vida mejor no te deja indiferente.

¡Aquí estaban! ¡Los Fugitivos! Aquí estaban, manifestando expresiones gemelas de desesperación humana y esperanza humana, acurrucándose furtivamente, examinando el pesquero con profunda desconfianza. No eran tontos. Sabían que se la jugaban a cara o cruz. No confiaban en que ese barco oxidado pudiera ser su liberación. Los escruté, preguntándome: «¿Recurriremos al canibalismo antes de que la travesía haya terminado? ¿Me comeré el muslo de ese hombre y me beberé el líquido cefalorraquídeo de esa mujer, con una copita de bilis para terminar?»

Esperé con Terry en el muelle. Los traficantes aparecieron de la nada, todos vestidos de caqui. El capitán desembarcó. Era un hombre flaco de cara cansada que se frotaba la nuca sin parar, como si ésta fuera una lámpara encantada. Nos ordenó que subiéramos a bordo.

—Yo no voy si papá no va —dije con enorme alivio.

—¡Espera! ¡Ahí está!

Maldición; sí, ahí estaba, bajando por el muelle, tambaleándose hacia nosotros.

Alguien dijo que a los cincuenta años todos tienen la cara que se merecen. Pues bien, lo siento, pero nadie a esa edad se merece la cara que entonces tenía mi padre. Era como si la fuerza de la gravedad hubiese enloquecido y tirase de su cara hacia abajo, a la tierra, y hacia arriba, a la luna, todo al mismo tiempo.

—¿Es eso? ¿Ésa es la barca? ¿Ésa es la puta barca? ¿Es estanca? A mí no me lo parece.

—Es la barca, en efecto.

—No parece que vaya a flotar.

—Estoy de acuerdo. No es tarde para abandonar toda esta idea.

—No, no. Seguimos.

—Bien.

¡Joder!

El sol subía. Era casi plena mañana. El capitán se acercó y volvió a decirnos que embarcásemos. Terry le puso una mano en el hombro y lo estrujó como a un limón.

—Bien. Recuerda lo que te he dicho. Si estos dos hombres no llegan a Australia como nuevos, te mataré.

—Y, si él no te mata, mi fantasma volverá y te dará una patada en los huevos.

—Todo aclarado, entonces —dijo Terry—. ¿Lo has comprendido?

El capitán asintió con gesto cansado. Parecía habituado a las amenazas.

Terry y papá se situaron el uno frente al otro, como dos hombres a punto de luchar. Papá intentó sonreír, pero su cara no pudo soportar la súbita tensión. Terry resopló un poco, como si subiera una escalera, y dio una palmadita en el brazo de su hermano.

—Bueno. Ha sido una reunión de la hostia, ¿no?

—Siento que morirme me haya convertido en esta mierda —dijo papá. Pareció incomodarse con esta despedida y se puso una mano en la cabeza, como si temiera que se la llevara el viento. Entonces ambos intercambiaron una sonrisa. En esa sonrisa se vio su vida entera: su infancia, sus aventuras. La sonrisa decía: «¿No hemos acabado siendo dos criaturas singulares y divertidas?»

—Ten una muerte bonita y tranquila —dijo Terry—, y procura no llevarte a Jasper contigo.

—Jasper estará bien —dijo papá y, apartándose de su hermano, subió al barco, que golpeó suavemente el embarcadero.

Terry me agarró de los hombros y sonrió. Se inclinó, olía a cilantro y limoncillo; me plantó un beso en la frente.

—Cuídate.

—¿Qué vas a hacer tú? —le pregunté.

—Creo que me iré de Tailandia. Puede que a Kurdistán, o Uzbekistán, o a uno de esos sitios que no sé escribir. Intentaré montar allí una cooperativa. Todo lo que ha pasado con Caroline y tu padre me ha removido un poco, creo que me hace falta embarcarme en un viaje largo y difícil. Ver qué pasa. Tengo la curiosa sensación de que el mundo está a punto de irse al carajo. La guerra ha empezado, Jasper. Te lo aseguro. Los desposeídos se están organizando. Y a los que poseen les esperan tiempos difíciles.

Coincidí en que por ahí parecían ir los tiros.

—¿Saldrás alguna vez de la sombra para volver a Australia?

—Un día volveré y les daré el susto de su vida.

—Venga, vamos a casa —gritó papá desde cubierta.

Terry miró a papá y alzó un dedo para indicar que necesitaba un minuto más.

—Jasper, antes de que te vayas, quiero darte un par de consejos.

—Bien.

—Estos últimos meses te he estado observando, y he descubierto que hay algo que quieres por encima de todo. Quieres no ser como tu padre.

Eso no era algo que yo ocultase, ni siquiera a papá.

—Seguramente, a estas alturas —continuó— ya habrás comprendido que, si piensas con valentía, cruzarás las calles sin mirar; y que, si tienes pensamientos sádicos y corruptos, te encontrarás apartando la silla cada vez que alguien está a punto de sentarse. Eres lo que piensas. Así que, si no quieres volverte como tu padre, si no quieres que te arrinconen tus ideas como le ha pasado a él, necesitas que tus ideas te lleven a campo abierto, y el único modo de hacerlo es disfrutar de no saber si tienes razón o no, jugar el juego de la vida sin intentar descifrar las reglas. No juzgues a los vivos, goza de lo inútil, que no te desencante el asesinato, recuerda que los hombres que ayunan sobreviven pero los hombres famélicos mueren, ríe mientras tus ilusiones se vienen abajo y, sobre todo, bendice cada minuto de esta tonta temporada en el infierno.

No supe qué decir a eso. Le di las gracias, lo abracé una última vez y subí a bordo.

Mientras zarpábamos, me despedí de Terry a través de una espesa cortina de humo negro hasta que lo perdí de vista. Miré a papá para ver si le entristecía no volver a ver a su hermano y advertí que se había vuelto en dirección contraria, contemplaba el horizonte y sonreía con un optimismo de lo más inapropiado.

IV

¡El terrible océano! ¡Semanas y semanas de él!

Parecía que al capitán le era imposible controlar el barco. Unas olas enormes nos amenazaban desde todas partes, zarandeaban el pesquero de un modo horrible. No sólo se bamboleaba, sino que también se revolvía, giraba en espiral y saltaba en círculos enloquecidos por el aire.

Bajo cubierta, las portillas estaban cerradas y pintadas con brea negra. El suelo estaba cubierto de cartones sucios y los pasajeros dormíamos en colchones finos como sábanas. Recuerdo que, cuando llegué por primera vez a Tailandia, todos me dijeron que no apuntase con los pies a la cabeza de nadie. Ahora, en este reducido espacio, estábamos tan apiñados que acababas poniendo los pies no en la cabeza de alguien, sino directamente en su cara día tras día. Papá y yo estábamos hacinados en un rincón, emparedados entre unos voluminosos sacos de arroz y una familia de fumadores empedernidos del sur de China.

En esa jaula caliente y empapada en sudor, el único oxígeno que inhalábamos había sido exhalado por otros pasajeros. Estar bajo cubierta era sumergirse en una pesadilla. La aglomeración de miembros y de torsos esqueléticos era opresiva, sobre todo en la sofocante oscuridad, donde las voces —sonidos peculiares, escalofriantes, guturales— formaban conversaciones a las que éramos ajenos. Si tenía que salir a tomar aire, más que moverme entre ellos me veía empujado de un extremo a otro del casco.

A veces, papá y yo dormíamos en la dura cubierta llena de aparejos, utilizando como almohadas rollos de soga húmeda y pesada rebozada de un lecho marino u otro. Ahí arriba no era mucho mejor; los días eran tórridos, llovía de forma continuada y ¿quién habría imaginado que los mosquitos llegarían tan mar adentro? Nos roían sin tregua. Pero apenas nos oíamos perjurar debido al motor ruidoso y vibrante, que eructaba sin cesar nubes de humo negro.

Por la noche nos acostábamos mirando al cielo, donde las estrellas nadaban trazando formas que los sollozos, gritos y aullidos delirantes, en su mayoría provenientes de papá, convertían en amenazadoras.

No hay nada placentero en las últimas etapas del cáncer. Papá sufría confusión, delirios y convulsiones; tenía migrañas intensas, vértigo, habla dificultosa, mareos, náuseas, vómitos, temblores, sudores, un dolor muscular insoportable, debilidad extrema y un sueño tan pesado como un coma. Hacía que le administrara pastillas de un bote de etiqueta ilegible. Eran opiáceos, me dijo. Así que los diferentes proyectos de inmortalidad de papá habían dado paso a un proyecto de mortalidad más importante: morir con el mínimo dolor posible.

A nadie le gustaba llevar un enfermo a bordo. Sabían que el viaje requería fuerza y resistencia y, además, daba igual la religión que siguieran, en todas ellas un moribundo se considera de mal agüero. Quizá por eso los fugitivos estaban poco dispuestos a compartir sus provisiones con nosotros. Y no era sólo la salud de papá lo que les molestaba; emanábamos el olor de lo extraño. Sabían que éramos australianos que habían pagado una enorme suma de dinero para entrar ilegalmente en el país. No lo comprendían.

Una noche me despertó una voz que gritaba:

—¿Por qué vosotros aquí?

Al abrir los ojos, vi al capitán de pie, fumando un cigarrillo.

Su cara era una novela barata que no me vi con la energía de leer.

—No creo que salga de ésta —insistió la voz del capitán mientras tanteaba el estómago de papá con el pie—. Igual lo echamos por la borda.

—A ver si te echo yo a ti —repliqué.

Uno de los fugitivos se levantó detrás de mí y gritó al capitán en un idioma que no identifiqué. El capitán retrocedió. Me volví. El fugitivo tendría mi edad y unos ojos amplios y hermosos, demasiado grandes para su cara demacrada. Tenía el cabello largo y rizado y las pestañas largas y rizadas. Todo en él era largo y rizado.

—Dicen que sois australianos.

—Así es.

—Me gustaría poner un nombre australiano. ¿Se te ocurre alguno?

—Sí. Claro. ¿Qué te parece... Ned?

—¿Ned?

—Ned.

—De acuerdo. Ahora soy Ned. ¿Te importa llamar por mi nuevo nombre y ver si doy la vuelta?

—Vale.

Ned se alejó y yo le grité «¡Shane!» como prueba. No picó. Después lo intenté con Bob, Henry, Frederick y Minishorts 21, pero ni se inmutó. Entonces grité «¡Ned!», y se volvió sonriendo como un loco.

—Gracias —dijo educadamente—. ¿Puedo hacerte una pregunta?

—Dispara.

—¿Por qué estáis aquí? A todos nos gustaría saberlo.

Miré atrás. Otros habían subido a cubierta para limpiar sus mugrientos pulmones en el aire nocturno. Papá sudaba y tenía fiebre, y Ned sostuvo en alto un paño húmedo para que yo lo inspeccionara.

—¿Puedo? —me preguntó.

—Adelante.

Ned presionó el paño húmedo contra la frente de papá, que emitió un largo suspiro. Nuestros compañeros de pasaje gritaron preguntas a Ned y él respondió a gritos antes de indicarles que se acercaran. Se aproximaron, se arremolinaron a nuestro alrededor y nos salpicaron las orejas con su inglés chapurreado. Estos extraños personajes secundarios, llamados a última hora para aparecer como artistas invitados en el epílogo de la vida de un hombre, querían comprender.

—¿Cómo te llamas? —preguntó Ned a papá.

—Martin. Éste es Jasper.

—Dime, Martin, ¿por qué entras así en Australia?

—No me quieren allí —respondió papá débilmente.

—¿Qué hiciste?

—Algunos errores graves.

—¿Mataste a alguien?

—No.

—¿Violaste a alguien?

—No. No fue nada de eso. Fue una... indiscreción financiera.

Ned dio un respingo. Si al menos papá hubiese matado o violado, esos crímenes habrían justificado que arriesgase su vida, y posiblemente la mía.

Tradujo la expresión «indiscreción financiera» a los otros, y en ese preciso instante una gruesa cortina de nubes se descorrió, permitiendo que la luna iluminase su perplejidad. Al ver cómo nos miraban, me pregunté si tendrían la menor idea de lo que les esperaba en Australia. Supuse que sabían que vivirían una existencia clandestina, explotados en burdeles, fábricas, obras, cocinas y por la industria de la moda, que haría que se cosieran los dedos hasta el hueso. Pero dudaba que fueran conscientes de la competición adolescente entre los líderes políticos por ver quién sacaba las políticas más duras de inmigración, las que no querrías encontrarte en un callejón oscuro. Dudaba que supieran que la opinión pública ya estaba en su contra, porque aunque huyas para salvar la vida tienes que esperar en la cola; o que Australia, como en todas partes, destacase por hacer que las distinciones arbitrarias entre personas parecieran importantes.

Si lo sabían, no había tiempo para darle vueltas al asunto. Sobrevivir al viaje era la única prioridad, y nada fácil, por cierto. Aquello se ponía cada vez peor. Las provisiones menguaban.

El viento y la lluvia azotaban la embarcación. Unas olas gigantescas amenazaban con hacernos volcar de un momento a otro. En alguna ocasión, de no habernos agarrado a la barandilla, habríamos caído por la borda. No nos sentíamos más cerca de Australia que al zarpar y costaba creer que ni nuestro país ni ningún otro existiesen siquiera. El océano crecía más y más. Cubría toda la tierra. El cielo también crecía; se alzaba cada vez más alto, extendiéndose hasta casi romperse. Nuestro barco era la cosa más diminuta de la creación y nosotros éramos infinitesimales. El hambre y la sed nos encogían más aún. Y el calor era un traje acolchado de cuerpo entero que todos vestíamos juntos. Muchos temblaban de fiebre. En un par de ocasiones, divisamos tierra y grité al oído del capitán:

—¡Paremos ahí, por Dios!

—Eso no es Australia.

—¿Y qué? ¡Es tierra, tierra firme! ¡Ahí no nos ahogaremos!

Seguimos adelante, dejando nuestra estela espumosa en un océano rebosante de intenciones hostiles.

Es sorprendente lo plácido que puede llegar a ser el animal humano agonizante en semejante circo. Jamás lo habría imaginado. Creía que nos arrancaríamos mutuamente la piel a tiras, que nos beberíamos la sangre de nuestros hermanos, pero no fue así en absoluto. Todos estábamos demasiado cansados. Claro que había llantos y una buena cantidad de amarga frustración, pero era una amarga frustración triste y callada. Y nosotros éramos criaturas diminutas, encogidas, demasiado frágiles para emitir ninguna protesta seria.

La mayor parte del tiempo papá yacía inmóvil en cubierta, como unos de esos peluches espantosos que se regala a los niños en Halloween.

Le acaricié la frente con suavidad, pero él reunió la energía suficiente para apartarme.

—¡Me muero! —espetó.

—Dentro de un par de días, yo también me estaré muriendo —dije para animarlo.

—Lo siento. Ya te dije que no vinieses —replicó, sabiendo muy bien que no lo había dicho.

Papá intentaba fingir que sentía remordimientos por haber unido mi futuro al suyo. Pero yo sabía la verdad. Sabía algo que él nunca admitiría: no se había librado del todo de su antigua fantasía de que yo era una reencarnación prematura de su ser todavía vivo, y ahora creía que, si yo moría, quizás él seguiría viviendo.

—Jasper, me muero —repitió.

—¡Por dios, papá! ¡Mira a tu alrededor! ¡Aquí todo el mundo se muere! ¡Todos vamos a morir!

Eso lo puso a cien. Le enfurecía que su muerte no se contemplase como un espectáculo trágico y aislado. Morir entre moribundos, como uno más, era una espina que tenía clavada. No obstante, lo que más lo crispaba eran los rezos constantes.

—Ojalá estos idiotas se callasen.

—Son buenas personas, papá. Deberíamos sentirnos orgullosos de ahogarnos con ellos.

Disparates. Yo no decía más que disparates. Pero papá estaba decidido a abandonar este mundo en estado beligerante y nada podía hacer para disuadirlo. Incluso con su vida embalada y el pasaporte sellado, rechazaba el mundo religioso por millonésima vez.

Éramos los únicos que no rezábamos y el positivismo de los fugitivos nos ponía a papá y a mí en evidencia. Ellos aún creían que sucedían cosas maravillosas. Estaban sumidos en un vuelo extasiado, se sentían dichosos porque sus dioses no eran de los de tipo interno, que en realidad no pueden ayudarte en una crisis tangible y efímera como es el hundimiento de un barco; sus dioses eran de los antiguos, del tipo que dirige toda la naturaleza hacia los deseos del individuo. ¡Menudo golpe de suerte! Sus dioses sí que escuchaban a la gente, y a veces intervenían. ¡Sus dioses hacían favores personales! ¡Cuánto importa a Quién conoces! Por eso su experiencia privada no tenía nada del frío terror de la nuestra: no imaginábamos que un pulgar y un índice bajarían de los cielos para ponernos fuera de peligro.

Cuidaba de mi padre en una especie de trance. Acostado y a oscuras, papá exponía incontables ideas sobre la vida y sobre cómo vivirla. Sin embargo, eran algo más confusas y pueriles que sus habituales diatribas, y comprendí que, cuando caes, lo único a lo que puedes agarrarte es a ti mismo. Cuando me hablaba, yo fingía escuchar. Si él quería dormir, yo también dormía. Cuando gemía, le daba analgésicos. No había nada más que hacer. Mi padre sufría, sus ojos extraviados estaban más lejos que nunca. Yo sabía que pensaba en Caroline.

—Martin Dean... ¡menudo tonto era! —decía.

Le ofrecía cierto consuelo hablar de él en tercera persona del pasado.

A veces Ned me ayudaba. Me sustituía, ofrecía agua a papá y fingía escuchar su voz monótona e incesante. En tales ocasiones, me arrastraba sobre los cuerpos semiinconscientes de mis compañeros para tomar algo de aire en cubierta. Arriba, el cielo se abría como un cráneo resquebrajado. Las estrellas brillaban como gotas de sudor. Estaba despierto, pero mis sentidos soñaban. Mi sudor sabía a mango, chocolate, aguacate. ¡Esto era un desastre! Papá moría demasiado despacio y con demasiado dolor. ¿Por qué no se mataba? ¿Por qué los ateos acérrimos aguantaban semejante agonía inútil? ¿A qué esperaba mi padre?

De pronto, lo recordé. ¡El veneno!

Eché a correr, me encaramé al colchón humano y le susurré febrilmente al oído:

—¿Quieres el veneno?

Papá se incorporó y me miró con ojos resplandecientes. Se puede controlar a la Muerte, cantaron sus ojos. En cierto modo, nuestra energía vital se recargó al pensar en el veneno.

—Mañana por la mañana, al amanecer —dijo—. Lo haremos juntos.

—Papá... yo no tomaré el veneno.

—No, claro que no. No me refería a eso. Quería decir que yo me lo tomo y tú miras.

Pobre papá. Siempre había odiado la soledad y ahora se enfrentaba a la forma de soledad más profunda, más concentrada, que existía.

Pero al amanecer llovía, y no quiso suicidarse con lluvia.

Cuando la lluvia cesó, hacía demasiado calor para acabar con todo.

Por la noche quiso que su último aliento tuviese lugar bajo el cálido resplandor del sol.

Para resumir, nunca estaba listo. Vacilaba constantemente. Siempre encontraba una nueva excusa para no hacerlo: demasiada lluvia, demasiadas nubes, demasiado sol, demasiado oleaje, demasiado pronto, demasiado tarde.

Así pasaron dos o tres días de agonía.

Finalmente sucedió justo después de una puesta del sol, cuando llevábamos dos o tres semanas en el mar. Una ola de espuma rompió por debajo de cubierta. Estábamos medio ahogados. Los chillidos no ayudaban en absoluto. Cuando el océano se calmó, papá se incorporó en la oscuridad. De pronto, le costaba respirar. Le di un poco más de agua.

—Jasper, creo que es el momento.

—¿Cómo lo sabes?

—Lo sé. Siempre he desconfiado de esos personajes de las películas que saben que ha llegado su hora, pero es cierto. La muerte llama a la puerta. Llama de verdad.

—¿Puedo hacer algo?

—Llévame arriba, espera a que me muera y tírame por la borda.

—Creía que no querías que el mar fuese tu tumba.

—No quiero. Pero esos cabrones me miran como si fuese una gran pierna de cordero.

—El cáncer no te ha dado un aspecto precisamente apetitoso.

—No discutas conmigo. Después de muerto, no quiero pasar ni un minuto más en este barco.

—Comprendido.

Los Fugitivos no nos quitaban los ojos de encima. Hablaron entre sí en voz baja y cómplice mientras Ned me ayudaba a sacar a papá de allí.

En cubierta, su respiración se volvió más distendida. El aire del Pacífico pareció sentarle bien. El vasto movimiento del océano lo apaciguó. Bueno, al menos eso me gustaría creer a mí. Aquéllos eran sus últimos momentos y quería pensar que al fin dejaba de encontrar insultante su insignificancia cósmica, que finalmente veía algo caprichoso en carecer de sentido, que resultaba incluso divertido ser un accidente en el desolado erial del espacio-tiempo. Ésa era mi esperanza: que, al contemplar la majestuosa representación del azul océano y enfrentarse al desenfrenado viento marino, hubiera comprendido que el teatro del universo era un drama demasiado grande para que él soñara con agenciarse un papel principal. Pero no, no puso su existencia en perspectiva, en absoluto; el asunto no le hizo ninguna gracia hasta el final. Fue a la muerte como un mártir de su propia causa secreta, mal dispuesto a denunciarse.

Dejo constancia de sus últimos minutos, con la tristeza de un biógrafo demasiado cercano a su tema de estudio.

La noche era silenciosa, salvo por el crujir de la embarcación y el suave chapoteo del agua. La luna brillaba sobre el horizonte. Íbamos directos hacia allí. El capitán nos llevaba a la luna. Imaginé que se abría una trampilla. Imaginé que entrábamos. Imaginé que la puerta se cerraba tras nosotros, y el sonido de una risa enloquecida. Imaginé todo eso para distraerme de la realidad de la muerte de mi padre.

—Mira, Martin, mira la luna —dijo Ned—. Mira cómo está pintada en el cielo. Dios es un artista de verdad.

Eso dio a papá un arranque de energía.

—Espero que no, por el bien de todos. Francamente, Ned, ¿has conocido a algún artista? No son personas agradables. Son seres egoístas, narcisistas y crueles que se pasan el día sumidos en una depresión suicida. Díselo, Jasper.

Suspiré; me sabía este discurso de memoria:

—Los artistas son la clase de persona que engaña a sus amantes, abandona a sus hijos legítimos y hace sufrir terriblemente a los que tienen la desgracia de conocerlos y les han mostrado amabilidad.

Papá alzó la cabeza para añadir:

—¿Tachas a Dios de artista y esperas que cuide de ti? ¡Buena suerte!

—Te falta fe.

—¿Te has preguntado alguna vez por qué tu dios exige fe?

¿Será que el cielo tiene un aforo limitado y el requisito de la fe es un modo de restringir el número de ocupantes?

Ned lo miró con lástima, meneó la cabeza y no dijo palabra.

—Papá, déjalo un rato.

Le di otro par de analgésicos. Se los tragó, soltó un grito y cayó inconsciente. Al cabo de diez minutos, empezó a delirar.

—Cientos... millones.... cristianos... la boca hecha agua... el cielo un hotel de lujo donde... no se cruzarán con musulmanes ni judíos en la máquina de los cubitos... Los musulmanes y los judíos... no mejores... no aflojan... hombre moderno... buenos dientes... escasa capacidad de concentración... se suponía que... caos y alienación... no visión religiosa del mundo... neurosis... demencia... no es verdad... siempre religión entre las criaturas... que... mueren.

—Ahorra energías —dijo Ned. Podría haberle dicho «¡Cierra el pico!», y yo no se lo hubiera reprochado.

La cabeza de papá cayó hacia atrás, en mis rodillas. No le quedarían más de unos minutos y seguía sin creérselo.

—Esto es realmente increíble —dijo, y respiró hondo. Le vi en la cara que los analgésicos empezaban a funcionar.

—Lo sé.

—¡Será posible! ¡La muerte! ¡Mi muerte!

Se adormiló unos instantes, luego abrió de par en par unos ojos totalmente inexpresivos, anodinos como los de un burócrata. Creo que intentaba convencerse de que el día de su muerte no era el peor día de su vida sino sólo un día normal, nada del otro mundo. Pero no acabó de creérselo, y gimió una vez más con los dientes apretados.

—Jasper.

—Estoy aquí.

—Chejov creía que el hombre mejoraría cuando alguien le enseñase cómo es en realidad. No creo que eso haya resultado ser verdad. Sólo lo ha vuelto más triste y solitario.

—Oye, papá... no te sientas obligado a ser profundo en tus últimas palabras. Tómatelo con calma.

—He dicho un montón de estupideces a lo largo de mi vida, ¿verdad?

—No todo eran estupideces.

Papá resolló un par de veces y los ojos le giraron en las cuencas, como si buscase algo en un rincón de su cráneo.

—Jasper, tengo que admitir algo —gruñó.

—¿Qué?

—Te oí.

—¿Oíste qué?

—En la jungla. Cuando venían. Oí tu voz que me avisaba.

—¿Me oíste? —grité. Me parecía increíble—. ¿Oíste eso? ¿Por qué no hiciste nada? ¡Podrías haberle salvado la vida a Caroline!

—No creí que fuera real.

No dijimos nada durante largo rato. Ambos contemplamos en silencio el movimiento del mar.

Luego el suplicio volvió a empezar. Aulló de dolor. Sentí miedo. Después el miedo se transformó en pánico. Pensé: «¡No te mueras! ¡No me dejes! ¡No nos dejes! Estás rompiendo una sociedad, ¿no lo ves? Por favor, papá. Dependo totalmente de ti, incluso como tu opuesto, sobre todo como tu opuesto... Porque, si estás muerto, ¿qué sentido tiene eso? ¿Es todo el opuesto de nada? ¿O nada?»

Y tampoco quería enfadarme con un fantasma. Eso sería el cuento de nunca acabar.

—Papá, te perdono —dije.

—¿Por qué?

—Por todo.

—¿Qué todo? ¿Qué te he hecho yo?

¿Quién es este hombre irritante?

—Da igual.

—Vale.

—Papá, te quiero.

—Yo también te quiero.

Ahí. Lo dijimos. Bien.

O no tan bien... curiosamente, poco satisfactorio. Acabábamos de decir «te quiero». Padre e hijo, en el lecho de muerte del primero, diciendo que nos queríamos. ¿Por qué no me sentía bien? Ésta es la razón: porque yo sabía algo que nadie sabía ni alcanzaría a saber, que mi padre era un hombre singular y maravilloso. Y eso es lo que realmente quería decir.

—Papá.

—Tendría que haberme matado —musitó.

Luego lo repitió, como si fuese su mantra privado. Nunca se perdonaría no haberse suicidado. Me pareció bien. Creo que todas las personas que están en el lecho de muerte no deben perdonarse el no haberse suicidado, aunque sea un día antes. Dejarse asesinar por la mano de la Naturaleza es la única verdadera apatía que existe.

Su muerte en sí fue rápida; incluso súbita. Le tembló un poco el cuerpo, luego tuvo un espasmo de miedo, apretó los dientes como si intentara morder a la muerte, la luz de sus ojos parpadeó y se apagó.

Eso fue todo.

Papá había muerto.

¡Papá estaba muerto!

¡Increíble!

Y nunca le dije que lo apreciaba. ¿Por qué no se lo había dicho? Te quiero... ¡bah! ¿Tanto cuesta decir «te quiero»? Es una jodida canción lírica. Papá sabía que lo quería. Nunca supo que lo apreciaba. Que incluso lo respetaba.

Tenía saliva en los labios. Sus ojos, carentes de alma o de conciencia, conseguían pese a todo parecer insatisfechos. La cara, deformada por la muerte, maldecía al resto de la humanidad con una mueca de la boca. Era imposible creer que el largo e ignominioso tumulto de su cabeza había terminado.

Un par de Fugitivos vinieron a ayudarme a echarlo por la borda.

—¡No lo toquéis! —chillé.

Estaba decidido a celebrar el entierro en el mar solo, sin ayuda. Era una idea estúpida, pero me había empeñado en llevarla a cabo.

Me arrodillé junto a su cuerpo, metí los brazos por debajo. Cayó, fibroso, en mis manos. Sus extremidades largas y flácidas me colgaban encima de los hombros. Las olas crecieron, como si se relamieran.

Todos los rostros pasivos y hundidos de los Fugitivos miraban con respeto. La muda ceremonia los había despertado de su lánguida agonía.

Proseguí. Arrojé el cuerpo por la borda y lo enterré en el rugir de las olas. Flotó un momento en la superficie, hundiéndose y sobresaliendo, como una zanahoria que se echa a un guiso. Luego se sumergió, como arrastrado por unas manos invisibles, y se apresuró a acomodarse en extraños rincones del mar.

Eso fue todo.

¡Adiós, papá! Espero que supieras cómo me sentía.

Ned me puso una mano en el hombro.

—Ahora está con Dios.

—Que digas eso es algo horrible.

—Tu padre nunca comprendió lo que es formar parte de algo mayor que uno.

Eso me mosqueó. La gente siempre dice que «es bueno formar parte de un algo mayor que uno mismo», pero ya lo somos. Somos parte de algo inmenso: toda la humanidad. Eso es enorme. Pero no lo vemos, así que elegimos ¿qué? ¿Una organización? ¿Una cultura? ¿Una religión? Eso no es mayor que uno. ¡Es mucho, mucho más pequeño!

La luna y el sol empezaban a compartir el cielo cuando el barco se acercó a la costa. Miré a Ned y, con un gesto majestuoso del brazo, le señalé el bosque que rodeaba la caleta. Ned me miró perplejo, sin comprender que de pronto me embargase la irracional sensación de que era su anfitrión y, henchido de orgullo, quisiera mostrarle los alrededores.

El capitán surgió de las sombras y nos ordenó a todos que bajásemos. Antes de desaparecer, me detuve en lo alto de la escalerilla. Había siluetas en la costa. Estaban inmóviles, en grupos, a lo largo la playa, figuras oscuras clavadas como postes en la arena húmeda. Ned se reunió conmigo y me apretó el brazo.

—Podrían ser pescadores —dije yo.

Observamos en silencio. Las estatuas humanas se hicieron

más grandes. Eran demasiadas para ser pescadores. También tenían faros, nos apuntaban directamente a la cara. El barco había conseguido llegar a tierra, pero estábamos hundidos.

V

Había policía federal y guardacostas por toda la playa. Nos rodearon de inmediato. Los guardacostas se pavoneaban y gritaban como unos pescadores de truchas que inesperadamente hubiesen atrapado un cachalote. El espectáculo que ofrecían me puso enfermo y supe que mis compañeros de viaje iniciaban una pesadilla burocrática de la que quizá nunca despertarían. Ser pobre, extranjero e ilegal, a merced de la generosidad de los prósperos occidentales, es hallarse en terreno muy precario.

Ahora que papá se había ido del todo, que ya no estaba para hacer de mi vida un infierno viviente, yo asumí automáticamente ese papel. Como siempre había temido y Eddie había predicho, con papá muerto, ahora era cosa mía ser indecente con mi futuro. Por eso, en aquella playa al amanecer, me pareció de lo más natural no hacer lo que no hice.

Tuve muchas oportunidades para hablar, para explicar que era australiano y que tenía todo el derecho a moverme en libertad. Debería haberme diferenciado de los Fugitivos. Es decir, no hay ninguna ley que prohíba a un australiano volver a Australia en un barco lleno de agujeros. En teoría, también podía regresar a Asia propulsado por un tirachinas gigante, si se diera el caso, pero, por alguna razón, decidí no decir nada. Simplemente mantuve la boca cerrada y permití que me acorralasen con los demás.

Pero ¿cómo fue posible que me confundieran con un Fugitivo? La genética que me había transmitido mi padre —cabello negro y tez aceitunada— se combinó de maravilla con la incapacidad de mis paisanos de librarse de la idea de que somos abrumadoramente anglosajones. Todos asumieron que yo era de Afganistán, Líbano o Irak, y a nadie se le ocurrió preguntarme dónde había nacido.

Así fue como llegué a esta extraña prisión, rodeada de lo que parece una interminable extensión de desierto por todos sus lados. Lo llaman centro de detención, pero intenta decirle a un prisionero que es sólo un detenido, a ver si lo consuela la distinción.

Tuvieron dificultades para clasificarme, puesto que me negué a hablar. Se morían por deportarme desde el primer día, pero no sabían adónde. Varios intérpretes me acosaron en diferentes lenguas. ¿Quién era yo, y por qué no quería decírselo? Propusieron un país tras otro, salvo uno: nadie aventuró siquiera que mi punto de origen y mi punto de destino eran el mismo.

Durante semanas, cuando no estaba en clase de inglés fingiendo esforzarme con el alfabeto, escribí mi historia, en páginas robadas de clase. Al principio escribí agachado en el suelo detrás de la puerta de la celda, pero pronto comprendí que entre las huelgas de hambre, los intentos de suicidio y los motines recurrentes, apenas reparaban en mí. Simplemente creían que estaba deprimido y ellos permitían, si no fomentaban, que estuvieras alicaído en tu celda. Para ellos, yo era sólo un enigma triste e indeseado dejado sin resolver.

Cuando Ned recibió uno de los codiciados visados temporales, insistió en que admitiera mi nacionalidad. El día que se marchó, me rogó que me fuera con él. ¿Y por qué me quedé? ¿Qué estaba haciendo yo en aquel horrible lugar? Quizá sólo estuviera fascinado; nunca sabía cuándo alguien iba a acuchillarse, o a tragar detergente o cristales. Y, en mi época, hubo tres motines de los buenos; un arrebato de furiosa energía hizo que los Fugitivos intentaran cosas imposibles, como derribar la cerca, antes de ser reducidos por las fuertes manos de los guardias. Después del último motín, la administración construyó muros más gruesos y una cerca más alta de alto voltaje. Recordé lo que Terry había dicho, que los desposeídos se estaban organizando; deseé que se apresurasen.

De vez en cuando, intentaba convencerme de que me hallaba en esta prisión como un acto de máxima protesta contra la política gubernamental, pero sabía que eso era sólo racionalizar. La verdad era que la no existencia de papá me aterrorizaba. Necesitaba tiempo para acostumbrarme a esa soledad. Escondido aquí, evitaba enfrentarme al siguiente paso. Sabía que quedarme era perverso, vergonzoso y cobarde. Pese a todo, era incapaz de marcharme.

Como siempre, Dios aparece en muchas conversaciones. Los Fugitivos sueltan incesantes proclamas a los guardias: «¡Dios es grande!», «¡Dios os castigará!» y «Espera a que Dios se entere de ésta». Asqueado por el tratamiento que se daba a los Fugitivos tanto aquí como en sus tierras natales, horrorizado por el triste estado en que se encuentra la compasión en el mundo, una noche hablé a ese Dios suyo. Le dije:

—¡Eh! ¿Por qué nunca dices: «Si un hombre más sufre a manos de otro, se acabó. Acabo con todo»? ¿Por qué nunca dices: «Si un hombre más grita de dolor porque otro hombre le pisa el cuello, acabo con todo»? Cuánto deseo que lo digas, y hablo en serio. Una política de tres-faltas-y-expulsados es lo que la raza humana necesita para enderezarse. Ha llegado el momento de la mano dura. ¡Oh, Señor! No más medidas tibias. Tolerancia cero. Tres cagadas y fuera.

Le dije todo esto a Dios, pero hubo mucho silencio después, un silencio frío que pareció quedárseme atascado en la garganta, y de pronto me oí susurrar: «¡Es la hora!» Ya basta. Fue durante la clase de inglés, en un aula pequeña y luminosa, con los pupitres dispuestos en forma de U. El profesor, Wayne, estaba de pie ante la pizarra, explicando el uso de las cláusulas. Los estudiantes guardaban silencio, aunque nada respetuoso; era el silencio perplejo de un grupo de personas sin una idea clara de lo que les enseñaban.

Me levanté. Wayne me miró, como preparándose para sacarse el cinturón y empezar a darme azotes.

—¿Por qué te molestas en enseñarnos las cláusulas? No las necesitamos —le dije.

Wayne empalideció y echó la cabeza hacia atrás, como si yo acabase de crecer un metro de altura.

—Hablas inglés —declaró tontamente.

—No te lo tomes como un testimonio de tu capacidad como profesor.

—Tienes acento australiano.

—Sí, tío. Ahora di a esos capullos que vengan. Tengo algo que contarles.

A Wayne se le abrieron mucho los ojos. Luego salió del aula con un ademán exagerado, como de tigre de dibujos animados. Las personas actúan como niños cuando las sorprendes, y los cabrones no son una excepción.

Diez minutos después llegaron corriendo dos guardias de pantalones apretados. También tenían una expresión sorprendida, pero la suya empezaba a evaporarse.

—Nos han dicho que se te ha soltado la lengua —dijo uno.

—Vamos a escucharlo —dijo el otro.

—Me llamo Jasper Dean. Mi padre era Martin Dean, y mi tío, Terry Dean.

Sus expresiones de sorpresa se reanimaron. Me llevaron por largos pasillos grises hasta una habitación austera que contenía tan sólo una silla. ¿Sería para mí o me obligarían a permanecer de pie mientras un inquisidor me interrogaba con los pies en alto?

No detallaré los siete días de interrogatorio. Sólo diré que era como un actor atrapado por contrato en una mala obra teatral con muchas funciones por delante. Recité mi papel una vez, y otra, y otra, y otra. Se lo conté todo, aunque olvidé mencionar que mi tío Terry estaba vivo. Resucitarlo no me habría hecho ningún bien. El gobierno insistió mucho en el paradero de papá. Tenían con qué presionarme: yo había cometido dos delitos, viajar con pasaporte falso y asociarme con criminales, aunque lo segundo no era en realidad un crimen sino una mala costumbre, así que lo pasaron por alto. Fui acosado por grupos de detectives y por agentes de la ASIO, nuestra nada espectacular agencia de espionaje, de la que los australianos saben muy poco porque nunca protagoniza películas ni series de televisión. Tuve que soportar durante días todos los trucos típicos de su repertorio: el interrogatorio en *staccato*, el número del poli bueno y el poli malo con sus variaciones (poli malo/poli peor, poli peor/ Satán con corbata), interpretaciones tan terribles que quise abuchear. En nuestro país no se tortura a las personas, lo cual es bueno a menos que seas un interrogador presionado para obtener resultados. Vi claramente que uno de ellos habría dado cualquier cosa por poder arrancarme las uñas. Sorprendí a otro contemplando mi entrepierna con nostalgia, mientras soñaba con electrodos. Pues lo siento por ellos. De todos modos, no necesitaban torturarme. Yo les seguí la corriente. Hablé hasta quedarme ronco. Me escucharon hasta quedarse sordos. Pronto todos nos fuimos quedando sin recursos. De vez en cuando, me permitían pasear por la habitación mientras me gritaban cosas como: «¿Cuántas veces tendré que repetirlo?» Fue bochornoso. Me sentía como un bobo. Lo que decía parecían bobadas. Todo era muy hortera. Las películas hacen que la vida real parezca hortera.

Registraron mi celda y encontraron lo que había escrito, doscientas páginas sobre nuestras vidas. Sólo había llegado a mi infancia, cuando me enteré de la historia del tío Terry. Estudiaron las páginas intensamente, las leyeron con minuciosidad en busca de pistas, pero iban tras los crímenes de papá, no tras sus defectos, y al final sólo lo consideraron ficción, una historia exagerada de mi padre y de mi tío redactada como inteligente defensa. Concluyeron que lo plasmaba como un lunático para que no pudieran declararlo culpable por motivos de salud mental. En última instancia, ni siquiera lograron creer en él como personaje; dijeron que era imposible que alguien fuese megalómano y rindiese por debajo de lo esperado. Doy por supuesto que no entendían de psicología humana.

Al final me devolvieron las páginas; luego entrevistaron a todos mis compañeros de viaje para ver si mi historia de la muerte de papá se tenía en pie. Los Fugitivos la confirmaron. Martin Dean estaba en la embarcación, muy enfermo, y murió. Yo arrojé su cadáver al mar. Vi que esta noticia suponía una terrible decepción para las autoridades; no me habían pillado en una mentira. Papá habría sido el máximo trofeo para ellos. Al pueblo australiano le habría encantado ver a mi padre servido en bandeja. Su muerte dejaba un notorio hueco en sus vidas, una vacante que necesitaban suplir. ¿A quién demonios iban a odiar ahora?

Finalmente, decidieron soltarme. No porque no quisieran acusarme, sino porque querían que mantuviese la boca cerrada.

Había visto de primera mano cómo se trataba a los Fugitivos en el centro de detención, y el gobierno no quería que hablase del maltrato sistemático a hombres, mujeres y niños, así que compraron mi silencio retirando los cargos. Acepté. Tampoco me sentí mal por mi complicidad. No me imaginaba que saber la verdad influyera en el público votante. No sé por qué el gobierno creyó lo contrario. Tendría más fe en la gente de la que yo tenía.

A cambio de mi silencio, me proporcionaron un sucio apartamento de una habitación en un sucio edificio estatal de un sucio y pequeño barrio en las afueras. Volé con la policía federal desde el desierto a Sydney, donde me dieron las llaves de mi apartamento minúsculo y mugriento y una caja con papeles que habían sacado de mi antiguo estudio cuando huimos del país: mi verdadero pasaporte, mi carné de conducir y un par de facturas del teléfono que insinuaron que debía pagar. Cuando se largaron, me senté en la sala y miré al piso de enfrente desde mi ventana con barrotes. Tuve la impresión de que no le había sacado al gobierno todo lo que podía. Lo había chantajeado a cambio de este sitio de mierda y un subsidio de trescientos cincuenta dólares quincenales. Seguro que podría habérmelo montado mucho mejor.

Me vi reflejado en el espejo del baño. Tenía las mejillas hundidas; las cuencas de los ojos se internaban en las profundidades de la cabeza. Estaba delgado como un fideo. Necesitaba engordar. Aparte de eso, ¿qué planes tenía? ¿Qué iba a hacer?

Intenté llamar a Anouk, la única persona que me quedaba en el planeta, pero conseguirlo demostró ser más complicado de lo previsto. No es fácil contactar con la mujer más rica del país, por mucho que antes me hubiera limpiado el baño. Su teléfono particular no aparecía en la guía, nada sorprendente, y sólo tras llamar al Hobbs Media Group y hablar con varias secretarias, se me ocurrió por fin preguntar por Oscar. Recibí varias negativas, hasta que una joven dijo:

—¿Es una broma?

—No, no lo es. ¿Por qué no iba a poder hablar con él?

—¿De verdad no lo sabe?

—¿Saber qué?

—¿Dónde ha estado los últimos seis meses, en una cueva?

—No, en una prisión en medio del desierto.

Eso me brindó un largo silencio.

—Está muerto —dijo por fin—. Los dos lo están.

—¿Quiénes? —pregunté, mi corazón un bloque helado.

—Oscar y Reynold Hobbs. Su jet privado se estrelló.

—¿Y la señora Hobbs? —pregunté, temblando. Por favor, que no haya muerto. Por favor, que no haya muerto. En aquel instante comprendí que, de todas las personas que había conocido a lo largo de mi vida, Anouk era la que menos merecía morir.

—Me temo que también.

Sentí que todo escapaba de mí. Amor. Esperanza. Ánimo. No quedó nada.

—¿Sigue ahí? —preguntó la mujer.

Asentí con la cabeza. Ninguna palabra que decir. Ninguna idea que pensar. Ningún aire que respirar.

—¿Se encuentra bien?

Esta vez negué con la cabeza. ¿Cómo iba a poder estar bien?

—Espere. ¿A qué señora Hobbs se refiere?

Tragué aire.

—La mujer de Oscar.

—Era la mujer de Reynold, Courtney, la que iba en el avión, no la otra.

—¿Así que Anouk...?

—No, no estaba con ellos.

Volví a respirar bien hondo todo el amor, la esperanza y el ánimo, de vuelta a mis pulmones. ¡Gracias!

—¿Y cuándo fue esto?

—Hará unos cinco meses.

—Tengo que hablar con ella. Dígale que Jasper Dean intenta localizarla.

—¿Jasper Dean? ¿El hijo de Martin Dean?

—Sí.

—¿No huiste del país? ¿Cuándo has vuelto? ¿Está tu padre contigo?

—¡DÉJAME HABLAR CON ANOUK!

—Lo siento, Jasper. Anouk está ilocalizable.

—¿Cómo es posible?

—Ahora está de viaje.

—¿Dónde?

—Creemos que en la India.

—¿Creéis?

—Para serte sincera, nadie sabe dónde está.

—¿Qué quieres decir?

—Después del accidente, se esfumó. Hay mucha gente que quiere hablar con ella, como puedes imaginar.

—Bueno, si llama, ¿puedes decirle que he vuelto y que quiero hablar con ella?

Le dejé mi número de teléfono y colgué. ¿Por qué Anouk estaba en la India? Supuse que quería pasar el luto fuera de los focos. Comprensible. La luz de los focos es el último lugar que uno quiere para llorar. Anouk debía de ser muy consciente de que, como viuda, o bien se convertía en una histérica de rímel corrido o bien el público la tomaría por una asesina.

Me sentía desolado, irreal. Papá estaba muerto, Eddie estaba muerto, hasta los indestructibles Oscar y Reynold estaban muertos, y nada de eso me hacía sentir especialmente vivo. La verdad es que no sentía nada. Era como si me hubiesen anestesiado de la cabeza a los pies, de manera que ya no sentía el contraste entre la vida y la muerte. Más tarde, en la ducha, ni siquiera estuve seguro de conocer la diferencia entre frío y caliente.

Un día en mi nueva vida y ya la odiaba. Era imposible no convertirse en nada que no fuese permanentemente asqueroso en este asqueroso apartamento. Decidí salir de allí. ¿Y adónde iría? Bien, al extranjero. Recordé mi plan original: vagar sin rumbo por el tiempo y el espacio. Para eso, necesitaba dinero. El problema era que no lo tenía y tampoco sabía cómo ganarlo rápido. Todo lo que podía vender era lo mismo que cualquiera sin mayor activo que su nombre: podía vender mi tiempo o podía vender mi historia. Al carecer de aptitudes comercializables, sabía que mi tiempo no me proporcionaría ni un dólar más que el salario mínimo, pero con no sólo uno, sino dos hombres célebres en mi familia inmediata, quizá mi historia me consiguiera un precio por encima de la media. Podría haber tomado el camino fácil, claro está, y acceder a que me entrevistasen en televisión, pero jamás lograría comprimir mi historia en veinte minutos de la media hora de programa. No, tenía que seguir escribiendo para asegurarme de que la historia estaba bien contada, sin dejarme nada en el tintero. Mi única opción era acabar el libro que había empezado, encontrar a un editor y hacerme a la mar con un jugoso adelanto. Ése era mi plan. Saqué las páginas que mis interrogadores habían despreciado como ficción. ¿Por dónde iba? No había llegado demasiado lejos... me quedaba mucho que escribir.

Salí a comprar un par de recambios de papel DIN-A4. Me gustan las páginas blancas; hacen que me avergüence llenarlas. Fuera, el sol era una mano de luz que me abofeteó en la cara. Mirando a la gente, pensé: «¡Qué vida más extenuante!» Ahora que no me quedaba nadie cercano, tendría que arreglármelas con alguno de estos extraños, convertir a un par de ellos en amigos o en amantes. ¡Cuánto trabajo supone la vida cuando uno siempre empieza de cero!

Las calles de mi ciudad me hicieron sentir como en un país extranjero. Seguía sufriendo los efectos tóxicos de haber estado en un campo de detención, porque descubrí que, pese a necesitar a individuos, me aterrorizaban las multitudes, con tal intensidad física que tuve que agarrarme a las farolas. ¿De qué tenía miedo? No pretendían hacerme daño alguno. Supongo que temía su indiferencia. Creedme, no caigáis ante el hombre. No os ayudará a levantaros.

Pasé ante un quiosco y se me cayó el alma a los pies: todo había salido a la luz. A papá lo habían declarado oficialmente muerto. Decidí no leer ninguno de los panegíricos de los tabloides. «¡El cabrón muere!», «¡Yupi! ¡Ha muerto!» y «¡El final de un cerdo!» no parecían merecedores de mi dólar con veinte. De todos modos, ya lo había oído antes. Mientras me alejaba, se me ocurrió que había cierta cualidad irreal en esos titulares, como un prolongado *déjà vu*. No sé cómo explicarlo. Me sentí como si estuviera al final de algo que creía interminable o al principio de algo que juraría que había empezado largo tiempo atrás.

Pasé los días siguientes sentado junto a la ventana, escribiendo día y noche, y entre tanto recordé la fea cabeza de papá pontificando y reí histéricamente hasta que los vecinos aporrearon las paredes. El teléfono sonaba sin parar: periodistas. No respondí y escribí sin parar durante tres semanas, cada página una descarga de pesadillas de las que fue un gran alivio librarme.

Una noche, estaba echado en el sofá sintiéndome fuera de lugar, como una pestaña atrapada dentro del ojo, cuando escuché a los vecinos discutiendo al otro lado de la pared. Una mujer chilló:

—¿Por qué has hecho eso?

Y un hombre respondió a gritos:

—¡Lo vi en la tele! ¿No puedes aguantar una broma?

Usaba lo que me quedaba de mis neuronas restantes para descubrir lo que habría hecho cuando llamaron a la puerta. Abrí.

De pie en el umbral, con una pose envidiable, había un joven prematuramente calvo vestido con un traje cruzado de raya diplomática. Me dijo que se llamaba Gavin Love, y yo me lo creí: no se me ocurrió razón alguna para que alguien se hiciera llamar Gavin Love si ése no era su nombre. Me dijo que también era abogado, lo que dio a su historia de Gavin Love más peso aún. Dijo que traía algunos papeles para que los firmase.

—¿Qué clase de papeles?

—Las cosas de su padre están en un almacén. Son todas suyas. Sólo tiene que firmar.

—¿Y si no las quiero?

—¿A qué se refiere?

—Si no las quiero, no hace falta que firme.

—Bien... —Su rostro denotó perplejidad—. Sólo necesito su firma —añadió, titubeante.

—Lo comprendo. No estoy seguro de que quiera dársela.

Su confianza se evaporó al instante. Era evidente que eso le causaría problemas.

—¿No quiere su herencia, señor Dean?

—¿Tenía algo de dinero? Porque eso es lo que me hace falta.

—No, me temo que no. La cuenta bancaria de su padre está

vacía. Y todo lo de valor se ha vendido. Lo que queda de sus posesiones seguramente, bueno...

—No tiene ningún valor.

—Pero vale la pena echar un vistazo, sin embargo —dijo, intentando sonar positivo.

—Quizá —repliqué, dubitativo.

De todos modos, no sabía por qué estaba torturando a ese pobre memo. Firmé. Sólo más tarde advertí que había firmado «Kasper». Gavin Love no pareció notarlo.

—¿Y dónde está ese almacén?

—Aquí tiene la dirección —dijo, tendiéndome un papel—. Si quiere ir ahora, puedo acercarlo en coche.

Llegamos a un edificio público de aspecto solitario, que destacaba entre almacenes de muebles y mayoristas de conservas. Un guardia metido en un cuchitril blanco tenía carta blanca en lo referente a subir y bajar la barrera del aparcamiento. Gavin Love bajó la ventanilla.

—Éste es Jasper Dean. Viene a reclamar el patrimonio de su padre.

—No vengo aquí a reclamar nada, sólo a echar un vistazo.

—Identificación —dijo el guardia.

Saqué mi carné de conducir y se lo tendí. El guardia lo examinó e intentó casar la cara del carné con la cara pegada a mi cabeza. No guardaban gran parecido, pero me concedió el beneficio de la duda.

Aparcamos frente al edificio.

—Probablemente se quedará un rato —dijo Gavin Love.

—Tranquilo, no te pediré que me esperes.

Salí del coche y Gavin Love me deseó buena suerte, lo que le pareció muy decente por su parte. Un hombre pequeño y rechoncho vestido de uniforme gris abrió la puerta. Llevaba los pantalones más subidos de cintura de lo que estimé práctica habitual.

—¿Qué desea?

—Me llamo Jasper Dean. Las posesiones de mi padre están

metidas en una de sus habitaciones sin ventilación. He venido a curiosear.

—¿Nombre de su padre?

—Martin Dean.

Los ojos del hombre se abrieron un poco más, asombrados, después se contrajeron. Entró en el despacho y salió con un gran libro azul.

—Dean, Dean... ¡aquí está! Habitación...

—¿Ciento uno? —pregunté, pensando en Orwell.

—Noventa y tres. Por aquí.

Lo seguí hasta un ascensor. Entró conmigo. No teníamos mucho que decirnos, así que los dos contemplamos los números del ascensor, que se iluminaban por turnos, y vi que él pronunciaba cada número en silencio. Salimos en la cuarta planta y caminamos por un largo pasillo bien iluminado. A mitad de pasillo, dijo: «¡Hemos llegado!», y se detuvo ante una puerta.

—En estas puertas no hay números. ¿Cómo sabe que es la noventa y tres?

—Es mi trabajo saberlo —replicó.

Eso no era ningún tipo de trabajo. Sacó un juego de llaves y entreabrió la puerta.

—Puede cerrar la puerta cuando esté dentro.

—Así está bien —dije. No parecía la clase de lugar donde uno quisiera quedarse encerrado.

La habitación era oscura y estaba abarrotada y era imposible ver dónde terminaba; imaginé que se extendía infinitamente hasta el límite de la existencia. No entendí cómo habían conseguido meterlo todo ahí: libros, lámparas, mapas, fotografías, muebles, marcos de fotos vacíos, un aparato portátil de rayos X, chalecos salvavidas, telescopios, viejas cámaras, estanterías, tuberías y sacos de patatas llenos de ropa. El espacio estaba totalmente ocupado por las posesiones de papá, todo amontonado y desordenado: papeles por el suelo, cajones vacíos vueltos del revés. Era evidente que las autoridades habían buscado pistas del paradero de papá y del dinero. Cada polvoriento metro cuadrado lo ocupaban los trastos sin valor de mi padre. Sentí una especie de dolor diluido al navegar por el laberinto de curiosidades. La ansiedad que había infundido a cada uno de los objetos se mantenía intacta. La frustración intensa de papá se olía en todas partes. Tuve la falsa ilusión de que me desplazaba por el interior de la cabeza de mi padre.

Aquello era tierra de nadie. Me sentía como si hubiese tropezado con continentes desconocidos; por ejemplo, un gran bloc de dibujo azul me cautivó durante horas. Contenía diseños y bocetos de artilugios increíbles: una guillotina casera, una enorme burbuja plegable de plástico que puesta en la cabeza permitía fumar en los aseos de los aviones, un ataúd con forma de interrogación. También encontré una caja con treinta o cuarenta novelitas románticas, así como su autobiografía inacabada, y debajo un manuscrito con su letra titulado «Amor en el almuerzo», una nauseabunda historia de amor no correspondido escrita para niñas de trece años. Me sentía totalmente perdido. Era como si me encontrase por primera vez con algunas personalidades más de mi padre. Incluso antes de pensar en escribir un libro sobre él, incluso antes de poner por escrito una línea, me había visto como su reacio cronista. Lo único en que me consideraba experto era en mi padre. Ahora parecía que él tenía una vida que yo no había conocido. Era su forma de burlarse de mí desde la tumba.

El guardia apareció en la puerta y preguntó:

—¿Cómo van las cosas ahí dentro?

No supe bien cómo responder a esa particular expresión, aunque respondí que las cosas iban bien.

—Ahí lo dejo, entonces —dijo, y ahí me dejó.

¿Qué se suponía que debía hacer con toda esa basura? Valía la pena conservar los diarios, sin duda. Sin ellos, jamás podría probar a nadie que mi vida con él había sido tan frenética como recordaba. Y no sólo para los de fuera; también para mí. Los aparté, junto con su autobiografía, y seguí escarbando.

Bajo un abrigo de lana apolillado encontré una enorme caja de madera, podrida en los extremos. Parecía dañada por el agua y el paso del tiempo. Un candado colgaba de la tapa y, en el suelo, había una palanca. Las autoridades, en busca de los millones perdidos, habían forzado la caja y hurgado en su interior. Miré con más detenimiento. A un lado había un papel amarillento, escrito en francés, con el nombre de papá y, debajo, una dirección de Australia.

Abrí la caja.

En la parte superior había un cuadro. La luz tenue no me dejó ver bien al principio pero, cuando lo hice, me sorprendí tanto que hasta es posible que farfullase algo como «Pero ¿qué...».

Era el cuadro que había pintado en el gallinero de Tailandia. El cuadro de la cara sin cuerpo que llevaba toda la vida persiguiéndome. El cuadro que había sido destruido.

La cabeza me daba vueltas. Volví a mirar. Sin duda, era mi cuadro. ¿Cómo era posible?

Lo alcé para ver qué había debajo. Más cuadros de la misma cara. Era extraño. Yo sólo había pintado uno. Entonces lo comprendí.

No eran mis cuadros. ¡Eran de mi madre!

Respiré hondo y reflexioné. Me acordé del cuaderno verde de papá, su diario de París. Papá le había comprado pintura, pinceles y lienzos a Astrid, que se había obsesionado con pintar. Tenía las palabras del diario grabadas en la memoria. Recordé lo que había escrito: «Cada cuadro es una representación del infierno, tiene muchos infiernos & los pinta todos. Pero el infierno es sólo un rostro y es sólo el rostro que pinta. Un rostro. Un rostro horrible. Pintado muchas veces.»

Un instante de terror se extendió a un minuto entero de terror y no se detuvo ahí. Miré de nuevo el rostro. Era como un moretón, violeta e hinchado. Luego examiné todas las pinturas con detenimiento. Era innegable. Las pestañas del párpado inferior, arqueadas como dedos; los pelos de la nariz, como fibras nerviosas; los ojos en estado de trance, la opresiva cercanía de la aplastada nariz, la perturbadora mirada. Era como si el rostro amenazara con salir del cuadro y plantarse en la habitación. También tenía la incómoda sensación de que podía olerlo, un olor que emanaba del lienzo en oleadas.

Mi madre y yo habíamos pintado el mismo rostro, ¡el mismo rostro macabro! ¿Qué significaba aquello? ¿Había visto yo estos cuadros en mi juventud? No. El diario decía que mi madre había dejado de pintar después de mi nacimiento, y como papá y yo nos marchamos de París tras la muerte de mi madre, era evidente que yo no había podido verlos. Así que Astrid había visto un rostro y había pintado ese rostro. Y yo había visto el mismo rostro y también lo había pintado. Examiné de nuevo los cuadros. Con contornos afilados y líneas horizontales rotas para plasmar una cabeza geométricamente desagradable, pintada con verde vomitivo y líneas gruesas y onduladas de negro, rojo y marrón, no era un rostro pasivo lo que Astrid había pintado, era un rostro con función; la función de asustarte.

Me alejé de las pinturas e intenté resolver el enigma. Era totalmente razonable asumir que: a) a mi madre se le aparecía este rostro igual que a mí, o b) mi madre no lo había visto flotando entre las nubes, sino que había conocido realmente a la persona a quien pertenecía.

Caminé por el almacén, abriéndome paso entre los objetos, hasta llegar a un viejo armario roto. En el cajón inferior encontré medio paquete de Marlboro y un encendedor con forma de torso de mujer. Encendí un cigarrillo, pero estaba demasiado preocupado para inhalar. Me quedé ahí, inmovilizado por mis pensamientos, hasta que el cigarrillo me quemó los dedos.

Abrí los ojos. No había notado que los tenía cerrados. Se me había metido una idea en la cabeza. ¡Y menuda idea! ¡Menuda idea! ¿Por qué no se me habría ocurrido antes? Di vueltas por la habitación, gritando: «¡Oh Dios mío, oh Dios mío!», como el concursante de un programa televisivo. Examiné otra vez las pinturas. Nunca me había sucedido antes, ¡un instante de iluminación! ¡Era increíble!

—¿Por qué asumir que me estoy convirtiendo en mi padre, cuando tengo las mismas probabilidades de convertirme en mi madre? —grité.

Golpeé el suelo con el pie, para que temblase el edificio entero. La idea era absolutamente liberadora. ¿De qué me había preocupado todo este tiempo? Y es que, además, aunque me convirtiera en mi padre, él nunca habría sido TODO mi yo, sino sólo una parte o una subdivisión; quizás un cuarto de mí se convirtiese en él, otro cuarto en mi madre, un octavo en Terry, o en el rostro, o en todos los demás que yo aún no había conocido. La existencia de estas pinturas sugería un abanico de mi ser que hasta entonces no había imaginado. Supongo que comprenderéis mi gozo indescriptible. El período en que mi padre amenazaba con dominar mi personalidad —la Ocupación— era un espejismo. Nunca habíamos sido sólo él y yo. ¡Yo era un maldito paraíso de posibilidades! Me senté en un sofá, cerré los ojos y me imaginé. No vi nada claro. ¡Maravilloso! ¡Así es como debía ser! Una imagen desdibujada que intenta enfocarse constantemente, y justo cuando, durante un instante, me veo con claridad, aparezco como una figura en segundo plano, de contorno tan borroso como un melocotón a contraluz.

De pronto comprendí el significado de todo aquello. Mi misión estaba clara: volar a Europa y encontrar a la familia de mi madre. El rostro era el punto de partida. Ésa era la primera pista. Encuentra el rostro, y encontrarás a la familia de tu madre.

Aturdido, cogí cuantos lienzos podía cargar, llamé a un taxi y los llevé a casa. Estuve toda la noche mirándolos. Sentía una mezcla de sentimientos de naturaleza tan opuesta que amenazaban con desgarrarme: un profundo dolor por la pérdida de mi madre; la sensación acogedora y reconfortante de nuestra proximidad mental, espiritual y psicótica; aversión y repugnancia hacia el rostro, el orgullo de haber desvelado un secreto y la furiosa frustración de no comprender el secreto que había desvelado.

Alrededor de la medianoche, sonó el teléfono. No respondí. Los periodistas no me dejaban en paz. El teléfono dejó de sonar y di un suspiro de alivio. El suspiro fue breve. Un minuto después, el teléfono volvió a sonar. Iba a seguir así toda la noche. Descolgué.

—¿Señor Dean? —preguntó una voz masculina.

Supuse que lo mejor era ir acostumbrándome.

—Oye —solté—. No concedo entrevistas, citas, comentarios ni declaraciones, así que ¿por qué no te vas a perseguir a algún futbolista que se dedique a las violaciones en grupo?

—No soy periodista.

—Entonces ¿quién eres?

—Me preguntaba si podríamos vernos.

—Y yo me preguntaba quién eres.

—No puedo decírselo. Seguramente tiene pinchado el teléfono.

—¿Por qué iban a pincharme el teléfono? —pregunté, mirando con desconfianza el aparato. No conseguí saber si estaba pinchado o no.

—¿Podríamos vernos a las nueve en la Estación Central, mañana por la mañana?

—Si el teléfono está pinchado, ¿no estará también ahí quienquiera que nos escuche?

—No tiene que preocuparse por eso.

—No lo estoy. Pensé que tú lo estarías.

—Entonces, ¿lo veré allí?

—De acuerdo. Allí estaré.

Colgó. Me quedé mirando el teléfono un rato, esperando que empezara a hablar por su cuenta, para explicarme todas las cosas que no entendía. No lo hizo.

A las nueve de la mañana siguiente estaba en la Estación Central, esperando a Dios sabe quién. Me había sentado en un banco y observaba a la gente que entraba apresuradamente en la estación para subirse a los trenes y la gente que salía apresuradamente de la estación para alejarse de los trenes. Parecían las mismas personas.

Sonó el claxon de un coche. Me volví y vi un Mercedes negro de lunas tintadas. El conductor, asomado a la ventana, me hacía señas con el dedo. No lo reconocí. Como no me moví, dejó de menear el dedo y pasó a hacerme señas con toda la mano. Me acerqué. Ni estando pegado al coche me fue imposible ver quién había en su interior.

—¿Le importaría entrar detrás, señor Dean?

—¿Por qué iba a hacerlo?

—¡Jasper! ¡Entra! —gritó una voz desde el asiento trasero.

Sonreí al instante, lo cual me pareció extraño porque llevaba mucho tiempo sin sonreír. Abrí la puerta trasera, entré y, mientras el coche partía, Anouk y yo nos abrazamos durante diez minutos, sin hablar y sin soltarnos.

Cuando nos separamos, nos miramos boquiabiertos. Sencillamente, había demasiado que decir para saber cómo decirlo. Anouk no tenía aspecto de viuda rica. Vestía un sari de seda granate y se había afeitado otra vez la cabeza. Los enormes ojos verdes asomaban peligrosamente de su cráneo como símbolos de una catástrofe ancestral. Su cara parecía vieja y joven, extraña y familiar.

—Pensarás que me he vuelto paranoica con tanto misterio. ¡Es horrible, Jasper! Todos quieren que ponga cara de valiente, pero de ésas no tengo. Sólo tengo cara de destrozada. Después de lo de Oscar y ahora tu padre, es la única que me queda.

Yo permanecí inmóvil, pensando por dónde empezar. En lugar de hablar, le estreché la mano.

—Soy la dueña de todo, Jasper. No sé cómo ha pasado. Soy la mujer más rica de Australia.

—La mujer más rica del mundo —dijo el chófer.

—¡Tú a lo tuyo!

—Lo siento, Anouk.

—No dejo que nadie me llame señora Hobbs. Bueno, ésa es otra historia. Pero ¿no es gracioso que sea tan rica?

Era más que gracioso. También era más que irónico. No se me había olvidado cómo nos conocimos: Anouk había rayado el deportivo de papá con una llave porque odiaba a los ricos.

—¡Estás muy delgado! —exclamó Anouk—. ¿Qué te ha pasado? Sólo me han llegado unas pocas noticias, de aquí y de allá.

Pedí al chófer que se detuviera y aparcó en un callejón sin salida. Anouk y yo nos apeamos y, de pie en el callejón, junto a un borracho que dormía abrazado a un televisor, le conté todo lo de Eddie y Terry y la cooperativa democrática y Tailandia y el veneno y la turba asesina y Caroline y los traficantes de seres humanos. Para cuando llegué al viaje en barco, Anouk se mordía el labio inferior y, cuando describí la muerte de mi padre, lo sorbió dentro de la boca. Durante el resto de la historia, mantuvo los ojos cerrados y una sonrisa triste, agridulce, en la cara.

No mencioné las pinturas de mi madre porque necesitaba guardarme algo para mí.

—En cuanto a mí —dijo ella—, estoy escondida. Todos quieren que decida lo que voy a hacer. ¿Voy a ponerme al frente de este meganegocio o no?

—¿Quieres hacerte tú cargo?

—Hay una parte que no estaría mal. Sería divertido dirigir un estudio de cine. Una vez produje un corto, ¿recuerdas?

Lo recordaba. Era un entramado horrible y pretencioso de imágenes abstractas y simbolismo obvio, sobre un hombre rico que convence a una mujer pobre de que le venda su pecho y, una vez lo ha comprado, se sienta con el pecho en su butaca preferida, lo acaricia y lo besa, intenta poner erecto el pezón y, al no conseguirlo, frustrado y desesperado, arroja el pecho a la barbacoa y se lo come con salsa de tomate.

—¿Tú qué crees, Jasper? ¿Podría dirigir un estudio de cine?

—Sin duda.

—Ya he dado muchas cosas a los amigos (las compañías de música, las librerías, los restaurantes, las cadenas hoteleras, los cruceros), y mi padre siempre quiso una isla, pero voy a esperar a su cumpleaños.

—¿Tú no te quedas nada?

—¡Claro! No soy estúpida. Me quedo los periódicos, las revistas, las emisoras de radio, las cadenas de televisión por cable y en abierto y el estudio de cine. ¿No es increíble, Jasper? Las máquinas de propaganda más poderosas de la historia de la civilización, ¡y han caído en nuestras manos!

—¿A qué te refieres, con nuestras?

—De eso quería hablarte. ¿Qué vas a hacer ahora?

—Quiero ir a Europa a buscar a la familia de mi madre. Pero necesito dinero. ¿Puedes darme algo de dinero, Anouk? No te lo devolveré.

—Pues claro, Jasper. Te daré lo que quieras.

—¿En serio?

—Con una condición.

—¡Oh-oh!

—Tienes que ayudarme.

—No.

—Tendrás muchísimo poder.

—¿Poder? ¡Puaj!

—Por favor.

—Oye. Yo sólo quiero salir del país y vivir el resto de mis días flotando en una niebla anónima. No quiero ayudarte con... ¿con qué quieres que te ayude?

—Con los medios.

—¿Qué medios?

—¡Todos!

—Me voy a Europa. No quiero quedarme anclado en un despacho.

—Estamos en el siglo XXI, así que si quieres...

—Sé en qué siglo estamos. ¿Por qué la gente siempre me dice en qué siglo vivo?

—... así que, si quieres moverte, no hay problema. Tendrás un portátil, un ayudante, un móvil. Puedes trabajar mientras viajas. Por favor, Jasper. No confío en nadie más. Tú nunca has visto a tanta gente que quiera tanto de forma tan evidente. Todos tienen la mano extendida, mis viejos amigos incluidos. Y nadie me dará una opinión sincera. Tú eres el único con quien puedo contar. Además, creo que tu padre estuvo preparándote durante toda tu vida para algo así. Quizás exactamente para esto. Quizás él ya lo supiera. Parece cosa del destino, ¿no crees? Tú y yo somos las personas menos indicadas para estar en esta posición... eso es lo fabuloso del asunto.

—Anouk, es una locura. ¡No sé nada de periódicos ni de televisión!

—Y yo no sé nada de ser un magnate de los medios, ¡pero aquí estoy! ¿Cómo es posible que me encuentre en esta posición? ¿Y por qué? No me abrí camino hasta aquí. Se me vino todo encima. Tengo la sensación de que debo hacer algo.

—¿Como qué?

Puso una cara severa y grave, de esas que te ponen la tuya severa y grave con sólo mirarlas.

—Jasper, creo que la base de la vida es el amor. Y que el amor disciplinado es la ley fundamental del universo.

—¿Qué universo es ése y dónde está? Me dejaría caer para saludar.

Anouk se sentó en el extremo de un barril vacío de cerveza. Irradiaba dicha y entusiasmo. Sí, quizá simulara odiar este extraño giro de los acontecimientos que la había transformado en una mujer rica y poderosa, pero yo no me lo tragaba.

—Creo que los pensamientos de una persona a menudo se manifiestan en hechos reales; que damos vida a las cosas que pensamos. ¿De acuerdo? Bien, piensa en esto: una de las enfermedades que se ha convertido en epidemia en el mundo occidental es la adicción a las noticias. Periódicos, noticias en Internet, canales de noticias de veinticuatro horas. ¿Y qué son las noticias? Las noticias son historia en gestación. Así que la adicción a las noticias es la adicción al desenlace de la historia. ¿Me sigues?

—Te sigo. Continúa.

—En las dos últimas décadas, las noticias se han producido como espectáculo. Por tanto, la adicción de la gente a las noticias es la adicción a su función como espectáculo. Si combinas el poder del pensamiento con esta adicción a las noticias amenas, entonces la parte de los cientos de millones de personas, los telespectadores, que desea la paz en la tierra se ve eclipsada por la parte de ellos que quiere el siguiente capítulo de la historia. Todas las personas que ponen las noticias y no encuentran novedades acaban decepcionadas. Comprueban las noticias dos o tres veces al día; quieren dramatismo, y dramatismo significa no sólo muerte, sino muerte a millares, por lo que, secretamente, toda persona adicta a las noticias espera una calamidad aún mayor, más cadáveres, más guerras espectaculares, más horrendos ataques enemigos, y esos deseos salen cada día al mundo. ¿No lo ves? Ahora mismo, más que en cualquier otra época de la historia, el deseo universal es claramente malvado.

El mendigo del suelo había despertado y desplazaba furtivamente los ojos entreabiertos de Anouk a mí, con una sonrisa aburrida en el rostro, como si, en respuesta a la teoría de Anouk, dijese que ya lo había oído antes.

—¿Y qué pretendes hacer?

—Tenemos que desenganchar a la gente de su adicción, o de lo contrario se armará la de Dios.

—Tenemos.

—Sí, Jasper.

Miré al borracho del callejón para asegurarme de que no me estaba imaginando todo aquello. ¿Quería ayudar a Anouk con su plan? Claro que podía hacerme cargo de los periódicos y poner titulares divertidos como «Este periódico imposibilita el pensamiento independiente» y combatir la adicción a las «noticias», como pretendía Anouk, para hacerlas áridas y aburridas: limitar las transmisiones, divulgar acontecimientos banales y positivos (abuelas que plantaban nuevos jardines, estrellas del fútbol que cenaban con sus familias) y no permitir que los asesinos en masa se montasen en la noria de la celebridad.

No obstante, lo último que quería era asumir un papel público en ningún campo. El público en general aún tendía a ponerse rabioso a la mínima mención de mi padre, por lo que la gente me odiaría, hiciera lo que hiciera. Lo único que deseaba era fundirme entre vastas multitudes de no angloparlantes y probar los numerosos sabores de mujeres vestidas con camisetas ceñidas en todas las ciudades del planeta. ¿Y Anouk quería que llevase el departamento de noticias?

—Anouk, te diré lo que vamos a hacer. Empieza tú sin mí. Te llamaré dentro de seis meses, para ver cómo te van las cosas y quizá vuelva para ayudarte. Pero es un quizá muy grande.

Anouk hizo un sonido extraño con la garganta y empezó a respirar sonoramente. Los ojos se le volvieron más redondos. Casi cedí. Es bastante duro ir por la vida decepcionándose a uno mismo cada dos días, pero decepcionar a otros también te deja hecho polvo. Por eso nunca hay que responder al teléfono ni abrir la puerta. Así no habrá que decir no a quien esté al otro lado.

—De acuerdo, Jasper. Pero yo también quiero que hagas algo antes de irte.

—¿Qué?

—Escribir una necrológica de tu padre que yo pueda publicar en el periódico.

—¿Para qué? A la gente no le importa.

—A mí, sí. Y también a ti. Y te conozco... seguramente no te habrás permitido llorar la muerte de tu padre. Sé que era un coñazo, pero te quería y te hizo como eres, y le debes, a él y a ti mismo, escribir algo sobre su persona. Da igual que lo que escribas sea halagador o insultante, siempre que sea verdad y salga del corazón, no de la cabeza.

—De acuerdo.

Subimos de nuevo al coche y el mendigo nos observó con ojos sonrientes que decían, con toda claridad, que acababa de escuchar una conversación entre dos personas que se tomaban demasiado en serio.

El coche se detuvo delante de mi edificio y nos quedamos sentados en el asiento trasero, mirándonos sin apenas pestañear, sin apenas movernos.

—¿Seguro que no puedo convencerte de que te quedes en Australia unos pocos meses?

Era evidente que lo que más necesitaba Anouk era tener un rostro amigo cerca, y me sentí mal porque me llevaba el mío a Europa.

—Lo siento, Anouk. Esto es algo que tengo que hacer.

Anouk asintió con la cabeza, después firmó un cheque por valor de veinticinco mil dólares. Me sentí eternamente agradecido, aunque no tanto como para no desear que la cantidad fuese mayor.

Nos despedimos con un beso y casi me desmoroné cuando el Mercedes desapareció de mi vista; pero me repuse, por pura costumbre. Caminé hasta el banco e ingresé el cheque en mi cuenta. Tendría que esperar tres días para poder acceder al dinero y comprarme un billete de ida a otra parte. Tres días parecían demasiado tiempo.

Al llegar a casa, me tumbé en el sofá, miré el techo e intenté no pensar en el hecho de que en el sofá había pelos de gato que ayer no estaban ahí. Como no tenía gato, no había explicación posible. Sólo otro más de los misterios absurdos e inescrutables de la vida.

Intenté irme a dormir y, al no conseguir llegar hasta allí, intenté que el sueño viniese a mí. Eso tampoco funcionó. Me levanté, me bebí dos cervezas y me eché de nuevo en el sofá. Mi mente tomó el mando y desenterró un par de imágenes frágiles que parecían a punto de romperse si pensaba en ellas lo suficiente. Por lo que decidí pensar en el futuro. Dentro de tres días estaría en un avión rumbo a Europa, como ya había hecho mi padre aproximadamente a la misma edad, cuando casi todos sus conocidos habían muerto. Bien, a veces hay que seguir los pasos de los demás. Uno no puede esperar que todos los estornudos, picores o toses sean propios.

Alrededor de la medianoche empecé a trabajar en la necrológica de mi padre que Anouk publicaría en el periódico. Tras mirar una página en blanco durante días, empecé.

Martin Dean, 1956-2001

¿Quién era mi padre?

El despojo del universo.

La grasa sobrante del embutido.

Una llaga en la boca del tiempo.

Lamentó no haber tenido nunca un gran nombre histórico, como papa Inocencio VIII o Lorenzo el Magnífico.

Fue el hombre que me dijo por primera vez que nadie compraría un seguro de vida si lo llamaban seguro de muerte.

Creía que la mejor definición de esmero era hacer que enterrasen tus cenizas.

Creía que la gente que no lee libros desconoce que una infinidad de genios muertos espera su llamada.

Creía que parece no haber pasión por la vida, sino sólo por el estilo de vida.

En cuanto a Dios... creía que, si vives en una casa, es sólo de interés nominal conocer el nombre del arquitecto que la diseñó.

En cuanto a la evolución... consideraba injusto que el hombre estuviera en lo alto de la cadena alimenticia si seguía creyendo en los titulares de los periódicos.

En cuanto al dolor y al sufrimiento... creía que pueden soportarse. Sólo es el miedo al dolor y al sufrimiento lo que resulta insoportable.

Respiré hondo y leí lo que había escrito. Todo era verdad. No estaba mal. Estaba quedando bien. Pero debía ser más personal. A fin de cuentas, él no era sólo un cerebro que escupía ideas, sino también un ser humano con emociones que lo ponían enfermo.

Nunca alcanzó una soledad no solitaria. Su soledad fue terrible para él.

Si oía a una madre llamar a su hijo en el parque, le era imposible no llamarlo también, angustiado por la siniestra sensación de que algo horrible le había pasado al pobre Hugo (o quien fuera).

Siempre se enorgullecía de cosas que avergonzaban a los demás.

Tenía un complejo de Cristo de lo más complejo.

Su visión del mundo era algo como: «Este sitio es una mierda. Vamos a renovarlo.»

Tenía una energía increíble, pero carecía de aficiones que requiriesen energía, por lo que a menudo leía libros mientras paseaba y miraba la tele mientras iba y venía entre habitaciones.

Podía identificarse con cualquiera, y si encontraba a alguien que sufría en el mundo, papá tenía que ir a casa y acostarse.

Vale. ¿Qué más?
Releí lo que había escrito y decidí que ya era hora de llegar al corazón del hombre.

El concepto que tenía de la muerte arruinó toda su vida. La sola idea lo postró como una tóxica fiebre tropical.

¡Dios mío! Este tema hacía que sintiese pesadez en todo el cuerpo. Al igual que Terry comprendió que el terror de la muerte casi lo había matado, papá estaba convencido de que era la principal causa de todas las creencias humanas. Entonces vi que yo había desarrollado una desagradable mutación de esta enfermedad, a saber, el terror al terror a la muerte. Sí, a diferencia de papá o de Terry, más que temer a la muerte, temo temerla. El temor que hace a la gente tener fe, y matarse entre sí y matarse a sí misma; temo este miedo que puede hacer que, de forma inconsciente, elabore una mentira reconfortante o confusa en la que base mi vida.

¿No iba a perseguir el rostro de mis pesadillas?

¿No iba a emprender un viaje para saber más del rostro? ¿Y de mi madre? ¿Y de mí?

Iba a hacerlo, ¿verdad?

Papá siempre afirmó que la gente no emprende viajes, sino que se pasa la vida buscando y reuniendo pruebas para racionalizar las creencias que guarda en su corazón desde el primer día. La gente tiene nuevas revelaciones, sin duda, pero éstas casi nunca destruyen el núcleo de su estructura de creencias; simplemente construyen encima. Mi padre sostenía que, si la base permanece intacta, no importa lo que se construya encima, no es un viaje en absoluto. Es sólo apilar capas. No creía que alguien hubiese empezado, alguna vez, de cero. «La gente no busca respuestas —solía decir—. Busca hechos que demuestren su argumento.»

Lo que me hizo pensar en su viaje. ¿Por qué lo hizo? Puede que viajase por el planeta, pero no pareció llegar muy lejos. Puede que se sumergiera en diferentes ámbitos de experiencias, pero su espíritu siguió siendo el mismo. Todos sus planes, proyectos e intrigas se centraron en el hombre en relación con la sociedad, o con algo más grande (con la civilización) o más pequeño (con la comunidad). Aspiraba a cambiar el mundo que lo rodeaba, pero veía su ser como sólido e inmutable. No le interesaba probar sus límites internos. ¿Cuánto puede alguien expandirse? ¿Puede encontrarse y agrandarse su esencia? ¿Puede el corazón tener una erección? ¿Puede salir el alma por la boca?

¿Puede una idea conducir un coche? No parecía que eso se le hubiese ocurrido.

¡Por fin sabía cómo rebelarme contra los métodos de mi padre! La naturaleza de mi anarquía estaba clara. Al igual que Terry, viviría como si estuviese al borde de la muerte, independientemente de lo que le pasara al mundo. ¿Civilización? ¿Sociedad? ¡A quién le importa! Volvería la espalda al progreso y, a diferencia de mi padre, concentraría mi atención no el exterior, sino en el interior.

Llegar al fondo de mí. Llegar al fondo del pensamiento. Ir más allá del tiempo. Como todos, estoy empapado en tiempo, rezumo tiempo, me ahogo en él. Aniquilar este profundo y amplio truco psicológico sería tener un as en la manga.

Había logrado comunicar mis pensamientos a papá en la selva de Tailandia, aunque él eligiera no creerlo así. Eso significa que la manipulación del pensamiento existe. Por eso hay que tener cuidado con lo que se piensa. Por eso muchos médicos reconocen quedamente que la depresión, el estrés y el luto afectan a nuestros sistemas inmunológicos, como lo hace la soledad. De hecho, la soledad se vincula con tasas más elevadas de mortalidad por cardiopatías, cáncer y suicidio, e incluso con muertes accidentales, lo que implica que sentirse solo puede llevar a una torpeza fatal. Si la soledad persiste, acudid al médico.

Nos regodeamos ignorantemente en pensamientos negativos, sin ser conscientes de que pensar una y otra vez «¡soy una mierda!» es tan cancerígeno como fumarse un cartón de Camel sin filtro. Pero, entonces, ¿qué? ¿Debo improvisar un dispositivo que me dé pequeños electrochoques cada vez que tengo un pensamiento negativo? ¿Funcionaría eso? ¿Y la autohipnosis? Hasta en mis fantasías, creencias, ideas y alucinaciones, ¿puedo evitar que mi mente caiga en viejas rutinas? ¿Puedo emanciparme? ¿Renovarme? ¿Reemplazarme, como las células viejas de la piel? ¿Es eso demasiado ambicioso? ¿Tiene el conocimiento de uno mismo un interruptor para desconectar? No lo sé. Novalis dijo que ateísmo es no creer en uno mismo. Vale, respecto a eso probablemente yo sea agnóstico, pero en cualquier caso, ¿es éste mi proyecto? ¿Probar el límite del poder del pensamiento y ver cuál es la verdadera apariencia del mundo material? Y entonces, ¿qué? ¿Puedo ser del mundo y estar en el mundo pese a haberme estrellado contra el tiempo y el espacio? ¿O tengo que vivir en la cima de una montaña? La verdad es que no quiero hacerlo. Quiero quedarme abajo y sobornar a niños de siete años para que me saquen entradas del cine a mitad de precio. ¿Cómo trato estos deseos incompatibles? Y sé que, para alcanzar la iluminación, se supone que debo presenciar la disolución de mis necesidades. Pero me gustan mis necesidades, ¿qué puedo hacer?

Hice el equipaje y metí también en la maleta el manuscrito y una fotografía de Astrid, mi madre. Era extraordinariamente hermosa. Tengo eso de mi parte. La sociedad siempre babea con la lengua fuera ante un bonito rostro; todo lo que tengo que hacer es subir por la lengua hasta la boca y ésta me dirá todo lo que necesito saber.

Esta mujer tocó otras vidas, no sólo la de mi padre. Unas habrían muerto. Otras serían demasiado viejas. Pero en alguna parte habría amigos de la infancia, novios, amantes. Alguien la recordaría. En algún lugar.

Ni mi padre ni yo sentimos un gran amor por la religión porque preferimos el misterio al milagro, pero papá tampoco apreciaba mucho el misterio, era como una piedra en el zapato. Pues bien, yo no desatenderé los misterios, como hizo él. Pero tampoco intentaré resolverlos. Sólo quiero ver lo que sucede cuando te asomas a su núcleo. Voy a seguir mis propios pasos, estúpidos y vacilantes. Vagaré por la tierra y encontraré a la familia de mi madre y al hombre al que pertenece el rostro del cielo y veré adónde me llevan estas afinidades misteriosas: más cerca de entender a mi madre o a una maldad inimaginable.

Miré por la ventana. Amanecía. Preparé café y releí la necrológica una última vez. Necesitaba una conclusión. Pero ¿cómo se concluye una vida como la suya? ¿Qué pretendía? ¿Qué idea podría completarlo? Decidí que debía dirigirme a todas las personas e ignorantes que habían llamado cabrón a papá, sin saber siquiera si lo era en realidad.

Martin Dean era mi padre.

El acto de escribir esta frase me cortó la respiración. De pronto, me sentí como nunca antes me había sentido: privilegiado. Me sentí mejor que miles de millones de otros hijos, privilegiado por haber tenido la buena fortuna de que me criase un guiso de ideas andante, singular e inquebrantable. ¿Y qué, si fue un filósofo arrinconado por sus ideas? También fue alguien capaz de sentir empatía de forma natural, que se habría dejado enterrar vivo antes que permitir que sus imperfecciones hirieran de verdad a alguien. Era mi padre. Era un idiota. Era mi tipo de idiota.

No hay forma de catalogarlo. ¿Cómo iba a hacerlo? Si yo sólo era una parte de él, ¿cómo iba a saber de quién formaba él parte?

Seguí escribiendo:

Las gentes de este país han dedicado a mi padre insultos terribles. De acuerdo, no era un Gandhi o un Buda pero, francamente, tampoco fue un Hitler o un Stalin. Estaba en un punto intermedio. De todos modos, lo que quiero saber es: ¿qué me dice de vosotros la opinión que tenéis de mi padre?

Cuando alguien viene al mundo y alcanza los peores abismos humanos en que puede hundirse el hombre, siempre se le llama monstruo, o malvado, o la encarnación del mal, pero nunca se sugiere ni se insinúa seriamente que en verdad haya en este individuo algo sobrenatural o de otro mundo. Quizá sea un hombre malvado, pero es sólo un hombre. Sin embargo, cuando una persona extraordinaria situada al otro lado del espectro, el de los buenos, sale a la luz, como Jesús o Buda, de inmediato los elevamos a la categoría de Dios, de deidad, de algo divino, sobrenatural, de otro mundo. Esto es un reflejo de cómo nos vemos. Nos es fácil creer que la peor criatura causante del peor de los males sea un hombre, pero rechazamos categóricamente que la mejor criatura, la que intenta insuflarnos imaginación, creatividad y empatía, pueda ser uno de los nuestros. No tenemos una idea tan elevada de nosotros, pero sí nos imaginamos en lo más bajo.

Eso serviría. Una bonita conclusión, confusa y fuera de lugar. Bien hecho. Lo metí en el buzón para Anouk, Agencia de Noticias Hobbs, fui al banco a comprobar que el dinero estaba en mi cuenta y luego me dirigí en taxi al aeropuerto. Esta vez saldría del país con mi propio nombre.

—Quiero un billete para Europa —dije a la adusta mujer del mostrador.

—¿Qué lugar de Europa?

—Buena pregunta. No lo he pensado.

—Ya —dijo ella, luego se recostó en la silla y miró a lo lejos, por encima de mi hombro. Creo que buscaba una cámara de televisión.

—¿Cuál es el primer vuelo que puede llevarme a las inmediaciones de Europa?

La mujer me miró fijamente unos segundos, antes de teclear el ordenador a la velocidad del rayo.

—Dentro de hora y media sale un vuelo con destino a la República Checa.

¿La República Checa? No sé por qué, creía que me diría París, y que yo le respondería:

—Creo que París es precioso en esta época del año.

—¿Quiere el billete o no?

—Claro. Creo que la República Checa es preciosa en esta época del año.

Después de comprar el billete y facturar el equipaje, me comí una samosa vegetal de diez dólares que sabía peor que un almuerzo de ocho platos de sellos. Luego fui a la cabina de teléfono y comprobé en las páginas blancas si Publicaciones Strangeways todavía existía y si Stanley, el hombre que muchos años antes había publicado *El manual del crimen* de Harry West, seguía al frente.

Ahí estaba, escrito bien claro. Marqué el número.

—¿Sí?

—Hola. ¿Eres Stanley?

—Sí.

—¿Aún publicas libros?

—Revistas para hombres.

—He escrito un libro que puede que te interese.

—He dicho revistas para hombres. ¿Estás sordo? No publico libros.

—Es una biografía.

—Me da igual. ¿De quién?

—Martin Dean.

Escuché una brusca inspiración al otro lado de la línea. Tan brusca que casi me aspiró al auricular.

—¿Quién eres?

—Su hijo.

Silencio. Luego escuché que alguien removía unos papeles y el sonido de alguien que grapaba algo que no parecía papel.

—Jasper, ¿verdad? —dijo Stanley.

—En efecto.

—¿Quieres venir a mi despacho?

—Voy a echarlo al buzón, si te parece bien. Estoy a punto de salir de viaje y no sé cuándo volveré, si es que vuelvo. Lo dejo en tus manos, haz lo que tengas que hacer.

—De acuerdo. ¿Tienes mi dirección?

—La tengo.

—Me apetece muchísimo leerlo. Oye, siento lo de tu padre.

Colgué sin responder. Francamente, no supe si sentía que papá hubiese muerto o si sentía que fuese mi padre.

Ahora mismo estoy sentado en el bar del aeropuerto, tomando una cerveza japonesa carísima, no sé por qué. En la mesa de al lado hay una mujer que lleva un gato en una cesta de viaje. Habla con el gato, lo llama *John*. Me deprime muchísimo la gente que pone a sus mascotas nombres corrientes de persona. Sigo escuchando y la cosa va a peor. El gato no sólo se llama *John*. Se llama *John Fitzpatrick*. Eso ya es demasiado.

Ahora que he contado nuestra historia con todos sus detalles sobrecogedores, sobresalientes, sobresaltados, sobrestimados, sobrenaturales, sobrehumanos, sobrexpuestos, sobrevalorados y sobrentendidos, me pregunto: ¿valió la pena? No es que quiera empezar una revolución o acabar la siempre inacabada. No era escritor antes de empezar, pero escribir un libro te convierte en eso. Herman Hesse dijo una vez: «El verdadero poder creativo aísla y exige algo que se le debe restar al placer de vivir.» Eso no me parece muy divertido.

Acaban de anunciar el embarque de mi vuelo. Escribiré unas últimas palabras antes de echar esto al correo para Stanley. ¿Cuál sería un pensamiento adecuado para terminar?

Quizá debería concluir con alguna observación semiprofunda sobre mi vida.

O con cómo, a veces, las anclas golpean a los peces que nadan despacio.

O con cómo tragar saliva es a menudo la represión de un deseo intenso.

O con cómo la gente llora a sus muertos recientes, pero nunca a los que llevan mucho tiempo muertos.

O con cómo los idiotas superdotados sorprenden a los médicos, los perdedores culpan a sus padres y los fracasados culpan a sus hijos.

O con cómo, si escuchas con atención, descubres que la gente nunca está realmente a favor de nada, sino que sólo se opone a su opuesto.

O con cómo, cuando eres niño, para evitar que sigas la corriente se te ataca con la frase: «Si todos se tirasen de un puente, ¿te tirarías tú también?», y cuando eres adulto, ser diferente es de pronto un crimen y la gente parece decirte: «Eh, todos los demás se tiran del puente. ¿Por qué tú no?»

O con cómo, cuando mueren las mujeres que se han hecho la cirugía estética, Dios las recibe perplejo, diciendo: «No he visto a esta mujer en mi vida.»

¿O debería terminar con una nota positiva y decir que, aunque no te quede ningún ser querido al que enterrar, es bueno ser optimista y llevarse una pala, por si acaso?

No, nada de eso me parece bien. Además, ya no hay tiempo. Embarco dentro de diez minutos. Este párrafo tendrá que ser el último. Lo siento, quienesquiera que seáis. ¡Eh!, ésa es una buena pregunta: ¿quién leerá esto si Stanley lo publica? ¿Nadie?

Tiene que haber una mísera persona, de entre seis mil millones, con un par de días disponibles. Un alma aburrida, de entre la asombrosa cantidad de humanos que abarrota nuestra pelotita verde y azul. Leí en alguna parte que en el año 2050 habrá unos dos mil millones más. ¡Qué presuntuosa explosión de humanidad! No hay que ser un misántropo para desanimarse ante la idea de tanta gente tropezándose en la calle, pero ayuda.

OTROS TÍTULOS
DE LA COLECCIÓN

LOS MAGOS

Lev Grossman

Quentin Coldwater es un chico brillante pero desdichado que vive obsesionado con las novelas de fantasía que leyó en su infancia y que transcurrían en un país mágico llamado Fillory. Cuál no será su sorpresa cuando, inesperadamente, es admitido en una muy secreta y exclusiva Universidad de magia en Nueva York, donde recibirá una rigurosa educación sobre los arcanos de la moderna hechicería y descubrirá la amistad, el amor, el sexo, la bebida... y el aburrimiento. Porque a pesar de los increíbles descubrimientos que ha hecho a lo largo de estos años de universidad, siente que le falta algo. La magia no ha conseguido que Quentin encuentre la felicidad y las aventuras con que había soñado. Pero tras graduarse, él y sus amigos harán un descubrimiento asombroso: Fillory es real, aunque no exactamente como imaginaron en sus sueños de infancia...

Psicológicamente penetrante y extraordinariamente absorbente, *Los magos* transita por territorios inexplorados, imaginando la magia como una actividad practicada por personas de carne y hueso, con sus deseos, sus caprichos y sus volubles emociones. Lev Grossman ha creado un mundo sumamente original en el que el bien y el mal nunca son absolutos, el sexo y el amor no son simples ni inocentes y la ambición por el poder tiene un precio terrible.

Fuimos al otro lado de la piscina. En la barbacoa de ladrillo, las salchichas se habían incinerado y se marchitaban al sol.

—¿Qué estás haciendo, Terry? ¿Por qué no dejas el crimen y consigues un trabajo normal en algún lado? La cooperativa nunca va a funcionar, deberías saberlo. Además, Harry está loco —añadí, aunque ni yo mismo estaba convencido, y lo sabía. La verdad era que, al observar la salvaje mirada de Terry, empezaba a sospechar que el verdadero loco era mi hermano, y Harry, sólo un viejo carcamal con ideas raras.

—¿Y qué pasa contigo?

—¿Qué pasa conmigo?

—¿Qué haces con tu vida? No soy yo el que está atrapado en una jaula: eres tú. No soy yo quien vive en un pueblo que odia. No soy yo quien desconoce su propio potencial. ¿Cuál es tu destino, tío? ¿Cuál es tu misión en la vida? Ese pueblo no es lo tuyo. No puedes quedarte ahí para siempre. No puedes proteger a mamá de papá, o de la muerte. Tienes que cortar amarras con ellos. Tienes que salir de ahí y vivir tu vida. La mía ya está más o menos marcada. Pero tú... tú eres el que está sentado sin hacer nada.

Me dio de lleno. El muy cabrón tenía razón. Era yo el que estaba atrapado. No tenía ni idea de adónde ir o qué hacer. No quería llevar una vida rutinaria, pero tampoco era un criminal. Además había hecho un pacto inquebrantable con mi madre y empezaba a agobiarme.

—Marty, ¿has pensado en la universidad?

—¿Cómo voy a ir a la universidad? Ni siquiera he terminado el instituto.

—Joder, tío, ¡tienes que hacer algo! ¿Por qué no empiezas por dejar ese pueblo de mierda?

—No puedo irme del pueblo.

—¿Y por qué no?

Pese a no estar del todo convencido, le conté a Terry lo de la promesa que había hecho. Le expliqué que estaba claramente atrapado, brutal e inflexiblemente atrapado. ¿Qué podía hacer? ¿Dejar a mi madre sola, para que muriese con mi insensible padre? ¿La mujer que había leído por mí mientras yo estaba en co-